BJÖRN LARSSON

Long John Silver

Buch

Wer kennt ihn nicht – Long John Silver, den Piraten mit dem Holzbein aus Robert Louis Stevensons weltbekanntem Abenteuerroman »Die Schatzinsel«? Björn Larsson erweckt den berühmten Seeräuber wieder zum Leben und läßt ihn in diesem Buch sein abenteuerliches Piratendasein selbst erzählen. Silvers Stimme, grölend und gewitzt, führt uns hautnah in die haarsträubenden Lebensverhältnisse der Seeleute im 18. Jahrhundert: Ihr harscher Alltag wird bestimmt durch Havarien und tyrannische Kapitäne, Versklavung, Meuterei und Intrige. Silver hat sein Leben jenseits von Gesetzen gelebt, die vor seinem scharfen Auge keinen Bestand hatten, und von der britischen Kriegsmarine gejagt, ist er ständig auf der Flucht. Eine Existenz im Schatten des Galgens – und dennoch offenbart sich in diesem »Logbuch meines Lebens«, wie der alte Pirat seinen atemberaubenden Bericht nennt, ein Glücksritter, der auf den Meeren zu unendlicher Freiheit gelangt ist.

»Ein brillanter Roman.« (Berliner Morgenpost)

Autor

Björn Larsson wurde 1953 im schwedischen Jönköping geboren. Er studierte Englisch, Französisch und Philosophie in Schweden und Frankreich. Neben seiner akademischen Laufbahn begann Larsson schon bald, sich seinen literarischen Ambitionen zu widmen. Auf einem Segelboot, jahrelang Domizil der Familie Larsson, entstanden die ersten Arbeiten. Zur Zeit lehrt Larsson französische Literatur an der Universität von Lund.

Björn Larsson

Long John Silver

Roman

Der abenteuerliche Bericht über mein
freies Leben und meinen Lebenswandel
als Glücksritter und Feind der Menschheit

Aus dem Schwedischen
von Jörg Scherzer

GOLDMANN

Die Originalausgabe erschien 1995 unter dem Titel
»Long John Silver«
bei Norstedts Förlag AB, Stockholm

Umwelthinweis:
Alle bedruckten Materialien dieses Taschenbuches
sind chlorfrei und umweltschonend.

Der Goldmann Verlag
ist ein Unternehmen der Verlagsgruppe Bertelsmann GmbH.

Genehmigte Ausgabe 10/99

Umschlaggestaltung: Design Team München
Umschlagmotiv: Samuel Scott
Satz: IBV Satz- und Datentechnik GmbH, Berlin
Druck: Elsnerdruck, Berlin
Titelnummer: 44617
BR · Herstellung: Schröder
Made in Germany
ISBN 3-442-44617-1

1 3 5 7 9 10 8 6 4 2

Falls es Ereignisse und Verwicklungen in den Erzählungen über Piratenkapitäne gibt, die ihnen einen romanhaften Charakter verleihen, so sind sie darum nicht erfunden oder eigens hierzu konstruiert worden. Es sind Erzählungen, mit denen der Verfasser wenig Bekanntschaft gemacht hat, von denen er jedoch glaubt, da er sie selbst, als sie erzählt wurden, für sehr unterhaltsam gehalten hat, daß sie beim Leser dieselbe Wirkung tun möchten.

Kapitän Johnson, alias Daniel Defoe,
A General History of the Pirates, 1724

Im ehrbaren Dienst gibt es schlechte Verpflegung, niedrige Heuer und harte Arbeit, in diesem aber Reichtum und Überfluß, Vergnügen und Genuß, Freiheit und Macht. Und wer möchte nicht, daß sich die Waagschale auf dieser Seite neigt, da die einzige Gefahr, die man zu gewärtigen hat, im schlimmsten Fall ein verdrossener Blick oder zwei sind, wenn man gehängt wird. Nein, mein Motto soll sein ein kurzes, vergnügtes Lehen.

Kapitän Bartholomew Roberts,
Von Gnaden der Mannschaft gewählter Piratenkapitän,
1721

Sagt William, sehr ernst: Mein Freund, ich muß dir gestehen, daß ich es leid bin, dich so reden zu hören, diejenigen, die niemals an den Tod denken, sterben meist, ohne daran zu denken.

Ich scherzte noch eine Weile und sagte: Sei so lieb, sprich nicht vom Tod. Wie können wir wissen, daß wir jemals sterben werden?

Darauf muß ich dir nicht antworten, sagt William, es steht mir schlecht an, dir als Kapitän hier an Bord Vorwürfe zu machen, ich wünschte mir aber, du würdest anders vom Tode sprechen, es ist eine gräßliche Angelegenheit.

William, sag zu mir, was du willst, sagte ich, ich nehm's dir nicht übel.

Seine Worte rührten mich sehr.

Sagt William, während ihm die Tränen über das Gesicht strömen: Weil viele Menschen leben, als ob sie niemals sterben müßten, sterben so viele, ohne daß sie zu leben wüßten.

Kapitän Singleton,
Piratenkapitän von Daniel Defoes Gnaden, 1720

Barbecue ist kein gewöhnlicher Mann. In jungen Jahren hat er eine gute Ausbildung genossen und kann reden wie ein Buch, wenn er in der passenden Laune ist. Und mutig ist er – ein Löwe ist nichts im Vergleich zu Long John!

Israel Hands, Steuermann bei Teach,
genannt Schwarzbart, später in Flints Kompanie

Alle wissen, daß du gern predigst, John, manche jedoch schalten und walten ebensogut wie du, und trotzdem waren sie nicht so streng und bitter und duldeten ein wenig Spaß und taten, was zu tun war, wie alle lustigen Kameraden.

Israel Hands zu John Silver

Ich war inzwischen so erschrocken über seine Grausamkeit, Falschheit und Macht, daß ich schaudern mußte, als er seine Hand auf meinen Arm legte.

Jim Hawkins über John Silver

Glücksritter vertrauen einander nicht, und daran tun sie wohl. Ich jedoch folge meiner Art. Tut ein Kamerad – und ich meine einen, der mir wohlbekannt ist – nicht, was er tun soll, dann lebt er nicht auf derselben Welt wie der alte John. Manche hatten Angst vor Pew und andere hatten Angst vor Flint, Flint in höchsteigener Person aber hatte Angst vor mir. Er hatte Angst, und er war stolz auf mich.

Long John Silver, genannt Barbecue,
Quartermeister bei den Kapitänen England,
Taylor und Flint

Von Silver haben wir nichts mehr gehört. Dieser entsetzliche einbeinige Seemann ist endlich aus meinem Leben verschwunden, wahrscheinlich hat er seine alte Negerin wiedergefunden und verbringt ein ruhiges, angenehmes Leben gemeinsam mit ihr und Kapitän Flint. Das steht zu hoffen, denn seine Aussichten, in einer anderen Welt auf bessere Verhältnisse zu stoßen, sind sehr gering.

Jim Hawkins

1

Wir schreiben 1742. Ich habe lange gelebt. Die ich gekannt habe, sind alle tot. Einigen von ihnen habe ich selbst in jene andere Welt verholfen, falls es sie gibt. Ich hoffe jedenfalls mit aller Kraft, daß es sie nicht gibt, denn in der Hölle würden wir uns wiedersehen. Pew, der Blinde, Israel Hands, Billy Bones, Morgan, der Idiot, der es gewagt hat, mir den Schwarzen Fleck zu verpassen, und die anderen alle, und sogar Flint, Gott steh ihm bei, falls es Gott gibt. Und alle würden sie mich begrüßen, sie würden sich verbeugen und verneigen und sagen, nun sei alles wie früher. Aber zugleich würde ihre Angst strahlen wie eine glühende Sonne auf ein blasses Meer. Angst wovor? frage ich. In der Hölle müssen sie doch wenigstens den Tod nicht fürchten.

Nein, vor dem Tod haben sie sich niemals gefürchtet, im großen und ganzen war es ihnen egal, ob sie lebten oder starben. Und doch hätten sie sogar in der Hölle Angst vor mir. Warum? frage ich. Alle hatten Angst vor mir, sogar Flint, der im übrigen der mutigste Mann war, den ich jemals gesehen habe.

Trotz allem danke ich meinem Glücksstern, daß wir Flints Schatz nie gefunden haben. Denn ich weiß, wie es gekommen wäre. Die anderen hätten binnen weniger Tage jeden Shilling durchgebracht. Und dann wären sie zum alten Long John Silver gekommen, dem einzigen Kopf, mit dem sie sich je brüsten konnten, und hätten um mehr gebettelt und geschmeichelt. So ist es immer gewesen, und gelernt haben sie es nie.

Eines aber habe ich begriffen. Es gibt Menschen, die nicht wissen, daß sie leben. Mir scheint, sie wissen überhaupt nicht, daß es sie gibt. Vielleicht ist das der Unterschied.

Ich gehe vorsichtig um mit dem bißchen Haut, das sich an dem, was von meinem Körper übrig ist, gehalten hat. Besser zum Tod verurteilt als selbst aufgehängt, sage ich mir, wenn ich wählen soll.

War ich deshalb keinem anderen gleich, weil ich besser als jeder andere wußte, wie man lebt? Weil ich besser als jeder andere wußte, daß es nur auf dieser Seite des Grabes Gelegenheit zu leben gibt? Habe ich deshalb die Ärgsten und die Besten zu Tode erschreckt? Weil mir das künftige Leben gleichgültig war?

Aber es ist wahr, ein Vergnügen war es nicht, mein Nächster und Verbündeter zu sein. Barbecue haben sie mich genannt, von dem Tage an, an dem ich mein Bein verlor. Ja, wenn ich mich an irgend etwas in diesem Leben erinnere, dann daran, wie ich mein Bein verlor und meinen Namen bekam. Jedesmal, wenn ich aufstehe, werde ich daran erinnert.

2

Ich spüre noch, wie mir das Messer des Feldschers ins Fleisch schneidet, als sei es Butter. Vier Mann sollten mich festhalten, aber ich sagte ihnen, kümmert euch um eure Angelegenheiten. Sie machten große Augen und sahen den Feldscher an, aber nicht einmal da wagten sie zu widersprechen. Der Feldscher legte das Messer weg und griff zur Knochensäge.

»Du bist kein Mensch«, sagte er, als er fertig war und mir das Bein abgesägt hatte, ohne daß auch nur ein Laut über meine Lippen gekommen wäre.

»Nicht?« fragte ich und raffte meine letzten Kräfte zusammen, zu einem Lächeln, das ihn mehr erschreckt haben dürfte als alles andere.

»Was soll ich denn sonst sein?« fragte ich.

Am nächsten Morgen kroch ich hinauf an Deck. Ich wollte leben. Ich habe zu viele gesehen, die verfault sind im Kielschweindunst, in Erbrochenem, in Blut und am Kaltbrand. Ich sehe noch deutlich vor mir, wie mein Kopf über den Schandeckel ragte. Die Arbeit stockte, als hätte Flint mit seiner heiseren, durchdringenden Stimme einen Befehl gebrüllt. Manche, das wußte ich, denn so dumm war ich nicht, hatten gehofft, daß ich sterbe. Vor allem ihnen zwinkerte ich zu, bis sie den Blick abwandten oder zurückwichen. Charlie Hangpitt, der seinen Namen bekommen hatte, weil er die entschieden größte Rute an Bord hatte, legte ein solches Tempo vor, daß er gegen die Reling flog und über Bord fiel und mit den Armen wedelte wie eine Windmühle. Ein Gelächter stimmte ich an, das sich sogar in meinen Ohren anhörte, als komme es aus der Unterwelt oder von jenseits des Grabes. Ich lachte, bis mir die Tränen herunterliefen. Ein ordentliches Lachen verlängert das Leben, heißt es. Vielleicht. Dann muß man aber auch lachen, bevor es soweit ist. Liegt man erst auf der Bank und bekommt das Bein abgesägt, ist es zu spät.

Dann fiel mir auf, daß nur ich lachte und sonst niemand. Dreißig furchterregende Piraten standen wie Statuen überall auf dem Schiff herum und glotzten, daß ihnen die Augen fast aus den Höhlen quollen.

»Los, lacht, ihr Memmen!« brüllte ich, und alle dreißig fingen an zu lachen.

Das klang wie dreißig Mäuler, die einander niederbrüllen wollten. So verdreht war das, daß auch ich wieder zu lachen anfing. Vielleicht habe ich nie im Leben so viel Spaß gehabt. Zu guter Letzt blieb mir ihr Gekrächze im Hals stecken.

»Zum Teufel, hört auf und belegt!« brüllte ich, und alle Mäuler klappten zu.

Im selben Augenblick stieg Flint vom Achterdeck herunter. Er hatte alles ohne eine Miene zu verziehen mit angesehen und kam mit einem vergnügten, aber doch respektvollen Grinsen auf mich zu.

»Schön, Euch wiederzusehen, Silver«, sagte er.

Ich gab keine Antwort. Es war nie gut, wenn man Flint persönlich zu sehen bekam. Er drehte sich zur Mannschaft um und sagte: »An Bord brauchen wir richtige Kerle.«

Und dann bückte er sich, packte, so daß alle es sehen konnten, das Ende meines Beinstumpfs und preßte es zusammen.

Mir wurde schwarz vor Augen, aber ohnmächtig wurde ich nicht, und ich gab keinen Ton von mir.

Flint richtete sich wieder auf und sah seine Männer an, die vor Schreck in eigentümlichen Grimassen und Posituren dastanden.

»Da seht ihr es«, sagte Flint gelassen. »Silver ist ein richtiger Kerl.«

Das war bei Flint Freundlichkeit und menschliche Wärme. Mehr war nicht möglich.

Den ganzen Tag saß ich in der Sonne. Der Schmerz kam und ging, er pulsierte wie ein Herz. Aber ich lebte.

Nur daß ich lebte, zählte. Israel Hands hatte mir eine Flasche Rum hingestellt, als sei Rum die Quelle des Lebens, aber die rührte ich den ganzen Tag nicht an. Rum habe ich nie gebraucht, und gewiß nicht an diesem Tag.

Später, am Abend, bat ich John, den Schiffsjungen, eine Lampe zu bringen und sich neben mich zu setzen. Ich hatte immer eine Schwäche für junge Männer. Nicht um sie anzurühren. Im Gegenteil. Für Körper und Haut habe ich nicht viel übrig, ganz gleich, wem sie gehören. Wenn ich mit Frauen geschlafen habe, und das muß man, um nicht verrückt zu werden, dann habe ich es, mit Verlaub, immer so schnell wie möglich hinter mich gebracht. Mit Jungen ist das anders. Die sind sauber wie ein frisch gekratzter Schiffsrumpf, glatt wie geputztes Messing, unschuldiger als Nonnen. Als könnte ihnen nichts etwas anhaben, auch das Allerschlimmste nicht. Nehmt nur Jim, Jim Hawkins von der *Hispaniola*. Er hat Israel Hands erschossen, das war gut so, und er stand dabei, als die Leute um ihn herum vor Schmerzen brüllten und starben. Und doch schien eigentlich nichts geschehen zu sein, als wir diese verdammte Insel verließen. Er glaubte trotzdem, er hätte noch das ganze Leben vor sich.

John war genauso. Er wich nicht zurück, als ich ihm in der lauen karibischen Nacht wie einem alten Freund den Arm um die Schultern legte.

»Herr Silver, habt Ihr Schmerzen?« fragte er sogar.

Danke der Nachfrage, dachte ich. Ich wußte nicht, was ich antworten sollte. Wie hätte ich erklären können, daß ich Schmerzen in einem Fuß hatte, den es nicht mehr gab oder der irgendwo in der Nähe der alten *Walrus* herumschwamm, wenn die Haie ihn noch nicht gefressen hatten. Ich bedauerte, daß ich den Feldscher nicht gebeten hatte, er möchte mein Bein für mich aufheben. Ich hätte das Fleisch abgekratzt und die Knochen zur Erinnerung behalten, genau das. Statt dessen hatte ich jetzt vor Augen, wie irgendein Schwarzer es am Strand fand und keine Ahnung hatte, daß es einmal mir gehört hatte, mir, Long John Silver, keinem anderen.

»Nein«, sagte ich zu John nur, »Herr Silver hat niemals Schmerzen. Wie sähe das denn aus? Wer hätte Respekt vor mir, wenn ich wegen eines Beines heulen würde?«

John sah mich an, bis oben hin voll Bewunderung. Und natürlich glaubte er mir.

»Jetzt mußt du mir vom Gefecht erzählen«, sagte ich zu ihm.

»Aber Ihr seid doch selbst dabei gewesen, Herr Silver?«

»Ja, das stimmt. Aber ich will, daß du erzählst. Ich hatte sozusagen nicht die Zeit, alles genau zu verfolgen. Ich hatte alle Hände voll zu tun, sozusagen.«

John schien das zu verstehen. Natürlich wußte er nicht, worauf ich hinaus wollte.

»Wir haben Geiseln gemacht«, sagte er. »Eine Frau ist auch dabei.«

»Wo ist sie jetzt?«

»Ich glaube, Flint hat sie.«

Was ganz sicher der Fall war. Flint war vernarrt in Frauen, nie konnte er die Finger von ihnen lassen. Ich habe viele Kapitäne gekannt und bin mit einer ganzen Menge gesegelt, einer schlimmer als der andere. Keiner aber, kein einziger, hat sich herausgenommen, eine Geisel persönlich mit Beschlag zu belegen. Manche sind abgesetzt worden, weil sie versuchten, sich eine Dame zur privaten Verfügung zu halten. Ich selbst habe in die Statuten geschrieben, daß keiner eine Frau antasten darf. Flint aber durfte. Ich entsinne mich nicht einmal, was in den Statuten der *Walrus* stand. Vermutlich gar nichts. Flint hatte seine eigenen Statuten.

»Ach, tatsächlich«, sagte ich zu John. »Und was meinst du, was Kapitän Flint mit ihr macht?«

Der arme Junge errötete so stark, daß es mich rührte.

»Und das Gefecht?« fügte ich hinzu, um ihn auf andere Gedanken zu bringen. »Du sollst doch erzählen, wie das mit dem Gefecht gewesen ist.«

»Wo soll ich denn anfangen, Herr Silver?«

»Am Anfang. Eine Geschichte beginnt immer am Anfang.«

Er sollte lernen. Alle jungen Männer müssen ihr Sprüchlein kennen, sonst führt man sie immer wieder an der Nase herum.

»In der Morgendämmerung entdeckte der Ausguck ein Schiff«, begann John. »Es war gutes Wetter, und er hatte weite Sicht. Wir setzten volles Zeug, aber erst gegen acht Glasen hatten wir sie eingeholt. Der Untersteuermann hißte die rote Flagge.«

»Und was bedeutet das?« fragte ich.

»Daß kein Pardon gegeben wird«, antwortete John mit flinker Zunge.

»Und was heißt das?«

John sah verwirrt aus.

»Das weiß ich nicht genau«, sagte er schließlich verlegen.

»Dann will ich es dir sagen. Es heißt, daß es einen Kampf auf Leben und Tod gibt. Und der Gewinner darf bestimmen, ob die anderen am Leben bleiben oder nicht. Verstehst du?«

»Ja, Herr Silver.«

»Erzähl weiter!«

»Israel Hands hat gesagt, Flint ist ein wackerer Kapitän, Flint hätte dafür gesorgt, daß der Feind die Sonne im Gesicht hat und in Lee hinter uns liegt. Hands hat gesagt, die hätten keine Chance, und sie sollten lieber aufgeben und nicht solche wie uns herausfordern. Erst sind wir achtern um sie herumgefahren und haben eine Breitseite abgefeuert. Dann haben wir gehalst und haben noch einmal geschossen, mit allen Kanonen. Sie hatten eine Menge Löcher in ihren Segeln, und einer von ihren Masten ist umgefallen.«

»Umgefallen?«

Das war freundlich ausgedrückt. Eine Kugel hatte genau

ihren Großmast getroffen, der wie Brennholz zersplitterte und mit ohrenbetäubendem Krachen über Bord stürzte. Das Großsegel knallte wie eine Peitsche, als es zerriß. Ein paar von ihren Scharfschützen stießen ihre letzten Schreie aus, als sie mit ins Meer gezogen wurden.

»Abgegangen«, fügte John hinzu, als höre sich das besser an.

»Und dann?«

»Dann stand die ganze Besatzung der *Walrus* an der Reling. Alle hatten Musketen und Säbel und Enterhaken. Alle haben geschrien.«

»Warum haben sie geschrien?«

»Um den anderen angst zu machen«, sagte John selbstsicher. Er glaubte das zu wissen.

»Richtig!« antwortete ich. »Oder sie schrien, weil sie sich vor Angst fast in die Hosen gemacht hätten.«

John sah mich verblüfft an.

»Sind denn nicht alle auf der *Walrus* mutig?« fragte er.

Ich antwortete nicht. Er sollte lernen, selbst zu denken.

»Und dann?« fragte ich wieder. »Was geschah dann?«

John zögerte.

»Ich weiß nicht genau, was dann geschah. Das andere Schiff drehte plötzlich bei, bevor wir entern konnten. Jemand sagte, der zerschossene Mast im Wasser sei gegen ihren Steven geknallt. Dann feuerten auch sie eine Breitseite ab. Wir hatten ein paar Tote. Und Ihr wurdet am Bein getroffen, Herr Silver. Aber dann rammten wir sie, und unsere Leute sprangen an Bord, um zu kämpfen. Lange hat es nicht gedauert. Dann wurde ihre Flagge gestrichen.«

»Einen Augenblick«, unterbrach ich ihn. »Das ist wichtig, hör jetzt genau zu. Du hast gesagt, alle auf der *Walrus* haben an der Reling gestanden. Weißt du genau, daß es alle waren?«

»Herr Bones, der Untersteuermann, nicht. Der stand die ganze Zeit am Ruder.«

»Das stimmt. Aber außer Bones auf der Brücke, wer stand denn noch auf Deck; irgendwo mitten auf Deck, hinter uns anderen? Denk nach!«

»Keiner«, sagte John, aber dann verbesserte er sich: »Oder doch, einer stand nicht an der Reling.«

»Wer?« fragte ich und verriet nicht, daß ich es bereits wußte.

»Deval, der Franzose«, sagte John.

»Weißt du das genau?« fragte ich weiter. Dabei wußte ich natürlich, daß John recht hatte.

Der Junge muß meiner Stimme etwas angemerkt haben. Er zögerte, sagte dann aber:

»Ja, ich bin sicher.«

Ich holte tief Atem, legte die Arme um John und drückte ihn an mich.

»Unter Männern«, sagte ich, und er strahlte vor Stolz.

»Das hast du gut erzählt«, fuhr ich fort, als ich ihn wieder losgelassen hatte. »Und jetzt gibt der alte Silver dir einen Rat. Du mußt lernen, wie man Geschichten erzählt. Wie man die Dinge ausschmückt und lügt. Dann kommst du immer und überall zurecht. Stumm sein und nicht wissen, was man sagen soll, das ist das Schlimmste, was einem Menschen passieren kann.«

John nickte.

»Jetzt will ich ein wenig Ruhe haben«, sagte ich. »Ganz allein hier sitzen und den Mond und die Sterne betrachten. Du kannst in deine Koje gehen. Du hast dein Tagwerk getan, so wahr ich Silver heiße.«

»Ja, danke«, sagte John. Er wußte natürlich nicht, wofür er sich bedankte.

Ich sah ihn weggehen und lehnte mich zurück. Er hatte mir das Leben gerettet, wollte ich meinen. Ich weiß nicht, ob ich es lange ertragen hätte, nicht zu wissen, wer mich da von hinten hatte erschießen wollen. Nur ich wußte, daß mich die Kugel getroffen hatte, als die Breitseite schon abgefeuert war.

Unmittelbar danach, aber danach. Deval, die feige Ratte, der einmal mein Freund sein wollte, hatte von hinten auf mich geschossen. Was für ein Glück für John Silver, daß die alte *Walrus* krängte, als die Breitseite uns traf. Sonst wäre ich tot gewesen und meine Geschichte wäre zu Ende, und das, wie bei so vielen unserer Zunft, wegen nichts.

Ich schloß die Augen und wartete auf den kommenden Tag.

Am nächsten Morgen hinkte ich hinauf in Flints Kajüte und trat ein, ohne zu klopfen. Er lag mit der Dame im Bett.

»Sieh mal an, Silver«, sagte er. »Ihr macht einen Spaziergang?«

»So gut es geht, Flint«, sagte ich nur.

Flint verzog den Mund und warf der Frau neben sich einen bedeutungsvollen Blick zu.

»Silver«, sagte Flint, »ist an Bord der einzige, der etwas taugt. Was für ein Glück, daß er nicht navigieren kann, denn dann wäre er der Kapitän und ich der Quartermeister. Nicht wahr, Silver?«

»Vielleicht. Aber ich komme nicht wegen meiner Vortrefflichkeit.«

Flint sah, daß ich es ernst meinte, er setzte sich im Bett auf. Seine Brust erinnerte an einen Fuchspelz. Ich erzählte ruhig, was geschehen war, und nahm mich zusammen, um meinen Zorn nicht zu zeigen. Flint hörte zu, die Frau neben ihm konnte den Blick nicht von meinem roten Stumpf lösen. Die Wunde hatte den neuen Verband, den mir der Feldscher kurz vorher angelegt hatte, schon wieder durchnäßt.

»Ich will ihn selbst bestrafen. Mit Eurer Erlaubnis natürlich.«

»Selbstverständlich«, sagte Flint ohne nachzudenken, was für ihn keineswegs ungewöhnlich war. »Selbstverständlich«, sagte er noch einmal. »Aber wie? Das wüßte ich nun doch ganz gerne.«

Ein erwartungsvolles Lächeln stand in seinem Gesicht.

»Mit diesem Bein?«

»Seid unbesorgt! Mit der Memme, von der wir reden, werde ich auch ohne Beine und mit nur einem Arm fertig, wenn es sein muß.«

»Das glaube ich«, sagte Flint, und er meinte es auch so.

Sich einen Menschen vorzustellen, der ohne Arme und Beine leben und kämpfen konnte, fiel ihm nicht schwer.

»Wir gehen wie abgemacht heute nachmittag an Land?« fragte ich. Es klang fast wie eine Feststellung.

»Ja«, sagte Flint, »wie auf dem Schiffsrat abgemacht. Wir gehen mit dem ganzen Proviant und dem Rum, den wir von der *Rose* mitgenommen haben, an Land. Und dann essen und trinken wir, bis wir umfallen. Genauso wie immer. Keine Änderung.«

»Gut. Und ich sorge für die Unterhaltung.«

Flint knuffte die nackte, magere Frau mit dem Ellbogen.

»Du wirst nicht enttäuscht sein«, sagte er zu ihr. »Das kann ich dir versprechen. Ich kenne meinen Silver.«

Sie starrte noch immer auf mein Bein. Ich aber war erstaunt, daß sie in der Nacht mit Flint nicht den Verstand verloren hatte. Vielleicht hatte er trotz allem eine gute Eigenschaft. Es wäre die einzige gewesen, sah man davon ab, daß er navigieren und eine Entermannschaft führen konnte wie kein zweiter. Wie er das mit der Navigation gelernt hatte, kann ich mir noch heute nicht vorstellen. Flint war schlau, das war er, aber denken, wenn es nicht um Leben und Tod ging, das konnte er nicht.

Am späten Nachmittag gingen wir an Land, mit drei Schaluppen und der Jolle. Den ganzen Tag über hatte ich still an Deck gelegen, um Kraft zu sammeln. Währenddessen wurde saubergemacht. Das Blut vom vorangegangenen Tag wurde weggespült, die Leichen hatte man schon über Bord geworfen. Eine Gruppe lud die Beute von der *Rose* auf die *Walrus* um. Bei jeder Goldmünze und jedem Juwel, die an Bord kamen, gab es Geschrei und Gejohle. Ich lag da, die Augen halb geschlossen, und verfolgte noch die kleinste Bewegung. Einige Male ging Deval an mir vorbei, ohne mich anzusehen. Er würdigte mich keines Blickes.

»Deval«, rief ich ihm zu, als er wieder vorüberkam.

Er blieb stehen und sah mich mit haßerfüllten Augen an. Doch gleichzeitig hatte er Angst, also das Übliche für einen, der nicht den Mut hat, auf eigenen Beinen zu stehen.

»Schöne Beute, Deval«, sagte ich und schenkte ihm mein schönstes Lächeln.

Die *Rose* war eine gute Prise, eine der besten sogar, aber in diesem Augenblick waren Gold und Piaster das letzte, woran ich dachte. Nicht einmal die Edelsteine, meine Schwäche, konnten mich vom Kurs abbringen.

Ich achtete darauf, daß ich in dasselbe Boot kam wie Deval. Ich glaube, Pew hat mir dabei geholfen, obwohl er nichts mehr sah, weil ihm beim Entern der *Rose* eine Lunte im Gesicht explodiert war, was ihm allerdings nicht das mindeste auszumachen schien. Er war so verwegen wie nur je. Er stand an Deck und fierte mich wie einen Sack Kartoffeln hinunter. Den Stock, den mir der Zimmermann am Vormittag zugeschnitten hatte, warf er mir aufs Geratewohl wie einen Speer hinterher. Pew wäre es gleichgültig gewesen, hätte er den Schädel eines der Männer durchbohrt. Blind oder nicht, Pew hielt dergleichen für unterhaltend. Bevor einer dazu kam, das Leben für der Mühe wert zu halten, mußte er sterben. Ich streckte mich, so gut ich konnte, und fing den Stock aus der Luft. Mit Verlaub, wenn ich Pew einen Knüppel zwischen die Beine werfen konnte, dann tat ich es auch. Trotzdem haßte er mich nicht. Wahrscheinlich ging dergleichen über seinen geringen Verstand hinaus.

Ich nahm den Stock in meine linke Hand und versetzte Deval damit einen leichten Schlag auf die Schulter.

»Knapp daneben, Deval«, sagte ich. »Fast hätte er dich getroffen. Ein schöner Tag, was, Deval? Könnte nicht besser sein!«

Ohne sich umzudrehen, brummte er etwas Unverständliches. Er wagte wohl nicht, mir in die Augen zu sehen. Wahrscheinlich fürchtete er, ich könnte ahnen, warum mein Bein in Fetzen geschossen worden war.

»Eine gute Prise mit Rum in Strömen«, fuhr ich mit munterer Stimme fort. »Was braucht ein Glücksritter mehr? Frauen? Vielleicht. Aber Gold und Rum lassen sich besser teilen, unter Freunden, versteht sich.«

Von den Männern hörte man zustimmendes Gemurmel. Alle waren vergnügt und erwartungsvoll. Das Leben lachte ihnen zu. An Land gab es so etwas wie Disziplin nicht. Alle waren sich selbst im Übermaß genug, und nicht einmal Flint hätte dagegen etwas ausrichten können. Jetzt würden sie zeigen, daß sie das gleiche Recht hatten zu leben wie andere. Immer wieder das gleiche trostlose Lied. Rum und Gegröle, Gejohle und Rum, Rum und Geschrei, Rausch und Rum, Rum und Spiel, Schlägereien und Rum, ein einziges, trostloses Durcheinander.

Ich sah hinüber zu Flints Boot, es lag eine Kabellänge voraus. Er selbst stand achtern, trug seinen blutroten Hut und brüllte seine Befehle. An Bord kannte Flint nur eine Stimmlage, es spielte keine Rolle, ob es sich um eine Fregatte oder eine Jolle handelte. Die Geisel hatte er trotz allem auf dem Schiff gelassen, was darauf hindeutete, daß er sie noch ein paar Tage für sich behalten wollte. Ich sah mich nach dem Feldscher um. Er war auch dabei. Zwei Ruderbänke vor Flint ragte sein kahler Schädel auf.

Feldschere habe ich nie verstanden und den von der *Walrus* vielleicht am allerwenigsten. Was brachte sie eigentlich dazu, Leute wie uns am Leben zu halten, obwohl uns das streng genommen gleichgültig war und wir sie obendrein haßten wie die Pest? Ich habe nicht einen Seemann gekannt, der für den Arzt etwas übrig hatte. Ein Leben im Blut, wozu? Religiös waren sie jedenfalls nicht und auch keine barmherzigen Samariter. Warum also? Nie habe ich das begriffen und begreife es immer noch nicht. Häufig waren sie sogar gebildet. Von mir abgesehen, war der Feldscher auf der *Walrus* der einzige, der ein richtiges Buch gelesen hatte. Und damit meine ich nicht die Bibel. Nicht, daß so etwas dem Feldscher unbedingt geholfen hätte. Ein finsterer Kerl war das. An diesem Tag würde er jedenfalls für seinen Anteil an der Beute etwas Nützliches tun. Und trotz allem hatte er mir das Leben gerettet. Womöglich konnte ich sogar so weit gehen, ihm meinen Dank abzustatten. Wir fuhren eine halbe Seemeile an der Insel entlang, bis wir ihre Nordostspitze erreichten, auf deren Südseite wir die Boote an Land zogen. Wir waren nicht zum ersten Mal dort. Am Strand sahen wir die Reste eines früheren Feuers und auch leere Rumflaschen. Der Sand war weiß, er glitzerte wie die Diamanten, die dieser Narr damals auf der *Cassandra* in tausend Stücke zertrümmert hatte, damit er sie gerecht teilen konnte. Die Palmenkronen warfen große, schwarze Sternschatten, die flatterten, wenn der Wind in die Blätter fuhr. Beim vorigen Mal hatte einer aus der Mannschaft eine Kokosnuß auf den Kopf bekommen und war sofort tot. Zur Begeisterung aller. Daß man von so etwas sterben konnte, hatte niemand geglaubt. Aber jetzt setzte sich keiner mehr an einen Palmenstamm.

Wir hatten uns die Landzunge nicht zufällig ausgesucht. Wenn seine eigene Haut auf dem Spiel stand, war Flint ein vorsichtiger Kapitän, zumindest bis er in seinem letzten Jahr den Verstand verlor. Schon vor langer Zeit hatte er die Vorteile dieses Ortes entdeckt. Die Landzunge lief wie ein langer Finger mit gewölbtem Rücken einige hundert Ellen vom Land ins Meer. Von ihrem Kamm aus hatte man freie Sicht nach Norden und nach Süden und konnte jedes Schiff sehen, das auf die Insel zukam. Außerdem lag die Passage, die an der Sandbank vorbeiführte, so weit draußen, daß wir Zeit genug hatten, an Bord der *Walrus* zu gehen und sie gefechtsklar zu machen. Das heißt, falls wir nicht sturzbetrunken waren.

Wir waren kaum an Land, da hatten ein paar schon ein Loch in ein Rumfaß geschlagen. Andere hatten es nicht so eilig. Die Hände hinter dem Kopf verschränkt, warfen sie sich auf den Strand und lagen dort wie tot. Ich hüpfte auf meinem einen Bein herum, so gut es ging, und unterhielt mich mit allen als der gute Kamerad, der ich sein konnte, wenn es nötig war. Ich verbreitete soviel gute Laune wie möglich, damit keiner je vergaß, daß Long John Silver ein gutes Herz hatte und tat, was er tat, weil er dafür seine Gründe hatte.

Einige prahlten laut mit ihren Großtaten, als würden die davon besser, daß man heulte wie ein Wolf. Morgan, der nicht viel weiter als bis sechs zählen konnte, hatte seine Würfel hervorgezogen und lockte alle und jeden, sie sollten um ihren Teil der Beute spielen. Morgan war so. Er riskierte sein Leben für ein Würfelspiel. Einmal hatte ich ihm vorgeschlagen, wir sollten lieber um unser Leben würfeln. Das sei geistreicher, meinte ich. Morgan aber begriff den Witz nicht.

Pew irrte herum, wie immer, und suchte Streit, war jedoch verwirrter als sonst. Der Schwarze Hund drehte seine Runden um einige Neue und Junge. Den ersten besten, der betrunken umfiel, schleppte er in ein Gebüsch. Was er davon hatte, wußten die Götter. Flint saß da wie immer, so, wie sich das gehörte, unter Wahrung seines Rufs mit einem eigenen Rumfäßchen. Bevor der Abend zu Ende war, würde er es ausgetrunken haben. Flint konnte Rum trinken wie kein anderer. Wenn alle anderen umgefallen waren, saß Flint noch immer aufrecht mit glänzenden Augen da und starrte ins Feuer. Je mehr er trank, desto ruhiger wurde er. Zuletzt sagte er meist überhaupt nichts mehr, saß nur da und glotzte. Ob man es glaubt oder nicht, ich habe gesehen, daß er an solchen Abenden dickere Tränen vergoß als ein Krokodil. Worüber? fragte ich ihn einmal.

»Über all die guten Seeleute, die tot sind«, hatte er weinerlich geantwortet. »Wegen nichts«, sagte er.

»Aber Ihr und ich, wir leben doch und sind noch rüstig«, hatte ich eingewandt, um ihn aufzumuntern.

»Und was habe ich davon?« hatte er ins Blaue hinein geantwortet.

Das, glaube ich, war das einzige Mal, daß ich Flint nicht verstanden habe. Aber wer weiß, ob es ihm anders ging.

An diesem Abend sah ich, daß er sich vorläufig mit dem Rum zurückhielt. Ich wußte, worauf er wartete, hatte aber keine Eile. Erst mußte gegessen werden. Das geschah bald nach Einbruch der Abenddämmerung. Job, Jonny und Dick schleppten zwei Ziegen herbei, die sie vor Sonnenuntergang im Sumpf geschossen hatten. Es gab einen ziemlichen Tumult, mit Hurrarufen und allem, was zu einer solchen Gelegenheit paßt. Und das erschien mir vortrefflich, denn es würde dem, was ich im Sinn hatte, noch ein wenig zusätzliche Würze verleihen.

»Deval«, schrie Dick, »du alter Ziegenjäger, du machst den Grillmeister.«

Genau damit hatte ich gerechnet, ich hatte darauf gehofft. Nur weil er Franzose war, hielt man ihn noch immer für eine Art Bukanier aus der guten alten Zeit, und darum sollte er die Ziegen auf der Stange grillen, was die Franzosen *barbe-au-cul* nennen, während die Indianer *barbacoa* dazu sagen. Es war gar nicht so erstaunlich, daß die Franzosen sich verhört hatten, da man der Ziege den Schwanz abschnitt und eine angespitzte Stange hinten hinein- und geradewegs hindurchtrieb. Mit dem kleinen Schwanzstummel, der ihr achtern geblieben war, sah es wirklich so aus, als ob die Ziege einen Bart hätte, *barbe-au-cul* auf französisch. Ja, so war das, aber heute hat man es vergessen, und ich glaube, kaum einer weiß, daß mein Name Barbecue Bart am Hintern bedeutet.

Deval zeigte sein schiefstes, höhnischstes Grinsen, wie nur

er es zustande brachte. Übrigens hatte er nur dies eine. Dann zog er sein Messer und schnitt die Ziegenschwänze ab, wie es sich gehört. Dick gab ihm die angespitzten Stangen, und Deval durchbohrte die Tiere mit einem einzigen Stoß bis zum Bug. So hatte es seine Richtigkeit, und die Männer schrien vor Erregung, schließlich waren sie Feinschmecker. In der Zwischenzeit hatte Jonny auf jeder Seite des Feuers einen Dreifuß aufgebaut, und es dauerte nicht lange, da roch es nach gebratenem Ziegenfleisch. Ein paar Männer geiferten wie die Dorfköter. Was kaum erstaunlich war. Immerhin war es das erste frische Fleisch, das ihnen seit Wochen vor die Augen kam.

Ich wartete ab, bis alle etwas bekommen hatten und ihnen das Fett aus dem Mund tropfte. Ich stand schräg hinter Deval, mit geladener Pistole.

»Kameraden!« schrie ich, »darf ich um ein wenig Aufmerksamkeit für eine arme Seele bitten, die ein paar Worte sagen möchte.«

Ich glaube, alle sahen hoch, aber niemand hörte mit dem Schmatzen auf.

»Ihr eßt gutes Fleisch«, fuhr ich fort, »ihr seid gesund, und Rum haben wir für ein ganzes Geschwader. Ihr habt einen tüchtigen Kapitän, der euch zu reichen Männern machen kann, wenn ihr wollt. Ich schlage ein Hoch auf Flint vor!«

Alle stimmten aus vollem Hals in die Hurrarufe ein. Ohne Flint waren sie keinen Pfifferling wert. Das wußten sie.

»Alles sei euch vergönnt«, begann ich wieder. »Ihr habt gestern eine gute Prise gemacht. Alle haben getan, was sie sollten.«

Ich schwieg einen Augenblick, und dann sagte ich:

»Ihr könnt stolz sein. Alle.«

Und hier schwieg ich wieder, aber nur kurz.

»Alle außer einem.«

Im Augenwinkel sah ich, daß Flint die Hand auf den Säbel legte. Wahrscheinlich rechnete er damit, daß es Streit geben könnte, falls der, auf den ich aus war, das Vertrauen der Besatzung hatte. Aber einer Klapperschlange wie Deval hat noch kein Mensch je vertraut.

Daß noch andere kein reines Gewissen hatten, war deutlich, denn sie wurden unruhig und sahen weg.

»Gestern habe ich im Gefecht ein Bein verloren. Wenn man für eine gute Sache kämpft, passiert so etwas. Wahrscheinlich habe ich sogar Glück gehabt, denn ich lebe und stehe wenigstens noch mit einem Bein auf der Erde. Stellt euch vor, ich hätte beide verloren. Könnt ihr euch vorstellen, wie das ausgesehen hätte?«

Unverkennbar dachten alle nach, ein paar lachten unbändig, und ich muß zugeben, ein John Silver, der mit dem Rumpf im Sand stand, wäre für andere ein recht amüsanter Anblick gewesen. Denn genau das hatten die Männer vor Augen. Weiter reichte ihre Vorstellung nicht.

»Ich schlage ein Hoch auf den Feldscher vor«, schrie ich in den Lärm hinein, und wieder schrien alle aus Herzenslust Hurra.

Der Feldscher machte kein fröhliches Gesicht, das tat er nie, aber er wischte sich mit der Hand den Schweiß von seinem kahlen Schädel. Dachte er etwa, ich scherzte und würfe ihm vor, daß er mein Bein nicht gerettet hatte? Das konnte nicht schaden.

»Und darum soll der Feldscher einen neuen Ehrenauftrag erhalten. Er soll noch ein Bein absägen, mit demselben Schwung und der gleichen Bravour wie bei mir.«

Plötzlich leuchtete ihm die Angst aus den Augen. Bestimmt glaubte er, ich sei mit seiner ärztlichen Kunst nicht zufrieden und würde ihn jetzt zwingen, sein eigenes Bein abzusägen. Im selben Augenblick aber hatte ich meine Pistole gezogen und preßte sie an Devals Schädel.

»Da sitzt er, unser verehrter Grillmeister, und läßt sich nichts anmerken«, sagte ich mit einer Stimme, die sogar die

Schmatzer zum Schweigen brachte. »Wir Glücksritter sind freie Partner. Wir teilen die Beute und die Gefahren nach allen Regeln der Kunst. Wir haben in die Statuten geschrieben, was der Verlust eines Beines oder eines Armes oder eines Daumens im Kampf wert ist. Wir wählen unsere Kapitäne. Wir sind uns einig. Wenn welche eine andere Ansicht haben, können sie eine Beratung verlangen, so ist es Brauch und Sitte. Wenn jemand einen persönlichen Groll hegt, dann wird darüber an Land entschieden. Wir haben unsere Fehler und Mängel, aber an Bord ist an Bord. Hier Wasser – dort Land. Kameraden, ist das so?«

Von verschiedenen Seiten erklang zustimmendes Brummen. Es waren wilde und rauhe Gesellen, aber sie hatten ihre Regeln, damit sich keiner Freiheiten herausnahm oder mehr sein wollte als ein anderer.

»Nichtsdestoweniger«, fuhr ich mit der gleichen Stimme fort, »hat dieser Feigling hier, Deval heißt er, versucht, mich von hinten zu erschießen, als wir die *Rose* entern wollten. Was meint ihr dazu, Kameraden?«

Wieder wurde gemurmelt, aber nicht mehr. Daß um meinetwegen keiner in Zorn geraten oder Mitleid haben würde, wußte ich. Aber es wollte auch keiner einfach von hinten erschossen werden.

»Beweise!«

Flints Posaunenstimme durchstieß die Luft.

»Welche Beweise gibt es?«

Das war typisch Flint. Wenn etwas auf dem Spiel stand, hatte er seine Sinne beisammen. Hätte ich keine Beweise gehabt, dann hätten sie jetzt angefangen, durcheinanderzureden und zu zweifeln.

»Die *Rose* hat eine Breitseite mit Schrot abgefeuert«, sagte ich. »Ich habe aber noch nie gesehen, daß Schrot in der Luft kehrtmacht und auf demselben Weg zurückfliegt, den er gekommen ist. Nicht wahr, Herr Feldscher? Sagt ihnen, daß die Kugel von hinten ins Bein gegangen ist!«

Der Feldscher äußerte etwas kaum Hörbares. Er war vor Angst noch immer wie gelähmt.

»Das kannst du besser. Ist die Kugel von hinten gekommen, ja oder nein?«

»Ja«, haspelte der Feldscher. »Ja, so ist es zweifellos der Fall gewesen.«

»Was meint ihr? Sind das genug Beweise?«

Einige riefen »Ja« und schrien, ihretwegen könne Deval sterben. Den Appetit werde es ihnen nicht nehmen.

»Woher sollen wir wissen, daß Herr Silver nicht mit dem Rücken zur *Rose* gestanden hat?«

»Wer hat das gesagt?« schrie ich wütend. »Hat irgend einer hier je gesehen, daß John Silver dem Feind den Rücken zugekehrt hätte?«

Es wurde still. Alle wußten, daß das unmöglich war. Ich drehte mich zu Deval um.

»Was sagst du dazu?« fragte ich höhnisch.

Der Haß leuchtete aus seinen Augen. In meinen wildesten Träumen habe ich mir nicht vorstellen können, daß jemand so leidenschaftlich hassen konnte. Nicht einmal, wenn es mir galt.

»Daß es verdammt schade ist, daß sie nur das Bein abgenommen haben!« sagte Deval, ohne zu begreifen, wie närrisch er sich verhielt. Hätte er doch nur zu fragen brauchen, woher ich wußte, daß er und kein anderer geschossen hatte. Deval konnte ja nicht wissen, daß ich John niemals als Zeugen genannt hätte, denn das hätte für John früher oder später den Tod bedeutet, das ist sicher.

»Schade um dich, ja«, sagte ich zu Deval und lachte. »Aber nicht für uns andere. Feldscher, komm her!«

Widerstrebend kam er zu mir.

»Nun, bester Feldscher«, sagte ich zu ihm, »werdet Ihr der ganzen Besatzung der *Walrus* und Kapitän Flint zeigen, wie man ein Bein absägt. Nach allen Regeln der Kunst.«

»Nein, das nicht!« schrie Deval leichenblaß.

»Aber ja. Bein für Bein, das ist billig. Dick und George, kommt her und haltet diesen Abschaum fest, bis er ohnmächtig wird. Mut hat er ja doch nicht.«

Dick und George kamen angerannt. Ich zog die Knochensäge aus der Jacke, wo ich sie verborgen hielt, seit ich sie an Bord an mich genommen hatte, als der Feldscher im Schlaf lag.

»Bitte sehr, Doktor! Tretet den Beweis an. Das eine Mal kann ein Glückstreffer gewesen sein. Deval zuliebe wollen wir das aber nicht hoffen.«

»Bester Herr Silver, das kann ich nicht machen. Der Mann ist nicht verletzt. Ich bin Arzt, nicht Schlachter.«

Der Schweiß lief ihm herunter.

»Bester Doktor«, antwortete ich, »bin ich vielleicht nicht gesund gewesen, als Deval von hinten auf mich geschossen hat? Ich habe das Recht, einen solchen Hund nach allen Regeln der Kunst zu töten. Aber ich erschlage einen Menschen nicht ohne Not. Das nützt niemandem. Auch mir nicht. Welchen Nutzen hat man von einer Leiche? Außerdem bleibt Euch keine andere Wahl, Doktor.«

Deval schrie, als der Feldscher den Knebel enger zog. Aber ich glaube, er wurde ohnmächtig, ehe der Arzt überhaupt angefangen hatte.

»Ekelhaft«, hörte ich den Schwarzen Hund hinter mir sagen. »Er verdirbt uns den ganzen Spaß.«

Der Arzt schien sein Handwerk zu verabscheuen, das fiel mir auf. Vermutlich gab es in seinem trüben Gewissen trotz allem eine schwache Stelle. Eine Entdeckung, die mir eines Tages noch nützlich werden konnte.

Als Devals Bein abgesägt war, ergriff ich es und ging damit ans Feuer. Es war völlig still, abgesehen vom Schluchzen des Arztes. Ich nahm einen der Grillspieße und durchbohrte, wie es üblich war, Devals Bein mit einem einzigen Stoß von oben bis unten. Es waren Feinschmecker, doch jubelte diesmal niemand. Dann legte ich das Bein über das Feuer.

»So etwas nenne ich Barbecue!« schrie ich.

Eine Zeitlang sprach keiner, dann aber hörte ich Pews krächzende Stimme, wen sonst, ihm war aufgegangen, was ich getan hatte. Sein Geruchssinn hatte bei seinem Unfall jedenfalls keinen Schaden genommen.

»Ein Hoch auf Silver!« lärmte er. »Ein Hoch auf Barbecue!«

Einige stießen matte Hurrarufe aus. Besonders herzlich waren sie indessen nicht, sondern vor allem erschrocken und mutlos. Und war dies nicht meine Absicht gewesen? Was ging mich Deval an? Ich hätte ihm ebensogut an Ort und Stelle eine Kugel verpassen können. Im Grunde hätte ich es vielleicht vorgezogen. Barmherziger wäre es gewesen für Deval. So aber konnte ich sicher sein, daß eine Zeitlang keiner gegen mich rebellieren würde, auch nicht hinter meinem Rücken. Man würde mich in Frieden lassen. Das war alles.

Ich sah hinüber zu Flint. Er saß steif da und starrte auf das verkohlende Bein. Dann sah er mich lange an und nickte stumm. Mit gebührendem Respekt.

Seit diesem Tag wurde ich Barbecue genannt. Und dabei dachten Trelawney, Livesey, Smollett und ihr Anhang, meine Kochkünste hätten mir diesen Namen eingebracht.

Schwerfällig setzte ich mich auf den Strand, und als ich schließlich einschlief, umwehte mich der Geruch von verbranntem Menschenfleisch und gerösteter Stiefelsohle.

Einer einzelnen Stiefelsohle.

3

Am Horizont geht die Sonne auf, und sie bringt das Wasser von Ranter Bay zum Funkeln und Glitzern wie alle Edelsteine Madagaskars auf einmal. Eben dies bezeichnet man als Schönheit. Doch welchen Nutzen habe ich davon? Ich beklage mich nicht, aber ich muß feststellen, viel kann ich mit diesem Leben nicht mehr anfangen.

1737 bin ich mit Dolores, mit meinem Papagei und mit Jack und den anderen freigekauften Sklaven des unbeugsamen Volkes der Sakalava hierhergekommen. Hierher, in die alte Freistatt Plantains, floh ich nach dem Debakel mit der Expedition zu Flints Schatz. Hier, auf der Großen Insel, in diesem ehemaligen Paradies der Glücksritter, werde ich als letzter meiner Art untergehen. Hier will ich leben, bis es Zeit ist zum Abwracken. Ich habe begonnen, mein Logbuch zu schreiben. Ich habe viele Geschichten erzählt und habe manch einen an der Nase herumgeführt. So kam ich weiter in dieser Welt. Immer war ich für mich selbst verantwortlich. Wer von den anderen hätte das von sich behaupten können?

Mein Papagei Flint, meine Frau, deren Namen ich nicht einmal wußte. Ich nannte sie Dolores, irgendeinen Namen mußte sie schließlich haben. Dolores und Flint sind fast gleichzeitig gestorben. Dolores zuerst, ohne einen Laut, ohne das kleinste Vorzeichen, ohne irgendeine Regung. Wie kühles Wasser oder Morgentau war sie plötzlich fort, als hätte sie niemals existiert. Und ich stand allein da, wie ein Narr.

Am Tag darauf starb Flint, der brachte es mit Bravour hinter sich. Ich weiß nicht, wie alt er war, das wußte keiner. Hundert Jahre vielleicht. Er ist mit allen großen Kapitänen gefahren, mit Morgan, L'Olonnais, den man den Blutigen nannte, übrigens mit vollem Recht, mit Roberts, England und La Bouche. Flint war der letzte Kapitän des Papageis gewesen, und er hat seinen Namen bekommen, denn dieser alberne Smollett auf der *Hispaniola*, der zählt nicht. Sein ganzes Leben lang hat der Papagei tagsüber, wenn es zu warm war, den Schnabel gehalten. An jenem Tag aber krächzte und schrie er vom Morgen bis zum Abend. Er sagte alle Sprüche und unflätigen Worte her, die er kannte, und das waren einige. Er sagte alle sonderbaren Münzsorten her, die es auf unserer Erde gibt, und das sind nicht wenige. Dann sah er mich an, legte den Kopf schräg, und seine Augen sahen so traurig aus, daß ich zu weinen begann, ich, Long John Silver, heulte wegen eines lumpigen Papageis. Mit letzter Kraft richtete da der Vogel seinen Kopf wieder auf und flüsterte, wenn ein Papagei denn flüstern kann:

»Fünfzehn Mann auf des toten Manns Kiste. Hej, hoo und 'ne Buddel voll Rum!«

Dann war es vorbei. Hundert oder mehr Papageienjahre stiegen ins Grab, es war, als hätte sich nichts von all dem, was er erlebt hatte, jemals zugetragen. Und ich war allein, ich blieb zurück. Allein mit ein paar freigekauften Sklaven, einer Leibwache, die außer einem spacken Schiff voller Reichtümer kaum etwas zu verteidigen hatte. Schändlich, aber wahr. Ich, der das ganze Leben lang mir selbst genug gewesen war, ich wußte nicht mehr, wozu das gut sein sollte!

Ich zählte meine Münzen und wußte nicht warum. Ich legte mich mit schwarzen Mädchen ins Bett, aber schon längst war mir der Saft für immer versiegt. Ich phantasierte von allem möglichen, aber niemand hörte mir zu, nicht einmal ich selbst.

Dann, eines Tages, begann ich meine Geschichte zu erzählen, so, wie sie mir einfiel, von meinem Bein und wie ich mit einem gewissen Recht zu meinem Namen gekommen war. Wer hätte gedacht, daß es dazu kommen würde? Die abenteuerliche und wahre Geschichte von Long John Silver, Barbecue genannt von seinen Freunden, falls er welche hatte, und von seinen Feinden, die zahlreich waren. Schluß mit Narretei und Hirngespinsten. Schluß mit Bluff und blauem Dunst. Zum ersten Mal offene Karten, nur die Wahrheit, von Anfang bis Ende, ohne Hintergedanken und Finten. Wie es wirklich war, mehr nicht. Daß es dazu kommen mußte! Daß ich dergleichen nötig hatte, um bei Verstand zu bleiben!

4

Es ist gut möglich, daß ich 1685 geboren bin, und wenn es so ist, wie ich annehme, habe ich jetzt sechsundfünfzig Jahre gelebt. Geboren bin ich jedenfalls in Bristol, in einem Zimmer, von dem aus man das Meer sehen konnte, oder wenigstens jenen Zipfel des Atlantik, den man Bristol-Kanal nannte und an dem mehr Schmugglernester lagen als an jeder anderen Bucht dieser Welt. Wer aber glaubt, diese Aussicht habe bewirkt, daß ich zur See gegangen bin, der hat sich verrechnet. Alle in Bristol gingen früher oder später zur See, auch wenn sie diese Absicht ursprünglich nicht gehabt hatten. Es hieß, mit meinem Vater sei nicht gut Kirschen essen gewesen, und es ist sehr wahrscheinlich, daß das stimmt. Mit Sicherheit weiß ich nur, daß er, wenn er aus dem Krug kam, meist aussah, als habe man ihn an den Beinen, die Nase im Straßendreck wie ein Pflug, nach Hause geschleift. Links von rechts zu unterscheiden, fiel ihm genauso schwer, wie auf den Beinen zu stehen. Ich habe immer gedacht, daß das sein und mein Glück war. Sein Glück, weil er starb, und aus ebendiesem Grunde mein Glück.

Eines Tages ist er auf dem Heimweg vom Krug nach links, statt nach rechts abgebogen und geradewegs in den Hafen gelaufen. Zwei Tage später hat man ihn gefunden, von der Flut auf eine Klippe gespült, dieses eine Mal mit der Nase nach oben, mit dem zumindest, was von seiner Nase übrig war. Zerschlagen war er im Gesicht und aufgedunsen wie eine Kröte. Ich sah ihn, als der Sarg zugenagelt wurde. Schön, daß er hingegangen ist – in der vollen Bedeutung des Wortes. Das habe ich damals gedacht und ich denke es noch heute. Wenn auf dieser Welt etwas überflüssig ist, dann sind es Väter, Gottvater persönlich und all seine aufgeblasenen Gleichen. Sollen sie sich fortpflanzen und dann totsaufen. Aber das tun sie schließlich ohnehin. Daß mein Erzeuger Ire gewesen war, machte die Sache weder besser noch schlechter, und auch nicht, daß meine Mutter aus Schottland, von den Inseln, stammte. Wie sie nach Bristol geraten sind, weiß ich nicht, daß sie einander aber im Zusammenhang mit der Seefahrt gerammt und geentert haben, darüber kann es keinen Zweifel geben.

Meine Mutter war meine Mutter, damit ist eigentlich das Wichtigste gesagt. Sie tat ihr Bestes, und was war das Ergebnis? Long John Silver, Quartermeister auf der *Walrus,* ein vermögender, gefürchteter Mann, dessen Wort Gewicht hatte, wohin er auch kam, der gebildet war obendrein, der sich benehmen und lateinisch sprechen konnte, wenn die Not es erforderte. Mußte sie nicht zufrieden sein? Hätte man nicht von vielen großen Männern, die in Bristol oder auf ihren Gütern saßen, das gleiche sagen können?

Meine Mutter tat wirklich ihr Bestes, vielleicht sogar für mich, zumindest aber für sich. Soweit ich weiß, war sie eine Frau von vorteilhaftem Äußeren und mit einem scharfen Verstand. Damit kam sie weit oder allzu weit, ganz wie man es sehen möchte, jedenfalls aber so weit, daß es ihr gelang, in zweiter Ehe einen wohlhabenden Kaufmann zu heiraten. Er haßte mich, war jedoch Schotte, und deshalb mußte ich zur Schule gehen, um wenigstens Latein und die Bibel zu lernen. Davon hätte man immer einen Nutzen, bekam ich zu hören. Seltsamerweise hatte er recht. Bei den Glücksrittern konnte ich häufig einen Vorteil aus meinem Ruf eines gebildeten Mannes ziehen. Man sagte mir nach, in jungen Jahren hätte ich eine gute Ausbildung erhalten und könne reden wie ein Buch. Der bloße Ruf hätte indessen genügt. Daß ich wirklich Latein konnte, war an sich recht gleichgültig. Denn mit wem hätte ich mich unterhalten sollen?

Wie es heutzutage ist, weiß ich nicht, in meiner Jugend

aber mußten nur in Schottland alle zur Schule gehen. Darum gab es auch so viele schottische Schiffsärzte in der ausgelassenen Schar der Glücksritter. Was ein Glück für uns war, könnte man sagen, denn so mußten wir uns nicht mit versoffenen Pfuschern abfinden, die bei der Flotte ihren Abschied erhalten hatten. In Glasgow gab es so viele arbeitslose Ärzte, daß sie freiwillig gegen normalen Lohn bei uns anheuerten, zumindest bis sie entdeckten, daß kein Vertrag dieser Welt sie vor dem Galgen bewahren konnte, wenn es einmal soweit war. Später segelten auch sie auf Gewinn, und der einzige Unterschied bestand darin, daß sie sich guten Gewissens mit Blut beschmutzten, während die meisten von uns überhaupt kein Gewissen hatten.

Daß ich aber nicht Feldscher werden wollte, wußte ich schon, bevor ich in die Schule kam. Denn trotz allem war Blut niemals mein Leibgericht. Worunter hätte ich also wählen sollen: Pfarrer und Advokat. Beides lag mir. Das waren Berufe, die einem reichlich Gelegenheit gaben, zu lügen und die Leute hinters Licht zu führen, worin im großen und ganzen ihr Sinn bestand. Allmählich ging mir aber auf, daß hier immer aufs neue die alte Leier verlangt wurde. Man mußte sagen, was bereits ausgesprochen, niedergeschrieben und festgesetzt war, nicht eine Silbe mehr oder weniger.

Das behagte mir wenig, denn so lange ich denken kann, habe ich mir Sachen ausgedacht, habe aufgeschnitten und dazuerfunden. Mein Kopf war voller Geheimtüren, und auf verbotenem Grund stand das Gras immer grüner. Meine Mutter bezeichnete mich als phantasiebegabt, mein Stiefvater hieß mich einen Lügenhals, vor allem, als ich in der Stadt verbreitete, er sei Souteneur, obwohl ich nicht wußte, was das war, abgesehen davon, daß es sich um etwas Schlimmes handelte.

So blieb es. Ich scherte mich nie darum, wer in der Welt der Worte das Wegerecht hatte und wer in Luv liegen mußte. Darum drehte ich an den Gesetzen der Landratten und ließ mir neue einfallen. Ich brachte die Bibel so durcheinander, daß man nicht mehr wußte, wo hinten und vorn und oben und unten war.

Im Juristischen hatte ich Erfolg und wurde gefeiert. Niemand hatte die Gesetze ganz gelesen, und die Gesetze, die ich in meiner Kammer erfand, waren so gut wie andere. Schlimmer verhielt es sich mit Gott, in dessen Namen ich *en gros* und *en detail* Ohrfeigen und Stockschläge bezog.

Als ich es leid war, sein Wort bis zum Überdruß herunterzuleiern, packte und staute ich um, so daß die Leichen aus der Ladung auf der Brücke standen und umgekehrt. Ich ließ Judas den Kurs bestimmen und schickte Jesus vor den Mast, wohin er nach eigener Aussage gehörte. Ich vertauschte Adam und machte alle Frauenzimmer zu Kerlen und umgekehrt. Ich sperrte den Heiligen Geist in eine Flasche und korkte sie zu, und hei, da gab es keinen mehr, der einem sagte, wer Papst sein werde: Ich ließ Mose auf dem Berg stolpern, so daß die steinernen Tafeln in tausend Stücke zersprangen, und hei und hoo, die Zehn Gebote und das Gewissen blieben uns erspart. Und so weiter, ein einziges, endloses Durcheinander.

Bis zu jenem Tag, als ich im Speisesaal beim Abendgebet aufstand, um aus der Bibel vorzulesen, wie es an Sonntagen üblich war. Ich öffnete die Heilige Schrift und las die Zehn Gebote, wie es mir in den Sinn kam. Gegen das erste konnte ich natürlich nicht sehr viel tun, so, wie es war, war es mir immer gut vorgekommen, mit einer kleinen Korrektur, der Sicherheit halber: »Ich soll keine anderen Götter haben neben mir.«

An das, was ich mit den anderen machte, erinnere ich mich nicht mehr, nur daran, daß es im gleichen Geiste geschah, wenn auch nicht dem Heiligen. Aber ich nehme an, daß das achte, das letzte, das ich vorlas, so lautete, wie ich lebte: »Du sollst immer falsch Zeugnis reden.«

Weiter kam ich nicht. Als ich für einen Augenblick von

der Bibel aufsah, aus der ich vorzulesen geglaubt hatte, war mir nicht klar, was ich getan hatte. Aber selten habe ich eine solche Stille erlebt, und ich bildete mir ein, ich hätte sie zum Schweigen gebracht. Ich hatte triumphiert. So glaubte ich.

Da aber erhob sich langsam der Rektor und kam auf mich zu. Ich höre noch den Widerhall seiner Schritte auf dem Steinbelag. Schweigend riß er mir Gottes Wort aus den Händen und sah lange auf die aufgeschlagene Seite. Als er sich satt gesehen hatte, wandte er sich zu mir.

»Kannst du nicht lesen, John Silver?« fragte er mit drohender Stimme.

»Doch«, antwortete ich froh.

Ich weiß nicht, ob ihn meine vergnügte, kecke Antwort um seine Fassung brachte, doch im nächsten Augenblick war er rot wie ein Hahnenkamm und kreischte wie ein angestochenes Ferkel: »Master Silver irrt sich, wenn er glaubt, er könne tun, was ihm beliebt. Und wenn Master Silver sich einbildet, er könne ungestraft die Leute foppen und Gott lästern, irrt er sich wieder. Hinweg mit dir! Und wenn du mir noch jemals unter die Augen kommst, werde ich dir das Maul zunähen, so wahr ich Nutsford heiße!«

Ich war vor Schreck wie gelähmt, und nicht nur wegen der Vorstellung, daß ich meinen Mund nicht mehr sollte öffnen können. Ich hatte noch nie erlebt, daß Nutsford die Fassung verlor. Stets war er ein kultivierter, leiser Mann gewesen, insbesondere, wenn er das Vergnügen hatte, uns mit dem Rohrstock gelb und grün zu bleuen. So gelähmt war ich, daß Nutsford mich mit schweren, harten Fußtritten aus dem Speisesaal jagen mußte, die mich achtern mit einer Präzision trafen, wie man sie nur durch langes, ausdauerndes Praktizieren erreicht.

Zum ersten und letzten Mal in meinem Leben hatte ich wirklich Angst. Ich begriff damals ein für allemal, was es heißt, um sein Leben und seine Haut zu fürchten. Die Fußtritte waren nichts Besonderes. Sie wurden ohnehin beim geringsten Anlaß ausgeteilt. Es war vielmehr die heiße Raserei des Rektors, die mich mit Angst erfüllte. Ich war überzeugt, und das vielleicht völlig zu Recht, daß er mich erschlagen würde, wenn ich bliebe. Ich habe erlebt, wie Taylor die Beherrschung verlor, habe England gesehen, dem es ebenso ging, auch wenn man ihn immer für barmherzig gehalten hat, und ich sah Flints Wut, als sie in voller Blüte stand. Nutsford war schlimmer als sie alle, und er war es im Namen der Glaubensglut und der Erlösung. Ein besseres Kreditiv für einen Büttel gibt es nicht, das habe ich im Leben gelernt.

Mich rettete, daß der Rektor zuerst in den Speisesaal zurückging und den Schwarm hineintrieb, bevor noch ein Schaden geschehen war. Das gab mir die Zeit, meine Habseligkeiten zusammenzuraffen, ein paar Münzen, die mir meine Mutter geschenkt hatte, und, trotz allem, meine Bücher. Die Bibel freilich ließ ich zurück. Ich habe sie seither nie vermißt. Meine eigenen Gebote erwiesen sich als völlig ausreichend, zumindest konnte ich nach ihnen leben.

Doch erst in dieser Nacht, als ich durch Strauch und Busch auf Glasgow zustolperte, ging mir auf, was ich getan und daß ich mich selbst an der Nase herumgeführt hatte. Eines habe ich dadurch gelernt, meine ich heute, bin aber vielleicht auch erst später darauf gekommen: Will man einen anderen übertölpeln, dann darf man sich nicht verplappern – und man benutzt besser seine eigenen Worte als die anderer.

5

Heute, als ich kurz nach Sonnenaufgang erwachte, konnte ich die Hände nicht von meinen Augen nehmen und hatte vergessen, wozu man sie braucht. Meine Hände sind immer sauber und weich gewesen wie Frauenschenkel auf der Innenseite neben dem Schoß.

In Glasgow, in einer Kneipe im Hafenviertel von Greenock, wo ich nach meiner kopflosen Flucht aus der Schule landete, begriff ich, wie diese Welt eingerichtet ist; und daß der Seemann noch geboren werden muß, den man nicht an den Händen erkennt.

Als ich Glasgow erreichte, hatte ich bereits beschlossen, daß ich anheuern wollte. Auf See hatte man seine Ruhe vor den Leuten an Land, das wußte ich, oder glaubte es zu wissen. Dort achtete niemand sonderlich auf Gebote. Dort gab es keine tobenden Rektoren und Stiefväter, die aus geringfügigem Anlaß zum Stock griffen. Dort war Leben und Bewegung, und man kam in der Welt herum, an Orte, wo keiner wußte, wer man war, und auf alle Fälle war es besser, dort zu sein als hier. So dachte ich, denn was wußte ich von der Welt und der Seefahrt.

Auf das erste beste Schiff wollte ich freilich nicht. Oft genug hatte ich mich in Bristol unter Fahrensleuten herumgetrieben und hatte gelernt, daß es Kapitäne gab, die Seeleute haßten, und andere Kapitäne gab, die Menschen haßten, und daß man letztere meiden mußte wie die Pest. Daß Kapitäne Seeleute haßten, mußte so sein. Denn die Seeleute haßten die Kapitäne ebenso. Das war ihr Vorrecht und ihre Pflicht.

Ich war kaum jenseits der Schwelle dieser Kneipe, als ich eine rauhe Stimme hörte, die nach mir langte wie der Arm eines Dockarbeiters.

»Junge, setz dich hierher. Ich tue keiner Fliege etwas zuleide, aber ich habe zu lange gelebt und kann ein Glas Bier gebrauchen. Auf Rechnung anderer, wie du vermutlich errätst. Ich glaube, ich kann nicht mehr zählen.«

Es dauerte einen Augenblick, bis ich mich an das Dämmerlicht gewöhnt hatte und ein zerfurchtes, kupferbraunes Gesicht auf einem Paar zusammengesunkener, aber breiter Schultern erblickte. Zwei große Hände, vielleicht habe ich nie mehr so große Hände gesehen, und voller Narben waren sie, streckten sich mir entgegen, als wollten sie mir zeigen, daß es so war, so sah er aus, das war aus ihm geworden, und das war alles. Zwischen all den gewundenen Runzeln aber standen zwei wohlwollende Augen.

»Ein bißchen Gesellschaft kann auch nicht schaden«, sagte der Alte. »Beim Bier.«

Ich überlegte mir, daß ich nichts zu befürchten hatte. Mit meinen fünfzehn Jahren und einem ebenso alten Korpus wurde ich mit einem müden Alten fertig, wenn es nötig sein sollte. Ich war nicht furchtsam, aber das sagte ich bereits. Nutsford, der Rektor, war der einzige, der erste und der letzte, der es jemals so weit gebracht hatte, daß mir die Knie zitterten, von Weibervolk abgesehen. Außerdem, sagte ich mir, mußte ich mit jemandem sprechen, der sich in der Seefahrt und in Glasgow auskannte.

»Wie heißt du?« fragte der Alte, sobald ich mich hingesetzt und meinen Tornister auf die Bank gelegt hatte.

»John, John Silver«, antwortete ich, und ohne mich deswegen zu schämen.

»Silver«, sagte der Alte langsam und zerkaute jeden Buchstaben, »nein, jemanden mit dem Namen kenne ich nicht. Woher kommst du?«

»Aus Bristol«, sagte ich.

»Und dein Vater, was treibt der hier auf Erden?«

»Soweit ich weiß, hier auf Erden nichts. Eher in der Erde. Er ist im Hafen ertrunken, und das war gut so.«

»Gut?« fragte der Alte. »Warum?«

»Das weiß ich nicht. Es ist so.«

»Wir hatten nicht viel Freude aneinander«, fügte ich zur Erklärung hinzu.

»Gut«, sagte der Alte, »da will ich mich raushalten. Das weißt du am besten. Aber ein Bier bezahlst du mir, was?«

»William Squier!« schrie der Alte, ohne meine Antwort abzuwarten, mit einer Stimme, die durch das ganze Lokal hallte. »Bier für zwei durstige Seeleute!«

Ein feines, spitzes Gesicht mit einem schmallippigen Mund zeigte sich, als ein Vorhang zur Seite glitt.

»Bier gibt es nicht gratis«, sagte der Krugwirt.

»Das ist mir bekannt, du Gierhals. Ich habe noch nie von Almosen gelebt, das weißt du. Aber mein Kamerad und ich, wir sind bei Kasse.«

Der Wirt glotzte mich an, machte aber auf dem Absatz kehrt und verschwand im Hinterzimmer.

»Das sind wir doch?« fragte der Alte mit leiserer Stimme.

»Was?«

»Bei Kasse, für zwei Bier?«

Doch, dachte ich, und noch mehr. Ich besaß elf Pfund, zehn Shilling. Die hatte mir meine Mutter gegeben, als ich nach Schottland gereist war, ohne Wissen meines Stiefvaters. »Das ist dein Erbe«, hatte meine Mutter gesagt, »von deinem richtigen Vater.« Ich dürfe aber keinem Menschen sagen, daß ich es von ihr bekommen oder daß es dieses Geld überhaupt gegeben hatte. »Dein Vater hat eigentlich kein Geld besessen«, hatte sie zur Erklärung hinzugefügt. Erst später begriff ich, daß es Geld gibt, das es nicht gibt, und daß sich besseres Geld als dieses unsichtbare auf der Welt nicht finden läßt. Daß mein Geld vom Schmuggel und anderem Schummel auf Lundy Island stammte, dessen bin ich mir sicher. Damals, in Glasgow, habe ich das nicht gewußt, aber ich nahm meine Mutter beim Wort. Das Geld sollte unsichtbar bleiben, und darum hatte ich die zehn Pfund in meinen Hosenbund eingenäht, und der Rest steckte in kleinen Münzen in allen möglichen Taschen.

»Ja, bitte«, antwortete ich, »für zwei Bier habe ich Geld genug, aber für mehr nicht. Darum bin ich hier. Ich will anheuern.«

»Du?« sagte er, als traue er seinen Ohren nicht. »In diesen Kleidern? Das sind doch Schulkleider, wenn ich nicht falsch sehe. Warum willst du zur See? Hast du das noch nie gehört – wer zum Spaß und wegen der Zerstreuung zur See geht, der kann ebensogut zur Hölle fahren.«

»Ich gehe nicht spaßeshalber zur See«, wandte ich ein.

»Nicht? Das ist gut. Sonst hätte ich nämlich denken müssen, daß du ein wenig verrückt bist. Aber danach siehst du nicht aus. Warum willst du anheuern? Doch nicht wegen des Geldes!«

Er sah mich pfiffig an. Glaubte er etwa nicht, daß mir nur eine kleinere Summe zur Verfügung stand?

»Doch«, antwortete ich vorsichtig, »wegen des Geldes, das ich nicht habe.«

Der Alte lachte und drosch mit seiner großen Hand auf den Tisch. »Gut geantwortet«, sagte er. »Wie ein richtiger Diplomat. Du wirst es einmal weit bringen.«

Der Wirt kam und stellte zwei Krüge Bier auf den Tisch. »Glück für dich«, sagte er säuerlich zu meinem Tischgenossen. »Daß du einen gefunden hast zum Ausnehmen.«

»Vorsicht!« sagte der Alte, und plötzlich schien nicht mehr mit ihm zu spaßen. »Nimm dich in acht, Squier. Ich bin vielleicht alt und müde, aber schau dir meine Hände an!«

Widerwillig sah der Wirt auf die Hände des Alten und dann, ohne daß ich beobachtet hätte, wie es kam, so rasch war das gegangen, hatte der Alte eine Hand am Hals des Wirts und drückte zu. Mit einer Hand! Die Häme des Wirts verschwand und verwandelte sich in Angst.

»Ich könnte dir das Genick brechen, so leicht, wie man eine Fliege erschlägt«, sagte der Alte gelassen. »Aber ich bin ein friedliebender Mann. In meinem Alter will man in Ruhe leben. Aber nicht um jeden Preis. Das drück dir in deinen dicken Kopf. Kapitän Barlow wird von keinem getriezt, solange er lebt.«

Während er sprach, lockerte er langsam seinen Griff um den Hals des Wirts.

»Siehst du, John«, sagte der Kapitän und drehte sich zu mir um. »Ich bin kein Diplomat wie du. Immer geradeheraus, das war immer meine Devise. Ich hätte dich ausnehmen wollen? Von Anfang an habe ich gesehen, woran ich war und wie alles zusammenhängt. Immer geradeheraus.«

Ich nickte. Der Wirt faßte sich an den Hals und hustete, um Luft zu bekommen.

»Ich glaube, unser lieber Wirt braucht ein wenig Ermunterung«, sagte Kapitän Barlow. »Du, John Silver, als Schatzmeister für uns beide, könntest Herrn Squier vielleicht für sein Entgegenkommen und seine Mühe entschädigen, uns zwei Bier zu servieren.«

Ich machte große Augen, nahm zwei Shilling aus meiner Tasche und legte sie auf den Tisch. Kapitän Barlow nahm den einen und schob ihn mir über den Tisch wieder zu.

»Hier gibt man kein Trinkgeld, was, Squier?«

Der Wirt nickte, raffte an sich, was wir ihm schuldeten, und verschwand schnell.

»Man muß bezahlen, was man schuldig ist«, sagte Kapitän Barlow. »Aber nicht mehr.«

Ich hörte zu und lernte. Gelehrig bin ich immer gewesen, mein ganzes Leben lang, wenn ich mich recht entsinne. Nichts ist in mein eines Ohr herein- und aus dem anderen wieder hinausgegangen. Alles, was ich brauchen konnte, ist dazwischen geblieben. Von Kapitän Barlow habe ich gelernt, niemals zu glauben, andere taugten nichts, bevor sie es nicht unter Beweis gestellt hatten. Und ich mit meinen fünfzehn Jahren hatte geglaubt, ich könne ihn durchwalken, wenn nötig!

»Seid Ihr ein richtiger Kapitän?« fragte ich meinen neuen Kumpan.

»Was glaubst du?« fragte er zur Antwort, so freundlich wie zuvor, ehe er dem Wirt fast das Genick gebrochen hatte.

»Ich weiß nicht«, antwortete ich ehrlich.

»Weißt du was, John Silver, du gefällst mir. Ich könnte dir verschiedenes beibringen. Ich bin zwanzig Jahre zur See gefahren, länger als die meisten. Viele Seeleute gibt es nicht, die so lange draußen gewesen sind und die heute in einem Krug sitzen und mit guten Kameraden ein Bier trinken können, vergiß das nicht. Viele sind nicht übrig. Das kannst du dir aufschreiben. Du kannst doch schreiben? Ja, das habe ich mir gedacht. Und lesen? Lesen ist die Hauptsache. Das kann ich dir sagen, es gibt nicht viele Seeleute, die lesen können, und das ist schlimm, sie unterschreiben alle möglichen Kontrakte. Sie glauben, weil man es ihnen sagt, daß sie aus Charleston Tabak holen, aber niemand sagt ihnen, daß es vorher nach Afrika geht, um Sklaven zu holen. Und dann liegen sie in Accra oder in Calabar und verfaulen. Sechs Monate kann es dauern, bis ein Sklavenschiff beladen ist. Die Sklavenroute ist die schlimmste, John, vergiß das niemals. Desertieren, Pirat werden, den Kapitän über Bord werfen, alles ist erlaubt, wenn man darum herumkommen will. Sonst hast du verspielt und verläßt das Erdenleben, ehe du dich versiehst. Ich weiß das, ich habe erlebt, wie man auf Sklavenschiffen tote Seeleute den Haien vorgeworfen hat. Ohne Amen und Choral. Am Tag die Sklaven und nachts die Seeleute, damit die Neger nicht mitbekamen, daß einer nach dem anderen von der Mannschaft gestorben ist, bis wir so wenige waren, daß wir einem Negeraufstand niemals standgehalten hätten. So ist es, das kannst du mir glauben, auf der Sklavenroute sterben ebenso viele Seeleute wie Sklaven. Das sagt einem keiner, was?«

Ich nickte unsicher. Zum einen war ich noch niemals einem Seekapitän so nahe gekommen, zum anderen hatte ich noch von keinem Kapitän gehört, der sich für das Wohl und Wehe der Mannschaft einsetzte.

»Seid Ihr wirklich Kapitän?« fragte ich noch einmal vorsichtig und, wie ich mir vorstelle, mit nicht wenig Ehrfurcht.

»In der Hitze des Kampfes«, antwortete Kapitän Barlow, »ist niemand so sehr Kapitän gewesen wie ich. Sonst war ich nicht besser als irgend ein anderer an Bord.«

Diese Antwort machte mich nicht klüger.

»Ich bin einer von denen, die gewählt wurden.«

»Das geht doch nicht«, rief ich unbedacht aus, »man kann doch nicht bestimmen, wer Gott sein soll?«

Daß der Kapitän an Bord Gott ist, wußten alle, oder Gott und der Teufel in einer Person, falls das einen Unterschied macht. Denn auf See scheint für Seeleute keiner mehr übrig zu haben als der Böse.

»O doch«, antwortete Kapitän Barlow, »und ob man bestimmen kann, wer Gott sein soll. Und wenn du wüßtest, wie viele Götter es gibt, wüßtest du weder ein noch aus. Es wimmelt von ihnen in jedem Winkel.«

»Dann möchte ich zum Gott gewählt werden«, sagte ich.

Kapitän Barlow legte mir seine grobe Hand auf die Schulter und sah mir tief in die Augen.

»Selbstverständlich«, sagte er, »selbstverständlich hält man es für eine feine Sache, daß man Gott ist, wenn es knallt. Aber wenn der Herr John Silver von einem, der mancherlei erlebt hat, einen Rat hören will, das soll man nicht anstreben. Obendrein muß man auf Anteil fahren, wenn man zum Kapitän gewählt wird, und ich bin mir nicht sicher, ob du das willst.«

»Auf Anteil?« fragte ich. »Was heißt das?«

»Glücksritter, Pirat, Seeräuber, Bukanier, Freibeuter, Korsar, Kaperer, Flibustier, Abenteurer, Ehrenmann, Gentleman, nenn sie, wie du willst, sie bestimmen selbst, wer Gott ist an Bord. Und sie setzen Gott ab, wie es ihnen gerade in den Sinn kommt. Das kann ich bezeugen.«

Mir ging ein Licht auf – wie es schien, war Kapitän Barlow Piratenkapitän gewesen. Natürlich wurden meine Augen noch größer. Seltsam aber war, so dachte ich damals, daß er nicht aussah, wie Piratenkapitäne nach meiner Meinung auszusehen hatten. Beispielsweise hatte ich keine Angst vor ihm, von seinen Händen vielleicht abgesehen. Kapitän Barlow hatte natürlich bemerkt, daß ich die Luken weit aufgerissen hatte wie ein Linienschiff die Kanonenpforten, wenn es klar ist zum Gefecht. »Ja, John«, sagte er. »So ist es und so war es, und das ist lange her. Eines aber muß ich dir sagen, ich bin deswegen kein schlechterer Mensch. Wenn es darauf ankommt, vielleicht sogar ein wenig besser. Ich habe getan, was ich konnte, um auf dieser Welt leidlich zurechtzukommen, und es ist gekommen, wie es kommen mußte. Damit halte ich nicht hinter dem Berg und schäme mich nicht dafür. Mit dem guten Schiff *Onslow* bin ich losgesegelt, ohne zu wissen, was ich tat. Während der Reise stellten die Zimmerleute plötzlich Mannschaftshütten auf Deck, und sobald die fertig waren, erhielten wir den Befehl, wir sollten dort einziehen. Die Alten auf dem Hof wußten, worauf es hinauslief. Es wurde Platz gemacht für Sklaven. Jung, dumm und unwissend war ich, und bin darum zum Kapitän gegangen und habe geradeheraus gefragt, so bin ich nun einmal, was das bedeutet. Unser Zielhafen war Charleston und nicht Widah in der Bucht von Benin oder irgendein anderes gottverlassenes Loch mit Madagaskarfieber. Der Kapitän sah mich nur an, als hätte er gar nicht gehört, was ich gesagt hatte, dann aber wollte er plötzlich wissen, ob an Bord noch mehr seien, die so dachten wie ich. Die gab es allerdings, aber ich wollte keinen anderen da hineinziehen. Was ziemlich dumm war von mir, denn kaum hatte ich gesagt: ›Nein, Sir, ich äußere nur meine eigene Meinung‹, da langte der Kapitän nach einem großen Kloben und versetzte mir einen so außerordentlichen Schlag auf die Schläfe, daß ich zu Deck ging. Noch wochenlang war mir schwindlig, und ich mußte kotzen, wenn ich auf den Großmast sollte. Ich weiß nicht, wie oft ich auf der Großrahe gestanden und an Armen und Beinen wie Espenlaub gezittert habe, der Schädel wäre mir fast zersprungen, überall hatte ich Krämpfe, und ich wußte kaum, wo oben und unten ist. Das kann ich dir sagen, John, wenn es eine Hölle gibt, schlimmer kann sie nicht sein. Und falls es einen Gott gibt, dann ist er blind, taub und kraftlos wie ein abgestandenes, pißlaues Bier. Unter mir stand der Steuermann und brüllte, sobald ich nur Atem holte. Ich habe überlebt, wie du siehst. Dank meiner Hände, du weißt, wie sie aussehen, und was man damit machen kann, und auch, weil ich überleben und dem Kapitän eine Lektion erteilen wollte, an die er lange denken würde. Und so ist es auch gekommen. Eines Nachts habe ich den Kapitän bei vollem Sturm über Bord geworfen wie einen Eierkuchen. Was hättest du gemacht?«

Ich gab keine Antwort. Woher sollte ich wissen, was ich an seiner Stelle getan hätte?

»Und dann kam es, wie es kommen mußte. Ich hatte die anderen auf meiner Seite. Sogar den Steuermann, obwohl der nicht recht wollte. Aber es hieß: die Planke oder wir. Später brachte er mir bei, wie man navigiert, und ich wurde zum Kapitän gewählt. Das ist meine Geschichte. Wie gefällt sie dir, mein Freund?«

Ich haspelte etwas kaum Verständliches herunter. Ich war überwältigt und nicht wenig stolz. Ich kannte einen richtigen Piratenkapitän und trank mit ihm Bier und unterhielt mich, als wären wir gute Freunde.

»Aber, um alles in der Welt, nimm dich in acht, mein Junge. Du bist einer wie ich, das habe ich gleich gesehen. So einfach, wie es sich anhören mag, ist es nicht. Wenn man einmal Freibeuter ist, führt kein Weg zurück, sosehr man sich das auch wünschen mag, und erst recht nicht für einen ehemaligen Piratenkapitän. Es ist, als gehe man auf einem Seil über einen Abgrund, und am einen Seilende wartet der Galgen, am anderen aber ein Messer im Rücken, falls man nicht blutrünstig genug ist. Ja, ich habe erlebt, wie gewählte Kapitäne von der Mannschaft erschlagen wurden, weil sie nicht einverstanden waren mit Entscheidungen des Schiffsrats, sie mochten so verrückt sein, wie sie wollten. Andere Gewählte, die Klugen, haben von vornherein auf diese Ehre verzichtet, damit sie für ihre guten Dienste nicht nur Hiebe bekamen. So sind die Menschen, die Piraten und die normalen Menschen, da gibt es keinen Unterschied. Ohne Sündenböcke können sie nicht leben und auf eigenen Beinen stehen. Laß dir raten, mein Freund, werde niemals Kapitän, und noch nicht einmal ein gewählter.«

»Aber Ihr lebt doch«, unterbrach ich ihn.

»Ja. Falls man das leben nennen kann. Wahrscheinlich habe ich Glück gehabt. Ich bin unter Morgans Amnestie gefallen. Damals hatte ich Angst um meinen Kopf, aber jetzt sitze ich hier. Ich bin zu den Schauerleuten gegangen. Zur See wollte ich nicht mehr. Denn wenn man einmal als freier Mann auf See gewesen ist und selbst bestimmen konnte, und als Glücksritter ist man ein freier Mann, dann ist es schlimmer als der Tod, wenn man hinterher Leibeigener und Knecht wird. Denn anders geht es den Teerjacken in der Handelsflotte und in der Marine nicht.«

Kapitän Barlow schwieg eine Zeitlang. Ich konnte an seinen Augen erkennen, daß er sich weit weg träumte und so glücklich war wie einer von seinesgleichen es nur sein konnte. Ebendies aber machte mir, so glaube ich, am meisten zu schaffen. Wahrscheinlich wußte ich nicht, was Freiheit ist, wer weiß das je, aber ich wußte, was Zwang heißt, und um mich davon zu befreien, wollte ich, falls dies nötig war, mit Freuden mein Leben opfern. Glaubte ich, obwohl ich es damals nicht richtig verstand. Hätte ich nicht mit eigenen Augen gesehen, wie Kapitän Barlow sich in seinen guten Erinnerungen verlor, ich hätte dem, was er vom elenden Leben der Seeleute erzählte und davon, wie kurz es für die meisten ist, womöglich größeres Gewicht beigemessen.

Es wäre gelogen, wollte ich jetzt behaupten, ich hätte damals beschlossen, Ehrenmann, Glücksritter oder wie man Piraten und Seeräuber auch immer nennen mag, zu werden. Aber der bloße Gedanke daran, auf freiem Fuß zu leben und dennoch leben zu können, ließ mein Herz rascher schlagen.

Denn erst später habe ich eingesehen, wenn etwas dem Leben Sinn und Verstand gibt, dann, daß man keinen Gesetzen gehorchen muß und nicht an Händen und Füßen gefesselt ist. Es spielt keine Rolle, wie das Tau aussieht oder wer die Knoten gemacht hat, schlimm ist die Fessel. Zu guter Letzt macht man sich selbst den Knoten, oder man wird aufgehängt. Genauso habe ich gedacht, und ebendeshalb lebe ich noch.

Die Träumereien Kapitän Barlows wurden abrupt unterbrochen, als die Tür des Kruges aufflog und ein Stutzer in Uniform eintrat, dem drei großgewachsene Männer folgten.

»Platz für die Männer der Flotte!« brüllte der Offizier. »Wir sind auf der Suche nach Deserteuren.«

»Das sind Presser«, flüsterte Kapitän Barlow. »Laß mich machen, sonst bist du gut für die Flotte, ehe du dich versiehst.«

Der Offizier blieb mitten im Raum stehen und sah sich erstaunt um, ohne uns in unserer dunklen Ecke zu entdecken.

»Leer ist es hier«, sagte der Offizier zu seinen Männern. »Den Leuten hat einer gesagt, daß wir kommen.«

Im selben Augenblick tauchte Squiers Gesicht hinter dem Vorhang auf. »Wo sind denn die Leute, Krüger? Leer wie ein Grab. In ganz Greenock scheint es keine Seeleute zu geben.«

Wir warteten gespannt, mäuschenstill, wie man so sagt, obwohl Mäuse nach meiner Erfahrung keineswegs still sind.

Squier sagte nichts, das wagte er aus Furcht vor Kapitän Barlow nicht, aber er sah vielsagend in unsere Richtung.

»Die Geschäfte könnten besser gehen«, sagte Squier. »Vorgestern war es voll, gestern aber waren alle wie vom

Erdboden verschluckt. Ich glaube, sie sind zum Hafen gegangen, um die Schiffe der Flotte zu bewundern.«

»Das kaum«, sagte der Offizier säuerlich.

»Heute war das Geschäft auch nicht wie sonst«, fügte Squier mit einschmeichelnder Stimme hinzu. »Es kommen nur die Alten und die Jungen.«

Und während er das sagte, glotzte er so nachdrücklich über die Schulter des Offiziers, daß dieser sich schließlich umdrehte und uns entdeckte. Sein Gesicht hellte sich auf, und hinter ihm sah ich den vor Schadenfreude strahlenden Squier. Das war die Rache, so glaubte er, und ich lernte daraus, daß man sich den Rücken von Rachgierigen freihalten muß. Und von denen gibt es viele.

»Und wer seid ihr?« fragte der Offizier mit einem selbstsicheren Grinsen, völlig überzeugt, daß es nicht mehr lange dauern werde, bis ich und Kapitän Barlow bei einem der königlichen Schiffe auf der Glasgower Reede auf Deck stampfen würden.

»Kapitän Barlow, wenn ich bitten darf, zu Euren Diensten«, sagte mein Kumpan mit einer Stimme, die man noch auf der Straße gehört haben mag.

Der Offizier blinzelte, blieb aber bei seinem Hochmut.

»Welches Schiff, Sir?« fragte er.

»Keines, derzeit. Ich habe ein so beachtliches Alter erreicht, daß ich jüngeren Talenten, Euch zum Beispiel, nicht im Wege stehen will.«

Diese Schmeichelei verfehlte die beabsichtigte Wirkung, denn noch immer sah der Offizier Kapitän Barlow mit unverkennbarem Mißtrauen an und schien zu überlegen, welchen Schaden ein abgetakelter Kapitän auf halber Heuer anrichten konnte, und ob er Stellung, Geldgeber und Karriere wohl richtig einschätzte. Schließlich muß er sich entschlossen haben, dieses Risiko auf Grund von Barlows Äußerem und seiner Anwesenheit in einem Lokal wie diesem für unbedeutend zu halten.

»Kapitän, das ist gut und schön«, sagte der Offizier und sah mich an. »Mit Euch haben wir nichts zu schaffen. Aber Ihr befindet Euch in schlechter Gesellschaft. Euer Tischgenosse ist einer der Deserteure, nach denen wir suchen.«

Mit sprachlosem Erstaunen sah ich den Offizier an. Hier war ein Mann, der kein Gewissen hatte und ohne Pardon versuchte, andere Leute zu täuschen. Ohne Kapitän Barlow an meiner Seite hätte ich womöglich dem, was der Offizier sagte, zugestimmt, nur um zu sehen, wie weit er gehen würde. Vielleicht wäre mein Leben auf Grund eines einfachen »Ja« völlig anders verlaufen, wäre ich meiner Eingebung gefolgt. Die Wache schläft am Ruder ein und träumt, vielleicht nur eine Minute lang, von Kate, mit der er im letzten Hafen zusammen war, und einen Augenblick später läuft das Schiff auf Grund und sein ganzes Leben hat sich verändert. Aber ich sagte nichts, hielt auf Anraten von Kapitän Barlow den Mund und war doch, das gestehe ich ein, ein wenig empört, daß dieser Offizier mir offen ins Gesicht log, wo er mich doch nur hätte fragen müssen, um eine Antwort zu erhalten, wenn sie auch nicht der Wahrheit entsprach.

»Mein bester Leutnant«, sagte Barlow, als spreche er mit einem Schiffsjungen. »Irrtümer können wir alle begehen, nie aber hätte ich geglaubt, daß die Männer der Flotte so blind sind wie Hühner. Seht Euch die Hände des Jungen an! Haben die jemals die flüchtigste Bekanntschaft gemacht mit Sonne und Salz oder Kloben und Tau? Nein. Und seht Euch seine Kleider an! Seit wann kleidet die Flotte ihre Leute wie Vogelscheuchen ein, als sollten sie zur Schule oder in die Kirche gehen?«

Der Offizier aber wollte nicht nachgeben. Offenbar fürchtete er, vor seinen Leuten, die neugierig im Hintergrund warteten, das Gesicht zu verlieren.

»Mit allem Respekt, Herr Kapitän, wenn Ihr wüßtet, worauf Deserteure verfallen, um mit heiler Haut davonzukommen. Ich habe welche gesehen, die sich mit Vitriol verätzt haben, damit es nach Skorbut aussah, ich habe gesehen, wie andere sich in Muskeln geschnitten und Glieder gebrochen haben, damit sie dienstunfähig würden.«

»Und Ihr habt niemals auch nur einen Augenblick über den Grund nachgedacht, Leutnant?« unterbrach ihn Kapitän Barlow.

Der Leutnant hob die Augenbrauen. Wieder hatte Kapitän Barlow offen gesagt, was er dachte, ohne daß ihm aufgefallen wäre, daß seine Worte die allerbeste Verteidigung für jeden Deserteur waren, das begriff ich, so jung ich war.

»Ich verbürge mich für diesen Jungen hier«, fuhr Barlow fort, »als wäre er mein eigener Sohn.«

Daß Kapitän Barlow sich auf Menschen nicht verstand, erkannte sogar ich und stellte mich auf das Ärgste ein. Warum hatte er nicht einfach gesagt, ich sei sein Sohn? Lügen lagen ihm offenbar nicht, nicht einmal, wenn man sie am dringendsten brauchte. Immer geradeheraus lautete seine Devise, ja, aber war das auch klug, und welchen Nutzen konnte ich davon haben?

»Kapitän«, sagte der Offizier mit wiedergewonnenem Selbstvertrauen, »eines schließt das andere nicht aus. Wenn Ihr Euch für den Jungen verbürgt, muß es sich um ausgezeichnetes Material für die Flotte handeln.«

Kapitän Barlow richtete sich zur vollen Länge auf. Vielleicht hatte er erkannt, daß man ihn ausmanövriert hatte und daß er wegen eines Schnitzers keinen Wind mehr in den Segeln hatte. Ich konnte erkennen, wie der Zorn sich einen Weg durch seine Runzeln suchte und die Haut zwischen Mund und Wangenbein straffte. Der Leutnant beging den Fehler, den Rest für eine pure Formsache zu halten. Er streckte den Arm nach mir aus, doch ehe seine Hand mich auch nur streifte, saß das Handgelenk im Schraubstock Kapitän Barlows fest, und einen Augenblick später hing der Arm des Leutnants lose an seiner Seite herab. Er war mitten durchgebrochen, und ein Knochen mußte das Fleisch durchstoßen haben, denn der Rockärmel des Offiziers erinnerte an ein Zelt. Die Miene des Leutnants war ein Anblick für Götter. Verblüffung, Schmerz, Demütigung, Furcht, alles auf einmal.

»Männer«, sagte Kapitän Barlow zu den Seeleuten, die nicht richtig gesehen und begriffen hatten, was sich zugetragen hatte. »Der Leutnant hatte einen Unfall. Er war unvorsichtig, als er sich am Tisch abstützen wollte. So etwas kommt leider vor, wenn man sich nicht vorsieht.«

Endlich! Kapitän Barlow war nicht schlechter als andere. Auch er konnte lügen, wenn es sein mußte.

»Ich glaube, es ist besser, ihr sorgt dafür, daß sich der Feldscher den Arm des Leutnants ansieht. Wer weiß, ob er nicht amputiert werden muß.«

Das Gesicht des Leutnants wurde womöglich noch eine Spur bleicher.

»Kapitän Barlow«, preßte er zwischen seinen blutleeren Lippen hervor, »ich werde hierüber Bericht erstatten.«

»Tut das«, antwortete Kapitän Barlow munter. »Ich hoffe nur, Ihr könnt mit der Backbordhand schreiben. Das können nur wenige. Und vergeßt nicht, daß Ihr unglücklich gestürzt seid, als Ihr einem betagten Ehrenmann und einem Grünschnabel die Hand schütteln wolltet.«

Sah ich auf den Lippen der Seeleute ein Lächeln, als sie den Leutnant hinausführten? Wahrscheinlich wurden die Leute für die Preßtruppen sorgfältig ausgewählt, daß sie aber deswegen die Demütigung und die Niederlage eines Vorgesetzten nicht verstanden hätten, war ganz undenkbar.

»Viel hat nicht gefehlt«, sagte Kapitän Barlow, als sie sich entfernt hatten. »Das hätte schlimm ausgehen können. Meinen Händen verdanke ich viel, mehr als meinem Verstand, denn damit ist nicht viel auszurichten.«

»Wollen wir nicht gehen?« fragte ich aufgeregt. »Kommen die nicht wieder?«

»Ich bin mir nicht sicher. Was soll dieser arme Leutnant

denn zu seiner Verteidigung vorbringen? Daß ihn ein alter Mann überwältigt hat, und das mit einer Hand? Nein, das wird nichts. Und angenommen, der Erste Offizier untersucht die Angelegenheit trotzdem und findet uns hier. Er müßte beweisen, daß du ein Deserteur bist. Und wie könnte er das, bei deinen Händen?«

Ich betrachtete meine Hände. Was war so besonderes an ihnen? Kapitän Barlow sah meinen Blick und stieß ein glucksendes Gelächter aus.

»Deine Hände sind weiß wie ein Lamm und weich wie der Arsch einer Göre«, sagte er. »Nicht eine Narbe, keine Schramme, keine Schwiele, es sei denn von den vielen Büchern, die du getragen hast. So sehen die Hände einer Teerjacke nicht aus, nicht einmal die eines Schiffsjungen. Sieh dir meine an!«

Er legte sie zur Betrachtung auf den Tisch. Ich starrte darauf. Die Hände waren ein einziges Netz von kleinen und großen Narben, die in eigenartigen Mustern ineinanderliefen und Risse und Spalten, Hügel und Bergspitzen bildeten. Und ihre Farbe, kupferbraun und schwarz, schien mit dem Brenneisen eingebrannt zu sein.

»Das«, sagte Kapitän Barlow, »ist das Brandmal der Seeleute, das sich niemals beseitigen oder verbergen läßt. In Indien tragen sie Zeichen auf der Stirn, die jedem zu erkennen geben, zu welcher Kaste die Leute gehören und wo sie zu Hause sind und welche Rechte sie haben. So etwas brauchen wir nicht. Wir haben unsere Hände, und das wissen die Preßtruppen. Einen Seemann erkennen die immer. Und darum gibt es nur einen Weg, wenn du Seemann wirst, mein Sohn, falls dir nicht zufällig Kapitän Barlow zur Seite steht, und das wird ja nicht immer der Fall sein. Betrink dich niemals, wenn die Flotte in der Nähe ist, und halte dich fern von ihr. Als Seemann bist du gezeichnet, nicht für das Leben, sondern für den Tod, selbst wenn es manche überleben, so wie ich, vergiß das nicht.«

An all das erinnerte ich mich, als ich meine Hände betrachtete und vergessen hatte, wozu sie da waren. Erst, als ich mich daran erinnert hatte, schrieb ich es nieder, im Licht der alten Öllampe von der *Walrus* an ihrem Kardangelenk. Und erst als das letzte Wort Kapitän Barlows dort stand, erkannte ich, was ich außerdem gelernt hatte, und das war wichtiger als alles andere: daß ich für das Leben und nicht für den Tod gezeichnet war. Darum beschloß ich, daß meine Hände mich jedenfalls niemals verraten sollten. Ich ging mit Lederhandschuhen zur See, die mit Fett getränkt waren. Ehe man mich fürchtete, wurde ich zum Gespött, kam ich aber an Land, war ich frei. Wenn alle anderen heimgesucht, gejagt und betrogen wurden von Runnern, Crimps und Preßtruppen, blieb ich gelassen sitzen und trank mein Bier. Aus John Silver sollte keiner schlau werden, das zumindest war sicher. Ich glaube, bei Gott sozusagen, daß es keinem je gelungen ist.

6

Der Preßtruppe der Flotte hatte ich entkommen können, und das war mein Glück. Die Hälfte derer, die man zum Dienst in der Flotte zwang, kam niemals zurück. Sie starben, als ob sie niemals gelebt hätten. Der Rest verbrachte ein Leben unter fremdem Befehl, was schlimmer sein muß als der Tod. Falls man leben will.

Ich überließ Kapitän Barlow dem, was manche Leute als sein Schicksal bezeichnen würden, ein paar Bier in einem Pub, alte, meist heitere Erinnerungen und seine großen, vernarbten Hände, die langsam, aber sicher ihre Kraft verlieren würden. Ich verließ ihn, ohne mich, wie es eigentlich meine Absicht gewesen war, zu erkundigen, welche Glasgower Kapitäne Menschen nicht haßten, sondern sich mit Seeleuten begnügten. Dies, so dachte ich, würde ich auch so in Erfahrung bringen.

Doch es gibt keine größere Sünde, als sich selbst zu belügen, und darum sollte ich mich wieder täuschen. Niemals im Leben darf man von den Dingen, insbesondere aber nicht von den Menschen glauben, sie seien gut, und vor allem von sich selbst darf man es nicht.

Stundenlang trieb ich mich in den Straßen und Gassen von Greenock herum. Greenock war wie alle Hafenstädte. Es stank nach Teer, Dreck und Unrat. Mein ganzes Leben war ich von Gestank umgeben; Teer, Leichen, Blut, verfaultes Wasser und verdorbenes Fleisch, feuchte Wolle, verschimmeltes Segeltuch, Kot in allen Formen und Schattierungen, Schweiß, ranziges Fett, Rum und noch anderes mehr. Am schlimmsten war es mit dem Teer, der setzte sich in der Erinnerung fest und stand stellvertretend für alles andere. Es lag am Teer, daß Seeleute, wie betrunken, betäubt, betrübt und zerschlagen sie auch sein mochten, den Weg zurück in den Hafen und auf ihre Schiffe fanden, ob sie nun dorthin wollten, was so gut wie niemals der Fall war, oder ob sie dazu gezwungen waren, was die Regel war. Die Nase war ihr Kompaß, und der brauchte wahrlich niemals gerichtet zu werden. Der Gestank war der Nordpol.

Ich trieb durch den Dunst des Seemannsviertels und landete, während der Gestank sich allmählich verflüchtigte, im vornehmen Stadtkern von Glasgow. Dort, so glaubte ich, auf der High Street, im Schatten von Tolbooth, unter Reedern, dickbäuchigen Kaufleuten und Wichtigtuern, würde ich Bescheid erhalten über geeignete Fahrzeuge und rechtschaffene Kapitäne, die einen wie mich brauchten.

Wen aber sollte ich fragen unter all diesen Gesichtern, die mich keines Blickes würdigten? Ich stellte mich in die Nähe großer Männer mit Messingknöpfen, Dreispitz und Spazierstock mit Goldknauf, um zu hören, ob sie über auslaufende Schiffe sprachen. Sobald ich aber in Hörweite war, fuchtelten sie mit den Armen und warfen mir Wortreste zu wie einem Straßenköter.

»Weg mit dir, Junge! Hier hast du nichts zu suchen!«

Warum nicht? dachte ich. Wußten diese Herren vielleicht, wonach ich suchte? In ihren blutunterlaufenen Augen war ich nicht viel mehr als eine Laus, eine Fliege, eine Kakerlake, ein Wurm in einem Schiffszwieback. Was waren sie selbst? Aufgeblasene Kröten, die jeden Augenblick aus lauter Vortrefflichkeit platzen konnten. Ich war zu jung, zu grün und zu dumm, um zu wissen, daß ich mindestens ebensoviel wert war wie sie. Vielmehr nahm meine Ohnmacht mit jedem Mal zu, wenn ich wieder weggejagt wurde, ohne daß man mich angehört hatte, weshalb ich schließlich wie am Boden festgenagelt vor drei Männern stand, die ebenfalls nichts mit mir zu schaffen haben wollten. Einer von ihnen trug Epauletten, die aufblitzten, wenn er sich im eigenen Glanz sonnte.

»Bist du taub?« fragte der Glanzvolle, nachdem er mir

gesagt hatte, ich solle mich zum Teufel scheren. »Verschwinde!«

»Steh hier nicht rum und belausche die Gespräche ehrlicher Männer«, sagte ein anderer.

»Ich bitte um Verzeihung, Sir«, sagte ich, »wie könnte ich gleichzeitig taub sein und lauschen?«

Es wurde still. Ich glaubte, ich hätte diesen Herren die richtige Antwort gegeben, und wieder täuschte ich mich. Ein Arm des Epaulettenträgers fuhr durch die Luft und verpaßte mir eine Ohrfeige, daß ich vor Schmerz bis über die Ohren rot angelaufen sein muß.

»Willst du unverschämt werden, du Lümmel?«

»Nein«, antwortete ich, eine Hand an meiner brennenden Wange. »Ich habe nur meine Meinung gesagt.«

»Eben«, antwortete er drohend. »Und du glaubst, das kann man ungestraft tun?«

Dieses Mal hielt ich den Mund und wünschte mir, ich verfügte über die Hände Kapitän Barlows und nicht nur über meine Worte. Die Erfahrungen fielen wie reife Äpfel. Da hatte ich einmal die Wahrheit gesagt, hatte meine Meinung gesagt, aber hatte davon nur schmerzende Schläfen.

»Nun gut«, sagte einer der drei, der sich bis dahin noch nicht bemerkbar gemacht hatte, in milderem, nachsichtigerem Ton, »sag was du willst und dann mach, daß du von hier wegkommst. Wir haben Wichtigeres zu tun.«

»Ich möchte anheuern«, erklärte ich. »Ich suche ein Schiff und einen rechtschaffenen Kapitän.«

Die drei Männer warfen einander Blicke zu, die mich hätten warnen sollen, ich war aber viel zu beschäftigt mit meinem Anliegen, um auf der Hut zu sein.

»Da bist du wirklich an der richtigen Stelle«, sagte der Mann mit der sanfteren Stimme. »Zur vollen Zufriedenheit aller Beteiligten kann ich mit beidem zu Diensten sein. Komm in einer Stunde in den ›Anchor‹, unten am Tabakkai, dann können wir uns bestimmt arrangieren und einen

Kontrakt schreiben. Ich vertrete die ehrenwerten Herren Johnson, die mit Tabak aus Virginia fahren, und bin für die Bemannung verantwortlich.«

Ich verneigte und verbeugte mich und dankte für die Freundlichkeit. Bei all meiner Freude darüber, daß man mich ernst genommen hatte, brachte ich aber noch genug Verstand auf, um zu fragen, wie ich denn wissen sollte, wann eine Stunde vergangen sei.

Der Mann sah mich mit einigem Interesse an.

»Das ist wahr«, sagte er. »Wer in deinem Alter läuft mit einer Uhr herum? Du bist nicht auf den Kopf gefallen, das sehe ich. Kannst du vielleicht auch lesen?«

»Lateinisch«, sagte ich, bestimmt nicht ohne Stolz.

»Das ist ja ...!« rief er aus und wandte sich dann an die anderen.

»Habt Ihr gehört, meine Herren? Der Bursche kann Latein. Glaubt Ihr, daß Kapitän Wilkinson einen lateinkundigen Schiffsjungen schätzen würde?«

Die Herren lachten.

»Bestimmt«, sagt der Uniformierte. »Er braucht jeden Mann, den er kriegen kann. Und wenn ihm einer die Bibel vorliest, ist das auch kein Schade!«

»Dein Glück ist so gut wie gemacht«, sagte der erste ernst. »Jetzt troll dich zum ›Anchor‹ und warte dort auf mich. Grüße von Ned, dann gibt man dir zu trinken, bis ich auftauche.«

Also zog ich los, im festen Glauben, mein Glück sei gesichert. Ich ging am Clyde entlang und betrachtete sehnsüchtig all die Schiffe, die zum Auslaufen bereitgemacht wurden und die Virginiatabak nach England und Schottland bringen sollten, die Rache der Indianer, wie die Teerjacken sagten. Chesapeake und Charleston, wiederholte ich immer wieder. Denn dorthin schickten die Glasgower Tabakbarone ihre Schiffe, so viel wußte ich.

Ich käme in die Welt hinaus, dachte ich, frei wie ein Vogel würde ich sein und mein eigener Herr. Ich war vergnügt wie eine Lerche, und das Leben lachte, wie man so unbedacht sagt. Aber ich hatte Kapitän Barlow nicht vergessen, und auf dem Weg zum »Anchor« kaufte ich mir zwei Paar Lederhandschuhe.

Und dann? Dann kam das alte Lied, und daß es mir noch neu war, änderte daran nichts.

Ich betrat den »Anchor«, grüßte von Ned und bekam ein Glas Rum, das ich bis auf den Grund leerte, um mir nichts anmerken zu lassen, wie man es tut, wenn man jung ist und unerfahren. Als das Glas leer war, bekam ich sofort ein weiteres, auf das Haus, wie der Wirt sagte, er sei selbst einmal Seemann gewesen, und ich stürzte es unverzüglich hinunter. Wie geplant, berauschte der Rum mein Hirn und schuf Unordnung. Als Ned durch die Tür kam, begrüßte ich ihn wie einen alten Freund, und man stellte uns eine ganze Flasche auf den Tisch.

Am nächsten Morgen erwachte ich an Bord der *Lady Mary*, ohne zu wissen, wie es dazu gekommen war. Ned, so erfuhr ich später von meinen Brüdern im Unglück, die ebenfalls irgendwann einmal Opfer gewesen waren, gehörte zu den berüchtigsten Crimps von Glasgow, die die Kapitäne mit Seeleuten versorgten, ob mit oder ohne Zustimmung der Betreffenden. Die Methoden waren unterschiedlich, das Ergebnis aber stets das gleiche, der Kapitän hatte einen Seemann, und der Crimp bekam ein paar Monatsraten von der Heuer des Seemanns. Schließlich hatte der Seemann, so erfuhr er vom Kapitän, falls er etwas einzuwenden hatte, einen Agenten beauftragt, um eine Heuer zu bekommen. Und stets gab es einen Kontrakt mit einem nicht anzuzweifelnden Fingerabdruck oder einer Unterschrift, abgeschlossen in betrunkenem oder verwirrtem Zustand, der die Vereinbarung zwischen Seemann und Agent zur vollen Zufriedenheit beider Teile regelte, wie Ned es auszudrücken pflegte.

Ich kam allerdings billig davon. Ich wurde unter den Tisch gesoffen, mehr nicht. Betrunken unterschrieb ich ein Papier, verlor drei Monate Heuer und natürlich das Geld für den Rum, den ich zu mir genommen hatte. Es hätte schlimmer ausgehen können. Halbtot von Hieben und Schlägen wurde manch einer an Bord getragen. Und es gab welche, die wußten schon, wenn sie beim Crimp bis über beide Ohren verschuldet an Bord kamen, daß sie ein oder zwei Jahre später beim Abmustern keinen Shilling bekommen würden. Es gab welche, die sich selbst durch Kontrakte gebunden und zu fünfjähriger Fron auf den Plantagen verpflichtet hatten und die erst dann wieder auf freien Fuß kamen, falls sie noch stehen konnten.

Man stelle sich vor, manch einer an Land füllt Seite um Seite und fragt sich in vollem Ernst, wie es möglich ist, daß die Piratenzunft ständig neuen Nachwuchs bekommt. Schreiben zu können ist aber beileibe kein Mittel gegen die Dummheit. Was letztlich auch dadurch bewiesen scheint, daß ich ebenfalls den Kontrakt unterschrieben hatte, den Ned mir unter die Nase gehalten haben muß, als der Rum seine Wirkung getan hatte.

Mit einem Eimer Meerwasser und einem ordentlichen Tritt in den Hintern wurde ich vom Bootsmann ins Leben zurückgeholt. Der Kopf schmerzte, am ganzen Körper war ich von kaltem Schweiß bedeckt, meine Hände zitterten, und sobald ich den Kopf drehte, tanzten mir Funken vor den Augen. Kurzum, da war nichts Bemerkenswertes, ich hatte meinen ersten Kater, und hätte mich einer gefragt, wäre ich damals lieber gestorben, zum ersten und zum letzten Mal in meinem Leben, wenn ich mich recht erinnere.

Ich wurde eine Leiter hinaufgeschoben auf Deck und durch eine Tür zum Achterdeck des Schiffes, auch wenn ich damals kaum wußte, wo vorn war und wo hinten, und plötzlich stand ich dem Gott des Schiffes Auge in Auge gegenüber.

»Sir«, sagte der Steuermann respektvoll, »das ist John Silver, der Schiffsjunge, der gestern abend mit Ned an Bord gekommen ist.«

Der Kapitän betrachtete mich prüfend vom Scheitel bis zur Sohle, als wäre ich ein Pferd auf einer Auktion.

»Ich habe hier einen Kontrakt«, sagte er, »in dem John Silver sich verpflichtet, als unbefahrener Seemann von Glasgow nach Chesapeake und zurück zu fahren, für eine Heuer von 22 Shilling pro Monat. Er wurde in Gegenwart von Zeugen von Ihm selbst unterschrieben. Trifft das zu?«

Ich glaube, ich nickte.

»Gut.«

Der Kapitän erhob sich, umrundete den Tisch und blickte mich an, als habe er die Absicht, mich zu Tode zu erschrecken.

»Silver, ich weiß, daß Er Seinen Fuß noch nie auf ein Schiff gesetzt hat. Deshalb will ich Ihm eines sagen. An Bord eines Schiffes gibt es keine Gerechtigkeit und keine Ungerechtigkeit, wie das an Land angeblich der Fall ist. Auf einem Schiff gibt es nur zwei Dinge: Pflicht – und Meuterei. Alles, was man Ihm befiehlt, ist Pflicht. Alles, was Er verweigert oder nicht tut, ist Meuterei. Meuterei wird mit dem Tode bestraft. Merk Er sich das.«

»Ja, Sir«, sagte ich wie betäubt.

So also trat John Silver seine glanzvolle Laufbahn als Seemann an. Ich war zur See gegangen, um freie Hand zu haben, noch dazu mit Lederhandschuhen, und fand mich an Händen und Füßen gefesselt wieder. Unverzüglich wurde ich in den Dienst einer Welt geworfen, die mir ganz und gar unbegreiflich erschien. Ich war gelähmt und hilflos. Ich befolgte Befehl um Befehl in einem nicht endenwollenden Strom. Meine Meinung äußerte ich nie, denn so viel hatte ich gelernt, daß Ehrlichkeit nicht sonderlich lange währt. Machte ich den Mund auf, dann um zu sagen, was andere hören wollten, nichts sonst. Ich redete mir ein, dies sei die einzige Art zu überleben, bis ich, wenn es je so weit kommen sollte, auf Besseres verfiele.

Am schlimmsten aber war, daß ich anfangs kaum verstand, was die anderen vor dem Mast sagten. Ganz bestimmt handelte es sich um Englisch, viele dieser Worte aber hatte ich noch niemals gehört, und der Rest war Rotwelsch. Ich, der doch trotz allem glaubte, ich hätte ein flinkes Mundwerk und könnte die Worte drehen und wenden, bis sie nicht mehr ein noch aus wußten, ich, der doch sogar Latein konnte, ich stand mit glänzenden Augen beiseite wie ein dummer Tropf, ein Bild der Lächerlichkeit. Eines Tages sagte Morris, einer der Wohlbefahrenen, daß Robert Mayor, der junge Erste, durch das Ankerloch an Bord gekrochen sei. Und ich Dummkopf ging hinaus zum Kabelgatt, kam zurück und fragte Morris, wie denn um alles in der Welt einer dort durchkriechen könne, falls er keine Ratte war.

Morris und die ganze Freiwache lachten, daß ihnen die Tränen herunterliefen. Und dank meiner wurde die Heiterkeit grenzenlos, als ich in Chesapeake hörte, daß Cuthbert, der Zimmermann, den Anker verschluckt hätte.

»Cuthbert«, so antwortete ich, »hat zwar ein ungewöhnlich großes Maul, aber ich habe nicht gewußt, daß es so groß ist, daß er den Draggen der Gig verschlucken kann.«

So war es am Anfang. Doch langsam aber sicher lernte ich die Worte. Denn ich entdeckte schnell, für das Schiff hatte man die eine Sprache, klar und knapp, und für die Teerjacken auf Freiwache eine andere, die aus Liedern, Schnurren und Geschwätz bestand. Ich wurde aufgenommen und war schließlich beliebt, denn nach nur ein paar Jahren spann ich mein Garn und konnte so gut wie jeder andere, und vielleicht sogar besser, einen Shanty zusammenstoppeln. Keinen, so war es vor dem Mast üblich, kümmerte, was richtig war und was falsch. Am wichtigsten war, daß die Geschichte gut war, und vielleicht war es deshalb nicht erstaunlich, daß man mich respektierte. Und vielleicht lag es auch daran, am

Respekt, daß ich es ertrug, all die Befehle auszuführen, die vom Achterdeck aus erteilt wurden. Jedenfalls ertränkte ich mich niemals in Rum, um zu vergessen, daß ich Seemann und nicht Mensch war. Und lange, so lange, bis ich auf Besseres verfiel, hallten die Drohungen Kapitän Wilkinsons in meinem trüben Inneren wider – Gehorsam sei die einzige und beste Art, die eigene Haut zu retten.

7

Zehn Jahre lang fuhr ich unter Kapitän Wilkinson. Er war ein Tyrann und ohne Zweifel einer der schlimmsten, aber ein Schiff fahren, das konnte er. Während der ganzen Zeit, die ich an Bord zubrachte, habe ich nicht ein einziges Mal erlebt, daß er eine Entscheidung traf, die nicht seemännisch hätte genannt werden können. Als er schließlich die *Lady Mary* verlor, war dies weder seine noch ihre Schuld, mochte er auch sehr vieles andere auf dem Gewissen haben. Das einzige, was Kapitän Wilkinson auf dieser Welt wirklich beherrschte, war Schiffsführung.

Allmählich wurde mir ein Platz eingeräumt, nicht im Herzen Kapitän Wilkinsons, denn mit einem Herzen hatte man ihn nicht ausgestattet, sondern in seiner Wahrnehmung, die sich auf das Schiff bezog und auf nichts anderes. Für Kapitän Wilkinson wurde ich also zum selbstverständlichen Teil der Ausrüstung, an deren Gebrauch er sich gewöhnt hatte.

Zu guter Letzt war ich der einzige Mann der ursprünglichen Besatzung, die, ob aus freien Stücken oder nicht, zehn Jahre zuvor in Glasgow angeheuert hatte. Sogar die Offiziere waren geflohen, wenn wir einen Hafen anliefen, und heuerten anderswo an. Kapitän Wilkinson trieb seine Männer härter an als jeder andere, härter und ohne die geringste Andeutung von Sympathie. Alle wurden gleich schlecht behandelt. Ich habe wettergegerbte Seeleute gesehen, die im selben Augenblick, da sich das Ankerkabel der *Lady Mary* aus der Klüse ringelte, aus purer Erschöpfung zusammenbrachen. Daß sie Fersengeld gaben, vorausgesetzt, sie konnten gehen, schien Kapitän Wilkinson nicht im mindesten zu kümmern, wenn das Schiff glücklich in seinem Bestimmungshafen lag. Nicht einmal um das Entladen der Fracht kümmerte er sich. Das war Sache der Reeder und der Agenten. Ich bin sicher, er verabscheute es, den Fuß überhaupt an Land setzen zu müssen. Auf alle Fälle mußte er sich niemals an die Regel der Kapitäne erinnern, daß Vertraulichkeiten mit der Mannschaft zu mangelndem Respekt führen. Es schien, als habe er sich an dem Tag, an dem er zur See ging, von aller Menschlichkeit verabschiedet.

Und zehn Jahre lang blieb ich, John Silver, unter seinem Befehl! Ich wurde vollbefahrener Seemann, AB master mariner, Bootsmann und so weiter. Ich bin in die Akademie des alten Nick gegangen und wurde ausgebildet in den sieben Seemannswissenschaften, die da sind Fluchen, Saufen, Stehlen, Huren, Prügeln, Lügen und Verleumden. Ich wurde stark wie ein Ochse und beherrschte schließlich jede Tätigkeit an Bord. Ich erwarb mir Menschenkenntnis und überlebte die Hölle. Und doch, zehn Jahre!

Nicht, daß es in meinem Alter eine sonderlich große Auswahl gegeben hätte. Einmal Seemann, immer Seemann, bis zum Tod, so lautete die Regel. An Land wollte man, ob unsere Hände gezeichnet waren oder nicht, von Männern wie uns nichts wissen. Schauermann oder Säufer, so hieß die Zukunft an Land. Vom Schiff durchbrennen, ein paar vergnügte Tage im Krug und im Bordell erleben, nur um anderswo in der Hoffnung auf bessere Behandlung und höhere Heuer wieder anzumustern, den meisten reichte das aus. Ich jedoch blieb bei Kapitän Wilkinson und bewies ihm und allen anderen, daß ich keiner von denen war, die grundlos winseln. Ich wollte Mensch werden, bevor ich Laut gab.

»Silver«, sagte der Kapitän eines Tages zu mir, in einem Ton, den man von fern für vertraulich hätte halten können, »einen wie Ihn sollte man versichern können.«

»Versichern, Sir?«

»Ja, natürlich. Weiß Er, keine Versicherungsgesellschaft, sei es Royal Exchange oder London, will Menschen versichern. Die Fracht und das Schiff wohl, aber nicht die Mannschaft. Was aber wäre ein Schiff ohne Mannschaft? Masten und Takelage kann man versichern, nicht aber die Seeleute, die in ihnen herumklettern und reffen und brassen. Ist das vielleicht gerecht und richtig?«

»Nein, Sir«, antwortete ich, weil eben diese Antwort von mir erwartet wurde.

»Aber so stehen die Dinge«, fuhr er fort. »Zwischen Ihm und der Großrahe dort oben gibt es keinen Unterschied. Ich kann keines von beiden entbehren.«

Ich nickte und versuchte, meine Empörung zu verbergen, die sich nun, nach zehnjährigem Gehorsam, in meiner Brust bemerkbar machte wie ein durchgehendes Pferd. Ich wußte jetzt, daß dies meine letzte Reise mit der *Lady Mary* sein würde. Der Kapitän hatte mich zum befahrenen Seemann gemacht, aber daß er mich obendrein zur Großrahe machen wollte, war etwas anderes.

Selbstverständlich bemerkte Kapitän Wilkinson nicht, was in meinem Inneren vorging. Eine Spiere hat keine Gefühle. Sie ächzt und knarrt, wenn sie zu stark belastet wird, mehr nicht, dagegen kann man etwas unternehmen. Ebenso ein Seemann. Doch ich schwieg. Freude hätte aus meinem Mund kommen müssen, Freude über die Empörung, die mich zu einem Menschen gemacht hatte, jedem anderen ebenbürtig. Kapitän Wilkinson benötigte mich und seine Großrahe, ich hingegen brauchte ihn nicht. »Wenigstens Todesfälle sollten die Versicherungen übernehmen«, sagte Kapitän Wilkinson, ohne mich anzusehen. »Den Schaden sollte man den Reedern schon ersetzen.«

»Sir«, sagte ich, »ich bitte um Verzeihung?«

Kapitän Wilkinson sah mich überrascht an.

»Was denn?« fragte er.

»Ist das nicht ein zu großes Risiko? Seeleute sterben wie die Fliegen, das wissen alle. Im ersten besten Hafen gehen sie durch. Kein Reeder könnte sich die Prämien leisten.«

»Er hat völlig recht, Silver. Genau das habe ich doch gesagt. Was aber kann ich dagegen tun? Der Verbrauch an Seeleuten ist hoch.«

Er verstummte für einen Augenblick und sah mich dann wieder an, wie ich glaube zum ersten Mal so, als unterschiede ich mich von einem Block oder einer Talje.

»Und wer hat Ihm gesagt, Silver, daß es sich so verhält?«

»Niemand. Das hab ich mir selbst gedacht.«

»Aha.«

Er warf mir einen Blick zu, der mich mit Furcht erfüllen sollte, ich jedoch gab ihn ohne alle Umschweife und Zeremonien zurück.

»Hier an Bord denkt keiner selbst, Silver«, sagte er. »Die *Lady Mary* hat nur einen Kapitän, und der bin ich. Oder etwa nicht, Silver?«

»Ja, Sir«, antwortete ich mit soviel Respekt, wie ich aufbringen konnte.

»Silver, Er kann mit seinen Pflichten fortfahren.«

Ja natürlich, dachte ich, selbstverständlich. Bis wir im Hafen sind.

Am Morgen des folgenden Tages sichteten wir bei ruhigem, klarem Wetter den roten Sandstein Irlands. An Backbord erhob sich Cape Clear, steuerbords Fastnet Rock. Der Himmel war bestreut mit luftigen Baumwolltupfern, die keinem Seefahrer mißfallen konnten. Die Sicht war so klar, daß der Ausguck alle vier Landspitzen zugleich sah. Toe Head, Galley Head, Seven Heads und Old Head of Kinsale. Über der Backbordreling hing die Freiwache in voller Stärke und sah sehnsüchtig nach dem Festland. Ich weiß, daß es Kapitän Wilkinson reizte, wenn er untätige Seeleute sehen mußte, aber nicht einmal er hätte bei diesem leichten Wind, der kaum das Wasser kräuselte, zum Segelsetzen und um Rahen zu brassen alle Mann an Deck beordern können.

Ich selbst stand auf dem Achterdeck, in Lee von Kapitän Wilkinson, wie es den Regeln entsprach, und mir war so leicht ums Herz wie an jenem Tag, an dem ich nach einem rechtschaffenen Kapitän und einem guten Schiff gesucht hatte, um frei zu sein wie ein Vogel. Jetzt aber war alles anders. Ich wußte, wovon ich sprach, wenn ich ausnahmsweise den Mund aufmachte. Ich plapperte keine Botschaften mehr aus, um welche es sich auch immer handeln mochte. Ich prahlte nicht mehr ins Blaue hinein, ich könne Latein lesen. Ich lief nicht herum und erkundigte mich nach rechtschaffenen Kapitänen, die sich doch ohnehin nicht finden ließen. Ich brachte nicht mehr meine verborgensten Ansichten zum Ausdruck, denn sie wurden ja doch nur zu meinem Nachteil mißbraucht.

Ich hatte jedoch gelernt, daß es Worte gab, die jeder gern hörte, sogar der schlichteste Seemann, und daß ich die Gabe besaß, diesen Wunsch zu erfüllen. Keiner wurde also aus mir klug, während ich in bezug auf andere offenkundig immer klüger wurde. Und so ist es auf dieser Welt nun einmal eingerichtet, ich war beliebt und wurde als guter Kamerad geschätzt.

Sparsam und klug, wie ich war, besaß ich sogar Geld. Das in den Hosenbund eingenähte Schmugglererbe meines Vaters hatte ich noch und dazu die Heuer von vielleicht drei Jahren und den Gewinn aus kleinen Geschäften jener Art, wie sie jeder Seemann betreibt. Ich war für sechzig Pfund gut, die alle in meinen Kleidern eingenäht waren. Wer hätte das gedacht? Von meinen Schiffskameraden jedenfalls keiner, dessen bin ich sicher.

Fast nebenbei bemerkte ich, wie der Erste Steuermann zu Kapitän Wilkinson eilte und eifrig nach achtern deutete. Ich drehte mich um, denn so wie alle anderen hatte ich nur Augen für die Klippen und die tiefgrünen, sanften Hügel vorn gehabt. Niemals werde ich den Anblick vergessen, der sich mir da bot. Unmerklich und rasch hatte sich der Himmel schwarz wie Pech und Tinte gefärbt. Der Horizont hatte sich in ein schäumendes Getöse aus brechenden Wogen verwandelt, die auf uns zustürmten wie ein Erdrutsch. Keiner an Bord, nicht einmal die alten sturm- und salzgegerbten Seestromer, hatte jemals etwas Derartiges gesehen. Ich erkannte die Angst und das Entsetzen auf vielen Gesichtern, die sich nun alle Kapitän Wilkinson zuwandten. Jeder glaubte zu wissen, was uns bevorstand: ein Kampf ums Leben, mit Segeln und Tampen.

Der Befehl, in die Masten zu steigen, blieb jedoch aus. Kapitän Wilkinson warf noch einen Blick nach achtern und wandte sich dann an die Mannschaft.

»Männer«, sagte er mit seiner ordinären Peitschenschlagstimme, »in ein paar Minuten kommt der schlimmste Sturm, den ihr jemals erlebt habt, über uns. Wenn ihr tut, was ich sage, können wir das Schiff vielleicht retten. Wenn ihr meine Befehle nicht befolgt, werdet ihr ohne weiteres wegen Meuterei erschossen. Habe ich mich klar ausgedrückt?«

Niemand antwortete, außer mir. Zum ersten Mal erhob ich meine Stimme, die später so berüchtigt sein würde, weil sie hinausbrüllte, wozu es allen anderen an Vorstellung und Berechnung fehlte.

»Ein Hurra für Kapitän Wilkinson«, rief ich.

Anfangs lustlos, dann unter meiner Leitung laut, taktfest und kraftvoll brachten die Männer ein Hurra auf Kapitän Wilkinson aus, den letzten Menschen auf dieser Erde, der ein Lebehoch verdient hätte.

Für einen Augenblick hätte Kapitän Wilkinson fast die Fassung verloren. Er trat einen Schritt zurück, als habe ihm jemand einen Faustschlag versetzt. Im nächsten Augenblick war er wieder der alte und brüllte aus voller Kraft:

»Ruhe!«

Selbstverständlich wurde es ruhig wie auf einem Kirchhof, und dort standen wir auch – mit einem Bein im Grab.

»Wir haben keine Zeit für Hurrageschrei«, fuhr er fort. »Ihr wundert euch, warum ihr nicht in die Masten geht. Aus einem einzigen Grund, der Sturm hinter uns zerreißt uns die

Segel, bevor ihr auch nur die Hälfte eurer Reftknoten gemacht habt. Und ein Gutteil von euch würde in die See geblasen werden, wenn sich die Segel füllen. Also ...«

Ein letztes Mal sah er über die Schulter.

»... die Backbordwache an die Pumpen. Die Steuerbordwache läßt alle Segel fliegen und löst alle Schoten, die gelöst werden können. Wenn alle Segel fliegen, riggt die halbe Steuerbordwache die Laufstage. Die andere Hälfte macht die Sturmsegel klar, wir sehen dann schon, ob wir noch Masten haben, an die wir sie schlagen können. Ich muß nicht sagen, daß das alles höllisch schnell gehen muß. So viel könnt sogar ihr euch ausrechnen.«

Der Steuermann schrie seine Befehle, daß der Speichel nur so spritzte. Die Segel knallten und flatterten, als die Schoten gelöst wurden. Ich, der als Bootsmann des Schiffes immer bereit war, ohne daß ich selbst zu einer Wache gehört hätte, fand die Zeit, mich nach achtern umzudrehen. Hier, so sagte ich mir, handelt es sich nicht bloß um eine starke Sturmböe aus heiterem Himmel. Dies war ein Sturm, der uns allen den Garaus machen konnte. Ich fand meinen Gedanken bekräftigt, als mein Blick auf Bowles fiel, den Ältesten aller Befahrenen an Bord. Ich sah, wie er auf die Knie fiel und zu beten anfing! Ausgerechnet er, der immer geschworen hatte, sein einziges Glaubensbekenntnis sei der Kompaß! Er, der uns allen beigebracht hatte, die beste Methode, ein Schiff untergehen zu lassen, sei es, den himmlischen Vater um Hilfe anzuflehen!

Gleichzeitig verließ Kapitän Wilkinson seinen Platz an Steuerbord und kam mit ruhigen, festen Schritten auf mich zu.

»Silver«, sagte er mit eisiger Stimme, »warum hat Er ein Hoch angestimmt? Warum haben die Männer Hurra gerufen?«

»Ich weiß nicht, Sir«, antwortete ich. »Vielleicht, damit sie Mut und Hoffnung bekommen.«

»Mut und Hoffnung? Ist es nicht genug, daß ihnen der Tod droht?«

»Sir, ich bitte um Vergebung, nicht, wenn sie glauben, daß sie sowieso sterben müssen.«

Kapitän Wilkinson sah mir scharf in die Augen.

»Ist Er sicher, daß sie nicht wegen mir Hurra geschrien haben?«

»Ja, Sir. Seht selbst!«

Ich deutete auf Bowles, der noch immer kniete und betete.

»Man sagt«, erklärte ich Wilkinson, »wenn ein Seemann betet, dann gibt es keine Hoffnung mehr.«

Kapitän Wilkinson sah Bowles an, als sei er ein Feigling ohnegleichen. »Und Er selbst, Silver. Warum betet Er nicht?«

»Zu wem sollte ich denn beten?« fragte ich. »Zu Euch?«

Kapitän Wilkinson gab ein knappes Lachen von sich, das erste Lachen, das ich jemals von ihm gehört hatte.

»Silver«, sagte er, als das Lachen ebenso jäh beendet war, wie es begonnen hatte, »Ihn müßte man versichern. So einen wie Ihn findet man nicht zweimal.«

Dann drehte er sich zum Deck und brüllte:

»Bowles! Ich hoffe um Seiner Seele willen, daß Er zu mir betet und zu keinem anderen.«

Bowles zuckte zusammen und sah mit erschrockenem Gesicht auf.

»Aye aye, Sir«, sagte er, »aye aye.«

»Silver«, sagte Kapitän Wilkinson zu mir, »ich glaube, Er muß mir am Ruder helfen, wenn es sich zusammenzieht. Ich glaube, keiner von den anderen kümmert sich darum, ob die *Lady Mary* schwimmt oder sinkt.«

Mehr wurde nicht gesagt, dann war der Sturm da und zerriß die schon flatternden Segel, als wären es Spitzentaschentücher. Mit einem Getöse, das über dem Heulen des Sturms dennoch keiner hören konnte, wurde der Vormast weggerissen. Auf Deck stockte jede Bewegung. Die Mannschaft kniete, nicht vor Gott, sondern wegen des Sturms.

Alle Blicke hefteten sich auf den Großmast, dessen Spitze sich bereits bog wie ein Weidenzweig und dessen Fuß bebte. Dies ist der Lebensfaden des Schiffes, dachte ich mit Grauen.

Kapitän Wilkinson rannte wie eine Furie zwischen den liegenden und knienden Seeleuten herum. Was jetzt, da er mit dem Tod nicht mehr drohen und mit dem Leben nicht locken konnte, geschehen würde, wußte ich nicht. Mitten im peitschenden Regen aber, mitten im Tosen, im Donnern und Heulen des Sturmes, das uns schwerhörig machte, auf einem Deck, das rollte wie ein Pendel und sich der Reling zuneigte, mitten im salzigen Schaum, der stob wie Schnee und Hagel, mitten in all dem teilte Kapitän Wilkinson Fußtritte und Prügel aus, er schrie und fluchte, und es gelang ihm, die halbe Backbordwache unter Deck und an die Pumpen zu jagen und die andere Hälfte dazu zu bringen, kriechend, krabbelnd, rutschend und fluchend die Laufstage zu riggen und die Wanten zu straffen, wo immer es ging.

Kapitän Wilkinsons wahnsinniges Gerenne mit anzusehen, hin und her zur Rettung seines Schiffes, half mir, mich aus dieser eisernen Umklammerung zu befreien, denn wenn er wegen ein paar alter Planken dem Tod spotten und ins Gesicht spucken konnte, dann wäre ich wohl ein Schandfleck auf dieser Erde, wenn ich zur Rettung meiner Haut nicht das gleiche hätte tun können, zumal ich mir noch wenige Augenblicke zuvor eingebildet hatte, es sei, sobald ich an Land käme, Zeit für mich zu leben.

Von diesem Augenblick an war ich auf dem Schiff überall, um mit anzupacken. Mein Wille zu überleben verwandelte sich in heiße Wut, weshalb sogar Kapitän Wilkinson zurückwich, wenn er mir im Weg stand.

Das grauschwarze Wasser stürzte jetzt ununterbrochen über das Deck, schwere Wellen donnerten auf die Beplankung wie die Salven eines Linienschiffes. Im Regenhagel, der die Gesichter zerriß, war das Land außer Sicht geraten, und es dauerte nicht lange, bis geschah, was geschehen mußte. Von einem Wellenkamm herab, der in einem Abgrund zu enden schien, lief die *Lady Mary* aus dem Ruder und wurde hilflos hin und her geworfen. Wir krängten mehr, als ein Schiff vertragen kann, und durch das Grollen, Dröhnen, Klatschen und Heulen konnten wir die ersten dumpfen Geräusche hören, als der Ballast sich nach Lee verschob.

Jetzt, so schrie Bowles, dieser elende Prediger des Jüngsten Gerichts, sei alles zu Ende, fiel wieder auf die Knie und faltete die Hände. Ich war schon auf dem Weg zum Großmast und kletterte wie ein Affe auf die Luvreling, als ich sah, wie der Kapitän in Lee das gleiche tat, in der Hand eine Axt. Und ich sah, daß er sich die Zeit nahm und Bowles einen Hieb mit der Axt versetzte, so daß dieser mit seinen gefalteten Händen über Bord ging. Es kann nicht richtig sein, daß einer, der schon aufgegeben hat, andere, die um ihr Leben kämpfen, mitreißt, und erst recht nicht im Namen Gottes.

Kapitän Wilkinson und ich kamen gleichzeitig beim Großmast an und ließen die Äxte pfeifen wie Blitze.

»Schnell«, schrie Kapitän Wilkinson. »Wir müssen das Schiff retten!«

Nicht einmal in diesem Augenblick dachte er an sich oder an mich.

Rasch hatten wir eine klaffende Wunde in das Holz des Großmastes geschlagen, und ich sah, wie sich langsam ein nach oben laufender Riß öffnete.

»Jetzt«, schrie Kapitän Wilkinson, »noch ein Hieb und dann weg.«

Ich hob die Axt, schlug zu, warf mich dann nach hinten und landete rücklings im Speigatt, wo mir das Wasser bis an die Ohren reichte. Dieses Mal hörte ich das Krachen, als der Großmast zersplitterte, und ich spürte, wie sich die *Lady Mary* langsam wieder aufrichtete. Noch aber waren wir in die Takelage verwickelt, und der Mast, der an unserer Seite hing, wurde zum gefährlichen Treibanker, der das Schiff jeden Augenblick zerschlagen konnte.

»Kappt die Wanten«, hörte ich Kapitän Wilkinson rufen, und sein Ruf wanderte von Mund zu Mund, denn weiter als einen Klafter trug keine Stimme, ob mit dem Wind oder gegen ihn.

Es schien, als hätten alle wieder Hoffnung geschöpft, denn die Takelage war schon über Bord gegangen, ehe ich noch meine Axt gefunden hatte. Die Rudergänger, sie waren ans Ruder gebunden, damit sie nicht über Bord gingen, wenn das Rad beim Krängen durchging, brachten die *Lady Mary* auf den einzigen Kurs zurück, den wir halten konnten. Das Schiff war mit Wasser vollgeschlagen und manövrierunfähig, aber vorläufig schwamm es noch.

»Log auswerfen, Loghobel an den Steven, Ablösung an die Pumpen!« befahl Kapitän Wilkinson, der wieder auf seinem Platz auf der Steuerbordseite des Achterdecks stand.

In diesem Augenblick hatte ich den Eindruck, und wahrscheinlich dachten andere das gleiche, er sei mehr als ein Mensch und werde ewig auf dem Achterdeck der *Lady Mary* stehen, wie aus Eichenholz geschnitzt.

Der Zimmermann kam und teilte mit, das Wasser sei angestiegen bis zum Lastdeck, der Ballast müsse unterhalb der Wasserlinie Löcher in die Bordwand geschlagen haben. Wilkinson wies ihn an, weitere Männer an die Pumpen zu stellen und häufiger abzulösen.

Inzwischen hatte ich mich wieder erholt und konnte mich nützlich machen. Ich ging zur Griffeltafel und nahm ein aufgeweichtes Stück Kreide, das wahrscheinlich nur wegen der Feuchtigkeit an seinem Platz liegengeblieben war.

Ich kletterte in den Laderaum und tastete mich durch das Dunkel, wobei mir das Wasser bis zum Nabel reichte. Über mir versuchten die Männer, sich Mut und Hoffnung anzusingen, es wurde freilich nur ein atemloses Gekrächze daraus, das niemanden täuschen konnte. Ich erreichte die Leiter, die zur Pumpenkammer führte. Mit der Hand stellte ich fest, wo das Holz noch trocken war, und zog mit meiner Kreide einen dicken, weißen Strich. Dann kletterte ich selbst hinauf, öffnete die Luke und stand zehn halbnackten, verschwitzten Männern gegenüber. Ihre Leiber waren von der Anstrengung gerötet. In ihren glänzenden, leeren Augen lauerte die Todesangst. Sie starrten mich an, als sei ich Charon persönlich, und etwas war daran schon richtig, auch wenn ich in völlig anderer Absicht gekommen war. Ich konnte jedoch noch etwas anderes erkennen, Respekt einer neuen Art, was sich vielleicht dadurch erklärte, wie ich mit der Axt am Großmast umgegangen war.

»Kameraden«, begann ich, »das Schiff hält nicht mehr lange aus. Es wird untergehen. Wenn ihr aber mich fragt, so gibt es keinen Grund, warum wir mit ihm die Flagge streichen sollten.«

»Kapitän Wilkinson ist verrückt«, schrie Winterbourn mir ins Gesicht. »Wir werden an den Pumpen sterben, nur um seinen alten Eimer zu retten.«

»Nicht, wenn er euch braucht, um seinen alten Eimer zu retten«, schrie ich zurück. »Ich glaube, ich weiß, was er vorhat. Er will auf Old Head of Kinsale zuhalten und hinter der Landspitze ankern, bis dieser verdammte Sturm sich gelegt hat und wir nach Kinsale bugsiert werden können.«

»Und was wird, wenn das nicht geht?« fragte Winterbourn.

»Das gleiche, wie wenn ihr mit dem Pumpen aufhört. Wir sinken auf der Stelle, nicht mehr, nicht weniger. Hört zu, Leute! Ich habe nicht vor, jetzt die Flagge zu streichen, so viel ist sicher. Und ihr wißt, ich bin einer, der zu seinem Wort steht. Wenn ihr pumpt, als wäre euer letztes Stündlein gekommen, was auch so sein wird, wenn ihr nicht tut, was ich sage, dann, das verspreche ich, werde ich das Meine tun.«

»Und was soll das sein?« fragte Winterbourn etwas weniger streitsüchtig.

»Wenn wir Old Head nicht erreichen können, verspreche ich euch, daß ich das Schiff an einem Strand auf Grund setze, damit ihr trockenen Fußes an Land kommt.«

»Und was sagt Wilkinson dazu?«

Das kam von Balthorpe, einem der englischen Seemänner, der, im Unterschied zu uns anderen, Walisern, Iren und Schotten, einen Hang zum Gehorsam hatte.

»Wenn es hart auf hart kommt«, sagte ich und dachte an den Strich, »dann wird Wilkinson der sein, der tut, was ich sage.«

Es gab Gemurmel, aber es waren ausreichend viele, die mir Glauben schenkten, so wie ich mir selbst ebenfalls, weil ich meine Lektion noch nicht bekommen hatte.

»Und vergeßt eines nicht. Wenn das Schiff auf Grund läuft, dann ist es unser volles Recht, uns unseren Anteil der Ladung zu nehmen. Wir werden freie Männer und haben Geld. Was meint ihr dazu?«

»Ich bin dabei«, sagte Winterbourn, der nicht nur streitsüchtig war, sondern obendrein die Habsucht in Person.

»Ich auch.«

Man hörte weitere Stimmen und zu guter Letzt auch die des gehorsamen Balthorpe. Ich öffnete die Luke.

»Männer«, sagte ich, »dort unten auf der Leiter seht ihr einen Strich, dort ist das Holz noch trocken. Wenn das Wasser über diesen Strich steigt, warten auf uns Tod und Flaggenstreichen. Ist das klar?«

Alle nickten. So dumm waren sie immerhin nicht. Sie wußten nicht, warum es gut war zu leben, und als Seeleute hatten sie nicht die Aussicht auf ein sehr langes Leben, aber darum kämpfen, das konnten sie, wenn sie dazu nur ein wenig ermuntert wurden von einem wie mir.

Um zu beweisen, daß ich es ernst meinte, stürzte ich mich auf eine der Pumpen und pumpte in solchem Tempo, daß der kleine Curwen, der Jüngste und Kleinste, Mühe hatte, mitzuhalten. Ich glaube, wir anderen hoben ihn vom Hellegatt in die Höhe. Schließlich aber fand er den Takt und beteiligte sich mit all den unsichtbaren Muskeln, die auch er trotz allem im Leib gehabt haben dürfte. Taljen-Harry, der so genannt wurde, weil er mit seinem ungeheuren Umfang doppelt so stark war wie wir anderen, stimmte einen Shanty an, der die Taktzahl verdoppelte. Dies mit anzusehen war eine Freude. Und solche Männer sollten zum Antreiben Kapitäne und die Peitsche brauchen!

Nach einem halben Stundenglas, ehe all unsere Kraft erschöpft war, vom kleinen Curwen, der schon halb ohnmächtig war, einmal abgesehen, sagte ich Stop.

»Nächste Mannschaft.«

Die vier, mit denen ich gepumpt hatte, warfen sich keuchend aufs Hellegatt. Ich holte eine Tonne Wasser und verteilte sie. Nicht ohne Unruhe und Befürchtungen kletterte ich dann die Leiter wieder hinunter, ich war trotz allem nur ein Mensch, und sah nach dem Strich. Lange stand ich dort, das Wasser schwappte hin und her, im Gleichklang mit dem Rollen der *Lady Mary*. Dann war ich mir sicher. Das Wasser sank.

Mit drei Sätzen stieg ich wieder hinauf.

»Männer«, schrie ich, »einen Zoll weniger. Der Knochenmann muß sich nach anderen umschauen, die er holen will, und nicht nach uns.«

Es gab ein schreckliches Hurragebrüll. Ich sah mich um. So könnte es bis zum Old Head gehen, da gab es keinen Zweifel.

»Wenn ihr so weitermacht, hat der Zimmermann die Lecks bald abgedichtet.«

»Aber«, fügte ich hinzu, »wenn ihr so schwitzt wie der kleine Curwen hier, dann geht es langsamer. Dann muß jede Mannschaft einen halben Zoll zusätzlich pumpen.«

Die anderen lachten, aber nicht über Curwen, der mich breit angrinste. Dankbar, glaube ich, als hätte ich ihm etwas Gutes getan, während ich doch ausschließlich darauf bedacht war, mein eigenes Fell zu retten.

Als ich wieder an Deck kam, hatte ich fast vergessen, wie schlimm es war. Die Wellen waren ein tobendes, schäumendes, donnerndes, peitschendes Chaos, das sich weit über Deckshöhe erhob. Über den Wellenkämmen sah ich eine felsige Landzunge, mit Wellenschaum bedeckt, der die Steilküste fast bis nach oben hinaufkletterte, wo er sich für einen Augenblick festklammerte, dann den Halt verlor und wieder hinabrutschte.

»Kapitän«, sagte ich, als ich auf das Achterdeck kam, wo Wilkinson noch so stand, wie ich ihn verlassen hatte. »Die Männer pumpen, was das Zeug hält.«

»Mein guter Silver«, antwortete er mit leerer Stimme, die mich mehr erschreckte als seine Verwünschungen und Flüche. »Er ist ein wirkliches Wunder. Ich hätte Ihn gern zum Ersten Steuermann gemacht, wenn Er eine Ahnung von Navigation gehabt hätte. Schau Er sich diesen Abschaum an. Daß solche Leute überhaupt ein Schiff segeln dürfen, geht über meinen Verstand.«

Ich folgte seinem Blick und entdeckte Hardwood, den Ersten Steuermann, der seinem Namen keine Ehre machte, sondern sich an die Reling klammerte, besudelt war mit seinem eigenen Erbrochenen und außer sich vor Angst.

»Er hat Angst, Sir«, sagte ich.

»Glaubt Er, das sehe ich nicht. Angst, ja, um sich. Was nutzt das der *Lady Mary*. Kann Er mir darauf antworten?«

Das konnte ich nicht, und ich wollte es nicht, denn eigentlich war mir die *Lady Mary* völlig gleichgültig, mit Ausrüstung und Mannschaft, vom Kielschwein bis hinauf zu den Mastspitzen, die es nicht mehr gab.

»Sie pumpen, was das Zeug hält, hat Er gesagt?« fuhr Kapitän Wilkinson nach einer Weile fort. »Gut und schön, da haben sie eine Beschäftigung. Aber das reicht freilich nicht. Wir kommen nicht bis Old Head. In einer halben Stunde bekommen die Bauern ihr Brennholz für den Winter. Und ich verliere mein Schiff und anschließend meinen guten Namen.«

»Sir?« sagte ich.

»Was will Er?« antwortete er, mit der Betonung auf dem »Er«, als sähe er mich zum ersten Mal.

»Vielleicht gibt es einen Ausweg.«

»Es scheint Ihm nicht bekannt zu sein, Silver, daß es für einen Kapitän nur einen Weg in die Hölle gibt, nämlich sein verlorenes Schiff zu überleben.«

»Ich könnte das Schiff wirklich retten, Sir.«

»Und wie soll das zugehen?« fragte Wilkinson giftig. »Er, Silver, ein einfacher Seemann, sollte eine Möglichkeit entdeckt haben, die ich nicht erwogen habe?«

»Das glaube ich nicht, Sir, überhaupt nicht. Wenn mich meine Erinnerung aber nicht täuscht, gibt es in der Bucht einen Sandstrand, Lispatrick Lower. Vielleicht könnten wir sie dort aufsetzen.«

»Aha, das könnten wir also«, sagte Wilkinson spöttisch. »Und Er glaubt, die *Lady Mary* wäre anschließend noch seetüchtig?«

»Nein«, sagte ich, »aber Ihr und vielleicht ich wären es. Und auch einige aus der Mannschaft. Und wir könnten einen Teil der Rundhölzer retten und auch Verschiedenes von der Ladung.«

»Salzwasserdurchtränkten Tabak«, sagte Wilkinson. »Was glaubt Er, wer den noch kaufen will, Silver? Wer?«

»Und die Mannschaft, Sir? Und ich selbst?«

Kapitän Wilkinson gab mir nicht einmal eine Antwort. Es war ihm gleichgültig. Ich sah nach den Rudergängern. Falls die *Lady Mary* ihre Tage auf Lispatrick Lower beschließen sollte, mußte das Ruder jetzt umgelegt werden, sonst war es zu spät.

Warum nahm ich nicht einfach eine Axt und spaltete Wilkinson vom Kopf bis zu den Fußspitzen, so wie jenes Holz, in das er die *Lady Mary* freiwillig verwandeln wollte? Warum machte ich es nicht so, wie Kapitän Barlow es gesagt hatte? Aber nein, ich hob nicht einen Finger. Wir hielten genau auf die Klippen in der West Holeopen Bay zu, und ich eilte hinunter zu den Pumpen und sagte den Männern dort, wie es sich verhielt, daß Kapitän Wilkinson ihr Leben absolut gleichgültig war, ebenso wie das meine, und daß sie mit dem Pumpen aufhören konnten, um ihre Kräfte zu schonen, damit sie gut an Land kamen. Wilkinson habe vor, die *Lady Mary* genau auf die Klippen zu setzen, sie Neptun zu opfern, als wolle er damit die Schande büßen, sein Schiff verloren zu haben.

»Das habe ich doch gesagt«, schrie Winterbourn drohend. »Der Kerl ist verrückt, völlig wahnsinnig. Und dir haben wir vertraut, John, der Teufel soll dich holen! Und das da halte ich von deinem Wort.«

Er spuckte mir ausgiebig vor die Füße.

»Winterbourn, du kannst denken und spucken und zischen soviel du willst«, sagte ich ruhig. »Ich gehe jetzt jedenfalls an Deck und übernehme das Ruder, und Kapitän Wilkinson werfe ich über Bord, wenn es sein muß. Vielleicht gibt es ja doch noch ein kleines Stück Strand, das man ansteuern kann.«

»Ich mache mit«, sagte Taljen-Harry und ballte die Fäuste. »Und wenn es das Letzte in diesem Leben ist.«

»Ich auch«, sagte der kleine Curwen, ohne daß auch nur einer den Mund verzogen hätte.

»Das ist Meuterei«, sagte ich, »damit ihr es wißt. Aber wir haben jetzt keine Zeit für den Runden Robin oder für Schwüre. Ich übernehme die Sache.«

Wir gingen also rasch hinauf und verständigten die anderen, dann enterten wir das Achterdeck mit mir an der Spitze. Ich ging zu Kapitän Wilkinson.

»Kapitän«, sagte ich, »ich übernehme die *Lady Mary*. Wenn es die kleinste Chance gibt, um die Klippen herumzukommen und Sand zu erreichen, nutze ich sie.«

Anfangs antwortete Kapitän Wilkinson nicht, als habe er nicht gehört, was ich gesagt hatte. Ich kehrte ihm den Rücken und ging zu den Rudergängern. Ich war noch nicht weit gekommen, als ich ein wahnsinniges Gebrüll hörte, und dann Winterbourn, ausgerechnet Winterbourn, der mir eine Warnung zurief. Sie kam zu spät, denn ehe ich mich versah, spürte ich einen heftigen Schlag an der Schulter, der mich stolpernd über Deck schickte, bis ich an der Reling zum Stehen kam. Dann fühlte ich Hände, die meine Kleider packten, und im nächsten Augenblick befand ich mich im freien Fall auf die schäumenden Brecher zu.

Daß ich überlebt habe, ist einsichtig, da ich niederschreiben kann, wie es gewesen ist. Aber als ich fiel, rechnete ich damit, daß es zu Ende war, ein unbehagliches Gefühl, wenn man glaubt, man könne nun nirgendwo mehr hin. Jedoch gelang es mir, mich an der Wasseroberfläche zu halten und zu schwimmen. Gelernt hatte ich es von einem alten Indianer in Norfolk, wo wir Tabak luden, und es ist mir immer zupaß gekommen. Die anderen hatten gelacht und die Köpfe geschüttelt, als sie sahen, wie ich schluckte, hustete wie ein Schwindsüchtiger und Salzwasser spuckte. Daß ein Seemann schwimmen können sollte, war lächerlich. Jetzt, als die *Lady Mary* einige Kabellängen vor den scharfen Klippen des Old Head of Kinsale lag, lachten sie nicht mehr.

Als ich wie eine halbvolle Flasche auf einen Wellenkamm getrieben wurde, sah ich wieder Wilkinson, der auf dem Achterdeck stand, den Blick bugwärts, dem Untergang zugewandt. Die Besatzung, diese tapferen Meuterer, mit denen ich gemeinsame Sache hatte machen wollen, stand zusammengedrängt und vor Schreck gelähmt an Deck, sogar jetzt noch in Lee des Kapitäns, wie es den Vorschriften entsprach. Alle starrten nach vorn, alle, außer einem. Der kleine Curwen hatte sich umgedreht und starrte nach achtern, nach mir.

Als ich auf den nächsten Wellenkamm geschleudert wurde, sah ich, wie die Männer an Deck umfielen, wie auf Befehl. Nur Wilkinson blieb stehen, als sei er an Deck festgewachsen. Erst dann hörte ich das Krachen, das Geräusch brechenden, berstenden, sich verdrehenden, zersplitternden Holzes und die Schreie der Männer in Todesangst, die im Gleichklang mit den Wellen, in denen ich stieg und sank, anschwollen oder ahnahmen. Die *Lady Mary* drehte sich und wurde seitlich auf das nächste zackige Riff geschleudert.

Und jetzt, als sie keine Fahrt mehr machte, näherte ich mich ihr unerbittlich. Ich tat, was ich konnte, um seitlich an ihr vorbeizukommen, der Tidenhub aber war zu stark und meine Kräfte wurden bereits vom Luftholen in den schäumenden Brechern verbraucht. Trotzdem war dies vermutlich meine Rettung, denn ich konnte fast nicht mehr, als meine Hände ein abgebrochenes Stück des Schanzkleides ergriffen, das ich erkletterte, um es krampfhaft zu umklammern. Ich schnappte nach Luft und blieb liegen. Mehr konnte ich nicht tun.

Das letzte aber, was ich von der *Lady Mary* sah und hörte, bevor ich in die Klippen geworfen wurde, war die unbewegliche Gestalt von Kapitän Wilkinson auf dem Achterdeck, das im gleichen Augenblick entzweibrach, und den Todesschrei des kleinen Curwen.

»Silver, John Silver«, schrie er. »Hilf mir!«

Doch ich kam in dieser Hölle schließlich weder vor noch zurück. Hier, dies schwöre ich, stand es schlecht um John Silver mit seinem großen Mundwerk. Ich fühlte, wie ich auf der letzten steilen Woge immer höher gehoben wurde, als hinge ich zwischen Himmel und Erde, dann überschlug die Welle sich, zerbrach in stiebende Kaskaden, mit mir selbst und meiner Planke irgendwo in der Mitte. Und ich empfand, daran erinnere ich mich so deutlich wie an nichts sonst, eine widerlich bittere Verdrossenheit darüber, daß ich nun sterben sollte, gerade ich, der mehr leben wollte als irgendein anderer, dem ich begegnet war.

Als ich meine Augen wieder öffnete, denn ich muß sie geschlossen haben, statt dem Tod ins Gesicht zu starren, glaubte ich ihnen anfangs nicht. Denn ich lag in einer Art Tunnel und trieb auf meiner Planke auf das Licht in einer Öffnung zu, bei der es sich um nichts anderes als um die andere Seite des Old Head of Kinsale handeln mußte. Doch war ich am Leben oder war ich tot? fragte ich mich in vollem Ernst, bis ich wie ein Echo im Tunnel das gedämpfte

Lärmen der Brandung auf der Westseite des Felsens hörte und die Schreie, bereits weniger stark, derer, die noch sterben mußten. Ich lebte also und versuchte, auf irgendeine Art meiner Freude Ausdruck zu geben, der Hals aber war mir von einer unsichtbaren Schlinge zugeschnürt, weshalb nicht der kleinste Laut hindurchkam. Lebendig, dachte ich, unmittelbar bevor ich ohnmächtig wurde und einen anderen Schrecken empfand. Am Leben, aber stumm.

8

Als ich wieder zu mir kam, sah ich einen zottigen Bart, zwei besorgte Augen und eine Kaskade von rotem Haar, die umgeben war von einem grau bezogenen Himmel.

»Ganz ruhig«, sagte eine Stimme durch den Bart hindurch. »Du kommst durch.«

Mühsam richtete ich mich zu einer halb sitzenden Stellung auf und stützte mich auf den Ellbogen. Mein Körper schmerzte, von den Fußsohlen bis zum Scheitel. Ich war nur noch ein Wrack, wie die *Lady Mary*, Feuerholz für den Kamin.

Der Mann setzte mir einen Flaschenhals an den Mund und ich fühlte, wie der Rum in meinem ausgetrockneten Hals brannte und sich im Körper verteilte. Als könnte ich seinen Weg durch die Glieder verfolgen, bis er ganz außen angekommen war und gemeinsam mit der Rückkehr der Wärme in Finger und Zehen den Schmerz verdoppelte.

»Wo bin ich?« fragte ich.

»Hangman's Point«, antwortete der Mann.

Erst jetzt erinnerte ich mich und begriff, daß ich wenigstens nicht die Stimme verloren hatte. Dann aber drangen die Worte des Mannes vor in mein wirres Gehirn und meine Seele.

»Hangman's Point!« wiederholte ich. »Ich habe mir nichts zuschulden kommen lassen.«

Glaubt es oder nicht, dieser Mann lachte mir armem, halbtotem, in Not befindlichem Menschen offen ins Gesicht.

»Das hast du bestimmt«, sagte er, »wenn du nach dem, was du durchgemacht hast, noch solche Angst vor dem Henker hast! Reg dich nicht auf! Hier hat es, soviel ich weiß, noch niemals einen Galgen gegeben.«

Der Mann stieß einen Pfiff aus, und sofort tauchten zwei weitere derbe Männer auf. Ich wurde auf eine Decke gelegt und weggetragen wie ein Kind. An Steuerbord sah ich waldbedeckte Hänge. Backbord hörte ich das Rauschen der Brandung, das nachließ, je weiter wir kamen. Die Männer sprachen Rotwelsch, aber der, der mich gefunden hatte, erklärte von Zeit zu Zeit auf englisch, wo wir waren und wohin wir gingen.

»Hier, mein guter Mann«, sagte er nach einer Weile, »hier liegt 'Tobar na Dan, die Quelle des Dichters. Hier saß einer unserer Barden, er spielte Harfe und erzählte Geschichten. Er wanderte durch das ganze Land mit seinen Geschichten, kam aber immer wieder zurück zu seiner Quelle. Sogar, um sich selbst aufzuhängen. Davon hat Hangman's Point seinen Namen. Nicht weil man hier normale Menschen wie dich und mich aufhängt.«

»Hat sich aufgehängt?« krächzte ich, der gerade von den Toten wiederauferstanden war. »Warum beim Teufel streicht einer freiwillig die Flagge?«

»Keiner weiß das«, antwortete der Mann. »Der Barde konnte sich nicht mehr erinnern. Er vergaß seine Geschichten, irrte sich, mußte wieder von vorn anfangen. Irgendeiner hat mit angesehen, wie er sich große Haarbüschel ausraufte und sich vor Zorn und Verzweiflung die Hände blutig kratzte. Die Erzählungen waren mehr als tausend Jahre alt und waren Wort für Wort seit Urzeiten die gleichen gewesen. Der Barde lebte, um sich an sie zu erinnern, was sollte er tun, wenn er sie vergaß? Andere Geschichten erzählen? Sich neue einfallen lassen? Das hätte ihm niemand verziehen.«

Ein wenig später sagte der Mann: »Hier ist Eastern Point, die Einfahrt nach Kinsale. Dort draußen liegt Bulman Rock, ein häßliches Loch. Genau gegenüber siehst du Sandy Cove Island, und dahinter Sandy Cove selbst, die schönste aller Buchten, leicht anzulaufen, sogar in der Nacht.«

»In der Nacht?« fragte ich.

»Reines Mehl scheut manchmal das Licht«, sagte der Mann und lachte mit den anderen.

Ich schlief ein und schlug die Augen erst am nächsten Morgen wieder auf, in einem Bett, auf Stroh und sogar zwischen groben Leintüchern, an einem Feuer, das meinen steifen, schmerzenden Körper wärmte. Ich habe in meinem Leben wahrlich nicht unter Erinnerungen gelitten, und noch weniger habe ich von ihnen gelebt, wenn mir aber, von meinem Bein abgesehen, ab und zu etwas in den Sinn gekommen ist, so war es wahrscheinlich jener Augenblick. Wenn man dem Tod so knapp entgangen ist, muß man dem Paradies so nahe sein, wie dies nur möglich ist.

Dazu kam, daß das erste, was ich sah, als ich die Augen aufschlug, ein sanftes, glattes Frauengesicht war. Die Frau sagte nichts, lächelte und verschwand durch die Tür, durch die die Sonne hereindrang und ihre weiße Baumwollbluse und ihren langen Rock durchsichtig machte, weshalb ich die Konturen ihres Körpers erkannte. Nach einer Weile kam sie mit Essen und Trinken zurück, und unmittelbar hinter ihr stellte sich der Mann ein, der mir wahrscheinlich das Leben gerettet hatte.

»Danke«, war das erste, was ich über meine rissigen Lippen brachte.

Er schüttelte nur den Kopf, als bedeutete das nichts, und fragte, wie es mir gehe. Ich sagte, wie es sich verhielt, daß ich lebte und dem nichts hinzuzufügen hätte.

»Ich heiße Dunn«, sagte der Mann. »Das ist meine Tochter Elisa, und du bist in Lazy Cove, nicht weit von Kinsale.«

Ich nickte, und um ein Haar hätte ich meinen Namen genannt, im nächsten Augenblick aber sah ich mich selbst, wie ich Kapitän Wilkinson erklärte, ich werde sein Schiff übernehmen. Ich war, schändlich genug, ein Meuterer, und man konnte für weniger gehenkt werden.

»Du kannst hier bleiben, solange du willst und mußt«, sagte Dunn.

»Ich kann für mich aufkommen«, sagte ich und griff nach meinem Gürtel.

Er war nicht mehr da.

»Der Gürtel liegt unter deinem Bett«, sagte Dunn, »oder besser, was davon noch übrig war, als wir dich aufgefischt haben.«

»Das Erbe meines Vaters«, erklärte ich erleichtert. »Wahrscheinlich Schmugglerlohn. Und das Geld von zehn Jahren saurer, harter Arbeit auf der *Lady Mary.*«

»Woher du dein Geld hast, ist mir gleichgültig«, sagte Dunn. »Du kannst einen Shilling für das Essen bezahlen, wenn es dir wichtig ist, und jetzt sprechen wir nicht mehr darüber.«

Nein, und das war gut so, denn es fiel mir schwer, die richtigen Worte zu finden. Mein einziges Akkreditiv bei ihnen war, daß ich halbtot und nicht in der Lage war, allein zurechtzukommen. Sie hatten mein Vermögen gesehen, oder das, was davon übrig war, aber ich erkannte, daß sie mich nicht des Gewinns wegen behandelten wie einen Menschen.

»Die *Lady Mary?*« fragte Dunn, »fährt die nicht Tabak aus Charleston?«

»Fuhr«, sagte ich. »Gestern ist sie beim Old Head of Kinsale untergegangen, mit Mann und Maus, mich ausgenommen, wie man vermuten muß. Ich wurde über Bord geschleudert, als sie auf das Riff auflief und zerbrach.«

»Das haben wir befürchtet. Heute sind verschiedene Boote von Kinsale hinausgefahren. Gestern bei dem Sturm war es unmöglich, hinauszukommen, sogar für uns, und wir kennen das Wasser hier. Noch nie habe ich einen so plötzlichen, heftigen Sturm erlebt. Du hast Glück gehabt, daß ihr um das Old Head herumgekommen seid. Vielleicht haben sich noch mehr retten können.«

»Wir sind aber in West Holeopen aufgelaufen.«

»In West Holeopen?« wiederholte Dunn. »Und wieso um alles in der Welt habe ich dich dann bei Hangman's Point aufgefischt?«

Ich schloß die Augen und sah mich wieder wie ein Stück Treibholz durch den Felsentunnel treiben, während hinter mir das Echo der Todesschreie zu hören war. Dann sah ich zu meinem Entsetzen wieder den kleinen Curwen vor mir und hörte seine Schreie. Was hatte er dort in meinem Schädel zu suchen? Er war tot, nach allen Regeln der Kunst. Tot, ehe er auch nur eine Möglichkeit gehabt hatte, in Erfahrung zu bringen, ob es der Mühe wert war zu leben.

»Hat eines der Boote Nachricht gebracht?« fragte ich.

»Soviel ich weiß, nicht«, sagte Dunn. »Aber wir in Lazy Cove liegen ein wenig abseits. Wir müssen wegen Proviant und Nachrichten nach Kinsale. Heute abend fahre ich hin, um mich zu erkundigen, morgen komme ich wieder.«

»Ich komme mit«, sagte ich.

Dunn schüttelte den Kopf.

»Wahrscheinlich ist es besser, du bleibst hier«, sagte er. »Und erholst deinen Körper und deinen Kopf.«

Damit fand ich mich ab, denn ich war noch immer matt und abgeschlagen. Aber die Zeit schleppte sich dahin. Meine einzige Erfrischung bestand darin, Elisas von der Sonne beschienenen Körper an der Tür zu sehen. Immer wieder kam sie herein und fragte, ob ich etwas benötigte, oder sie zupfte auch nur meine Decke zurecht. Mit ihren zärtlichen Händen scherte und wusch sie mich. Und so oft, wie sie sich begegneten, schweiften unsere Blicke wieder ab. Ich wurde immer verwirrter und verrückter, je weiter der Tag voranschritt, was ich meiner elenden Verfassung zuschrieb. Woher konnte ich wissen, daß es Weibervolk gab, das einen wie mich ohne viel Mühe in die Knie zwang. Als die Dämmerung anbrach, setzte Elisa sich neben mein Bett. Wortlos nahm sie meine Hand und hielt sie in der ihren, bis ich nicht mehr ein noch aus wußte. Still und starr wie ein Stock lag ich da.

»Wie geht es dir jetzt?« fragte sie.

»Besser«, sagte ich. »Sehr viel besser.«

»Du hast Glück gehabt. Wenn mein Vater dich nicht gefunden hätte, wärst du jetzt tot. Dich muß die Vorsehung hierhergeführt haben. Danke Gott, daß du lebst.«

»Warum sollte er einem wie mir helfen und für andere keinen Finger rühren?« sagte ich. »Nein, da danke ich lieber mir selbst und einem Indianer in Norfolk, der mir das Schwimmen beigebracht hat. Und deinem Vater, der mich aufgelesen hat. Und dir, weil du dich um mich kümmerst.«

»Vielleicht steckt das hinter dem Ganzen. Daß du hierher kommen solltest.«

»Wie meinst du das?«

Als Antwort erhielt ich einen Blick, der an mir sog wie ein Blutegel. Da lag ich, und das Leben war mir wiedergeschenkt worden, und das war das einzige, was ich im Kopf haben sollte. Statt dessen war ich verdreht und verwirrt und schwindlig, wegen eines Weiberrocks. Das konnte ich doch nicht gemeint haben, als ich sagte, ich werde zu leben beginnen, wenn die *Lady Mary* endlich den Hafen erreichte?

»Bist du lange auf See gewesen?« fragte Elisa, noch immer mit demselben lockenden Blick.

Ich zählte nach. »Vier Monate, glaub ich.«

»Und hast in der ganzen Zeit keine Frau gehabt?«

»Nein«, haspelte ich.

»Hättest du jetzt gern eine Frau?«

Vielleicht nickte ich, in Wahrheit aber kam ich vom Weg ab, als Elisa sich ausgezogen hatte, sich zu mir legte und an mich preßte. Meine Gedanken verschwanden und John Silver, wie er war und sein wollte, existierte nicht mehr, er sei verflucht.

Als ich wieder zu mir kam, lag Elisa mit einem Lächeln neben mir.

»Du könntest eine Frau glücklich machen«, sagte sie. »Du bist nicht wie die anderen. Du bist glatt und weich.«

Sie nahm meine Hand.

»Ich habe noch niemals einen Seemann mit solchen Händen gesehen.«

»Ich auch nicht.«

»Bist du wirklich Seemann?« fragte sie.

»Was soll ich denn sonst sein?«

»Ich habe schon mehr Seemänner gehabt, ein paar von denen, die mit meinem Vater segeln, und andere in Frankreich, als ich mit ihm dorthin gefahren bin. Die aber hatten grobe Hände, mit Schwielen und voller Narben. Keine glatten, so wie du. Ich hatte noch keinen, der mich so berührt hat wie du.«

Ich starrte sie an. Was hatte ich getan? Sie angerührt? Meine Erinnerung war leer. Also war ich für eine Weile nicht mein eigener Herr gewesen. Diese Entdeckung schickte mir kalte Schauer den Rücken hinunter. Natürlich hatte ich schon Frauen gehabt, hatte sie genommen, von hinten, von vorn, von unten oder von oben, ganz wie es kam, ohne Gehabe und Getue, weder vorher noch nachher. Wo hätte ich lernen sollen, wie man Frauen berührt? Ich war Seemann, vollbefahrener Hochseesegler. Ich konnte spleißen und nähen, Knoten schlagen, die Schoten dichtholen, daß ich aber auch bei Frauen fingerfertig sein sollte, das war neu.

Dies und anderes wollte ich Elisa sagen, aber verstand sie es auch? Um die Wahrheit zu sagen, ich redete nur, weil ich nicht wußte, was ich sagen sollte.

»Einen wie dich habe ich noch nie getroffen«, sagte sie, als ich zu Ende war, »nicht nur wegen deiner Hände.«

Sie nahm meine Hand und legte sie zwischen ihre warmen Schenkel. Ich schwöre bei dem bißchen, das mir heilig ist, daß ich die Hand zurückziehen wollte, aber die kalten Schauer waren wie weggeblasen, und es kam, wie es kam, mit Verlaub gesagt. John Silver benutzte seinen Kopf nicht mehr und schmolz zur reinen Wollust und vielleicht zum Glück. Worin sollte es sonst bestehen, für einen wie mich?

Als Elisa bei Sonnenaufgang erwachte und sich streckte, sagte ich mit lauter Stimme: »Ich habe auch noch nie eine getroffen wie dich, so wahr ich John Silver heiße.«

Elisa lächelte.

»John Silver«, sagte sie, »ein guter Name.«

Ich hätte mir die Zunge abbeißen können. Ohne mich vorzusehen, war ich nicht nur meines möglichen Rückzugs als Abgeschriebener und Toter verlustig gegangen, ich hatte mich auch, und das war weit schlimmer, nichts Böses ahnend in die Gewalt eines anderen Menschen gegeben.

Um die Mittagszeit kam Dunn zurück. Elisa fiel ihm um den Hals, als hätte sie ihn seit Jahr und Tag nicht gesehen, oder als sei es keineswegs sicher gewesen, daß sie ihn jemals wiedersehen werde. Dann flüsterte sie ihm etwas ins Ohr, mit einem bedeutungsvollen Blick auf mich, und glitt aus seinem Arm. Dunns Gesicht hellte sich auf.

»Freut mich, daß du wieder auf den Beinen bist«, sagte er. Ich warf Elisa einen Blick zu.

»Das ist ihr Verdienst.«

»Ja«, sagte er mit einem wilden, aber dennoch verständnisvollen Blick, »das sehe ich.«

Verblüfft sah ich in Elisas unschuldiges Gesicht.

»Meine Tochter«, sagte Dunn, »ist eine erwachsene Frau, sie bestimmt über sich selbst. Viel kann ich nicht dagegen tun, selbst wenn ich es wollte.«

»Er heißt John Silver«, sagte Elisa.

»Ach, so heißt er.«

Seine Stimme wechselte den Ton, und er sah mich an, als wisse er nicht genau, was er denken oder tun solle.

»Was ist?« fragte Elisa, als sie Dunns Gesichtsausdruck bemerkte.

»Das hängt davon ab«, antwortete Dunn.

»Hängt wovon ab?« fragte ich.

»Davon, wer man ist und wer man sein will. Wenn man für

den Rest seines Lebens John Silver bleiben möchte, ist das nicht ganz so gut, wie es sein könnte.«

Dunn sah mir starr in die Augen.

»Man hat einen Überlebenden von der *Lady Mary* gefunden«, sagte er. »Sein Name ist Wilkinson, Kapitän Wilkinson. Er behauptet, das Schiff sei untergegangen, weil die Besatzung gemeutert hat. Der Anführer der Meuterer sei ein gewisser John Silver gewesen.«

So war das also! Er wollte seinen erbärmlichen Ruf und seinen Stolz retten, indem er mich hängen ließ, falls er dazu die Möglichkeit bekam und ich noch am Leben war. Oder indem er, falls ich tot war, meinen guten Namen mit Dreck bewarf. Er, der auch nicht einen Finger zur Rettung meines Lebens gerührt hatte!

Mein Anblick kann nicht schön gewesen sein, denn Elisa und Dunn traten beide einen Schritt zurück. Dann aber kam Elisa zu mir und legte die Hand an meine Wange. Und jetzt barst alles in mir, und ich, der später so Gefürchtete und Gehaßte, brach in Tränen aus wie ein Kind. Doch was sollte ich tun? Zu Wilkinson laufen und ihn umbringen, mit meinen bloßen Händen, die den Händen Kapitän Barlows schon den Rang streitig machten, um anschließend gehängt zu werden?

Mit den Tränen kam der furchtbare Gedanke an den kleinen Curwen wieder, wie er auf dem Achterdeck stand und als einziger nach achtern sah, um festzustellen, was aus John Silver geworden war, dem nach eigener Aussage die *Lady Mary* gleichgültig war, inklusive Ausrüstung und Besatzung, vom Kielschwein bis zu den Mastspitzen, die es nicht mehr gab, ihn, den kleinen Curwen, inbegriffen.

»Ist das nicht wie verhext?« rief Dunn, »daß Tyrannen wie Wilkinson leben und Seeleute sterben. Ausgerechnet Wilkinson, der Teuflischste von allen, die je die Meere befahren haben.«

Dunns Ausbruch ließ mich zu mir kommen.

»Du kennst Wilkinson?« fragte ich.

»Wer kennt Wilkinson nicht?« fragte er zurück. »Welcher Seemann weiß nicht, daß Wilkinson ein schlimmerer Kapitän ist als der Teufel persönlich, falls er auf die Idee käme, zur See zu fahren.«

Dunn lachte bitter.

»Aber warum sollte der Teufel so etwas tun? Wo es doch Wilkinson und andere gibt, die seine Fahne hochhalten.«

Dunn legte mir den Arm um die Schulter.

»Wir müssen über Verschiedenes sprechen, erstens, wie wir ein neues Leben zimmern, für John Silver, der, soweit ich weiß, vorgestern für einige Zeit ins Grab gesunken ist.«

Wir gingen ins Haus und setzten uns an das Feuer. Dunn bat mich, von mir zu erzählen, von Anfang bis Ende, das nun in der Tat ein Ende war, da ich schließlich begraben werden sollte. Ich erzählte alles, von meiner wundersamen Fahrt durch den Felsen abgesehen, denn wer hätte so etwas geglaubt?

»Hast du wegen Curwen geweint?« fragte Elisa am Ende.

»Warum sollte ich?« fragte ich. »Auf jeder Reise sterben Seeleute, das ist so, und wahrscheinlich ist es traurig, aber einer ist nicht mehr als der andere.«

»Du brauchst dich nicht zu verteidigen«, sagte Dunn. »Jedenfalls haben wir für heute Unglück genug erlebt. Jetzt geht es um John Silver.«

»Er bleibt hier«, sagte Elisa, ohne zu zögern.

Ich starrte sie an.

»Was glotzt du?« fragte sie.

»Aus dir werde ich nicht klug«, antwortete ich.

»Nein«, sagte sie, »und was würde es dir auch nutzen?«

9

Als ich meinen Bericht über mein bis dahin kurzes Leben vor Elisa und Dunn abgeschlossen hatte, ging Dunn zu einer der vielen Seemannskisten, die überall im Hause standen und je nach Bedarf als Tische oder Stühle dienten. Er kam mit einer Flasche Cognac zurück.

»Direkt aus Frankreich«, sagte er, als er die Flasche und drei Gläser auf den Tisch stellte.

»Sind wir nicht im Krieg?« fragte ich.

»Wir?« antwortete Dunn. »Ich habe keine Kriegserklärung unterschrieben. Lieber gönne ich mir ab und zu ein Glas Wein oder Cognac. Und da bin ich nicht allein, weder in Irland noch in England.«

»Vielleicht sind es sogar so viele, daß man davon leben kann?« deutete ich an.

»Vielleicht. Die Engländer nennen Kinsale und Cork Schmugglernester. Aber sie wissen nicht, was sie dagegen unternehmen sollen. Es würde mich nicht im geringsten erstaunen, wenn sie uns eines Tages das Fischen oder den Besitz eines Bootes verbieten würden. Denn eines mußt du wissen, John, in den Augen der Engländer ist Irland nichts anderes als irgendeine ihrer Kolonien in Afrika oder in Indien. Mein Großvater ist 1601 bei der Schlacht von Kinsale dabeigewesen. In Kinsale haben sechstausendfünfhundert Iren unter der Führung von O'Neill zusammen mit tausend Spaniern gegen viertausend Engländer gekämpft, die Kinsale drei Monate lang belagert hatten. Am Heiligen Abend ist es losgegangen, bei Gewitter und Regen. Innerhalb von drei Stunden hatten wir alles verloren, die Ehre, den Glauben an uns selbst, unsere alten Traditionen, unsere Lebensgewohnheiten. Wenn O'Neill gewonnen hätte, dann hätte die Sache wahrscheinlich anders ausgesehen.«

»Mein Vater war Ire«, sagte ich.

»Ich weiß«, antwortete Dunn und lachte über mein verblüfftes Gesicht.

»Versteh mich nicht falsch, ich habe nicht herumgeschnüffelt. Als du aber gesagt hast, das Geld in deinem Gürtel sei ein Schmugglererbe, und als ich dann deinen Namen gehört habe, ist mir ein Licht aufgegangen. In Cobb hat es einen Silver gegeben, der nach Frankreich gefahren ist, ein wagemutiger Kerl. Mein eigener Vater ist ein paar Jahre lang mit ihm gefahren, aber damals war ich zu jung, und ich kann mich nicht richtig daran erinnern. Aber ich weiß, daß mein Vater gesagt hat, einen Besseren als diesen Silver gibt es nicht.«

Dunn und Elisa sahen mich an, als freuten sie sich für mich, weil ich einen Vater gehabt hatte, zu dem man aufsehen konnte. Und ich hatte immer auf ihn herabgesehen, im wörtlichen und in anderem Sinn!

»Er ist tot«, sagte ich nur. »Hat sich totgesoffen. Jedenfalls fast.«

»Das ist traurig«, sagte Elisa.

Ich sagte nichts.

»Jetzt müssen wir uns aber überlegen, was aus John Silver werden soll«, sagte Dunn und wechselte das Thema, wie ich vermute aus Rücksicht. »Vor allem solltest du Wilkinson aus dem Weg gehen, bis er aus Kinsale verschwunden ist.«

Ich sah Elisa an. Dunn folgte meinem Blick und schüttelte den Kopf.

»Vermutlich wird es so kommen, wie Elisa es will«, sagte er, »so wie immer, auch wenn wir uns klüger verhalten könnten. Mich würde es nicht wundern, wenn Wilkinson Leute losgeschickt hätte, die nach deiner Leiche suchen sollen, damit er sicher sein kann, daß keiner überlebt hat. Wenn nämlich einer von der Besatzung überlebt hat, dann möchte ich nicht in Wilkinsons Schuhen stecken, soviel ist sicher ...«

Dunn unterbrach sich. Ihm dürfte eingefallen sein, daß ich überlebt hatte. Ich hatte jedes Recht, mich zu rächen, vor Gott und allen anderen Richtern auf dieser Welt.

»Soll er doch am Leben bleiben«, sagte ich. »Eines Tages wird er schon erfahren, daß John Silver davongekommen ist. Das ist Strafe genug. Denn von da an wird er immer in Angst leben, daß die Wahrheit ans Licht kommt.«

Auf Dunns und Elisas Gesichtern sah ich Erleichterung.

»Das ist gut«, sagte Dunn. »Es ist schon genug, daß meine Tochter sich in einen Meuterer vergafft hat.«

»Ich kann gehen«, sagte ich. »John Silver ist keiner von denen, die als Ballast mitsegeln, merk dir das.«

»Wir sprechen nicht mehr darüber«, sagte Dunn. »Es verhält sich nämlich so, daß ich ein Schiff habe und ein wenig Handel betreibe, sozusagen nebenbei. Einen Kinsale-Hooker, die *Dana*, seetüchtig und schnell, wie geschaffen für allerlei Ausflüge nach Morlaix, Brest und St. Malo. Du solltest sehen, wie ihr scharfer Steven die Atlantikwellen teilt wie Butter, und spüren, wie sie sich hebt und senkt oder wie sie losschießt, wenn sie mit voller Länge aufliegt. Das ist eine andere Sache als der Galway-Hooker, der wie ein Korken auf den kurzen, unruhigen Wellen dort oben treibt. Nein, der Kinsale-Hooker ist für die offene See gebaut und je mehr er zulädt, um so besser ist er zu segeln. Die *Dana* zu segeln ist die reine Freude. Was meinst du dazu, Silver?«

Ich wußte nicht, worauf er aus war. Noch nie hatte ich jemanden mit solcher Zuneigung von einem Schiff sprechen hören. An Bord der *Lady Mary*, zumindest vor dem Mast, war meist von Särgen, Eimern, Holzhaufen, Todesschiffen, der schwimmenden Hölle, von leckenden Sieben, Schlachthäusern, widerspenstigen Huren, Schiefseglern, Schneckenhäusern und schlimmeren Dingen die Rede gewesen.

»Ich biete dir einen Platz an Bord an«, sagte Dunn mit einem Anflug von Ungeduld in der Stimme.

»Ich will dich nicht zwingen«, fügte er hinzu. »Du kannst wählen, ob du auf Anteil oder auf Heuer fahren willst.«

»Auf Anteil?« fragte ich. »Als Pirat?«

»Vielleicht, ja. Oder nur so, wie es eigentlich sein soll. Früher hat an Bord niemand Heuer bekommen. Alle bekamen ihren Anteil, mehr oder weniger, vom Schiffsjungen bis zum Kapitän. Gewinn und Verlust wurden umgelegt. Crimps und Runners hat es damals keine gegeben. Niemand wurde gepreßt. Es geht weiter mit dieser Welt, Silver. Wenn du vierzig Pfund in die *Dana* steckst, bist du gut für neun Prozent. Plus«, sagte er nach einer kurzen Pause, »fünf Prozent Bonus, Elisa zuliebe.«

Wieder saß ich mit offenem Mund da. Hier saß ein Vater, der mir mehr oder weniger anbot, mich dafür zu bezahlen, daß ich seine Gastfreundlichkeit und seine Tochter mißbraucht hatte, falls es nicht umgekehrt war und er mich entschädigen wollte, weil ich Elisa ausgeliefert war.

»Sitz nicht da wie ein Narr«, sagte sie.

»Vierzig Pfund, ich schlage ein«, sagte ich. »Falls ich soviel habe.«

Elisa strahlte.

»Warum wirst du denn rot?« fragte sie.

»Ich werde nicht rot«, sagte ich.

»Jetzt trinken wir auf unsere Teilhaberschaft«, sagte Dunn. »Du wirst es nicht bereuen.«

Nein, warum sollte ich es bereuen? Getan ist getan, und das ist alles, lautete mein Motto.

»Jetzt bleibt nur noch eines«, sagte Dunn. »Wir müssen John Silver begraben.«

»Wenn ich sicher sein kann, daß ich von den Toten wiederauferstehe.«

»Einen neuen Namen brauchst du auf alle Fälle«, sagte Dunn.

»Wie wäre es mit Jesus«, sagte Elisa. »In Portugal habe ich einen Seemann gekannt, der war in Brasilien geboren.

Er hieß Jesus, aber ausgesehen hat er wie ein Teufel, und so hat er sich auch aufgeführt.«

»Wie wäre es mit John Long?« sagte Dunn. »Johns gibt es massenweise. Und Long verpflichtet zu nichts.«

Elisa klatschte in die Hände.

»Damit sind wir einverstanden«, sagte sie stellvertretend für mich. »John Long ist gut, da kann ich dich weiter John nennen. Und Long ist auch nicht schlecht, auch wenn du nicht übertrieben lang bist, nur da, wo es wichtig ist.«

In Elisas Händen war ich nicht mehr als ein Teig, nach Belieben zu kneten und zu formen. Es schien, als sei ich ein anderer geworden, der neuerstandene John Long, der nicht viel gemein hatte mit dem Seemann John Silver, demjenigen, der dem Tod ins Auge gesehen hatte.

Das war das eine. Außerdem hatte Elisa das schnellste, frechste und schamloseste Mundwerk, das ich je gehört hatte. Mit ein paar Worten konnte sie jeden Menschen seines Stolzes und seiner Eitelkeit berauben, so daß ihm die Knie zitterten und er das Gefühl hatte, er müsse erst wieder laufen lernen. Mit ihr, so glaubte ich, würde es möglich sein, vernünftig zu reden. Nicht, weil sie mich beim Wort nahm, sondern weil ich sie einfach nicht an der Nase herumführen konnte, selbst wenn ich es gewollt hätte.

Ja, alles in allem bildete ich mir ein, sie passe zu mir wie die eingefetteten Lederhandschuhe, die ich nun nicht mehr für den Zweck zu brauchen meinte, für den sie gedacht waren, mich für das Leben zu zeichnen und nicht für den Tod. Denn ein neues Leben schien ich bekommen zu haben, auf jede nur mögliche Weise. Ich war John Long, Seemann, Partner von Dunn und Verlobter seiner Tochter Elisa, der zurückgekommen war aus den Kolonien, so wurde ich in Lazy Cove vorgestellt und bekannt gemacht. Ich brauchte meine Handschuhe also nicht mehr. Wenn ich jedoch Dunn auf der *Dana* half, trug ich sie. Wegen Elisa. So dumm war ich nicht.

Kapitän Wilkinson ging ich aus dem Weg, und wenn man den Gerüchten glaubte, war er keineswegs darauf erpicht, bald nach Glasgow zurückzukommen. Wahrscheinlich hoffte er, daß irgendeiner das Unglück doch überlebt hatte, einer, den man dann auf das glaubwürdige Wort Wilkinsons hin wegen Meuterei verurteilen und aufhängen konnte. Erst dann würde er mit einem sicheren Gefühl und erhobenen Hauptes zurückkehren können, er würde ein neues Schiff bekommen und könnte das verhaßte Festland wieder verlassen.

Ich war also in Lazy Cove gefangen. Eine Meile weiter nördlich war mir der Weg versperrt von Charles Fort, einer Garnison mit über vierhundert streitsüchtigen, tölpelhaften britischen Soldaten und mißtrauischen, hochmütigen Offizieren, die in jedem Iren einen hinterhältigen Feind sahen, womit sie, strenggenommen, auch recht hatten. Seit der Schlacht von Kinsale hatte es hier von englischen Soldaten gewimmelt, im besten Tiefwasserhafen für Spanier und Franzosen, die England in den Rücken fallen wollten.

Ja, man hatte mich eingekreist und mir die Flügel beschnitten wie einem angeschossenen Vogel. Ich sehnte mich danach, mit Dunn auf See gehen zu können, um wieder Luft unter den Flügeln zu haben. Als aber die Wochen vergingen mit Idylle, Geselligkeit und ähnlichem mehr, war ich nicht mehr so sicher, ob ich wollte, daß Elisa mitkäme. Ich dachte bis zum Überdruß an sie, außer ihr hatte ich nicht mehr viel im Kopf. Ich nahm Rücksicht und kam ihren Wünschen und Gelüsten nach. Ihre Güte und ihre Fürsorglichkeit stiegen mir zu Kopf, sie machten mich schwindlig, sie veränderten mich. Manchmal hatte ich das Gefühl, ich sei an Armen und Beinen gefesselt.

Anfangs hatte mir das nichts ausgemacht, denn wir waren auf das gleiche aus und taten, was wir uns am meisten wünschten. Allmählich aber trug ich ihr nach, daß meine Gedanken ständig bei ihr waren. Nicht, daß ich ihr gram gewesen wäre. Sie war, wie sie war, aber es gab Augenblicke, in denen es mich selbst kaum gab. Ich fand es nicht angemessen, daß sie mich so sehr mit Beschlag belegte, und vor meinem inneren Auge sah ich ein ganzes Leben vor mir, in dem ich nie mehr zu mir kommen würde.

Ab und zu mit Dunn allein segeln zu können, so dachte ich mir, würde verschiedenes erträglicher machen. Als ich aber auf das Segeln zu sprechen kam, gab Elisa mir unerschütterlich Bescheid, sie werde mitkommen. Zum einen, so sagte sie, weil sie gedenke aufzupassen, daß ich mich nicht plötzlich in Nichts auflöste. Einer von denen sei ich nämlich, sagte sie, einer, der einfach verschwand, wenn man ihn aus dem Blick verlor! Zum zweiten werde sie wegen ihres Vaters mitfahren. Sie habe Angst, daß er allein nicht zurechtkäme. Er sei nun einmal nicht anders, und sie liebe ihn über alles, aber er vertraue einem Handschlag und glaube, die Leute wären so, wie sie sich geben.

»Obwohl er es besser weiß«, sagte Elisa. »Er ist ja nicht dumm, was du wohl gemerkt haben wirst, wenn du selbst etwas im Schädel hast. Glücklicherweise hat er mir sein gutes Herz nicht vererbt, denn mit so etwas lebt es sich schlecht.«

Und damit hatte sie recht, mit einem so guten, wohlmeinenden Herzen lebt es sich schlecht auf dieser Welt.

Ich lernte, wie man die *Dana* segelt, richtig segelt, denn in meinem Leben als Seemann auf der *Lady Mary* hatte ich mit so etwas nichts zu tun gehabt. Jetzt mußte ich mir selbst Rudergefühl verschaffen und das Gesicht dem Wind zukehren, um die Stärke einer Böe festzustellen, die Fahrt abschätzen, bevor ich halste, auf die passende Woge warten, damit ich nicht aus dem Wind lief, auf das Kielwasser achten, um die Abdrift zu bestimmen, kurz gesagt, ich mußte selbst denken. Das machte mich bald zu dem unentwegten Freudenspender, der ich seither an Bord eines Schiffes sein konnte. Im Augenwinkel sah ich, wie Elisa und Dunn sich Blicke zuwarfen, die, so meine ich, Freude ausdrückten, daß sie mich zur Hand hatten, wenn auch nicht auf die gleiche Weise.

Eines Tages bat mich Dunn, einen südlicheren Kurs zu steuern, am Eastern Point und an einem Riff vorbei, das The Bulman hieß. »Du mußt den Pulsschlag des Meeres auf einem kleinen Boot kennenlernen«, sagte Dunn. »Das ist etwas völlig anderes als auf einem schweren Handelsschiff. Und dann möchte ich dir etwas zeigen, das dich interessieren wird.«

Wir segelten zuerst in die Einfahrt nach Sandy Cove, The Pitt, gingen vor Anker und aßen, während Dunn Wind und Strömung auf dieser Seite des Old Head of Kinsale erklärte. Er deutete auf markante Punkte an Land und erklärte, wie man bei Dunkelheit und Sturm die Einfahrt fand. Dann liefen wir am Old Head vorbei bei klarer Luft und leichtem Wind wieder aus.

»Ich hätte gern, daß du lernst, wie es hier aussieht«, sagte Dunn. »Wenn solche wie wir im Leben zurechtkommen wollen, müssen wir uns besser auskennen als der Zoll. List und Wissen, das ist unsere Versicherung.«

»Dann bist du dafür also eigentlich nicht geeignet«, warf Elisa dazwischen.

»Siehst du die kleine Bucht an Backbord?« fragte Dunn. Sie heißt Cuis an Duine Bhaite, die Bucht des Ertrinkenden. Die Leute, die in der Nähe wohnen, behaupten, sie könnten bei Sturm noch immer Hilfeschreie hören.«

Mir war nicht wohl zumute. Dunn meinte es gut, aber er hätte seinen Kopf gebrauchen sollen. Für eine Seele wie die meine war es nicht gerade Balsam, wenn mir unter die Nase gerieben wurde, wie schnell es mit mir vorbei sein konnte. Einmal war genug, wollte man so leben wie ich.

»Die große Bucht heißt Bullen's Bay«, fuhr Dunn unverdrossen fort, ohne daß ihm meine Stimmung auch nur aufgefallen wäre. »Hier kann man bei West- und Südwestwind vor Anker liegen. Man muß aber auf Untiefen im südlichen

Teil achten. Wenn man sich auf der Höhe von Bottom Point dort drüben hält – siehst du die gewölbte Spitze dort? –, dann entgeht man ihnen.«

»Sie wird so genannt«, schob Elisa ein, »weil sie an einen Hintern erinnert. Sie ist tückisch, und deshalb denke ich immer an einen englischen Soldaten mit heruntergelassenen Hosen, wenn ich sie sehe. Das hilft, wenn man auf dem Rückweg müde wird und Schwierigkeiten hat, die Augen aufzuhalten.«

Wir segelten dicht unter einer kleinen Insel und glitten in die nächste Bucht.

»Das ist Holeopen Bay East, unbestritten der beste Ankerplatz vom Südwesten bis zum Nordwesten. Sogar wenn es auf der anderen Seite bläst wie der Teufel, kannst du deine Tasse noch auf dem Tisch stehen lassen. Ein bißchen rollt es, ein Teil der Dünung geht bis hierher. Und wie das kommt, werde ich dir zeigen.«

Dunn steuerte mit leichter Hand näher an die Klippen heran, und dann sah ich, was er mir hatte zeigen wollen. Im Felsen, ja, genau hinter dem Felsen, sah ich den unteren Rand der Sonne, die gerade unterging.

»Das Meer hat sich durch die Landzunge hindurchgefressen«, sagte Dunn. »Bei Flut kann man in einem Kahn sogar anstandslos hindurchrudern. Was glaubst du, warum diese Bucht so heißt?«

Ich gab keine Antwort. Mein Kopf drehte sich. Einmal hatte ich mich sterben sehen, und ich hatte geglaubt, das reiche für den Rest meines Lebens aus, nun aber stellte ich fest, daß man dem eigenen Tod nicht oft genug ins Auge sehen konnte. Elisa hatte mich vergessen lassen, daß man nur eine Haut besitzt, auf die man achten muß, solange man lebt.

»Es ist gut möglich, daß jemand auf diesem Weg am Leben bleibt und nicht auf der anderen Seite auf den Klippen zerschmettert wird«, fuhr Dunn fort. »Ich habe viel darüber nachgedacht, John, aber es muß so gewesen sein. Du kannst dich bei höheren Mächten dafür bedanken, daß du noch am Leben bist.«

»Und wem sollen wir für diejenigen danken, die nicht überlebt haben?«

»Daran habe ich nicht gedacht«, sagte Dunn friedlich. »Du mußt lernen, damit zu leben, daß du derjenige warst, der überlebt hat, ohne dir selbst Vorwürfe zu machen.«

»Ja«, sagte ich, »das muß ich wahrscheinlich. Ich und Kapitän Wilkinson.«

Auf dem Rückweg war ich finster, und nicht einmal Elisa konnte mich aufmuntern, aber ich sagte ihr und Dunn, sie sollten sich wegen mir keine Sorgen machen, und es sei nur gut, daß ich meinen eigenen Tod vorausgesehen hätte, und bald würde ich vergessen haben, daß ich jemals geglaubt hatte, es könne mit mir auf immer und ewig vorbei sein. Amen. Ich begriff nicht, warum ich das Gefühl hatte, ich spräche gegen eine Wand. Gewiß glaubten sie, sie müßten mich lehren, wie man lebt. Sie begriffen nicht, daß einmal fast Sterben als Lehre ausreichte. Auf dieser Welt brauchte mir niemand beizubringen, wie man lebt.

In Lazy Cove wieder glücklich angekommen, sagte ich beiden, ich wolle ein wenig allein sein, und ging zum Fort hinauf. Ich erreichte die hohen, leicht nach innen geneigten Mauern und sah, wie sich tiefrot auf der Mauerkrone Soldaten abhoben. Ich war so dreist, zu ihnen hinaufzuwinken, bekam aber keinerlei Antwort. Offenbar war das verboten. Dunn zufolge war Warrander, der Gouverneur des Forts, ein Wunder an Vorschriften und Paragraphen und besaß in diesem Leben nur eine Religion und Lebensregel: Disziplin und noch einmal Disziplin.

»Ihr seid hier, damit ihr lernt, wie man gehorcht, ohne zu denken«, lauteten stets seine ersten Worte an neue Rekruten, die zur Ausbildung hierherkamen, ehe man sie vollausgebildet und gehorsam wie Schafe in die Kolonien weiterschickte oder als Marinesoldaten in die Flotte steckte, die einzigen an Bord, die Gehorsam als eine Ehre ansahen.

Ich ging um das Fort herum auf die Westseite und setzte mich, mit dem Rücken zur Mauer, auf einen Felsen. Hinter Compass Hill war die Sonne untergegangen, aber es war noch hell und so lau, wie es im Frühsommer in Irland häufig der Fall ist. Vor mir lag Kinsale, die verbotene Stadt, an Backbord sah ich auf den Atlantik, der im letzten Sonnenlicht in tiefem Rubinrot glänzte, an Steuerbord versteckten sich die Häuser von Summer Cove hinter den klargrünen, üppigen Hügeln, die einem den heimlichen Wunsch eingeben mochten, als Kuh oder womöglich als Schaf geboren zu sein. Es war schon so, wie manche Dichter schrieben, wenn sie die Menschen satt hatten, und vielleicht schenkte es auch mir etwas Linderung.

Jedenfalls döste ich in gedankenloser Dummheit ein, denn was ist man, wenn man nicht mehr denkt? Aber als sei mir das nicht vergönnt, wurde ich von Musketenfeuer wieder geweckt. Ich spitzte die Ohren, und anfangs hörte ich nichts, dann einen barschen Befehl oder zwei, dann wieder Stille, die unterbrochen wurde von einem langgezogenen Frauenschrei, wie ich ihn in dieser Art selten gehört habe, und es ist nicht ausgeschlossen, daß sich auf meinem Kopf das Haar sträubte.

Kurz danach brachte mich ein neues Geräusch dazu, den Kopf zu heben, und ich sah hinauf zur Mauerkrone genau über mir. Und sah eine leibhaftige Braut, mit weißem Kleid und einem Diadem, die Anstalten machte, sich in die Luft zu werfen. Ob sie im letzten Augenblick zögerte, weiß ich nicht, sie schwankte, stolperte mit einem Schrei über die Mauerkrone, der mir durch Mark und Bein ging, und fiel die dreißig Fuß abfallende Mauer hinunter.

Oben auf der Mauerkrone zeigten sich Köpfe, man schrie und fluchte, jammerte, weinte, klagte. Ich ging zu der Dame in Weiß, kniete mich hin und belauschte ihren Atem. Sie war ebenso tot wie die Felsen, auf die sie gestürzt war.

Ich war nicht sicher, was ich tun sollte, Fersengeld geben oder stehenbleiben; ehe ich mich aber für eines von beiden entscheiden konnte, hörte ich, wie sich feste Schritte näherten, und bald darauf stand ein Rotrock neben mir, nach seinen Epauletten und anderem Schmuck zu schließen, handelte es sich um einen Offizier.

»Was ist mit ihr?« fragte er hochnäsig.

»Das weiß ich nicht. Auf alle Fälle ist sie mausetot.«

Der Offizier holte tief Luft.

»Was für ein Unglück!« rief er aus. »Das wird den Gouverneur nicht freuen!«

»Warum nicht?« fragte ich.

»Sie ist seine Tochter.«

Zwei atemlose gemeine Soldaten tauchten auf und leisteten die Ehrenbezeigung, ohne auch nur einen Blick auf die tote Dame zu werfen. Vermutlich wagten sie dies nicht ohne ausdrücklichen Befehl.

»Teilt Major Smith mit, daß Miß Warrender tot ist, und bittet ihn, zwei Mann mit einer Bahre zu schicken. Wegtreten!«

Die beiden atemlosen Soldaten grüßten wieder, machten auf dem Absatz kehrt und entfernten sich im Laufschritt.

»Ich möchte nicht in den Stiefeln des Gouverneurs stecken, wenn er die Nachricht erhält«, sagte der Offizier und sah auf das Fräulein.

»Was ist eigentlich passiert?« fragte ich.

»Man glaubt kaum, daß es überhaupt passiert ist«, gab er ein wenig verwirrt und geistesabwesend zur Antwort.

Wäre nicht das Unglück dieser jungen Frau zu unseren Füßen gewesen, hätte der Offizier sich bestimmt niemals einem fremden Schubbejack, wie ich es war, anvertraut. So aber mußte er offenbar sein Herz erleichtern.

»Miß Warrender hat heute Hochzeit gefeiert«, sagte er. »Heute vormittag hat sie Sir Trevor Ashurst, Captain der

Infanterie, geheiratet. Nach dem Essen sind die beiden offenbar an der Mauer entlang zur ›Teufelsbastion‹ gegangen, die sich nun ihren Namen weiß Gott verdient hat. Miß Warrender, ja, oder Mrs. Ashurst, wie sie ja eigentlich heißt, will sagen hieß, entdeckte schöne Blumen am Fuß der Mauer. Sir Trevor bot sich an, ihr einen Strauß zu verschaffen. Er bat sie, im Haus des Gouverneurs auf ihn zu warten. Dann befahl er einem Gemeinen, der in der Bastion die Wache hatte, er solle hinunterlaufen und einen Strauß pflücken, die Wache im Turm übernahm er selbst. Müde von der ganzen Aufregung bei seiner Hochzeit, setzte er sich auf einen Schemel und schlief auf seinem Posten ein, das schlimmste Verbrechen, dessen man sich als Soldat schuldig machen kann. Und was geschah? Der Gouverneur höchstpersönlich, ob Hochzeit oder nicht, kam auf seiner täglichen Inspektionsrunde vorbei, entdeckte den schlafenden Sir Trevor und erschoß ihn, seinen frischgebackenen Schwiegersohn, auf der Stelle.«

Natürlich traute ich meinen Ohren nicht.

»Aber warum ...?«

»In Disziplinfragen ist der Gouverneur immer unnachgiebig gewesen. In der gesamten englischen Armee kann sich in dieser Hinsicht keiner mit ihm messen. Es ist kein Zufall, daß man die neuen Rekruten hierherschickt, bevor man ihnen einen Dienst im Ausland oder bei der Flotte anvertraut.«

»Disziplin in allen Ehren«, unterbrach ich ihn und spürte, wie meine Lebensfreude zunahm. »Aber am Hochzeitstag der eigenen Tochter?«

»Ja«, sagte der Offizier und sah auf die Leiche, die nur so kurz verheiratet gewesen war, »er mußte einen hohen Preis bezahlen. Seine Tochter liebte ihren Mann mehr als ihren Vater.«

»Das wundert mich nicht«, sagte ich. »Warum hat sie nicht lieber ihren Vater erschossen? Ich an ihrer Stelle hätte das getan.«

Der Offizier warf mir einen langen Blick zu und wollte gerade den Mund öffnen, als im Fort ein zweiter Schuß ertönte, dann Stille, dann wieder Tumult, Schreie, Rufen, verworrene Befehle. Auf der Mauerkrone tauchte ein Gesicht auf.

»Der Gouverneur ist tot«, schrie eine Stimme zu uns herunter. »Er hat sich in den Kopf geschossen.«

»O nein, nein, nein!« rief der Offizier.

Ich aber spürte, wie sich alle Tore weit öffneten. In dieser Welt, dachte ich, soll man die Formen wahren und den Befehlen gehorchen, als Seemann, Soldat, Untertan? Wozu?

Ich lachte. Ich konnte nicht anders. Und ich hatte das Gefühl, als ob das Lachen die ganze Muffigkeit fortspülte, die sich in meinem Kielschwein angesammelt hatte, seit ich vor zehn Jahren meinen Dienst auf der *Lady Mary* angetreten hatte.

Natürlich achtete ich nicht auf den veränderten Gesichtsausdruck, den der Offizier an den Tag legte, noch dachte ich daran, daß seine Ohnmacht sich irgendwo Luft machen mußte.

»Wer seid Ihr eigentlich?« fragte er feindselig, als mein Lachen allmählich verebbte.

Und ich Idiot, obwohl letztlich auch wieder nicht Idiot, sagte wie selbstverständlich: »John Silver, genannt Long, befahrener Seemann und noch mehr, Sir, zu Euren Diensten«, woraufhin ich mich umdrehte und wegging, während mein eigenes Lachen noch schallte, als läuteten in meinem Inneren Kirchenglocken.

10

Ich lachte noch in mich hinein, als ich nach Lady Cove kam und von Angesicht zu Angesicht Dunn und Elisa gegenüberstand. Sie saßen um den offenen Kamin herum, und wie es sich mit mir und Elisa auch immer verhalten mochte, ich empfand Abneigung gegen die Besorgnis und Fürsorglichkeit, die aus ihren Blicken sprach, als sie mich sahen. Sie hatten mir das Leben gerettet, war das nicht genug? Sollte ich noch kleiner gemacht werden? Gehörte ich denn nicht zu denen, die dem Tod frech ins Gesicht lachten? Ich kam ohne ihre bekümmerten Mienen aus.

»Was ist mit dir?« fragte ich.

»Du hast Blut auf der Hose«, sagte sie leise.

Ich sah an mir herunter und stellte fest, daß die letzte Tat von Miß Warrender darin bestanden hatte, die einzigen Hosen in meinem Besitz unbrauchbar zu machen, die an Land taugten, ein Geschenk Dunns.

»Das ist allerdings unerhört.«

Und das Lachen kehrte zurück und auch Elisas und Dunns finstere Mienen. Eine Zeitlang ließ ich sie zappeln, dann berichtete ich genau, was sich zugetragen hatte und wie nahe ich einem traurigen Ende gewesen sei. Wenn ich jedoch geglaubt hatte, meine Geschichte würde Elisa und Dunn amüsieren, dann hatte ich mich geirrt.

»Du darfst über eine Frau nicht lachen, die so verzweifelt ist, daß sie sich das Leben nimmt«, sagte Elisa.

»Ach nein?« sagte ich. »Und worüber soll ich sonst lachen?«

Mein Blick ging von einem zum anderen, wurde jedoch nicht erwidert.

»Stell dir vor, das wäre ich gewesen?« sagte Elisa.

»Du?« antwortete ich. »Warum sollte ich mir so etwas vorstellen? Das möchte ich wirklich sehen, wie Dunn seinen Schwiegersohn erschießt, weil er auf seinem Posten eingeschlafen ist. Und außerdem würdest du meinetwegen nicht von der Mauer springen.«

»Was weißt denn du darüber?« fragte Elisa.

»Ja«, sagte Dunn, »wer weiß, was ich tun würde, wenn mein Schwiegersohn Unglück über meine Tochter bringen würde?«

»Sieh mich nicht so an«, rief ich, aber eben das tat er.

»Wenn ich alles richtig verstanden habe«, sagte Dunn, »dann hast du dem Offizier deinen richtigen Namen an den Kopf geworfen wie einen Handschuh.«

»Ja, das habe ich getan. Und ich würde es bestimmt wieder tun, wenn ich eine Gelegenheit dazu hätte.«

»Genau das befürchte ich«, sagte Dunn.

»Mach dir um mich keine Sorgen!« sagte ich vergnügt.

»Das tue ich auch nicht«, antwortete Dunn. »Ich denke an Elisa.«

Nun verzog ich den Mund.

»Wenn irgend jemand in diesem Leben zurechtkommt und sich Recht verschafft, dann ist sie das doch.«

Das war meine ehrliche Meinung und aus meinem Mund ein Lob, aber ich erhielt keine Antwort.

»John«, sagte Dunn, »du gefällst mir. Und Elisa offenbar auch. Das hat nichts damit zu tun, daß ich dir das Leben gerettet habe. Das hätte jeder getan.«

»Sogar Gouverneur Warrender«, unterbrach ich ihn.

»Sogar Kapitän Wilkinson«, sagte Dunn.

Natürlich glaubte ich, ich hätte mich verhört.

»Ja, du brauchst nicht zu verstehen, warum, du mußt mir nicht recht geben. Es geht um etwas anderes. Wir haben dich beherbergt und uns deiner angenommen. Es ist schwer, dich nicht zu schätzen, John, gleichgültig, was du darüber denkst, ja, sogar, was ich selbst darüber denke. Du hast dich entschieden, mein Partner zu werden, und so wie es aussieht, will meine Tochter dich zu meinem Schwiegersohn machen. Das ist bekannt. Und dann gehst du hin und setzt das alles aufs Spiel, indem du herausschreist, du seist John Silver, ohne auch nur daran zu denken, daß es nichts gibt, was Kapitän Wilkinson lieber hören möchte. Ich habe wirklich gedacht, du hättest mehr Verstand.«

»Ich habe einfach getan, was mir eingefallen ist.«

»Ja«, sagte Dunn, »eben das hast du getan. Was meinst du, wird geschehen, wenn herauskommt, daß Elisa und ich einen Meuterer versteckt halten?«

Ich antwortete nicht. Ich hatte nichts zu sagen, weder zu meiner Verteidigung noch zum Gegenteil. Ich hatte meinen Namen herausgeschrien, damit ich Luft unter die Flügel bekam, das war alles.

»Man wird uns aufhängen«, sagte Dunn. »Genau wie dich.«

»Aha«, sagte ich, »dann sitzen wir im selben Boot. Auf Gedeih und Verderb.«

»Vor allem auf Verderb«, sagte Elisa.

Später, im Bett, nahm sie mich ohne Pardon, als sei mein letztes Stündlein gekommen. Zu guter Letzt mußte ich sie um Gnade bitten.

»Gnade?« sagte sie, »du bittest um Gnade, du, ein großer, starker Mann, der mit der ganzen Welt fertig wird? Weißt du überhaupt, was das Wort bedeutet?«

»Aber ja«, sagte ich, »daß ich nicht mehr kann.«

Elisa lachte, freudlos, so, wie ich sie noch niemals hatte lachen hören.

»Daß du nicht mehr kannst!« sagte sie höhnisch und traurig zugleich. »John Silver, eines Tages, das hoffe ich, wirst du auf deinen blanken Knien liegen und um Gnade betteln. Wie ein Mensch.«

»Und was bin ich jetzt?« fragte ich.

Elisa antwortete nicht. Und ich verstand nicht. Warum sagte sie nicht einfach, was sie meinte, wie es ihre Art war, geradeheraus? Und um alles noch schlimmer zu machen, weinte sie jetzt.

»Was ist denn?« fragte ich. »Vielleicht bin ich unvorsichtig gewesen, das ist wahr. Aber ich war ich selbst. Hast du dich nicht deshalb in einen wie mich verliebt? Und falls du willst, daß ich gehe, damit du und Dunn in Ruhe und Frieden leben könnt, kannst du das sagen, statt wie ein kleines Kind zu flennen.«

Die Worte erreichten ihre Absicht, Elisa hörte auf zu weinen.

»Kannst du mir nicht sagen, was nicht in Ordnung ist?« fragte ich vorsichtig.

»Doch«, sagte sie schließlich, »das kann ich. Es ist, daß du nicht verstehst.«

Am nächsten Tag stach die *Dana* mit Kurs auf Frankreich in See. Elisa und Dunn schienen erleichtert zu sein, daß wir auf dem Wasser waren, und nur ein gelegentlicher verstohlener Blick erinnerte an den vorhergehenden Tag. Wir hatten günstigen Wind und die *Dana* segelte, daß es eine Lust war. Der Schaum spritzte und bildete Regenbogen. Die Sonne blitzte durch die roten Baumwollsegel. Die Luft befreite mich und andere von Schlechtigkeiten und Mißtönen.

In Sichtweite von Ouessant drehten wir bei, bis das Schmugglerdunkel anbrach, dann schlichen wir uns durch Le Goulet und an Brest vorbei in die Aulne, wo wir so nahe vor Chateulin, wie wir es wegen der Strömung wagten, ankerten. Die Sonne war kaum aufgegangen, als wir achtern die französische Flagge hißten.

»Daß sich so viele mit etwas so Einfachem hereinlegen lassen. Die meisten, und Amtspersonen insbesondere, sind von ihrer Flagge so besessen, daß ihnen überhaupt nicht in den Sinn kommt, daß solche wie wir die Flagge wechseln, wie es uns gefällt.« Wir fuhren mit der Jolle nach Chateulin, mit der Flut, dadurch kamen wir um das Rudern herum. Dort angekommen, gingen wir in das Gasthaus Le Coq und Elisa bestellte Rotwein für uns alle fünf, denn wir hatten zwei von Dunns regulären Männern dabei, Edward England, von Kindesbeinen an Ire, trotz seines mißverständlichen Namens, und einen Halbfranzosen, ein Bastard, wie ich später erfahren sollte, von einem französischen Luder, im übrigen nichts gegen den Hurenstand, und einem Hurenbock von unklarer Identität. Dieser Abkömmling hörte auf den Namen Deval. Keine Ahnung hatte ich zu diesem Zeitpunkt, welche Bedeutung diese beiden Herren für mein ereignisreiches Leben noch haben würden.

Auf alle Fälle waren wir eine vergnügte Gesellschaft. Dunn und Elisa hatten auf früheren Reisen Bekanntschaften geschlossen; mit knorrigen, munteren, rotgesichtigen Bretonen, denen die gute Laune niemals auszugehen schien. Geschäfte wurden mit Handschlag abgeschlossen, ohne Zimperlichkeiten, zum Klang von Flaschen, die geöffnet, und von Austern, die geschlürft wurden. Über alle, die auf dieser Welt das Sagen hatten, wurde gescherzt und gespottet, bissig wie stets unter allen Seeleuten, aber heiterer. Man erzählte Geschichten von Zollbooten, die man mit riskanten, pfiffigen Manövern in Untiefen gelockt hatte. Was erfuhr ich nicht alles über verlockende Abenteuer und Todesverachtung, deren Darstellung ich nur verstand, weil Elisa, Dunn oder sogar Deval mir eine Sprache auseinandersetzten, die einer wie ich ohnehin nicht begreifen könnte!

Wir luden Cognac und schlüpften dann mit der Ebbe an den Arsenalen von Brest vorbei, durch Le Chenal du Four und in den L'Aber-Wrach, während die Morgendämmerung anbrach und die Gewässer offenbarte, durch die Dunn uns hindurchgefädelt hatte. Nur Klippen, Schären, kleine Inseln und Untiefen, die bei Flut größtenteils nicht zu erkennen waren. In meinen vor Müdigkeit brennenden Augen war es ein reines Wunder, daß wir noch am Leben waren. Dunn aber stellte Nacht für Nacht unter Beweis, daß die Vorsehung das letzte war, worauf er sich verließ. Ein wenig Mondschein, vielleicht auch nur Funkeln von Sternen, das Lot, der Kompaß und das Log, mehr brauchte er nicht.

»Wo hast du so zu navigieren gelernt?« fragte ich ihn voller Bewunderung, als wir in der vierten Nacht durch einen bösen Hexenkessel aus Brechern, die tückisch aufglimmten, wohin ich auch sah, in die Trieux einliefen. »Es muß doch einfachere Arten geben, sein tägliches Brot zu verdienen.«

»Ja, das ist bestimmt der Fall«, antwortete Dunn, »wenn man sich mit Brot begnügt. Nicht aber, wenn man sich außerdem noch ein wenig amüsieren möchte.«

Und so war es, das sollte ich entdecken. Es war wahrlich ein lebenswertes Leben. Hier gab es Spannung und Abenteuer, List und Betrug, Spaß und kaum jemals Ernst, Wind und Wetter ausgenommen, keine Religion außer der, daß man wohlbehalten wieder nach Hause kam und an dem Coup ein wenig verdiente. Zum ersten Mal in meinem Leben hatte ich das Gefühl, ich stünde auf eigenen Beinen und sei meines Glückes Schmied. Dies war eine Gelegenheit, die ich nicht versäumen wollte, und ich schuftete wie ein Tier, um mich an Bord unersetzlich zu machen. Wenn Dunn am Ruder stand, übernahm ich Doppelwachen, um etwas über die Navigation in engen Passagen zu lernen, aber auch bei längeren Überfahrten, wenn England ihn ablöste.

»Leg dich hin«, sagte England zu mir. »Du machst uns allen bange mit deiner Unermüdlichkeit. Da bekommt einer wie ich ein schlechtes Gewissen.«

»Dazu ist Zeit, wenn man alt ist«, antwortete ich, wie man es so sagt und sich einbildet, ohne das geringste von der Wirklichkeit zu kennen.

»Du bist jung«, sagte England, der selbst so uralt nicht war. »Laß dir eines raten, ruh dich aus, während du noch Zeit dazu hast. Man weiß niemals, wann man dazu wieder Gelegenheit bekommt.«

Edward England wußte, wovon er sprach. Er war das Kind von Eltern, so erzählte er, die sich an jedem nur denkbaren Aufstand gegen die Engländer beteiligt und infolgedessen alles verloren hatten, was sie besaßen, einschließlich, so konnte man sagen, ihren halberwachsenen Sohn, der zuletzt ein Leben leid war, in dem er stets der Ausbrecher und der Gejagte war, niemals zwei Nächte hintereinander am selben Ort verbringen konnte, niemals den Magen voll und niemals auch nur einen Gleichaltrigen hatte, mit dem er hätte herumtollen können. Am selben Tag, als man seine Eltern in einer Höhle in den Felsen von Wicklow festsetzte und er ins Armenhaus sollte, riß er nach Cork aus. Dort hatte er versucht, sich als Bauer durchzuschlagen, um, wie er sagte, festen Boden unter den Füßen zu haben, statt ein ganzes Leben auf dem federnden Torf zu verbringen, wo er gelebt hatte, seit er das Licht der Welt erblickte. Was aber geschah? Zwar stand er als Bauer still, doch je mehr Zeit verging, um so mehr versank er in nassem Lehm und stinkendem Morast. Auch dies war kein Leben. Er befürchtete, so sagte er, daß das unstete Leben sich festgesetzt hatte in seinem Blut, weshalb er ein Kribbeln wie von Ameisen im Leib hatte, wenn er stillzusitzen versuchte. Also begab er sich nach Kinsale, um Fischer zu werden und als freier Mann auf See leben zu können, wie jene es nannten, die nicht wußten, wovon sie sprachen. Was war das nämlich anderes als eine endlose Schufterei, stets auf den gleichen Fischbänken, hinaus und herein, vor und zurück, niemals der Abwechslung halber Ruhe, sondern nur dann, wenn das Wetter das Arbeiten unmöglich machte. Und auch dann mußte man noch die Netze überprüfen und auf Achterwache gehen! Auch dies war kein Leben. Erst seit er mit Dunn fuhr, konnte er in all dem Elend einen Sinn entdecken. Hier an Bord kannte man keine Eile, zumindest nicht, wenn man seinen Kopf gebrauchte, um nicht allzu häufig in Bedrängnis zu geraten. Im Gegenteil, hier mußte man ausschlafen, man mußte ausgeruht sein, damit man nicht aus

Müdigkeit dumme Fehler machte, wenn man die Toppsegel des Zollschiffes am Horizont sichtete.

»Und darum, mein guter Mann«, sagte England, »solltest du tun, was ich dir sage, und dich hinlegen.«

»Ich weiß, was ich aushalte«, gab ich zur Antwort.

Und ich glaube, ich versetzte sie alle in Erstaunen mit dem, was ich aushielt. Keine Rast, keine Ruhe und obendrein vergnügte Ausrufe, Späße und Gelächter, so war ich, und dies und die Furcht standen auf meinen Fahnen, mein Leben lang.

Als wir uns der Einfahrt nach St. Malo näherten und sich im Mondschein an Steuerbord die Konturen von Kap Fréhel zeigten, stand ich am Ruder, während Dunn auf meiner einen, Elisa auf der anderen Seite stand. Dunn hatte mich im voraus über Landzeichen und Kurs unterrichtet, und es schien, als legte ich nun meine Gesellenprobe ab. Und wirklich, ich brachte uns hinein, ohne daß Dunn auch nur ein einziges Mal hätte korrigieren müssen. Meine Bewunderung für mich selbst kannten keine Grenzen, bis Elisa mich dorthin zurückholte, wo ich wahrscheinlich hingehörte.

»Es ist doch seltsam, daß einer, der so einfältig ist wie du, so schnell lernt.«

Das sagte sie zärtlich, und dennoch hatte es in meinen stolzen Ohren einen üblen Klang. Vielleicht befürchtete sie aber auch nur, einer wie ich könne nicht anders und müsse den eigenen Weg und den keines anderen gehen und würde sich mit nichts Geringerem abfinden, immerhin war ich der Meuterei fähig. Doch ich hatte mich stets mit fast allem abgefunden, zumindest, solange es einer guten Sache diente, meiner nämlich. Der einzige Mißton auf dieser Reise, von Elisa abgesehen, kam von Deval. Als wir die Ankerleine einholten, beteiligte er sich nicht, sondern gab sich damit zufrieden, das zusammenzulegen, was mir aus den Händen fuhr. Wenn wir Segel wechseln wollten, war er so langsam, daß er meist im Weg stand. Segel zu setzen und zu reffen hatte ich auf der *Lady Mary* schließlich gelernt. Wenn wir am Kai festmachten, schlug ich Palsteks mit einer Hand, während Deval die Knoten nur aus einer Richtung zusammenbekam. Hoben wir mit den Taljen die Jolle an Bord, hatte Deval den Steven mit knapper Not über der Wasseroberfläche, während sich das Heck bei mir bereits an der Reling befand. Nein, wollte man einen gerechten Vergleich zwischen uns anstellen, so taugte Deval nicht viel.

Ich fragte England, wieso um alles in der Welt Dunn einen so unfähigen Kerl als Gast hatte anheuern lassen.

»Eine Sache hat immer mehrere Seiten«, sagte England als der verständnisvolle Mann, als der er später bekannt werden sollte. »Es ist nicht ganz verkehrt, wenn man einen Franzmann an Bord hat.«

»Aber es muß doch bessere Leute geben«, wandte ich ein.

»Nicht in unseren Kreisen«, antwortete England. »Wie viele Teerjacken hast du kennengelernt, die sich außer in der eigenen auch noch in einer fremden Sprache verständlich machen können, an Land?«

Ich mußte ihm Recht geben. An Bord der *Lady Mary* hatte es alle möglichen Sprachen gegeben, Spanisch und Französisch ausgenommen, das verbot der Krieg. Aber wir hatten die eigene Sprache der Teerjacken gesprochen, eine unbekümmerte Mischung aus allem möglichen. Wer hätte sie an Land sprechen und sich damit verständlich machen können? Soweit ich wußte, keiner.

»Außerdem ...«, sagte England und zögerte, »... außerdem kann man sich seine Nächsten nicht aussuchen, sosehr man das häufig auch möchte.«

»Seine Nächsten?« wiederholte ich. »Was meinst du damit?«

»Ich weiß nicht, ob ich das hätte sagen sollen, aber ich schätze und mag dich, und ich verlasse mich darauf, daß du schweigen kannst.«

»Auf John Silver kann man sich verlassen«, antwortete ich.

»Devals Mutter ist auch die Mutter von Elisa. Elisa und Deval sind Halbgeschwister. In seiner Jugend ist Dunn in Frankreich ins Bordell gegangen, so wie wir alle. Als er ein Jahr später wieder dorthin kam, erfuhr er, daß er der Vater eines Kindes war, soweit man das bei einer Hure wissen kann, aber immerhin sieht Elisa genauso aus wie ihr Vater. Dunn jedenfalls hat nicht gezögert. Es war sein Kind. Und, du kannst es mir glauben oder nicht, er wollte es für sich haben, sein Gör sollte nicht in einem Bordell aufwachsen, wenn er das verhindern konnte. Er konnte es verhindern, aber zu welchem Preis! Gegen eine gewisse Summe willigte die Hure ein, setzte aber außerdem noch durch, daß Dunn sich um einen weiteren aus ihrer Brut kümmerte, um Deval.«

Elisa und Deval waren Halbgeschwister. Niemand hätte verschiedener sein können als diese beiden.

»Donnerwetter!« konnte ich nur sagen.

»Nicht wahr?« antwortete England. »Dunn ist der rechtschaffenste Mann, den ich kenne, aber er hat seine gewissen Seiten. Doch die haben wir alle, oder nicht?«

Im selben Augenblick tauchte Dunn an Deck auf. Er stellte sich an die Reling und sah in die Dunkelheit. England warf mir einen warnenden Blick zu.

»Es ist gut, England«, sagte Dunn, ohne sich umzudrehen. »Ich hätte das selbst erzählen sollen. Vermutlich habe ich mich geschämt.«

»Geschämt?« fragte ich. »Warum?«

»Weil ich mit einem unbrauchbaren Gast segle. Genau das ist er doch. Aber ich habe mein Wort gegeben, also kann ich nicht viel dagegen unternehmen.«

Nimm es zurück, dachte ich, das ist doch nicht so schwer, aber ich hielt den Mund.

»Andererseits«, fuhr Dunn fort, »habe ich versprochen, daß Elisa nie erfährt, woher sie stammt. Sie weiß es nicht, und er aus demselben Grund auch nicht. Ich bitte die Herren, euch das zu merken. Dir, Edward, muß ich das nicht sagen. Wir haben alle unsere schwachen Seiten, das ist richtig. Meine schwache Seite ist Elisa. Nur, daß du es weißt, John.«

»Ich werde mein Bestes tun«, gab ich zur Antwort.

»Elisa soll glücklich werden«, sagte Dunn mit einer Stimme, die der von Wilkinson in nichts nachstand.

Er machte auf dem Absatz kehrt und ging wieder in die Koje, wohin er auch gehörte, denn er hatte Freiwache.

»Ich werde die Menschen niemals verstehen«, sagte England nach einer Weile leise. »Und Eltern erst recht nicht. Weißt du, warum ich England genannt wurde? Damit ich die Unterdrücker unseres Landes niemals vergesse. Damit ich, wenn es einmal nötig werden sollte, noch mit bloßen Händen gegen die Engländer kämpfen werde. Kannst du dir das vorstellen?«

Er verstummte. Nach einer Weile fuhr er fort:

»Eines ist sicher, sosehr ich Dunn mag, sowenig möchte ich sein Schwiegersohn sein.«

Und ich, ich begann zu glauben, daß an dem, was er sagte, etwas Richtiges war, ganz unabhängig davon, daß ich in Elisa und das freie Schmugglerleben auf See verliebt war, das mir in jeder Hinsicht zu entsprechen schien.

»Warum ist es denn so schwierig?« fragte ich gereizt. »Wir führen ein gutes Leben, wie man es sich nur wünschen kann. Nur Deval ist gekränkt, und das, weil ich zufällig ein besserer Seemann bin als er. Und nun stellt sich heraus, daß man nicht viel dagegen tun kann, man kann ihn nicht einmal über Bord werfen.«

»Mach dir darüber keine Gedanken!« sagte England vergnügt. »Es hätte sehr viel schlimmer kommen können.«

»Alles hat seine zwei Seiten, willst du sagen?«

»Ja.«

Über Verschiedenes würde ich nachdenken müssen, soviel stand fest. Doch ich ließ mich davon nicht bekümmern und dachte auch nicht daran, Elisa aufzugeben, wenn sie mir nur gestattete, so zu sein, wie ich war. Etwas machte mir allerdings Sorgen: Welchen Maßstab hatte Dunn für ihr Glück? Worin bestand es? Daß sie im Monat nicht öfter als einmal weinte? Daß sie unentwegt einen vergnügten Eindruck machte? Daß ihr Mundwerk ging wie immer, auf meine Kosten natürlich? War es, in Dunns Augen, meine Schuld, wenn Elisa traurig wurde, weil ich, wie sie sagte, zu einfältig war? Würde Dunn mir so etwas zur Last legen? Und so weiter, bis ich aufgab, weil ich es müde war, mir Fragen zu stellen, auf die ich eine Antwort doch nicht fand, zumindest keine ehrliche.

Devals saures Aufstoßen war mir indes völlig gleichgültig. Im Gegenteil, ich bemühte mich, besonders freundlich zu ihm zu sein, weil ich jetzt wußte, daß er nicht in böser Absicht an Bord gekommen war. Damit hatte ich über alle Erwartung hinaus Erfolg. Als wir unterhalb der Granitmauern von St. Malo anlegten, hatte ich ihn weiter gebracht, als ich es mir gewünscht hätte. Er verhielt sich nun fast wie ein Hund und hätte mir die Hand geleckt, wenn ich ihn darum gebeten hätte, wovor ich mich hütete. Wie es war, war es schon schlimm genug.

Dunn hatte Geschäfte mit den wohlhabenden Reedern von St. Malo zu erledigen, die Schiffe für alle Zwecke ausrüsteten, von der Dorschfischerei über Korsarenschiffe bis zu Eroberungszügen und der normalen Handelsschiffahrt. Dazu nahm er Elisa mit, damit man ihn nicht über Gebühr betrog, was bei diesen erfahrenen Geldleuten leicht geschehen konnte. England machte den Vorschlag, wir drei anderen, aus denen die Besatzung bestand, sollten uns einen wohlverdienten freien Abend gönnen. Ohne Frauenzimmer und Kapitäne, wie er sagte.

Drei vergnügte Seeleute bahnten sich also ihren Weg durch die Rue de la Soif, die Straße des Durstes, wo Wirtshäuser, Tavernen, Krüge, Bierstuben und Weinbeizen einander ablösten. Wir zogen von Lokal zu Lokal, kosteten alles nur

Trinkbare in allen Farben des Regenbogens und noch einiges mehr, fluchten und lachten, schrien und grölten, sangen betrunkene, freche Shanties, erzählten uns Geschichten über allerlei sonderbare Figuren, die uns in Häfen und an Bord begegnet waren, prahlten mit Heldentaten, bei Sturm auf der Rahe oder in den Bordellen, wenn die Gefühle überschwappten, wir klatschten Kellnerinnen aufs Hinterteil und ernteten schallende Ohrfeigen, gerieten in Streit mit vier rotangelaufenen, benebelten Holländern und hingen zu guter Letzt erschöpft, mit gekreuzten Blicken und krumm an Körper und Seele, doch zufrieden mit unserem Tagwerk, über einem lauwarmen Bier in einer Pinte, die den Namen »Liberty Bar« trug. Alle Kräfte waren verbraucht, und nun stellten sich, wie stets bei Teerjacken in diesem Stadium, die Weinerlichkeit, das Heimweh, das Selbstmitleid und die Gedanken an alles ein, was nicht so ausgegangen war, wie man sich das vorgestellt hatte.

Sogar England, der lange Zeit nicht die geringste Neigung in diese Richtung verraten hatte, begann in den traurigsten Winkeln seiner sonst recht schlichten Seele zu kramen.

»Verdammt noch eins!« sagte er. »Ich hätte niemals zur See gehen dürfen. Es wird kein gutes Ende nehmen, das fühle ich. Ich hätte an Land bleiben und mir ein Stück Erde pachten sollen.«

»Und lieber in Kuhdung und Mist ersticken, und das wäre wohl besser gewesen«, fuhr ich ihm über den Mund.

Deval fing an, von seiner geliebten Mutter zu phantasieren, die nach seiner Version schon vor seiner Geburt gestorben war, von sich selbst, der zu gar nichts taugte, von allen anderen, die ihn schräg ansahen, ohne daß er sich irgend etwas zuschulden hatte kommen lassen.

»Du bist vorhanden«, sagte ich zu ihm. »Das ist dein einziger Fehler.«

»Was willst du damit sagen?« fragte er lallend.

»Wenn die Leute dich ansehen, sehen sie sich selbst im

Spiegel. Und natürlich freuen sie sich nicht über einen solchen Anblick.«

»Ach so«, gab Deval zur Antwort, und sein Gesicht hellte sich auf, als habe seine Kläglichkeit in diesem Leben nun endlich einen Sinn erhalten.

»Und du«, fuhr er fort, »siehst du mich auch so?«

»Nein, Gott bewahre, dann würde ich mich am ersten besten Baum aufhängen.«

Daraufhin legte Deval seinen fettigen Kopf an meine Schulter, dieser große Kerl heulte ein wenig, und dann sagte er: »John, ich möchte dein Freund sein.«

»Deval«, antwortete ich, »du kannst machen, was du willst, wenn du nur mich nicht in die Sache verwickelst.«

Dann verließen wir stolpernd, lallend und grölend die »Liberty Bar«, als die unverbrüchlichen Freunde, die wir im Rausch zu sein glaubten. Als ich am darauffolgenden Morgen erwachte und meine Augen fast aus ihren Höhlen quollen, wußte ich jedoch eines, nämlich, daß es sich für mich nicht lohnte zu trinken, um zu vergessen. Nichts, was geäußert wurde und einigen Wert hatte, ging bei mir je zu einem Ohr herein und zum anderen wieder hinaus. Dabei blieb es mein Leben lang. Andere ertränkten ihre Sorgen, und ich erinnerte mich an sie. An die von anderen.

Dunn hatte für unsere Totengräbermienen am nächsten Morgen ein wiedererkennendes Lachen übrig. Elisa war nicht so vergnügt. Sie behauptete, unsere Ausdünstungen, die die Kajüte erfüllten, hätten ihr Kopfschmerzen verursacht, aber wir weigerten uns standhaft, das zu glauben. Mit einiger Mühe luden wir den letzten Rest an Trinkbarem, das auf der anderen Seite des Kanals den Durst löschen sollte. Dunn und England unterhielten sich über den Krieg, während sie darauf warteten, daß die Flut uns flott machte; sechsunddreißig Fuß betrug sie in dieser Gegend, ich aber stellte mich taub. Der Krieg gehörte nicht zu meinen Angelegenheiten.

Als wir uns Irland näherten, drehten wir bis zur Morgendämmerung unter dem Horizont bei, dann segelten wir weiter und mischten uns unter die Hookers, die auf den Bänken vor Old Head fischten. Den ganzen Tag hatten wir unsere Netze draußen, um zu zeigen, daß wir ehrbare, rechtschaffene Leute waren, falls uns einer fragen sollte. Gegen Abend hatten wir, so wie die anderen, die Schoten dicht, segelten nach Kinsale und legten, nachdem wir Elisa in Lazy Cove abgesetzt hatten, am Fischereikai an.

Im Schutz der Dunkelheit löschten wir, und Dunns Freunde halfen uns, unsere Ladung durch Nicholas Gate zu rollen. Die Wachtposten winkten uns durch, sie wußten, welche Belohnung sie erwartete, wenn sie in die andere Richtung sahen. Der Posten bei Nicholas Gate war so begehrt, daß es keinem, weder dem Sovereign, dem Gouverneur von Kinsale, noch den Engländern jemals gelungen ist, einen der Posten zum Denunzianten zu machen. Später erzählte mir ein Fischer, der sich der Gruppe Edward Englands angeschlossen hatte, daß man Nicholas Gate zu guter Letzt einfach zugemauert habe und daß es seither Blind Gate heißt.

Ich zögerte, als ich meinen Fuß in die Mauern setzen sollte, die auch Kapitän Wilkinson beherbergten. Dunn sagte aber, das Risiko sei gering. Ich sei unter Freunden, die in der Kunst, sich in einer Stadt zu bewegen, ohne daß man sie sah oder hörte, geübt waren. Durch schmale Gassen erreichten wir die »Tap Tavern«, den Krug der Schmiedsfrau, wo ehrbare, unbescholtene, unbestechliche Iren wie Dunn sich aufhielten, was jeden englischen Soldaten abschreckte, seine Nase dort hineinzustecken.

Im Lauf meines Lebens bin ich in vielen Krügen gewesen, das gehörte zum Handwerk, wenn man so will, und die meisten von ihnen gerieten in selige Vergessenheit, die »Tap Tavern« aber unterschied sich von den anderen. Mary und ihr Sohn Brian, der offene Kamin, in dem das Feuer knisterte, die schwarzen Katzen, von denen eine nach Art der Iren Cromwell hieß, so, wie ja auch Edward England England hieß, die kupfernen Whiskymaße, die an Haken unter der Decke hingen, Gesellenstück des Schmieds, und Miniaturen, die sich zwischen den Fässern hinter der Bar drängten, Krüge, auf deren Henkel der Name der Stammgäste eingraviert war, glänzende Pumpengriffe aus Messing, das brachte sogar mich dazu, mich einmal heimisch zu fühlen.

Mary, dies zu erkennen war nicht schwer, wußte über die Leute in Kinsale alles, ob über Ansässige oder Fremde wie mich. Mit Augenzwinkern und einem lebhaften Mund, der zu einem warmen Lächeln oder einer Zurechtweisung aufblitzte, schien sie auf ihrem Platz hinter der Bar gerüstet, mit allem fertig zu werden. Und heute weiß ich, daß ich dank der »Tap Tavern« und Mary später meine Taverne »Spy-Glass« in Glasgow gekauft habe. Warum hätte ich auch auf meinem einen Bein herumhüpfen und nach diesem Aas Billy Bones suchen sollen, wenn ich wie Mary alle Neuigkeiten an Ort und Stelle in Erfahrung bringen konnte?

Die kleine Mannschaft der *Dana* schwang also die Krüge, um unsere erste, glücklich überstandene Reise als Partner zu feiern. Die Bezahlung für unsere Waren hatten wir erhalten, und in meiner Tasche steckten vierzehn Pfund. Auch wenn ein Teil dieser vierzehn Pfund für die nächste Reise eingesetzt werden mußte, war dies etwas anderes, als die erbärmliche Heuer auf der *Lady Mary,* falls man sie denn je erhielt. Ich lud zu einer Runde ein, und ich hätte sie vielfach zurückbekommen, hätte sich nicht die Tür geöffnet und wäre nicht ein Mann eingetreten, der nach einem kurzen prüfenden Blick über das Lokal geradewegs zu uns kam. Er nickte Dunn zu und wandte sich dann an mich.

»Heißt du John Silver?« fragte er, als könne einem in diesem Leben nichts Ärgeres widerfahren.

»Und wenn es so wäre?« fragte ich.

»Wenn es so ist«, sagte der Mann, »tätest du gut daran,

so schnell wie der Teufel zu verschwinden. Der neue Gouverneur im Fort hat Leute losgeschickt, die nach dir suchen sollen.«

»Der Gouverneur? Was will er denn von einem armen Tropf wie John Silver? Was hat er Schlimmes getan?« fragte ich.

Der Mann wandte sich an Dunn, der aussah wie eine Gewitterwolke. Man hätte fast gerührt sein können.

»Die Engländer behaupten, er sei ein gefährlicher französischer Spion und sei vor einigen Tagen am Fort herumgeschlichen.«

Dunns Miene verfinsterte sich noch weiter, wenn das überhaupt möglich war.

»Das ist natürlich eine Lüge«, fügte der Mann eilig hinzu. »Aber daß sie John Silver hängen wollen, soviel ist sicher. Doch warum ...?«

Sein Arm beschrieb eine Bewegung.

»Ach, das wollen sie«, rief ich aufgebracht, ohne mich länger zurückhalten zu können. »Dann werde ich ihnen zuvorkommen. Sie wollen mich hängen, damit keiner erfährt, was in ihrem tadellosen Fort und in ihren disziplinierten Köpfen vorgeht. Aber so wahr ich John Silver heiße, davon werden sie nichts haben.«

Und dann erzählte ich die ganze Geschichte noch einmal, mit hocherhobener Stimme, damit alle zuhören konnten. Mary spitzte die Ohren, das konnte jeder bemerken, der Augen hatte, um zu sehen, und daß meine Geschichte sich wie ein Lauffeuer verbreiten würde, stand somit außer Zweifel. Doch das war nur eine magere Rache.

»Und dafür soll nun ich, ein unschuldiger Seemann, am Galgen baumeln. Ist das etwa recht und billig?«

Aus verschiedenen Ecken hörte ich empörtes Brummen.

»Und glaubt ihr, damit ist es genug? Nein, denn jetzt, da ich ihre schmutzige Wäsche vor allen gewaschen habe, werden sie mich ohnehin hängen, als Spion, denn es soll keiner wagen zu glauben, meine Geschichte sei wahr. So sieht es auf dieser Welt aus, in Gottes und des Königs Namen. Wenn man sagt, wie es ist, und seine Ansicht darüber nicht verhehlt, hängen sie einen auf. Aber geht nur hinauf zum Fort und fragt, ob ihr mit Gouverneur Warrender oder seiner Tochter sprechen dürft, dann werdet ihr schon sehen, was sie euch antworten. Oder fragt nach Sir Trevor. Fragt, ob er wiederauferstanden ist, die Schlafmütze!«

Ich spürte einen Arm auf meiner Schulter. Es war England. »John, beruhige dich!« sagte er.

»Mich beruhigen? Warum in aller Welt soll ich mich beruhigen? Willst du mir das erklären?«

»Wenigstens um deiner selbst willen«, sagte England.

Diesmal hatte England einen wunden Punkt berührt.

»Bei deinem Geschrei dauert es nicht lange, und die Rotröcke stürmen hier herein und hängen dich am nächsten Baum auf, ehe du auch nur dazu kommst, dein letztes Gebet zu sprechen. Außerdem ...«

»Ja, ich weiß«, unterbrach ich ihn, »außerdem könnte es noch um vieles schlimmer sein. Beispielsweise könnte ich tot sein. Aber vielleicht hast du trotzdem recht. Was schlägst du vor?«

Im selben Augenblick ging mir auf, daß ich diese Frage an Dunn und nicht an England hätte richten müssen. Dunn aber sah mich mit einem Blick an, der mir kalte Schauer und eine Gänsehaut einjagte.

»Am besten wäre es, wir würden dich nach Frankreich bringen«, sagte England, »und du bliebest dort, bis hier das Schlimmste vorüber ist.«

England legte Dunn die Hand auf die Schulter, wie er es bei mir gemacht hatte, ruhig und gelassen, als sei nichts geschehen. Nun war ja auch nicht er es, den man hängen wollte.

»Dunn, was meinst du dazu?« fragte England. »Es ist zwar recht kurz hintereinander, schließlich wollen wir nicht die gesamte Bevölkerung von Cork im Cognac ertränken, aber wir könnten John doch hinüberbringen und uns eine neue Ladung verschaffen. Wir werden sie schon verkaufen.«

Dunn schüttelte Englands Hand ab.

»Und Elisa?« fragte er abweisend.

Und ich hatte geglaubt, er sei meinetwegen beunruhigt. Wie kann man sich täuschen! Ich hätte Lust gehabt, ihm zu sagen, daß ein paar Hühneraugen auf dem entzückenden Fuß seiner Tochter nichts seien im Vergleich mit den Schäden, die man meinem Nacken und dem Rest von mir zufügen würde, wenn ich die Schlinge um den Hals gelegt bekam.

»Warum machst du dir Sorgen um sie?« fragte der vernünftige England. »Du weißt ebensogut wie ich, daß sie sich allein helfen kann und in Lazy Cove auf uns wartet. Warum sollte ihr ausgerechnet heute abend etwas zustoßen?«

»Jedenfalls wird es nicht besser, wenn wir hier stehen und kostbare Zeit verlieren«, sagte England zum Schluß mit gebieterischer Stimme, wie ich es bei ihm nicht für möglich gehalten hätte.

Dann übernahm er das Kommando und zog uns mit sich aus der »Tap Tavern« hinaus. Ehe die Tür zuschlug, sah ich den Blick Marys, und ich wußte, daß sie mich verstand und das ihre tun würde. Bevor die Nacht zu Ende war, würde die ganze Stadt über Warrender, Vater und Tochter, den Schwiegersohn Sir Trevor und die bedeutungslose Rolle des angeblichen Spions John Silver in dieser Komödie Bescheid wissen. Zu spät fiel mir ein, daß dies alles auch Kapitän Wilkinson zu Ohren kommen würde. Doch was spielte das andererseits für eine Rolle? Gehängt ist gehängt, will ich meinen. Ob ich Spion oder Meuterer war, änderte nichts, und manche hängte man für weniger. Für den Diebstahl eines Sacks halbverfaulter irischer Kartoffeln erhielt man dieselbe Strafe wie dafür, daß man einem Seekapitän den Hals durchschnitt. Worüber sollte ich mich beklagen? Man würde mich auf alle Fälle mit einem gewissen Recht hängen, mochte auch alles von Anfang bis Ende erlogen sein.

England trieb Dunn und mich wie zwei Schafe durch dieselben dunklen Gassen und Gänge, die wir gekommen waren. Hinter uns folgte auf dem Fuß Deval.

»Deval«, sagte ich zu ihm, »jetzt hast du die Gelegenheit, mein Freund zu werden, das wolltest du doch, wenn ich mich recht entsinne. Hilf mir hier heraus, dann zählst du zu John Silvers Freunden, nicht mehr und nicht weniger.«

»John«, sagte Deval mit vor Dankbarkeit belegter Stimme, »du kannst auf mich zählen.«

Trotz der Umstände fiel es mir schwer, ein Lachen zu unterdrücken, ausnahmsweise aber war ich mir sicher, daß keiner verstanden hätte, was so lustig war.

Unentdeckt erreichten wir den Fischereikai. Wir gingen auf die Jolle, und erst, als wir außer Hörweite waren, erklärte England, was er sich gedacht hatte.

»Du und Dunn, ihr nehmt die Jolle, ihr segelt sofort nach Lazy Cove, Deval und ich machen die *Dana* klar und kommen nach, so rasch wir können. Wir ankern draußen und warten auf John. Oder auf euch alle drei. Wir können die Reise auch ebensogut mit vollzähliger Besatzung machen. Was meinst du dazu, Dunn?«

»Elisa und ich bleiben hier«, sagte Dunn. »Ihr begreift doch sicher, daß wir nicht zur gleichen Zeit wie John verschwinden können. Denn wenn wir nicht jetzt schon als seine Komplizen gelten, so doch spätestens dann, wenn wir von hier wegsegeln. Und was geschieht dann mit Elisa?«

»Das ist wahr, Dunn«, sagte ich. »Ich gehe allein. Ich segle nicht als Ballast, genau das habe ich gesagt, als wir uns kennenlernten. Erinnerst du dich? Entsinnst du dich, daß ich sagte, ich wolle gleich gehen, weil John Silver keiner von denen ist, die irgend jemandem zur Last werden wollen?«

Dunn antwortete nicht. Es schien wirklich, als gäbe es ihn nicht, solange er nicht erfuhr, ob Elisa etwas geschehen war. Es wurde eine geisterhafte Tour in einer geliehenen Jolle, bei leichtem Nebel und Nieselregen, mit den Konturen des bedrohlichen Forts auf beiden Seiten und Lazy Cove als dunkler, unheimlicher Schlucht vor uns. Das einzige, was uns ein wenig beruhigte, war das gedämpfte Geräusch von einem Block und dem gefüllten Segel. Die *Dana* folgte uns im Kielwasser.

Als wir ankamen, sprang Dunn an Land und rannte den gewundenen Pfad zum Haus hinauf. Zumindest besaß ich Verstand genug, die Jolle an Land zu ziehen, bevor ich ihm in größter Eile folgte, dies allerdings erst, nachdem ich überprüft hatte, ob ich die Pistole, die Dunn mir geschenkt hatte, bei mir trug, und nicht, bevor ich sie geladen hatte.

Was gut so war, denn als ich ins Haus kam, stand Dunn am Feuer und hielt ein zerrissenes Stück Stoff in der Hand, dieselbe weiße Baumwolle, erkannte ich jäh, die so schön Elisas Gestalt gezeigt hatte, als sie einige Wochen zuvor in der sonnenbeschienenen Türöffnung gestanden hatte. Dieser weiße Stoff jedoch, und auch dies sah ich im Licht des fahlen Feuers, war rot befleckt. Hastig sah ich mich um. Alles befand sich in einem einzigen Durcheinander. Die Kisten waren geöffnet oder aufgebrochen und ihr Inhalt war im ganzen Zimmer verstreut.

Dann sah Dunn mich, falls er mich überhaupt sah, und sein Gesicht verzerrte sich zu einer häßlichen Grimasse.

Er ist verrückt geworden, dachte ich nur, verrückt vor Sorge. Aber nicht um mich, soviel war sicher.

»Du hast sie umgebracht!« schrie er. »Du hast Elisa ermordet!«

»Das habe ich nicht!« schrie ich zurück. »Das weißt du ebensogut wie ich.«

Doch das wußte er selbstverständlich nicht. Ich sah, wie sein Arm hinter seinem Rücken verschwand, und im nächsten Augenblick hielt er sein scharfgeschliffenes Seemannsmesser in der Hand und stürzte als der Wahnsinnige, zu dem er geworden war, auf mich zu. Im letzten Augenblick konnte ich meine Pistole heben und schoß ihn in die Brust. Vielleicht starb er auf der Stelle, rannte also vielleicht nur wegen des Schwungs weiter und schlitzte dabei mein Hosenbein und ein Stück meines Schenkels auf. Dann stürzte er mir schwer vor die Füße, und als es wieder völlig still war, begriff ich, daß ich eigentlich nicht Dunn, sondern Elisa erschossen hatte, falls sie lebte.

Froh war ich hierüber nicht, das muß ich zugeben. Rechtzeitig ging mir aber dennoch auf, daß ich nicht einfach stehenbleiben konnte, wo ich stand, nicht, wenn ich das einzige Leben, das ich besaß, fortsetzen wollte. Was sollte ich England und Deval sagen? Jedenfalls nicht, was in Wirklichkeit geschehen war. Devals Versprechen, er sei mein Freund, besaß keinen Wert. Jeder Beliebige konnte ihn mit einer Unze Freundlichkeit kaufen. England war anders. Niemals zeigte er eine Regung, und deshalb wußte man nicht, woran man mit ihm war. Stets konnte alles schlimmer sein und mehrere Seiten haben. Wie konnte man so jemandem vertrauen? Infolgedessen mußte ich lügen, damit ich auf der sicheren Seite war, und etwas erzählen, das geschehen sein könnte. Was? so fragte ich mich. Daß die Engländer im Haus in einem Hinterhalt gelegen und auf uns gewartet hatten, daß sie es gewesen waren, die Dunn erschossen hatten, daß ich jedoch geflohen sei. Dies kam mir natürlich vor. Die Engländer aber würden nicht nur einen Schuß abgefeuert haben. Infolgedessen lud ich und feuerte mehrere Schüsse in die Dunkelheit ab, während ich zum Strand und zur Jolle hinunterging. Dort angekommen, warf ich mich hinein und ruderte aus Leibeskräften, ich ruderte, daß mir der Schweiß in Strömen ausbrach, mein Gesicht rot glühte und meine Wunde heftig blutete. Es dauerte nicht lange, da trat unwirklich wie ein fliegender Holländer aus dem Dunkel der Schatten die *Dana;* zwei Silhouetten hingen über der Reling, bereit zu meinem Empfang. Ich ließ die Jolle mit einem Knall die Bordwand der *Dana* rammen und klammerte mich mit letzter Kraft an die Reling. Wahrscheinlich hatte ich nicht übertrieben, konnte ich noch denken, dann wurde ich von den kräftigen Armen Englands wie eine Kiste Cognac an Bord gehoben.

»Schnell!« sagte ich keuchend. »Die Engländer kommen!«

»Mach die Jolle achtern fest!« sagte England zu Devan. »Wir holen sie später an Bord!«

Als der vorausschauende Mann, der er in glücklichen Augenblicken war, hatte England die *Dana* nicht vor Anker gehen, sondern treiben lassen, und es dauerte nicht lange, bis ich hörte, wie das Wasser am Rumpf der *Dana* gurgelte.

Doch erst, als ich den langsamen Pulsschlag der Dünung fühlte, die uns steigen und fallen ließ, und den darauffolgenden Sog im Magen, stand ich mit Mühe auf und erzählte meine Geschichte. Froh waren sie nicht, Deval und England, aber sie glaubten mir, und damit, so bildete ich mir ein, war ein Kapitel beendet und ein neues sollte beginnen, in jener Geschichte, die mir gehörte und der Glauben zu schenken mir schwergefallen wäre, hätte ich nicht alles mit eigenen Augen gesehen. Sie hatte ihre Seiten, wie England gesagt hätte, indessen war es nicht unangenehm, in ihrem Mittelpunkt zu stehen. Daß es nicht ebenso vergnüglich war, Dunn, Elisa oder Deval zu sein, konnte ich zwar nicht leugnen oder ohne weiteres vergessen, ihr Unglück aber gehörte schließlich ihnen. Warum sollte ich mit ihrem Leben belastet werden, wo ich mich doch nur um das meine kümmerte und anderen gestattete, dasselbe zu tun? Aber Elisa? Ich mußte es denken, während das letzte flackernde Licht des Feuers auf dem Old Head am Horizont verschwand und ich nach achtern starrte. Vielleicht hatte Elisa mir trotz allem etwas schenken wollen, das mir fehlte, ich aber hatte ums Leben nicht verstanden, was es war. Und auch dies konnte man mir nicht zur Last legen. Zu mir selbst sagte ich, und das in vollem Ernst, daß es unter den Millionen und Abermillionen von Weibsleuten, die unsere Erde bevölkern, noch andere als Elisa geben mußte. Es mag so sein, aber niemals in meinem langen Leben habe ich eine von ihnen getroffen.

11

Leben. Um jeden Preis. Das war mein Ziel. Wer aber bezahlt ihn, diesen Preis? Das fragte ich mich in meinem nunmehr recht stillen Sinn. Auf wessen und welche Kosten habe ich gelebt? Ich habe Leben ausgesaugt wie ein Blutegel, und habe ich auch mit dem Gegenteil geprahlt, scheine ich, um bei der Wahrheit zu bleiben, doch den einen oder anderen zur Ader gelassen zu haben. Es handelte sich, so sagte ich mir damals, um Darlehen, Anteile an dem erfolgversprechenden Geschäft John Silver, die an jenem Tage zurückerstattet würden, an dem meine Kasse gefüllt war. Doch wird keiner jemals etwas zurückerhalten, und ich sitze hier als reicher Mann mit dieser Unmenge Leben, das wie ein Schatz einfach vergraben wurde, wo es liegen wird bis in alle Ewigkeit, ein Schatz, zu dem keine Karte führt.

Dunn hatte mir das Leben gerettet, aber im Grunde nicht mein Leben gerettet, denn Dunn hätte jedes Leben gerettet, ob meines oder das Kapitän Wilkinsons, das war ihm gleichgültig, wenn es nur ein Leben war. Was also war ich ihm eigentlich schuldig? Hätte ich einfach stehenbleiben und ihm gestatten sollen, daß er, so außer sich wie er war, mein Leben mit einem Messerstich beendete, wodurch das neue Kapitel in meinem Leben sein letztes geworden wäre?

Die Wahrheit ist, daß ich Dunn erschoß und daß ich mit demselben Schuß Elisa aus meinem Leben stieß. Nichts, worauf man stolz sein konnte, aber zu verachten war es auch nicht. Ich könnte die Wahrheit verdrehen, mich damit beruhigen, daß ich mit dem Rücken zur Wand gestanden hatte, aber welchen Vorteil hätte ich davon? Ohne den geringsten Zweifel stand ich nämlich in der Türöffnung, und den Rücken hatte ich frei, und mehr gibt es darüber nicht zu sagen.

Das ist noch nicht das Schlimmste. Wenn es schlecht ist, daß ich Dunn erschossen habe, so habe ich mich schlimmerer Taten schuldig gemacht und habe dennoch ruhig geschlafen. Nein, was mich aufwühlte, war die Entdeckung, schwarz auf weiß, daß dieser John Silver, bei dem es sich also allem Anschein nach um mich selbst handelte, von der Hand in den Mund zu leben schien, wie es kam und wie der Wind blies. Er griff nach einem Strohhalm hier und nach einem anderen dort, nahm, was er geboten und verboten bekam, aber verfügte er über einen Kompaß oder einen Bestimmungsort? Dachte er überhaupt daran, wohin sein Weg ihn führte und was er wollte, er, der doch immer die Ehre darein setzte, seiner Sache sicher zu sein, er, der sich stets für besser hielt, weil er glaubte, sich bewußt zu sein, daß er lebte, während das anderen gleichgültig war?

Ich entsinne mich, daß ich mir eingebildet habe, dies – die Aufzeichnung meiner wahren Geschichte – werde mich noch eine gewisse Zeit bei Verstand und Bewußtsein halten; diese, meine wahre Geschichte sollte entstehen und noch ein wenig mehr Geschwätz der gleichen Art. Nonsens möchte ich es nennen, nicht mehr, nicht weniger. Ich erfahre, daß ich lebe, das ist wahr, aber so habe ich mir das, bei Gott, falls es ihn gibt, nicht vorgestellt. Aber vielleicht kann ich hoffen, daß Erinnerungen leichter zu ertragen sind und schließlich über Bord geworfen werden können wie Leichen in der Ladung, wenn sie glücklich mit Namen versehen und sortiert wurden. Erlischt nicht auf diese Weise alles Leben auf unserer Welt? Wenn man nicht gehängt wird.

12

Ein neues Kapitel also, wie man so sagt, ohne genauer nachzudenken. Die *Dana* hielt wieder Kurs auf Frankreich, an Bord ihre unverdrossene Besatzung, die sich keine Ruhe gönnte. Auf welchen Lorbeeren hatten wir uns denn ausruhen sollen? Daran, daß England und Deval nach Irland hätten zurückkehren können, ohne sich ständig verborgen zu halten, war nicht zu denken. Und für mich wäre Rückkehr das gleiche gewesen, als schlafe man wegen einiger Blumen auf seinem Posten ein, um es mit etwas Naheliegendem zu vergleichen.

Frankreich also, wie selbstverständlich. Wir bildeten uns ein, wir hätten Trümpfe auf der Hand. Deval konnte uns bei der Verständigung helfen, wenn er denn begriff, was England und ich zum Ausdruck bringen wollten. England hatte mit Dunn Dutzende Reisen an verschiedene Orte in der Bretagne gemacht. Er kannte die Fahrwasser wie seine eigene Tasche und wurde deshalb unser Kapitän. Ich war und blieb Matrose, obwohl vollbefahren, und gab mich damit zufrieden. In allen möglichen Lebenslagen, in guten wie in schlechten Zeiten das Kinn vorstrecken und bestimmen, dies schmeckte mir nicht. Ich wollte über mein Leben und meine Abenteuer entscheiden, nicht über die anderer. John Silver würde von niemandem abgesetzt werden, das waren meine Statuten. Sicherheitshalber schlug ich jedoch vor, wir sollten einen Schiffsrat bilden, der über alle wichtigen Fragen an Bord gemeinsam entschied, wobei es sich freilich um nicht mehr handelte, als darum, wann, wo und wie wir unser Leben aufs Spiel setzten, um ein wenig zu verdienen.

Die ganze erste Nacht hindurch lag Deval in seiner Koje. Während England und ich taten, was getan werden mußte, damit wir mit heiler Haut davonkamen, Segel, Schiffsname und Flagge ändern, weinte Deval über den Tod Dunns. Wenn man Deval glauben konnte, und in diesem Punkt war ihm schwer zu widersprechen, war Dunn der einzige gewesen, der Deval das bißchen Freundlichkeit erwiesen hatte, auf das die meisten Menschen ein Recht haben – woher er das auch immer wissen wollte. Großzügig gestattete ich Deval, seinen Kopf auf meine Schulter zu legen und sich auszuweinen, unter den gegebenen Umständen war dies das mindeste, was ich tun konnte. Als er fertig war, sagte ich ihm energisch, er solle sich in die Koje legen. Er müsse ausgeruht sein und einen klaren Kopf haben, wenn wir am nächsten Tag die Bretagne erreichten, wo wir ohne ihn kaum zurechtkommen würden. Diese wohlgesetzten Worte machten ihm Beine, er verschwand unter Deck.

England und ich blieben oben, vor uns die Nacht.

»John, da hast du etwas angerichtet!« sagte England und setzte eine ordentliche Speichelflocke seitlich über Bord.

Zwar war er jetzt Kapitän und hatte das Recht nach Luv zu pissen, aber gegen den Wind zu spucken war dennoch dumm, denn der Speichel machte in der Luft einen Bogen und landete wieder auf seinem Fuß. Zaghaft sah er zuerst auf seine Schuhe, dann blickte er mich an.

»Aber ...«, doch wie man sich vorstellen kann, unterbrach ich ihn, »... es hätte schlimmer kommen können«, sagte ich.

»Was könnte denn noch schlimmer sein?«

»Es hätte dein Gesicht treffen können.«

»John«, sagte er, ohne auch nur den Mund zu verziehen, »ich habe Dunn geschätzt.«

»Wer denn nicht?« sagte ich mit Nachdruck.

»Natürlich hatte er seine schwachen Seiten«, fügte England wie erwartet hinzu. »Eine davon war seine Tochter. Weißt du, was aus ihr geworden ist?«

Ich zuckte zusammen. Sie hatte ich in meiner Geschichte vergessen.

»Ich meine es nicht böse«, sagte England vorsichtig. »Ich habe schon begriffen, daß es nicht so leicht ist.«

»Nein«, sagte ich langsam und wahrscheinlich auf meine Art, »das ist es nicht. Vermutlich haben die Engländer sie mitgenommen, bevor wir dorthin kamen. Aber nicht so ohne weiteres, meine ich. Du weißt, wie sie ist. Dunn hat einen Fetzen von ihrem Kleid gefunden. Mit Blut daran.«

»Diese Schweine!« rief England. »Wenn die ihr auch nur ein Haar krümmen, dann werde ich ...«

Er verstummte, und ich wartete gespannt, was ihm einfallen würde. Was in aller Welt hätte er gegen eine ganze Nation unternehmen können?

»... den Engländern den Krieg erklären, wo immer sie sich auf dieser Erde befinden mögen«, endete er entschlossen.

»So wie deine Eltern?«

»Ja, der Teufel soll sie holen! Auf diese Weise bekommen sie jetzt recht. Es läßt sich nicht ändern. Und du, John, was hast du vor?«

»Womit?«

An Englands Blick erkannte ich, daß ich auf der Hut sein mußte, wenn ich wollte, daß er mir glaubte.

»Wegen Elisa natürlich«, sagte er, wie ich es geahnt hatte, freilich einen Augenblick zu spät.

»Was kann ich machen?« sagte ich. »Von ihr wollen sie nichts. Ich habe nur Angst vor dem, was sie tut, wenn sie erfährt, daß Dunn tot ist.«

Sobald ich es ausgesprochen hatte, ging mir auf, wie recht ich hatte. Wenn Elisa glaubte, die Engländer hätten Dunn erschossen, war alles in Ordnung, für ein paar Engländer und für sie selbst natürlich nicht. Doch wenn sie glaubte, ich sei es gewesen ...? Aber, versuchte ich mir einzureden, warum in aller Welt sollte sie mich verdächtigen, einen Ehrenmann mit weichen Händen, in den sie sich schließlich verliebt hatte?

England verstand mein Schweigen als ein Zeichen meiner Gemütsbewegung.

»Jetzt sprechen wir nicht mehr davon«, sagte er zu meiner Erleichterung.

»Wenn sich alles beruhigt hat«, fuhr er fort, »schicken wir ihr eine Nachricht, daß wir leben, daß es uns gutgeht, daß wir gesund sind und daß wir uns um die *Dana* kümmern wie um ein kleines Kind. Und daß sie ihren Anteil an unserem Gewinn abholen kann und ihren Verlobten. Das ist nur gerecht.«

Abgesehen davon, so dachte ich, sollte man bei der ganzen Aufregung nicht vergessen, daß Dunn mich tatsächlich hatte umbringen und damit einen endgültigen Punkt hinter mein Dasein hatte setzen wollen.

»Ja«, sagte ich nur, »das denke ich auch. Das heißt, falls wir irgend etwas zu verteilen haben.«

»John, da hast du ein wahres Wort gesprochen«, sagte England. »Denn womit wollen wir unser Brot verdienen? Und ein bißchen Wein und Rum dazu?«

Er schüttelte den Kopf.

»Wie ich schon sagte, John, da hast du etwas Schönes angerichtet. Versteh mich nicht falsch, das soll kein Tadel sein, überhaupt nicht. Ich hatte nur gedacht, ich hätte meinen Platz gefunden, ein bißchen Spaß und Spannung, aber trotzdem ruhig und friedlich. Ich hatte mir sogar schon ein nettes rundes Ding ausgesucht, die Tochter des Schlachters in Kinsale, kannst du dir etwas Besseres für ein gutes Leben vorstellen? Und jetzt das!« Er breitete die Arme aus.

»Und jetzt muß man wieder von vorn anfangen«, fuhr er fort. »Und alles wegen dir, John Silver. Ich mag dich, das weißt du, aber mir scheint, du bist ein gefährlicher Bekannter.«

»Alles hat seine zwei Seiten«, sagte ich.

»Jedenfalls kannst du zuhören«, sagte England, und endlich verzog er den Mund. »Aber so ist es. Alles hat wirklich seine zwei Seiten.«

»Und wie sehen deine aus?« fragte ich.

»Ja«, sagte England und zögerte, während er nach den Segeln sah, »manchmal fällt es mir schwer, zwischen richtig und falsch zu unterscheiden, Steuerbord und Backbord, oben und unten, klug und dumm, nimm was du willst, ich verwechsle es.«

»Und was ist mit Leben und Tod?« fragte ich.

»Die kann ich auseinanderhalten. Meistens.«

»Dann wollen wir uns also nicht als Piraten durchschlagen?«

England lachte laut.

»Mit diesem Schiff? Mit drei Mann an Bord? Ich mache vieles mit, aber mich dümmer stellen als ich bin, das gehört nicht dazu. Kannst du dir vorstellen, wie die Männer auf der kleinsten Brigg mit dem Finger auf uns zeigen, wenn wir ansetzen zum Entern, drei Mann, von denen einer Deval heißt? Laß uns weiter schmuggeln, aber vielleicht nach Bristol oder nach Glasgow.«

»Glasgow gefällt mir nicht«, sagte ich. »Und Bristol auch nicht so recht.«

»Nein, natürlich, das habe ich vergessen. Wohin segeln wir dann?«

An das Weitere möchte ich mich am liebsten nicht erinnern, doch im Namen der Wahrheit kann ich es kaum mit verlegenem Schweigen übergehen. Wir müssen die tölpelhaftesten Schmuggler gewesen sein, die jemals im Kanal ihr Unwesen trieben, ein Hohn unserer Zunft und eine Schande für die alte *Dana.* Vielleicht konnte England navigieren und wurde mit den Jahren tüchtiger, doch nicht so, daß es störend wurde, denn zwischen Steuerbord und Backbord unterscheiden, das konnte er noch lange nicht. Auf langen Reisen mochte das angehen, wo man nach dem Kompaß gehen konnte, aber in engen, gewundenen Einfahrten oder bei schnellen Manövern war es wie verhext. Zu Recht wurde er bekannt als Schiffer, der tat, was ihm gerade in den Sinn kam.

Manchmal konnte das Vorteile haben, und ich weiß nicht, wie viele Zollboote England getäuscht hat, ohne daß er es auch nur geahnt hätte.

Daß Deval zu nichts taugte, versteht sich, ganz abgesehen davon, daß er melancholisch und weinerlich wurde, wenn er sich nur die Lippen benetzt hatte. Er vergoß Ströme von Tränen über den toten Dunn und dessen Tochter Elisa, die so gut zu ihm gewesen seien. Das begann mir auf die Nerven zu gehen, und ich versuchte, England davon zu überzeugen, daß wir diesen Hurenbengel zurückschicken mußten zu seiner Hurenmutter. Als hätte ich nicht schon ohne Devals Gejammer genug Plackerei damit, Elisa für alle Zukunft zu vergessen. England aber widersetzte sich in diesem Punkt geradeheraus. Er beharrte felsenfest darauf, auf der *Dana* gebe es einen vierten Anteil, der Elisa zustand, und daß sie niemals damit einverstanden wäre, wenn wir Deval fortjagten. Ich spielte mit dem Gedanken, mich Devals eigenhändig zu entledigen, sah aber ein, daß England mich durchschauen würde, wie gut er auch von anderen denken mochte.

Damals war die *Dana* für einen wie mich gerade das richtige Angebot. Um Deval aber zum Schweigen zu bringen, erzählte ich ihm hinter Englands Rücken fast der Wahrheit entsprechend, daß er der Sohn einer Hure sei, die ihn an Dunn verkauft hätte, als Vergeltung gewisser Dienste, deren Natur er leicht begreifen könne, und daß Dunn später ein zu gutes Herz gehabt hätte, ihn wegzuschicken. Deval wurde totenblaß und glaubte mir kein Wort, bis ich mich in Einzelheiten und Pikanterien erging. Von da an hielt er den Mund über Elisa und Dunn, aber verziehen hat er mir nie.

Am schlimmsten von allem war an Bord der *Dana* jedoch nicht Deval, sondern daß keiner von uns eine Nase für Geschäfte hatte. Entweder sie entgingen uns, oder wir wurden ein ums andere Mal an der Nase herumgeführt. Verkaufen und Kaufen, Schachern und Hökern, Zusammenzählen und Abziehen, Liebedienern und Überreden, nichts von alldem konnten wir. Für so etwas waren wir viel zu ehrlich. Aber hätten wir das rechtzeitig begriffen?

Nach England wollte ich selbstverständlich nicht segeln, wenn wir aber überleben wollten, hatten wir keine besondere Wahl. Wir investierten die Hälfte unserer Kasse in Waren, ein bißchen von allem, wie es England zufolge unter Schmugglern üblich war, Tee, Zucker, Tabak und Spitzen, und dann natürlich Brandy. Wir legten ab und hielten Kurs auf Bideford in Cornwall. Vor Lundy Island warfen wir Anker, und ich betrat die Insel mit einer gewissen Rührung, da sich hier mein Vater aufgehalten haben soll. Wenn ich aber glaubte, er hätte dort Spuren hinterlassen, hatte ich mich getäuscht. Denn welche Spuren konnte einer wie er in diesem Dasein hinterlassen, sieht man von leeren Flaschen und einem guten oder schlechten Ruf ab.

In Lee des Westwindes hinter Lundy Island lagen andere Schmuggler, die auf günstigeren Wind und schlechteres Wetter warteten, damit sie nach Frankreich kamen. Von ihnen erfuhren wir die Namen von zuverlässigen Personen an Land. Als wir aber Jameson, Esquire, einen heiteren, rundlichen Handelsmann gefunden und erklärt hatten, welche Waren wir an Bord mitführten, war er außer sich vor Heiterkeit.

»Meine Herren«, sagte er, als er aufgehört hatte, sich auf die Schenkel zu schlagen, »ich will nicht ungefällig sein. Ich kaufe den Brandy zu einem guten Preis, damit Ihr ohne allzu großen Verlust zurückfahren könnt.«

»Verlust?« fragte ich verwundert.

»Und der Tabak, der Zucker, die Spitzen?« fragte England.

»Alles von bester Qualität.«

»Das weiß ich«, sagte Jameson, »und sogar sehr gut.«

»Wie könnt Ihr das wissen?« fragte ich mit gewecktem Mißtrauen.

»Das ist gar nicht so sonderbar«, sagte er und erheiterte sich schon wieder, »den Tabak dort habe ich vor nicht allzu langer Zeit durch Beauftragte wie Euch nach Frankreich exportiert. Und wahrscheinlich täusche ich mich nicht, wenn ich behaupte, daß der Zucker und der Tee auf demselben Wege nach Frankreich gekommen sind.«

Natürlich sahen wir uns entmutigt an.

»Meine Herren«, fuhr Jameson fort, »wie ich sehe, seid Ihr neu im Gewerbe. Dies sind Waren, die von England nach Frankreich gehen, und nicht umgekehrt. Segelt mit euren Schätzen zurück nach St. Malo und verkauft sie dort zum selben Preis, den Ihr bezahlt habt, einen anderen Rat weiß ich nicht.«

»Das geht doch mit dem Teufel zu!« rief England und schlug sich mit der geballten Faust in die Handfläche.

Als wir nach unserer Rückkehr unsere zweimal geschmuggelten Waren verkauft hatten und unser Geld zählten, verfügten wir über genau denselben Betrag wie zuvor, nicht mehr, aber auch nicht weniger. Das reichte nicht zum Leben. Noch ein paar solcher Reisen und wir stünden barfuß da.

Die nächste Reise ging nach Falmouth, und der Laderaum war mit Cognac und Wein gefüllt. Unbemerkt fuhren wir in den Helford River. Wir lieferten an einen Kaufmann und handelten einen guten Preis aus. Ehe wir aber das Geld in der Hand hatten, hetzte der Kaufmann den Zoll auf uns, und wir mußten Hals über Kopf das Feld räumen.

Und so blieb es. Ein freies Leben war es womöglich, einträglich oder erhebend war es jedoch nicht. Nach sechs Reisen hatten wir genausoviel wie am Anfang, abzüglich dessen, wovon wir in der Zwischenzeit gelebt hatten. Nach der siebten Reise hatten wir die Hälfte, und da sagte ich Halt. Wenn man leben will, so dachte ich, muß man dazu auch etwas haben über Spott und Irrtümer hinaus. Man muß etwas haben, worüber man sich freut. Das muß man verlangen können.

Ich rief also den Schiffsrat zusammen, was schnell getan war, und trug meine Gedanken vor. Ich sagte, wir sollten uns nehmen, was sich anbot, statt mit dem bekannten Ergebnis zu handeln und zu schachern. Entschlossen schlug ich vor, wir sollten auf Anteil fahren, und ich wies darauf hin, daß keiner von uns bald noch etwas zu verlieren hatte. Alles wäre besser als etwas, das zu nichts führte.

»Wohin sollte es denn führen?« fragte Deval, vermutlich die scharfsinnigste Frage, die er in seinem Leben jemals gestellt hatte.

Ich antwortete nicht, sondern wandte mich an England.

»Und was hast du zu sagen?« fragte ich ihn. »Daß es noch schlimmer sein könnte?«

»Ja«, antwortete England, »das könnte es wirklich.«

Ich gab ihnen alle möglichen Schimpfnamen, was aber nicht sonderlich half.

»Du kannst doch einfach gehen«, sagte England.

Und damit hatte er, trotz allem, recht. Meiner Wege gehen konnte ich immer.

Jedoch nicht mehr lange, wie sich zeigen sollte. In den bretonischen Küstenstädten waren Gerüchte im Umlauf, ein Friede stehe bevor, was immer das solchen wie uns nutzen sollte. Die Preise für geschmuggelten Wein und ähnliches würden fallen, die Heuer der Seeleute desgleichen, wie es stets der Fall war, wenn die Flotte mit dem Abrüsten und der Entlassung von Leuten begann, und ich wäre vor der Hakenhand des Gesetzes nicht mehr sicher.

Als der Friede dann mit Fanfaren und öffentlichen Kundgebungen in jeder Stadt an der Küste proklamiert wurde, begann England davon zu sprechen, er wolle mit der *Dana* zurück nach England und zu Elisa fahren, was mir die ärgsten Schauer über den Rücken jagte. Denn soviel wußte ich mit Sicherheit, Elisa wiederzubegegnen war gleichbedeutend mit dem Ausheben meines eigenen Grabes, wie immer es aussehen mochte.

Vorsichtig, um nicht Englands und am Ende sogar Devals Mißtrauen zu wecken, bemühte ich mich, ihnen verständlich zu machen, welche unübersehbaren und geradezu lebensgefährlichen Konsequenzen eine Rückkehr für mich haben konnte. Ich appellierte, ich bettelte, ich flehte, aber nichts half. Meine Wortgewandtheit reichte nicht aus, um Englands Ehrbarkeit zu besiegen, und auch bei Deval erreichte ich nichts. Denn wie auch immer, ich hatte ihm das bißchen Ehre und Redlichkeit geraubt, das er besaß.

Infolgedessen hatte ich kaum eine andere Möglichkeit, als die Sache in die eigene Hand zu nehmen. Ich wollte ihnen nicht übel, so war ich nicht. Wie hätte ich ihnen feindlich gesonnen sein sollen, nur weil sie anderer Meinung waren als ich – wäre dies mein Maßstab gewesen, hätte ich schließlich die halbe Menschheit hassen müssen. Meine Absicht war lediglich, die Herren für einige Jahre auf andere Bahnen zu bringen, bis das Ärgste vergessen war und sich alles verändert hatte.

Zu dieser Zeit lag in St. Malo ein Schiff, das für die Reise in die Kolonien ausgerüstet wurde. Überall in der Stadt gab es Anschläge mit verlockenden Angeboten. Im Austausch gegen drei Jahre Arbeit auf einer Plantage eine unentgeltliche Reise, dazu Hilfe, um in einem Land mit unvergleichlichem Klima und ungeahnten Möglichkeiten des Gelderwerbs auf die Füße zu kommen. Zwar waren drei Jahre besser als fünf wie in England; von meinen Reisen auf der *Lady Mary* aber wußte ich, wie es darum bestellt war. Die Reise war kärglich, die Arbeit war die eines Sklaven, und es gab tausend und eine Methode, mit denen man den Vertrag in die Länge ziehen konnte. Ein weißer Kontraktarbeiter besaß mindestens den gleichen Wert wie ein schwarzer Sklave, ja vielleicht sogar mehr, weil der Weiße seinen Sklavenvertrag selbst unterschrieben hatte. Und wie man sich vorstellen kann, war eben darum seine Neigung zur Flucht oder zum Aufruhr geringer.

In der Stadt erfuhr ich, die französischen Kontraktarbeiter würden nach ihren drei Jahren wirklich freigegeben. Man brauchte ganz einfach mehr Menschen, die Land roden konnten, heirateten, Nachkommen zeugten, Waffen trugen und all das, was die Kolonien am Leben erhielt. Sogar ganze Schiffsladungen mit Frauen wurden zu den Inseln gebracht, damit die Männer blieben. Ogeron, der frühere Gouverneur von Tortuga, hatte stets seinen großen Tag, wenn er die Verlosung der Frauen hinter sich gebracht hatte, zumeist Huren und Frauen von zweifelhaftem Ruf, aber zäh und mit flinker Zunge. Es hieß, diese statt im Heiligen Geist mit der Hilfe Fortunas geschlossenen Ehen hielten ebensolang wie alle anderen. Jetzt fällt mir auf, daß dies eine der Angelegenheiten war, über die ich mit Defoe hätte sprechen sollen, gerade mit ihm, der zum Beweis der Vortrefflichkeit der christlichen Ehe ein ganzes Werk von vierhundert Seiten geschrieben hat.

Der Umstand, daß die Franzosen ihre Kontraktarbeiter freigaben, entschied die Sache. Ich nahm Kontakt mit einem Crimp auf und bot ihm geradeheraus fünfzig Livres, wenn er dafür sorgte, daß sich England und Deval als Kontraktarbeiter beim Ablegen der *Saint Pierre* an Bord befanden.

Wie er zu Werk ging, kümmerte mich nicht, doch wirklich und wahrhaftig befanden sich beide Herren an Bord der *Saint Pierre,* als das Schiff an einem klaren Sommertag bei östlichem Wind ablegte. Ich sah, wie sie an der Reling standen und hinüberspähten zur *Dana,* um einen Blick auf mich zu erhaschen, in dem sie bestimmt nur den guten Kameraden sahen, der ich tatsächlich sein konnte, wenn mir danach war. Glaubte ich dem, was der Crimp sagte, als er seine fünfzig Livres erhielt, hatten England und Deval nicht die geringste Ahnung, wer hinter ihrer neuen, vielversprechenden Zukunft in einem Land mit unvergleichlichem Klima und ungeahnten Möglichkeiten steckte. Gutgläubig hatten sie sich mit nicht wenig Likör und Cognac und ein wenig Hilfestellung von den Handlangern des Crimps verlocken lassen, so wie stets. Ich war also, so glaubte ich, Deval und England los. Was ich bekanntlich zu früh glaubte.

Einige Tage später verkaufte ich die *Dana* und erhielt meine hundert Livres zurück, mein einziges Vermögen, und begann ernsthaft über mein Schicksal und meine Abenteuer nachzudenken. Dort, wo ich mich befand, konnte ich angesichts der engen und im Zeichen des Friedens gepflegten Verbindungen zwischen Irland, England und Frankreich nicht bleiben. Nach allem, was ich in Tavernen und Kneipen gehört hatte, glaubte ich allmählich, Westindien sei auch für einen wie mich ein geeigneter Ort. Einige Monate später, als eine dänische Fregatte im Hafen auftauchte, die für Westindien bestimmt war, musterte ich an. Der Kapitän war Engländer, wie sich zeigen sollte, obendrein ein ausgedienter Kapitän der Kriegsflotte, der sich den Anschein gab, nach wie vor im Dienst eben dieser Flotte zu stehen. Und das Schiff mit dem klingenden Namen *Sorgenfri* hatte zwar Westindien zur Destination, indessen sollte es vorher nach Guinea, um dort Sklaven zu kaufen. Hiervon aber war mir nichts bekannt, als ich im Jahr des Herrn 1714 mit meinem Hab und Gut, im Besitz von hundert Livres an Bord stieg, um ein neues Leben als freier Mann auf den Meeren dieser Welt zu beginnen, mein drittes notabene.

13

Heute morgen, als die Sonne am Horizont aufstieg, bestand der Himmel aus Ruhm, ohne daß das eine sonderliche Freude gewesen wäre. Das Rot verkündet Regen, und die bleigrauen Wolken, die im Westen hinter den Bergen lauern, werden das tiefe Glänzen des Meeres rasch in ein unruhiges Wogen verwandeln.

Mein erster Gedanke heute morgen war, dort weiterzumachen, wo ich gestern geschlossen habe, dann aber dachte ich darüber nach, ob es denn nicht nur aus Gedankenlosigkeit geschah, wenn ich mich an den Verlauf meines Lebens in zeitlicher Reihenfolge, ja geradezu mit der Präzision eines Chronometers erinnert habe. Hatte ich mir nicht vorgestellt, daß das einzige Leben, von dem ich behaupten konnte, es gehöre mir, gerade jenes war, das mir im Kopf herumspukte, ganz wie die Winde der Erinnerung gingen? Und hatte ich nicht geglaubt, daß es sich bei diesem Leben um einen einzigen Tumult handelt, in dem eines das andere überdeckt – zuerst das Bein, dann Deval, anschließend Dunn und womöglich Edward England, so daß letzterer mich dazu führte, mich an Plantain zu erinnern, selige Erinnerung, die mich wiederum zu Defoe brachte – und so weiter, bis ins Unendliche und bis ich leer war? Doch ich schrieb auf, daß ich geboren wurde, ein unnötiger Hinweis, will mir scheinen, und dann folgte Schlag auf Schlag: War es Gedankenlosigkeit? Ja, vielleicht, doch auch Neugier, so als handelte es sich bei meinem Leben um eine jener guten Geschichten, die man vor dem Mast erzählte. Wie um alles in der Welt hat es so kommen können, wie es kam, frage ich mich. Wußte ich vielleicht, daß dieses zweite Leben, dieses Durcheinander von aufblitzenden Erinnerungen, gar nicht niederzuschreiben ist? Auch dieses Leben ist nicht wahrer als das andere, das mit der Geburt oder anderswo beginnt, denn trotz allem finden beide Leben ja Platz in meinem Kopf. Was die Wahrheit des Lebens betrifft, so weiß ich also weder aus noch ein.

Hätte Defoe mir hierbei helfen können, Defoe, der schrieb, um seinem eigenen Leben zu entkommen? Nein, bin ich versucht zu antworten. Er brachte andere dazu, seinen Worten zu glauben, kannte aber unter den Hunderten von geliehenen Namen, deren er sich bediente, um frei und ungestraft davonzukommen, seinen eigenen Namen nicht. Schließlich war es sein Beruf, den Lesern etwas vorzuschwindeln. Er war Geheimagent und freier Schriftsteller zugleich. Kann man es besser treffen? Kann man sich mehr wünschen vom Leben? Herr Defoe, Ihr und ich, wir waren ein ungleiches Paar, doch daran, daß wir im »Angel Pub« in London aufeinanderstießen und uns kennenlernten, war nichts Bemerkenswertes. Ihr, der Historiker der Piraten, und ich, ein seltener Zeuge aus erster Hand.

Zu dieser Zeit war ich einige Jahre mit England in der Karibik und im Indischen Ozean gesegelt. Mit der *Fancy* hatten wir mehr und üppigere Prisen gemacht als die meisten anderen, und fast alle kampflos, denn meist waren wir hundertfünfzig Mann, und welche Besatzung eines Handelsschiffes von höchstens dreißig Seeleuten kämpft bis zum letzten Blutstropfen, nur um den Gewinn der Reeder und ihre eigenen dürftigen Heuern zu verteidigen? Zwar gab es törichte Kapitäne, die um ihrer Ehre willen Widerstand befahlen und doppelt bezahlen mußten, mit dem Schiff und seiner Ladung und mit Blut und Tod. Zu wessen Nutzen? Und dann gab es natürlich Kapitäne, die nur um ihr Leben kämpften, Tyrannen, die sehr wohl wußten, sobald die Flagge gestrichen war, würde die Rechnung gemacht. Edward England hatte seine schwachen Seiten, und hätte er selbstherrlich bestimmen dürfen, dann wären auf den Schiffen, die wir ohne

Pardon enterten, viele Kapitäne, Superkargos und Pfarrer zwar ausgeplündert worden, doch sie hätten überlebt. England aber wurde vom Schiffsrat überstimmt, falls er seine Stimme zuletzt überhaupt noch erhob, und war die Besatzung dazu verhört worden, wie man sie behandelt hatte, war Hinrichtung die Regel. Es verhielt sich so, wie England es eines Tages ausgedrückt hatte: Der einzige Gegensatz, den er ausmachen konnte, war der zwischen Leben und Tod.

Und darum kam es auch, wie es kam. England wurde abgesetzt, rettete sich aber nach Madagaskar, gegen alle Odds, von meinem abgesehen, ich setzte dagegen und gewann. Er fand eine Freistatt bei Plantain und kam glänzend zurecht, bis es Zeit für ihn war, die Flagge für immer zu streichen.

Nach seiner Absetzung blieb ich für einige Zeit mit meinem neugewonnenen Papagei bei Taylor an Bord, wenn auch ohne sonderliche Freude oder Lust. Die reiche Beute der *Cassandra* und die riesige Lösegeldsumme für den Vizekönig von Goa waren für die meisten Gift. Plötzlich verfügte jeder über das Vermögen, von dem er geträumt und geschwafelt und das er für das Höchste im Leben gehalten hatte. Und was geschah? Die meisten wurden verrückt. Sie warfen mit Geld um sich, als handle es sich um brennende Lunten, und soffen, als sei ihr letztes Stündlein gekommen. Nur Piaster und Juwelen, Prisen und Beute hatten sie im Kopf gehabt, wenn sie ausgelaufen waren, und nun, als sie so viel bekommen hatten und man ihnen damit die Mäuler gestopft hatte, wußten sie nicht, was sie aus sich machen sollten. Das war kläglich, und es mit anzusehen und mit zu durchleiden, war eine Schande.

Als ich erfuhr, daß England lebte, brachte ich meinen Anteil an einen sicheren Ort und versuchte, so schnell wie möglich nach Ranter Bay zu kommen. Ich blieb bei ihm, bis er starb, und sorgte dafür, daß er ein anständiges Ende fand, so anständig, wie es nur sein konnte, nach allen Vorwürfen, die er sich in seinem Gewissen machte, ehe er die Flagge für immer einholte. Ich vermute, daß mich seine Reue nervös machte, denn noch lange Zeit danach wußte ich nicht, wie es um mich stand. Ich begann mich zu fragen, worunter einer wie ich denn zu wählen hatte. Welchen Wert hatte es eigentlich, auf dieser Seite des Grabes Long John Silver zu sein? Welches Gewicht hatte einer wie ich im Aufruhr des Lebens? Würde es überhaupt einen Unterschied machen, ob ich lebte oder ob ich tot war? Wohin führte letztlich dieser breite Weg, der nunmehr der einzige zu sein schien, den ich mit beiden Füßen betreten konnte? Gab es noch eine Zuflucht im Leben?

Fragen wie diese gingen mir durch den Kopf und machten mich niedergeschlagen und kraftlos.

Was mich wieder auf den richtigen Kurs brachte, war die Strafunternehmung von Matthews und die Entdeckung, daß man eine Expedition ausgerüstet hatte, die den Befehl erhielt, eine wahrhaft klägliche Existenz aufzugreifen und nach Hause, an den englischen Galgen zu bringen, nämlich Plantain, einen Glücksritter kleineren Formats, der sich mit einer Anzahl Huren von unterschiedlicher Art und Hautfarbe zurückgezogen hatte. Warum? so fragte ich mich, während ich zur Verteidigung unseres Lebens schoß und mit dem Säbel um mich schlug, wie niemals zuvor in meinem Leben. Warum schickte man Marinesoldaten um die halbe Welt, zwang sie, ihr Leben zu wagen und womöglich zu sterben, damit der Pöbel zusehen konnte, wie Plantain gehängt wurde? Gab es denn in der engeren Nachbarschaft nicht genug Gesindel?

Ich erkannte, daß ich von der Welt mehr sehen und verstehen mußte, um so gut wie nur möglich leben zu können, ehe ich starb. Ich war gesetzlos und vogelfrei, auf meinen Kopf war ein Preis ausgesetzt, gegen wen aber sollte ich kämpfen, vor wem sollte ich auf der Hut sein? Ich mußte einer Hinrichtung in London beiwohnen, mußte die Schreie der Menschenmenge hören, mußte das Gesicht des Henkers und die Blicke der Wächter sehen, mußte Geruch und Geräusche einer Hinrichtung körperlich empfinden und auf der Haut fühlen, um die ich so besorgt war. Stets hatte ich den Anblick des Galgens wie die Pest gemieden, aber wurde mit ihm nicht ein Leben wie meines und das Plantains gemessen? Ich hatte von mir geglaubt, ich wäre mutig, wenn ich als erster mit dem Säbel auf ein feindliches Deck sprang. Mut aber bestand darin, den Galgen stets vor Augen zu haben, zu wissen, daß das Todesurteil der einzige Maßstab für ein Leben wie das meine war. Lebte man unter einem solchen Urteil und war man der Schlinge um den eigenen Hals stets gewärtig, gab es zu Zweifeln oder Hoffnungslosigkeit keinen Grund. Man kannte seinen Wert. So glaubte ich.

Also beschloß ich, mich bei der ersten besten Gelegenheit nach London zu begeben, um zu sehen und zu lernen. In Diego Suarez heuerte ich als Unbefahrener auf einer Brigg an, die Rohrzucker nach London brachte. Wenn ich mich recht entsinne, so nannte ich mich Zeewijk und täuschte einen Flamen vor. Ich glaube, niemals habe ich so gelitten. Kein einziger Laut sprachlicher Natur durfte schließlich über meine Lippen dringen. Ich stöhnte und knurrte oder lachte wie ein Schwachsinniger, das war mein ganzes Register. Dies lehrte mich eines: In der Hölle, sollte es sie geben, sprechen alle ihre eigene, besondere Sprache. Doch ich verbarg mein flinkes Maul so gut, daß sich niemand auch nur flüchtig zu dem Verdacht veranlaßt sah, daß ich mit zahllosen Worten schwanger ging, die in meinem Körper darauf drangen, hervorzukommen. Unter den Offizieren rief ich mit meinen seemännischen Kenntnissen, mit meiner Bereitwilligkeit und meiner Nüchternheit Erstaunen hervor, während die gleichen Gründe unter der Mannschaft zu bösem Blut führten. Mir war das gleichgültig.

So hielten wir Kurs auf London und liefen ein, ohne daß Herr John Silver in den ganzen zwei Monaten ein einziges redliches Wort geäußert hätte und dem Schwachsinn so nahe war, wie seither niemals wieder.

Ich erhielt meine erbärmliche Heuer, musterte ab und tauchte ein in die stinkende, siedende Wirrnis des Lebens der Stadt London. Wir hatten im Pool Anker geworfen, eine breitbäuchige Brigg unter Tausenden anderen Schiffen, die weitere Reichtümer in die strotzenden Kassen Englands brachten. War dies nicht ein Anblick für Götter, dachte ich, wenn sie denn Augen zum Sehen hatten? Tausende von Masten, ein entlaubter Wald im Herbst. Schuten, Prahme, Leichter, Barkassen und wie immer sie noch heißen mochten, eilten hin und her. Matrosen, Schauerleute und Wasserträger kamen und gingen, luden und löschten, schrien und fluchten, lachten, wenn auch nicht häufig, denn so vergnüglich war es auch wieder nicht, schnatterten wie die Gänse, trugen und schleppten, stürzten und erhoben sich wieder oder bisweilen auch nicht, rüsteten zu und rüsteten ab.

Im Dock von Billingsgate lagen Hunderte Kohlenprahmen vor Anker. Hier befanden sich auch die Trockendocks und die Werften. Spantenskelette ragten hinter Plankenzäunen auf, das Geräusch von Hammerschlägen und Sägen war zu hören. Aus den Schwartenboxen, in denen das Holz weich gemacht und gebogen wurde, stieg Dampf auf. Teergestank drang in Nase, Hals und Augen. An den Kais fand man Schiffsausrüster, Segelmachereien, Reepschlägereien und all die Gewerbe, die benötigt werden, wenn man ein Schiff bauen und ausrüsten will.

Noch niemals zuvor hatte ich eine solche Ansammlung von Schiffen gesehen, der Vorrat an Prisen, die geplündert werden wollten, schien unermeßlich zu sein. Nicht nur London, Bristol und Glasgow gab es schließlich, die ich mit eigenen Augen gesehen hatte, waren da nicht auch noch Portsmouth, Southampton und all die anderen englischen Häfen? Wie viele Schiffe mochte es auf dieser Seite des Atlantiks geben? Dreißigtausend? Und wie viele Glücksritter?

Ich zählte alle auf, von denen ich in der Zeit mit Edward England gehört hatte. Zwanzig vielleicht. Fliegenkot und Mücken, mehr waren wir nicht.

Wie kam es aber dann, daß wir eine Zeitlang den Handel mit Westindien fast zum Erliegen gebracht hätten? Nicht, weil die Reeder ruiniert gewesen wären, so viel begriff ich jetzt. Die Zahl der Schiffe, die mit ihrer Fracht zurückkehrten und Gewinn abwarfen, war groß genug. Nein, es muß die Angst gewesen sein. Es lag an unserem Ruf. Sich aber vorzustellen, daß wir den Handel mit dem, was über uns erzählt wurde, in die Knie gezwungen hatten, mit nicht mehr als vagen Behauptungen und wilden Phantasiegeschichten! Welche Ermunterung für mich! Diese Tausende von Schiffen und die Wirklichkeit, daß wir, die anderen, ein Schock Mücken waren, das vertrug sich schlecht mit der Angst und dem Entsetzen der Bevölkerung.

Einige Tage lang irrte ich herum, um zu sehen, wie alles bestellt war. Ich sah die fetten, wohlhabenden Institutionen, die die Reeder und ihre Schiffe mit Kapital versahen. Staunend stand ich vor den Gesellschaften, die alles versicherten, von der Mannschaft abgesehen, Royal Exchange und London Exchange. Mit offenem Mund stand ich vor den Kompanien, East India, South Sea und Royal African mit ihrer Pracht und ihrem Pomp. Vor dem Excise Office mit seinen Tausenden Bediensteten, die nichts sehnlicher gewünscht hätten, als einen wie mich festzusetzen, war ich auf der Hut.

Ja, wenn ich etwas lernte, dann, wie wenig ich bis dahin darüber gewußt hatte, wie diese Welt eingerichtet war. Wir wußten nicht, welch unerschöpfliche Summen gewagt, gewonnen und verloren wurden. Wie sonst hätten wir uns selbst für unüberwindlich halten können, wie manche sich das einbildeten: Roberts, Davis und die anderen, die die ganze Welt mit ihren Proklamationen herausforderten? Nein, das erste mußte sein, das eigene Glück zu suchen, denn das Risiko, als Schiffswurm zertreten zu werden, war allzu groß.

Darum ging ich schließlich in der Eigenschaft eines soeben geschaffenen Zollrichters Powell zur Admiralität und holte Auskünfte ein über den niederträchtigen Piraten John Silver.

»Ist er registriert?« fragte ich.

»Wir haben seinen Namen hier«, sagte ein Papierumdreher, dessen bläßlich fette Haut in Auflösung begriffen war und der dringend frische Luft benötigt hätte.

»Meuterer auf dem Schiff *Lady Mary,* untergegangen beim Old Head of Kinsale. Angezeigt von einem Kapitän Wilkinson. Das ist alles. Offenbar weiß niemand, was aus ihm geworden ist.«

»Ich weiß es«, sagte ich gebieterisch, obwohl im Inneren ein wenig widerstrebend. »John Silver ist tot. Man hat ihn einen Kopf kürzer gemacht, als Matthews neulich das Piratennest auf Saint-Marie gestürmt hat. Den Mann könnt Ihr getrost aus Euren Verzeichnissen streichen.«

Der Blasse tat, was ich ihm sagte, und damit war ich aus der Welt. Mit leichtem Herzen verließ ich diese Stätte des Bösen. Es war mir gewesen, als steckte ich meinen Kopf in eine Schlangengrube. Und doch habe ich, John Silver, dies getan, was mir Respekt einbrachte, als ich kurz darauf nach Westindien zurückkehrte und mich nicht viel später Flint anschloß.

Das Täuschen und Verstellen ging wahrhaftig leicht, denn es lag mir im Blut. Hatte ich es jedoch vorher nicht gewußt, so erfuhr ich nun in London, daß das einzige, was auf dieser Seite des Grabes zählt, ist, daß andere einen für ehrenwert halten. Mit diesem Vorschuß konnte man Großtaten vollbringen und sich Extravaganzen erlauben. Dort, in London, unter sogenannten respektablen Menschen, mußte man jedoch nicht nur unaufhörlich auf der Hut sein, damit man nicht über den Haufen gerannt wurde, ein lautes Mundwerk reichte da nicht aus. Man mußte auch noch Augen im Nacken haben.

14

Unter allen bekannten Namen und Orten war der »Angel Pub« der Ort, an dem man Hinrichtungen verfolgen konnte. Es war bekannt, daß dort stets Richter Jeffries gesessen hatte, um die Ausführung seiner Todesurteile mit einem Krug Bier hinunterzuspülen, ohne sich unter den Pöbel auf dem Exekutionsdock zu mischen, wo sich die Galgen wie Vogelscheuchen erhoben, um Leuten wie mir Angst einzujagen.

Als ich dorthin kam, baumelten drei Verurteilte an ihren Galgen. Sie streckten mir ihre blauschwarzen Zungen entgegen oder das, was davon übrig war, denn Dohlen, Krähen und Möwen hatten das ihre getan. Schwärme von Schmeißfliegen umkreisten sie mit emsigem Summen, und sogar Ameisen konnte ich erkennen.

Dies war der Tod, dachte ich. Diejenigen, die bei den Gefechten der *Walrus* getötet worden waren, waren warm und menschlich gewesen, wenn wir sie über Bord geworfen oder im Sand vergraben hatten. Es hatte Leichen gegeben, mit Messerstichen im Rücken, die ebensogut lebendig hätten sein können. Hier dagegen brauchte man sich, bei Gott sozusagen, nicht zu fragen, ob die Letzte Ölung, sollte sie denn erwünscht sein, angebracht war.

Im Vorübergehen zog ich eine der Leichen an den Beinen. Die Luft wurde schwarz von Insekten, und der Körper schwang hin und her wie das Pendel einer Ewigkeitsmaschine. Eine gelbliche, stinkende Schmiere tropfte auf den Boden, für die Schmeißfliegen, die sich in Trauben um sie scharten, stellte sie offenbar eine außerordentliche Delikatesse dar. Zum Vergnügen zertrat ich ein paar hundert und verjagte die Vögel. Auch ich war nur ein Mensch, mochten zahllose Menschen auch das Gegenteil behaupten.

»Gott segne Euch!« hörte ich eine krächzende Stimme hinter mir sagen.

Ich drehte mich um und sah eine vertrocknete Alte, die kaum noch am Leben war.

»Warum, um alles in der Welt, sollte Gott so etwas tun?« fragte ich.

»Weil Ihr die Fliegen und die Vögel verjagt habt«, sagte sie.

»Das bißchen Segen reicht nicht aus«, sagte ich, so freundlich ich konnte, und wenig war das nicht. »Hättest du soviel Glück im Leben wie ich, würdest du sehen, daß es Gottes unergründlicher Wille ist, Vögel und Gewürm mit sündigen, gehängten Leichen zu ernähren. Und dann bin ich Gottes Willen zumindest zuvorgekommen.«

»Mein Sohn ist kein Sünder!« sagte die Alte.

Ich folgte ihrem Blick und betrachtete eine der drei Leichen näher, ohne auffallende Ähnlichkeiten feststellen zu können.

»Was hat er denn verbrochen, daß er hier gelandet ist?« fragte ich.

»Er hat Kaninchen auf dem Land des Herzogs geschossen. Wir hatten nichts zu essen, mein Herr, ich schwöre Euch, daß es so war.«

»Wird man in diesem Land denn für alles gehängt?« rief ich, wußte aber, daß es so war. Wie viele waren schließlich Glücksritter geworden, weil sie wegen irgend etwas gehängt werden sollten, Bagatellen zumeist. Und hatte ich auf meinen Wanderungen durch London nicht die Bekanntmachung der neuen Shoplifting Act gesehen, die überall angeschlagen war? Künftig, so stand dort geschrieben, werde jeder Diebstahl einer Sache, deren Wert fünf Shilling überschritt, mit dem Tod bestraft. Auf diese Weise erfuhr man jedenfalls den Wert eines Menschenlebens. Fünf Shilling! Dafür, daß einer Kaninchen schoß, die sich doch ohnehin vermehrten!

Eine ganze Weile stand ich vor den drei Leichen und

versuchte, mir den Anblick einzuprägen. Denn ohne Umschweife und Beschönigungen, es war eben dies, was ich hatte sehen wollen. Was mir aber noch zu sehen blieb, war eine leibhaftige Hinrichtung; ihre Beobachtung fehlte mir noch, und die Lehre, die ich aus dem Augenblick des Todes selbst ziehen würde, diesem Augenblick, den ich wie nichts sonst fürchtete. Nicht den eigentlichen Tod, denn der war nichtig, sondern die Gewißheit, daß einer wie ich, der um alles in der Welt leben wollte, im Handumdrehen nicht mehr war als eine faulende Leiche, die der ganzen Welt die violette Zunge zeigte.

Ich nickte der Alten zu, die mit gefalteten Händen betete, reichlich spät, wie mir schien, und ging dann in den »Angel Pub«. Irgend jemand hatte auf die Krugtür einen Engel gemalt, der jedesmal, wenn ein Durstiger die Tür aufstieß, einen Nasenstüber bekam. Über das Lokal selbst gibt es nicht viel zu berichten, den Mann hinter der Theke womöglich ausgenommen, der vor allem an den Erzengel selbst erinnerte. Bei diesem Wesen bestellte ich ein Bier, dann sah ich mich um. Dort saßen die üblichen zusammengesunkenen Trinker aller Schattierungen und Arten. Ein einziger hob sich von der Menge ab. Ein Mann mit Perücke, die, zwar nachlässig, gepudert war, mochte sie dazu auch zerfranst sein. Vor sich hatte er einen Stoß Papiere, und seine munteren Augen betrachteten mich neugierig. Er saß an einem Fenstertisch mit einer unvergleichlichen Aussicht auf das Exekutionsdock. Der Tisch war groß, und ich ging zu ihm und fragte gesittet, wie ich meinte, ob er etwas dagegen hätte, wenn ich bei ihm Platz nahm, der Aussicht halber, wie ich hinzufügte. Er vollführte eine einladende Geste und betrachtete mich weiter unverhohlen, während ich trank und mich an den Anblick der Leichen zu gewöhnen versuchte, mochten sie auch nur von fern zu sehen sein.

»Ihr scheint Euch für Hinrichtungen zu interessieren«, sagte der Mann und folgte meinem Blick.

Ich nickte unverbindlich.

»Da steht Ihr nicht allein«, fuhr er fort. »Ihr müßtet einmal sehen, wie es hier an Hinrichtungstagen zugeht. Hier wimmelt es ebenso von Leuten, wie ein paar Tage später von Fliegen. Aber warum? Habt Ihr einmal darüber nachgedacht? Was ist daran so verlockend, daß niemand zu Hause bleibt und alle Zeugen des Unglücks anderer sein wollen? Wenn es wenigstens darum ginge, eine Seele zu sehen, die sich auf den Weg zum Himmel macht, oder in die Hölle, und hoffentlich letzteres, möchte ich übrigens meinen, wie würde das denn aussehen, wenn diejenigen, die wir hier auf Erden bestrafen, im Paradies endeten? Aber keineswegs. Es ist viel einfacher. Man möchte Menschen im Angesicht des Todes sehen, man will die Schwachen verachten, die um Gnade betteln, und aufsehen zu den Starken, die ungebeugt und mit geradem Rücken in den Tod gehen. Oder noch lieber zu jenen, die alldem ein Lachen entgegensetzen. Dies, mein Herr, das Lachen vor dem Tod, ist von allen die größte Attraktion. Immer hat man für die Lächelnden und Lachenden aufmunternde Zurufe übrig, sogar Beifall. Man möchte so gerne glauben, daß man den Tod nicht ernst zu nehmen braucht und die Rechnung ohne ihn machen kann. Das Leben wäre sonst unerträglich. Glaubt mir, die Verheißung des Paradieses und des Himmelreichs, wie sie die Priester so freigebig verteilen, hat in dieser Welt keinerlei Wirkung. Die Obrigkeit lebt in der Vorstellung, die Leute drängten sich zur Verhöhnung und Verspottung der Verbrecher um den Galgen, mit anderen Worten, aus Respekt vor dem Gesetz. Oder sogar, daß Verbrecher kommen, um sich von eigenen Verbrechen abhalten zu lassen. Aber es verhält sich genau umgekehrt. Immerhin wimmelt es von Taschendieben, wenn eine Menschenmasse sich um den Galgen schart. Genau das aber könnte man eigentlich erwarten. Menschenkenntnis, dies wage ich zu behaupten, und ich verfüge über einige Erfahrung in dieser Angelegenheit, war noch nie die starke Seite der Gerichte. Verbrecher sollten sich freiwillig einer so unangenehmen Angelegenheit wie der Betrachtung des eigenen Endes aussetzen? Was ist Eure Meinung? Welchem vernünftigen Zweck sollte ein solches Unterfangen dienen?«

»Die eine oder andere Hinrichtung, deren Zeuge man wird, kann zu einer gewissen Nachdenklichkeit führen«, sagte ich. »Wahrscheinlich ist ein Leben im Schatten des Galgens nicht leicht, wenn man überleben will.«

»Was Ihr nicht sagt«, antwortete der Mann und verzog keineswegs unfreundlich den Mund. Er sah mich zufrieden und vielleicht sogar verschmitzt an. »Ein interessanter Gedankengang. Ich werde ihn mir merken, wenn Ihr nichts dagegen habt.«

»Warum sollte ich etwas dagegen haben?«

»Schließlich ist der Gedanke von Euch gekommen. Und ich habe die schlechte Angewohnheit, mir die Gedanken anderer anzueignen. Aber wenn Ihr gestattet ...«

»Ich bitte Euch, bedient Euch nur!«

Gleichwohl war ich etwas erstaunt, als er seine Feder nahm und das, was ich gesagt hatte, fein säuberlich aufschrieb.

»Nur eine Notiz, zur Erinnerung«, sagte er, als er fertig war. »Wie Ihr seht, bin ich nicht mehr ganz jung. Ich kann mich nicht mehr richtig auf mein Gedächtnis verlassen. Es gibt so furchtbar vieles, an das man sich erinnern muß.«

Er schien darüber nachzudenken, dann gingen seine Gedanken wieder in meine Richtung.

»Und Ihr?« fragte er. »Was findet Ihr an einer Hinrichtung so interessant?«

Er fragte mit der unschuldigsten Miene, dennoch war ich augenblicklich überzeugt, daß er mich an der Nase herumführte: Und ich konnte schließlich nicht antworten, was ich wirklich dachte, ohne mich zu denen zu gesellen, die im Schatten des Galgens lebten und zu deren Sprecher ich mich gerade gemacht hatte. Oder aber der Alte hatte mich von Anfang an durchschaut, und es war ihm an meinem Verhalten oder meiner Art, mich zu kleiden, etwas aufgefallen, weshalb er mich nun dazu bringen wollte, daß ich mich verplapperte. Wer war das eigentlich, und worauf war er aus? Jedenfalls hatte er mich so weit gebracht, daß ich um eine Antwort verlegen war, wenn auch nur für einen kurzen Augenblick, und das war nur wenigen vergönnt.

»Hoffentlich nehmt Ihr mir das nicht übel«, sagte er, als könne er meine Gedanken lesen. »Ich wollte nicht aufdringlich sein. Ich habe nur beobachtet, daß Ihr den drei armen Kerlen dort drüben einige Aufmerksamkeit gegönnt habt und war neugierig. Auch eine von meinen schlechten Gewohnheiten.«

»Da haben wir etwas gemeinsam«, sagte ich erleichtert, weil ich glaubte, dem Gespräch nun eine für mich vorteilhafte Wendung geben zu können. »Ich wüßte gern, warum Ihr hier sitzt, ein Gentleman, nach allem zu schließen, mit einem Stoß Papier vor sich, ausgerechnet im ›Angel Pub‹ in Wapping, im Seemannsviertel, und warum Ihr normalen Leuten wie mir nachspioniert.«

»Spionieren!« sagte er glucksend. »Da habt Ihr, womöglich ohne es zu ahnen, ein wahres Wort gesagt. Denn spionieren, ja, genau das tue ich, und habe ich getan, solange ich denken kann. Aber nicht nur normalen Leuten spioniere ich nach, zu denen Ihr, da bin ich mir sicher, eigentlich nicht gehört. Nein, ich spioniere hinter allem und jedem her, Hohen und Niederen, gesetzestreu oder gesetzlos, hinter Gut und Böse. Ich bin ein Archivar unserer Zeit.«

Ich räumte das mit einer Handbewegung ein, aber er verstand mich nicht.

»Ihr glaubt mir nicht?« sagte er. »Seht her!«

Er legte mir ein Blatt Papier unter die Nase.

»Dazu habe ich Monate gebraucht. Könnt Ihr Euch vorstellen, Monate meines Lebens habe ich nur damit zugebracht, aufzuzählen, was es gibt.«

Was er sagte, klang bedauernd, tatsächlich aber konnte

er seine Befriedigung kaum verhehlen, über sich selbst, wie man vermuten konnte.

»Ist die Vorstellung nicht sonderbar, daß keiner außer mir eigentlich weiß, was es in diesem Ameisenhaufen namens London alles gibt? Ich habe mich bei König und Parlament erkundigt, bei Bürgermeistern und Steuerbeamten, keiner aber, könnt Ihr Euch das vorstellen, keiner von ihnen hat einen Überblick. Also sah ich mich genötigt zu zählen. Alles, von den Fleischmärkten, wovon es vierzehn gibt, wie Ihr hier seht, bis zu den Gefängnissen, ganzen siebenundzwanzig Stück, wahrscheinlich sind es ebenso viele wie in allen Hauptstädten auf dem Kontinent zusammengenommen. Das ist der Preis, wie Ihr vielleicht einseht, den wir dafür bezahlen, daß wir in dem Land leben, das von sich behauptet, es besitze mehr Freiheit als alle anderen. Ich habe die Toten und die Beerdigten gezählt und die Lebenden und Getauften, die Kranken und die Geheilten in den Hospitälern, die in Gewahrsam genommenen Vagabunden und Bettler, die zum Tode Verurteilten und die Freigelassenen, alles habe ich gezählt. Auch Kirchen. Seht her! In London gibt es dreihundertsieben Kirchen, fünfzig weitere sind geplant, die Bethäuser der Dissenters nicht mitgerechnet, weil sie nach dem Buchstaben des Gesetzes nicht existieren. Jetzt fragt Ihr Euch vielleicht, ob Gott wirklich so viele Kirchen braucht, dreimal soviel, wie es Schulen gibt, und fünfzehnmal soviel wie Hospitäler. Darauf, mein Herr, kann ich Euch nicht antworten. Man kann freilich zu der Ansicht gelangen, die große Anzahl von Kirchen habe keine Auswirkung, wenn man die Zahl der Gefängnisse in Betracht zieht, in erster Linie die allgemeinen, aber auch die Schuldgefängnisse, in denen vermögende Leute sich freiwillig einsperren lassen, bis ihre Schulden bezahlt oder der Fall abgeschrieben ist und ihnen die Schande erspart bleibt, im allgemeinen Gefängnis sitzen zu müssen. Ja, so ist es, und so etwas erfährt man nur, wenn man sich die Mühe macht, sich umzusehen, wie ein Spion, wenn Ihr so wollt, und zu rechnen, wie ein Buchhalter des Lebens. Überrascht Euch das? Könnt Ihr Euch vorstellen, daß zehn dieser Einrichtungen privat sind und daß sie gegen Bezahlung Menschen aufnehmen, die sich freiwillig einsperren lassen? Nur damit ihnen Schande erspart bleibt?«

»Nein«, rief ich heftig aus, ohne mich vorzusehen, »das kann ich mir verdammt noch mal nicht vorstellen.«

Sobald ich dies jedoch ausgesprochen hatte, erkannte ich, daß ich mich ein weiteres Mal verraten hatte. Der Alte hatte mir nicht beantwortet, wer er sei, sondern hatte statt dessen weitergeplappert, eifrig, und hatte mit nicht zu verkennender Begeisterung von seinen Rechenkunststücken berichtet, nur um mir dann ohne Vorwarnung eine Frage zu stellen, die mich betraf. Hier konnte man sich nur verbeugen, einen Diener machen, verschwinden. Ein Spiel, soweit ich es beurteilen konnte.

»Diesen Verdacht hatte ich fast«, sagte der Alte und lächelte.

»Welchen Verdacht?« fragte ich ziemlich vorsichtig.

»Daß Ihr keiner von denen seid, die dafür bezahlen, wenn man sie hinter Schloß und Riegel bringt, nur damit ihnen die Schande erspart bleibt.«

Ich wollte etwas einwenden, doch der Alte kam mir zuvor.

»Nehmt es mir nicht übel, ja, das sage ich jetzt schon zum zweiten Mal, wie Ihr vielleicht bemerkt habt, aber ich habe meine schlechten Angewohnheiten. Mein ganzes Leben lang habe ich Menschen studiert, und ich kann es nicht lassen, ich muß meine Erfahrungen und mein Wissen auf die Probe stellen, weil ich sehen will, ob sie hinreichen. Ich habe entdeckt, daß manche Menschen, ja, solche wie Ihr, mein Herr, um sich herum Platz schaffen. Verzeiht mir bitte, wenn ich das sage, aber das tut Ihr gewiß, es gibt etwas in Eurer Haltung und Eurem Blick, das mich an Piraten oder Freibeuter erinnert, und damit meine ich natürlich nicht die normale

Teerjacke, keinen, der zum Glücksritter geworden ist, damit er um die Peitsche und um Schläge herumkommt, oder weil man ihn bei einer Kaperung vor die Wahl gestellt hat, entweder das oder den Tod. Nein, ich denke an die großen Namen, an Davis, Roberts, Morgan, solche, die genau wußten, was sie wollten, und die den Becher der Freiheit bis auf den Grund geleert haben und dann ohne sie nicht mehr auskamen. Habe ich nicht recht?«

Der Alte sah mich erwartungsvoll an, und wahrscheinlich wand ich mich ein wenig unter seinem Blick. Freilich hütete ich mich, ihm eine Antwort zu geben, so dumm war ich nicht, sondern versuchte es mit einem Lachen, das indessen nicht sonderlich aufrichtig klang.

»Ihr bildet Euch doch nicht ein«, sagte ich, »daß ich Euch, der ebensogut Staatsanwalt oder Excise Officer oder sonst etwas sein könnte, sagen würde, ich sei Pirat, wenn ich es nun wider Erwarten wirklich wäre.«

»Ich glaube, Ihr habt mich falsch verstanden«, antwortete er mit demselben freundlich-hintergründigen Lächeln wie zuvor, »abgesehen davon, daß ich keineswegs der verlängerte Arm des Gesetzes bin. Ich hatte durchaus nicht die Absicht, Euch der Piraterie zu beschuldigen, ganz und gar nicht, und sicher nicht vor diesem entsetzlichen Ausblick, den wir hier genießen. Ich habe mich nur aus reiner Neugierde gefragt, ob hier nicht gewisse Ähnlichkeiten vorliegen.«

»Woher sollte ich das wissen?« gab ich zur Antwort.

»Vielleicht«, fuhr der Alte unverdrossen fort, »lebt Ihr in der Vorstellung, daß Ihr gar keine Ähnlichkeiten mit anderen aufweist, daß Ihr einzigartig seid. Ich habe entdeckt, daß es auch von solchen Menschen leider eine ganze Anzahl gibt, insbesondere unter dem Adel, doch meine aufrichtige Meinung und meine Erfahrung sagen mir, daß sie eigentlich nur hochmütig und eitel sind. So zu sein wie andere ist in der besseren Gesellschaft eine ärgere Sünde als all die anderen

Sünden, von denen ich Euch erzählen könnte. Man hat einfach das Erste Gebot von Grund auf mißverstanden. Gott hat nicht Seinesgleichen und will es auch nicht. Ist aber nicht das Erste Gebot ein Gebot der Eitelkeit und des Hochmuts? Gott selbst ist uns nicht mit gutem Beispiel vorangegangen. Spaß beiseite, Demut hat sich Gott nicht auf die Fahnen geschrieben, und deshalb, mein Herr, wollen wir uns alle erheben, über unsere Fähigkeiten, über unseren Stand, über alle anderen. Wir sind wie trotzige Kinder. Wir wollen uns in vorteilhaftem Licht zeigen, zumindest aber anderen nicht gleichen, denn dann sind wir nichts.«

»Gott hat mir noch nie geschmeckt«, sagte ich heftig.

Wieder verzog der Alte den Mund.

»Auch das habe ich mir mühelos denken können. Und ich gebe Euch gerne zu, daß Ihr, ob Pirat oder nicht, anders seid als andere.«

»Ich glaube, jetzt liegt das Mißverständnis auf Eurer Seite. Ich habe nicht gesagt, daß sich meinesgleichen nicht finden ließe.«

»Nein, vielleicht nicht. Aber Eure Worte überraschen mich wirklich, und ich habe viel gehört, das kann ich Euch versichern. Heute schenkt mir nichts mehr Befriedigung, als in Erstaunen versetzt zu werden. Darf ich Euch deshalb zu einem Bier einladen, in bester Absicht und ganz unverbindlich, abgesehen davon, daß wir diese für mich so lohnende Unterhaltung fortsetzen.«

Auch ich selbst war nicht wenig erstaunt. Ich wußte mit diesem so scharf und abgezirkelt denkenden Mann, wie ich in seiner Art noch keinen kennengelernt hatte, nichts anzufangen. Ganz deutlich zeigte er mir sein Interesse, doch während mir von ihm nichts bekannt war, schien er mit seinen Fragen bereits verschiedenes über meine Person in Erfahrung gebracht zu haben. Ich hatte Angst, mich zu verplaudern, wenn es so weiterging, wie es begonnen hatte. Ich hatte mit diesem Alten nichts zu schaffen, wollte es auch nicht, abgesehen davon, daß ich gerne gewußt hätte, mit wem ich da redete.

»Mir scheint«, sagte ich darum ernsthaft, »als ob Ihr, mein Herr, mich über verschiedenes ausgefragt habt, nicht in böser Absicht möglicherweise, aber ich meine dennoch, daß meine Person für Euch oder für irgendeinen anderen von besonderem Interesse ist. Wenn wir uns also weiter unterhalten wollen, wäre es vielleicht angemessen, wenn wir uns vorstellten.«

»Aber natürlich, natürlich«, antwortete der Alte. »Ich heiße Johnson. Und Ihr?«

»Long«, antwortete ich. »Und vielleicht nennen wir, in aller Offenherzigkeit, auch noch unsere Berufe?«

»Buchhalter«, sagte der Alte.

»Kaufmann«, sagte ich, doch im selben Augenblick begegneten sich unsere unschuldigen, aufrichtigen Blicke, und wir brachen beide in schallendes Gelächter aus, daß dem Alten sogar die Perücke verrutschte.

»Ich glaube, es ist besser, wir fangen noch einmal von vorn an«, sagte er. »Selbstverständlich mit aller nur denkbaren Diskretion. Auf beiden Seiten.«

Er hielt mir seine Hand hin.

»Mein Name ist Defoe«, sagte er. »Nicht gänzlich unbekannt vielleicht, auch Euch nicht, aber ein Name, den man bisweilen etwas ungern trägt, insbesondere jetzt, wo ich bis über beide Ohren verschuldet bin. Beruf Skribent. Und Ihr?«

»John Silver, kein so berühmter Name wie Eurer, aber vielleicht angenehmer zu tragen, zumindest in manchen Kreisen. Beruf ...«

»Quartermeister bei Edward England«, unterbrach mich Defoe, wenn auch leise, damit es im Lokal keiner hörte. »Derzeit vermutlich arbeitslos, da man England vor Madagaskar aufs Trockene gesetzt hat. Es freut mich, Euch kennenzulernen, und das vielleicht mehr, als Ihr jemals ahnen werdet.«

Er vollführte eine abwehrende Handbewegung.

»Ihr braucht nicht so erstaunt auszusehen. Es ist nur so, daß ich ein Buch über Piraten vorbereite, die erste vollständige Beschreibung von den Verbrechen und Sünden der Piraten. Ja, ich habe in diesem Genre schon ein wenig dilettiert. Ich habe ein Theaterstück über Kapitän Avery geschrieben, leider kein sonderlicher Erfolg. Dann habe ich den Bericht über das Leben von Kapitän Singleton herausgegeben. Der hat sich besser verkauft, man hat mehrere Auflagen gedruckt. Vielleicht habt Ihr ihn gelesen?«

»Nein«, sagte ich, »ich hatte nicht die Ehre. Aber Robinson Crusoe. Wer hätte Crusoe nicht gelesen?«

»Ich muß schon sagen, ein Glücksritter und belesen obendrein. Doch, ich weiß, solche gibt es auch. Roberts zum Beispiel. In seinen Proklamationen ein großer Stilist. Ich glaube, Ironie war seine zweite Natur.«

Defoe nahm ein Buch aus einer Tasche, die neben ihm stand.

»Hier habt Ihr den ›Kapitän Singleton‹. Ich nehme mir die Freiheit, ihn Euch zur Lektüre zu empfehlen. Ich wäre Euch für ein Urteil über Glaubwürdigkeit und Wahrheitsgehalt sehr dankbar. Die Menschen hier in England sind so leicht zu übertölpeln und so gutgläubig, sie leiden regelrecht am Glaubensfieber. Sie glauben felsenfest, diesen Singleton hätte es wirklich gegeben, in den Zeitungen stand sogar schon, er hätte die Quellen des Nils entdeckt. Ich kann darüber nur lachen. Immerhin habe ich das alles von Anfang bis Ende erfunden. Nein, die Leute, und sogar gebildete unter ihnen, wollen einfach glauben, daß was gedruckt wurde, wahr ist. Die können kein Maßstab sein für mich. Einer wie Ihr jedoch kann entscheiden, ob meine Vermutungen über Wesen und Natur der Piraten zutreffen. Wollt Ihr mir diesen Gefallen tun?«

»Selbstverständlich«, antwortete ich.

»Und mir bei meinem Buch über die Piraten vielleicht ein

wenig helfen, darf ich auch diese Bitte an Euch richten? Wißt Ihr, nach dem Avery habe ich Blut gerochen, mit Verlaub. Euch muß der Himmel geschickt haben, weil Ihr im passenden Augenblick kommt.«

»Eher der Teufel«, sagte ich, »bei allen Kanonen, die diese Welt in Ordnung halten.«

»Und ob, und ob, guter Mann. Wir haben viel zu besprechen, wer immer Euch geschickt hat, das kümmert mich wenig. Wenn Ihr mir also die Ehre antun möchtet. Doch zuvor etwas, um unseren Durst zu löschen. Und wenn Ihr auf meine Rechnung Bier oder Rum für uns beide bestellen würdet, dann bereitet das niemandem mehr Freude als mir, da ich einen so weitgereisten Mann wie Euch zu Gast habe.«

Also stand ich auf, ging zur Theke und bestellte bei der Mißgeburt dahinter zwei Bier und zwei Rum, auf Rechnung Herrn Johnsons.

»Dafür müßt Ihr selbst blechen«, grunzte der Mann. »Hier wird nicht auf Kredit getrunken. Die Leute saufen sich zu Tode, bevor sie bezahlen.«

Ich drehte mich um, und hol mich der Teufel, wenn dieser Defoe mir nicht sein triumphierendstes Lächeln zuwarf. Hatte er mich doch wieder an der Nase herumgeführt. Doch Spiel oder nicht, ganz konnte ich mich nicht geschlagen geben, und darum änderte ich meine Bestellung.

»Lieber zwei Bier und zwei Rumfustians«, sagte ich, und jetzt sah ich, wie dieser Geist der Tiefe vor mir in einem wiedererkennenden Lächeln erstrahlte, während er das Bier, den Gin und den Sherry mischte.

»Nimm auch ein Prise davon!« sagte ich zu ihm und legte einen kleinen Beutel Pulver auf die Theke.

Er nickte eifrig und sein Lächeln wurde noch breiter. Daß er selbst Erfahrung mit klassischen Piratengetränken besaß, war nicht mehr zu verkennen.

»Nun«, sagte ich zu ihm, als er in jeden Krug eine Prise Pulver gemischt hatte, »welches Schiff, welcher Kapitän?«

»*Queen Anne's Revenge*«, sagte er stolz, »der Kapitän war Teach.«

»Habe ich es mir nicht gedacht«, sagte ich und legte eine Goldmünze hin. »Schwarzbart war ein abscheulicher Teufel.«

Der Mann faßte es als Kompliment auf. Ich zeigte auf die Münze.

»Das da ist der Kredit für mich und meinen Freund Johnson«, sagte ich. »Und wie heißt du?«

»Hands, Sir. Israel Hands.«

»Gut, Hands. Ich sehe, du bist ein Mann, dem man trauen kann. Herr Johnson und ich wollen unsere Ruhe haben vor Neugierigen und Fragern.«

Er sah mich an, listig, wie er glaubte, und öffnete den Mund. »Ich weiß schon, was du gedacht hast«, kam ich ihm zuvor. »Ich bin nicht von gestern. Du willst dich für deine Dienste bezahlen lassen. Aber vergiß nicht, Kamerad, was es dich kostet, wenn auf dich kein Verlaß ist.«

Hands nickte, ich ging mit den beiden Krügen zurück zu Defoe.

»Der Herr hinter der Theke, wenn man ihn so nennen kann, hat uns Kredit gegeben und versprochen, daß wir Ruhe haben.«

Defoes Augen leuchteten.

»Ist er auch ...?«

»... ein erstklassiger Zeuge«, unterbrach ich ihn. »Das wohl, aber erstens müßt Ihr ihm jedes Wort bezahlen, das Ihr Euch aneignen wollt. Und zweitens bezweifle ich, ob er Euch anders antworten würde, als mit einem Grunzen, gleichgültig, was Ihr ihm bezahlt.«

»Und Ihr selbst?« sagte Defoe mit besorgter Stimme, wie ein Kind, das ahnt, daß sich eine Handvoll Süßigkeiten in seiner Reichweite befindet, aber sich nicht sicher ist, ob es sie auch bekommen wird. »Seid Ihr auch teuer?«

»Mich«, sagte ich und lachte über seinen Gesichtsausdruck, »mich kann man nicht kaufen, nicht für alles Gold auf der Welt.«

»Ich möchte so vieles wissen«, sagte Defoe.

»Darauf stoßen wir an!« rief ich herzlich, und Defoe in seinem Ungestüm nahm einen stattlichen Schluck mit Pulver gewürzten Rumfustian, wie man es eigentlich nur mit purem Rum macht.

Ich habe nur selten miterlebt, daß ein Gesicht sich in Farbe und Form so stark verändert hat. Tränen quollen ihm aus den Augen und gruben Kanäle in den Puder auf seinem Gesicht, weshalb er, als seine Backen glutrot wurden, rotgestreift war. Das war meine Rache dafür, daß er mich um ein Haar hinters Licht geführt hätte. Als er zu Ende gehustet und sein Gesicht seine normale Farbe wiedergewonnen hatte, erklärte ich ihm freundlich, ich habe ihm, wenn auch ungefragt, nur Kenntnisse vermitteln wollen, und dieses Getränk, das man als Rumfustian bezeichnete, werde von Piraten getrunken, die zeigen wollen, daß sie noch schlimmer sind als alle anderen.

»Spült es mit Bier hinunter!« fügte ich hinzu. »So mache ich es auch immer. Rumfustian schmeckt wie der Teufel in Person, das kann ich Euch sagen!«

»Es ist, wie Ihr sagt!« brachte Defoe mit knapper Not heraus. Sobald er die Feder wieder halten konnte, machte er sich ohne alle Umstände Notizen.

»Ihr gestattet also, daß ich Euch die eine oder andere Frage stelle?« sagte er, als wage er noch nicht zu glauben, daß ich die Göttin seines Glücks war, was letztlich zu verstehen war.

»Wißt Ihr«, sagte er, »daß es für einen wie mich nicht leicht ist, mit einem wie Euch ins Gespräch zu kommen. Ehe man sich versieht, hängt Ihr dort drüben am Galgen und man hat Euch für mich und die Nachwelt für immer zum Schweigen gebracht, oder Ihr versteckt Euch unter fremden Namen und Kleidern. Es kann niemand behaupten, daß die Glücksritter auf Nachruhm sonderlich bedacht seien. Und abgesehen davon muß ich an meinen Ruf denken ... nein, bitte versteht mich nicht wieder falsch. Es geht mir nicht um meinen guten Namen, einen guten Namen habe ich nicht mehr. Einmal nenne ich mich Johnson oder Drury, dann wieder Singleton oder Oberst Jack. Ja, ob Ihr es glaubt oder nicht, kürzlich habe ich die Memoiren des Franzosen und Quäkers Mesnager geschrieben. Es ist nur so, daß es diesen Mann gibt, er lebt bei aller wünschenswerten Gesundheit in Frankreich. Sein Gesicht möchte ich sehen, wenn ihm dieses Buch jemals in die Hände fallen sollte. Ginge es Euch anders? Nein, mein Herr, meinen eigenen Namen habe ich verpfändet, nicht nur wegen meiner Geldschulden, sondern mehr noch wegen der Ansichten und Gedanken, von denen ich geglaubt habe, ich könnte sie zu Nutz und Frommen der Menschheit investieren, ohne daß ich freilich auch nur einen Shilling wiedergesehen hätte. Im Gegenteil, man hat mich unverzüglich ins Gefängnis und an den Pranger geschleppt. Ich schleiche herum wie ein Verbrecher und Verurteilter des Gedankens. Defoe ist nur ein Schatten, ein Wort in aller Munde, nur in meinem eigenen nicht, eine Vermutung, ein Murmeln in der besseren Gesellschaft, bloße Erinnerung im Schoß seiner eigenen Familie, wo ich mich wegen meiner Gläubiger nicht zu zeigen wage. Ja, genauso ist es, aber warum soll ich hier sitzen und mich beklagen, das war nicht meine Absicht. Ich möchte aber, daß Ihr recht versteht, auch einer wie ich kann eine Schlinge um den Hals spüren, keine, mit der man gehängt wird, sondern eine, die mir keine Luft zum Denken läßt. Glaubt also nicht, ich hätte Euch in schlechter Absicht zu etwas verleiten wollen. Aber ich bitte Euch, und das auf Knien, Euch daran zu erinnern, daß viele sich nichts sehnlicher wünschen, als mich zu einem Freund, ja Kumpan der Piraten zu machen, damit man mich endlich ins Gefängnis werfen und für immer zum Schweigen bringen kann. Könnt Ihr Euch die schadenfrohen Rufe vorstellen, die ich ernten würde, wenn ich in eine unserer Zeitungen eine kleine Anzeige einrücken ließe: ›Daniel Defoe sucht die Bekanntschaft eines Piraten zum Austausch von Ansichten und Auskünften zu beiderseitiger Zufriedenheit‹.«

Defoe lächelte säuerlich und fuhr sich mit dem Finger über den Hals, um anzudeuten, wie dies enden würde.

»Gefesselt an Händen und Füßen bin ich mit anderen Worten und zu alt, um an Bord eines Schiffes zu gehen und Piraten aufzusuchen. Ganz mittellos bin ich allerdings nicht. Ich sitze hier im ›Angel Pub‹ nicht nur, weil keiner meiner Gläubiger sich hierher wagen würde, sondern mehr noch um Hinrichtungen zu beobachten und die Sprache der Teerjacken zu hören. Das ist das eine. Außerdem bin ich bei allen Piratenprozessen anwesend gewesen, die in London stattgefunden haben, ich habe Protokolle von Prozessen gelesen, die in fernen Winkeln des Imperiums geführt wurden, habe Logbücher und Journale studiert. Nicht schlecht, aber gut genug? Bei weitem nicht. Piraten machen sich nicht die Mühe, zu schreiben und zu erzählen, von einigen wenigen Ausnahmen abgesehen, den Herren Dampier, Exquemelin und Wafer. Kann man ihnen aber vertrauen? John Locke und die anderen in der Untersuchungskommission der Südsee-Kompanie taten es, und mit welchem Ergebnis? Fehlgeschlagene Expeditionen, ungesunder Handel. Nein, Silver, wißt Ihr ... Long, wollte ich sagen, die Wahrheit benötigt völlig andere Quellen. Will man den Gang der Welt in die eine oder andere Richtung verändern, darf man dem, was als wahr niedergeschrieben wurde, niemals vertrauen, das habe ich wie kaum einer erfahren. Gerne würde ich Euch fürstlich belohnen, wenn Ihr meine Quelle sein wollt, aber ...«

Er warf einen bedeutungsvollen Blick zur Theke.

»... Ihr habt wahrscheinlich bereits verstanden, wart aber feinfühlig genug, darüber hinwegzugehen, daß meine diesbezüglichen Möglichkeiten äußerst begrenzt sind ...«

Er breitete die Arme aus, dann nahm er, diesmal ohne eine Miene zu verziehen, einen Schluck von seinem Rumfustian.

»... um nicht zu sagen, nicht vorhanden.«

Ich legte zehn Goldpfund auf den Tisch und schob sie ihm zu.

»Nehmt das!« sagte ich. »Über eine Entschädigung müßt Ihr Euch keine Gedanken machen. Im Gegenteil, ich bezahle Euch gern, um Euch über das eine oder andere reden zu hören. Ich bin hier in London, um zu sehen und zu lernen. Man sagt, ich sei ein gebildeter Mann, weil ich zu denen an Bord gehöre, die mehr als den Heuerkontrakt und die Schiffsstatuten lesen. Aber damit kommt man hier nicht weit, das habe ich eingesehen. Glücksritter wie ich wissen nicht viel über die Welt. Wir leben von Gerüchten, ja, wir sind wie blinde Hühner und auch nicht sehr viel klüger, wenn Ihr mich fragt. Und glauben trotzdem, es könne im Leben etwas aus uns werden! Nein, so viel habe ich begriffen, glaube ich, man kann sich den Rücken nicht freihalten, wenn man nicht weiß, wie die Welt eingerichtet ist. Ich kann Euch also vom Wohl und Wehe der Piraten berichten, wenn Ihr mir erzählt, wie es hier in England aussieht. Schließlich habt Ihr gezählt und spioniert und könnt mich mit dem ausstatten, was ich brauche. Das ist eine ausreichende Bezahlung. Auf etwas anderem bestehe ich allerdings.«

»Worauf?« fragte Defoe, während er meine zehn Pfund so natürlich, wie es ihm möglich war, in der Innentasche verschwinden ließ. »Es ist schon bewilligt.«

»Ihr schreibt also ein Buch über Übeltaten und, warum auch nicht, über Wohltaten, deren Piraten sich schuldig gemacht haben, letzteres aus Versehen, darf man vermuten. Natürlich rechnet Ihr damit, daß dieses Buch veröffentlicht und gelesen wird?«

»Selbstverständlich. Sonst wäre es doch ganz sinnlos.«

»Ich verlange also, daß ich selbst, John Silver, in diesem Buch an keiner Stelle erwähnt werde.«

»Herr Long«, sagte Defoe, »Ihr erstaunt mich immer mehr.«

Ich nahm meine Lederhandschuhe.

»Solche Handschuhe«, erklärte ich ihm, »habe ich auf See getragen, seit ich fünfzehn Jahre alt war oder etwas in der Art. Sie haben meine Hände vor Wunden und Narben, den Brandzeichen der Teerjacke, bewahrt. Ihr wollt doch nicht, daß dies vergebens war und Ihr mich mit einem Stempel verseht, der mich geradewegs an den Galgen bringt?«

»Das ist keine geringe Bitte. Ich soll die Fakten verfälschen, die Geschichte selbst.«

»Wozu so große Worte. Ihr sollt nur so tun, als hätte es mich nicht gegeben, genauso, wie Ihr vorgespiegelt habt, es hätte andere gegeben, die es niemals gegeben hat, Singleton und Crusoe zum Beispiel. Habe ich nicht recht? Ist das eine denn schlimmer als das andere?«

»Ich weiß nicht«, sagte Defoe bedrückt. »Womöglich habt Ihr recht und in der Welt der Worte kann der Tod des einen das Brot des anderen sein. Möglich. Man stiehlt dem einen das Leben, so wie diesem armen Selkirk, der auf alle Ewigkeit vergessen ist, und schenkt es einem anderen, Crusoe, der, wenn es so sein soll, ewig leben kann, auf Kosten des anderen. Ist das denn recht so? Vor einiger Zeit kam eine Frau zu mir, die von sich behauptete, sie sei als Schiffbrüchige auf Crusoes Insel verschlagen worden und sei seine Gefährtin gewesen, ein holländisches Schiff habe sie gerettet, und mehr noch, sie lebe mit Freitag in London, und ich hätte ihr ihre Geschichte gestohlen, um meine eigene zu schreiben. Und obendrein hätte ich sie ermordet, auf immer zum Schweigen gebracht, da sie in meiner Erzählung nicht erwähnt werde. Was ist richtig, was ist falsch, könnt Ihr mir darauf eine Antwort geben?«

»Nein«, sagte ich, »darüber müßt Ihr Euch selbst den Kopf zerbrechen. Erwähnt mich nur nicht in Eurem Buch über Piraten, mehr verlange ich nicht.«

»Ich verspreche es«, sagte er, doch wenn ich recht hörte, fiel es ihm schwer.

So einfach verbannt man Long John Silver also aus der Geschichte, dachte ich. In den Archiven und Verzeichnissen der Admiralität war er gelöscht, in den Geschichtsbüchern hatte man ihn abgeschrieben, als habe es ihn niemals gegeben.

Ich lehnte mich zurück und legte dem Alten eine Hand auf die Schulter.

»Nehmt es nicht so schwer!« sagte ich zu ihm. »Wenn Ihr nicht mehr auf Eurem Gewissen habt, dann solltet Ihr einmal meines sehen!«

Ob diese Worte halfen, weiß ich nicht, aber er nahm sich zusammen, und als wir uns an diesem ersten Tag trennten, schien es, als könnte seine Stimmung nicht besser sein. Auch ich war ausgelassen und gab der alten Frau, die für die Leiche ihres Sohnes betete, ein Pfund oder auch zwei.

»Gott segne Euch!« sagte sie wie ein Papagei, der nicht viel mehr als einen Satz beherrscht.

»Den soll der Teufel holen!« sagte ich.

15

Es versteht sich von selbst, daß ich Herrn Defoe die Geschichte Edward Englands nicht vorenthielt. Nicht so leicht läßt sich sagen, ob sie auch der Wahrheit entsprach. Zu jener Zeit stand mir der Sinn jedenfalls nicht nach Dingen wie der Wahrheit. Daß ich jedoch nicht alles darüber erzählte, wie und warum England durch mein Zutun Glücksritter wurde, das ist so sicher wie das Amen in der Kirche, denn ganz traute ich Defoes Ehrsamkeit nicht. Schließlich hatte er mir lediglich versprochen, ich werde in seinem historischen Werk nicht vorkommen. Wenn ich etwas nicht erleben wollte, dann, daß ich meine Tage wie ein Selkirk, oder noch schlimmer, wie ein Crusoe beschloß.

Falls es aber einen Himmel gibt, und falls man Euch, Herr Defoe, trotz aller Lügen und Betrügereien dort Einlaß gewährt hat, und falls man dort oben hören kann, was wir anderen Sünder hier auf Erden denken, dann möchte ich Euch erzählen, wie es wirklich war mit mir und England. Zu jener Zeit, als wir im »Angel Pub« saßen, hätte Euch das ein oder zwei Tage Eurer kostbaren Zeit gekostet. Aber ich vermute und hoffe um Euretwillen, daß Ihr es dort, wo Ihr Euch nun befindet, nicht mehr so eilig habt wie damals, als Ihr so leidenschaftlich zu Werk gegangen seid, um Euch das eigene Grab zu schaufeln. Und warum solltet Ihr Bücher schreiben, etwa um die Menschen im Paradies zu erziehen?

Zeit und Geduld solltet Ihr also mitbringen. Zu meiner Schande muß ich gestehen, daß mir das Erzählen von Geschichten bisweilen sinnlos erscheint. Ich möchte Euch also eingestehen, daß ich manchmal wünschte, jemand möge dem zuhören, was ich zu erzählen habe, und daß ich bei dieser Schreiberei nicht so verflucht einsam wäre. Aber wie hätte ich ahnen sollen, daß es sich so verhält, als ich damit begann. Ihr jedenfalls habt mich über diese Seite der Angelegenheit nicht aufgeklärt.

In St. Malo ging ich also an Bord, wie Ihr schon gehört haben dürftet, wenn dort droben alles mit rechten Dingen zugeht, ich ging an Bord des guten Schiffes *Sorgenfri* mit seinem englischen Kapitän Butterworth, einem jener Kapitäne aus der Kriegsflotte, die sich bei Kriegsende einen anderen Dienst hatten suchen müssen. Nicht, daß man ihm das angemerkt hätte. Butterworth tat sein Bestes, um aus der *Sorgenfri* ein Kriegsschiff zu machen, und es war keineswegs erstaunlich, daß der größte Teil der dänischen Besatzung in London abgemustert hatte und von britischen Mannschaften ersetzt worden war. Kaum hatten wir Quessant hinter uns gelassen, als Butterworth zum Kampf rüstete.

»Männer«, erklärte er uns, »der Krieg ist zu Ende, Gott sei gelobt. Es herrscht Frieden unter den Nationen. Ihr wißt aber ebensogut wie ich, daß Piraten und andere Marodeure weiter plündern und kapern, auch wenn wir Frieden haben. Sie befolgen keine Gesetze, sie morden und stehlen. Darum müssen wir in der Lage sein, uns zu verteidigen und das Leben für unsere Freiheit zu opfern. Wir haben vierundzwanzig Kanonen an Bord. Wenn ich fertig bin mit euch, können wir es mit jedem aufnehmen.«

Butterworth' Ansprache löste Gemurmel und Gejammer aus, und die Unzufriedenheit war unverkennbar. Vielleicht hätte Butterworth berücksichtigen sollen, daß ihm auf der *Sorgenfri* keine Marinesoldaten zur Verfügung standen, mit denen er die Besatzung zum Gehorsam zwingen konnte, und bestimmt hatte die Hälfte der Männer keinen sehnlicheren Wunsch, als aufgebracht zu werden, damit sie Piraten werden konnten und so frei, wie es ihresgleichen je möglich war, ganz unabhängig davon, wie lange dieser Zustand währen würde.

Ich hörte Butterworth nur mit halbem Ohr zu. Mich konnte

er nicht reizen. Ich hatte für eine einzige Reise nach Westindien angemustert und hatte keineswegs die Absicht, meine sichere Überfahrt dadurch zu gefährden, daß ich gegen ihn revoltierte. Ich hatte meine Erfahrungen gemacht, so meinte ich, und mir war noch alles in frischer Erinnerung. Nein, einer wie Butterworth würde mich nicht in irgendwelche Verrücktheiten treiben.

Freilich hatte ich die Rechnung ohne Butterworth und ohne mich selbst gemacht.

Eines Morgens, als ich an Deck kam, es war ein schöner, klarer Tag und wir hatten gerade den portugiesischen Nordwind in den Segeln, hatte Butterworth auf Höhe des Mastes einen weißen Strich quer über das Deck ziehen lassen. Gerade wollte ich diesen Strich überschreiten, als mich der Erste Steuermann zurückhielt und mir erklärte, die Mannschaft dürfe diesen Strich nur mit seiner oder mit der Genehmigung des Kapitäns überschreiten. Ich machte auf dem Absatz kehrt, im Kopf ein Klingen, als habe mir einer einen Schlag mit dem Marlspieker versetzt. Von Murrin, einem Befahrenen, der in der Flotte Dienst getan hatte, erfuhr ich, daß solche Striche bei allen Kriegskapitänen die Regel waren und daß das Übertreten dieses Striches einem anderen fünfzig Schläge mit der Katze eingebracht hatte.

Der Strich auf der *Sorgenfri* ließ mich alle guten Vorsätze vergessen. Mir diese weiße Linie zu zeigen, die ich nicht überschreiten durfte, war genauso, als hätte man einem ausgehungerten Dorfköter einen saftigen Fleischknochen vor die Nase geworfen und schlage ihn halbtot, wenn er ihn auch nur berührte.

Selbstredend übertrat ich den Strich zu guter Letzt. Es war töricht und unüberlegt, aber ich konnte nicht anders, ich mußte in den Fleischknochen beißen, um nicht zu verhungern. Habt Ihr dafür Verständnis, Herr Defoe? Ihr, der Ihr die Menschen in guten und in schlechten Zeiten studiert und ausspioniert und gezählt habt? Noch nie hatte man gehört, daß einer diesen Strich übertreten hätte, ich war der erste und tat es Hals über Kopf, wie es meine Art war, und ohne jeglichen Gedanken an Meuterei.

Was wenig half.

»Was hat Er zu seiner Verteidigung vorzubringen?« brüllte Butterworth, im Gesicht so rot wie eine Notfackel, kaum daß der Erste mich in seine Kajüte geschoben hatte.

»Verteidigung?« fragte ich mit ehrlichem Erstaunen. »Weswegen, Sir?«

»Das weiß Er sehr wohl.«

»Nein, Sir, ich bitte um Verzeihung, Sir.«

»Will Er sich auch noch lustig machen über mich? Er hat sich geweigert, meinen Befehl zu befolgen, so ist das. Das ist Meuterei!«

»Meuterei, Sir? Niemals, Sir. Ich habe angemustert, weil ich nach Westindien will, das ist alles, Sir.«

Butterworth vorzog das Gesicht zu einer höhnischen Grimasse. »Das ist alles! So denkt Er sich das also. Seine Sorte kenne ich. Solche wie Er werden an Land Strauchdiebe und auf See Piraten, mich kann Er nicht hinters Licht führen.«

»Sir, das habe ich noch nicht einmal versucht.«

Butterworth drehte sich zum Ersten um. »Ihr hört selbst, was das für eine Kreatur ist. Ein aufsässiger Kerl, dem man eine Lektion erteilen muß. Klarmachen zum Kielholen!«

»Aber Sir ...«, sagte der Erste.

»Nichts da. Ich könnte diesen Abschaum erschießen lassen. Aber er soll seine Chance bekommen, sich zu bessern.«

Kielholen! Erst als wir wieder hinaus ins grelle Sonnenlicht kamen, ging mir auf, wie verflucht dumm ich mich benommen hatte.

»Ich habe nicht an diesen Strich gedacht«, sagte ich flehentlich zum Ersten. »Ich habe ihn nicht gesehen.«

»Silver, das reicht nicht, und das weißt du ebensogut wie ich. Du hast nur noch Augen für diesen Strich gehabt, und alle wissen das.«

»Ich kann nichts dafür, Sir, es war ein Versehen.«

»Das hättest du dir ein wenig früher überlegen sollen.«

»Aber, Sir, ich will nicht sterben. Könnt Ihr nicht mit dem Kapitän sprechen? Es wird nicht mehr vorkommen, Sir. Das versichere ich Euch.«

Ich bat, bettelte, demütigte mich. Stolz kannte ich nicht, wenn meine Haut auf dem Spiel stand. Davon hat man recht wenig, wenn man tot ist.

»Gut, Silver, du hast bisher gut Dienst getan«, sagte der Erste. »Ich sage den Männern, sie sollen die Taue nicht allzufest anziehen. Mehr kann ich nicht tun.«

Das war mehr als nichts und beruhigte mich, so daß ich nachdenken konnte. Jetzt hing alles davon ab, wie der Rumpf der *Sorgenfri* aussah. Im Geist sah ich einen Teppich aus schermesserscharfen Seetulpen vor mir, die mir den Rücken wie Butter zerschnitten.

Lange dauerte es nicht, und die Männer hatten die Taue klar gemacht, vier Stück, zwei auf jeder Seite des Schiffes. Ich wurde an den Steven gestellt und an den Handgelenken und Fußknöcheln gebunden. Ich sah mich um. Einigen konnte ich Zorn und Unruhe ansehen, vermutlich waren es jene, die genug im Kopf hatten, um sich in meine Lage versetzen zu können. Bei anderen erkannte ich nur freudige Erwartung, vermutlich hatten sie Wetten abgeschlossen, ob ich überleben würde oder nicht. Für sie war Kielholen ein Schauspiel, eine willkommene Abwechslung auf der Reise, so belustigend wie an Land eine Hinrichtung. Mir fiel auf, daß die beiden, die steuerbords die Taue halten sollten, grinsten und einander mit den Ellbogen anstießen. Jeder konnte sich ausrechnen, daß sie sich nicht sonderlich um die Weisung des Ersten kümmern würden, die Taue nicht zu fest anzuziehen.

Im selben Augenblick kam Butterworth auf das Achterdeck. Ich konnte ihn nicht sehen, denn ich stand schon mit dem Rücken gegen achtern, bereit, hinuntergelassen und an den Beinen über den Kiel vom Steven bis zum Achtern geschleift zu werden, über die gesamte Länge der *Sorgenfri*, alles in allem sechsundneunzig Fuß. Denn man würde mich längsseits kielholen und nicht querschiffs, was die mildere Strafe war.

»Dieser Mann«, brüllte Butterworth, »hat sich geweigert, meinen Befehl zu befolgen. Ihr wißt ebensogut wie ich, daß es mein volles Recht und vielleicht sogar meine Pflicht wäre, ihn als Meuterer erschießen zu lassen. Aber ich will nicht unbarmherzig sein. Der Mann soll Gelegenheit bekommen, zu bereuen und sich zu bessern. Laßt euch das eine Mahnung sein. Das nächste Mal gibt es keine Gnade.«

Einige murmelten mißgelaunt. Das Material, aus dem man Meuterer macht, konnte ich noch denken, dann brüllte Butterworth einen Befehl und ich wurde über den Steven in das schäumende Wasser gefiert.

Ich kämpfte mit der Angst, die auf mich zukroch und mich zu erwürgen drohte. Einmal war ich dem Tod entgangen, redete ich mir ein, beim Old Head of Kinsale. Das konnte nicht vergebens gewesen sein. Leben! brüllte es in meinem Inneren. Ich wollte leben!

Ich tat, was mir der alte Indianer in Chesapeake beigebracht hatte, für den Fall, daß man lange tauchen mußte: Ich holte einige Male tief Atem, um frische Luft zu schöpfen, und hielt den Mund geschlossen. Nicht schreien! war das letzte, was ich dachte. Nur ein einziger Schmerzensschrei, und alles wäre vorbei gewesen.

Das grüne Wasser umschloß mich, die Taue strafften sich und mein Rücken schabte über den Schiffsrumpf. Ich war noch nicht weit gekommen, als die Haut aufgerissen wurde und ich einen Schmerz fühlte, der meinem Lebenswillen tiefe Wunden beibrachte. Eines wußte ich bereits. Neunzig Fuß und mein Körper wäre in einen Fleischfetzen verwandelt, die Geschichte John Silvers wäre zu Ende. Ich zappelte an den Tauen wie die Fliege in einem Spinnennetz. Doch wozu? Schließlich war ich an Händen und Füßen gefesselt.

An den Händen! dachte ich plötzlich, als ein Holzsplitter sich in meinen Hintern bohrte und mich dazu brachte, die Arme am Körper anzulegen. Sofort fühlte ich, wie die Backbordtaue nachgaben, richtig so! Auf dieser Seite befolgten die Männer die Worte des Ersten und hielten die Taue nicht so straff. Weiter so! Noch schlaffer! Jetzt würden die beiden grinsenden Tauhalter auf der Steuerbordseite, denen John Silvers Schicksal völlig gleichgültig war, erfahren, daß sie lebten. Ich packte ihre Trosse mit beiden Händen, stemmte mich gegen den Kiel und zog an, mit einer Kraft, die ich niemals wieder habe aufbringen können. Meine Brust spannte sich, daß ich glaubte, ich würde explodieren, in meinen Ohren brüllte ein Orkan, doch ehe mir schwarz wurde vor Augen, konnte ich fühlen, wie die Steuerbordtaue völlig schlaff wurden. Ich war frei.

Als ich die Augen wieder öffnete und nach Luft schnappte, wurde ich an den Backbordtauen bereits an Deck gehievt. Also war ich am Leben, und während hilfsbereite Hände mir über die Reling halfen, schrie ich meine Freude hinaus, so laut, daß keiner mehr im Zweifel sein konnte, hier kam Leben an Bord, mochte es auch den Verstand verloren haben. Ich wehrte die hilfsbereiten Hände ab, die mich in aufrechter Stellung halten wollten, und sank auf Deck prompt zu einem unförmigen Klumpen zusammen. Ich fluchte, ich spuckte und zischte, es gelang mir jedoch, mich aufzurichten, indem ich mich am Großmast festklammerte. Dem Großmast! Ich sah auf meine Füße. Dort war er, dieser verfluchte Strich, und ich stand beim Teufel wieder auf der falschen Seite, ohne den Befehl bekommen zu haben. Was für eine Ermunterung zum Leben! Ein dunkelrotes Rinnsal schlängelte sich meinen Rücken entlang und an den Beinen hinunter auf Deck und genau über jenen weißen Strich hinweg, der es in zwei Teile zerlegte. Ich sah auf und suchte Butterworth' Augen. Ehe ich zusammenbrach, sollte er mir wenigstens in die Augen sehen, falls er den Mut dazu besaß.

Butterworth stand steif wie ein Stock auf dem Achterdeck und konnte den Blick nicht von mir lösen. Ich hob die Hand und erwies ihm eine zittrige Ehrenbezeigung.

»John Silver, Sir, bereit zum Dienst«, gab ich mit Mühe von mir und entblößte die Zähne zu etwas, das an ein Lächeln erinnern mochte.

Erst jetzt fiel mir die Stille auf, die an Deck herrschte. Ein Starren ohnegleichen, Bewunderung, Schreck, Respekt, ein einziges Durcheinander. Wieder sah ich nach Butterworth, der den Blick abwandte.

»Genug!« sagte er mit heiserer Stimme, machte kehrt und verschwand in der Kajüte.

Dergleichen nennt man ohne Zweifel Glück! Das war mein letzter Gedanke, ehe mir die Sinne schwanden und ich erneut zusammenbrach.

16

Zwei Wochen dauerte es, bis ich wiederhergestellt war und mich an Bord nützlich machen konnte, wie es mir gefiel. Denn so viel dürfte jeder einsehen, oder etwa nicht, Herr Defoe, daß John Silver nach einer solchen Wiederauferstehung nicht herumlaufen konnte, als habe sich nichts zugetragen. Während ich in der Koje lag, auf dem Bauch, der Rücken ein einziger Wundschorf, hatte ich außerdem einiges hören müssen. Butterworth hatte den Männern verboten, mit mir zu sprechen, als sei ich ansteckend, einer nach dem anderen aber kam hinunter in die Krankenkammer, um mir seinen Respekt auszudrücken. Und immer wieder bekam ich diese märchenhafte Geschichte meiner Rettung zu hören, denn das wußte ich nicht, daß ich mit meinem herkulischen Ziehen am Seil einen der Steuerbordmänner in die See gezerrt hatte, wo er binnen eines Augenblicks von Haien angegriffen worden war, die mein Blut angelockt hatte. Ich hingegen war von den Backbordmännern sofort an Bord gehievt worden, ohne daß es dazu eines Befehls von Butterworth bedurft hätte. Butterworth war natürlich außer sich vor Wut, hatte aber nicht gewagt einzugreifen. Selbst ein Dickschädel wie er begriff, daß eine Meuterei unmittelbar bevorstand, wenn er zuließ, daß mich die Haie zerfleischten, denn diese Strafe hatte er schließlich nicht verhängt.

Daß einige aus der Mannschaft auf meiner Seite waren, daran brauchte ich nicht zu zweifeln. Beim Gestank meiner eiternden Wunden wurden allerlei Pläne offenbart, die das Licht scheuen mußten. Wenn ich mich an die Spitze stellte, war die halbe Besatzung zu einer Meuterei bereit, erfuhr ich. Damit sie mich nicht für närrisch hielten, prahlte ich, ich hätte den Strich übertreten, um gegen Butterworth zu revoltieren, und man glaubte mir, mochte die Wahrheit auch anders aussehen. Was jedoch die Meuterei anging, so hielt ich den Mund. Ich hatte getan, was ich konnte, und mußte auch an meine sichere Überfahrt nach Westindien denken. Dummheiten hatte ich inzwischen wahrhaftig genug begangen.

Eines Tages jedoch kam Lacy und berichtete, Butterworth habe meine Blutflecken überstreichen lassen, kaum daß sie getrocknet waren. Und dann kam Scudamore, der Feldscher, mit einer noch schlimmeren Nachricht. Von ihm erfuhr ich, daß die *Sorgenfri* nicht geradewegs nach Westindien segeln würde.

»Hast du nicht das Hämmern der Zimmerleute an Deck gehört?«

»Nein«, sagte ich, und das war keine Lüge.

Ich war vollauf damit beschäftigt, am Leben zu bleiben.

»Jedenfalls ist es nicht anders!« fuhr Scudamore fort. »Auf Deck werden Mannschaftshütten und Palisaden errichtet. Wir kriegen eine Ladung von dem schwarzen Elfenbein an Bord. In einer Woche laufen wir die afrikanische Küste an.«

Sklaven. Natürlich. Wie hatte ich so einfältig sein können, mich beim Anmustern nur nach dem Zielhafen und nicht nach der Route zu erkundigen? Kapitän Barlow fiel mir ein, der mich vor dergleichen gewarnt hatte. Und ich war herumstolziert mit meiner Gelehrigkeit, hatte behauptet, so war es doch gewesen, nichts könne mir zum einen Ohr herein- und zum anderen hinausgehen. Wenn man sterben wollte, hatte Barlow gesagt, dann sei die Sklavenschiffahrt der beste Ort, um damit anzufangen. Die Sklaven starben wie die Fliegen, das verstand sich, aber die Mannschaft ebenso. Wirf den Kapitän über Bord, meutere, tue alles, um dem zu entgehen, hatte Barlow gesagt.

Also hörte ich von da an, was man mir andeutete und in die Ohren flüsterte. Einige der Männer wollten sofort meutern, bevor die Sklaven mit ihrem Fieber und ihren Geschwüren an Bord kamen. Ich war anderer Meinung.

»Erstens«, sagte ich zu Mundon, Tompkins und Lacy, die am Kopfende meines Bettes knieten, »gibt es keine Meuterei, bevor ich gesund bin und zum Tanz bitten kann. Zweitens sind wir zu wenige. Ich will die Neger die grobe Arbeit machen lassen. Man muß auf seine Haut aufpassen.«

»So etwas sagst du?« flüsterte Tompkins, der einen scharfen Kopf hatte, ganz im Unterschied zu den beiden anderen, die kaum wußten, daß sie einen Kopf besaßen. »Und warum bist du dann über diesen Strich gegangen?«

»Keiner«, so fertigte ich ihn ab, »denk daran, Tompkins, keiner sagt John Silver, was er tun und was er lassen soll.«

»Es war nicht böse gemeint«, sagte Tompkins rasch.

»Das habe ich auch nicht angenommen.«

Ich gab meiner Stimme einen freundlichen Klang.

»Glaubt ihr vielleicht, ihr würdet vor mir auf den Knien liegen und über Meuterei schwätzen, wenn ich nicht über diesen Strich gegangen wäre? Glaubt ihr, ich bin so närrisch und gehe einfach so über einen solchen Strich?«

»Donnerw ...«, sagte Lacy und stieß einen leisen Pfiff aus.

»Aber ich habe mich geirrt«, fuhr ich fort. »Ich habe geglaubt, es gäbe Kerle an Bord, die Mut haben. Aber es sind alles Feiglinge. Nicht eine Seele hat den Finger gerührt, als ich gegen Butterworth revoltiert habe. Und jetzt kommt ihr und redet von Meuterei. Selbstverständlich, sage ich. Dieses Mal aber bin ich derjenige, der bestimmt. Ist das klar? Ihr redet zuerst mit denen, auf die man sich verlassen kann.«

»Und woher sollen wir wissen, wer das ist?« fragte Tompkins, der, wie gesagt, einen Kopf hatte.

»Fragt sie«, sagte ich, »ob sie an Gott glauben. Ohne auch nur ein Wort von Meuterei zu erwähnen. Das kommt danach.«

»Welche Teerjacke glaubt denn schon an Gott!« rief Tompkins verächtlich.

»Sie sollen darauf schwören«, sagte ich. »Laßt sie auf die Bibel schwören, daß sie nicht an Gott glauben, dann seht ihr, wie viele nach einer anderen Pfeife tanzen, wenn es zum Treffen kommt. Ich habe gesehen, wie Vollbefahrene, die sonst dem ersten besten Seelsorger die Bibel an den Kopf geknallt hätten, auf den Knien um ihr Leben gebetet haben, wenn es richtig losgegangen ist!«

Die drei sahen sich unsicher an und fragten sich offensichtlich, ob sie selbst auf die Bibel schwören konnten, daß sie nicht an Gott glaubten.

»Wir machen es so«, fuhr ich fort, »ihr sammelt so viele, wie ihr kriegen könnt für unsere Sache, und haltet euch bereit. Alle müssen den Eid auf die Bibel und auf ein Papier mit dem Runden Robin schwören.«

»Was ist das?« fragte Lacy ganz unschuldig.

»Man könnte verflucht noch mal glauben, ihr seid noch nie auf See gewesen. Und mit solchen wie euch, die noch gar nicht trocken sind hinter den Ohren, muß man sich abgeben.«

»John, reg dich nicht auf!« sagte Tompkins. »Wir wissen vielleicht nicht so viel wie du, aber mit uns ist nicht zu spaßen, wenn es Krawall gibt.«

»Gut, Tompkins. Das wollte ich nur hören.«

Ich sah, wie seine Augen vor Stolz aufleuchteten.

»Der Runde Robin«, erklärte ich freundlich, »ist nur eine Vorsichtsmaßnahme. Einerseits müssen alle, die mitmachen wollen, eine Erklärung unterschreiben, damit sie sich nicht drücken, wenn es brennt. Andererseits führt so ein Papier geradewegs an den Galgen, wenn es in unrechte Hände gelangt. Weil aber immer die ersten, die unterschrieben haben, für die Aufwiegler gehalten werden, muß man in einem Ring unterschreiben, so daß nicht zu erkennen ist, wer angefangen hat.«

»Das ist ja . . .!« sagte Lacy.

»Ja, nicht wahr. Und jetzt fangt an! Bald bin ich wieder auf den Beinen, dann kriegen andere zu spüren, daß sie leben!«

So war das also, dachte ich, als sie mich alleine gelassen hatten. Statt einer ruhigen, sicheren Überfahrt zu einem neuen Leben in Westindien hatte ich eine Meuterei am Hals. Diesmal jedenfalls wußte ich, was ich tat. Zum Beispiel würde ich mich erst an Deck zeigen, wenn der Runde Robin fertig und von den anderen unterschrieben war. Schließlich lag keinerlei Grund vor, das Kinn unnötig vorzustrecken und die neue Haut auf meinem Rücken aufs Spiel zu setzen, nicht, bevor ich nicht sah, aus welcher Richtung der Wind wehte.

Als Scudamore mich einige Tage später für gesund erklärte und ich blinzelnd und auf schwachen Beinen an Deck trat, war das Schiff nicht wiederzuerkennen. Der weiße Strich war einfach durch zwei kräftige Palisaden ersetzt worden, die quer über Deck liefen. Beide ragten einen Klafter über die Schiffsseite hinaus, damit kein Neger sie auf diesem Wege umgehen konnte. Die Achterpalisade wurde von zwei Kanonen durchbrochen, auf dem Achterdeck standen drei weitere für Schrot und Eisenschrott, die sich auf den Bereich für die männlichen Sklaven richteten. Er lag zwischen beiden Palisaden.

An den Schiffsseiten hängten einige Männer Netze auf, die man auf Kriegsschiffen sonst bei Gefechten mit Decken und anderen weichen Stoffen füllte, um Holzsplitter aufzuhalten. Was wollten wir mit ihnen anfangen? Handelte es sich hier um einen weiteren kriegerischen Einfall von Butterworth?

»Gibt es ein Gefecht?« fragte ich Scudamore, der sich an der Reling herumdrückte.

»Ach, sieh mal an, Silver«, sagte er vergnügt, »schön, daß du wieder auf den Beinen bist.«

»Warum?« fragte ich.

Scudamore zwinkerte verschmitzt und sah bedeutungsvoll nach dem Ersten, der in Hörweite stand.

»Nun«, fuhr Scudamore fort, »ich habe die Aufgabe, solche wie dich zusammenzuflicken. Dafür werde ich bezahlt. Wir brauchen alle Mann, wenn die Schwarzen an Bord kommen.«

Gehörte Scudamore zu den Meuterern? Ich hatte einen Einfall.

»Da gibt es für dich als Feldscher etwas zu beißen, ein paar hundert Neger, bei denen du für Ordnung sorgen mußt.«

»Darauf kannst du dich verlassen«, sagte Scudamore und schnitt eine Grimasse. »Leicht ist es mit denen nicht.«

»Brauchst du keine Hilfe?« fragte ich.

»Was meinst du?«

»Hör zu, Feldscher. Ich habe mich gerade gehäutet wie eine Schlange und der ganze Körper tut mir weh. Ich glaube, das ist noch nichts für mich, in der Takelage herumzuklettern wie ein Affe. Kannst du bei Butterworth nicht ein gutes Wort für mich einlegen, daß er mich zu deinem Gehilfen macht?«

Scudamores Verblüffung war nicht zu übersehen.

»Du? Als Gehilfe? Weißt du, wovon du sprichst? Da unten ist es so eng, daß du auf allen vieren kriechen mußt, während du die Scheißtonnen holst, das Erbrochene wegputzt und das Essen austeilst. Dazu nehmen wir den Schiffsjungen.«

»Ich weiß, was ich tue. Ich komme mit Menschen gut zurecht. Es ist zum Besten aller.«

In Scudamores Augen glomm ein verständnisvoller Funke auf. Er machte mit, daran gab es keinen Zweifel.

»Gut, Silver. Ich werde tun, was ich kann.«

»Danke, Scudamore. Ich habe gewußt, daß ich mich auf dich verlassen kann. Aber die Netze, wozu sollen die gut sein?«

»Damit die Neger nicht über Bord springen.«

»Sind die verrückt? Das ist ja, als würde man sich zum Fraß für die Haie erklären und die Flagge streichen.«

»So ist es, Silver. Die Wilden sind undankbar. Viele wollen lieber sterben, als am Leben zu bleiben.«

»Idioten!« rief ich.

»Ja, sie glauben, daß sie mit ihren Verwandten wieder vereint werden, wenn sie abtreten. Aber so lange es nach Land riecht, versuchen die meisten, am Leben zu bleiben. Andererseits muß man sich genau da vor Aufruhr in acht nehmen. Sie sind verzweifelt, Silver, wenn sie spüren, daß das Schiff sich vom Land entfernt. Darum haben alle Kapitäne von Sklavenschiffen die Anweisung, mitten in der Nacht den Anker zu lichten, damit die Neger erst merken, was passiert ist, wenn es schon zu spät ist.«

»Was du nicht sagst«, gab ich zur Antwort. »Und wie lange wird es dauern, ich meine, bis wir Anker lichten?«

»Hängt davon ab, wie viele Sklaven sie in den Faktoreien auf Lager haben. Manchmal bekommt man sofort eine volle Ladung. Aber man hat auch schon monatelang warten müssen, und das ist kein Vergnügen. Man holt sich nur jede Menge Krankheiten.«

»So lange können wir nicht warten.«

»Worauf?«

»Bis wir an Fieber und Schüttelfrost sterben.«

Ich drehte mich um und wollte gehen.

»Noch etwas«, sagte Scudamore, »das nützlich sein könnte. Manche von den Schwarzen sind ausgezeichnete Krieger. Sie tragen Amulette und glauben, sie seien unverletzbar. Mit denen hat man furchtbare Scherereien. Deshalb reißt man ihnen immer die Amulette herunter und wirft sie ins Meer, so, daß sie es sehen. Das macht sie im Handumdrehen schwächer. Aber es tut einem auch ein wenig leid, wenn man sieht, wie sie dahinwelken wie Herbstlaub, wenn du verstehst, was ich meine!«

Wieder zwinkerte Scudamore vielsagend, wahrscheinlich bildete er sich ein, wir beide, er und ich, steckten sozusagen unter einer Decke und seien wahre Freunde.

»Scudamore«, sagte ich und klopfte ihm auf die Schulter, »du bist dein Gewicht in Gold wert!«

»Nicht wahr?« antwortete dieser Narr.

Jedenfalls tat er, worum ich ihn gebeten hatte. Er legte bei Butterworth ein Wort für mich ein, der meine Bitte ohne Zögern erfüllte und mich vom Dienst des vollbefahrenen Seemanns befreite, weil er vermutlich hoffte, ich werde mir eine Krankheit zuziehen, je tödlicher, um so willkommener. Gleichzeitig nutzte er die Gelegenheit, meine Heuer auf die eines Schiffsjungen zu drücken. Was hätte man anderes erwarten können?

Zehn Tage vergingen, dann sichteten wir Accra und das weiße Fort der Dänen, Christiansborg. Mit meiner neuerworbenen Freiheit als Schiffsjunge war ich in diesen Tagen hilfsbereit wie der Teufel. Ich war überall, sprach mit allen und jedem, wobei ich zugleich in allen Ecken schnüffelte, feststellte, wo die Pulverkammer lag und wo die Waffen aufbewahrt wurden, welche Schoten man öffnen mußte, um die Sklaven aufs Achterdeck zu lassen, ich nahm den Schlüssel für die Fußfesseln der Sklaven aus Scudamores Tasche und fertigte eine Kopie davon an. Um solche Kleinigkeiten kümmerte sich außer mir schließlich keiner.

Von Scudamore erfuhr ich das Wenige, das über die Heilkunst zu wissen war, und mit Verlaub, eine große Kunst war es nicht, jedenfalls nicht, was das Innere angeht. Auf Wunden verstand Scudamore sich gut, und Arme und Beine konnte er mit verbundenen Augen amputieren. Er ging mit der Nadel, der Knochensäge und dem Brenneisen ebenso geschickt um wie wir anderen mit der Betakelung, mit Tauen und Marlspiekern. Aber der Rest? Blutegel, Aderlaß, warme und kalte Umschläge, Kampfertropfen in Branntwein oder nur Branntwein, Mittel, damit man sich entleerte, und Mittel dagegen, mehr war es nicht. Und das half?

»Ach was«, sagte Scudamore und spuckte über die Reling.

»Ich habe noch nie einen Unterschied bemerkt. Auf einer meiner Reisen habe ich überhaupt nichts unternommen, ich habe sie nur füttern und an die frische Luft kommen lassen. Und was glaubst du, zur Auktion waren es weder weniger noch mehr Neger, eher mehr. Ich habe die gleiche Heuer bekommen wie sonst auch und sogar einen Bonus, ohne mich kaputtzuschuften. Natürlich, ich weiß, was du sagen willst, es kann ein Zufall gewesen sein, und die Journale hatte ich schließlich fälschen müssen, wer heuert denn einen Chirurgen wie mich an, ausgebildet in Edinburgh und so weiter, damit der dann bei ihm Däumchen dreht? Ach nein, Silver, fast alles, womit wir uns beschäftigen, ist ebenso sinnlos wie die Hexenkünste der Eingeborenen, ein Zimmermann oder ein Segelmacher könnten das genausogut. Du wirst es bald selbst feststellen können, nachdem du einmal die Dummheit begangen hast, dich als mein Gehilfe zu melden.«

»So lange wird das kaum dauern«, sagte ich.

Scudamore sah mir in die Augen. »Nicht, wenn alles so kommt, wie es muß und du es willst. Aber ist das immer der Fall?«

»Was willst du damit sagen?« fragte ich leise. »Hat sich einer verplappert?«

»Soweit ich weiß, nicht«, sagte Scudamore mit schiefem Lächeln. »Aber ich habe das Papier gesehen, und wie ich feststellen konnte, fehlt ein Name, so, als wenn sich da jemand nicht traut, den Kopf hinzuhalten. Deiner zum Beispiel.«

Ich tat mein Bestes, um eine erstaunte Miene zustande zu bringen, als wisse ich nicht, was er meinte.

»Sei unbesorgt!« sagte Scudamore und klopfte mir auf den Rücken. »Ich bin auch nicht so dumm, daß ich das Kinn unnötig hinhalte. Verlaß dich auf mich. Ich kann mein Mäntelchen nach dem Wind hängen und strecke mich nach der Decke. Immerhin bin ich ein gebildeter Kerl. Wie du auch.«

Als wir Accra erreichten, entstand an Bord ein fürchterlicher Radau. Wir ankerten vor der Reede und schossen Salut, neun Schuß mit den Vierpfündern, und das Fort ebenso. Boote eilten zwischen dem Fort und dem Schiff hin und her. Wir löschten, zuerst Post, Depeschen und Geld unter Bewachung, und dann einen Teil der Fracht. Butterworth ging selbstverständlich an Land, ausstaffiert wie ein Pfau. Sein Meßjunge, so erfuhr ich, hatte den Befehl erhalten, zwei Tage lang die Messingknöpfe zu putzen.

Während Butterworth an Land war und über die Fracht verhandelte und die Offiziere mit dem Löschen beschäftigt waren, nutzte ich die Gelegenheit und ging auf das Schott zwischen Laderaum und Achterdeck. Soakes, der Zimmermann, war einer von denen, die Befehle befolgten, weshalb ihm nicht zu trauen war, ich mußte mich also mit den Werkzeugen in der Chirurgenkiste begnügen. Es kostete seine Zeit. Zuerst bohrte ich mit dem Trepanierbohrer, dann sägte ich mit der Knochensäge zwei schulterbreite Löcher aus. Ich überraschte mich dabei, daß ich bei der Arbeit zu pfeifen begann. Das hier, dachte ich, heimlich Löcher auszusägen, ist ein schöner Zeitvertreib für einen wie mich.

Am selben Abend rief ich die verschworenen Meuterer zum Würfeln zusammen. Einige von ihnen waren bereits voll wie die Schweine. Ihre Augen glänzten vor falschem Mut und vor Streitlust. Rum und Branntwein, das waren ihre Amulette und ihre Fetische. Da waren unsere Matrosen mit ihren Haaren auf der Brust und ihren narbigen Händen keinen Deut besser als die Neger.

»Ich verstehe, daß ihr einen Schnaps braucht«, sagte ich nachsichtig zu dieser Versammlung. »Wenn ich in euren Schuhen steckte, falls ihr welche habt, ich hätte mich schon längst zu Tode gesoffen.«

»In euren Schuhen?« schrie Roger Ball, der sich später, bezeichnenderweise unter Roberts, selbst in die Luft zu sprengen versuchte, damit er nicht eingesperrt wurde. »Was ist an dir denn so besonders? Du bist noch nicht besser als wir anderen, Silver, nur weil du einmal Kielholen überlebt hast!«

»Wie recht du hast, Ball«, gab ich zu. »Daß ich das Kielholen überlebt habe, heißt nichts. Harthäutig wie du bist, hättest du das bestimmt auch getan. Es gibt nicht viel, was einen Ochsen wie dich umwirft. Habe ich vielleicht nicht recht, Männer? Roger Ball ist schon ein Teufelskerl.«

Einige von ihnen nickten eifrig. Mit Ball wollten sie sich gut stellen, er war leicht reizbar und wirklich so stark wie ein Ochse. Außerdem glaubten sie, an meinem unschuldigen Tonfall erkennen zu können, daß ich tatsächlich jedes Wort so meinte, wie ich es sagte. Nur Tompkins war aufgegangen, daß das letzte Wort noch nicht gesprochen war.

»Du sagst es«, pflichtete mir Ball mit einem selbstzufriedenen Lachen bei, daß ich ihm nur zu gern zurück in seinen Hals getrieben hätte. »Du sagst es«, wiederholte er. »Mir hat keiner was zu sagen, Silver nicht und auch sonst keiner.«

Selbstsicher sah er sich um. Auf keinem Schiff war das anders. Immer gab es welche von Balls Sorte, die vor Einbildung und roher Kraft so aufgeblasen waren, daß in ihren dicken Schädeln für anderes kein Platz war. Und wie endeten sie? Als Kanonenfutter, als Fraß für die Haie oder am Galgen.

»Wieder richtig!« sagte ich gelassen. »Du hast einen scharfen Kopf, Ball. Du solltest ihn nur ein wenig öfter benutzen.«

»Verdammt, was willst du damit sagen?« brüllte er drohend.

»Männer, nur dieses«, sagte ich mit einer Stimme, die mich zu solchen Gelegenheiten ankam wie ein Geschenk des Himmels, »wenn dieser mutige, starke, schlaue Kerl das Recht hätte, Ansprüche zu stellen, dann wäre er es auch gewesen, der den Strich überschritten hat. Dann nämlich hätte er es gewagt, Butterworth herauszufordern und eine Meuterei anzuzetteln. Hat Roger Ball aber überhaupt irgend etwas getan?«

Es wurde still.

»Ein großes Maul hast du, Ball, aber Befehlen gehorchst du ohne einen Laut.«

Ball ballte die Fäuste, vor Wut blieb ihm die Luft weg, aber sogar er erkannte, daß ich die gesamte Unterstützung auf meiner Seite hatte. Ich nahm die Würfel und warf sie auf den Tisch.

»Ich habe mein einziges, kostbares Leben gesetzt, als ich diesen Strich übertreten habe«, sagte ich, als die Würfel zur Ruhe gekommen waren. »Also habe ich gegenüber solchen wie dir ein Vorrecht. Wenn jemand Einwände hat, dann soll er sie vorbringen.«

Das Schweigen sprach für sich.

»Tompkins, hast du den Runden Robin?«

Tompkins zog ein zerknittertes Papier aus der Tasche und warf es auf den Tisch, als habe er sich daran die Finger verbrannt. Ich warf einen Blick darauf, faltete es zusammen und steckte es unverzüglich ein.

»Ihr habt alle unterschrieben und geschworen. Ihr wißt, was das heißt. Falls dieses Papier in unrechte Hände fällt, habt ihr euch selbst zum Galgen oder zu zwanzig Jahren Newgate verurteilt. Keiner von euch kann sich also heraushalten und zusehen, wie die anderen ihren Hals riskieren.«

»Und warum hast du nicht unterschrieben, John?« fragte Tompkins vorsichtig.

Ich sah ihn scharf an.

»Ich habe erwartet, daß mir einer diese Frage stellt. Ich habe gedacht, du wärest schlau genug, um sie dir selbst zu beantworten. Ich hatte Angst um mein Fell, das ist das erste. Wenn alle gleich zuverlässig wären, dann hätte ich mit dem größten Vergnügen unterschrieben und wir brauchten überhaupt keinen Runden Robin. Ich hätte die ganze Sache auf mich genommen und mit meinem Namen unterschrieben, John Silver, mit großen, fetten Buchstaben, und ganz oben. Aber sieh dich um! Die Hälfte dieser kühnen Meuterer hat schon angefangen zu saufen, um sich Mut zu machen. Schützt man so seine und meine Haut? Nein, dumm im Kopf und verrückt wird man vom Branntwein. Was glaubt ihr denn, warum solchen wie euch eure großartigen Pläne so oft fehlschlagen? Weil irgendeiner Vorschuß auf den Sieg genommen, sich vollgesoffen, sich verplappert oder den Kopf verloren hat. Darum. Darum habe ich nicht unterschrieben und habe ich das Papier an mich genommen. Und das sage ich euch, von jetzt an und bis dieses Schiff einen gewählten Kapitän hat, ist Schluß mit dem Rum. Nicht einen Tropfen, habt ihr gehört? Und wenn ich sehe, wie einer mit der Flasche herumläuft und schwafelt, dann bekommt Butterworth dieses Papier von mir höchstpersönlich.«

Hier und dort wurde gemurmelt und gebrummt, doch das war nicht ernst. Trotz allem war keiner bereit, mich zu erschlagen und das Papier an sich zu bringen, nur um einen Schnaps trinken zu können.

»Wenn wir mit allem fertig sind, dann, das verspreche ich euch, dürft ihr trinken, soviel ihr wollt, ja zu Tode dürft ihr euch saufen, wenn ihr sonst keinen Wunsch habt.«

»John, es ist genug!« sagte Tompkins. »Wir brauchen nicht noch mehr Predigten. Oder, Männer?«

Tompkins Frechheit war von der richtigen Sorte. Hier war jedenfalls einer, der wußte, was auf dem Spiel stand. Die anderen stimmten leise zu, sogar Ball, auch wenn es in seinen Augen noch immer gefährlich glitzerte.

»Wie sieht der Plan aus?« fragte Lacy, und auch seine Stimme war fest und entschlossen.

»Wir nehmen die Neger an Bord. Ich lasse sie los und gebe ihnen, was sie brauchen, damit sie sich des Schiffes bemächtigen können. Wir selbst werden keinen Finger krumm machen und noch weniger unsere kostbare Haut riskieren. Wenn die Neger auf dem Achterdeck klar Schiff gemacht haben, kommen wir und bringen sie an Land. Nur das wollen sie doch. Was meint ihr dazu, meine Herren? Wir meutern, ohne einen Finger zu rühren. Obendrein bekommen wir ein feines Schiff, und man kann uns dafür noch nicht einmal hängen.«

Ich nahm wieder die Würfel und ließ sie über den Tisch rollen. Zwei Sechsen.

»Hat einer mehr?« fragte ich mit meinem breitesten Lachen.

17

Ja, Herr Defoe, sicherlich erkennt Ihr an diesen Szenen aus meinem Leben, wie schwer es einem wie mir mitunter fallen mußte, unter Menschen zu leben, die waren wie alle Menschen. Mein ganzes Leben, scheint mir manchmal, habe ich damit zugebracht, zu streiten und andere zur Räson zu bringen. Doch wozu hat es geführt? Macht es am Ende einen Unterschied? Mögen sie sich doch selbst vorwerfen, daß mir keiner zuhören wollte. Ist es etwa meine Schuld, daß ich allein noch übrig bin? Ist es meine Schuld, daß ich hier als Letzter einer ausgestorbenen Rasse auf einer Klippe sitze?

Ich bin aus dem Ruder gelaufen, zugegeben. Sich einzugestehen, daß es im Leben Niederlagen und Mißerfolge gegeben hat, ist nicht vergnüglich. Und außerdem kam Jack mit einem meiner Freigekauften und dessen Frau. Alle drei sahen mich mit einer Unterwürfigkeit an, die meine Laune nicht besser machte.

»Was wollt ihr?« fragte ich rasch und geradeheraus.

Die beiden sahen Jack an.

»Wir müssen mit dir sprechen«, sagte er, widerwillig, wenn ich recht sah.

»Meinst du, das sehe ich nicht selbst? Nur heraus mit der Sprache! Ich habe noch anderes zu tun.«

Sie aber scharrten mit den Füßen und sahen zu Boden.

»Was ist denn los?«

»Es ist so«, begann Jack, »daß die beiden zu ihrem Stamm zurückkehren wollen. Ihre Eltern sind alt, sie wollen nicht, daß sie allein sterben, und außerdem sind sie dann die Ältesten der Familie.«

»Was geht das mich an?«

»Sie wollen deine Erlaubnis«, sagte Jack.

»Und warum nicht auch meinen Segen, wenn sie schon dabei sind?« fragte ich mit sanfter Stimme.

»Es fällt Andriaaniaka nicht leicht, dich nach so langer Zeit zu verlassen«, antwortete Jack. »Ein Wort auf den Weg würde es leichter machen.«

»Ein Wort auf den Weg! Bin ich einer von den verfluchten Schwarzröcken? Einen Abschiedstrunk können sie haben. Gib ihnen ein Fäßchen Rum, damit sie sich beim Leichenschmaus ihrer Eltern vollsaufen können.«

»Aber ...«, sagte Jack.

»Kein aber«, sagte ich müde und niedergeschlagen. »Wie oft soll ich euch noch erklären, daß ihr frei seid, frei wie der Wind. Ist das so schwer zu begreifen? Ich habe euch freigekauft, weil ich euch als Helfer brauchte. Das wart ihr. Ich danke euch! Aber ich will mich nicht mit einem Haufen gehorsamer Sklaven abgeben, die meine Erlaubnis und meinen Segen wollen.«

»John!« sagte Jack in jenem nachsichtigen Ton, den er sich erlaubte, wenn er der Meinung war, ich rede Unsinn. »Wir sind Sakalava. Wir haben viele getötet, die gedacht haben, sie könnten uns versklaven, und wir werden noch mehr töten, wenn sie es wieder versuchen. Wir sind bei dir geblieben, weil du uns die Freiheit wiedergegeben hast und uns in unser Land zurückgebracht hast. Wir werden dein Leben mit unserem verteidigen.«

»Aber ...«

Jack lächelte traurig.

»Aber es ist nicht mehr so wie früher. Du bist alt, du sitzt hier und schreibst nur, und bestimmt wirst du in Frieden sterben. Du brauchst uns alle nicht mehr.«

Ich wollte ihm widersprechen, wußte aber nicht, was ich sagen sollte.

»Du wirst nicht allein sein, irgend jemand ist immer in deiner Nähe.«

Ich war stumm vor Zorn. Wie konnte einer wie er die Stirn haben, Mitleid zu haben mit einem wie mir?

»Ihr habt meinen Segen«, sagte ich. »Soll euch der Teufel holen!«

Jacks Gesicht hellte sich auf. Wahrscheinlich meinte er, ich hätte meine Worte gewählt, wie es meine Art war.

»Danke!« sagte er. »Wenn du ihnen deine Erlaubnis nicht gegeben hättest, wären sie geblieben.«

Raufte ich mir die Haare? Ja, denn was sollte ich angesichts einer solchen Narretei sonst tun? Keiner hatte jemals die stolzen Krieger vom Stamme der Sakalava unterworfen, das traf zu. Von mir abgesehen.

Ich sah sie fortgehen. Die Sonne sank zwischen den Berggipfeln im Westen. Die glühende Kugel blendete mich so, daß mir der Anblick der Abschiedsgrüße dieser elenden Schwarzen unten auf der Ebene erspart blieb. Sie seien treu, hatte Jack gesagt. Und wenn dem so war? War das mein Problem?

Ich stand in der Dämmerung und sah hinaus auf das Meer und den ungebrochenen Horizont. Trotz allem sehnte ich mich zurück. Zu einem Leben ohne Einschränkungen, wie ich es verbracht hatte, einem Leben, in dem es ein Morgen gab und kein Ende, keinen Punkt, höchstens hie und da ein Komma, ein wenig Aufschub und im übrigen Lärm und Bewegung.

18

Als Butterworth am folgenden Morgen auf Deck kam, schuftete die Mannschaft an der Ankerwinde, um die Ankerleine einzuholen. In Accra war der Grund so steinig, daß wir aus Angst, sie könnte durchgeschabt werden, die Leine einmal am Tag überprüften. Aber obwohl wir alle vollauf zu tun hatten, wurde der Erste vor der Mannschaft nach Noten beschimpft weil er nicht zu Ehren des Kapitäns hatte pfeifen lassen. Dies, das erkannten alle, war ungerecht, denn die *Sorgenfri* war kein Kriegsschiff – sosehr Butterworth sich das auch gewünscht haben mag. Sie war ein einfacher Sklavensegler, ihrem verheißungsvollen Namen zum Trotz.

Aber so war es. In der Sklavenschiffahrt bekamen die Schiffe feinere Namen und bessere Beschützer, von Grafen und Kardinälen bis zur Jungfrau Maria persönlich, und es traf zu, daß sie mit dem Segen Gottes und des Papstes segelten. Ich habe Logbücher von Sklavenschiffen gesehen, die wir plünderten, wo Gott für alles nur mögliche gedankt wurde, für guten Wind, sichere Überfahrt, niedergeschlagene Meutereien, ein einziges Durcheinander. Eingetragen wurde die Zahl der Toten unter den Sklaven und die Gnade Gottes, wenn er den Schwund durch die Gewährung guter Preise auf der folgenden Auktion kompensiert hatte.

Butterworth befahl alle Mann an Deck. Er verkündete uns die frohe Nachricht, wir seien in diesem Jahr die ersten in Accra, und die Lager des Forts seien gefüllt bis an den Rand, darum könnten wir binnen einer Woche Fracht aufnehmen und dann mit Kurs auf St. Thomas in See stechen.

»Gott sei Dank!« schloß er wie erwartet.

»Da hat er großes Glück gehabt!« sagte Murrin, der neben mir stand. »In diesem Dreckloch drei Monate auf Fracht warten, und er hätte eine Meuterei am Hals gehabt. Glaub mir, das habe ich schon erlebt.«

Murrin hatte recht. Butterworth' Bescheid hatte die Stimmung an Bord verändert. Überall gab es vergnügte Mienen und muntere Rufe. Sogar Roger Ball schien alles über künftige Meutereien vergessen zu haben. Wahrscheinlich sah er runde Huren und billigen Rum in Westindien vor sich, was ausreichte, damit einer von seiner Sorte vor Freude aus sich selbst einen Knoten machte. Nur Scudamore sah so unbeeindruckt aus wie immer. Ich tastete in der Tasche nach dem Papier, das dort in sicherem Gewahrsam lag. Das hatten sie in ihrer kurzsichtigen Ausgelassenheit natürlich vergessen. Daß sie es aber mit einer Meuterei zu tun bekommen würden, war so sicher wie das Amen in der Kirche. Ich hatte nicht die Absicht, meine frischverheilte Haut aufs Spiel zu setzen, um ein paar elende Neger übers Meer zu schiffen.

Am nächsten Morgen kamen die ersten männlichen Sklaven an Bord. Niedergeschlagen sahen sie aus, die armen Teufel, als ihre kraushaarigen Köpfe über der Reling auftauchten. Was gibt es dazu zu sagen. Jeweils zu zweit waren sie mit Fußketten aneinandergefesselt, nackt vom Kopf bis zu den Füßen, mit Brandzeichen wie das Vieh.

Scudamore und ich nahmen sie in Empfang. Wir stellten die Eingeborenen auf und kehrten ihr Innerstes nach außen, um festzustellen, ob sie Pocken oder den Tripper hatten, bei ersterem starben sie wie die Fliegen, das zweite machte sie wertlos. Eines kann ich bezeugen, keinem stand er, als Scudamore anfing, ihre Ruten zu befingern. Scudamore aber war ein wirklicher Künstler auf diesem Gebiet. Er drückte mit seinen spillrigen Fingern unter dem Sack und bald zuckten ihre Ruten, so daß wir sie beurteilen und aussondern konnten.

Damit die Sklaven stillstanden, hatten wir die Hilfe zweier kräftiger Seemänner mit Säbeln und Musketen. Und manchmal reichte noch nicht einmal das aus. Einem zusammengeschlossenen Paar gelang es, durch das Loch im Netz, durch das man sie an Bord gehievt hatte, über die Reling zu springen. Wenige Schreie, und die Haie, die sich stets in der Nähe von Sklavenschiffen aufhielten, hatten sie zerrissen. Man stelle sich nur vor, ein paar Tage später hätte ich, John Silver, ihnen genug Gelegenheit gegeben, um ihr Leben und meines dazu zu kämpfen.

War ich empört, so war das noch nichts im Vergleich zu ihrem Besitzer, Pastor Feltman, dem Schwarzrock, der als Passagier mitfahren sollte. Zur eigenen Verfügung hatte er ungefähr zehn Heiden bei sich, die er mit einem eingebrannten Kreuz gekennzeichnet hatte, damit sie nicht mit dem Rest der Ladung vermischt wurden.

Feltman war außer sich, und von Gottvertrauen konnte nicht mehr die Rede sein, als man ihm mitteilte, Sein unergründlicher Wille habe aus zweien seiner kreuzgeschmückten Besitztümer Fraß für die Haie gemacht. Gebete zum Gedenken an die Toten unterblieben, vielmehr schrie und fluchte er so, daß er sich mit seiner Sprache vor dem Mast gut gemacht hätte. An Ort und Stelle versprach er den beiden Seeleuten, die hätten Wache halten sollen, sie würden in der Hölle schmoren, woraufhin er seine wehenden Gewänder sammelte und zu Butterworth eilte, um sich zu versichern, daß sein Versprechen hier und jetzt eingelöst würde.

Butterworth hörte ihn an, aber auch nicht mehr. Bestimmt empfand er keine große Vorliebe für Pfarrer, welchem Schiffsführer ging das schon anders, wo Gott ihm doch seinen Rang streitig machte. Die meisten Kapitäne verbannten Schwarzröcke sogar ganz von ihren Schiffen. An Bord war der Kapitän und keiner sonst der Herr. Gerade darum aber sah sich Kapitän Butterworth veranlaßt, die beiden Seeleute zu züchtigen. Beim nächsten Mal konnten womöglich die regulären Schiffssklaven über Bord springen, und für sie bekam Butterworth Provision.

»Jeder Sklave, der über Bord springt und umkommt, wird euch von der Heuer abgezogen«, sagte er zu den beiden.

Mehr mußte nicht gesagt werden. Der Wert zweier erwachsener männlicher Sklaven überschritt bei weitem die Heuer, die ein vollbefahrener Seemann im ganzen Jahr erhielt.

Tag für Tag standen Scudamore und ich in stechender und ungesunder Hitze auf dem heißen Deck, dessen Nähte aufquollen und an den Füßen klebten. Ich hatte um zwei Aufgaben gebeten, die ich gewissenhaft und eifrig ausführte, den Eingeborenen in die Augen zu sehen, um Schäden wie Blindheit und Eiter zu überprüfen, und ihnen die Amulette abzureißen, die sie unverletzlich machen sollten oder gegen allerlei Krankheiten und Unglücke schützten, vom Wahnsinn des weißen Mannes abgesehen.

Ich riß ihnen diese einzige Bekleidung, von den Brandzeichen abgesehen, herunter und stieß, da ich ihnen aus einem Fuß Abstand in die Augen starrte, auf soviel Haß und Angst, daß ein anderer zurückgeschreckt wäre. Doch als ich ihnen ihren Krimskrams heimlich wieder in die Hände steckte, hakten sich ihre Blicke an mir fest, als sei ich ein Rettungsboot auf einem sinkenden Schiff. Nicht für alle. Viele hatten nichts mehr, was ich ihnen hätte abnehmen können, auch Stolz und Würde nicht. Wieder andere litten an einer so weit fortgeschrittenen Fäulnis seelischer Art, daß ihnen alles gleichgültig war.

Waren Scudamore und ich fertig, übernahmen andere und schafften die Eingeborenen unter Deck. Der Erste überwachte die Stauarbeiten. Um Aufruhr zu verhindern, konsultierte er seine Papiere und sorgte dafür, daß Sklaven mit derselben Sprache und vom gleichen Stamm nicht nebeneinander gelegt wurden, soviel hatte man aus bitteren

Erfahrungen gelernt. Wäre man nicht gezwungen gewesen, sie zu füttern, damit sie überlebten, hätte man ihnen bestimmt die Mäuler zugenäht.

Als letzte der männlichen Sklaven kamen zwei stattliche, hochgewachsene Schwarze ohne Fußfesseln. Sie sahen sich um, wehrten meine und Scudamores neugierige Hände ab und gingen geradewegs auf den Ersten zu, um sich zum Dienst zu melden.

»Bombas!« sagte Scudamore.

»Sie sehen nicht aus wie Sklaven«, sagte ich.

»Sind sie aber trotzdem. Weißt du, Silver, schwarze Männer sind nicht so dumm, wie das häufig den Anschein hat. Man nimmt Königssöhne oder ähnliches, solche, die bereits glauben, sie seien besser als die anderen, bringt ihnen einige englische Worte bei, die sie brauchen, damit sie die Befehle des Kapitäns verstehen, gibt ihnen eine Peitsche und erlaubt ihnen, sich an Deck frei zu bewegen, und schon halten sie Ordnung unter ihren Leuten. Und ich kann dir versichern, daß sie das nicht nur wegen der paar erbärmlichen Vorteile tun. Nein, Silver, die Schwarzen sind wie wir, weder besser noch schlechter.«

Nach den männlichen kamen die weiblichen Sklaven und ihre Gören an die Reihe, geborene und ungeborene. Sie waren nackt und mit Brandzeichen versehen wie die Männer, aber nicht gefesselt.

»Dürfen die Frauen frei herumlaufen?« fragte ich.

»Ja, sicher! Warum denn nicht?« sagte Scudamore.

»Ist das nicht riskant?«

»Silver«, sagte Scudamore überraschend freundlich, »vollbefahren wie du bist, du hast noch viel zu lernen.«

Lüstern sah er hinab auf das erste Boot mit einem Dutzend schwarzer Frauenkörper, die im Sonnenlicht glänzten.

»Hast du mal versucht, es mit einer Frau zu machen, die an eine andere von derselben Sorte gefesselt ist?« fragte er und lachte.

»Nicht, daß es absolut unmöglich wäre«, fuhr er fort. »Aber höllisch schwierig ist es.«

»Ich dachte, das ist verboten«, sagte ich.

»Ja, etwas in der Art soll in den Anweisungen der Reeder an die Kapitäne stehen. Aber erstens sind die Offiziere genauso große Hurenböcke wie die Mannschaft. Und wer soll denn die sogenannten Übergriffe melden? Die Sklavinnen? Wiegen ihre Worte denn schwerer als die eines weißen Seemanns, und wäre es nur der Schiffsjunge? Nein, Silver, die Schlacht ist eröffnet, und du und ich haben die Wahl vor allen anderen.«

Mit den Hurenböcken auf dem Schiff hatte Scudamore nicht gelogen, denn als die Frauen an Deck kamen, schossen die Männer wie Pilze aus dem Boden. Ihr Grinsen, das Klopfen auf den Rücken, lüsterne, freche Blicke, nur nicht in die Gesichter der Frauen, verlieh ihnen das Aussehen der widerlichsten Lüstlinge, die ich je gesehen habe.

Und ich, unterschied ich mich denn von ihnen? Das weiß der Teufel! Festes, geschmeidiges Frauenfleisch brachte auch mich in Stimmung, das ist wahr. Und danach? Was sollte dann die ganze Aufregung? Nein, wie die anderen war ich nicht, denn sie wußten nicht, was sie taten, wenn sie im Saft standen. Ja, wahrscheinlich habe ich allein wegen Elisa die Besinnung verloren, und die Folge war, daß auch ich nicht mehr ich war. Butterworth schrie und dirigierte, damit die Leute ihre Posten wieder einnahmen. Doch ihm selbst fiel es schwer, die Augen von den Offenbarungen zu lösen, die Scudamore und ich auf der Backbordseite sammelten.

»Jetzt, Silver, bin ich an der Reihe«, sagte Scudamore und rief einen Bomba zu sich.

»Sag den Frauen«, sagte er zu ihm, »daß wir nach Krankheiten sehen müssen, und scher dich dann unter Deck.«

»Das beruhigt sie und man hat ein wenig Zeit«, erklärte Scudamore, als der Bomba verschwunden war.

»Zeit wofür?«

»Ich mache da unten weiter«, antwortete er, »dann kannst du ihnen in die Augen sehen, wie vorhin. Dann erkennst du, welche etwas taugt, und die behalten wir für uns.«

Auf den Knien wie ein Priester berührte er die Frauen da und dort, doch ruhig, überlegt und methodisch, so war der Mann, und sogar zärtlich, wenn man mich fragt. Er ließ seine dünnen, schwielenlosen Finger an den Schenkeln emporgleiten, rieb sie am Venusberg der Frauen und schob dann seinen neugierigen Zeigefinger in sie hinein. Und was tat ich, während Scudamore mit begeistertem Gesicht die Lust der Frauen zu wecken versuchte?

Ich stand da und starrte in die Augen dieser Frauen, um nach einer ansteckenden Krankheit zu suchen, die sie würde erblinden lassen. Ich glaube aber, daß ich alles sah, was Augen auf dieser Welt ausdrücken können.

»Sag Bescheid, wenn eine aussieht, als ob sie mehr haben will!« sagte Scudamore ab und zu. »Dann gehört sie mir.«

Ich aber hielt den Mund, bis ich plötzlich in zwei Augen sah, die mir gerade in die Seele zu blicken schienen, statt umgekehrt. Scudamore hatte vollauf zu tun und bemerkte von all dem nichts.

»Wenn eine mir gehört«, sagte ich zu ihr, »dann bist du es.«

Sie erwiderte meinen Blick, ohne zurückzuzucken wie die anderen. Ich hatte den Eindruck, sie wußte, zu welcher Sorte ich gehörte, und sogar, daß sie verstand, was ich sagte. Im nächsten Augenblick kam Scudamore mit seinen schmierigen Fingern angekrochen und legte sie auf den Schenkel der Frau. Ich stand hilflos da und ließ es geschehen, bis ich den Haß sah, der in ihren Augen aufstieg.

»Von ihr läßt du deine schmutzigen Finger!« sagte ich zu Scudamore. »Die gehört mir!«

Scudamore krümmte sich, und zu meinem Erstaunen erkannte ich, daß er Angst hatte.

»Natürlich, Silver«, antwortete er mit einem schmeichlerischen Grinsen. »Natürlich gehört sie dir. Ich habe den Sack schon voll. Mehr als ich gebrauchen könnte.«

Trotzdem mußte er den Körper der Frau von Kopf bis Fuß betrachten, will sagen, vom Hals abwärts.

»Beim Teufel!« rief er. »Ich habe doch nicht wissen können, daß du dich auf Frauen verstehst. Und eine Mulattin dazu! Stehst da und läßt dir nichts anmerken, aber nutzt die Gelegenheit.«

»Halt das Maul!« brüllte ich ihn an, und er schloß den Mund wie ein Dorsch.

Aber auch ich betrachtete den Körper der Frau, und wirklich, er hatte recht. Sie war gemeißelt wie die Galionsfigur auf einem Admiralsschiff, und sie schämte sich nicht. Nein, dachte ich, das ist keine von den anderen.

Wie konnte ich, dachte ich, als Schiffsjunge, als der unbedeutendste von allen an Bord, sie für mich allein mit Beschlag belegen? Aber ich hatte mein Gehirn unnötig angestrengt. Vom Achterdeck stieg Butterworth herunter und packte die Frau am Arm.

»Ich brauche eine, die mir die Kajüte sauberhält«, sagte er. »Wie Er weiß, ist der Schiffsjunge vorgestern gestorben.«

Das entsprach durchaus der Wahrheit und war einige Tage, nachdem er Butterworth' Messingknöpfe fertig geputzt hatte, geschehen, der letzten guten Tat, die er in seinem kurzen Leben hatte ausführen dürfen. Butterworth' Blick klebte am goldbraunen Körper der Frau.

Und ich, was tat ich? Ich sagte, er solle sie in Ruhe lassen. Butterworth zuckte zusammen, und sogar bei ihm erkannte ich Furcht, bis ihm aufging, wer er war und wer ich war.

»Ach, was Er nicht sagt, Silver«, sagte er mit einem Lächeln der schlimmsten Sorte. »Es verhält sich doch nicht etwa so, daß Er meine Befehle ein weiteres Mal in Frage stellt. Ich möchte annehmen, daß der Boden der *Sorgenfri* nach vier Wochen in afrikanischen Gewässern aussieht wie ein Korallenriff.«

»Nein, Sir«, rang ich mir ab. »Ich mache mir nur Sorgen um Eure Gesundheit, Sir. Ich glaube, sie hat die Pocken.«

»Gute Antwort, Silver! Leider hat Er einen Kopf, auch wenn Er ihn zu nichts benutzt. In meinem ganzen Leben habe ich noch kein gesünderes Frauenzimmer gesehen, frisch und von festem Fleisch wie ein neugeborenes Kalb. Er kann mir glauben, ich bin schon öfter auf dieser Route gefahren und kann eine Krankheit so gut erkennen wie ein Pfuscher wie Er. Ich riskiere nichts. Im Gegenteil, es wird mir guttun.«

Er sah sich überheblich um, dann zog er mit der Frau ab. Ich sah ihr nach und bildete mir ein, ihr Blick bliebe zurück. Und dann sah ich, wie sie lächelte, ein Lächeln, das jedem weiche Knie bereitet hätte, aus Schrecken und aus Furcht. Denn schön war dieser Blick nicht. Butterworth aber war zu erfüllt von seinem kommenden Glück, um etwas zu merken. Ich spürte, wie Scudamore meinen Arm mit einem festen Griff umklammerte.

»Mach nicht schon wieder Dummheiten!« sagte er, als gehe es um mich. »Eine Frau ist kein weißer Strich auf Deck. Die gibt es haufenweise.«

»Was weißt denn du darüber?« sagte ich und befreite meinen Arm. »Wenn du meinst, ich bin so dumm, daß ich mich wegen einer Frau kielholen lasse, dann irrst du dich!«

»Das wollte ich nur wissen«, sagte er vergnügt. »Ich habe doch dafür sorgen wollen, daß dir nichts passiert. Wenn das Schiff in die richtigen Hände kommt, weißt du wenigstens, daß du dich auf mich verlassen kannst. Vielleicht gehen wir jetzt besser zu unseren Schützlingen in die Unterwelt und sehen nach, wie es ihnen geht. Bereite dich auf das Schlimmste vor.«

19

Dolores, ganze neunzehn Jahre lang sind wir zusammen gewesen, ohne darüber zu sprechen. Und jetzt ist es zu spät. Du hast dein Geheimnis mit ins Grab genommen. Gestern abend, nachdem ich beschrieben hatte, wie du und ich uns kennengelernt haben, bat ich eine der Frauen, bei mir zu schlafen. Lächelnd kam sie, als freue sie sich darüber, daß ich sie gebeten hatte. Vor meinen Augen zog sie sich aus, zeigte ihren schwarzen Körper und legte sich auf mein Bett, die Schenkel einladend geöffnet. Auch ich zog mich aus, zeigte meine schlappe, trockene, runzlige und rötliche Nacktheit und legte mich neben sie. Ich bat sie, sich auf die Seite zu drehen, den Rücken mir zugewandt, und dann preßte ich meinen ganzen Körper an sie und hielt sie die ganze Nacht fest, ohne mich zu bewegen. Ich fühlte, wie ihre Wärme in meinen steifgefrorenen Kadaver strömte und dachte an dich, Dolores, bis ich in der Morgendämmerung einschlief.

Als ich aufwachte, war die Frau bereits aufgestanden und legte ihre wenigen Kleidungsstücke an. Auf ihrer einen Schulter und am Schenkel erkannte ich die Abdrücke meiner verkrampften Hände. Sie warf mir einen fragenden und, wie ich glaube, mitleidigen Blick zu, der mir freilich nichts ausmachte. »Ich danke dir!« sagte ich in ihrer Sprache, und sie strahlte vor Freude.

Wahrscheinlich, fiel mir plötzlich auf, hatte sie diese Worte zum ersten Mal aus meinem Mund gehört.

Herr Defoe, Ihr müßt diesen Ausbruch der Rührung entschuldigen, aber ich bin wie ein alter Kompaß, der deviiert werden muß. Zwar kann ich mit der Mißweisung umgehen und kann sie ins Kalkül ziehen, die Deviation aber ändert sich mit dem Kurs, der Ladung und allem Eisenzeug an Bord. Aber ich wollte von Edward England erzählen, von all dem, was ich Euch nicht gesagt habe, als wir uns im »Angel Pub« unterhielten. Für meine Erinnerungen aber existiert keine Deviationstabelle. Ich setze einen Kurs fest, weiß aber nicht, wie ich gegensteuern soll, und bin mir darum binnen kurzem über die Situation unsicher. Die Navigation nur mit Log und Kompaß nennt man *dead reckoning,* habt Ihr das gewußt, Herr Defoe? Und der Bericht über mein Leben ist nichts anderes als eine solche tote Rechnung. Man weiß, wo man sich befindet, doch je weiter man sich von seinem Ausgangspunkt entfernt, um so unsicherer wird die Lage. Der Kreis, in dem man sich zu befinden meint, wird zunehmend größer. Und was soll man tun? In der Hoffnung, sie werde Land entdecken, ehe es dafür zu spät ist, setzt man eine Doppelwache in den Ausguck. Man geht ans Logbuch und wägt eines gegen das andere ab, die Fehler des Logs, die durch Wind und Strömung verursachte Abdrift, Rudergänger, die in Sturmböen in den Wind gehen oder abfallen und in der Dunkelheit zu hoch oder am Wind bleiben. Doch bin ich mir je sicher? Im Gegenteil. Ein kluger Navigator schlägt seine Kreise weiter und weiter, weil er weiß, Unsicherheit ist die einzig zugängliche Gewißheit.

Ich gehe im Logbuch zurück, um festzustellen, wo ich mich befand, doch es stellt sich heraus, daß ich nur meinen Kreis berechne. Ich habe keine Wachen in den Ausguck gestellt. Denn so viel habe ich eingesehen, zu glauben, ich hätte mein Leben lang mit Land in Sicht und sicheren Peilungen navigiert, wäre nichts anderes als ein Trugschluß, wäre Einbildung, Wunschdenken. Nein, mein Leben bestand aus toter Rechnung, aber wer weiß, vielleicht gelingt mir eine Positionsbestimmung vor dem Untergang.

20

Im Inneren aufgewühlt, ging ich also mit Scudamore unter Deck: Die Gedanken an die Frau und die Meuterei stürmten in meinem Kopf wie eine Trombe. In diesem Augenblick war ich voller Lebenslust.

Ich kann jedoch nicht leugnen, daß diese Lebenslust ein wenig gedämpft wurde, als ich den Laderaum betrat und das Murmeln und Jammern von Hunderten Stimmen hörte und den scharfen, stechenden Geruch von Schweiß, Urin und Kot wahrnahm. Ich stand neben Scudamore auf der kleinen Fläche, die uns um die Leiter herum zur Verfügung stand. Vor mir, im schwachen Licht, das durch die einen Spalt breit geöffneten Decksluken fiel, lagen reihenweise nackte Männer, die uns mit stummen Augen ansahen. Allmählich, während alle Gesichter sich zu uns kehrten, zuerst die nächsten und dann die entfernteren bis zu den letzten am Stevenschott, ebbte das Murmeln und Jammern ab und wich einer drückenden Stille. »Du siehst selbst«, sagte Scudamore leise, für den Fall, daß einer der Sklaven Englisch verstand, »alles in allem dreihundertzwölf Neger, hervorragende Sklaven, und außerdem Frauen und Kinder. Das ist eine ganz verfluchte Menge Lebendgewicht auf einer Fläche von siebzig mal zwanzig Fuß. Gut für uns, daß wir nicht die volle Ladung haben, denn Butterworth gehört zu denen, die sie am dichtesten zusammenpacken. Er legt die Sklaven auf die Seite, damit er soviel wie möglich unterbringt. Je mehr man am Anfang hineinstopft, um so mehr sind bei unserer Ankunft übrig, denkt er. Aber dieses Rechenkunststück geht nicht auf. Ich bin mit welchen gesegelt, die sie zusammengepfercht haben, und mit anderen, die ihnen ein wenig Platz gelassen haben, die einen verdienen nicht mehr als die anderen. Der einzige Unterschied ist der, daß Leute wie wir bei den Vollpfropfern die Hölle am Hals haben. Dabei sterben mehr, das versteht sich von selbst, und man kommt kaum durch, um die Leichen zu beseitigen, jedenfalls nicht, bis der Knochenmann die Reihen anständig gelichtet hat. Und dann noch die auf den Brettern.«

Bis dahin war es mir nicht aufgefallen, aber an den beiden Schiffsseiten lagen die Sklaven in doppelten Schichten.

»Wie soll man denn dabei arbeiten können? Versuch, dorthin zu kommen, dann weißt du, daß du lebst. Kaum drei Fuß ist unter und über den Brettern Platz, sie können sich also nicht einmal aufsetzen. Außerdem muß man barfuß gehen, damit man die armen Kerle nicht zertrampelt. Aber glaubst du, die verstehen das? Nein, sie sind auch noch undankbar. Das einzige, was hilft, ist, sich die Füße mit ihrem Kot einzuschmieren. Dann beißen sie wenigstens nicht.«

Scudamore lachte.

»Das ist eine meiner kleinen Erfindungen«, sagte er. »Nicht besonders angenehm, aber wirkungsvoll. Siehst du die Tonnen? Die sind für ihre Notdurft da. Die Frauen gehen dazu an Deck, aber es wäre zu riskant, die Männer zum Kacken oder Pissen jedesmal an Deck zu holen. Das ist deine Aufgabe, du mußt die Tonnen an Deck schleppen und leeren.«

Er warf mir einen fragenden Blick zu.

»Ich habe dich gewarnt«, sagte er. »Aber du hast nicht auf mich gehört. Jetzt ist es zu spät.«

»Hältst du mich für dumm?« fragte ich ihn. »In ein paar Tagen ist alles vorbei, und wir sind freie Männer.«

»Nein, Silver, ich glaube nicht, daß du dumm bist, im Gegenteil. Weißt du aber immer, worauf du dich einläßt? Näher kann man der Hölle kaum kommen. Die paar Tage können jeden zugrunde richten. Und du solltest sehen, wie es hier aussieht, wenn wir einen oder zwei Tage lang Sturm haben. Die meisten Schwarzen haben ihren Fuß noch nie auf ein

Deck gesetzt. Sie werden seekrank und kotzen in alle Himmelsrichtungen. Die Tonnen kippen um, und sie müssen an Ort und Stelle pissen oder kacken. Und unter den Brettern? Diejenigen, die oben liegen, lassen den Kot auf die Darunterliegenden fallen. Und der Gestank, Silver! Wenn die Luken geschalkt sind, kommt kein bißchen frische Luft hier herein. Eine Luft ist hier unten, daß die Laternen verlöschen. Und das Schreien, das Jammern und das Stöhnen! Silver, die Hölle kann nicht schlimmer sein. Du hast die Aufgabe übernommen, die Hölle sauberzuhalten.«

»Sag mir eines«, fragte ich ihn, »wenn das alles so furchtbar ist, wie kommt es dann, daß du dich darauf einläßt, wenn du auch selbst den Dreck gar nicht wegschaffen mußt?«

»Was soll ein gebildeter Mann ohne Beziehungen anderes tun«, sagte er, »als die Menschen am Leben zu halten?«

Er sah zu den Negern, die noch immer schwiegen.

»Und ein wenig am Unglück und am Elend anderer zu verdienen«, fügte er hinzu. »So wie alle.«

Er hielt sich an der Leiter fest.

»Und jetzt mußt du allein zurechtkommen, so gut es geht. Ich mache zweimal am Tag die Runde und du kannst mir helfen, ihnen Medizin und anderes mehr zu geben. Beim Verteilen der Maulsoße, so nennen sie ihre Mahlzeit, bekommst du Hilfe. Aber stell dich darauf ein, daß viele das Essen verweigern. Für die haben wir besondere Werkzeuge. Und diejenigen, die an Deck und an die Luft sollen, werden von den Wachen geholt. Du brauchst nur auf die Reihenfolge zu achten. Für alles andere sorgst du allein.«

Bevor er ging, drehte er sich noch einmal zu mir um.

»Und laß dir eines raten, vergiß die Frau, wenn du nicht noch einmal kielholt werden willst. Ich kann dir versprechen, daß die, die ich ausgesucht habe, mindestens ebensogut sind. Für uns beide.«

Im nächsten Augenblick schloß sich die Luke und ich war allein und sah mich dreihundert Augenpaaren gegenüber.

»Gut!« schrie ich. »Jetzt hat es mit dieser Hölle bald ein Ende. Versteht einer von euch, was ich sage? Kann einer etwas anderes als die Negersprache?«

Die Stille hielt an, dann aber hörte man aus dem Schummerlicht eine Stimme.

»Ich, Sir«, sagte irgendwo einer.

Ich bahnte mir einen Weg über ihre Körper hinweg, die sich zu meinem Erstaunen darum bemühten, daß ich durchkam. Eisen klirrte, wenn sie ihre Fußfesseln bewegten. Hie und da sah ich freundliches Lächeln und ausgestreckte Hände, die mich berühren wollten. All dies, so dachte ich, weil ich ein paar erbärmliche Amulette zurückgegeben und ihnen in die Augen gestarrt habe.

»Wer bist du?« fragte ich, als ich mich zu einem der letzten Paare auf der Backbordseite vorgearbeitet hatte.

»Andrianamboaniarivo, Sir.«

»Willst du dich über mich lustig machen?«

Der Neger sah mich fragend an. Nein, dies war offenbar nicht der Fall.

»Hast du etwas dagegen, wenn ich dich Jack nenne?« fragte ich.

»Nein, Sir«, sagte der Neger und lächelte.

Er war also nicht ganz unvernünftig.

»Und sag nicht ›Sir‹ zu mir«, fügte ich hinzu. »Ich bin hier an Bord der Schiffsjunge, mehr nicht, und habe die Aufgabe, den Dreck wegzuschaffen und in dieser Hölle sauberzumachen.«

»Danke, danke«, sagte Jack.

»Wofür?« lachte ich. »Weil ich den Dreck wegwische? Euch zuliebe tue ich das nicht.«

»Nein, nicht für Dreck. Weil wir unsere ...«

Er kannte das Wort nicht, aber zeigte statt dessen auf seinen Hals, an dem ein Krokodilzahn oder etwas Ähnliches hing.

»Umsonst, mein guter Mann. Dieser Kram wird euch das

Leben nicht retten. Nein, wenn es ums Leben geht, dann tut ihr besser daran, wenn ihr euch an einen wie mich wendet, namens John Silver. Ich bin mehr wert als hundert von euren Krokodilzähnen und Korallenstummeln, das kannst du mir glauben.«

Jack sah mich verständnislos an.

»Ihr wollt hier weg?« fragte ich. »Nach Hause?«

Das zumindest verstand er, denn das Blitzen in seinen Augen war nicht zu übersehen.

»Hör jetzt genau zu, was ich dir zu sagen habe. Und wenn du etwas nicht verstehst, dann sag es. Es ist wichtig, begreifst du?«

Jacks Gesicht wurde ausdruckslos.

»Nicken kannst du doch, auch wenn du schwarz bist«, sagte ich und nickte. »Das bedeutet ja, falls du das noch nicht weißt.«

Trotz allem konnte ich mir schließlich nicht sicher sein, ob sie das gleiche Signalbuch hatten wie wir Weißen. Jack aber nickte und verzog den Mund. Die Sache sah gut aus.

»In ein oder zwei Tagen ist dieses Schiff klar und bringt euch alle in die Hölle. Weißt du, was die Hölle ist?«

Jack nickte einige Male und sah sich vielsagend um.

»Gut«, sagte ich, »dann sind wir uns wenigstens darüber einig. Nun verhält es sich so, daß ihr Sklaven dem Kapitän nicht die liebsten seid. Der Kapitän, das ist der König hier, und gegen Könige macht man einen Aufstand. Und falls man in der Stimmung ist, kann man sie erschlagen und auffressen.«

Jack schüttelte den Kopf.

»Das also nicht. In der Tat, wer will schon seine Zähne in einen Sauertopf wie Butterworth schlagen, doch nicht einmal ein Kannibale. Butterworth, der Kapitän, glaubt jedenfalls, daß ihr nicht mitkommen würdet auf die andere Seite des Meeres, wenn ihr die Wahl hättet. Deshalb will er mitten in der Nacht von Accra ablegen, wenn ihr im besten Schlaf liegt. Wenn ihr am nächsten Tag aufwacht, riecht es nicht mehr nach Land und gibt es nur noch den Ozean, bis wir auf die andere Seite kommen. Dann aber, mein Junge, ist es zu spät, denn dort in Westindien warten Soldaten mit Musketen auf uns, die dafür sorgen, daß Kostbarkeiten wie ihr sicher an Land kommen. Hast du verstanden? Und wenn wir jetzt nichts tun, ist es zu spät, und dann bleiben euch nur eine noch schlimmere Hölle oder die Haie.«

»Ich verstehe Hölle«, sagte Jack mit tiefem Ernst. »Wie Kapitän töten?« fragte er und sah auf seine Fußfesseln und auf seinen an ihn geketteten Partner, der unsere Verhandlungen mit großem Interesse verfolgte.

Erst jetzt fiel mir auf, daß um uns herum noch immer Schweigen herrschte. Also senkte ich die Stimme und erklärte meine Vorbereitungen, erwähnte das Waffenlager, die Verschwörer, die sich vor dem Mast bereithalten würden, erzählte von den Kanonen auf Deck, von den Löchern in den Schotten, und zuletzt gab ich Jack den Dietrich in die Freiheit.

Er riß die Augen weit auf.

»Warum?« fragte er.

»Warum was?«

»Du weißer Mann. Nicht schwarz, nicht Sklave.«

»Was spielt das für eine Rolle? Wenn ihr nur freikommt.«

Er nickte, war aber noch immer mißtrauisch.

»Verstehst du?« Ich hatte keine Antwort erwartet. »Wenn ich solche wie euch sehe, glaube ich immer, ich bin beim nächsten Mal an der Reihe.«

Jack sah mir in die Augen, als habe er wirklich verstanden.

»Du und ich, wir Brüder«, sagte er. »Mein Volk, Sakalava, beugt sich vor keinem.«

»Ach so?« fragte ich. »Und was machst du dann hier?«

Das brachte ihn zum Schweigen.

»Das gibt dir zu denken, was?« fügte ich mit der ganzen Munterkeit hinzu, zu der ich fähig war.

»Wir Brüder«, sagte Jack rechthaberisch.

»Wie du willst«, lenkte ich großzügig ein. »Wenn ihr nur das tut, was ich gesagt habe. Und noch eines, ehe ich es vergesse, sorge dafür, daß die Bombas an der Spitze sind, wenn ihr das Achterdeck stürmt.«

Jack hob die Augenbrauen, ganz so, wie wir anderen das auch taten.

»Natürlich«, sagte ich, »als Schild. Das ist nur gerecht.«

Jacks Gesicht hellte sich auf, und ich dachte, daß wir einander recht gut verstanden, besser, als ich es mir je erhofft hatte.

»Kannst du das den anderen erklären? Versteht ihr eure Sprachen?«

»Ein paar«, antwortete Jack. »Aber nicht schwer zu erklären.«

Er machte eine Geste mit dem Finger, bei der jeder verstehen konnte, daß es einige den Kopf kosten sollte. Ich drehte mich um und packte die erste beste Latrinentonne. Während ich sie nach draußen schob, hörte ich erwartungsvolles, erregtes Murmeln und Palavern.

Sorgen, daß meine Botschaft nicht weitergetragen würde, mußte ich mir also nicht machen. Denn jedesmal, wenn ich von Deck hinunterkam und eine weitere Tonne holte, sah ich, wie sich der Ausdruck auf den Gesichtern veränderte. Und wohin ich auch kam, ich stieß auf Freundlichkeit, Wertschätzung, Respekt und entschlossene Mienen. Wenn ich an die verdrossenen und kleinlichen Meuterer dachte, mit denen ich mich verbündet hatte, bereute ich fast, daß ich die Neger nicht gebeten hatte, sie sollten die gesamte weiße Rasse über Bord werfen, mich selbstverständlich ausgenommen.

Als ich die letzte Tonne der stinkenden Schmiere ins Meer gekippt hatte, stand ich einen Augenblick in der zitternd heißen, sauberen Luft und ruhte mich aus. Man hätte jedoch glauben können, daß Menschen wie Butterworth auch im

Nacken Augen haben, tauchte doch unverzüglich sein sarkastisches Gesicht neben mir auf.

»Hat Er Freiwache, Silver?« fragte er einleitend.

Ich gab keine Antwort.

»Sorg Er dafür, daß Er unter Deck kommt, wo Er hingehört«, brüllte er. »Im übrigen«, fuhr er fort, ohne seine Lautstärke nennenswert zu senken, »ist es Zeit, daß ich die Fracht inspiziere. Heute nacht legen wir ab. Silver, Er geht voraus!«

Heute nacht! Ich kletterte hinunter und wartete, bis Butterworth neben mir stand. Das Gemurmel verstummte, als die Sklaven uns erblickten. Butterworth nahm ein Taschentuch heraus und hielt es sich vor Nase und Mund. Sonderlich weit wagte er sich nicht zwischen die schwarzen Leiber. Als ich aus der Dunkelheit vortrat, schwoll das Getuschel wieder an. Man mußte sehr abgestumpft sein, um den Funken, der darin glomm, nicht wahrzunehmen. Ich hob die Stimme.

»Hier habt ihr Kapitän Butterworth, den König auf diesem Schiff. Ihm und Gott haben wir es zu verdanken, wenn wir wieder an Land kommen.«

Das Gemurmel nahm zu, und ich sah, daß Jack meine Botschaft übersetzt und unter die Leute gebracht hatte. Pfiffig, so dachte ich, denn nun wußten alle, wie der Satan selbst aussah.

»Was soll der Lärm?« fragte Butterworth mich. »Glaubt Er vielleicht, die verstehen eine zivilisierte Sprache?«

»Darum geht es nicht, Sir. Es kommt auf den Tonfall an. Das ist genauso wie bei den Hunden, Sir. Habt Ihr noch nie mit einem Hund gesprochen? Man muß eingestehen, daß sie ganz zufrieden und munter aussehen.«

»Vielleicht«, brummte Butterworth, »gut sehen sie aus. Und das ist Sein Glück, Silver. Ich habe ein Auge auf Ihn, Silver.«

»Natürlich, natürlich. Natürlich. Aber ich weiß, wie man mit Menschen umgehen muß, Sir.«

»Ausgenommen mit Ihm selbst wahrscheinlich«, schnauzte Butterworth, machte auf dem Absatz kehrt und stieg hastig wieder an Deck.

Sobald er gegangen war, hatte ich es eilig. Ich sagte Jack, daß es schon in der kommenden Nacht soweit sein werde, sie sollten mit den Fesseln jedoch warten, bis Scudamore seine Runde gedreht hatte und die Abendmahlzeit ausgeteilt worden war. Mit Hilfe von Tompkins benachrichtigte ich die anderen. Sobald der Aufruhr in Gang gekommen war, sollten sie sich zurückziehen vor den Mast und keinen Finger rühren, bis ich es ihnen sagte. Dies war die einzige Art, den Negern zu zeigen, wer angegriffen werden durfte und wer nicht.

Als Scudamore zu seiner Runde auftauchte, weihte ich ihn in die Pläne ein und sagte ihm, er solle vor dem Mast bleiben, wenn er am nächsten Morgen noch den Sonnenaufgang sehen wolle. Er bedankte sich für diese Nachricht, verriet aber weder Eifer noch Begeisterung, was ich auch nicht anders erwartet hatte.

Um acht Glasen schlossen die Neger ihre Fesseln auf. Der Ausdruck auf ihren Gesichtern, als sie sich aufsetzten und sich die Fußgelenke massierten, war ein Anblick für Götter und sogar für mich.

Vier Glasen später, als ich in der Luke stand, hörte ich, wie der Erste mit leiser Stimme die Männer in die Takelage befahl. Schnell stieg ich wieder hinunter und stieß auf Jack, der an der Leiter bereitstand. Am Achterschott standen drei Bombas und warteten verschüchtert auf das, was kommen sollte. Jetzt war ihnen der Mut vergangen, was nur gerecht war.

Ich nickte Jack zu, und einen Augenblick später setzte sich die schwarze Menschenmasse in Bewegung. Für mich gab es nicht mehr viel zu tun, ich konnte nur warten. Ich legte mich auf eine der Pritschen und schloß die Augen. Ich hörte die ersten Schüsse und Schmerzensschreie und freute mich darüber, dann wurde es mir schwarz vor Augen.

Als ich wieder zu mir kam, war es noch immer dunkel, und

schon bevor ich die Augen öffnete, wußte ich, daß sich nicht alles so verhielt, wie es sollte. Nicht nur, weil mein Kopf schmerzte, nicht nur, weil ich den Geruch warmer Körper, von Kot und von etwas anderem wahrnahm, das ich nicht erkannte, und nicht nur wegen des seltsamen Gefühls, daß ich nicht allein war, obwohl ich keinerlei menschliche Laute hörte, von einem leisen Jammern abgesehen, sondern weil wir segelten, so wahr ich John Silver hieß. Gestützt von gesetzten Segeln, rollte die *Sorgenfri* weich, in abnehmender oder zunehmender Dünung, und der Wind drückte auf die Bille. Das war nicht zu leugnen. Und das wäre nicht der Fall gewesen, wäre die Meuterei erfolgreich verlaufen.

Was war geschehen, und wo befand ich mich? Ich versuchte, mich aufzurichten, aber ein Bein saß fest wie in einem Schraubstock, und ehe ich mich aufsetzen konnte, schlug ich mit dem Kopf an einen Balken, so daß der Schmerz sich verdoppelte und warmes, widerliches Blut, ohne Zweifel mein eigenes, mir in die Stirn lief, an der Nase vorbei und aufs Kinn. Plötzlich erkannte ich auch den Geruch wieder. Es war Blut. Ich zog heftig mein Bein an, und irgend etwas gab nach. Dann aber hörte ich eine trostlose Stimme neben mir.

»Liegenbleiben, Sir! Alles jetzt vorbei.«

Ich tastete mit den Händen. Neben mir lag ein nackter Körper. Mit den schlimmsten Ahnungen betastete ich meinen Fuß und fand eine Fußfessel, die eines meiner Fußgelenke umschloß und mich mit dem Körper neben mir verband.

»Was ist denn das, zum Teufel!« rief ich.

»Alle können Sklaven sein«, hörte ich wieder diese Stimme, die aus der Unterwelt zu kommen schien. »Sakalava, Weiße.«

Ich sank zurück auf die Holzpritsche, die mit keiner anderen Matratze ausgestattet war als dem bißchen Fett, das man womöglich am Leib hatte. Erst jetzt fiel mir auf, daß auch ich nackt war. Ich war Sklave, Gott helfe mir und verfluche mich, man hatte mich zum Sklaven gemacht, mich, John Silver, der freier sein wollte als alle anderen, denen er jemals begegnet war.

Ich verlor den Verstand und schrie zum Himmel. Ich fühlte, wie ein Arm mich packte und mich schüttelte.

»Nicht mehr. Du nicht nur du«, sagte dieselbe Stimme.

Und dann hörte ich freudloses Lachen.

»Jetzt wir Brüder, du und ich. Du auch.«

Diese Worte trafen mich wie ein Peitschenschlag.

»Was?« fragte ich hitzig.

»Du Sklave, ich Sklave, wir Sklaven. Kein Unterschied«, sagte Jack, denn er war es, der neben mir lag.

»Ich bin doch verdammt noch mal kein Sklave, merk dir das!«

»Warten, sehen!« antwortete Jack.

Was meinte er? Ich versuchte zu denken. Trotz allem war ich schließlich am Leben. Das war immer das wichtigste, am Leben zu bleiben. Die Meuterei war niedergeschlagen worden, daran gab es keinen Zweifel. Wie und warum, das hatte Zeit. Mir hatte man mit etwas Hartem auf den Kopf geschlagen und mich bis auf weiteres angekettet. Natürlich war ich verdächtig, weil ich mich als einziger unter Deck aufgehalten hatte, als der Aufstand losbrach. Daß man mich gefangenhielt, war also eine natürliche Sache, sagte ich zu mir selbst und schätzte mich glücklich, daß ich den Runden Robin nicht unterschrieben hatte. Wie die Dinge standen, gab es keinen Beweis, daß ich hinter allem steckte. Ich würde meinen guten Ruf schon mit meinem großen Maul verteidigen können, wenn ich nur nachdachte und nicht aufbrauste. Warum aber hatte man mich völlig entkleidet?

»Jack?« fragte ich. »Was ist geschehen?«

»Geschehen?« antwortete er tonlos.

»Ja, geschehen? Warum liegen wir hier? Warum ist es anders gekommen als geplant?«

Ich mußte ihm gut zureden, damit er erzählte, so niedergeschlagen war er. Zum ersten mußte jemand geplappert haben, denn alles war zum Empfang der Aufrührer vorbereitet. Man hatte zugelassen, daß sich die drei Bombas und zwei andere der Kanone bemächtigten und den anderen das Zeichen gaben, hinter den Palisaden hervorzukommen. Als ungefähr hundert dort standen, dichtgedrängt wie Heringe, griff man sich die fünf an der Kanone – und eben deren Schreie und Schüsse hatte ich gehört, bevor ich in Ohnmacht fiel –, und machte den anderen klar, was geschehen würde, wenn sie auch nur ein Glied rührten. Ein anderer Teil der Mannschaft setzte zur gleichen Zeit diejenigen fest, die durch die von mir gesägten Löcher stiegen, was ein leichtes gewesen war, weil sie portionsweise kamen, immer zwei und zwei. Und zu guter Letzt war eine Gruppe mit Musketen bewaffneter Seeleute durch eine Luke am Steven in den Laderaum gestiegen und fiel denen, die noch dort waren, in den Rücken. Einer von ihnen, so glaubte Jack, hatte mich niedergeschlagen. Jack selbst hatte im Durcheinander noch dafür gesorgt, daß er mit mir zusammengeschlossen wurde.

»Aber wieso ist das alles so schnell gegangen?« fragte ich verblüfft. »Es ist noch nicht hell, alle sind wieder dort, wo sie waren, und wir sind unter Segeln.«

»Zweite Nacht«, sagte Jack.

So war das also. Ich war eine ganze Nacht und einen Tag bewußtlos gewesen.

»Und jetzt«, fügte Jack hinzu, »nur Hölle. Du so gesagt.«

Er hätte fröhlicher aussehen können, so viel war sicher.

»Mit mir sind sie noch nicht fertig, so wahr ich John Silver heiße«, antwortete ich und sank zurück auf die Bank.

Ich mußte alle verfügbaren Kräfte für das sammeln, was kommen würde, so glaubte ich. Und damit hatte ich wirklich völlig recht, wenn auch nicht in der Weise, die ich mir vorstellte.

21

Das erste, was ich am nächsten Morgen sah, war Scudamores ausdrucksloses Gesicht, als er mich ohne irgendeine menschliche Regung betrachtete.

»Du konntest auch tot sein«, stellte er fest.

»Das wäre nicht das erste Mal«, antwortete ich trotzig. »Aber ich lebe, so wie gewöhnlich. Jetzt sieh zu, daß dieses verdammte Eisen um meinen Fuß wegkommt und gib mir ein paar Fetzen. So kann ich nicht liegenbleiben.«

»Tut mir leid, daß ich das sagen muß, aber das ist wahrscheinlich das einzige, was du kannst.«

»Was, zum Teufel, willst du damit sagen?«

Ich starrte ihm in die Augen, ohne daß er dadurch freilich eingeschüchtert worden wäre.

»Befehl von Kapitän Butterworth«, sagte Scudamore, und ich meinte, ein Lächeln auf seinem Gesicht zu erahnen.

»Butterworth soll der Teufel holen!« schrie ich. »Er hat nicht das Recht, mich wie einen Hund zu behandeln. Ich bin vollbefahrener Seemann und kann eine anständige Behandlung verlangen.«

»Butterworth scheint anderer Ansicht zu sein«, sagte Scudamore, und nun grinste er breit.

Das Grinsen signalisierte mir, daß ich auf der Hut sein mußte.

»Und worauf gründet er diese Ansicht?« fragte ich.

»Tja«, antwortete Scudamore, »auf verschiedenes. Sie haben den Runden Robin in einer deiner Taschen gefunden.«

»Das nützt ihnen nicht viel«, unterbrach ich ihn. »Ich möchte gern Butterworth' Gesicht sehen, wenn ich ihm sage, daß ich vorhatte, ihm das Papier zu übergeben, um diese Meuterei zu verhindern.«

»Das dürfte kaum klug sein«, sagte Scudamore.

»Ach, und warum nicht?«

»Aus dem einfachen Grund, weil dein Name auf dem Runden Robin steht.«

»Das ist nicht wahr«, schrie ich unbeherrscht. »Butterworth lügt, damit er gegen mich etwas in der Hand hat.«

»Nein«, sagte Scudamore langsam, »in diesem Fall lügt er wirklich nicht. Er hat uns das Papier gezeigt. Über allen anderen steht dein eigener Name, John Silver, mit großen, deutlichen Buchstaben. Das war dumm von dir.«

»Was?« brachte ich bestürzt hervor. »Ich habe keinerlei Papier unterschrieben.«

»Darüber gibt es, wie gesagt, verschiedene Ansichten.«

»Aber du weißt doch«, sagte ich und fand meine Stimme wieder, »daß ich nicht so dumm bin, mein eigenes Todesurteil zu unterschreiben.«

»Wie kann ich das wissen?« fragte er mit unschuldiger Miene.

»Das ist eine Fälschung«, sagte ich, »und das kann ich beweisen, wenn ich nur nach oben kommen und mit diesem Abschaum in eigener, hoher Person sprechen kann. Er hat meinen Namen dorthin geschrieben, er oder irgendein anderer, der mir böse will.«

Plötzlich kam mir ein Gedanke.

»Roger Ball«, rief ich. »Er ist es gewesen. Er haßt mich wie die Pest.«

»Das ist sehr gut möglich. Zur Zeit geht es nicht allein ihm so. Leider steht John Silver auf diesem Schiff nicht sehr hoch im Kurs.«

»Aber ich sage doch, ich habe Beweise dafür, daß ich meinen Namen dort nicht hingeschrieben habe. Gib mir Papier und Feder, und du wirst es sehen!«

»Und schicke dafür acht andere an den Galgen? Willst du das vielleicht? Butterworth braucht jeden Mann, und so, wie die Dinge jetzt liegen, begnügt er sich mit dir und tut, als übe er Nachsicht mit den anderen. Und noch nicht einmal dir will er ans Leben, auf meinen Rat übrigens. Nein, du brauchst dich nicht bei mir zu bedanken. Das habe ich nicht um deinetwillen getan. Aber es ist niemals klug, weiße Seeleute aufzuknüpfen, wenn man Neger an Bord hat. Früher oder später erfahren sie das und fangen an zu glauben, daß es nicht so schwer ist, einem Weißen den Hals abzuschneiden, einem simplen Feldscher zum Beispiel, der in ihre Reichweite kommt, weil er ihnen Arznei geben oder ihnen das Leben retten will. Also habe ich Butterworth eine weniger dramatische Lösung vorgeschlagen, die obendrein weit wirkungsvoller für alle Beteiligten ist und dir, mein Freund, die Möglichkeit gibt, zu überleben. Ich habe ihm vorgeschlagen, dich während der Überfahrt hier unten bei den anderen unterzubringen und nach der Ankunft vor Gericht zu stellen.«

Ich tat das einzige, was ich tun konnte: Ich spuckte, zielte sorgfältig und traf Scudamore mitten auf die Stirn. Er zuckte zusammen, faßte sich jedoch wieder und wischte sich mit seinem Taschentuch ab.

»Ich verstehe deine Erregung«, sagte er gelassen, aber mit einem Ausdruck des Mißtrauens in den Augen. »Ich würde dir aber raten, dich gut mit mir zu stellen. In deinem eigenen Interesse.«

»In meinem Interesse«, zischte ich so höhnisch, wie ich konnte.

»Ja. Wenn du vor Gericht beweisen willst, daß du nicht hinter der Meuterei steckst, brauchst du eine glaubwürdige Person, die für dich gutsagen kann. Dort oben auf Deck gibt es acht Mann, mit Roger Ball an der Spitze, die bereit sind, auf die Bibel zu schwören, daß du und niemand sonst diese Meuterei angeführt hast, einmal ganz abgesehen davon, daß dies auch weitgehend der Wahrheit entspricht. Sie wollen dich hängen sehen, damit sie selbst davonkommen. Ich bin der einzige, der etwas anderes sagen kann und dem man glauben würde.«

»Warum?« fragte ich, noch immer zornig, doch allmählich auch nachdenklich. »Warum sollte man einer Kreatur wie dir mehr glauben?«

»Weil ich es gewesen bin, der Kapitän Butterworth von der geplanten Meuterei unterrichtet hat.«

»Du?« sagte ich nur. Ohne zu schreien, zu spucken oder um Luft zu ringen.

Ich war sprachlos.

»Du glaubst doch nicht«, fuhr Scudamore fort, »daß ich so dumm bin und alles auf eine Karte setze. Wie die Meuterei auch ausgegangen wäre, ich hätte trockene Füße gehabt. Man muß in diesem Leben darauf achten, immer auf der sicheren Seite zu sein, Silver, vielleicht kannst du aus dieser Sache etwas lernen. Statt herumzulaufen wie ein Verrückter und weiße Striche zu übertreten, kann man ebensogut um sie herumgehen, wenn sich die Gelegenheit bietet. Du hast Rückgrat, Silver, das gebe ich dir nur allzugern zu. Doch ein Rückgrat kann gebrochen werden. Ich bestehe nur aus Knorpeln und Muskeln, die nachgeben, aber trotzdem zusammenhängen.«

»Du bist ein feiges, betrügerisches Aas«, sagte ich.

»Das ist sehr gut möglich, doch was nützt es dir jetzt, daß du anders bist? Kannst du mir das sagen?«

Scudamore klang jetzt streitlustig und gefährlich. Verschlagen war er ohnehin.

»Nun gut«, fuhr er fort, »du hast Zeit genug, über das eine oder andere nachzudenken, bevor du eine weitere Dummheit machst. Silver, das Leben ist ein Spiel. Ich habe klug und vernünftig gespielt, und ich habe gewonnen. Du hast alles auf eine Karte gesetzt und hast verloren. Anders ist es nicht. Wir brauchen deine acht Mitverschworenen, um dieses Schiff auf die andere Seite zu segeln und die Schwarzen in Schach und am Leben zu halten, damit ich meinen üblichen Bonus bekomme. Und wenn du von gefälschten Unterschriften faselst, dann werde ich hier und vor Gericht sagen, wer mir meine Werkzeuge gestohlen hat, um Löcher in die Schotten zu schneiden, und wer vom Schlüssel einen Dietrich angefertigt hat. Das reicht, um dich mehr als einmal am Galgen baumeln zu lassen. Und diese Sprache verstehst du hoffentlich.«

»Ja«, sagte ich nachdrücklich und gedemütigt, denn Scudamore hatte trotz allem recht.

Er drehte sich um und ging. Körper und Seele waren mir schwer wie Blei, und mir war, als lege sich die Schlinge bereits um meinen Hals. Meine schöne, neue Rückenhaut, dachte ich verzweifelt, als ich spürte, wie die ungehobelten Bretter Abdrücke auf meinem nackten Körper hinterließen. Gleich darauf fühlte ich eine Hand auf meiner Schulter.

»Brüder?« fragte Jack, und seine Stimme hatte einen bittenden Ton.

Ich drehte mich zu ihm um.

»Sklaven jedenfalls«, antwortete ich. »Das ist doch etwas.«

Und wirklich leuchtete sein Gesicht, als könne das eine Rolle spielen, dort, wo wir lagen.

22

Kann man sich etwas vorstellen, das lächerlicher und trostloser gewesen wäre? Dort lag ich also, Long John Silver, später so respekteinflößend und gefürchtet, nun zum Sklaven verurteilt und durch meine eigene Dummheit und die Rachgier anderer an Händen und Füßen gefesselt. Tiefer bin ich in meinem Leben niemals gesunken.

Während der ersten Tage hatte ich zu nichts Lust. Ich weigerte mich zu essen, nicht um zu sterben oder weil ich trotzig sein wollte, sondern weil ich den Appetit verloren hatte. Ich weigerte mich, an Deck und an die Luft zu gehen, nicht, weil ich in der Muffigkeit unter Deck verfaulen wollte, sondern weil ich den Sinn einer solchen Handlung nicht verstand. Ich war kein Mensch mehr, falls ich es jemals gewesen war.

Daß ich wieder auf die Beine kam, war Jacks Verdienst, denn solange ich meine Füße nicht an Deck setzte, weigerte sich Scudamore, Jack alleine hinaufzulassen. Daß Jack meinetwegen leiden sollte, war Scudamores eigene Idee. Wahrscheinlich hoffte er, die Schwarzen würden sich gegen mich stellen und mir das Leben zur Hölle machen.

Nach einigen Tagen fing Jack, wie erwartet, Streit mit mir an, um ein wenig frische Luft zu bekommen. Er schrie mich an und verpaßte mir schallende Ohrfeigen, was nur gerecht war. Zu guter Letzt drang der Schmerz in meinen betäubten Schädel. Zuerst kam die Angst, sterben zu müssen, denn, ob Sklave oder nicht, ich war trotz allem schließlich am Leben. Dann das Bild von Kapitän Wilkinson, wie er auf der *Lady Mary* dem Bußprediger Bowles einen Schlag mit der Axt versetzt hatte, daß er über Bord flog. War ich etwa kein besserer Mensch als Bowles? sagte ich zu mir selbst. Hatte ich nicht mehr Schamgefühl im Körper?

»Du hast gewonnen«, sagte ich schließlich zu Jack.

Jack legte mir die Hand auf die Schulter, und ich ließ es zu.

»Das ist gut«, sagte er. »Mein Volk gibt niemals auf. Keine weiße Flagge wie ihr. Du bist wie wir.«

»Woher willst du denn wissen, wie ich zusammengeschraubt bin?« wandte ich ein.

»Warum liegst du hier? Bei uns?«

Und plötzlich ging mir auf, daß der Neger neben mir den Nagel auf den Kopf getroffen hatte. Hatte man je von einem weißen Mann gehört, der zusammen mit den Sklaven in Eisen geschlossen worden wäre? Sogar die Verbrecher, die die Engländer in die Kolonien schickten, wurden von den Sklaven getrennt gehalten, wenn sie auf demselben Schiff waren. Dieser Gedanke war Balsam für meine Seele und half mir, wieder auf den rechten Kiel zu kommen.

Am folgenden Tag nahm ich mir ein Herz und sagte zu Scudamore, daß ich nichts dagegen einzuwenden hätte, mit den anderen an die Luft zu gehen.

»Falls sich das machen läßt«, sagte ich so liebenswürdig, wie es mir möglich war.

»Sieh an«, sagte Scudamore, »in die Leiche kommt wieder Leben.«

»Mein Kamerad hier hat Ameisen in den Beinen«, antwortete ich.

»Dein Kamerad?« wiederholte Scudamore. »So heißt das jetzt also?«

»Man muß mit dem zufrieden sein, was man bekommt.«

Gleich nachdem die Mittagszeit vorüber war, rutschten wir, so gut es gehen wollte, von der Pritsche hinunter. Ich zog natürlich auf eigene Faust los, ging aber im nächsten Moment krachend zu Boden. Die Ursache des Übels war Jack, der sich an einem Balken festhielt.

»Du und ich Brüder«, sagte er. »Brüder machen alles zusammen.«

»Du hast so recht«, antwortete ich. »Ich habe es vergessen. Wir sind Brüder, bis die Hölle uns trennt.«

Und recht hatte er, aber es war verdammt schwer, dies zu lernen. Die kleinste Bewegung, um sich umzudrehen, sich zu entleeren oder hinauf an Deck zu kriechen, mußte mit gebührender Rücksicht auf den anderen ausgeführt werden. In allem, nur nicht im Atmen und Denken, war man plötzlich zwei. Daß von den Negerpaaren nicht mehr verrückt wurden und einander blutig schlugen, war in meinen Augen schlicht ein Wunder.

Schon die Leiter hinaufzusteigen war ein Spektakel. Daß man uns zu den Besuchen auf Deck nicht trennte, geschah auf Befehl von Butterworth. Zumindest kalte Füße hatte ihm die Meuterei verursacht. Drei Versuche kostete es uns, hinaufzuklettern, und dabei hatten wir noch die Hilfe eines Bomba, der uns mit Peitschenschlägen und Tritten ins Hinterteil unterstützte. Es gab ein solches Durcheinander, daß wir breit lächelnd an Deck kamen.

»Du bist mir ein schwerfälliger Kerl«, sagte ich.

Erst jetzt bemerkte ich die Stille um uns herum. Man hörte keine Rufe, keine Schreie, keine Flüche und kein Geschwätz, nur das Brausen des Meeres und das ächzende Knirschen von Takelage und Rumpf. Und was war die Ursache, wenn nicht meine splitternackte, geisterhaft weiße Erscheinung an Deck! Die ganze Mannschaft war zusammengekommen, um sich an meiner kläglichen Gestalt zu weiden. Köpfe ragten über die Palisadenwände, wohin ich auch sah. Noch nicht einmal Butterworth hatte seine Neugier bezähmen können, sondern stand in strammer Haltung auf dem Achterdeck, einen beifälligen Ausdruck auf dem Gesicht. Und mir zu Ehren waren beide Kanonen bemannt.

»Warum glotzt ihr so?« schrie ich. »Habt ihr noch nie einen Sklaven gesehen?«

Dann sah ich jeden einzelnen von ihnen starr an, einen nach dem anderen, und sah, wie manche von ihnen zurückzuckten oder den Blick abwandten. Ich wurde wieder zum Menschen.

Als ich mich aber umdrehte, sah ich Jack, der hinauf in die Luft stierte. Oben, unter der Großrahe, hingen die Leichen von drei Negern, denen man die Hände und Füße abgehauen hatte, ihre Ruten leuchteten noch immer rot wie Tomaten, da man sie mit Salz, Pfeffer und Asche eingerieben hatte, die übliche Behandlung.

»Jetzt hast du kein so großes Maul mehr, du verfluchter Sklave!« schrie eine schrille Stimme.

Roger Ball.

Und bald waren weitere höhnische, spöttische, fluchende Stimmen zu hören. Alle nannten mich »den Sklaven«, und dabei blieb es. »Sklave« wurde mein Name, als gäbe es von dieser Sorte nicht noch mehr an Bord, und ich glaube sogar, daß den Negern deshalb eine bessere Behandlung zuteil wurde als üblich, Jack ausgenommen, damit ich erhielt, was einem Sklaven rechtmäßig zustand.

Während es Schimpfworte hagelte, betrachtete ich die drei Gehängten, es dauerte aber eine Weile, bis ich die Gesichter wiedererkannte: Es waren die drei Bombas. Das, dachte ich, war nun wirklich Galgenhumor, und ich lachte aus vollem Hals. Als ich lange genug gelacht hatte, entdeckte ich, daß mein Gelächter alle Schimpfworte zum Verstummen gebracht hatte. Solch wahnsinniges Gelächter erschreckte sie offenbar alle zu Tode, ich sah ihre bestürzten Blicke.

Als aber Jack und ich wieder wie Heringe auf unserem verdammten Brett untergebracht waren, kamen die Zweifel. Vielleicht hatte ich Besatzung und Kapitän zum Schweigen gebracht, hatte ihre Gedanken etwas verwirrt und sie vielleicht sogar ein wenig geängstigt. Doch das war alles, und war es etwa gut so? Nein, denn häufig hatten solche Menschen zu denken aufgehört und schlugen um sich, um ihr trübes Gewissen zu beruhigen. Es gab also eine Grenze, ja, eine Art Strich, den ich nicht überschreiten durfte, wenn ich meine kostbare Haut retten wollte. Ich konnte mich natürlich zum Narren machen, denn solche Menschen pflegt man nicht zu schlagen, weil man aus ihnen die Unvernunft nicht herausprügeln kann. Dagegen landen sie nicht eben selten am Galgen, damit man sie los wird. Auch hier war also kein Weg, der mir aus meiner Verlegenheit helfen konnte.

So war ich mißmutig, was sich noch verschlimmerte, als wir zwei Tage später in schweres Wetter gerieten. Es war nicht gerade ein ausgewachsener Sturm, nur ein stattlicher Seegang, der die *Sorgenfri* zum Rollen brachte, während sie durch die querlaufende Dünung stampfte, die von einem entfernteren Unwetter stammte. Das reichte freilich aus, damit man die Luken schalkte und die Hölle losbrach, vor der Scudamore mich gewarnt hatte.

Es gab ein Heulen und Jammern ohnegleichen unter den Schwarzen, die als elende Landratten glaubten, nun müßten sie sterben. Unbegreiflich viele waren unter ihnen, die lieber sterben als leben wollten, und einige, die sogar das Essen verweigerten, um es dem Knochenmann leichter zu machen. Doch als das Unwetter kam, schrien dieselben Menschen mit den anderen um die Wette. Seekrank wurden sie obendrein und übergaben und entleerten sich, wo sie standen. Ich glaube, Jack und ich waren die einzigen, die versuchten, von der Tonne Gebrauch zu machen, nicht etwa, weil es Jack so nötig erschienen wäre, sondern weil ich ihm drohte, ich würde ihm seinen eigenen Kot in den Hals stopfen, wenn er nicht tat, was ich ihm sagte. Insgesamt machte das keinen großen Unterschied, denn wir lagen ineinander verkeilt wie die Pechnähte in der Decksbeplankung, zusammen mit anderen, die sich nicht darum scherten, ob sie in ihren eigenen Ausscheidungen versanken oder nicht.

Schließlich verlor ich in diesem stinkenden Jammertal die Besinnung und schrie mit dieser Stimme, die, nach allem zu schließen, Mark und Bein durchdringen und auf alle Fälle bis in den letzten Winkel eines sechzig Fuß langen Ladedecks vordringen konnte.

»Jetzt ist Schluß mit eurem verfluchten Gejammer! Ihr werdet doch nicht wegen ein bißchen Wind die Flagge streichen!«

»Kannst du diesen Idioten nicht erklären«, sagte ich zu Jack, »daß wir nicht untergehen werden.«

»Sie hören nicht zu«, sagte Jack heiter. »Sie glauben, jetzt kommt der Tod.«

»Das ist mir gleichgültig!« brüllte ich. »Ich finde mich nicht mit allem ab, vergiß das nicht! Und jetzt mach, was ich sage. Sag ihnen, das ist ein so gutes Schiff, daß ein Lüftchen wie dieses hier kein Grund zur Sorge ist. Sag ihnen, ich habe so etwas Hunderte Male überstanden, und offensichtlich lebe ich immer noch. Und mach ihnen klar, daß es nichts Besonderes ist, wenn es einem am Anfang übel wird, wenn das Schiff schaukelt oder rollt. Das geht vorbei. Und man stirbt auch nicht daran, ob man will oder nicht.«

Jack hatte für meine Betrachtungen wenig Verständnis, zu guter Letzt aber konnte ich ihn zumindest davon überzeugen, daß meine Worte der Wahrheit entsprachen. Ich hörte, wie er den Nächstliegenden auf beiden Seiten etwas zumurmelte. Es hörte sich trostlos an.

»Und du willst ein geborener Sakalava sein!« sagte ich höhnisch.

Ehe ich mich versah, fühlte ich, wie zwei kraftlose Hände nach meiner Kehle tasteten.

»Ach«, sagte ich, »du willst den eigenen Bruder erwürgen?«

Die Hände verschwanden, und im nächsten Augenblick hörte ich, wie es in der Dunkelheit gluckste. Ich glaube tatsächlich, daß er lachte, und ein wenig stolz auf das, was ich in meinen besten Augenblicken erreichen konnte, war ich nun doch. Leute dazu zu bringen, daß sie leben wollen, ist immer eine meiner starken Seiten gewesen. Dennoch habe ich niemandem das Leben leicht gemacht. Das eine geht nicht ohne das andere, das ist meine Lehre.

Als Jack wieder die Stimme erhob, war es, um sich bei seinen Leuten Gehör zu verschaffen. Es dauerte einige Zeit, aber schließlich nahm das Geheul ab und wurde zumindest erträglich.

Das beförderte meinen guten Humor. Ich klopfte Jack auf den Rücken, wie ich glaubte, traf ihn jedoch vor die Brust, und es verschlug ihm den Atem.

»Entschuldige, Kamerad!« sagte ich großzügig. »Ich glaube, jetzt können wir mit dem Pack Geschäfte machen.«

»Geschäfte?« fragte Jack.

»Nummer eins«, sagte ich zu Jack, »wir sorgen dafür, daß sie verstehen, was ich sage. Wenn wir die Nase über Wasser halten wollen, dürfen wir die Mäuler nicht nur zum Essen benutzen. Schweigen bedeutet den Tod, daß du es nur weißt. Wenn wir uns gegenseitig verstehen, dann können wir den anderen auf diesem Schiff eine kleine Hölle bereiten und uns rächen. Das ist nur billig.«

Nach einer Weile konnte ich Jack mit meinem Eifer anstecken, und er schickte Fragen und Nachrichten nach Backbord und Steuerbord.

Zwei ganze Tage kostete es, bis wir in diesem Durcheinander ein wenig Ordnung geschafft hatten. Es war wirklich nicht leicht, ohne etwas zum Schreiben bei knapp dreihundert Sklaven den Überblick zu behalten. Wichtig war es, die Sprachkundigen so zu postieren, daß Botschaften so schnell wie möglich übermittelt werden konnten. Manche konnten ein wenig Englisch, und über hundert der anderen beherrschten zwei oder sogar drei weitere Sprachen. Viele von ihnen hatten als Kriegsbeute Sklavendienst bei anderen Stämmen verrichtet, bisweilen mehrere Jahre lang, bis ein König den Einfall gehabt hatte, er könne sich ein Scherflein verdienen, wenn er sie an die Weißen verkaufte. Nein, was das betraf, waren die Schwarzen nicht besser als wir.

Ich fragte Jack, ob es an Bord noch weitere seiner unbeugsamen Stammesbrüder gab, und er nannte Dutzende. Keinen der Namen konnte man aussprechen, ohne sich die Zunge zu brechen. Sakalava aber waren sie, und als ich erfuhr, daß Jack der Abkömmling eines Sakalavakönigs war, erkannte ich sofort, daß sie gehorchen und Befehle ausführen konnten, wie es nun einmal fast alle Menschen tun. Mit den Sakalava also begann ich meine große Umstauarbeit, mit der ich Scudamore das Leben ein wenig schwermachen wollte.

Es war ein Tumult ohnegleichen. Die Neger krochen, krabbelten und schoben sich über- und untereinander, sie drängten und wühlten, und immer waren es zwei, ein hoffnungslos unzertrennliches Paar. Das mochte angehen, wenn beide bereit waren, sich ihren Weg gemeinsam zu bahnen. Andere aber mußten sich mit unförmigem Gepäck abschleppen, entweder, weil ihr Partner so krank war, daß er auf dieser Welt nicht mehr allein vorankam, oder auch, weil er aufgegeben und alle Hoffnung verloren hatte, wobei es sich letztlich ebenfalls um eine Krankheit handelte, mochte sie auch im Kopf sitzen. Wieder andere waren einfach tot und man hatte sie noch nicht über Bord geworfen.

Stöhnen und Jammern ließ sich nicht völlig vermeiden, aber ich hatte ihnen erklären können, daß manche von uns ihre Tage beschließen würden wie die drei Bombas, wenn man entdeckte, was wir trieben.

Als der Morgen kam, waren die meisten, ich selbst eingeschlossen, so erschöpft, daß im Laderaum ein einziges Schnarchen herrschte. Ich bot meine letzten Kräfte auf, um Scudamores Gesicht zu sehen, als er auf seiner Morgenrunde herunterkam. Diesen Anblick habe ich nie vergessen. Ihm muß aufgefallen sein, daß sich etwas verändert hatte, denn er blieb unverzüglich stehen.

»Sie schlafen!« rief er Tim Allison zu, dem Jüngsten an Bord, der meine reizlose Arbeit übernommen hatte, die Hölle sauberzuhalten.

»Was sollen sie denn sonst tun?« fragte Tim, erstaunlich klug.

»Die sind wie die Katzen, Tom. Schlafen mit offenen Augen und gespitzten Ohren. Und sobald sie unsere Schritte hören, sind sie hellwach. Sie haben Angst, wir könnten sie im Schlaf erschlagen. Jetzt aber schlafen sie wie die Stöcke. Irgend etwas ist heute nacht hier geschehen. Aber was? Gib acht, Tim, man kann nicht vorsichtig genug sein.«

»Ja, Sir.«

Scudamore machte ein paar vorsichtige Schritte und beugte sich über seinen ersten Kranken. Ich ahnte, wie er seine heimtückischen Augen aufriß.

»Was ist denn das?« fragte er.

Tim eilte zu ihm.

»Sir, was ist denn?« fragte er.

»Was ist denn das?« wiederholte Scudamore noch einmal argwöhnisch. »Gestern war dieser Mann todkrank, er hatte Fieber. Ich hatte ihn schon fast abgeschrieben. Und jetzt liegt er hier und schläft süß, so gesund wie du und ich, soweit ich das beurteilen kann.«

»Aber das ist doch gut, Sir«, sagte Tim. »Dann habt Ihr ihn geheilt.«

»Vielleicht«, sagte Scudamore nachdenklich, »vielleicht.«

Seine falsche Seele beruhigte sich nicht, als er einen Blick auf die übrigen auf der Krankenliste warf. Es schien, als seien so gut wie alle binnen einer Nacht gesund geworden. Tim sprach von einem Wunder, doch so dumm war Scudamore nicht. Er rannte hin und her, und bald hatte er andere entdeckt, denen in diesem Leben nicht mehr viel zu hoffen blieb. Scudamore brummte und fluchte, denn nun mußte er wieder von vorne anfangen und jeden einzelnen untersuchen. Das kostete ihn fast den ganzen Tag, und als er mit seiner Arbeit fertig war, war er so wütend, verwirrt und erschöpft, daß ich nicht anders konnte und zu lachen begann. Meine Heiterkeit kannte keine Grenzen. Selbstverständlich dauerte es nicht lange, da stand er vor mir, mit einer Miene, die nichts Gutes verkündete.

»Furchtbar siehst du aus«, sagte ich zu ihm. »Bestimmt bist du heute morgen mit dem falschen Bein aufgestanden.«

»Silver«, zischte er, »ich weiß nicht, was du so lustig findest, aber paß auf. Vergiß nicht, daß du gnadenhalber lebst, durch meine Gnade.«

»Ich habe es nicht vergessen, Scudamore. Ich bin dir auf ewig dankbar, das weißt du.«

»Nimm dich in acht, Silver, mich legst du nicht herein.«

»Nein, Scudamore, das habe ich begriffen, auf diesem Gebiet bist du unschlagbar.«

»Hast du deine Finger hier im Spiel?« fragte er.

»In welchem Spiel?« fragte ich treuherzig.

»Diesem Versteckspielen mit den Schwarzen.«

»Du mußt entschuldigen, Scudamore, aber ich weiß nicht, was du meinst.«

»Nicht?«

»Bei meiner Ehre, Scudamore ...«

»Deiner Ehre«, lachte er roh. »Dafür gebe ich nicht viel.«

»Die ist auch unverkäuflich«, antwortete ich. »Wenn du mir nicht glaubst, dann ist das deine Angelegenheit. Bei allem anderen, wofür man mich bestraft hat, für deine Einfalt kann ich nichts.«

Scudamore warf mir einen bösen Blick zu, machte kehrt und ging. Meine erste gute Tat würde darin bestehen, Scudamore verrückt zu machen. Mit diesem Vorsatz hatte ich einen gewissen Erfolg, denn während der zweimonatigen Reise verlegten wir in jeder Nacht einige von Scudamores Schützlingen. Zum Schluß konnte er nicht mehr, sondern verlangte vom Kapitän, daß wir, zusätzlich zu unseren Fußfesseln, auch noch am Schiff angekettet würden, und zwar, wenn es nach ihm, Scudamore, gegangen wäre, auf immer und ewig. Der Erste Steuermann aber lehnte seine Forderung ab. Die Todesfälle unter den Sklaven lagen unter dem

Durchschnitt, und es gab keinen Grund zu drastischen Veränderungen. Es traf zu, daß weniger als sonst daran glauben mußten, was jedoch kaum Scudamores Verdienst war. In aller Bescheidenheit muß dies teilweise einem zugeschrieben werden, der die Neger dazu brachte, noch ein wenig leben zu wollen.

Butterworth hingegen überlebte diese Reise nicht, und keiner könnte behaupten, sein Ableben sei ein größerer Verlust gewesen, wenn dies bei irgend jemandem jemals der Fall ist, mich selbst ausgenommen. Sollte Butterworth aber vor seinem Tod Zeit gehabt haben, zu bereuen, mußte er sich selbst und seiner Geilheit die Schuld geben. Wir waren zwei Wochen unterwegs, als ich zu meiner grenzenlosen Freude die Geschichte von Tim erfuhr, den ich ohne weitere Umstände zu meinem Vertrauten gemacht hatte. Er empfand Mitleid mit mir, und ich ließ ihn in dem Glauben, daß es hierzu auch jeden Grund gab, was ja außerdem der Wahrheit entsprach. Daß ich guten Mutes war, behielt ich für mich.

Tim kam angerannt, so gut es in diesem Durcheinander aus Armen und Beinen gehen wollte, und stammelte, Butterworth liege im Sterben.

»Sei ganz ruhig, Junge!« sagte ich, denn er sah aus wie der leibhaftige Kummer. »Ich hätte gern mit Butterworth getauscht, statt hier zu liegen und zu verfaulen. Wenn du wüßtest, wie oft ich mir gewünscht habe, für immer einzuschlafen.«

Tim aber schien so außer sich zu sein, daß er kaum hörte, was ich sagte.

»Herr Silver«, haspelte er, »es ist so schrecklich!«

Und wirklich sah ich, daß seine Augen naß waren.

»Nun beruhige dich!« sagte ich scharf zu ihm. »Ein Kapitän mehr oder weniger ist noch kein Grund zu trauern. Es gibt wahrhaftig genug davon.«

»Das ist es doch gar nicht, Herr Silver. Man hat Kapitän Butterworth die Rute abgebissen.«

»Was?« rief ich mit der ganzen Verblüffung und Begeisterung, die in diesem Augenblick mein Inneres durchfuhr.

»Ich habe es selbst gesehen«, fuhr Tim mit weinerlicher Stimme fort. »Der Kapitän hatte mir den Befehl gegeben, vor seiner Tür Wache zu stehen und niemanden hineinzulassen, wer immer es auch sein mochte. Dann habe ich von drinnen einen furchtbaren Schrei gehört, wußte aber nicht, was ich machen sollte. Ich wagte doch nicht, die Tür ohne seinen Befehl zu öffnen. Doch dann wurde sie plötzlich aufgerissen, und eine der Negerinnen rannte an mir vorbei, ohne daß ich sie aufhalten konnte. Ich schaute in die Kajüte, weil ich Jammern hörte. Und dann sah ich ihn, Herr Silver. Er saß auf einem Stuhl, mit nackten Beinen, leichenblaß ist er gewesen, als wäre er schon tot, und hielt den Stummel von seiner Rute. Das Blut hat gespritzt, Herr Silver, es ist so schrecklich gewesen. Stoßweise, wie aus einer Lenzpumpe. Es war grauenhaft!«

Die Beine trugen ihn nicht mehr, und vor meinen Füßen sackte er zusammen. Ich richtete mich und Jack halb auf und tätschelte Tim väterlich den Kopf.

»Nimm es nicht so schwer!« sagte ich zu ihm. »So ist es manchmal im Leben. Aber daran gewöhnt man sich. Denk doch an die in der Flotte, die bei jedem Gefecht im Blut baden. Was wäre denn, wenn die bei der kleinsten Schramme heulten?«

»Aber es war seine Rute«, sagte Tim tonlos, »es war ...«

»Jetzt nimm dich zusammen!« sagte ich. »Im Himmel hat Butterworth dafür ohnehin keine Verwendung.«

Mit flehenden Augen sah Tim zu mir auf.

»Nimm dich zusammen!« sagte ich beharrlich. »Die Neger könnten glauben, du heulst über Kapitän Butterworth. Wir hier unten und er dort oben sind ja nicht unbedingt die besten Freunde.«

»Nein, natürlich«, sagte Tim und nickte. »Ich mag ihn nicht, aber ...«

»... aber du hast genug Vorstellungskraft, um dir zu überlegen, was das für ein Gefühl gewesen wäre, wenn man nun dir selbst ... Aber so war es nicht. Und niemandem, hörst du, Tim, niemandem tut es gut, sich ständig in andere zu versetzen. Da könnte man gleich über Bord springen. Also raff dich auf und tu deinem Freund Silver einen Gefallen. Geh an Deck und erkundige dich, was geschehen ist, und ob dieser Lump von einem Kapitän überlebt oder nicht. Und die Frau, weißt du, wer sie war?«

»Nein«, sagte Tim, in dessen aschgraues Gesicht eine leichte Röte zurückgekehrt war. »Ich habe sie kaum gesehen, und der ganze Haufen sieht doch gleich aus.«

»Nicht, wenn man Augen im Kopf hat, Tim.«

»Ich mußte Scudamore holen«, sagte er zu seiner Entschuldigung und zur Erklärung.

»Das hast du richtig gemacht!« sagte ich mit Nachdruck.

Nichts richtet einen erschöpften, mißmutigen jungen Mann so gut auf wie ein wenig Lob. Er kam wieder auf die Beine und trollte sich, wenn auch mit zittrigen Schritten, wenn ich recht gesehen hatte.

Ich legte mich wieder hin und erklärte Jack, was sich zugetragen hatte. Jack lächelte und schlug mir auf den Bauch, wie ich es zuvor irrtümlich bei ihm getan hatte, und rief dann den anderen einige Worte zu. Nach einer Weile hörte ich nicht zu verkennende Freudenrufe. Zwar hißten die Schwarzen, die mein Schicksal mit mir teilten, bisweilen Signalflaggen, die in meinem Codebuch nicht vorkamen, aber schwer zu verstehen waren sie trotzdem nicht, wenn man ihnen zuhörte. Und ein einziges Mal hatten jetzt die Götter der Heiden mit ihren Hexenkünsten den Allmächtigen übertroffen und ihn in die Knie gezwungen.

Später an diesem Abend kam Tim wieder.

»Der Kapitän ist tot«, sagte er, ohne darüber sonderlich betrübt zu sein.

»Wie?« fragte ich. »Unser geschickter Feldscher sollte

nicht mit einer solchen Bagatelle fertig geworden sein, eine Rute zu amputieren und die Blutung mit dem Brenneisen zu stoppen?«

»Er hat noch nicht einmal den Versuch dazu unternehmen dürfen. Der Kapitän hat Scudamore nicht an sich herangelassen. Und als er endlich in Ohnmacht gefallen ist, war es zu spät.«

»Wenn ich ehrlich sein soll, Tim, ich verstehe den Kapitän.«

Tim sah mich fragend an.

»Ja«, erklärte ich, »wer würde nicht lieber die Flagge streichen, als Scudamore an sich herumpfuschen zu lassen. Denn so viel kann ich dir sagen, Scudamore ist ein Sodomit und richtiger Heide. Dem ist nichts heilig. Vor dem mußt du auf der Hut sein!«

Tim nickte und verstand den Ernst meiner Worte.

»Und die Frau?« fragte ich beiläufig.

»Wer kann das wissen!« rief Tim. »Ich war der einzige, der sie gesehen hat, und richtig gesehen habe auch ich sie nicht. An allem bin ich schuld.«

»Du? Und wieso?«

»Weil man die nicht bestrafen kann, die das getan hat.«

»Bestrafen?« sagte ich. »Eine Belohnung sollte sie bekommen, wenn man mich fragt! Hat denn keiner einen Verdacht, wer es gewesen sein könnte?«

»Nein. Butterworth hat so viele gehabt, jede von ihnen kann es gewesen sein. Und er hat es geheimgehalten. Er hat sie sich selbst geholt, wenn er geglaubt hat, keiner würde ihn sehen. Das ist doch verboten.«

»Dann hat er auch selbst schuld, das ist meine Meinung. Es wird also niemand bestraft?«

»Doch, einem Dutzend hat man die Katze zu schmecken gegeben. Aber nicht so schlimm, bis wir drüben ankommen, ist es verheilt.«

Niemand sollte also gehängt werden, nicht einmal die

Frau, die um sich beißen konnte wie ein ganzer Kerl, wenn man mich fragte, und die ich mir ausgesucht hatte. Denn ich war meiner Sache sicher. Es mußte dieselbe Frau gewesen sein, die Butterworth mir gestohlen hatte, sie mußte seinem Leben ein Ende gesetzt haben. Und das, so dachte ich mit einer Befriedigung, die alle Dämme brechen ließ, das war eine Frau nach meinem Geschmack und von meinem Format, nicht mehr und nicht weniger, so wahr ich John Silver heiße.

Noch nicht bekannt war mir jedoch, daß Butterworth' schändliches Ende die Mannschaft in Angst und Schrecken versetzt oder zumindest von ihren Gelüsten befreit hatte. Im Handumdrehen war aus der *Sorgenfri* das keuscheste Schiff geworden, das jemals auf der Dreiecksroute das Meer befahren hatte. Es dauerte nicht lange, und die halbe Mannschaft sah aus wie eine Bande von Totengräbern, denn Frauenzimmer waren schließlich ihre einzige Freude, vom Rum abgesehen, der aber war rationiert. Ja, ich denke, je mehr die Zeit verging, zog ich es vor, zu liegen, wo ich lag, trotz des Gestanks, der Fesseln, der Schürfwunden, trotz des Röchelns und des Gejammers der Kranken, der Schwächlinge, die weder leben noch sterben konnten, der Graupenschmiere, die unsere einzige Ernährung ausmachte, bis wir unter Land kamen, dem Unrat, der bei geschalkten Luken beim geringsten Seegang herumschwappte, der Schimpfworte, die auf mich niederhagelten, sobald ich mich an Deck zeigte, all dies war dem anderen vorzuziehen. Denn trotz allem tat ich und nicht die an Deck etwas, das Wert hatte. Doch ich gestehe gerne ein, daß ich die Frau beneidete, der es so einfach, und mit Verlaub, schmerzlos gelungen war, die gesamte Besatzung der *Sorgenfri* in die Schranken zu weisen.

Ich tat, was in meiner Macht stand, um des erbärmlichen Mißmuts Herr zu werden, der unter Deck herrschte. Ich ermunterte die Schwarzen und war mit meinem Kopf und meinen Worten zur Stelle, anfangs gerade so, wie es mir in den Sinn kam. Allmählich aber, während Jack und ich einander besser zu verstehen begannen, nahm in meinem Schädel ein Plan Gestalt an. Ich wollte zusehen, daß die Sklavenhändler, die aus dieser Ladung Sklaven kaufen wollten, die Hölle auf den Hals bekamen.

Also erzählte ich jedem, der es hören wollte, wie schrecklich es ihm auf der anderen Seite des Ozeans ergehen würde. Nach Kräften veranschaulichte ich, worin ihre Aufgabe bestand, und daß die Weißen sich nicht Sklaven nahmen, um sie zu bestrafen, sondern nur, damit sie für sie arbeiteten und ihren Geldsack füllten.

Dies jedoch ging bei den Negern so leicht zu einem Ohr hinein, wie es das andere verließ. Noch ungläubiger waren sie, als ich ihnen sagte, sie müßten auf den Zuckerplantagen schuften und sich schinden, graben, säen, ernten, roden. Einige begannen sogar zu lachen, denn so dumm waren wohl nicht einmal die Weißen, daß sie Männer Frauenarbeit verrichten ließen. Etwas anderes als Jagd oder Krieg war schließlich unter ihrer Würde. Ich sagte ihnen, mir sei das gleichgültig, ihre Würde gehöre wahrlich nicht zu meinen größten Sorgen, sie würden aber noch merken, daß die Plantagenbesitzer ihren Ansichten in dieser Frage wenig Beachtung schenkten.

Sie glaubten mir erst, als ich ihnen aufzählte, was geschehen würde, wenn sie nicht bis zum Umfallen arbeiteten oder auf die Idee kämen, hinauf in die Berge zu fliehen, Maroon zu laufen, wie man das nannte. Auf St. Thomas gab man sich nicht mit einer ehrlichen Tracht Prügel mit der vierzüngigen Katze und einem ebenso anständigen Henken zufrieden. Hier kamen noch das Abhauen eines Beines oder einer Hand dazu, das Brandzeichen auf der Stirn, das Kneifen mit glühenden Zangen, das Rädern, das Abreißen eines Ohrs und anderes mehr.

Schließlich, so sagte ich, denn ich hatte einiges von der

Denkweise der Neger begriffen, nützte es nichts, wenn man nach hundertfünfzig Peitschenhieben oder noch Ärgerem starb. Denn zurück in ihr Heimatland und zu ihren Verwandten würden sie auch nach dem Tod nicht mehr kommen, zumindest nicht in einem Stück, denn wenn sich jemand erhängte oder auf andere Weise umbrachte, wurde die Leiche in Stücke gehauen, die man in die Bäume hängte, damit alle sehen konnten, daß der Tote noch immer unter ihnen war, ob er dies nun wollte oder nicht.

Worte wie diese machten Eindruck, zu einer Hebung der Stimmung konnten sie jedoch nicht sonderlich beitragen. Es gab ein allgemeines Weh und Ach. Sogar Jack jammerte und behauptete, ich raubte ihnen allen Lebensmut und sie könnten nicht leben, wenn ihnen keine Hoffnung auf Besserung blieb.

»Weißt du«, sagte ich zu ihm, »es wimmelt von Menschen, die ohne Hoffnung und ähnliches mehr leben. Wenigstens nehmen sie sich nicht das Leben wie manche dieser Memmen, mit denen wir uns hier an Bord abgeben müssen. Nein, zuerst muß man wissen, daß man lebt, und dann kann man vielleicht etwas dafür tun.«

Doch ohne Jack wäre es nicht möglich gewesen, die Neger zur Räson zu bringen. Er war nicht nur der Enkel eines Königs, er gehörte auch zu jenen, von denen die Eingeborenen annahmen, sie hätten Seele. Was das hieß, war nicht leicht zu verstehen; für die Stammesangehörigen aber waren Jacks Worte Gesetz und sie gehorchten ihm blind. Ja, auf die Weise übertraf er bei weitem einen Kapitän von Gottes Gnaden, der Katze, Kielholen, Fäuste, Marlspieker und mehr benötigte, um seine Leute gefügig zu machen. Außerdem hatte Jack von den Weißen genug gesehen, er hatte begriffen, daß ihnen nichts heilig war, es sei denn, ihr Vorteil. Und er konnte mit einer Flinte hantieren und wußte, welches Unheil ein Zwölfpfünder unter nackten Eingeborenenkörpern anrichten konnte.

Aber auch Jack konnte denen nicht die Augen öffnen, die ich als Memmen bezeichnete. Um zwanzig Mann waren es wohl, die ihr Konto strichen. Scudamore bezeichnete dies in seinem Jargon als fixierte Melancholie, deren Ausgang fast ausnahmslos tödlich sei, was nicht erstaunlich war, denn immerhin legten sie sich zum Sterben hin. Und als sei dies nicht schlimm genug, lag einer von ihnen neben mir.

Stumm wie das Grab war er, und ich hätte ihn kaum bemerkt, hätte nicht Scudamore ihm plötzlich seine Fürsorge zugewandt. Als er den Neger sorgfältig untersuchte, erkannte auch ich, daß er nicht viel mehr war als Haut und Knochen mit zwei wäßrigen, fiebrigen Augen.

»Der Kerl hat seit einer Woche nichts gegessen und getrunken«, sagte Scudamore.

»Was fehlt ihm denn?« fragte ich.

»Es ist der Kopf. Er hat sich in den Kopf gesetzt, diese Welt für immer zu verlassen.«

»Und was tust du dagegen? Du läßt ihn damit doch nicht durchkommen?«

»Sei nicht verrückt! Er ist doch sonst gesund.«

Scudamore nahm das Werkzeug aus der Tasche, das einer Kreuzung zwischen einem Zirkel und einem Korken glich, aber Speculum oris hieß, und bei dem es sich um einen Mundöffner handelte. Scudamore trennte die dicken Lippen des Negers und versuchte, ihm die beiden zusammengepreßten Spitzen des Instruments zwischen die Zähne zu schieben. Der Neger jedoch biß die Zähne so fest zusammen, daß sich die Kiefermuskeln spannten. Von so etwas ließ Scudamore sich jedoch nicht beeindrucken. Er drückte noch stärker, bis sich zwei Zähne lösten und die Spitzen eindringen konnten.

»Nach einiger Zeit sitzen die Zähne nicht mehr so fest«, erklärte er gelassen. »Die Schwierigkeit besteht darin, nicht zu fest zu drücken und ihnen den Hals zu durchstechen.«

»Und auf diesen Kniff ist noch keiner gekommen?« fragte ich.

»Auf welchen?«

»Sich dagegen zu stemmen und den Mund, wenn du es am wenigsten erwartest, plötzlich zu öffnen. So sterben sie jedenfalls ganz schnell, wenn sie es möchten.«

Scudamore sah mich bewundernd an.

»Nein«, sagte er, als sei ihm eine Offenbarung zuteil geworden. »Nein. Wie sonderbar, jetzt, wo du es sagst.«

Scudamore drehte an einem kleinen Rad, woraufhin die beiden Schenkel auseinanderglitten und den Mund des Negers öffneten. Dann goß ihm Scudamore das schmierige Essen in den Schlund. Und der Neger schluckte, obwohl er sich auch hätte ersticken lassen können. Mit Selbstmördern und ihren Methoden ist es nicht ganz einfach, denn einige Mittel dürften ihnen trotz allem schlimmer als der Tod erscheinen. Dieser Neger aber führte mich und Scudamore dennoch an der Nase herum, denn kaum hatte Scudamore ihm den Rücken gekehrt, erbrach sich der Neger auf mich. Ich verpaßte ihm eine schallende Ohrfeige. War es denn nicht genug, daß ich hier liegen und zusehen mußte, wie er sich selbst umbrachte? Sollte ihm auch noch erlaubt werden, was ihm gerade in den Sinn kam? Ein wenig Anstand konnte er schließlich aufbringen.

Am nächsten Tag wiederholte sich das Spektakel, mit dem Unterschied freilich, daß er sich auf die andere Seite erbrach. Scudamore kam nicht weiter und wurde immer gereizter.

»Frag ihn«, sagte ich zu Jack, »warum er so schrecklich gern sterben will!«

Jack mußte die Frage immer wieder stellen, bis man aus dieser Memme etwas herausbekam, das einer Antwort glich. Dies allein war schließlich eine Art Willensbekundung. Wie erwartet, sagte er jedoch nicht viel. Er sei unglücklich und wolle nach Hause. Es ging ihm schlecht.

Was aber, ließ ich Jack ihn fragen, war so bemerkenswert daran und was an ihm? Warum nahmen wir uns nicht alle das Leben, falls es zutraf, daß es so grauenhaft war, hier, wo wir lagen? Begriff er denn nicht, daß seine Schwermut für solche wie uns, die taten, was sie konnten, um in diesem Jammertal die Hoffnung nicht aufzugeben, ein Schlag ins Gesicht war?

Und so weiter, tagein, tagaus. Ich ließ ihm keine Ruhe. Was aber half es? Hörte er mir zu? Ein wenig von dem, was ich sagte, hörte er doch. Eines Tages erklärte ich ihm den Kniff mit dem Mundöffner und sagte ihm, wie schnell er sich das Leben nehmen konnte, wodurch mir erspart bliebe, neben einem Schandfleck wie ihm zu liegen. Und dies wirkte, denn als Scudamore das nächste Mal zu pressen begann, öffnete der Neger plötzlich den Mund, so daß ihm die Schenkel in die Mundhöhle fuhren und seinen Nacken durchbohrten. Scudamore fluchte, zog den Öffner heraus und sah, wie Blut aus Mund und Nacken strömte. Er machte sich noch nicht einmal die Mühe, den Blutstrom zu stoppen. Im nächsten Augenblick hatte die *Sorgenfri* eine Negerseele weniger und Scudamore einen Bonus verloren.

Natürlich starrte Scudamore mich wütend an, als sei das Ganze meine Schuld.

»Schön, ihn los zu sein!« sagte ich und meinte jedes Wort, wie ich es sagte. »Er hat mir die Laune verdorben.«

»Du hast ihm gesagt, was er tun muß!« zischte Scudamore. »Das ist dein Werk.«

»Nein, Scudamore, wirklich, du übertreibst. Wie hätte ich ihm denn überhaupt irgend etwas erklären können? Latein kann ich zwar, aber glaubst du, ein Schwarzer begreift so etwas? Und wer hat denn den Mundöffner gehalten, wenn ich fragen darf? Ich vielleicht? Nein, wirf den Kerl ins Meer. Das wollte er doch am liebsten. Sieh nicht so finster drein, Scudamore. Ein Negersklave mehr oder weniger macht insgesamt doch keinen Unterschied aus. Nicht einmal in deinem Beutel.«

Scudamore brummte, was nicht erstaunlich war, denn leicht hatte er es nicht, und schlurfte davon. So weit kam es schließlich, daß er sich vor lauter Angst, man könnte ihn erschlagen oder zerreißen, kaum noch auf dem Sklavendeck zeigte. Immerhin war das doch etwas Erfreuliches, und mir ging es auf die Nerven, daß ich die Memmen unter den Schwarzen nicht zur Vernunft bringen konnte. So war es und so blieb es. Worte helfen bei solchen Menschen nicht, welche man auch wählt. Sie hören in ihren leeren Köpfen ihr eigenes Echo. Es ist ihnen gleichgültig, daß es sie gibt. Was konnte ich dagegen tun?

Als die Reise sich ihrem Ende näherte, bekamen Kapitän und Besatzung viel zu tun. Immer wieder wurden wir an Deck geführt, um gereinigt zu werden und einander mit Öl einzureiben. Zum ersten Mal war die Nahrung so, wie sie nach den Instruktionen sein sollte, inklusive Rum, denn man wußte nun, daß der Proviant ausreichte. Fünfundsechzig Sklaven waren gestorben und dazu acht Seeleute. Der Laderaum wurde mit Salpeter ausgespült und mit Wacholder ausgeräuchert. Man öffnete die Luken weit und ließ die warme, aber frische Äquatorluft herein. Sogar die Wunden heilten, die uns die ungehobelten Bretter beigebracht hatten, und der neue Kapitän verringerte die Anzahl der Segel, damit alle so frisch und gesund aussahen wie möglich, wenn wir in den Hafen einliefen. Während dieser ganzen Zeit erklärte und erzählte ich weiter. Ich glaube, ich habe in meinem Leben niemals soviel geredet. Als ich zu Ende war, wußten alle, die mir hatten zuhören wollen, wie man eine Muskete lud, wie man eine Kanone stopfte und wie man ein Messer von unten so in einen Brustkorb steckte, daß es eine Wirkung hatte. All die kleinen, nützlichen Dinge, die ich im Hafen und in meinen zehn Jahren an Bord bei Kapitän Wilkinson aufgeschnappt hatte. Und dessen war ich gewiß, auf der *Sorgenfri* gab es so manchen, der seinem künftigen Besitzer die Hölle bereiten und ein reines Verlustgeschäft darstellen würde. Denn wenn die Sklaven von der *Sorgenfri* nicht früher oder später mit einem Aufstand begannen, dann würden sie davonlaufen und sich den Maroonnegern in den Bergen anschließen. Das war so sicher wie das Amen in der Kirche und eine ausgezeichnete Rache. Und falls ich auf etwas in meinem Leben stolz bin, dann darauf, daß ich die Schwarzen gegen alle Odds und obwohl sie weder etwas zu verlieren noch zu setzen hatten, wieder auf die Beine gebracht habe.

Mit meiner eigenen Lage hatte ich mich nicht nennenswert beschäftigt, was ich erkannte, als der Erste einige Tage, bevor wir in den Hafen einliefen, plötzlich auf dem Sklavendeck auftauchte.

»Silver«, sagte er, »ich bin der Ansicht, du hast deine Strafe verbüßt.«

»Sir«, antwortete ich respektvoll, »meine Unterschrift auf dem Runden Robin war gefälscht.«

»Solche Gerüchte sind mir zu Ohren gekommen. Dies zu entscheiden, ist Sache des Gerichts. Wenn es sich verhält, wie du sagst, dann kommst du frei. Jetzt aber will ich dich freilassen. Es macht keinen guten Eindruck, wenn man einen Weißen unter all den Schwarzen an Land gehen läßt.«

»Sir«, sagte ich zu ihm, flehentlich und mit all meiner Überzeugungskraft, »ich habe an Bord zu viele Feinde. Wenn es zum Prozeß kommt, steht mein Wort gegen das der anderen. Das geht nicht, Sir. Man wird mich hängen. Ist es denn nicht genug, daß man mich kielholt hat und daß ich schon zwei Monate in dieser Hölle verbracht habe?«

Der Erste schwieg eine Weile.

»Was schlägst du vor?« fragte er schließlich.

»Verkauft mich auf der Auktion zusammen mit den anderen als Kontraktarbeiter an den Meistbietenden.«

Der Erste sah mich verblüfft an.

»Das geht nicht«, sagte er. »Du bist ein Weißer und bist Christ.«

»Die Kontraktarbeiter werden versteigert, ob weiß oder nicht.«

»Ja, aber nicht zusammen mit den Schwarzen.«

»Aber versteht Ihr denn nicht, Sir? Das ist meine einzige Chance, meine Feinde zu besänftigen. Nichts würde sie mehr freuen, als zu sehen, wie man mich als Sklaven verkauft. In ihren Augen gibt es keine bessere Strafe für einen wie mich. Sie würden sich damit zufriedengeben, daß man mich gedemütigt hat und daß ich im Kot herumgekrochen bin.«

Lange sah der Erste mich an.

»Ihr seid der einzige auf diesem Schiff, mit dem man reden kann«, fügte ich hinzu. »Ihr müßt mich verstehen.«

»Silver, du bekommst, was du willst«, sagte er heftig, »aber hol mich der Teufel, wenn ich dich verstehe.«

»Das ist nicht nötig, Sir. Vielen Dank, Sir, einen Gefallen vergesse ich nie. Auf John Silver könnt Ihr Euch verlassen.«

»Ja«, antwortete er, »das Risiko, daß du die Sache je vergessen könntest, ist ziemlich klein, wenn du erst ein paar Jahre auf den Plantagen verbracht haben wirst. Das hast du dir selbst zuzuschreiben.«

»Ja, Sir, etwas anderes würde ich auch niemals tun.«

Zwei Monate hatte diese Reise gedauert, die nach den geläufigsten Maßstäben wahrscheinlich so glücklich verlaufen ist, wie eine solche Reise verlaufen kann. Ein Fünftel der Fracht war an Pocken, fixierter Melancholie und anderen Krankheiten zugrunde gegangen. Für einen, der so eng lud wie Butterworth, war das wahrlich nicht viel, und seine Familie, falls er eine hatte, dürfte Gott für den schönen Verdienst gedankt haben, und nicht nur, weil es in den Anweisungen an die Kapitäne stand, daß man Gott in einem besonderen Gottesdienst für eine glücklich überstandene Sklavenreise danken solle.

Fast ein Drittel der Besatzung war dem Tod zum Opfer gefallen. Auch darüber brauchte nicht getrauert zu werden. Im Spiel des Lebens hatten sie niemals mitbieten können, und darum verloren sie wie erwartet das einzige, was sie einsetzen konnten. Auch hierfür mußte man Gott danken, wenn man Reeder oder Kapitän war, wenn auch stillschweigend. Für die Heimreise war schließlich keine ebenso große Mannschaft erforderlich wie für die Sklavenroute, und auf diese Weise hatte man die Besatzung auf die natürlichste Weise verringert. Erstaunlich jedoch war, daß sich keiner von den Verschworenen unter den Toten befand. Sie mußten sich gedulden, bis sie unter Roberts Befehl gerieten und zusammen mit sechsundvierzig anderen, darunter Scudamore, wie es üblich war, gehängt wurden, vor dem Fort Cape Corse im Jahr der Gnade 1722, bei Hochwasser.

Diese Reise galt also als Erfolg bei jenen, die es nicht besser wußten, aber der Erste, Butterworth' Nachfolger, und Scudamore waren bestimmt einer anderen Meinung, und sie seufzten leise, als die Soldaten an Bord strömten und sie von der weiteren Verantwortung für das Wohlergehen der Neger befreiten. Denn nie zuvor hatten die Einwohner von St. Thomas wahrscheinlich Sklaven von der Art gesehen, wie sie jetzt von dem guten Schiff *Sorgenfri* an Land stiegen.

Sie sahen sich um, plauderten in ihrem Rotwelsch und führten sich überhaupt auf wie die meisten Menschen. Schließlich wußten sie, was sie erwartete. Sie glaubten nicht mehr, daß man sie schlachten würde wie das Vieh, sondern wußten im Gegenteil, daß es ein gewisses Interesse gab, sie am Leben zu halten, solange dies auch dauern mochte, und daß sie in der Zwischenzeit auch nichts weiter zu verlieren hatten.

Und dies, so dachte ich nicht wenig stolz, als ich unter ihnen ging, ebenso splitternackt wie sie, eingerieben wie sie mit derselben glänzenden Schmiere, was den Plantagenbesitzern auf der Auktion einen blauen Dunst vormachen sollte, dies war mein Werk! Ich, John Silver, ein nackter, vollbefahrener, leichenblasser Seemann in ihrer Mitte, hatte ihnen mit meinem flinken Mundwerk etwas geschenkt, womit sie in der Hölle leben konnten, das Wissen nämlich, wie es dort aussah und welchen Preis man zu bezahlen hatte, wenn man sich stillschweigend damit abfand. Dies hatte noch nicht einmal Butterworth verhindern können, solange er am Leben war. Er war es gewesen, der mich zum Sklaven gemacht hatte, und das hatte er sich selbst zuzuschreiben. Nun, auf der Auktion würde ein neuer Herd der Unruhe entstehen.

Hinter uns trottete die Besatzung der *Sorgenfri*, ausgemergelt, niedergeschlagen, kränklich und mit dem dringenden Bedürfnis, sich zu besaufen und ihr Elend zu vergessen. Sie sahen aus wie alle Besatzungen, wenn sie die Sklavenroute überlebt hatten. Daran war wahrlich nichts Bemerkenswertes. Für sie gab es keine Hoffnung. Der Wert eines Lebens war ihnen unbekannt, und im übrigen mußte es in Branntwein ertränkt werden. Doch auch das war eine Art Rache, mochte sie auch nicht mein Verdienst sein.

23

Also wurde ich einen Tag, nachdem die *Sorgenfri* auf der Reede Anker geworfen hatte, zusammen mit den anderen hinaufgetrieben zum Fort von St. Thomas. Dort wurden wir in einen Lagerraum geschoben und man gab uns reichliche Mengen Essen, Grütze mit einer dicken Zuckerschicht, frisches, kühles, fettes Fleisch, Gemüse und schlechten Rum, den die Schwarzen *Kildevil* nannten. Denn benutzten sie nicht den Rum, um den Teufel in der Hölle ihres Lebens zu töten?

Scudamore lief herum und unternahm im letzten Augenblick noch etwas gegen die augenfälligsten Gebrechen, damit ihm auch kein Shilling seines ersehnten Bonus verlorenging. Drei Männer, die an Durchfall litten, heilte er, indem er sie mit einem Pfropfen aus Reepfilz verschloß, einer der gebräuchlichen Kniffe.

Vier Tage lang wurden wir gemästet, gewaschen und geölt, während man die Plantagenbesitzer der Insel von der Ankunft einer frischen Ladung Sklaven benachrichtigte, die am folgenden Sonntag nach dem Hochamt versteigert werden sollte.

Am Tag vor diesem großen Volksfest nahm Scudamore mich beiseite.

»Silver«, sagte er, »mir tut es weh, dich hier unter den anderen zu sehen, auch wenn du Kontraktarbeiter bist und ein paar Lumpen auf dem Körper hast. Deine weiße Haut sticht ins Auge. Die Neger könnten auf den Gedanken kommen, zwischen ihnen und uns sei kein Unterschied.«

»Das ist wohl kaum meine Schuld«, antwortete ich.

»Du wirst es noch bereuen«, sagte Scudamore.

»Und vor Gericht gestellt und aufgehängt werden! Nein,

wenn verschworene Meuterer es vorziehen, als Kontraktarbeiter verkauft zu werden, dann ist das besser als ein Prozeß, der doch nur auf eine Weise enden kann.«

»Du vergißt meine Zeugenaussage.«

»Keineswegs«, gab ich zur Antwort. »Ich weiß, daß du es gut mit mir meinst. Aber Butterworth ist tot, und er war der einzige, der deine Worte beglaubigen konnte. Jetzt steht ein einfacher Feldscher gegen sechs Vollbefahrene. Das Risiko will ich nicht eingehen.«

Selbstverständlich sagte ich nicht, was ich dachte, daß nämlich das größte Risiko darin bestand, daß Scudamore vor Gericht eine Zeugenaussage ablegen würde, die mich mit Sicherheit aus dieser Welt schaffte. Trotz allem hatte er Angst, wenn einer wie ich am Leben blieb, und sei es als Sklave, denn zu guter Letzt dürfte er eingesehen haben, daß mit mir nicht zu spaßen war. Das Leben war kein Spiel, wie Scudamore sich das einbildete, denn ein Spiel folgt Regeln. Geht es aber um Leben und Tod, so gelten keine Regeln. Was nützte es also, wenn man Falschspieler war wie Scudamore und so viele andere gebildete Männer?

Am Auktionstag wurden wir auf einen umfriedeten Hof gezerrt. Traubenweise hingen erwartungsvolle Menschen am Zaun oder standen in ausgelassenen Gruppen herum. Es war ein Lachen und Rufen, ein Tuscheln und Flüstern, man zeigte mit den Fingern und stieß vergnügte, freche oder höhnische Ausrufe aus. Letztere betrafen, wenn ich ehrlich sein soll, vor allem mich. Denn darüber konnte es keinen Zweifel geben, ich war eine Attraktion auf diesem Fleischmarkt.

Ich suchte die Frau, die ich nach meinem Geschmack gefunden hatte. Sie stand allein, abseits, mit einem hochmütigen Blick, als seien wir anderen ihr völlig gleichgültig. Ich bahnte mir einen Weg durch die Menge und blieb vor ihr stehen. Ich sah, was ich hatte sehen wollen, sie gehörte zu jenen, die sich vor keinem und auch nicht vor mir beugten. Aber sie erwiderte meinen Blick und verzog den Mund.

Mehr wurde nicht daraus, denn plötzlich wurden Trommeln geschlagen und ein Mann im Rüschenhemd verkündete, die Auktion werde gleich beginnen. Ich blieb in der Nähe der Frau, denn ich wußte, was nun zu erwarten war. Man hatte uns erklärt, bei dieser Auktion handele es sich um ein *Scramble,* wie es Brauch war, wenn ein Verkäufer den Markt beherrschte und die Plantagenbesitzer nahmen, was sie bekommen konnten. Die Kompanie setzte für jeden Sklaven einen Preis fest, anschließend wurden die Plantagenbesitzer in den Innenraum vorgelassen. Die Sklaven, auf die sie ihre Hand legen konnten, durften sie anschließend für den vereinbarten Preis kaufen.

Dann wurde das Signal gegeben. Ich nahm die Frau an der Hand, die dagegen nichts einzuwenden hatte. Meine Absicht war, daß wir gemeinsam eingefangen und verkauft würden, wie die Frauen, die ihre Gören fest an sich preßten, damit sie nicht getrennt wurden. Meist half dies indessen nicht.

Die Plantagenleute stürzten sich auf uns. Man zog und zerrte an Armen und allem, was man zu fassen bekam. Man schrie, rief, lachte. Die Kinder weinten, als man sie ihren Müttern entriß. Es hagelte Flüche, wenn die Leute im Durcheinander zusammenstießen und um denselben Sklaven stritten. Manche waren so vernünftig, den Sklaven, auf den sie ihre Hand legten, zu untersuchen, weshalb sie auf einige verzichteten, während andere mit rot angelaufenen Gesichtern alles an sich rafften, dessen sie habhaft werden konnten. Einer von diesen riß mit einem tückischen Lächeln die Frau neben mir an sich. Ich ließ mich mitreißen, wurde aber durch einen Schlag vor die Brust zum Stehen gebracht.

»Scher dich zum Teufel!« sagte der Mann in meiner eigenen Sprache zu mir. »Ich brauche keinen Verräter!«

»Ich bin Sklave«, sagte ich höflich. »Ich kann meine Pflicht tun.«

»Halt das Maul!« lautete die knappe Antwort.

Daß es Gerüchte gegeben hatte, war offensichtlich. Und wirklich erkannte ich gleich darauf das ochsenartige Gesicht Roger Balls in der Menge vor dem Zaun. Er zeigte mit dem Finger auf mich, sagte etwas zu denen, die um ihn herum standen, und lachte laut, heftig, selbstzufrieden und freudlos. Viel fehlte nicht und ich hätte den Kopf verloren, wäre auf ihn zugestürzt und hätte ihm den Hals umgedreht. Doch ich hatte endlich gelernt, welchen Preis man für seine Unüberlegtheit bezahlt, und verhielt mich ruhig.

Nach und nach legte sich der größte Tumult. Hier und dort standen atemlose, schweißüberströmte Plantagenbesitzer. In einer Gruppe sah ich Jack, zusammen mit der Frau und dreien seiner Stammesgefährten, Sakalava. Mehr hätte er sich nicht wünschen können. Ich sah auch, daß die drei, denen Scudamore einen Pfropfen ins Hinterteil gestopft hatte, verkauft waren. Ich und zwei Schwarze, die den Tripper hatten, waren die einzigen, die übriggeblieben waren.

Der Mann im Rüschenhemd machte einige schwülstige Gesten und gab ein paar dänische Worte von sich. Offenbar pries er uns an. Nach einer Weile trat ein wohlgekleideter Mann auf den Verkäufer zu. Die beiden verhandelten, gaben einander die Hand, worauf der Wohlgekleidete zu den beiden Angesteckten ging und sie mitnahm. Vermutlich der Ortsfeldscher, dem wegen des *Scrambles* seine übliche Krankenladung entgangen war, die er heilen und weiterverkaufen konnte.

Übrig war zuletzt also nur ich, John Silver. Der Verkäufer wedelte noch heftiger mit den Armen und wies wahrscheinlich darauf hin, wie nützlich ein intelligenter, kräftiger Mann wie ich sich bei richtiger Behandlung machen konnte. In der Menschenmenge blieb es jedoch still, abgesehen natürlich von Roger Ball, der weiterschreien mußte.

»Jetzt kriegst du, was du verdienst, Silver. Kein Teufel will einen wie dich mit der Feuerzange anfassen.«

Hie und da hörte man vereinzelt Lachen. Der Verkäufer

sah sich verzweifelt um und schrie der Menschenmenge etwas zu, vielleicht, so dachte ich, bot er mich jetzt umsonst an. Es dauerte nicht lange und die Menschenmenge teilte sich, und ein weißhaariger Kopf wurde sichtbar. Aber erst, als ich ihn in voller Länge sehen konnte, erkannte ich, um was es sich handelte: um einen Himmelslotsen, einen Schwarzrock. Mit würdigen Schritten kam er auf mich zu. Was sollte das bedeuten? Sollten mir meine Sünden vergeben werden, bevor man mich hängte? Hatten sie mich hereingelegt?

»Komm mit mir, mein Sohn!« sagte der Pfarrer väterlich in gebrochenem Englisch.

»Warum?« fragte ich.

»Warum?« wiederholte der Pfarrer. »Um Dienst zu tun auf der Missionsplantage natürlich.«

Ja, das war klar, was sonst? Dorthin also sollten die mit dem Kreuz gezeichneten Sklaven des Pfarrers Feltman kommen, denn nun fiel mir auf, daß sie am *Scramble* nicht teilgenommen hatten. Hatte der Pfarrer sich aus reinem Geiz meiner erbarmt? Bekehren konnte er mich schließlich nicht, als Weißer hatte ich bereits den richtigen Glauben, was immer ich auch darüber denken mochte.

»Vater!« sagte ich. »Habt Mitleid mit einem armen Teufel!«

»Gewiß!« sagte der Pfarrer, ohne sich umzudrehen.

Nun konnte ich mich nicht mehr halten, sondern lachte aus vollem Halse. Daß der Pfarrer einen Tollkopf wie mich nicht hätte kaufen sollen, darüber waren sich wahrscheinlich alle einig. Daß ich Sklave bei denen werden sollte, die Gott fürchteten, mußte seine Ursache im unergründlichen Willen des Letztgenannten haben. Ich erkundigte mich bei dem Pfarrer und erfuhr, daß es sich verhielt, wie ich angenommen hatte, er hatte mich geschenkt bekommen und mich aus Barmherzigkeit mitgenommen. Drei Jahre lief der Kontrakt, dann stand es mir frei, Dienst zu nehmen, wo immer ich wollte.

Ich gestehe, daß ich England und Deval einen kurzlebigen Gedanken gönnte, jedoch nicht, um ihr Schicksal zu bedauern, sondern um das meine zu verfluchen. Im stillen überdachte ich mein bisheriges Leben und stellte fest, daß es nicht sonderlich geeignet schien, Stolz zu wecken, nicht einmal insgeheim. Und nun sollte ich meine Strafe erhalten, das stand fest.

Man reihte mich unter den Plantagennegern ein. Als Haussklave mußte man vertrauenswürdig sein, und wie es stand, war ich gerade dies nicht. Ich landete bei ungefähr zwanzig Schwarzen, die große Augen machten, als ich ihre Hütte betrat. Von Jack hatte ich einige Worte der Afrikanersprache gelernt, mit denen man grüßte und sich unter Kameraden unterhielt, und die benutzte ich jetzt, wobei sich freilich herausstellte, daß diese Neger dänisch sprachen. Glücklicherweise waren zwei von ihnen nach dem großen Aufstand auf Jamaika von Engländern freigekauft worden. Sie machte ich zu meinen Sprechern.

Ich wartete, bis die Neger sich an meiner Erscheinung satt gesehen hatten. Man begrüßte mich gehässig, zum einen, weil ich ein Weißer war, zum anderen, weil es sich bei mir um einen *Bussal* handelte, wie man alle neueingetroffenen Sklaven nannte. Sogar unter diesen Sklaven gab es eine Ordnung, und in ihr nahm ich die niedrigste Stufe ein. Doch ich wußte dem Übel sofort beizusteuern und fragte taktvoll nach ihrem Anführer, den man mir auch nannte. Es war derjenige, der von allen die gutmütigste Miene zur Schau stellte. Ich ging hin und packte ihn an der Kehle. Ich drückte fester und fester zu und bat gleichzeitig meine Sprecher, sie sollten den anderen erklären, daß ich, John Silver, zwar Sklave und *Bussal,* jedoch auch unberührbar, unverwundbar, mit einer Seele ausgestattet und tabu war und einiges mehr im gleichen Sinne. Als alle begriffen zu haben schienen, ließ ich los und legte mich auf einen Strohsack, der mir nach den ungehobelten Brettern auf der *Sorgenfri* das reinste Daunenbett zu sein schien. Ehe ich einschlief, dachte ich, daß nun Schluß sein mußte mit halben Sachen, und ich glaube, von jenem Augenblick an war ich bereit, die rote Flagge zu hissen. Die schwarze, den Jolly Roger, hatte ich schon seit langem gesetzt.

Am folgenden Morgen wurde ich in der Morgendämmerung von einem gut gesetzten Fußtritt geweckt, ausgeteilt von einem Bein, das aus einem Priesterrock ragte.

»Hoch mit dir!« sagte der Pfarrer. Auch er beherrschte also einige Worte Englisch. Gelehrt waren sie immerhin.

»Mich braucht Ihr im Namen Gottes nicht zu treten«, sagte ich zu ihm. »Ich tue, was ich tun muß.«

Unter dem wachsamen Blick des Pfarrers rappelte ich mich hoch, und dann ging es hinaus auf die Felder. Der Pfarrer ging hinter uns, in der einen Hand eine Peitsche, in der anderen eine Holzkeule. Sobald wir die Hand vor Augen erkennen konnten, wurden die Hacken in den festen Lehmboden geschlagen. Wir gruben Löcher, nichts anderes als Löcher, Löcher in geraden Linien, eines nach dem anderen und ohne Unterbrechung, von der Morgendämmerung bis zum Abend, unter der stechenden Sonne, die mir den weißen Rücken verbrannte. Bereits um die Mittagszeit hatte ich große, eitrige Blasen an den Händen. Dies konnte nur auf eine Weise enden. Unmittelbar bevor wir unsere dritte Ration Zuckerwasser mit Rum bekommen sollten, den Brennstoff, mit dem man uns anheizte, hing ich nach. Kaum konnte ich noch die Hacke halten, aber ehe ich mich versah, hörte ich es pfeifen und spürte, wie die Peitsche mir die Haut aufriß. Ich mußte alle Kräfte aufbieten, um den Pfarrer nicht auf der Stelle zu erschlagen. So dumm war ich jedoch nicht, wie weit wäre ich auch gekommen, halbnackt mit wundem Rücken und blutigen Händen? Also drehte ich mich zu ihm um.

»In Gottes Namen, Vater«, sagte ich, »seid gnädig!«

»Einer wie du muß sich hüten, den Namen Gottes in seinen häßlichen Mund zu nehmen. Hier arbeitet ihr für uns, damit wir für Gott arbeiten können.«

»Aber ich bin Christ, Vater. In Weihwasser getauft und all das. Ich habe geglaubt, Christen bleibt die Peitsche erspart.«

»Da hast du das Falsche geglaubt. Die Vorschriften verbieten nur, daß ein Neger die Hand gegen einen Weißen erhebt. Alles andere ist erlaubt. Und wir halten uns an die Vorschriften.«

Dieser Vater ließ sich nicht erweichen. Später erfuhr ich, daß Holt, so hieß er, von allen der schlimmste war, und es gehört in diesen Zusammenhang, daß keiner der Pfarrer, die ich kennenlernte, gerade ein Kind Gottes war. Zwei Wochen zuvor hatte Holt mit bloßen Händen einen zweijährigen Jungen erschlagen, im übrigen gebrauchte er bei den Kleinen die vierschwänzige Peitsche, die sonst den Erwachsenen vorbehalten war. Unzweifelhaft war dieser Holt auf seinem Gebiet ein Phänomen und auf der ganzen Insel berüchtigt.

Ich biß also die Zähne zusammen, mochte es auch in meinem Inneren schreien und brüllen, wenn meine wunden Hände die Hacke zu halten suchten. Es waren die anderen, die mich vor weiteren Peitschenhieben retteten, das muß zu ihrer Verteidigung erwähnt werden. Als sie sahen, wie es um mich bestellt war, verringerten sie unmerklich den Arbeitstakt gerade so weit, daß es Holt nicht auffiel. Am selben Abend rührte eine der Frauen einen Brei zusammen, den sie mir auf Rücken und Hände strich. Drei Tage lang wiederholte sie diese Behandlung, dann waren meine Hände ohne irgendwelche Spuren oder Narben verheilt. Es versteht sich von selbst, daß ich froh war über meine Hände, die ich seit meiner Unterhaltung mit Kapitän Barlow so liebevoll gepflegt hatte.

Eines Nachts schlich ich mich hinüber zu dieser Frau, um ihr meine Dankbarkeit zu zeigen. Als wir aber in vollem Einvernehmen dort lagen und unsere Säfte innig vereint waren, wurde ich hochgerissen, erhielt ein paar Fußtritte und wurde aus der Hütte gejagt.

Am folgenden Morgen wurden wir alle vor der Kapelle aufgestellt. Die Frau sollte im Namen Gottes hundertfünfzig Hiebe mit der Vierschwänzigen zur Strafe für ihre Unzucht erhalten.

Nirgendwo sonst auf der Insel wurden die Frauen für ihre Begierden bestraft. Den Pfarrern jedoch hatte man aus Kopenhagen eigene Ehefrauen geschickt, unbesehen und mit Hilfe des Loses aus den kargen Reserven der Gemeinde ausgewählt. So kam es, daß Martin, der Vorsteher, eine fünfundsechzigjährige Prostituierte auf dem Hals hatte, deren Anblick er nicht einmal im Namen Gottes ertrug. Nein, daß die Pfarrer junge, feste, schwarz glänzende Frauenkörper peitschen ließen, sobald sich dazu eine Gelegenheit bot, erstaunt mich nicht. Sie zu berühren, war ihnen untersagt, sie wären in den Bann getan worden und hätten für den Rest ihres Lebens höllische Qualen erleiden müssen.

Es war Brauch und Sitte, daß Bestrafungen von uns Sklaven vorgenommen werden mußten. Denn als die Weißen die Peitsche oder die glühenden Eisen gebraucht hatten, war es vorgekommen, daß die Neger völlig die Beherrschung verloren, statt sich abschrecken zu lassen.

Einer nach dem anderen traten wir vor, teilten Peitschenhiebe aus und hörten, wie die Frau schrie, bis sie schließlich ohnmächtig wurde. Als ich die Peitsche zum fünften Male pfeifen ließ, war ihr Rücken eine einzige blutende Wunde, und ich hoffte bei Gott, falls es ihn gab, daß eine der anderen imstande war, ihre heilende Salbe zusammenzubrauen.

Daß es mir dort, wo ich gelandet war, nicht gefiel, versteht sich von selbst. Ich suchte den Oberpfarrer auf, bei dem es sich, im Vergleich mit den anderen, um eine verständnisvollere Seele handelte. Bereitwillig räumte er ein, daß ich gewisse sprachliche Fertigkeiten besaß und einer leserlichen Handschrift mächtig war, und wenn ich auch niemals Hausneger wurde, so holte er mich doch bisweilen von den Zuckerrohrfeldern, wenn ich etwas abschreiben oder eine Reinschrift anfertigen sollte. Ich entsinne mich noch eines Briefes, den ein frischgetaufter Sklave an die Mission geschrieben hatte. In diesem Brief bedankte er sich für seine Bekehrung und bat um Verzeihung, daß er den Brief nicht selbst habe schreiben können, da er weder Hände noch Füße besaß, denn die hatte man ihm abgehauen, weil er Maroon gelaufen war.

Mein erster Gedanke war, mich in den Besitz einer Waffe zu bringen, ein Boot zu stehlen und zu fliehen. Im großen und ganzen machte ich mich nützlich, aber stets erhielt ein Neger den Auftrag, wenn etwas zu besorgen war, und das entsprechende Zeugnis, mit dem er sich auf den Straßen bewegen durfte. Denn zur Verteidigung dieser Geistlichen muß man sagen, daß sie bei Menschen meiner Sorte nicht so leichtgläubig waren, wie es zu erwarten gewesen wäre.

Was blieb mir anderes, als auf die Vorsehung zu bauen, auf mich selbst also. Ein weiteres Mal fachte ich den glühenden Haß der Schwarzen an und stichelte sie mit dem Schürhaken, und bald glühten sie, wenn man so will, vor Begeisterung. Ich versprach ihnen das Blaue vom Himmel, wie stets bei solchen Gelegenheiten, und nach zwei Wochen fehlte nur noch der zündende Funke, was ich wörtlich meine, denn ich steckte das Wohnhaus der Geistlichen in Brand.

Während die Schwarzröcke durcheinanderrannten wie Hühner und all ihre Gebete vergessen zu haben schienen, brachte ich ihre Waffen in der Kapelle an mich. Drei Pistolen nahm ich mir zu eigenem Gebrauch, den Rest verteilte ich unter die Schwarzen. Was keine große Wirkung hatte, denn die meisten wußten nicht, wie man lud. Um die Angelegenheit voranzutreiben, fällte ich einen der Pfarrer mit einem wohlgesetzten Schuß. Um wen es sich dabei handelte, ist mir nicht bekannt, und im Angesicht der Ewigkeit spielt es auch keine große Rolle. Es hatte jedoch Wirkung, denn die anderen gaben ihre Löscharbeiten auf und eilten zur Kapelle, als sei der Teufel hinter ihnen her.

Wir hörten herzzerreißende Schreie, als sie entdeckten, daß das Waffenlager in der Kapelle gelenzt war, und dann die Stille, als sie darüber nachdachten, wie Gott sie aus dieser Bedrängnis erretten mochte. Bald darauf stand das Wohnhaus in hellen Flammen und warf seinen Feuerschein auf die Kapelle. Ich wies meine Leute an, sie sollten schießen, sobald sie auch nur die Spur eines Schwarzrocks sahen, ich selbst werde hinter die Kapelle gehen und sehen, was ich ausrichten könne. Und falls etwas schiefging, so fügte ich hinzu, dann sollten sie Maroon laufen, denn für dies hier werde man sie hängen. Sie könnten aber auch, so bot ich ihnen an, den Pfarrern einreden, an allem sei nur ich schuld. Davon wollten die Neger jedoch nichts hören. Dann liefen sie lieber Maroon, sagten sie.

Ein wenig feierlich nahm ich also Abschied von ihnen, was sich im Fall eines Wiedersehens stets vorteilhaft auswirkt, und schlich auf die Rückseite der Kapelle. Als ich durch eine der Schießscharten sah, erkannte ich, daß einer der Priester kniete und betete, der Sicherheit halber, während die anderen sich berieten. Offenbar hatte man Holt dazu ausersehen, Hilfe zu holen, denn er ging zur Pforte der Kapelle und öffnete sie vorsichtig, woraufhin eine Salve in das Mauerwerk einschlug. Mit einem Knall schloß Holt die Pforte wieder, und man sah ihm an, daß er Todesangst litt. Jetzt, da er die Peitsche und Gott nicht mehr auf seiner Seite wußte, war er nicht mehr so kühn.

»Wir sind verloren!« schrie er. »Hier kommen wir nicht mehr heraus, wir können keine Hilfe holen!«

In der Tat, dachte ich, sie waren gefangen wie die Ratten, denn die Kapelle verfügte nur über einen Ausgang.

»Hallo, dort drin!« rief ich, woraufhin sie alle aufsprangen, sogar der betende Pfarrer. »Ich bin es, John Silver!«

Was Holt keineswegs beruhigte.

»Ich bin diesen verdammten Negern entkommen«, sagte ich. »Sie wollen jeden Weißen erschießen, der sich zeigt. Ich kann Hilfe holen.«

»Das kannst du?« fragte Martin.

»Ja. Hier ist alles frei. Die Neger liegen vor der Kapelle. Die sind so dumm wie die Hühner und begreifen nicht, daß sie euch alle durch diese Schießscharten erschießen könnten, sondern warten darauf, daß ihr herauskommt. An ihnen vorbeizukommen ist kein Kunststück, glaubt mir. Gebt mir einen Passierschein, damit man mir glaubt, dann laufe ich los, so schnell die Beine mich tragen und so wahr ich John Silver heiße.«

Martin und seine Brüder zögerten, das war verständlich, vor allem weil Holt etwas murmelte, das bestimmt wenig vorteilhaft für mich war.

»Beeilt euch!« rief ich. »Ihr habt nicht die ganze Nacht Zeit, wenn ihr das Licht des Tages noch einmal sehen wollt!«

Erst im nachhinein begriff ich, daß sich dies vielleicht nicht unbedingt eignete, Leute wie sie zu überzeugen, die sich einer Zukunft im Himmel sicher waren. Martin aber schrieb hastig die begehrten Worte auf ein Stück Papier.

»Wenn du uns hilfst, Silver, werden wir dir ewig dankbar sein. Wir werden alle für dich beten.«

»Tut das!« antwortete ich munter und schnappte nach dem Papier. »Legt im Himmel ein gutes Wort für mich ein. Das kann niemals schaden. Jetzt renne ich los. Ihr seid in sicheren Händen, Brüder!«

Ich zog mich zurück, aber ich war noch nicht ganz fertig mit ihnen. Darum wartete ich eine Weile, dann schlich ich mich wieder an die Schießscharte und sah, wie sie alle auf den Knien lagen und zu Gott beteten und um ihr Leben baten. Ich zielte, schoß Holt in den Kopf und ging meiner Wege, während ich Angstschreie und die Schüsse der Neger hörte, die aufs Geratewohl feuerten.

Endlich, dachte ich, während hinter mir die Geräusche verklangen, konnte ich mit mir zufrieden sein. Nicht etwa, weil ich die Welt von Holt befreit hatte, so dumm war ich nicht, denn es gab immer andere, die in seinem Kielwasser weitersegeln würden, ebenso, wie ein toter Kapitän von Gottes infernalischen Gnaden von einem anderen ersetzt wurde, ehe man sich versah. Und auch nicht, weil ich Holt die rechtmäßige Strafe für alle seine Peitschenhiebe hatte zukommen lassen. Wer konnte es wissen, vielleicht war er bereits aufgenommen worden im Himmel, und was wäre in diesem Fall meine Strafe wert? Und erst recht nicht, weil ich den Pfarrern eine schlaflose Nacht bereitet oder sie glauben gemacht hatte, die Neger seien vielleicht doch nicht so dumm wie Hühner. Nein, ich war zufrieden mit mir, weil ich sie alle an der Nase herumgeführt hatte, die Schwarzen wie die Priester. Ich befand mich wieder auf freiem Fuß, zum ersten Mal seit einem guten Jahr. Mit meinem Passierschein ging ich langsam in die laue, sternenklare Nacht, die erfüllt war vom beruhigenden Gesang der Zikaden und dem verfluchten Summen von Moskitos und Fliegen, und ich ging auf Charlotte Amalia zu. Es war noch pechschwarz, als ich mich anstandslos an den Wachen auf dem Fort vorbeischleichen konnte. Am Kai lag ein Gaffelsegler, eine Schaluppe, die zu einem der Handelsschiffe auf der Reede gehörte. Den belegte ich mit Beschlag, und mit den Ankerlaternen dieses Schiffes als Richtmarken konnte ich unbemerkt aus der Bucht entkommen und östlichen Kurs einschlagen.

Es soll keiner glauben, daß dies ein leichtes war, vierhundert Seemeilen allein in einem offenen Boot, doch wurde mir nun sehr zunutze, was Dunn mir beigebracht hatte. Ich mußte wissen, wie man einen Brecher pariert, denn in dieser Jahreszeit blies der Passat am stärksten. Kaum hatte ich den Windschutz der Inseln verlassen, sah ich mich inmitten unablässig donnernder Wogen, die ausnahmslos weiße Kämme trugen. Mehr als eine Nacht und einen Tag lang mußte ich mit der einen Hand steuern, mit der anderen schöpfen, bis ich eine geschützte Bucht erreichte, in der ich festmachen und schlafen konnte.

Noch ärger war es, als ich eine Woche später das östliche Hispaniola anlief, eine der großen spanischen Festungen. Oft mußte ich tagsüber versteckt in einem Mangrovenloch liegen, in der Nacht versuchte ich, im Schein des Mondes weiterzukommen, so gut sich das eben machen ließ. Erbärmlich ging es mir, und ich bestand aus wenig mehr als Haut und Knochen, als ich zu guter Letzt den päpstlichen Anhang hinter mir gelassen hatte. Das Salz hatte mein zottliges Haar erstarren lassen wie eine Roßhaarbürste. Meine Lippen waren so steif und rissig, daß ich kaum ein Wort hervorbringen konnte. Meine Haut war trocken wie Zunder und brannte. Sitzen konnte ich kaum noch, denn mein Hinterteil war mit Schürfwunden der schlimmsten Art bedeckt. Und hatte ich auch auf dem Boden des Bootes schlafen können, so hatte ich manchmal so nahe unter Land ankern müssen, daß mich allerlei fliegendes, blutdürstiges Ungeziefer fast aufgefressen hatte. Ja, Herr John Silver bot keinen Anblick für die Götter, oder vielleicht stand er auch kurz davor, sie kennenzulernen, denn womöglich hätte er nur noch wenige Tage vor sich gehabt, als ihn schließlich Bukanier der alten Schule aufsammelten und zu einem der ihren machen wollten.

24

Frei und elend waren sie, diese letzten Bastarde zwischen Jägern und Glücksrittern, doch es schien, als sei für sie die Zeit stehengeblieben. Noch immer träumten sie von den großen Expeditionen nach Panama und Cartagena und begriffen nicht, daß ihre Jahre vorüber waren. Sie sprachen von der guten alten Zeit und von Morgan, dem Verräter, von L'Olonnais, dem Blutigen, von Monbars, dem Mörder, von Grammont, dem Gottesverächter, vom Brasilianer Le Roc und von Van Horn, der keinen Beinamen hatte, aber bekannt war dafür, daß er während des Kampfes an Deck umherrannte und jeden erschoß, der auch nur das kleinste Anzeichen von Zögern und Feigheit verriet. Auf allen ihren alten Gewohnheiten und Ritualen bestanden sie, und die meisten waren annehmbar. Sie trafen sich zu Beratungen und stimmten ab. Sie teilten alles, und das Geteilte gehörte ihnen gemeinsam. Sie besaßen keine Nachnamen, sondern nannten sich bei Vornamen und Beinamen, denn wer sie waren und woher sie gekommen waren, durfte ihnen weder angerechnet noch zum Vorwurf gemacht werden.

Jäger gab es nicht ihresgleichen, und wenn es ums Essen und den Kombüsendienst ging, waren sie Teufelskerle. Ihnen war die Zubereitung von Schokolade bekannt, eines der wohlgehüteten Handelsgeheimnisse der Spanier, und auch daß ein Wildschwein, mit Aprikosen ernährt, wohlschmeckender war als andere. Sie verstanden sich sogar darauf, Affenfleisch mit ungemahlenem Salz schmackhaft zuzubereiten.

Essen mußte man schließlich, das wußten sie, und wie man es zubereitete. Daß man von seinem Geruch speichelte wie ein Dorfköter, war ihnen ebenfalls bekannt, den alten Bukanier. Wie viel habe ich von ihnen gelernt über Proviant, und später im Leben, in der Taverne »Spy-Glass« in Bristol und an Bord der verfluchten *Hispaniola,* die um ein Haar mein Unglück geworden wäre, sollte mir das noch nützen.

Anderes ließ sich schwerer ertragen. Sie waren gottesfürchtig, sprachen Tischgebete und lasen in der Bibel. Doch ich riß mich zusammen, denn ich war von ihrem Wohlwollen abhängig, wollte ich nach meiner Flucht wieder auf die Beine kommen. Bis zum Überdruß bekam ich die alte Geschichte über den Bukanier Daniel zu hören, der an einem Ankerplatz einen Schwarzrock an Bord genommen und ihn gebeten hatte, einen Gottesdienst abzuhalten. Gott hätten sie lange nicht gehabt, wie er sagte. An Deck wurde ein Notaltar aufgestellt und der Priester begann mit seiner alten Leier, mochte er auch vor Angst zittern. Eine Glocke, die zum Beten und Singen geläutet worden wäre, gab es nicht, aber Daniel wußte Rat und feuerte statt dessen eine Kanone ab. Alles ging gut, bis zum Abendmahl, da goß einer aus der Mannschaft die ganze Flasche mit Christi Blut in sich hinein und fing an zu fluchen, daß es eine Art hatte. Daniel wies ihn scharf zurecht, als es der Angeheiterte aber weiter an Respekt fehlen ließ, nahm Daniel seine Pistole und schoß ihm in den Kopf.

»Gräm dich nicht«, sagte er zu dem vor Schreck gelähmten Pfarrer. »Es war nur ein Tölpel, der keine Ahnung hatte, was man Gott schuldet, und jetzt habe ich ihn bestraft, damit er auf die richtigen Gedanken kommt. Mach weiter!«

Dies erzählten sich meine Bukanier wieder und wieder, begleitet von ungeheuren Lachsalven. Mich amüsierte dies nur mäßig, denn auf wessen Seite stand ich wohl, wenn nicht auf der des Seemanns, der sich mit Christi Blut hatte betrinken wollen!

Aus irgendeinem Grunde erkannten sie mich jedoch an und hatten mich sogar gern. Auf dieser Welt gibt es größere Wunder.

Eines Tages, als ich einige Monate bei ihnen gelebt und mich wieder gesund gegessen hatte, kam ihr gewählter Anführer und nahm mich zur Seite. Er war ein hochgewachsener Mann mit einem Bart und mit Haaren wie ein Ziegenbock, und soweit ich es beurteilen konnte, hatte man ihn eher wegen seiner rohen Kraft als wegen seines Kopfes gewählt. Er sah mich vertraulich an und legte mir einen Arm um die Schulter, als seien wir Freunde.

»Du bist jetzt drei Monate bei uns«, begann er feierlich. »Du hast Schießen gelernt wie ein ganzer Kerl, du kannst einen Stier zerlegen und kriegst ein Barbacoa und ein Boucan zustande. Du hast deine Eigenheiten und machst Dummheiten, aber du bist ein guter Kamerad gewesen, einer von uns. Du weißt, wir kämpfen für die Gerechtigkeit, wir teilen, was wir haben, und wir achten darauf, daß keiner mehr sein will als der andere. Die ›Küstenbrüder‹ haben wir uns genannt, und das ist mehr als nur ein leeres Wort. Wir sind Brüder, wir sind wie eine große Familie. Was meinst du, John? Willst du dich uns anschließen? Es ist ein hartes Leben, aber es ist frei, auch wenn man am Ende nicht als vermögender Mann stirbt. Doch wie viele können so leben wie wir? Ich glaube, du wirst es nicht bereuen.«

Er verstummte, dann ließ er mir Bedenkzeit. Indessen gab es darüber nicht allzuviel nachzudenken, wie ich in diesem Augenblick meinte. Ihr Gerede von Brüderschaft war mir gleichgültig, darüber hatte ich von den Schwarzen auf der *Sorgenfri* so viel gehört, daß es mein Leben lang ausreichen würde. Auch sie hatten mich zu einem der ihren machen wollen, als hätte ich mich häuten können. Und nun wollten mich diese Küstenbrüder in ihre Gemeinschaft aufnehmen, mich Treue und anderes schwören und mich geloben lassen, so zu leben, wie sie es für richtig hielten. Für sie mochte das recht sein, Eide und Gelöbnisse aber waren nicht mehr als Worte.

Obendrein wußte ich zu jener Zeit nicht recht, was ich im Leben oder auf der Welt wollte. Vogelfrei war ich schon, hier und dort, und konnte nicht genug auf der Hut sein, wohin ich meine Schritte lenkte. Über nennenswerten Besitz verfügte ich nicht, denn meine Pfunde hatten Butterworth und sein Nachfolger auf eigene Rechnung an sich genommen. Meine Büchse und meine Kleider gehörten nicht mir, nach den Regeln der Bukanier gehörten sie allen, zum Besten aller. Also konnte ich ebensogut hier wie irgendwo anders bleiben, bis sich die Gelegenheit zu einem Dasein bot, das mich mehr bereicherte – in jeder Bedeutung des Wortes.

»Topp!« sagte ich zu Pierre le Bon, wie er sich nannte. »Ich bin dabei. Unter einer Bedingung.«

»Und welcher?« fragte er neugierig.

»Daß ich bei Tisch nicht beten muß.«

So gottesfürchtig war Pierre le Bon trotz allem nicht, und er lachte, daß sein Bart wippte.

»Das wird dir niemand absprechen«, sagte er.

Und so war es. Im Gegenteil, als wir ins Lager zurückkamen und Pierre die Nachricht bekanntgab, als hätten sie alle einen Erstgeborenen, gab es ein gewaltiges Glückwünschen und Rückenklopfen und überall vergnügte Mienen. Wäre ich in der zurückliegenden Zeit nicht so davon in Anspruch genommen gewesen, neue Kraft zu schöpfen und wieder gesund und frisch zu werden, wäre mir womöglich aufgefallen, daß nicht alles zum besten stand. Nach meiner Erfahrung ist dies bei Menschen aber nur selten der Fall, und damit sie zusammen leben können, versprechen sie einander Treue, bis daß der Tod sie scheidet, oder tun sogar so, als würden sie niemals sterben.

Jedenfalls wurde anläßlich meiner Aufnahme in die Brüderschaft zu einem Festmahl gedeckt. Das ganze Lager, um die zwanzig Bukanier, ihre schwarzen oder schokoladenbraunen Frauen und ebenso viele Sklaven setzten sich in Bewegung, um Essen und Trinken herbeizuschaffen. Mir zu Ehren sollte das gemästete Wildschwein geschlachtet werden. Am Nachmittag sollte das Fest vom Stapel laufen und vor Anbruch der Dämmerung sollten alle betrunken sein bis zum Umfallen, denn dann kamen die Moskitos, die einem das Leben zur Hölle machten. Im Lager verfügte man über ein festes *Boucan,* ein Räucherhaus, das aus blattgedeckten, acht Fuß hohen Seitenwänden bestand und einem Dach aus Querriegeln, auf die man das Fleisch legte, nachdem man es am vorhergehenden Abend mit grobem Salz eingerieben hatte. Im Inneren des Boucans machte man ein Feuer aus getrockneten Wildschweinhäuten und Knochen. Das war besser als Holz, denn das Salz in der Wildschweinhaut und den Knochen paßte besser zum Fleisch und verlieh ihm Geschmack, während der Holzgeruch sich im Fleisch festsetzte. Und so war es, denn das Fleisch wurde so weich und saftig, daß man es unzubereitet verzehren konnte. Außerdem hielt es sich Monate und bildete darum den bevorzugten Proviant aller Glücksritter. Man brauchte das Fleisch lediglich in eine *Pimentade* zu tauchen, eine Soße aus dem geschmolzenen Wildschweinfett, dem Saft zweier Zitronen und einigen Kräutern.

Als das Fleisch fertig und die Getränke aus dem allgemeinen Vorrat verteilt waren, sprachen die Bukanier ihr verdammtes Tischgebet und dankten Gott für all die Nahrung, zu deren Beschaffung sie sich selbst die Seele aus dem Körper geschuftet hatten. Nach der Mahlzeit wurden die Pfeifen hervorgeholt, einige hatten sich sogar spanische Sitten zugelegt und rollten den Tabak zu sogenannten *Cigarillos,* und als alle Glut hatten, stand Pierre le Bon wieder auf und hielt eine Rede, in der er mich in der Schar der Küstenbrüder begrüßte. Er sprach viel von Loyalität und Kameradschaft, über antreten, anpacken, mithelfen, unter sich teilen, was es gab, zusammenhalten, einig sein und nicht nur, wenn das Glück einem hold sei, sondern auch in Augenblicken voller Widrigkeiten. In Not und Lust, wie er sagte, und es hätte mich nicht gewundert, wäre er in seinem früheren Leben Priester gewesen.

Die ernsten Worte verklangen, und ich saß nichts Böses ahnend an meinem Platz und zog an meiner Pfeife, als Pierre le Bon mit einem seligen Lächeln einen kleinen buckligen Kerl herbeiführte. Knochentrocken und hart wie Feuerstein sah er aus, einer von jenen, mit denen man besser keine Späße macht, jedenfalls nicht über Leben und Tod – oder Tischgebete. In seinem knochigen Gesicht machte sich vergeblich ein Lächeln auf den Weg, das Freundlichkeit ausdrücken sollte.

»Dies«, sagte Pierre le Bon, »ist Tom, genannt Treffsicher. Er ist einer unserer besten Schützen. Frag die anderen. Sie sind es leid, nach Apfelsinen und anderem zu zielen, denn Tom schießt den Stengel ab, ohne die Apfelsine zu berühren.«

Tom wand sich unter diesem Lob.

»Vor einem Monat haben die Spanier Toms Kameraden gefangengenommen, als wir eine Herde Wildschweine bis auf ihr Gebiet verfolgt haben. Plötzlich sind wir in eine ganze Bande Matadores und Monteros hineingelaufen. Die jagen zu Pferd mit langen Speeren, darum haben wir mit unseren Büchsen kaum Angst vor ihnen. Leider hatten wir uns zerstreut, und darum haben die Lumpen Yann niedergestochen, ehe wir zur Stelle waren. Tom hat seine Rache bekommen. Acht Spanier hat er erschossen, trotz ihrer Pferde und Hunde, dann war es dunkel.«

»Ich hätte mehr erschossen«, sagte Tom haßerfüllt. »Yann war mehr wert als zwanzig von diesen Tyrannen. Er war der Beste, mit dem ich jemals ein Paar war.«

»Ein Paar?« fragte ich.

»Ja«, sagte Pierre le Bon, »diese Sitte pflegen wir manchmal unter uns.«

»Welche Sitte?« fragte ich.

»Sich zu paaren, zwei und zwei, unzertrennlich zu werden und alles mit einem anderen zu teilen.«

»Alles?«

»Alles, ja«, antwortete Pierre le Bon. »Wir nennen das

Matelotage, und wir haben so gelebt, solange es uns gibt. Das ist wie eine Heirat, nicht anders.«

»Nicht anders?« fragte ich. »Seid ihr Sodomiten, der ganze Haufen?«

Das ließ sie beide in lautes Gelächter ausbrechen.

»Nein, Gott bewahre«, sagte Pierre le Bon. »Was hätten wir wohl davon? Nein, John, wir teilen sogar die Frauen, denn dann bleibt einem Streit und Zank erspart. Sagen wir, du und Tom, ihr stoßt auf eine schöne Frau zur See oder an Land. Dann werfen wir die Münze, wer von euch sie heiratet. Aber dann schlaft ihr beide mit ihr, nacheinander, denn ihr teilt doch alles, oder nicht?«

»Ach so«, sagte ich, ohne Sinn und Verstand, »aber warum muß einer von uns sie heiraten, wenn es ohnehin nicht darauf ankommt?«

»Damit kein Dritter sie beansprucht.«

Was sagt Ihr dazu, Herr Defoe? Ihr habt die Menschen studiert, insbesondere die Abarten, aber habt Ihr jemals etwas so Ausgeklügeltes gehört? Doch so war es, ich sollte in *Matelotage* gepaart werden, und zwar mit diesem Tom, genannt Treffsicher, dessen einziger Vorzug darin zu bestehen schien, daß er aus dreißig Schritt Entfernung den Stiel einer Apfelsine treffen konnte.

Damit wußte ich, daß meine Zeit bei den Bukanier zu Ende war, bevor sie begonnen hatte.

Doch es war ein Tag der Überraschungen. Tom nahm mich an seine harte Hand und führte mich zu seiner Hütte. Dort also würden wir wohnen und leben, bis daß der Tod uns schied, sagte Tom, der Treffsichere, und dann würden wir die Büchse, die Sklaven und die Hütte des anderen erben, unseren einzigen Besitz, zum Besten aller.

»Aber die Hütte zählt kaum«, erklärte er. »Mit einem Neger kann man in zwei Tagen eine neue bauen. Und das Roden von Land kostet nur ein paar Wochen.«

Was geht das mich an? dachte ich und hörte mit halbem Ohr seinem einschmeichelnden Geplapper zu, das so erfüllt war von Fürsorglichkeit, daß ich nach allen Regeln einen Kloß im Halse hätte haben müssen.

Tom schleppte mich mit zum Lager der Sklaven, das in einiger Entfernung lag, um mir seine allerliebsten Besitztümer zu zeigen. Er verfügte über drei. Das erste war eine Frau, die Tom zufolge sowohl lüstern war als auch eine gute Köchin. Das zweite war ein Mann, den Tom als stark und brauchbar bezeichnete. Einmal habe er allein dreihundert Kilo Fleisch nach Hause geschleppt.

»Das dritte«, fuhr Tom fort und deutete auf eine zusammengesunkene Figur ganz in der Ecke der großen Hütte, »taugt nicht viel. Er versteht nur die Peitsche, und auch das nicht. Aber hierher kommen viele weiße Kontraktarbeiter. Irgendein Idiot auf der anderen Seite des Atlantik verspricht ihnen das Blaue vom Himmel, während sie in Wirklichkeit doch nur unterschreiben, daß sie sich die Seele aus dem Leib arbeiten für ihr täglich Brot und dafür, daß sie nach drei Jahren frei sind. Wahrscheinlich glauben manche, wir betreiben eine wohltätige Arbeit, weil wir sie aufnehmen, dabei hätten wir nicht das Geld für die Kollekte in der Kirche.«

Tom spuckte der kläglichen Erscheinung treffsicher zwischen die Beine, die aber sah nicht einmal auf.

»Nein«, sagte Tom, »das war das letzte Mal, daß ich Geld für einen weißen Kontraktarbeiter ausgegeben habe. Aber auch wenn sie im Einkauf nichts kosten, auf die Dauer werden sie teuer. Die Engländer haben es besser, denn die können den Kontrakt verlängern, ohne daß es jemanden kümmert. Ich habe von einem gehört, dem es gelungen ist, einen Vertrag auf achtundzwanzig Jahre verlängern zu lassen. Der Mann starb, bevor der Vertrag ausgelaufen war. Sieh ihn dir selbst an! Ein Jahr habe ich ihn gehabt, und was hatte ich davon? Nichts.«

Ich trat einige Schritte vor, so daß mein Schatten vor diesem elenden Wrack auf den Boden fiel. Vielleicht war es dieser Schatten, der ihn dazu brachte, aufzusehen, aber man muß sich mein Erstaunen und meine Unlust vorstellen, als sich dieses Wesen bei meinem Anblick plötzlich veränderte. Die Augen rollten in ihren Höhlen, und sein ganzer ausgezehrter Körper begann zu zittern.

»John Silver!« schrie er und zitterte vor Rührung, dann warf er sich mir zu Füßen, um sich gleich darauf an meinen Beinen emporzutasten, damit er sich aufrichten konnte.

»John Silver«, krächzte er und brach in Tränen aus.

»Was soll das heißen?« konnte ich noch sagen.

Ich packte den Mann beim Schopf und bog seinen Kopf in den Nacken. Sein Gesicht war von Tränen überströmt, die aus allen möglichen Löchern zu quellen schienen.

Ich war wie gelähmt.

»Deval!« sagte ich schließlich. »Wie, zum Teufel, bist du hierhergekommen?«

25

Heute nachmittag meinte ich, ein Segel am Horizont zu sehen, als ich jedoch das Perspektiv nahm, war es verschwunden. Hatte ich mich getäuscht? Jedenfalls erfüllte es mich mit der Sehnsucht, wieder auf See zu sein. Hier saß ich über meinem Leben, mit einer Menge übler Figuren, die in meiner Erinnerung mit ebensogroßer Geschwindigkeit aufstiegen, wie die Kardeele durch die Ankerklüse laufen. Seit mehreren Tagen bin ich kaum vor der Tür gewesen.

Der Eindruck des Segels brachte mich wieder auf die Beine und hinaus ins Freie. Draußen war alles still. Ich rief, aber keine Seele ließ sich sehen oder antwortete auf meine Rufe.

Nun, dachte ich, es ging mich schließlich nichts an, wo sie steckten. Wenn sie schlau gewesen wären, hätten sie schon lange das Weite gesucht, genau wie die beiden, die dazu um meine Erlaubnis und meinen Segen gebeten hatten.

Steif stolperte ich den steilen Pfad hinunter. Was war aus meiner alten Geschmeidigkeit geworden? Fast an jedem Felsvorsprung mußte ich haltmachen, und auch unten, auf ebenem Boden, mußte ich Atem schöpfen. Wozu sollte ein spacker Leib wie meiner noch nütze sein? Er schadete mehr, als er nutzte. Würde ich überhaupt wieder hinauf auf meinen Felsen kommen?

Langsam schob ich mich hinunter zum Strand. Einen feineren Sand gab es nicht auf dieser Welt, weiß wie Kreide und feinkörnig wie Staub. Ich zog die Schuhe aus, warf die Kleider ab und setzte mich schwerfällig an den Wasserrand. Das Wasser war warm und kaum imstande, mich abzukühlen. Seine Farbe war ein blasses Grünblau, ein Glanz von grünem Beryll und Aquamarin. Eigentümlich, wie jeder Ozean seine Farbe hat, unterschiedliche, eigensinnige

Töne von Blau, Grün und Grau, die sich mit den Strömungen, den Winden, den Sandstürmen und Sonnenwinkeln, mit Wolken und Temperaturen zu einer eigenen Mixtur verbanden. Auch dafür hatte ich gelebt, dies zu sehen und zu entdecken. Wie leicht geriet dergleichen in einem Leben wie dem meinen in Vergessenheit. Wer hätte auch geglaubt, daß in all dem Unwesen Raum blieb für Schönheit? Dennoch, ich hatte all die Stunden, in denen ich über der Reling hing, um aufs Meer zu sehen. Trotz allem sah ich die Sonne in einem lodernden Flammenmeer aufgehen und wie einen glühenden Kupferball aufsteigen. Ich habe erlebt, wie der Mond die Schleier am Nachthimmel wie Meeresleuchten erhellte und in der trägen Dünung spiegelte. Ich habe erlebt, wie der Ozean so blank und die Luft so klar war, daß der Sternenhimmel sich verdoppelte und man nicht mehr wußte, was oben war und was unten, und glaubte, man segle ins Innere einer funkelnden Kugel. Ich habe Himmel und Wolken gesehen, zu deren Nachbildung es eines ganzen Künstlerlebens bedurft hätte. Auch dies gab es in meinem Leben, und es war wert, dafür zu leben, mochte es auch nicht im Gedächtnis haften, wie so vieles andere.

Heute ist es vergangen. Geblieben ist mir nur dieser Zipfel des Indischen Ozeans, Ranter Bay. Und auch ihn sah ich nicht mehr so klar. Gegen den Horizont versank alles in trübem Dunst. Dabei hatte ich den Horizont immer messerscharf erkennen können! Nein, strenggenommen taugte John Silver nicht mehr allzuviel. Bald würde er ausgespielt haben, und seine Geschichte wäre zu Ende. Schön, es loszuwerden, dieses alte Wrack.

Dies dachte ich, während ich auf dem Strand saß, bis mir auffiel, daß ich dachte, als wäre John Silver ein anderer, einer, der mit mir nicht viel zu schaffen hätte und der sich mit gutem Appetit auf meine Kosten meines Lebens bediente. So weit war es also gekommen, und das Leben, das ich mit solchem Eifer beschrieb, war nicht mehr meines.

Ich mußte an Euch denken, Herr Defoe, den ich in der letzten Zeit ein wenig vernachlässigt habe. Ihr wart es schließlich gewesen, der Crusoe auf Kosten Selkirks das Leben geschenkt, den einen verewigt und den anderen auf immer ins Vergessen geschickt hatte, als hätte es ihn niemals gegeben.

Tue ich denn nicht das gleiche, fragte ich mich, mit all den elenden Kerlen vom Schlage Devals, die mein Leben belastet haben, ohne daß ich etwas dagegen unternehmen konnte? Schenke nicht auch ich ihnen unverdient ein Leben? Ich entsinne mich, Herr Defoe, daß Ihr allerlei Schurken beschrieben habt, um mit ihnen abschreckende Beispiele zu geben, und immer wieder saht Ihr Euch aufgefordert, mit doppelten Strichen hervorzuheben, wie gottlos, sündig und unglücklich sie lebten, bis sie später auf bessere Gedanken kamen. Seid Ihr denn sicher, daß ihnen niemand nacheifern wollte? Moll Flanders, die Hure, und Jack, der Oberst, enden sie denn nicht trotz allem glücklich?

Andererseits wäre wohl niemand so töricht, sich ein Leben zu wünschen wie dasjenige Scudamores, Devals, Wilkinsons oder der Tochter von Gouverneur Warrender. Vielleicht schenke ich ihnen das Leben, aber soweit ich sehen kann, ist damit kein Schaden geschehen. Und welche Rolle spielt es auch? Schreibe ich doch nur für Eure Augen und Ohren, Herr Defoe, weil ich keinen habe, zu dem ich auf meine Art sprechen kann, und von Euch erwarte ich doch kaum eine Stellungnahme. Denn dort, wo Ihr Euch befindet, seid Ihr, so darf man vermuten, von allem erlöst.

Der Rückweg in meine befestigte Behausung schien mir schwer. Schwer im Kopf, schwer, weil ich meinen Leib dahinschleppen mußte; schwer war es, den Ufersaum zu verlassen und wieder hinaufzukommen. Das Echo von Worten in meinem Schädel, Schweigen und Leere. Noch immer beantwortete keiner meine Rufe, und zu meinem Entsetzen bemerkte ich, daß mir das Leben um mich herum fehlte, menschliche Laute, von wem auch immer sie kommen mochten, von Menschen, die ihren hoffnungslosen Geschäften nachgingen. Zum ersten Mal seit sehr langer Zeit holte ich eine Flasche hervor und betrank mich, bis ich umfiel. Vielleicht war das eine Hilfe, denn als ich zu mir kam, standen ein paar Negerfratzen da und glotzten mich besorgt an, und Jack war der schlimmste von allen. Also hatten mich doch noch nicht alle verlassen. Noch war Zeit, den Punkt zu setzen, ehe es zu spät war.

»Warum glotzt ihr so?« fragte ich. »Habt ihr noch nie einen Seemann gesehen, der säuft? Hej, hoo, und 'ne Buddel voll Rum!«

26

Dort also stand ich, mit Deval, den ich bereits selig vergessen hatte, und er hing mir am Hals. Wäre ich nun gottesfürchtig gewesen, so hätte ich damals und auch später, als er mich das Bein kostete, geglaubt, Deval sei die Strafe für alle meine Sünden. Womöglich war er die Strafe für diese Dummheit, ihn nicht abzuschütteln, im Irrglauben, Ungeziefer wie er sei harmlos. Ich täuschte mich ebenso wie ich ihn getäuscht hatte. Mit solch unglücklichen, elenden, verbitterten und erbärmlichen Geschöpfen ist nicht zu spaßen. Damit sie sich auf den Beinen halten können, benötigen sie ständig einen, den sie hassen und dem sie Übles nachsagen können. Und früher oder später, wenn man den Fehler begeht, sich in ihrer Nähe aufzuhalten, fallen sie einem in den Rücken, wenn man es am wenigsten ahnt.

»Nimm mich mit, John, weg von hier!« bettelte er. »Ich halte es nicht mehr aus.«

»Was ist denn aus England geworden?« fragte ich.

»Das weiß ich nicht«, antwortete er. »Man hat uns in verschiedene Himmelsrichtungen verkauft.«

»Man hat euch verkauft?« fragte ich.

Deval sah verlegen aus. »Ein Crimp hat uns geschnappt, uns unter den Tisch gesoffen und dazu verführt, daß wir einen Vertrag auf drei Jahre in den Kolonien unterschreiben.«

Deval blickte zu Boden. »Wir haben dich im Stich gelassen, Edward und ich.«

»Es scheint so. Aber mir ist so etwas auch nicht erspart geblieben.«

»Dich soll man getäuscht haben, dich?«

»Das gerade nicht. Ich bin von einem Crimp an Bord meines ersten Schiffes gelockt worden.«

»Nimm mich mit, John, weg von hier!«

»Ich will sehen, was ich tun kann«, versprach ich ihm, um ihn zum Schweigen zu bringen.

Tom Treffsicher machte natürlich große Augen, doch ich zwinkerte vielsagend und erklärte, wie es sich verhielt. Deval sei ein alter Bekannter, den ich auf Grund eines Zufalls am Hals hätte und nicht etwa wegen meiner Sünden, wie man hätte glauben können.

»Nein«, sagte Tom, als wir weggingen, »wer möchte schon eine kriecherische Ratte wie Deval zum Freund. Er besitzt keinen Stolz und erniedrigt sich auf alle nur möglichen Arten. Nur nicht durch Arbeit. Aber vielleicht kannst du ihm ins Gewissen reden.«

»Vielleicht.«

Am nächsten Tag bat ich Tom, mir die kleine Brigg der Truppe zu zeigen. Staat machen konnten die Bukanier mit diesem Schiff freilich nicht. Ihr Rumpf sei dicht, behauptete Tom, aber verwandle sich in ein Sieb, wenn sie in schwere See geriet. Die Segel waren halb verrottet und hielten womöglich gerade noch einer leichten Brise stand. Alle Spieren waren durch die Sonnenglut gerissen, und das Tauwerk hatte mehrere Jahre lang keine Spur Teer gesehen. Dieser Schrecken der Meere trug den Namen *Tonton Louis*.

»Es ist einige Zeit her, daß wir sie benutzt haben«, sagte Tom.

»Sie muß auch ein wenig gepflegt werden«, meinte ich.

»Das kann sein«, sagte Tom, der ganz offensichtlich auf See nicht zu gebrauchen war, wie viele Apfelsinenstengel er im übrigen auch treffen mochte.

»Leih mir Deval für ein paar Tage«, sagte ich. »Er nützt dir hier ja doch nicht. Dann sorge ich dafür, daß diese Schute im Handumdrehen wieder in Schuß kommt.«

»Silver, wir brauchen dich für die Jagd.«

»Weißt du was, so tüchtig, wie du bist, kommst du bestimmt auch ohne mich zurecht. Komm, wir sprechen mit Pierre!«

Pierre hörte sehr aufmerksam zu. Er erkannte sehr gut, welchen Vorteil ein seetüchtiges Schiff bieten konnte. Nicht nur, wie er den anderen erklärte, die er zusammengerufen hatte, damit sie ihre Meinung äußerten, weil sie damit vielleicht den einen oder anderen Spanier mit nützlicher Ladung an Bord aufbringen konnten, sondern noch mehr, weil man damit fliehen konnte, wenn den Spaniern plötzlich der Einfall kam, Matadores und Monteros zu schicken, die sie ins Meer werfen sollten. Pierres Worte hinterließen ihre Wirkung, und es wurde einstimmig beschlossen, daß mir, John genannt, die Erlaubnis erteilt werde, die *Tonton Louis* flottzumachen für die große Fahrt und das Wohl aller.

Ich holte Deval, der überglücklich war, als ich ihm mitteilte, er werde unter meiner Aufsicht arbeiten. Bedenken kamen ihm allerdings, als ich ihm im Verlauf der Arbeiten meinen Plan erklärte, einige zuverlässige Neger an Bord zu nehmen und unser Glück auf dem Meer zu suchen. Er behauptete, nicht zu begreifen, wozu das gut sein sollte.

»Nein«, sagte ich, »denken war noch niemals deine starke Seite. Vielleicht verfaulst du hier lieber, wo man dich kaum besser behandelt als einen gewöhnlichen Sklaven, ja noch schlechter, denn sie werden dich in drei Jahren vollständig aussaugen, statt daß du es auf ein ganzes Leben verteilen kannst. An einem Sklaven verdienen sie, wenn sie ihn solange wie möglich beschäftigen können.«

Deval schüttelte den Kopf.

»Wenn du fliehst, gibt es auf den französischen Inseln keine Zukunft mehr für dich«, fuhr ich fort. »Und ich kann den Fuß nicht mehr auf dänisches Gebiet setzen. Und keiner von uns kann es wagen, sich auf den englischen Inseln zu zeigen, von den spanischen gar nicht zu reden. Die einzige Möglichkeit für solche wie uns ist das Meer, Deval. Mit einem Batzen Geld könnten wir uns vielleicht Freiheit und Anständigkeit kaufen, aber wir sind beide bettelarm.«

»Was ist aus der *Dana* und unserer gemeinsamen Kasse geworden?« fragte Deval.

»Ich habe die *Dana* verkauft und bin euch hierher gefolgt, um euch zu suchen und euch aus dem Kontrakt auszulösen. Aber ich habe das Geld verloren, man hat mir alles gestohlen, was wir besaßen.«

Deval machte große Augen.

»Du bist nach Westindien gesegelt, um uns zu helfen?«

»Ja«, sagte ich, »das schwöre ich, bei allem, was dir heilig ist.«

Deval glaubte mir selbstverständlich aufs Wort, denn er konnte es sich kaum leisten, wählerisch zu sein.

»John«, sagte er, »ich folge dir ans Ende der Welt, wenn das nötig sein sollte.«

»Das hoffe ich wirklich nicht«, antwortete ich.

Einige Zeit später war Deval das gehorsamste, willigste Werkzeug, das man sich vorstellen konnte. Tom war überwältigt, als er sah, wie Deval arbeitete und daß er mir nicht von der Seite wich, es sei denn, ich sagte ihm, er solle sich zum Teufel scheren.

Bei Devals Eifer ging die Arbeit rasch vonstatten. Wir reinigten und kalfaterten Rumpf und Deck und wechselten einige Planken aus. Wir säuberten die Wassertonnen und dichteten sie ab. Wir ergänzten den Proviant, denn, so sagte ich zu Pierre, es sei sinnlos, ein Schiff ohne Wasser und Proviant zu haben, wenn es einer Handvoll heimatloser Bukanier als Arche Noah dienen sollte. Schließlich war die ganze Gemeinde lebhaft und mit Lust an den Vorbereitungen beteiligt. Diejenigen, die schon so betagt waren, daß sie noch mit den Flibustier gefahren waren, sprachen davon, auch sie würden wieder in See gehen. Abenteurer hatten sie sich in der guten alten Zeit genannt, und das mit vollem Recht, und ihre Augen glänzten, wenn sie von ihren Erinnerungen und den großen Expeditionen nach Panama und Cartagena erzählten. Pierre hatte alle Mühe, sie an die Vorteile des friedlichen Lebens zu erinnern, das sie nun führten. Wären nicht diese *Matelotage* und ihre Gottesfürchtigkeit gewesen, hätte ich ihm womöglich zugestimmt oder wäre zumindest versucht gewesen, eine ganze Besatzung von ihren Scharfschützen an Bord zu nehmen.

So mußte ich mich mit Deval und einem Neger begnügen, als ich in einer mondlosen Nacht ablegte. Gern hätte ich die Gesichter der Bukanier gesehen, als sie am darauffolgenden Morgen entdeckten, daß das Schiff fort war und mit ihm all die Hoffnungen, die sie in der letzten Zeit genährt hatten. Doch keiner, noch nicht einmal ich, kann in diesem Leben alles haben, und gutgläubige Bukanier können es erst recht nicht. Und obendrein bin ich mir sicher, daß Pierre und mit ihm noch andere mit einem Gefühl der Dankbarkeit an mich dachten, weil ich verschwunden war und die Grillen von einem anderen Leben mit mir. Bestimmt lebten diese Bukanier für den Rest ihrer Tage einigermaßen glücklich, bis der Tod den einen vom anderen schied.

Wir waren noch nicht sehr lange gesegelt, auf südlichem Kurs zuerst, später nach Osten, damit uns die Morgendämmerung nicht unter Land überraschte, als Deval seine kecke Stimme erhob.

»Und was machen wir nun?« fragte er.

»Wir bringen das erste beste Fahrzeug auf, das uns in den Weg kommt«, antwortete ich.

»Wir sind doch keine Piraten«, wandte er ein.

»Doch, Deval, von nun an sind wir das. Und falls du nicht mitmachen willst, so setze ich dich gerne an der nächsten Landzunge ab. Niemand soll sagen können, John Silver gehöre zu denen, die andere nach ihrer Pfeife tanzen lassen.«

»Ich verlasse dich nicht«, sagte Deval. »Das weißt du. Aber müssen wir denn ...«

»Man muß nichts in diesem Leben«, unterbrach ich ihn, »das ist mein Wahlspruch. Ich habe mich entschieden. Ich habe gelebt, so gut es ging, und wie ich glaube, ohne böse Absichten, und wozu hat es geführt? Ich bin überall gesetzlos, an mindestens zwei Orten wartet der Galgen auf mich, man hat mich wegen nichts geprügelt und in Fesseln gelegt. Dies zumindest habe ich gelernt, daß es für einen wie mich immer teuer kommt, wenn er den schmalen Weg gehen will, und immer haben die das Wegerecht, die vor Geld strotzen, und sie sind es, die in jedem Kampf auf der Luvseite liegen. Nein, nur Guineen, Pieces-of-eight und Piaster gelten, wenn man ein anständiges Leben verbringen will. Das, Deval, ist das einzige, was zählt auf dieser Welt. Je mehr Dublonen, um so mehr gibt es zu zählen. Anders ist es nicht! Wer kümmert sich denn um einen Habenichts wie dich. Du zählst nicht.«

»Auch nicht für dich?«

»Nein.«

»John«, sagte Deval, »es ist nicht immer leicht, dein Freund zu sein.«

»Nein«, antwortete ich heiter, »warum auch?«

Einige Zeit später kam eine kleinere Brigg in Sicht, ein ähnliches Schiff wie unseres. Wir lagen in Luv, und ich holte sofort die Schotten dicht.

»Was hast du vor?« fragte Deval besorgt.

»Längsseits gehen natürlich.«

»Du bist nicht gescheit!« rief Deval.

Indessen war ich nicht so dumm, einfach an Bord zu springen und um mich zu schießen. Nein, meine Methode war List, die einzige, auf die man sich letztlich verlassen konnte.

Wir wurden angerufen, wie es der Brauch war, und ich antwortete, wir kämen von Charleston, Virginia, und befänden uns auf dem Weg nach St. Thomas.

»Da seid ihr ganz furchtbar vom Kurs abgekommen«, rief es von der Brigg.

»Ja«, schrie ich zurück. »Darf ich hinüberkommen und die Positionen vergleichen?«

Niemand ahnte Böses. Ein jovialer, rotgesichtiger Kapitän hieß mich willkommen an Bord, klopfte mir auf den Rücken, lud mich ein, in seine Kajüte zu kommen, und entkorkte eine Flasche. Der Kapitän warnte mich vor Piraten, die nach dem Frieden von Utrecht, der Tausende von Seeleuten arbeitslos gemacht hatte, in Westindien aufgetaucht seien. Ich dankte für die Warnung, lachte und zog meine Pistolen, die ich auf seinen Kopf richtete.

»Ihr hättet Euch besser selbst in acht nehmen sollen«, sagte ich und bat ihn, den Steuermann zu rufen.

Der kam, und ich befahl dem Kapitän, ihn an einen Stuhl zu fesseln. Und so ging es mit einem nach dem anderen, der ganzen Besatzung, bis es keine Stühle mehr gab und sich an Deck nur noch der Rudergänger befand, der Kurs halten mußte. Dann hielt ich den Kerlen eine kurze Rede und hob die Vorteile hervor, die für sie entstünden, wenn sie bei mir auf der *Tonton Louis* in Dienst gingen. Es gebe reichlich zu essen und zu trinken an Bord, feinstes Barbacoa und Rum, und je mehr wir seien, um so weniger müsse der einzelne schuften. Prisen wie diese zu nehmen sei keine Kunst, wie sie selbst gesehen hätten, mit einer List wie der meinen, und Leib und Leben riskiere man dabei nicht. Führen sie mit mir, sagte ich, so hätten sie es besser als im himmlischen Paradies. Am besten, fügte ich hinzu, sie nutzten diese Gelegenheit, denn ein solches Angebot werde ihnen kein zweites Mal gemacht.

Es kam, wie es zu jener Zeit kommen mußte, vier von fünf schlossen sich mir an und halfen mir, alles, was einigen Wert besaß, auf mein Schiff zu laden. Selbstverständlich rissen sie vor Staunen die Mäuler auf, als sie entdeckten, daß ich eigentlich allein an Bord war, und ihr Respekt vor mir nahm um einige Grade zu. Ein paar Flaschen Rum nach getaner Arbeit ließen sie obendrein glauben, sie seien tatsächlich im

Himmelreich gelandet. Und war es nicht genau so, wie sie sich das Paradies wünschten?

Mich nannten sie Kapitän und dienerten, ohne auch nur das geringste begriffen zu haben. Das Paradies, so schrie ich sie an, liege dort, wo es kein Dienern mehr gab, keine Verbote und Genehmigungen, kein ständiges Antreten zur Musterung. Im Paradies wähle man den Kapitän selbst und setze ihn ab, wenn einem danach sei, und so weiter.

»Darum«, sagte ich zu ihnen allen, »schlage ich Deval als Kapitän vor. Er ist ein tüchtiger Mann, wenn ich nicht irre, und ist als Schmuggler zwischen Irland und Frankreich gefahren.«

Der Vorschlag wurde unter Jubel angenommen. Daß man im Paradies selbst denken mußte, kam ihnen natürlich nicht in den Sinn oder erst, als es dazu zu spät war. Deval stand am Anfang nur mit offenem Mund da, dann aber kam ein Lächeln auf seine Lippen, zufrieden und rachsüchtig.

»Hart Westnordwest«, sagte er gebieterisch zu dem Neger, der am Ruder stand.

»Was willst du tun?« fragte ich Deval.

»Das erfährst du, genau wie die anderen, wenn es an der Zeit ist«, gab er kurz zur Antwort.

Ich war nicht erstaunt. So hatte es kommen müssen, oder aber so, daß er geschrumpft wäre, geweint und gejammert hätte bei dem Gedanken, als Kapitän entscheiden zu müssen. Deval jedoch gehörte zu jenen, und sie sind Legion, die den Stuhl, an dem sie sich aufgerichtet haben, mit einem Fußtritt zur Seite befördern und dabei vergessen nachzusehen, ob ihr Kopf nicht schon in der Schlinge steckt, die von der Decke herunterhängt.

Wir kaperten noch eine weitere Brigg oder zwei, was den Hochmut und die Zuversicht der Mannschaft stärkte. Hätte ich ihnen den Vorschlag gemacht, hätten sie wahrscheinlich die *Tonton Louis* umgetauft in *Siebenter Himmel.* An Bord hatten wir reichlich Rum, waren jetzt, mit den neuen der letzten Prise, zu acht, und die meisten waren die ganze Zeit völlig betrunken. Es sah schön aus. Außerdem hatten wir einen Musikanten an Bord, der, um es kurz zu sagen, ein entsetzliches Unwesen trieb.

Es hatte mich stets erstaunt, daß Piraten auf diese Spielleute einen solchen Wert legen. Man lockte sie mit allen möglichen Versprechungen von Prämien, freien Sonntagen und dergleichen mehr an Bord. Sie brauchten keine Segel zu setzen, von schweren Arbeiten und sogar vom Entern bei einem Gefecht waren sie befreit, wenn sie nur ein wenig dudelten, sobald einer darum bat.

Ich erinnere an eine Gelegenheit bei Flint, schon gegen Ende, als seine Grausamkeit keine Grenzen mehr kannte. Wir hatten eine holländische Snow mit trägen, stolzen Flamen gekapert. Sie waren so dumm und leisteten Widerstand, weshalb wir die rote Flagge setzten und enterten. Es kostete nur wenige Minuten, bis wir sie zur Kapitulation gezwungen hatten, hinterher aber war Flint rasend vor Zorn.

»Verfluchter Papist!« schrie er den Kapitän an und trennte gleichzeitig, mit ein wenig Mühe wegen der Aufregung, seinen Kopf vom Rumpf. »Warum hast du nicht gleich die Flagge gestrichen. Das Leben unschuldiger Seeleute aufs Spiel setzen! Vieh!«

Und dann machte er weiter.

»Und ihr anderen?« brüllte er und starrte die Besatzung an, die vor Schreck gelähmt am Mast stand. »Ihr habt ihn gewähren lassen. Meuterei, sage ich! Warum habt ihr nicht gemeutert? Habt ihr keine Scham im Leib, nicht ein bißchen Vernunft und Anstand?«

Er nahm Maß und beförderte mit einem Fußtritt den blutigen Kopf genau in den Haufen.

»Warum sagt ihr nichts?«

»Sie sollen schwitzen!« schrie der Schwarze Hund und grinste ekelhaft.

»Tut, was ihr wollt«, sagte Flint freigebig. »Damit sie begreifen, was es heißt, wenn man für nichts das Leben von Seeleuten aufs Spiel setzt.«

Flint hatte, wie gesagt, ein Auge auf tote Seeleute. Um die lebenden dagegen kümmerte er sich wenig, verstehe das, wer will. Ich aber wußte, was kommen würde. Er würde in seine Kajüte gehen, einen Liter Rum in sich hineingießen und um den Kapitän trauern, den er gerade umgebracht hatte.

Der Schwarze Hund hingegen war Feuer und Flamme, mit Verlaub, denn daraus bestand das Schwitzen. Mit Hilfe der anderen bereitete er einen Ring aus Kerzen und Fackeln auf dem Zwischendeck vor. Der Mann, der schwitzen sollte, wurde in die Mitte des Rings getrieben. Darum herum standen die Unsrigen, mit Gabeln, Segelnadeln, Messern bewaffnet, ich sah sogar einen Zirkel vom Navigationstisch.

»Musik«, schrie der Schwarze Hund zum aufbrausenden Beifall der anderen. »Wir brauchen Musik!«

Irgendeiner holte unsere beiden Artisten, die einen lebhaften Tanz spielten, während die Männer mit ihren Instrumenten dort zustachen, wo sie gerade trafen. Vor Erregung wurde gelacht und geschrien, der Schweiß lief den vergnügten Piraten über die Gesichter und die Musikanten steigerten den Takt, bis die Luft erfüllt war von all den aufblitzenden Stichen und Schlägen, die unter den Schreien des Schwitzenden hin und her zischten. Es war ein Lärm ohnegleichen, und die Musik tat ein übriges.

Aber so war es. Jedesmal, soweit ich mich erinnere, standen mitten im Pulverdampf, Musketenfeuer, Kanonengrollen, dem Splittern des Holzes, den Schreien der Sterbenden und derjenigen, die noch sterben würden, jedesmal, sage ich, standen in der Mitte unsere Musikanten und bliesen aus vollem Hals, und es hätte weit weniger gebraucht, um verrückt zu werden. Aber war dies nicht letztlich der Zweck ihres Handwerks, daß man außer sich geriet, sich betrug wie ein Wahnsinniger und vergaß, wer man war? Wie Rum war das, und die Bukanier verehrten es auf die gleiche Weise, weil es ihnen Mut zum Leben gab. Und die Musikanten erhielten Pardon und stets freies Geleit! Sie als einzige unter Roberts Leuten wurden freigesprochen, während sechsundvierzig andere gehängt oder zu sieben Jahren Strafarbeit verurteilt wurden. Als hätten sie an den Verbrechen keinen Anteil gehabt.

Unser Musikant an Bord der *Tonton Louis* war bestimmt ein Geschenk des Himmels. Entsetzlich falsch hörte es sich an, wenn er bis zum Überdruß aufspielte, nur weil ihn irgendeiner darum gebeten hatte. Ich hatte keine Einwände. Die Leute waren vergnügt, ritten auf ihrem Glück und ließen mich in Frieden. So wollte ich es schließlich haben, wenn ich es auf dieser Welt zu irgend etwas bringen wollte.

Doch nach ungefähr einem Monat in diesem grundlosen Glücksrausch sichteten wir im Windschutz einer der Inseln in der flimmernden Mittagshitze ein Schiff. Ein recht ordentliches Stück war es und lag fast still auf dem glänzenden Wasser. Daß es sich hier um einen behäbigen Handelsfahrer handelte, darüber konnte kein Zweifel herrschen.

»Klar Schiff und raus mit den Rudern!« befahl Deval zur vollen Zufriedenheit aller.

Als wir aber näher kamen, verließ manch einen der Mut. Es handelte sich um ein Schiff, das doppelt so viele Mann Besatzung an Bord haben mochte wie wir. Die englische Flagge war gesetzt, und wir hißten die, die wir bei unserer ersten Prise bekommen hatten. Als wir auf Schußweite heran waren, tauschten wir sie gegen die schwarze aus. An Bord herrschte geisterhafte Stille, auch wenn wir die Gestalt des Rudergängers erkennen konnten. Auch bei uns war es still, das versteht sich, so still, daß ich hören konnte, wie Deval auf seinen Nägeln kaute. Auch den anderen war nicht wohl zumute. Die Süßbrottage waren zu Ende, und jetzt lag es an jedem einzelnen, zu zeigen, ob er etwas taugte.

»Worauf wartet ihr?« brüllte ich.

»Auf diesem Schiff ist eine Krankheit«, sagte Greenwill, ein älterer, ängstlicher Seemann, der voller Aberglaube und Visionen steckte.

»Und warum steht dann der Rudergänger am Rad?«

»Sicher wimmelt es an Bord von Soldaten«, sagte O'Brian. »Die warten nur, bis wir auf Schußweite heran sind.«

»Das sind wir doch schon, du Idiot«, sagte ich.

Deval sagte nichts. Er stand auf dem Achterdeck und stierte nur nach vorn.

»Rudergänger«, sagte ich zu meinem treuen Neger, dem einzigen, der außer mir einen Kopf hatte. »Halt Kurs auf ihr Heck!«

»Aye, aye, Sir«, kam sofort die Antwort.

Erst jetzt erwachte Deval zum Leben und begann laut zu schreien, der Kapitän sei er und nicht ich. Die Männer aber drehten sich zu mir.

»Jedenfalls werden wir uns das näher ansehen«, sagte ich. »Vielleicht ist es ein verlassenes Meutererschiff oder eine geplünderte Prise. Ich könnte mir für uns ein größeres Schiff als die *Tonton Louis* vorstellen.«

»Sie ist krank«, sagte Greenwill hartnäckig.

»Das haben wir schon gehört, du Esel!«

»Riecht ihr nichts?« fragte er.

Kaum hatte er die Worte heraus, wußte ich Bescheid. Es war ein Sklavenschiff. Da wir von Luv kamen, hatten wir den Gestank nicht früher wahrgenommen. Bald hörte ich Jammern, ein Klagen, das im Takt der Dünung an- und abschwoll.

»Aber wo ist die Besatzung?« fragte Johnston, der mit dem Enterhaken am Steven stand. »Ich sehe keine lebende Seele, außer dem Rudergänger.«

»Das kann ein Meuterer sein«, sagte ich. »Die Neger haben die anderen über Bord geworfen und den Rudergänger behalten, damit er den Kasten an Land steuert. In diesem Fall sind wir bald vermögende Männer. Wir helfen ihnen an Land, zum nächsten Hafen, und verkaufen das ganze Pack.«

»Die erschlagen uns, wenn wir an Bord kommen«, sagte Deval.

»Dich vielleicht«, sagte ich, »wenn du so ein Gesicht machst. Keine Sorge. Ich gehe selbst an Bord. Ich weiß, wie man Sklaven behandeln muß. Ich bin selbst einer gewesen.«

Die Männer machten große Augen.

»Ja«, fügte ich hinzu, »und wurde verkauft auf einem *Scramble.* Ich riskiere nichts.«

Daß aber nicht alles mit rechten Dingen zuging, das ahnte ich bereits. Denn nach einem Negeraufstand würde es an Deck vor Schwarzen gewimmelt haben. Doch nach ihrem Jammern zu urteilen, lagen sie noch immer in Ketten unter Deck. Eine verlassene Piratenprise also, das war mein nächster Gedanke.

Wir gingen längsseits, ohne daß man uns angerufen hätte Johnston warf den Enterhaken hinauf und ich kletterte.

Vieles in meinem Leben zwang ich mich zu vergessen, ich frage mich aber, ob nicht der Anblick, der mich an Bord der *Rôdeur* erwartete, alles andere übertraf. Überall an Deck lagen oder saßen Seeleute in einem elenden Zustand. Aus den offenen Deckluken drang ein erstickender Gestank von Tod und Fäulnis. Viel Phantasie war nicht nötig, wenn man sich vorstellen wollte, wie viele im Laderaum noch am Leben waren. Aber was war das? Niemand schien mich zu beachten, obwohl ihre sonderbar leeren Blicke den Platz, an dem ich stand, streiften. Totenmasken und Totengräbergesichter hatte der ganze Haufen, vom Rudergänger abgesehen. Ich machte einige entschlossene Schritte auf ihn zu, dann sah er mich. Er sank auf die Knie und faltete die Hände.

»Gott sei gedankt! Gott sei gelobt!« sagte er mit einer Stimme, in der der Wahnsinn lauerte.

»Warum denn?« fragte ich selbstverständlich.

»Er hat meine Gebete erhört und hat mir Euch geschickt, Sir, um uns vom Untergang zu erretten.«

»Seid Ihr da so sicher?«

»Was meint Ihr, Sir?« fragte er.

»Ich meine nichts«, sagte ich. »Aber ich wüßte wirklich sehr gerne, was auf diesem Schiff los ist.«

»Helft uns, in Gottes Namen!«

»Jetzt vergeßt Gott und sagt mir, was geschehen ist!«

»Sir, noch niemals hat ein solches Unglück ein Schiff getroffen! Das ist die Strafe Gottes für unsere Sünden.«

Ich sagte nicht, was ich dachte, aber es ist leicht zu erraten.

»Wir haben in Afrika eine Krankheit an Bord genommen«, fuhr der Rudergänger fort. »Sie hat sich wie ein Lauffeuer ausgebreitet, Sir. Wir haben neununddreißig Sklaven über Bord geworfen, um sie zu ersticken. Aber nichts half. Nichts. Jetzt sind alle angesteckt, Weiße wie Schwarze, alle, Sir, außer mir. Die Hälfte der Neger ist tot, und ich bin der einzige, der am Ruder stehen kann.«

»Der einzige? Was ist mit diesen Seeleuten, frage ich Euch?«

Im selben Augenblick hörten einige von ihnen meine Stimme, unter Mühen standen sie auf und tasteten unsicher über Deck wie Schlafwandler. Sie stolperten, stießen gegeneinander, einer stürzte und holte sich eine blutende Wunde an der Stirn, und alle flehten sie Gott und mich um Erbarmen an. Ich fühlte, wie der Schreck sich in meinem Magen zusammenballte.

»Sie sind blind, Sir. Alle. Alle an Bord haben das Augenlicht verloren, nur ich nicht, durch Gottes Vorsehung.«

Ich wich vor all diesen ausgestreckten Händen zurück.

»Helft uns, in Gottes Namen!« hörte man von den blinden Seeleuten. Immer mehr Stimmen erhoben sich, und ihr Jammern breitete sich aus wie ihre Krankheit. Der Lärm von Jammern und Schmerzen, der aus dem Laderaum drang, schwoll an, und zuletzt schien es, als sei dieses ganze Schiff ein einziger Todesschrei. Ich wich weiter zurück, auf unseren Enterhaken zu, hütete mich aber peinlich vor allen nach mir greifenden Händen, die mich ergriffen und mit in die Tiefe gerissen hätten. Vorwurfsvoll folgte mir der Rudergänger mit dem Blick.

»Ihr könnt uns nicht uns selbst überlassen, Sir«, schrie er mit einer Stimme, die alles Jammern und Wehklagen übertönte. »Wir sind Weiße wie Ihr! Denkt nicht an die Schwarzen, Sir. Die kann man ohnehin nicht verkaufen. Ihr könnt uns nicht uns selbst überlassen. Wir sind Christen wie Ihr.«

»Was wißt Ihr denn davon?« schrie ich zurück. »Ich bin doch nicht dumm, daß ich an Bord eines Schiffes bleibe, das zum Untergang verurteilt ist. Aber haltet einen Kurs von hundert Grad, dann stoßt Ihr in ein oder zwei Tagen auf Land. Wenn Gott Euch beisteht. So wie das bis jetzt offensichtlich der Fall gewesen ist.«

Dann packte ich das Tau, schwang mich über die Reling und kletterte wieder hinab. Ungefähr einen Klafter hatte ich zurückgelegt, als ich entdeckte, daß unter meinen Füßen keine *Tonton Louis* lag, die auf mich wartete. Diese feigen Kerle hatten abgelegt und waren schon eine Kabellänge weit ab. Ich bedachte sie mit Verwünschungen, bis sie wendeten, zurückkamen und mich auflasen. Die ganze Bande war aschgrau im Gesicht. Ich beschimpfte sie nach Noten, und bald wußte ich, daß dieser Rückzug von Deval angeordnet worden war.

»Ich habe gedacht, du würdest nicht mehr lebend zurückkommen«, sagte er und wand sich wie ein Aal, um meinem Blick auszuweichen.

Ich gab ihm keine Antwort, und es dauerte lange, bis ich wieder mit ihm sprach. Um bei der Wahrheit zu bleiben, viel hatte ich ihm auch nicht zu sagen. Er war und blieb ein Schwächling ohne Rückgrat.

Die Begegnung mit der blinden *Rôdeur* hatte an Bord ihre Spuren hinterlassen, auch bei mir. Schweißüberströmt wachte ich nachts auf, und die Schreie der Sklaven hallten mir in den Ohren. Ich hörte sie, aber ich sah sie nicht, und das machte meinen Schrecken nicht geringer. Denn was ist ein Leben ohne Augen? Gerüchte und Geschwätz. Wenn irgend jemand dies weiß, dann ich. Und wie könnte man sich umsehen und sich den Rücken freihalten?

Die gute Stimmung auf unserem Schiff war wie weggeblasen. Die Männer waren verdrossen und widerspenstig. Deval wurde unerträglich. Nach zehn Tagen ging der Rum zur Neige, und das hob bei keinem die Laune. Die Begegnung mit der *Rôdeur* sei ein böses Omen gewesen, sagten die Männer, und murrten noch mehr. Wenige Seeleute glaubten an Gott, aber abergläubisch, das waren sie. Sie bildeten sich alles mögliche ein, ohne daß dadurch irgend etwas besser geworden wäre. Und solche Menschen hatte ich ertragen und hatte versucht, ihnen einen Gefallen zu tun! Vielleicht hätte ich Deval absetzen und mich selbst zum Kapitän wählen lassen sollen. Doch ich hatte meine Prinzipien, und daß ich mich nicht zum Kapitän machen ließ, gehörte dank der Erinnerung an Kapitän Barlow zu ihnen. Ich stand stets auf seiten der Besatzung, wie immer sie sein mochte, und habe für sie gesprochen, und nicht etwa, weil ich einer von ihnen war, sondern um für mich sein zu können.

Monatelang kreuzten wir zwischen den Inseln unter dem Wind, ohne auch nur die Spur eines Segels zu sichten. Eine einzige klägliche Prise konnten wir machen, die die Stimmung nicht gerade hob, die französische *L'Espérance* aus Dieppe. Ihre Ladung nämlich hätte jeden verrückt machen können. Zwölf Säcke Pfeffer und sechshundert Tonnen Baumwolle mochten noch hingehen, selbst wenn wir für keines von beidem Verwendung hatten. Doch was sollten wir mit dreihundertsechzig Papageien und vierundfünfzig Affen anfangen, während wir doch Essen und Trinken benötigten! Ich riet davon ab, aber unsere Mannschaft nahm sich einige Papageien und Affen zur Belustigung. Und es wurde lustig, wenn auch nicht für die Affen, die eingesalzen nach Art der Bukanier in unseren Töpfen landeten, und auch nicht für uns, die keinen ruhigen Augenblick mehr hatten, bis die Papageien einen kläglichen Hungertod gestorben waren.

Zu guter Letzt ging alles zur Neige, nicht nur der Rum und die Stimmung, sondern auch unser feines Barbacoa und selbst das Wasser. Früh am Morgen stand die Mannschaft an Deck und lutschte an Tauen und Tampen, um den Tau zu trinken, der in der Nacht gefallen war. Wir erschlugen die Ratten, um ein wenig frisches Fleisch zu bekommen. Irgendeiner kam sogar mit dem Vorschlag, wir sollten es auch mit den Kakerlaken so machen. Wenn die Franzosen Ameisen aßen, warum nicht auch wir.

Unablässig wurde darüber gestritten, was wir tun sollten. Einige hatten sehr bald aus reiner Übellaunigkeit den Kopf verloren und wollten zur nächsten bewohnten Insel segeln, um ihr Glück an Land zu suchen. Andere schlugen einen Angriff auf die nächstbeste Kleinstadt vor, zwecks Beschaffung von Rum und Frauen. Andere phantasierten von einer Heimfahrt nach England. Was für ein Unsinn wurde geredet – von Mädchen, die sie verlassen, Eltern, die sie jahrzehntelang nicht gesehen hatten, vom Duft von Pferdeäpfeln und Heidekraut, regnerischen, lausig kalten Wintertagen und endlosen Strömen von Bier in den Pubs.

Wieder und wieder mußte ich ihnen erklären, daß sie Gesetzlose und wegen der Prisen, die wir gemacht hatten, eine willkommene Beute waren für jedermann. Was immer sie denken und glauben mochten, einen Weg zurück gab es nicht mehr. Ich predigte von morgens bis abends, und schließlich hatte ich doch Erfolg, und es gelang mir, ihre Laune zu heben. Wir gingen einige Male an Land, jagten, sammelten Früchte und fanden Wasser. Daß wir auf Rum verzichten mußten, war kein Nachteil. Es würde die Mannschaft im Gegenteil um so mutiger machen, wenn es zu einem Kampf kam.

Viel nutzte das freilich nicht, denn eines aufdämmernden Morgens mußten wir erkennen, daß wir zwei Kabellängen von einem Zweimaster entfernt lagen und genau in die Mündungen von zwölf offenen Kanonenpforten starrten.

»Alle Mann an Deck«, schrie der Rudergänger.

Ich war von allen der erste an Deck, und es kostete mich nicht viel Zeit, zu erkennen, daß an eine Verteidigung nicht zu denken war. Im selben Augenblick, als ich die Flagge strich, krepierte ihre Breitseite. Sie hatten hoch angesetzt, und als der Pulverdampf verflogen war, war unsere Takelage zerfetzt und der Großmast hing an den Wanten über der Reling. Die Flagge aber hatten wir gestrichen, wenn auch nicht vor einem Spanier, sondern vor einem Glücksritter, denn achtern wehte der Jolly Roger. An Bord unseres Schiffes hörte man Jubel und Hurrarufe, denn einige hatten schon geglaubt, das Ende ihres kurzen Lebensweges sei gekommen.

Es dauerte nicht lange und unser kleines Deck wimmelte von grinsenden, berauschten Piraten. Einer von ihnen, er hieß Pew, schlank wie ein Weidenzweig, aalglatt und mit Augen, die an Falschheit ihresgleichen suchten, ohne daß er das hätte bemänteln können, gab Kapitän Deval und mir, dem Quartermeister, den Befehl, auf ihr Schiff zu kommen.

»Der Kapitän will mit euch sprechen«, sagte er und lachte so roh und herzlos, daß Deval das Zittern überfiel.

Deval dachte an Geschichten wie die von L'Olonnais, dem Blutigen, der einem Gefangenen das Herz herausgerissen und darauf gekaut hatte, um die Gefangenen zu zwingen, ihm das Versteck von Silber und Piastern zu verraten.

Aber wir hätten uns keinerlei Sorgen machen müssen. Pew hatte nur die Eigenheit, jeden, der in seine Nähe kam, in Angst und Schrecken zu versetzen. Diejenigen, die Angst bekamen, verachtete er. Vor denen aber, die ihm sagten, er solle sich zum Teufel scheren, wo er hingehöre, kroch er auf allen vieren. Man kann nicht anders, man muß sich über die Verschiedenheit der Menschen wundern. Falls der Mensch wirklich die Schöpfung Gottes ist, so kann man diesen zumindest nicht der Einfallslosigkeit beschuldigen.

Hingegen schien es keineswegs unergründlich, daß der Kapitän, der vor uns auf dem Achterdeck seines Schiffes, der *Fancy*, stand, jener Kapitän, der uns um ein Haar auf den Meeresgrund geschickt hätte, kein geringerer war als Edward England, in eigener, besonderer, zwiespältiger, verwirrter, ehrlicher, gutherziger Person.

27

Ja, Herr Defoe, Ihr seht also, daß ich zur Sache komme und keiner von denen bin, die sich ihrer Versprechen nicht mehr entsinnen, zumindest nicht wenn sie jemandem gegeben wurden, der sich darum nicht sorgt. Denn dies glaube ich bemerkt zu haben, daß zwischen Menschen, die einander vertrauen können, Versprechen unnötig sind. Ich nehme mich davon aus, denn wer sonst sollte mich beim Wort nehmen, als ich, John Silver, selbst?

Doch war es mit Euch nicht ganz einfach. Einmal fragte ich Euch geradeheraus, ob Ihr die Absicht hättet, mich hinsichtlich Edward Englands und der anderen beim Wort zu nehmen, und ob Ihr Euch in Eurem Werk über die Piraten an die Wahrheit zu halten gedächtet.

»Mich an die Wahrheit halten!« rieft Ihr aus, über den Tisch gebeugt. »Selbstverständlich wird dieses Buch mit all den Dokumenten und Erklärungen, die ich sammeln konnte, wahr sein. An sich ist es jedoch recht gleichgültig, ob es wahr ist oder nicht, wenn man ihm keinen Glauben schenkt. Ebendeshalb werden doch all die Vorworte geschrieben, in denen man darauf hinweist, wie wahr alles sei. Crusoe braucht kein Vorwort. Er kann auf eigenen Beinen stehen, und so wie er ist, glaubt man ihm. Seht Euch aber an, was ich über Roberts, Davis und Low ausgegraben habe! Worum handelt es sich da? Doch nur um die Wracksplitter ihres niederträchtigen, Lebens. Nein, Roberts, Davis und Low können nicht auf eigenen Beinen stehen. Aber Ihr werdet sehen!«

»Was sehen?«

Gelacht habt Ihr damals, daß die Perücke nur so hüpfte. Ein Junge, der im Begriff stand, anderen einen Streich zu spielen, nicht anders.

»Wißt Ihr, was ich gemacht habe?« Und dann dies mit leiser Stimme, als handele es sich hier um eines Eurer Geheimnisse: »Ich habe ein langes Kapitel über das Leben Kapitän Missons geschrieben.«

»Misson, wer ist denn Kapitän Misson?« fragte ich.

Von dem hatte ich noch nie gehört, und das war schließlich sonderbar, denn ich war so lange dabei, daß ich fast alle Namen kannte.

»Nein«, gabt Ihr mit einem zufriedenen Lächeln zurück.

»Wie könntet Ihr auch von Misson gehört haben? Den gibt es gar nicht.«

»Den gibt es nicht?«

»Nein, den habe ich vom Scheitel bis zur Sohle erfunden.«

»Erfunden habt Ihr den? Gibt es denn nicht schon genug Piratenkapitäne?«

»Wahrhaftig. Auf meiner Liste stehen vierunddreißig Kapitäne, und ich rechne mit gut sechshundert Seiten. Aber begreift Ihr denn nicht? Ihr werdet sehen, Kapitän Misson wird einer von denen sein, die in die Geschichte eingehen! Er ist genauso wie Crusoe! Misson wird Schriftsteller anregen und in seriösen Büchern zitiert werden! Was meint Ihr dazu?«

»Seht Ihr«, fuhrt Ihr fort, ohne auf meine Antwort zu warten, »mir ist aufgefallen, daß Ihr Glücksritter viele gute Seiten habt, und wahrscheinlich seid Ihr überrascht, daß einer wie ich so etwas sagt, und doch stimmt es. Ihr geht vor der Obrigkeit nicht in die Knie, Ihr schöpft die Freiheit aus bis zum Grund, Ihr empört euch über jeden Angriff auf die Schwachen, ja, bei Euch kommt Gnade vor Recht, Ihr sagt alles und laßt alle alles sagen. Ihr macht an Bord keine Unterschiede, weder nach Rasse noch nach Religion. Ja, es gibt viel Gutes bei Euch, aus dem unsere Obrigkeit eine Lehre ziehen könnte, wenn sie den Mut dazu hätte. Denn das Gefühl, das Euer Blut am heftigsten in Wallung bringt, heißt schließlich Macht, und das zu hören, konveniert den hohen Herren natürlich nicht sonderlich.«

Es folgte eine Geste, die an eine Entschuldigung erinnerte.

»Ihr dürft es mir nicht verübeln, aber alle lebendigen Piratenkapitäne und ihre Besatzungen machen mit ihrer Grausamkeit, ihrer Geldgier und ihrem lasterhaften Lebenswandel die besten Absichten zunichte.«

»Aber dafür leben sie doch.«

»Das weiß ich sehr wohl. Aber schließlich kann ich nicht die guten Seiten hervorheben, ohne daß es so aussieht, als entschuldigte ich gleichzeitig die schlimmen. Schlechtigkeit, Herr Long, bitte gestattet mir, daß ich das so sage, läßt sich niemals aufwiegen. Darum habe ich Kapitän Misson erfunden, einen Piraten, der alle guten Eigenschaften besitzt, ohne daß er von Grausamkeiten und Schändlichkeiten gezeichnet wäre.«

»Ihr seid ein Teufelskerl!« sagte ich bewundernd.

»Ja, nicht wahr?«

»Es würde mich nicht wundern, wenn Ihr einmal am Pranger landet.«

»Das ist es wert. Wenn der Galgen der Maßstab für Euer Leben ist, dann ist es der Pranger für das Leben der Skribenten. Falls sie was taugen.«

Womit Ihr vielleicht recht hattet. Gleichwohl habt Ihr trotz Eurer ewigen Fragerei nie begriffen, was all diese Glücksritter bewog, im Schatten des Galgens zu leben.

»Herr Silver«, so konnte ich einmal von Euch hören, als wir außer Hörweite anderer einen Spaziergang machten und an den Leichen vorüberkamen, die auf dem Exekutionsdock hingen, »ist Euch dieser Gesichtsausdruck aufgefallen?«

»Nein«, antwortete ich, »wie ich sehe, ist bei denen von einem Gesichtsausdruck nicht mehr viel übrig.«

»Da irrt Ihr Euch«, lautete Eure wie üblich eifrige Antwort, »Ihr habt nur nicht hingesehen. Ja, ich gebe zu, diese Leichen sind nicht gerade das beste Beispiel für das, was ich meine. Keine Leiche gleicht der anderen, wenn man sie zur allgemeinen Betrachtung an Ketten aufhängt, nachdem man sie erst im stinkenden Themsewasser geflutet hat, um sie zu *reinigen,* ja, so heißt das wirklich. Welch ein Glück für die Behörden, daß wir in unseren Breiten keine Haie haben.«

Und wieder Euer Lachen, das aus vollem Halse kam, weshalb ich mich fragte, ob nicht auch Ihr einen ausgezeichneten Piraten abgegeben hättet. Galgenhumor hattet Ihr allemal.

»Man muß also früh beginnen, wenn man mit eigenen Augen feststellen will, wie es um sie steht, wenn sie sterben müssen. Manche, mein Freund, scheinen all ihre Verbrechen gesühnt zu haben. Ruhig und klar sind ihre Gesichter, keine Furcht vor dem Unbekannten, das ihnen bevorsteht. Die Gesichter anderer sind zu furchtbaren Grimassen verzerrt, sie sind gelähmt vor Entsetzen, von Sinnen. Sie fürchten die Strafe für ihre Sünden. Könnt Ihr mir das erklären? Wie kommt es, daß einige ohne Murren, gelassen und mutig in den Tod gehen? Ich möchte Euch, falls Ihr gestattet, etwas anvertrauen, das ich noch keinem offenbart habe und kaum mir selbst. Ich habe Angst vor dem Sterben. Der bloße Gedanke an den Tod bringt mich um den Verstand. Ich frage Euch, der so viele hat sterben oder die Flagge streichen sehen, wie Ihr dazu sagen würdet, gibt es dagegen kein Mittel? Nicht gegen den Tod, der kommt unausweichlich, aber gegen diese verfluchte Angst. All die Piraten, ja, natürlich habe ich auch sie gezählt, wie Ihr Euch denken könnt …«

Und Ihr nahmt ein zerknittertes Papier aus der Tasche und zeigtet es mir mit demselben kindlich-stolzen Lächeln, das man immer an Euch sah, wenn Ihr Euch ein wenig Wissen über die Welt angeeignet zu haben glaubtet, von dem Ihr der Meinung wart, es gehöre Euch allein. »Ich habe die Schiffe gezählt und die durchschnittliche Anzahl der Männer an Bord ermittelt, sie beträgt achtzig. Davon habe ich diejenigen abgezogen, die auf mehreren Schiffen Dienst getan haben, die Schiffe hinzugezählt, über deren Mannschaft uns nichts bekannt ist, und bei ihnen die durchschnittliche Mannschaftsstärke unterstellt, und nun seht her!«

Ein paar Ziffern, doppelt unterstrichen

»Fünftausend Piraten, es mögen einige mehr oder weniger sein! Ich sehe, Ihr staunt. Ihr habt nicht geglaubt, daß es so viele sind. Aber wahrscheinlich ist auch das nur die halbe Wahrheit, denn viele sterben und andere kommen hinzu. Sagen wir also fünfzehnhundert, zu einem beliebigen Zeitpunkt. Ein Fünftel der Königlichen Flotte. Eine außerordentliche Macht, wäre sie einem Befehl und einem Willen unterstellt. Doch das ist sie nie gewesen, außer dem Tod – sie gehörte dem Tod, ich hoffe, Ihr verübelt mir das nicht?«

Wobei es nicht so schien, als hättet Ihr eine Antwort erwartet. Denn wie meist in unseren Gesprächen, gelang es mir nicht, ein Wörtchen einzuschieben. Welch eine erstaunliche Redseligkeit, gemessen daran, daß Ihr zeit Eures Lebens nur Worte niedergeschrieben habt. Hätte man nicht annehmen sollen, Ihr hättet genug davon? Worte jedoch, dies habe ich herausgefunden, sind für manche Menschen wie Euch und mich eine Art Krankheit, Gift, so wie Gott für die Geistlichen und der Rum für die Glücksritter.

»Fünfzehnhundert Piraten also, die mit Leben und Tod spielen, als sei ihnen beides gleichgültig. Mein Herr, nach meinen Berechnungen, die Roberts einschließen, wurden knapp vierhundert gehängt und haben ihre Verbrechen bereits gesühnt. Und wie viele haben die Flagge in Gefechten oder wegen Krankheit gestrichen? Ein Drittel geht allein auf das Konto der Syphilis. Dies scheint Euch nicht über Gebühr zu erschüttern. Es trifft zu, daß einige bereuen, wenn die Schlinge einmal um ihren Hals liegt, selten genug vorher. Herr Silver, ich glaube an Gott, an ein Leben nach dem Tod und an die Vergebung der Sünden. Warum gelingt es mir nicht, ebenso sorglos zu leben wie ihr Glücksritter? Warum gelingt es mir nicht, solange ich lebe, dem Tod zuversichtlich entgegenzusehen? Könnt Ihr mir darauf eine Antwort geben?«

Das konnte ich nicht, und ich glaube auch nicht, daß Ihr

etwas derartiges erwartet habt. Heute aber würde ich antworten, daß Ihr nur deshalb Angst vor dem Tod hattet, weil Euer Glaube an ein Leben nach dem Tod Betrug war, ein Manöver und Versteckspiel, wie so manches andere an Euch. Warum in aller Welt hättet Ihr sonst an einem so glühenden Eifer gelitten, alles niederzuschreiben, was Ihr auf dem Herzen hattet? Hätte das nicht Zeit gehabt bis zum Paradies? Blaß wart Ihr, in Eurer Schreibhand hattet Ihr Schmerzen und den Krampf.

Wofür, wenn Ihr doch unsterblich wart? Nein, mein Herr, wenn Ihr Angst hattet vor dem Tod, dann, weil Ihr, wie auch ich und die Glücksritter, im Innersten wußtet, daß es zum Leben nur die eine Gelegenheit gibt, und daß alles dort verrichtet werden muß.

Eines Tages bat ich Israel Hands an unseren Tisch, damit Ihr ein richtiges Beispiel vor Augen hattet. Endlich würdet Ihr einen richtigen Piraten kennenlernen, einen, der war wie die anderen, einen von denen, die Ihr sorglos genannt hattet, einen von denen, die kaum wußten, ob sie lebten oder starben. Ich hatte einiges zu lachen, das ist klar. Daß Ihr beide einander verstehen würdet, daran war nicht zu denken.

Israel Hands setzte sich also auf meine Bitte zu uns. Er sah mich berechnend an, denn er wußte, daß ich für vieles gut war, und warf gierige Blicke in Eure Richtung, denn Ihr hattet Ihm eine Guinee für die Mühe versprochen, selbstverständlich auf meine Kosten.

»Hands«, spracht Ihr einleitend, »ich weiß von meinem Freund hier, daß Ihr über einige Erfahrung im Piratenhandwerk verfügt. Darf ich Euch fragen, warum Ihr Pirat, oder wie man auch sagt, Glücksritter geworden seid?«

»Ich bin nach Bermuda gesegelt, von Bristol aus, mit einem Kapitän Thurbar. Teach, Schwarzbart, dieser Teufel, hat uns gekapert, und wir durften wählen. Wir konnten zu Schwarzbart gehen, oder wir wurden an Land gesetzt.«

»Und Ihr habt Euch für Schwarzbart entschieden?«

»Ja, hol mich der Teufel! Ein übler Kerl war das, zum Vergnügen hat er mich ins Bein geschossen. Ein Schwein war es!«

»Ins Bein geschossen? Und warum?«

Hands spie auf den Fußboden.

»Schwarzbart war ein Teufel«, wiederholte er, »ein Hundsfott, ein Hurenbengel. Ich bin sein Steuermann gewesen, und er hat mich ins Bein geschossen. Zum Spaß, dieser Lump. Wir saßen in seiner Kajüte und haben gesoffen. Voll sind wir gewesen, und furchtbar guter Dinge, wegen der schönen Prisen, die wir gemacht hatten. Mein Anteil betrug um hundert Pfund. Viel Geld. Mit fünfhundert kann man sich einrichten, Papiere kaufen und für den Rest seiner Tage als Gentleman leben. Schwarzbart wollte davon nichts hören. Glücksritter, das sei eine Berufung so wie Pfarrer. Jedenfalls duldete er an Bord keine Stutzer, die sich Gentlemen nannten. Die verpesteten die Luft mit ihrem Parfüm und ihren ausgesuchten Manieren. Gentlemen und hohe Herren waren Pack, Auswurf, Bastarde, Eiterbeulen und noch mehr. Und als sich einer von seiner Mannschaft in diese Gesellschaft begab, bekam er es mit dem Teufel persönlich zu tun. Er brüllte, und dabei zog er eine seiner Pistolen. Unter dem Tisch natürlich, ohne daß es einer von uns bemerkt hätte. Und dann hat er gelacht, wie ein Bankert, der auf einen Streich aus ist, und hat gefeuert, und mich ins Bein getroffen. Ich kann jetzt noch nicht richtig gehen.«

Er spie ein weiteres Mal auf den Fußboden.

»Und was habt Ihr dann getan? Habt Ihr Euch für das Unrecht gerächt?«

»Was glaubt Ihr denn? Nein. Die Mannschaft hatte für Teach entschieden und mitgelacht. Alle fanden es komisch, wenn einer wie ich zu Boden ging. Und Schwarzbart hat gelärmt und gegrölt, wenn er nicht ab und zu einen umbringt, würden sie noch vergessen, was sie für Kerle sind. Mich wollte keiner zum Kapitän. Ein Fahrzeug befehlen und den Kurs absetzen, das konnte ich. Und mich prügeln. Mit einem zerfetzten Bein aber war ich nichts mehr wert. Ich berief mich auf unsere Statuten und wollte Schadensersatz für die Verstümmelung. Vierhundert Pieces-of-eight wollte ich, bekommen habe ich nur zweihundert, denn die Aasgeier im Rat haben behauptet, die Statuten hätten nur im Fall eines Kampfes Gültigkeit. Und ich wäre verdammt noch mal selbst schuld, wenn ich Kapitän Schwarzbart in der Schußlinie säße. Insgesamt bin ich billig weggekommen. Ich habe abgemustert, bin unter die Amnestie gefallen, nach London zurückgekehrt, habe mir das Wirtshaus hier gekauft, und das ist alles. Ich hatte verdammtes Glück, das kann ich den Herren sagen. Zwei Monate später hat Maynard Schwarzbart im James River in Virginia geschnappt, und hat sie fast alle umgebracht. Bis zum letzten Mann haben sie gekämpft, aber heute sind sie alle tot. Ein gute Mannschaft, vor nichts hatten die Angst. Mit ihnen zu entern, war ein Vergnügen. Das war was anderes als in diesem stinkenden Loch zu stehen und für ein Spottgeld Bier auszuschenken!«

»Aber seid Ihr nicht dankbar dafür, daß Ihr am Leben seid und ehrbar leben könnt?«

Hands sah Euch an wie einen Idioten.

»Was? Dankbar? Ich habe niemandem etwas zu verdanken, schreibt das in Eure Papiere. Ehrbares Leben! Leckt mich im Arsch! Was ist denn einem wie mir ein ehrbares Leben? Sich für nichts abzuschinden. Wer hat denn etwas davon, daß ich ehrbar bin? Ich doch jedenfalls nicht!«

Hands schlug mit der Faust auf den Tisch, daß die Gläser hüpften.

»Das ist doch kein Leben hier«, sagte er. »Nein, gebt mir ein gutes Schiff und einen brauchbaren Kapitän, und morgen habe ich dieses Loch hier verlassen. Kameraden, Schlägereien, Rum soviel man will, Weiber, die Schlange stehen, kaum daß man an Land ist, auf Deck in der Sonne liegen, das ist ein ehrbares Leben. Hol mich dieser und jener.«

»Ist das den Galgen wert?« lautete Eure Frage rücksichtsvoll. Euer Blick ging hinaus auf das Exekutionsdock.

Hands sah Euch mit einem pfiffigen Lächeln an.

»Ihr sollt ein kluger Kerl sein, habe ich gehört«, sagte er. »Es ist mir gleich. Es ist mir vollkommen gleich. Aber das kann ich Euch sagen, wenn der Galgen nicht wäre, dann gäbe es nicht so viele Glücksritter. Das ist, als ginge man in den Krieg. Wenn man daran nicht sterben kann, dann ist es auch nichts wert.«

Ich sah Hands an. Er wußte kaum, was er sagte, und daß er denken konnte, bezweifle ich, trotzdem war etwas an seinen Worten, auch wenn sie sich von dem, was Ihr hören wolltet oder erwartet hattet, unterschieden. Ihr wolltet nicht glauben, daß es Menschen gab, die ihr Leben für nichts aufs Spiel setzten. Sie nannten sich Glücksritter, aber sie waren Pfuscher, wenn es ums Glück ging. Ein kurzes, lustiges Leben wollten sie haben. Und wo sind sie heute? Alle tot, bei lebendigem Leibe in der Hölle gehäutet, falls es die gibt. Sie wählten ihre Kapitäne und konnten sie absetzen, sie stimmten über alles und nichts ab, jeder hatte die gleiche Stimme, die Beute teilten sie zu gleichen Teilen und noch mehr von dieser Art. Aber hatten sie darum eine Ahnung, wozu das alles gut sein sollte?

Nein, das kurze Leben, das sie sich vorgenommen hatten, das haben sie bekommen, man hat sie gehängt. Allen anderen gaben sie die Schuld, aber wessen Schuld ist es denn, daß sie wie die Fliegen starben, wenn nicht ihre eigene? Ihr, Herr Defoe, habt nach Recht und Unrecht, nach Gut und Böse, nach Zwang und Freiheit gefragt. Ja, von Unrecht und Tyrannei verstanden sie etwas, viel verstanden sie, und mehr als die meisten anderen, aber sonst waren sie blind wie die Hühner. Darin unterschieden sie sich nicht vom gewöhnlichen Volk.

28

Wir waren also wieder vereint, Edward, der Ehrliche, der behauptete, er könne Leben und Tod unterscheiden; Deval, der Charakterlose, der sich für ein freundliches Schulterklopfen verkaufte; und ich, Long John Silver, der bereit war, jeden zu verkaufen, wenn die Not es forderte. Englands aufrichtige Freude über unsere Wiedervereinigung war unverkennbar, wie verfehlt sie auch sein mochte. Für Menschen hatte er keinen Blick, er erwartete von ihnen nur Gutes. Ja, England war ein Rätsel, zuallererst für sich selbst, aber auch für andere, die ihn hierhin schwanken sahen und dorthin, mal nach der einen, dann wieder nach der anderen Seite, weshalb sich schließlich keiner mehr auf ihn verstand. Wieso hatte man ihn zum Kapitän gewählt? Weil England ein guter Kerl war, dem man vertrauen konnte. Wenn eine Mannschaft etwas so sicher wußte wie das Amen in der Kirche und im Unterschied zu England selbst, dann war es, daß England sich niemals die Allüren eines von Gott eingesetzten Kapitäns zulegen würde. Und in ihren Augen besaß das einen größeren Wert als pures Gold.

Ihr, Herr Defoe, seid aus England niemals klug geworden. In Eurer Geschichte habt Ihr geschrieben, er habe soviel Verstand besessen, daß er eigentlich ein besserer Mensch hätte sein müssen, als er war. Er habe eine gute Natur besessen und Mut habe ihm nicht gefehlt. Er war nicht gierig und sah es stets mit Widerwillen, wenn Gefangene schlecht behandelt wurden. Er hätte sich, so behauptet Ihr, mit weniger bösartigen Unternehmungen begnügt, wäre es ihm nur gelungen, seine Kumpane zur Vernunft zu bringen; in der Regel sei er aber überstimmt worden und gezwungen gewesen, in diesem schmutzigen Handwerk den Mitläufer zu machen.

Ja, es ist Euch gelungen, dies alles so darzustellen, als sei das Herz Englands so gut und rein gewesen, wie das eines Engels. Hier muß ich mir selbst die Schuld geben, weil ich zu seinen Gunsten gesprochen hatte. So schlimm stand es aber auch um England nicht, daß er Gefahr gelaufen wäre, seine Tage im Himmel fortzusetzen, auch wenn er tiefe Reue empfand, als er schließlich bemerkte, daß er mit einem Fuß im Grab stand. Eines, Herr Defoe, habt Ihr nicht berücksichtigt. Niemand hatte England gezwungen, Kapitän zu werden. Er hätte darauf verzichten können, so wie ich.

Allein mit England in seiner Kajüte, erzählte ich ihm die gleiche Geschichte, die ich Deval erzählt hatte, auch wenn ich sicherheitshalber das eine oder andere überging oder ausschmückte. England schluckte alles mit Haut und Haaren, denn man konnte viel von ihm sagen, so vielseitig, wie er war, dümmer waren wenige.

Er selbst berichtete, daß er nach einem Monat auf der Plantage genug gehabt hatte, und sogar der Kuhmist in Irland sei noch besser gewesen als Zuckerrohr, sein ganzer Körper habe gejuckt, als hätten ihn bissige Ameisen überfallen, weil er sich nicht vom Fleck rühren durfte, und ich wußte, das Umherziehen lag ihm im Blut. Er war geflohen, hatte als Steuermann auf einem Schoner angeheuert, der dann von Winter, dem Piraten, aufgebracht worden sei. Er bot England an, sich ihnen anzuschließen und den Befehl auf dem Schoner zu übernehmen, mit der Zustimmung der Männer, woraufhin Winter und er in einem Sturm getrennt worden seien, und hier war er nun, zum Kapitän gewählt und von den Ameisen in seinem Körper befreit.

»Silver, wenn du unser Quartermeister sein willst, würde das keinen mehr freuen als mich«, sagte England.

»Gut. Das heißt, wenn die Männer mich haben wollen.«

»Das werden sie. Ich weiß keinen, der sich beliebter machen kann und den man mehr schätzt als dich. Falls du ihnen diese Seite zeigen willst.«

»Und Deval?« fragte ich so unschuldig wie möglich. »Trotz allem war er auf der *Tonton Louis* schließlich unser Kapitän.«

»Willst du dich über einen alten Schiffskameraden lustig machen?« fragte England.

»Nein«, sagte ich, »ich selbst habe ihn vorgeschlagen. Ich habe geglaubt, das könne ihm guttun.«

»Und wie ist es ausgegangen?«

»Er bildete sich ein, er sei an Bord der einzige, der etwas taugte.«

»Was mich nicht erstaunt«, sagte England, aber ohne jede Spur von Bosheit. »Seemann wird er nie.«

»Amen!« fügte ich hinzu, der guten Ordnung halber.

Es kam, wie England gesagt hatte. Ich machte mich beliebt und wurde rasch zum Quartermeister gewählt. Und wenn ich so sagen darf, ich glaube, bei England bin ich schließlich ich selbst geworden, ich erwarb mir Respekt und noch anderes mehr. Warum hätte man mich sonst einige Jahre später zum Quartermeister auf Flints *Walrus* gemacht, mit der schlimmsten Mannschaft, die jemals über ein Deck getrampelt ist?

Einige Zeit, nachdem man uns aufgenommen hatte, beschloß der Rat, das Schiff solle Kurs auf die afrikanische Küste nehmen. Einige glaubten mit Sicherheit zu wissen, daß es dort reiche Beute gab. Von Norden kamen die Sklavenhändler mit Gold, Silber, Waffen und verschiedenem Krimskrams als Bezahlung für den Kauf von Negern, ganz zu schweigen von Proviant und anderen Bedarfsartikeln für die Faktoreien. Von Süden kamen die Ostindienfahrer mit Stoffen, Edelsteinen, Gewürzen und bisweilen Bargeld, das in London sicher angelegt werden sollte.

Das hörte sich gut an, und der Rat ging auf diese vagen Gerüchte ein. Wenn ich es recht bedenke, war es meist so. Wir segelten sechstausend Seemeilen, geradewegs durch die Roßbreiten und ihre verfluchte Windarmut, bei der die Sonne uns Hals und Haut verbrannte, nur wegen einiger ungenauer Angaben. Es hieß, ein englisches Kriegsschiff sei von Antigua ausgelaufen, um Piraten zu jagen. Also segelten wir nach Süden, nach Barbados, mit eingeklemmtem Schwanz. Einige behaupteten, der König plane eine neue Amnestie für Piraten, aber vielleicht war das Gerede darüber aus der Luft gegriffen, und der Rat stimmte ab, einmal so, dann wieder so, daß wir eine Petition unterschreiben oder daß wir es bleiben lassen sollten. Wieder einer verfügte über die sichere Nachricht, eine spanische Silbergaleone werde im folgenden Monat Cartagena verlassen, und dann lagen wir fünf Wochen vor Hispaniola, ohne auch nur die Spur eines Segels zu sehen. Der Bootsmann wollte erfahren haben, daß Roberts in einer Bucht im südlichen Jamaika eine große Piratenflotte zusammenzog. Wir änderten den Kurs, segelten hin und fanden lediglich drei Indianer in einem Kanu vor. Der Erste schwor bei allem, was ihm heilig war, was im Grunde nicht viel war, auf der Insel Aves gebe es frisches, klares, kaltes Quellwasser. Als wir hinkamen, fanden wir einen stinkenden Pfuhl voller Eidechsen und Insekten. Und so weiter, in einem nie versiegenden Strom von Ungewißheiten. Wir Glücksritter irrten durch einen niemals endenden Nebel von Gerüchten und Verlautbarungen, von Hörensagen und plötzlichen Einfällen. Ja, es waren trotz allem nicht nur meine Fehleinschätzungen, die zu den toten Rechnungen geschlagen werden mußten.

Über alles und nichts wurde an Bord gezankt, denn keiner, mich ausgenommen, besaß genug Geduld, um mit dem Gefühl leben zu können, er wisse so gut wie nichts. Ganze Tage gingen mit Gezänk darüber hin, was uns vielleicht in die Hände fallen würde. Worte und nochmals Worte, alle aufs Geratewohl dahingesagt. Ich glaube, ich meine, ich habe gehört, ich habe gelesen (diejenigen, die lesen konnten), ich kenne einen, der hat gesagt, ich verspreche auf Ehre und Gewissen, daß es so ist, das weiß doch jeder, ich wette beim Teufel, das ist so sicher, daß du dich draufsetzen kannst. Wenn ich es leid war, griff ich ein und sagte, wie es sich tatsächlich verhielt. Was sie zum Schweigen brachte, denn ich besaß, wie gesagt, die Gabe, Worte auf eine Weise aufzutürmen, die ihren Glauben fand. Also war es nicht verwunderlich, wenn sie der Meinung waren, ich predigte und mühte mich ab. Recht bekam ich ebensooft wie die anderen.

Drei Wochen waren wir schon unterwegs, als wir in den Kalmengürtel segelten wie in eine gläserne Wand. Im Augenblick zuvor hatten alle Segel noch gezogen, hatten gesungen und getost, wie es bei windgefüllten Segeln nun einmal der Fall ist. Die See war aufgewühlt und schaumweiß. Im nächsten Augenblick war das Wasser glatt und trübe, die Segel schlugen, Bäume und Gaffeln ächzten, Brassen und Leinen hingen lose herum, und das aufmunternde Brausen am Bug verstummte, als wäre es für immer. Auch die Worte verebbten, als alle ihre unglücklichen Blicke auf die Segel und das stille, zähflüssige Wasser warfen. Dann drehten alle sich um und sahen sehnsuchtsvoll nach achtern, wo hinter uns die fliegende Gischt und die sprühenden Wolken lagen, die uns ohne Mühe so weit gebracht hatten.

»Warum glotzt ihr so?« schrie ich, daß diese Grabesstille zerbröckelte. »Wegen ein wenig Flaute geht die Welt nicht unter!«

»Was weißt denn du darüber?« hörte ich eine trotzige Stimme in der Menge, von einem, der nicht Verstand genug besaß und begriffen hätte, daß ich sie lediglich aufmuntern wollte.

Bald genug, in den folgenden Tagen, drang aus dem gleichen flinken Mundwerk ein saures Aufstoßen über Schiffe, die sich im Kalmengürtel festgefahren und mit Mann und Maus verfault, über halbe Besatzungen, die verhungert und verdurstet seien, ganz zu schweigen von all jenen, die der Hitzschlag getroffen habe und die verrückt geworden und mit Säbeln und Pistolen aufeinander losgegangen seien, von riesigen Mahlströmen inmitten des stillstehenden Meeres, die sogar Linienschiffe in die Tiefe gezogen hätten. Legenden, Strandgut des Aberglaubens, das zu niemandes Nutzen durch die wilden Träume der Teerjacken trieb. Gute Geschichten in Ehren, aber soll denn die Verbreitung jeglichen Unfugs erlaubt sein?

Ich wollte über diese Angelegenheit mit dem betreffenden Mann sprechen, er hieß Bowman, aber auf diesem Ohr hörte er schlecht.

»Ich habe doch verdammt noch mal das Recht, zu sagen, was ich will«, antwortete er auf meine Aufforderung, er solle im Interesse der Mannschaft sein Gemüt auf Kiel halten, bis wir Land erreichten. »Ist auf diesem verdammten Sarg das Wort nicht frei?«

»Hängt davon ab«, sagte ich mit sanfter Stimme, »was man sagt.«

»Ach, wirklich! Und wo steht in den Statuten, daß ich nicht das Recht habe, meine Meinung so zu äußern, wie sie ist? Ich bin doch verflucht noch mal kein bißchen schlechter als irgendein anderer hier.«

»Das habe ich auch nicht gesagt. Aber du bist nicht gerade ein Quell der Freude.«

»Da drückt also der Schuh! Man muß einer dieser Spaßvögel sein, wenn man hier an Bord das Maul aufmachen will? Was sind das für Statuten? Vertragen denn die Leute die Wahrheit nicht? Scher dich zum Teufel!«

»Und wie sieht diese Wahrheit aus, wenn ich fragen darf?«

»Daß dieses Schiff zum Untergang verurteilt ist. Was haben wir in Afrika zu suchen? Ist es uns in Westindien vielleicht nicht gut gegangen? Jedenfalls brauen sie dort einen anständigen Rum, und die Huren sind weiß. Jetzt muß man sich mit Schwarzen einlassen, mit Heiden, und die ganze Bande hat die Fotzenseuche! Falls wir jemals dort ankommen. Bevor wir auch nur halb aus dieser Flaute heraus sind, ist die Hälfte der besten Männer tot, das kannst du dir hinter die Ohren schreiben, du Halbneger. Glaubst du, ich weiß nicht, das man dich auf einem *Scramble* zusammen mit einem Haufen Sklaven verkauft hat? Und freiwillig! Glaubst du, ich weiß nicht, was du für einer bist? Du gehörst zu denen, die auf der Seite der Schwarzschädel stehen!«

Und dann spuckte er mir eine Ladung vor die Füße. Und was sollte ich mit diesem dickschädligen Totengräber anfangen, der die Laune an Bord störte? Das Wort war frei, selbstverständlich war es das, aber überleben mußten wir auch. Einer wie Bowman konnte leicht alles durcheinanderbringen, verpesten und vergiften, bis die Leute genauso närrisch waren wie er selbst.

»Du hast einen guten Kopf«, sagte ich zu ihm, »und verstehst sicher, daß wir jetzt nicht umkehren können. Wir können ohne Wind nicht gegen die Strömung segeln, und selbst wenn das möglich wäre, könnten wir nicht gegen den Wind kreuzen und nach Westindien zurückkommen; wir müßten die doppelte Distanz segeln, die uns noch bis Afrika bleibt. Das muß ein schlauer Kerl wie du doch begreifen?«

»Komm mir nicht mit Schmeicheleien, Silver. Ich habe einen Kopf zwischen den Ohren, da hast du recht. Aber es soll sich keiner erlauben, mir zu sagen, wozu ich den gebrauchen soll, und was ich begreifen und nicht begreifen muß. Merk dir das!«

»Selbstverständlich, Bowman, auf John Silver kannst du dich verlassen. Ich habe ein Gedächtnis wie ein Pferd.«

Und damit gab ich mich für den Augenblick zufrieden. Einen wie Bowman zur Vernunft zu bringen, war aussichtslos nicht einmal mit Freundlichkeit ließ sich bei ihm etwas ausrichten. Er war ein Totengräber, mehr gab es darüber nicht zu sagen. Ich ließ ihn genug von seiner schmuddeligen Mißlaune verbreiten, daß die Männer sich nach einem Sündenbock umzusehen begannen. Kleinere Streitereien waren bereits aufgeflammt, und scharfkantige Worte flogen durch die Luft, wenn eine Schote oder ein Fall gesetzt werden mußte, um die treulosen Winde einzufangen, die kamen und gingen, wenn man es am wenigsten ahnte. Sogar England war aufgefallen, was sich anbahnte, doch seiner Gewohnheit gemäß ging er nur bei der Mannschaft herum und sagte jedem ein gutes Wort. Viel half es nicht. So geht es den Gutherzigen, sie haben Augen für das Böse erst, wenn es zu spät ist.

»Was ist los?« fragte er mich, als ihm Hohn und Spott begegneten. »Ich habe gedacht, wir waren uns einig wegen Afrika, aber jetzt sagen alle, das sei eine verrückte Idee gewesen, und behaupten, ich hätte sie durchgesetzt. Das ist doch ungerecht, John. Du entsinnst dich doch, daß ich als Kapitän meinen Mund gehalten und mich keiner Seite angeschlossen habe. Wir waren uns doch alle einig.«

»Das haben sie vergessen. Wir haben einen Totengräber an Bord, der Galle verspritzt. Er hat die anderen so weit gebracht, daß sie glauben, wir verfaulen in der Flaute. Jetzt brauchen sie einen, dem sie die Schuld geben können, wenn es Schwierigkeiten gibt. Und wer könnte das sein, wenn nicht der Kapitän.«

»Aber ich habe gar nicht mit abgestimmt. Und sie selbst haben mich gewählt!«

»Natürlich, aber doch nur, damit sie einen haben, der weiß, wie man navigiert, und den sie aufhängen können, wenn alles schiefgeht. Verlaß dich auf John Silver! Ich bringe die Sache in Ordnung.«

Einige Tage vergingen bei drückender, stickiger Hitze unter einer glühenden Sonne, die den Teer in den Decksfugen zum Schmelzen brachte, so daß die Füße auf Deck klebenblieben. Den ganzen Tag spülten wir mit Wasser, damit der Rumpf sich nicht öffnete wie ein Sieb, zuletzt aber arbeiteten nur noch ein Dutzend an den Pumpen und mit den Eimern. Die anderen saßen oder lagen an Deck, ließen die Köpfe hängen, fluchten, stießen Verwünschungen aus, tranken von dem wenigen Rum, den wir noch hatten, und kümmerten sich bald noch weniger als sonst darum, ob sie lebten oder starben. Bowman war nach wie vor unterwegs. Verschmitzt lächelnd sprang er umher wie ein Hase und tat, was er konnte, um uns allen das Grab zu schaufeln. Am nächsten Morgen, ehe der Rum die meisten gepackt hatte, rief ich alle Mann zum Rat zusammen. Als Quartermeister hatte ich dazu das Recht. Keiner blieb aus, denn sie glaubten, jetzt könnten sie ihrer Unzufriedenheit Ausdruck geben und sich rächen, an wem auch immer, und sei es an der ganzen Welt.

»Männer«, rief ich, und verlieh meiner Stimme jenen unheilverkündenden Ton, der alle aufhorchen ließ, »ihr wißt, wie es hier an Bord ist, es ist die Hölle. Es gibt nur noch Jammern und Klagen. Und wenn es so weitergeht, haben wir einander die Kehlen durchgeschnitten, ehe wir auch nur das Ende dieses verfluchten Gürtels erreicht haben.«

»Recht so!« schimpfte Bowman wie erwartet. »Das habe ich doch die ganze Zeit gesagt. Wir hätten uns niemals an diese Überfahrt wagen sollen, das ist meine Meinung.«

»Und wer hat dagegen gestimmt, als wir entschieden haben?« brüllte ich. »Wer? Laßt hören!«

Doch es blieb still, bis Bowman sich wieder rührte.

»Man ist doch verdammt noch mal kein schlechter Kerl, wenn man seine Meinung ändert«, sagte er triumphierend und sah sich beifallheischend um.

Und tatsächlich nickten einige zustimmend, auch wenn es ihnen nicht gefiel, daß sie so etwas von einer Ratte wie Bowman hören mußten. Mit drohenden Blicken sahen sie hierhin und dorthin und suchten jemanden, dem sie die Verantwortung zuschustern konnten. Irgendeiner mußte halbtot geschlagen werden, damit sie wieder auf Kiel kamen, daran bestand kein Zweifel.

»Nein«, sagte ich, »irren können sich alle, auch der Beste, so wie du, Bowman. Oder vielleicht nicht, Männer, ist Bowman nicht der Beste von uns allen? Er weiß, wie es hier im Leben aussieht und wie alles zusammenhängt. Fragt Bowman, der kann wirklich jedem sagen, worauf es ankommt. Habe ich nicht recht?«

Bowman grinste und schaute sich wieder um. Im Leben, das ihm sonst gleichgültig war, wünschte er sich nur eines: sich Gehör zu verschaffen, koste es, was es wolle, seinen eigenen und unser aller Untergang inbegriffen.

»Ist Bowman nicht soviel wert wie zehn von uns anderen?« schrie ich. »Er spricht Wahrheiten aus, die keinem anderen von uns einfallen. Er sagt genau, wie es ist, nämlich, daß keine Seele diese Reise überleben wird. Da heißt es nur zu dienern und sich zu verneigen, und alles dankbar anzunehmen. Wenn Bowman unser Todesurteil unterschrieben hat, dann läßt sich dagegen sicher nichts mehr tun.«

Die Männer warfen Bowman scheele Blicke zu. Für wen hielt er sich eigentlich? Niemand hatte das Recht, ihnen zu sagen, was sie zu denken und zu meinen hatten, und vor allem nicht ihr Todesurteil zu unterschreiben. Bowman grinste selbstzufrieden.

»Ich schlage Bowman als Quartermeister vor«, schrie ich, um das anschwellende Stimmengemurmel zu übertönen. »Wenn irgendeiner uns gegen Gott, Teufel, Wetter und Wind verteidigen kann, dann er.«

»Wer sagt denn so was!« konnte man eine Stimme aus der Menge hören.

Genau diese Worte öffneten die Schleusen. Ihnen folgte ein Strom von Drohungen, geballten Fäusten und Flüchen. Diejenigen, die Bowman am nächsten standen, griffen wild nach ihm. Ein Marlspieker flog durch die Luft und traf ihn im Unterleib, und er sank zusammen. Er hatte sich noch nicht erhoben, als die anderen sich bereits mit Messern, Knüppeln, und mit was immer ihnen in der Eile noch unter die Finger kam, auf ihn stürzten.

»Hört auf, belegt!« schrie ich mit meiner furchterregendsten Stimme, woraufhin nur noch das Jammern Bowmans zu hören war.

Vor Entsetzen gelähmt, sah Bowman mich an.

»Silver, rette mich!« bettelte er.

Ich gab ein höhnisches Lachen von mir.

»Und warum?« fragte ich. »Wir müssen doch ohnehin sterben, der ganze Haufen, dich eingeschlossen, wenn man deinen Prophezeiungen glaubt. Ob du früher oder später zur Hölle fährst, was spielt das für eine Rolle? Bindet den Kerl an den Großmast!«

Bowman stieß einen gräßlichen Schrei aus, als er über das Deck geschleift und am Großmast festgezurrt wurde. Die Mannschaft bereitete Bowman einen langsamen, qualvollen Tod, so daß er wußte, daß er lebte, so lange es dauerte. Wäre es nach mir gegangen, hätte er ebensogut einen kurzen, plötzlichen Tod finden können. Hätten die Männer ihn jedoch sofort erschlagen, wäre das Gift in ihrem Blut geblieben. So aber sah man überall vergnügte, zufriedene Mienen, als die Haie die letzten Spuren dieses unseligen Geistes beseitigt hatten, mochte er auch eine Stunde vorher noch ein ganz lebendiger Mensch gewesen sein – wenn auch ein wenig fehlgeschlagen in seiner Art. Ich mußte mir Dankesworte des einen oder des anderen anhören, was vielleicht berechtigt war.

Nur England ließ sich von meiner Gewandtheit nicht blenden.

Noch Wochen später warf er mir finstere Blicke zu, während die übrigen bald vergessen hatten, daß es einen Menschen namens Bowman überhaupt gegeben hatte. Ich machte mir nicht einmal die Mühe, England zu erklären, daß dieser Sündenbock geopfert werden mußte, damit wir noch ein wenig länger auf der Welt bleiben konnten. Männer wie England, die nach eigener Aussage zwischen Leben und Tod unterscheiden können, begreifen nicht, daß sie sich manchmal entscheiden müssen.

Eine Woche danach, oder auch zwei, kräuselte sich das Wasser, und ein beständiger, frischer Wind brachte uns an die afrikanische Küste. Ausnahmsweise hatten die Gerüchte einmal recht behalten. Binnen kurzer Zeit machten wir elf Prisen, ohne im Kampf auch nur einen Mann zu verlieren. Einige Schiffe verbrannten und versenkten wir, zwei von ihnen wurden mit Glücksrittern bemannt, denn rechnete man alle hinzu, die sich uns anschließen wollten, hatten wir Überschuß an Männern, und der Rest der Schiffe durfte, so gut es sich eben machen ließ, wenn auch leer, weitersegeln. Lane und Sample wurden als Kapitäne der Schiffe gewählt, die ihr Glück auf eigene Faust machen wollten, die *Queen Anne's Revenge* und die *Flying King,* wie sie diese Schiffe aus unerfindlichen Gründen fortan nannten. Glück brachte es ihnen jedenfalls nicht, denn Schiffe müssen die Namen behalten, die man ihnen bei der Taufe gegeben hat, dies behaupte ich, auch wenn ich für derlei Schnurren sonst nicht viel übrig habe. Lane und Sample überquerten den Atlantik und legten sich vor der Küste Brasiliens auf die Lauer. Es gelang ihnen, ein paar Prisen von geringem Wert zu machen, dann trafen sie auf ein portugiesisches Kriegsschiff, das ihnen ein Ende bereitete. Zwölf Mann starben im Kampf, achtunddreißig wurden an Ort und Stelle aufgeknüpft, die übrigen, Neger und Indianer, wurden als Sklaven verkauft.

Erst viele Jahre später und ganz sinnlos erfuhr ich die Nachricht von ihrem erbärmlichen Ende, wie immer zu spät für Rache oder Trauer, wäre ich darauf aus gewesen. Anders war es doch nicht, das beste blieb es, seine Schiffskameraden zu vergessen, sobald sie außer Sicht waren. Meist verschwanden sie doch ohnehin spurlos. So trafen wir schließlich in einer einsamen Bucht an der Küste Afrikas, der Whydah Road, auf La Bouche und seinen Papagei. England wurde um einen Papagei reicher, wir zechten und verbrüderten uns und trafen zuletzt feierliche Beschlüsse, wir würden gegen den Rest der Welt gemeinsame Sache machen und uns vor der Insel Johanna wieder treffen. Es mußte kommen, wie es immer kam, als wir einige Wochen zusammen gesegelt waren, gerieten wir in einen Sturm, wurden getrennt und sahen einander niemals wieder. La Bouche erlitt vor Mayotte Schiffbruch, baute sich ein neues Schiff und ging nach Madagaskar, mehr habe ich von ihm nicht mehr gehört.

Auch das war das Leben der Piraten, Herr Defoe und Ihr anderen, die Ihr Euch zu unseren Chronisten gemacht habt, laßt es Euch gesagt sein, ein Kreis, der um unsere Schiffe gezogen wurde, denen Menschen und Ziele fehlten. Wir bezeichneten uns als Brüder und Kameraden, doch an Familie und Freunde dachten wir zuletzt. Die Rechtgläubigen nannten uns Feinde der Menschheit, und in mancher Hinsicht hatten sie recht, denn unser Freund konnte niemand sein, nicht einmal wir selbst. Nein, unser Gedächtnis war kurz und mußte so sein. Wer vermißte La Bouche, als er verschwunden war? Niemand von uns, sein Papagei womöglich ausgenommen, das versichere ich Euch. Zu viele hat vor unseren Augen das Meer der Ungewißheit verschlungen, auf dem wir trieben wie selige Geister ohne Kielwasser und Bugschwall.

Sechsundzwanzig Schiffe brachten wir auf, alles in allem sehr leicht und schnell, abgesehen von der *Cassandra,* dem letzten, und jenem ersten vor der afrikanischen Küste, der *Eagle Pink,* die unter einem Kapitän Ricket fuhr, beheimatet in Cork, als hätte ich mit Irland nicht schon genug Mißhelligkeiten erlebt. Nicht, daß Ricket so dumm gewesen wäre und mit seinen sechs Kanonen und siebzehn Mann Widerstand geleistet hätte gegen unsere gut zweihundert. Ehe wir auch nur einen Warnschuß abgeben konnten, hatte er die Flagge gestrichen.

England und Deval waren natürlich überglücklich, als ihnen aufging, daß wir uns eines Iren bemächtigt hatten. England lud Ricket ein, eine gedrungene, gebeugte, knotige Erscheinung, mit einer großen Narbe am Mundwinkel, die ihm den Anschein verlieh, als lächelte er den ganzen Tag höhnisch. Zu unser aller Verdruß, die wir uns auf Kosten dieses Kapitäns einen kleinen Spaß hatten machen wollen, nahm England ihn mit in seine Kajüte. Ausnahmsweise blieb er aber dieses Mal hart und erklärte, seinem Landsmann dürfe nicht ein Haar gekrümmt werden, und diejenigen, die sich uns aus freien Stücken anschließen wollten, sollten dies tun, im übrigen erhielten sie freies Geleit.

»Als Kompensation«, sagte England, »verzichte ich dieses Mal auf meine beiden Anteile an der Beute. Ihr könnt sie unter euch aufteilen. Aber keine Übergriffe, denkt daran!«

Zu Ricket sagte England, wenn er selbst bestimmen könnte, dann hätte die *Eagle Pink* mit ihrer gesamten Ladung weitersegeln dürfen, doch auf einem Schiff, das die schwarze Flagge führte, könne keiner tun, was ihm beliebt.

»Jedoch«, sagte England, »kann ich garantieren, daß Ihr uns unversehrt an Leib und Leben verlassen werdet. Von Edward England soll keiner sagen, er behandle seine Landsleute schlecht.«

»Edward England«, sagte Ricket und zuckte zusammen. »Ist das Euer Name?«

»Ja«, sagte England, »so heiße ich. Geboren in Wicklow als Kind ehrbarer Eltern und zuletzt Fischer und Seemann in Kinsale.«

Mit einem Mal hatte Ricket einen furchtsamen Ausdruck in den Augen, auch wenn der inmitten seines unaufhörlichen höhnischen Grinsens kaum auffiel.

»Was gibt es denn an diesem Namen auszusetzen?« fragte ich drohend.

»Auszusetzen?« stammelte Ricket.

»Versuch nicht, Leute wie uns reinzulegen«, sagte ich entschieden. »Dergleichen hat manch einer nicht überlebt.«

Inzwischen war Ricket außer sich vor Angst.

»Was unterstehst du dich, John?« fragte England zornig. »Ricket ist unser Gast.«

»Unterbrich mich nicht!« antwortete ich ihm.

»John«, wiederholte Ricket und holte tief Luft. »John Silver?«

»Siehst du«, sagte ich zu England, »der Kerl hat kein reines Gewissen.«

Ich packte Ricket beim Kragen und zog ihn vom Stuhl hoch. »Dürfen wir nun hören, was an den Namen Edward England und John Silver auszusetzen ist?«

Ich mußte ihn heftig schütteln, bis aus seinem schiefen Mundwerk etwas Verständliches herauskam.

Vielleicht hätte ich so hartnäckig gar nicht sein sollen, aber wie hätte ich ahnen können, was er ausspucken würde? Ich werde wegen Mordes gesucht, bekamen wir zu hören, England aber und einer namens Deval wegen Beihilfe, und alle drei seien wir beschuldigt des Diebstahls und ungesetzlicher Kontakte während des kürzlich beendeten Krieges.

»Mord an wem?« fragte England verblüfft und mißtrauisch.

»An einem Fischer aus Kinsale, Dunn mit Namen«, sagte Ricket.

»Habe ich es nicht gesagt?« schob ich flink ein. »Die Engländer wollen uns hängen, und mich zuvörderst, weil ich die Geschichte von dem Gouverneur und seiner Tochter erzählt habe.«

Ricket schüttelte den Kopf, wohlwollend, offenbar wollte er mich zufriedenstellen.

»Nein«, sagte er, »es sind nicht die Engländer, es ist die Tochter des Fischers.«

»Das ist gelogen!« schrie ich.

»Beruhige dich!« sagte England. »Das muß ein Mißverständnis sein. Elisa kann dich nicht beschuldigt haben.«

»Und ob das ein Mißverständnis ist. Dieser Kerl lügt, weil er seine Haut retten will.«

Ehe England sich noch versah und Ricket weitersprechen konnte, hatte ich ihn hinaus auf Deck geschoben. England behauptete zwar, er könne zwischen Leben und Tod unterscheiden, was aber würde er tun, wenn er erfuhr, daß ich Dunn erschlagen und Elisa verlassen hatte? Von Deval ganz zu schweigen.

»Männer«, schrie ich, »hier steht ein Mann, der Lügen über Euren Kapitän und Euren Quartermeister verbreitet. Was meint ihr dazu?«

Ein Gebrüll war die Antwort. England kam aus seiner Kajüte, doch es war zu spät. Unsere unerschrockene Mannschaft hatte Ricket schon gepackt, und es dauerte nicht lange und er schwieg auf immer, und die Welt hatte einen Kapitän von Gottes Gnaden verloren. Während Rickets Leben beendet wurde, erkundigte ich mich vorsichtig bei seiner Besatzung, hier aber hatte ich Glück, denn es war nichts anderes als eine Ansammlung von Abschaum aus allen Ecken der Welt, und die vier Iren unter ihnen hatten niemals auch nur einen Fuß nach Kinsale gesetzt und wußten erst recht nichts von Edward England oder John Silver. Nicht genug damit, Ricket war ein Sklaventreiber von einem Kapitän von Gottes Gnaden gewesen. Kein Tyrann wie Kapitän Wilkinson, jedoch ausreichend roh, brutal und imbezil, daß die Mannschaft nicht das geringste einzuwenden hatte, als sie ihn nun sah, wie er Spießruten lief zwischen Messern und Säbeln und zum Himmel schrie, als er schließlich aufgeschlitzt wurde.

Später raste England vor Wut.

»Man erschlägt keine Menschen, nur weil sie so dumm sind und jeder Lüge und jeder Dummheit Glauben schenken.«

»Aber begreifst du denn nicht«, sagte ich, »wenn Ricket am Leben geblieben wäre, hätte er jedem erzählt, wer wir sind und was wir getan haben. Und uns hätte man doppelt gejagt.«

»John Silver«, sagte England in traurigem Ton, mitten in all seiner Wut, »ich bin kein Narr. Wir haben uns auf dieser

Welt Freiheiten herausgenommen, die früher oder später auf geradem Weg an den Galgen führen. Dagegen läßt sich nicht viel einwenden. Aber jemanden wegen falscher Anschuldigungen erschlagen zu lassen, das ist etwas völlig anderes.«

»Auch, wenn man sonst gehängt wird?« fragte ich. »Wann darf man denn sonst jemanden erschlagen?«

»Niemals, John. Hörst du! Niemals.«

Er packte mich am Rockkragen und schüttelte mich, wie ich es mit Ricket getan hatte. Edward England hatte starke Fäuste, daran konnte es keinen Zweifel geben. Ich verteidigte mich nicht. Im tiefsten Inneren glaubte ich zu wissen, daß England stets zwischen Leben und Tod unterscheiden konnte, meinen eigenen Tod eingeschlossen. Hielt er mich nicht gerade aus diesem Grund in seinem eisernen Griff? Er war einer der wenigen, der es trotz allem jedem selbst überließ, sein Leben zu leben, wie er es für gut befand.

Gerade um jene Zeit begannen sich bei England Anzeichen von Reue einzustellen, wenn wir ein Schiff angriffen, es plünderten und seine Besatzung demütigten. Es begann mit Ricket, und mit der *Cardogan* aus Bristol, unter einem Kapitän Skinner, wurde es noch ärger.

Dieser Kapitän Skinner hatte im Leben kein Glück. Kapitän von Gottes Gnaden war er, irgendeine Hilfe von oben aber wurde ihm nicht zuteil. In diesem Fall stand die Vorsehung auf unserer Seite. An Bord unseres Schiffes befand sich ein gutes Dutzend aus Skinners alter Besatzung, darunter unser Bootsmann, Graves, der niemals eine Kränkung vergaß, obwohl sein Gedächtnis im übrigen ebensowenig taugte wie das der anderen. Für Skinner waren Graves und seine Kumpane faule, störrische Tunichtgute gewesen, und darum hatte er sie an Bord eines Schiffes der Kriegsflotte gebracht, wo sie unverzüglich zum Dienst gepreßt wurden. Zu alledem hatte Skinner sich auch noch geweigert, ihnen die ausstehende Heuer zu bezahlen, denn Lohn, so meinte Skinner, sei eine Belohnung für geleistete Arbeit und nicht für Frechheit und Obstruktion, die die Sicherheit des Schiffes in Frage stellten.

Ich und Graves standen an der Reling und empfingen die Besatzung der *Cardogan,* als sie an Bord der *Fancy* gebracht wurde. England befand sich noch mit gut zwanzig Männern auf der *Cardogan,* um die Beute in Augenschein zu nehmen.

Als Skinners Kopf über der Reling auftauchte, hüpfte Graves vor Eifer auf und ab und klatschte in die Hände wie ein Kind. »Hol mich der Teufel«, sagte er mit gemütlichem Lachen, als er Skinner erkannte. »Ja, wirklich, denn dieser Mann da, John, ist nicht besser als der Satan persönlich. Willkommen an Bord, Kapitän Skinner. Tausendfach willkommen. Was verschafft uns die Ehre?«

Als Skinner seinen alten Untergebenen wiedererkannte, begann er am ganzen Körper zu zittern, so wie Ricket und die anderen vor ihm, und er wäre das Fallreep hinuntergefallen, hätte Graves ihn nicht gepackt und ihn an Bord gezogen.

»Nein, mein Herr«, sagte Graves und sah Skinner vorwurfsvoll an, »so bald dürft Ihr uns nicht wieder verlassen. Ich stehe tief in Eurer Schuld, wie Ihr wohl wißt, und ich würde gern mit gleicher Münze zurückzahlen.«

Graves rief seine Kumpane, die fast ebenso entzückt waren wie er. Sie fesselten Skinner an die Ankerwinde und bombardierten ihn mit Flaschen, was tiefe Wunden hinterließ. Anschließend jagten sie ihn mit Peitschen auf Deck umher, bis sie nicht mehr konnten, während Skinner um sein Leben bettelte und flehte.

»Bester Kapitän von Gottes Gnaden«, sagte Graves schließlich atemlos, aber mit der gleichen Begeisterung wie zuvor, »weil Ihr ein so guter, gerechter Kapitän gewesen seid, sollt Ihr einen schmerzfreien Tod haben. Nein, dankt uns nicht, das hat immer noch Zeit, wenn wir uns in der Hölle wiedersehen.«

Dann nahm Graves seine Muskete und schoß ihm in den Kopf.

Als England den Schuß hörte, kam er zurück, so rasch die Riemen es erlaubten.

»Was geht hier vor?« fragte er mich, jedoch nicht als John Silver, sondern als den Quartermeister der *Fancy*.

Ich erklärte, was sich zugetragen hatte und warum. Englands Gesicht fiel zusammen. Er ging zu den Überresten von Skinner, sah lange darauf, als wollte er versuchen, ihn ins Leben zurückzurufen, und drehte sich dann zu mir um.

»Silver«, sagte er, »sieh zu, daß der Mann ein anständiges Begräbnis erhält und daß das Deck saubergemacht wird. Ein Schlachthaus ist das, mehr nicht. Und dann könnt ihr die *Cardogan* ausrüsten. Als Kapitän schlage ich Davis vor. Und er soll diesen Teufel von Graves und seine Kumpane mitnehmen. Wenn sie an Bord bleiben, erschlage ich sie bei der ersten besten Gelegenheit, und was wäre damit gewonnen?«

»Ich weiß, wie es dir geht«, sagte ich.

»Das tust du nicht, Silver. Du bist nicht besser als die anderen.«

»Da täuschst du dich, Edward«, sagte ich. »Ich habe meine Fehler und Mängel, wie wir alle, aber ich erschlage keine Menschen nur um meines Vergnügens willen.«

»Und Ricket?« fragte England mit einer bitteren Grimasse.

»Das ist aus Not geschehen. Der Tag kommt, an dem du mir dafür danken wirst.«

»Niemals, John, niemals, hörst du? Und sag nicht, du hättest es meinetwegen getan. Du hast es hinter meinem Rücken getan, ohne mich nach meiner Meinung zu fragen.«

»Edward, du kannst glauben, was du willst. Aber ich bin dein Freund, ob du davon wissen willst oder nicht. An Bord dieses Schiffes hast du keinen anderen, und bei dem Leben, das du geführt hast, auch kaum irgendwo sonst. Vergiß es nicht, der einzige, der sich zu deiner Verteidigung bereithält, bin ich.«

England gab keine Antwort, vielmehr ging er mit hängenden Schultern in seine Kajüte zurück. Bevor er die Tür schloß, rief er mir zu: »Und, Silver, von meinen Anteilen an der *Cardogan* will ich nichts wissen. Das ist Blutgeld. Verteil es unter die Mannschaft!«

Wache Ohren hatten seinen Ruf aufgeschnappt. Und plötzlich war Pews krächzende, schadenfrohe Stimme zu vernehmen.

»Ein Hoch auf Kapitän England, Männer!«

Und dann wurde Hurra geschrien für Kapitän England, bis ich mit einem Gebrüll, das die meisten erschreckte, dem Unwesen ein Ende bereitete. Eines war nämlich sicher, Hohn und Demütigungen waren nicht, was Edward England verdiente.

29

Kapitän Skinner war für Edward England der Anfang vom Ende. Meist blieb er für sich, saß grübelnd in seiner Kajüte und überließ es mir, das Schiff zu führen, mit Ausnahme der Navigation und der Gefechte, bei denen er Grausamkeiten und Untaten Einhalt gebot. Es hatte den Anschein, als ob er sich freikaufen wollte für die Ewigkeit und sein Gewissen beruhigen, indem er so viele Menschenleben wie möglich verschonte. Ich hingegen versuchte ihn bisweilen davon zu überzeugen, daß ihm dies keiner danken werde, nicht einmal Gott, wenn es ihn gab, doch es war vergeblich. England hatte sich darauf versteift, den Rest seines Erdenlebens in Gewissensqualen zu verbringen.

Nach der *Cardogan* gingen wir in einer Bucht vor Anker, um den Rumpf vom Bewuchs zu reinigen. Nicht weit davon lag ein Eingeborenendorf, und als die Arbeit am Schiff abgeschlossen war, begann die Mannschaft zu wüten. Sie verjagten die Männer und trieben es mit deren Frauen mehrere Tage lang vom Morgen bis in den Abend. Sie wollten aufholen, was sie seit Westindien sechs Monate lang nicht gehabt hatten, wollten ein Akonto auf das erheben, was sie viele Monate nicht bekommen würden. Das ging aus, wie es zu erwarten war. Nach einigen Tagen kamen die Männer des Dorfes mit Verstärkung zurück und griffen aus allen Himmelsrichtungen an. Wir konnten zwei Dutzend erschießen und verloren selbst eine Handvoll Leute. Keiner trauerte darüber. Für eine solche Orgie sei man billig davongekommen, war die allgemeine Meinung.

Die meiste Zeit hatte England in seiner Kajüte gesessen, als wollte er nicht wissen, was vor sich ging, als wir aber Anker lichteten und das Schiff aus der Bucht bugsierten, kam er an Deck. Trotz allem darf nicht verschwiegen werden, daß England sich allmählich zu einem besonders fähigen Kapitän entwickelt hatte. Wie lange war es her, daß er Steuerbord und Backbord verwechselt, die Abdrift falsch berechnet, die Schoten weggefiert hatte, statt sie dichtzuholen. Muß man ein Schiff segeln, gerät man nicht allzu häufig in einen Zwiespalt, mit Menschen hingegen hatte England seine Schwierigkeiten, abgesehen von denen, die tot waren.

Wir erreichten Malabar in Ostindien und machten in weniger als einem Monat sieben reiche Prisen. Schließlich lagen wir so tief im Wasser, daß wir beim geringsten Seegang die Kanonenpforten schließen mußten. Der Rat hatte für Madagaskar gestimmt, das wir binnen eines Monats erreichten. Wir ergänzten unsere Fleischvorräte und verkauften einen Teil der Beute an örtliche Häuptlinge, die mit Gold, Silber und Edelsteinen bezahlten. Dieses Mal zügelten sich die Männer. Sie wußten sehr wohl, daß wir nur unter Gefahr für das Schiff so schwer beladen segeln konnten.

Dann nahmen wir Kurs auf die Insel Johanna, nordwestlich der Großen Insel gelegen, wo wir uns mit La Bouche verabredet hatten, der England den Papagei geschenkt hatte, der später in meinen Besitz überging und den Namen Kapitän Flint erhielt. Zu dieser Zeit widmete England diesem Papagei ebensoviel Zeit wie dem Schiff und uns anderen.

Auf dem Weg nach Johanna trafen wir auf Taylor und sein Schiff *Victory* und begleiteten ihn. England hätte das gerne vermieden, denn Taylor war ein Rauhbein und machte nicht viel Umstände. Die Besatzung der *Victory* bewunderte und verehrte ihn, denn seine Grausamkeit war maßlos und berüchtigt, nur Low, vielleicht auch Flint kurz vor seinem Ende, sind schlimmer gewesen. So aber war es mit fast allen Besatzungen, zu niemandem sahen sie so sehr auf, wie zu solchen, die ärger waren als sie selbst, dies war die einzige Vergebung der Sünden, die zählte.

Mit Taylor im Verband segelten wir geradewegs nach Johanna, stießen jedoch überraschend auf drei dort ankernde Handelsschiffe, zwei Engländer, die *Cassandra* und die *Greenwich,* und eine Brigg aus Ostende mit zweiundzwanzig Kanonen. Wir selbst verfügten über vierundsechzig, dreißig bei Taylor und vierunddreißig bei uns. Das Schiff zum Gefecht klar zu machen, kostete nicht viel Zeit, dann liefen wir mit vollen Segeln in die Bucht, gegen den Willen Englands, der jedoch überstimmt worden war.

Die Brigg setzte hastig Segel, suchte sich einen Weg an der Sandbank vorbei und entfernte sich entlang der Küste. Aber wer hätte wissen können, daß der Kapitän der *Greenwich* ein solcher Feigling war, daß er sich der Brigg anschloß und die *Cassandra* sich selbst überließ. Gleichwohl war es unklug und übermütig, so kopflos wie wir in die Bucht zu segeln. Die *Fancy* mit ihrem größeren Tiefgang hatte Grundberührung und steckte mitten in der Fahrrinne fest. Nicht eine unserer Kanonen konnte feuern, während die *Cassandra,* die quer zur Rinne geankert hatte, uns mit einer Breitseite nach der anderen bestrich. Taylor auf der *Victory* hinter uns konnte nicht eingreifen, ohne uns in den Grund zu bohren, sondern mußte sich mit dem Schleppanker an uns vorbeiwarpen.

Es gab ein Blutbad. Innerhalb von zwanzig Minuten verloren wir dreißig Mann, und ebenso viele wurden verwundet und verstümmelt. Dennoch schien England von allen am meisten zu leiden. Nicht verwunderlich, daß er die Schuld für alle Toten auf sich nahm. Sein Fehler sei es, meinte er, mochte er auch dagegen gestimmt haben, wenn die *Fancy* nun wie rotgestreift schien von all dem Blut, das aus den Speigatten strömte.

Dennoch begriff England, daß diesem Blutbad nur dann ein Ende bereitet werden konnte, wenn man die Kanonen der *Cassandra* zum Schweigen brachte. Er und ich mit ihm, denn so war es meine Art, wenn es um Leben und Tod ging, rasten wie Furien über das Deck, zwischen Leichen, Schreien, Kanonenkugeln und Holzsplittern, um die Lebenden dazu zu bringen, daß sie für ihr und mein Leben kämpften. England stellte sich an die Spitze einer Entertruppe von fünfzig Mann, die sich mit grauenhaftem Kampfgeschrei auf den Weg machte, während Taylor mit seinen Kanonen nun endlich das Deck der *Cassandra* bestrich. Ich und einige mutige Männer erhielten dadurch Gelegenheit, unsere größten Kanonen umzusetzen, Achtzehnpfünder, die in den richtigen Händen so treffsicher waren wie keine anderen. An Bord der *Fancy* hatten wir einen Waffenmeister, der auf seinem Gebiet nicht von dieser Welt war. Im täglichen Umgang war er ein abgestumpfter Idiot, eine Kanone jedoch konnte er wie kein anderer richten, wie immer dies zu erklären war. Ich bat ihn, denn es mußte stets einer für ihn denken, das Ankerkabel der *Cassandra* wegzuschießen, und nach drei Versuchen sahen wir zu unserer Freude, wie die *Cassandra* abdrehte und ihre Breitseiten, die bereits nicht mehr so gleichmäßig fielen, ins Nichts feuerte, was hohe Zeit war, denn sie hatte mit einer Kugel schon eines unserer Boote versenkt, was uns die acht Mann kostete, die an den Steuerbordriemen saßen.

Unter unserem Jubelgeschrei verstummten die Kanonen der *Cassandra*. Keineswegs aber strich die *Cassandra* deshalb die Flagge. Nein, ihr Kapitän gehörte zu jenen, die eine ganze Besatzung um der eigenen Ehre willen opfern. Noch immer hing achtern die Flagge, als Taylor seine Boote mit einhundertfünfzig Mann zu Wasser brachte, zu denen die fünfzig von der *Fancy* mit einem kämpferischen Edward England an der Spitze kamen. Warum streichen sie nicht die Flagge, dachte ich bei mir. Oder hatten sie eine Lunte an ihre Pulverkammer gelegt? Ich stand schreiend und brüllend auf unserem zerschossenen Steven, wurde jedoch nicht gehört. Nein, unsere Männer in den Booten glaubten, ich feuere sie an, und sie enterten mit einem schaurigen Gebrüll, das sich freilich bald in Zorn und Enttäuschung verwandelte.

An Bord der *Cassandra* fanden sie nur noch Tote und Verwundete vor. Die Überlebenden, Unverletzten, darunter die Offiziere, hatten im Schutz ihres eigenen Pulverdampfes das Feld geräumt. Obwohl er keineswegs so viele Männer verloren hatte wie wir, betrug Taylor sich vor Enttäuschung wie ein Wahnsinniger und wollte erschlagen, was von der Besatzung der *Cassandra* noch einen Rest Leben in sich hatte. Hemmungen irgendwelcher Art waren diesem Ungeheuer unbekannt, mochten seine Hände auch fast lahm sein. Bestenfalls konnte er eine Muskete halten, mußte sich bei der Verrichtung seines übrigen Tagwerks aber auf ein paar ausgewählte Handlanger verlassen, darunter seinen Quartermeister und seinen Bootsmann.

Doch England widersetzte sich Taylor und sagte, Tote habe es schon genug gegeben. Siebzig Mann hatte England verloren, und zwanzig sollten wegen ihrer Verwundungen noch die Flagge streichen.

»Ist das nicht genug?« brüllte England im selben Augenblick, da ich an Deck kletterte.

Taylor verzog keine Miene, von einem Zwinkern und einer gemächlichen Geste mit der einen Hand abgesehen. Doch hierbei handelte es sich um ein Signal, denn ehe England sich versah, hatte Taylors Bootsmann seinen Säbel herausgerissen und drei verwundete Besatzungsleute der *Cassandra* umgebracht. Danach wurde an Bord alles still, doch nur einen oder auch zwei Augenblicke lang. Denn nun stieß England ein Brüllen aus, vor dem sogar Taylor erschrak, zog den Säbel, und mit einem majestätischen Hieb, zu dem wahrscheinlich nur er imstande war, spaltete er den Bootsmann in zwei nahezu gleiche Teile, von denen der eine nicht lebendiger war als der andere. Taylor, als echter Kenner, verzog den Mund, und keiner rührte sich vom Fleck.

»Jeder von euch«, sagte England, dessen Brustkorb sich hob und senkte, als wäre er aus dem Meer aufgetaucht, »der sich an einem Verwundeten oder einem Gefangenen vergreift, wird diesem Satan ins Grab folgen. Habt ihr verstanden? Oder ist irgendeiner anderer Meinung?«

Dies war keineswegs der Fall.

»England hat recht!« sagte ich mit klarer, nachdrücklicher Stimme. »Die Männer auf der *Cassandra* haben nicht freiwillig gekämpft, das wißt ihr so gut wie ich. Und wir haben siebzig Mann verloren. Wir brauchen jeden Mann, der gehen und stehen kann.«

»Oder etwa nicht, Sir?« fügte ich hinzu und trat zu Taylor, stellte mich vor ihn hin, auf einen Fuß Abstand, und starrte ihm in seine toten Augen. »Oder etwa nicht?«

Taylor blinzelte und öffnete den Mund, doch seine unförmigen Hände blieben ruhig.

»Oder etwa nicht?« mußte ich ein drittes Mal sagen, und dieses Mal mit jener Stimme, bei deren Klang sich fast allen die Haare sträubten.

Taylor nickte langsam, und in seiner seltsamen Welt erwachte Leben, denn wahrscheinlich ist auch Furcht eine Art des Lebens.

Mit hohler Stimme sagte er zu seinen und unseren Leuten, einem wie mir habe man immer zuzuhören.

»Zuerst die Beute«, fügte er hinzu, um sich den Anschein zu geben, er habe eigenständig gedacht. »Sichert die Prise und unsere Beute und auch die mutige Mannschaft der *Cassandra,* das ist das erste. So ist es. Herr Silver hat völlig recht.«

Als ich an ihnen vorbeiging, warfen mir die Männer bewundernde Blicke zu. England hatte den Kopf und die Beherrschung verloren, das war das eine, jedem konnte das so gehen. Ich aber hatte mich Taylor bewußt widersetzt. Er war, mit Verlaub, auf Widerstand gestoßen. Das war unerhört.

Ich ging zu England, der mit hängendem Kopf abseits stand. Hinter einer gewissen Aufgeräumtheit versuchte ich zu verbergen, was ich mit Sicherheit zu wissen glaubte, nämlich, daß er mir mit seiner Gewalttat recht gegeben hatte.

Denn nun hatte auch er einen von jenen umgebracht, die man hier auf Erden zur Not entbehren konnte.

»Siehst du, Edward«, sagte ich freundlich, »du brauchst mich, wenn du noch einige Zeit am Leben und bei guter Gesundheit bleiben willst. Wie du weißt, ist mit Taylor nicht zu spaßen.«

»John«, antwortete England, und zum ersten Mal seit jener Sache mit Skinner nannte er mich bei meinem Vornamen, »Taylor und mein Leben und meine Gesundheit sind völlig belanglos für mich. Ich habe einen Menschen umgebracht. Weißt du, was das heißt?«

»Du warst im Recht, Edward, ganz und gar. Es ist in guter Absicht geschehen.«

»Nein, John, du irrst dich. Absichten dieser Art gibt es nicht, das habe ich nun begriffen, auch wenn es zu spät ist. Einem anderen nicht das Leben zu rauben, John, das ist das höchste Ziel. Zu töten ist von allen das größte Verbrechen.«

»Sogar dann, wenn du einem halben Dutzend oder mehr Männern von der *Cassandra* das Leben gerettet hast, denen der Bootsmann den Kopf abgeschlagen hätte, wenn man ihm freie Hand gelassen hätte?«

»Ja, sogar dann. Denn eines muß ich dir sagen, John, der Bootsmann muß mit seinem Gewissen ins reine kommen, ich mit dem meinen. Und wieso können wir so sicher sein, daß er die anderen wirklich umgebracht hätte? Habe ich etwa danach gefragt, ehe ich die Besinnung verlor? In Wahrheit ist es doch so: Wärst du nicht gewesen, hätten sich Taylors Männer auf mich und auch auf jene gestürzt, die mich verteidigen wollten. Dieses Blutbad hätte ebensogut noch ärger ausgehen können als jenes, das ich verhindern wollte. Nein, es gibt nur ein Gebot, du sollst nicht töten, und ich habe dagegen verstoßen. John, als Mensch bin ich am Ende.«

Und dieses eine Mal schien er seiner Sache völlig sicher zu sein, und seine Augen stierten blind geradeaus, entleert des Lebens, das ihm so heilig war.

Zwei Wochen kostete es, das Debakel mit der *Cassandra* zu tilgen, die Toten zu begraben, die reiche Fracht der *Cassandra* zu inventarisieren und zu verteilen und eines der Schiffe instandzusetzen. Die *Fancy* befand sich in einem so traurigen Zustand, daß wir sie liegenließen und unsere Kräfte auf die *Cassandra* konzentrierten, die wir zu unserem Schiff zu machen gedachten.

Niemand könnte behaupten, daß die Stimmung gut war. England tat, was er tun mußte und packte mit an, doch er bot einen beklagenswerten Anblick. Taylor verschanzte sich die meiste Zeit an Bord der *Victory*. Vorher aber gab es Zank über die Arzneien auf der *Cassandra,* denn die halbe Mannschaft Taylors litt an der Syphilis und am Tripper. Ich machte dem Streit ein Ende, indem ich darauf hinwies, daß Taylors Leute bei einem solchen Tollkopf von Kapitän aller Hilfe bedurften, die sie bekommen konnten. Mit dem Quecksilber, das sich auf der *Cassandra* befand, so sagte ich, könne man ihre Leiden ein wenig lindern, und unsere Männer sollten sich glücklich schätzen, daß sie wegen ihrer Hurerei noch nicht zum Tode verurteilt seien.

Später, als der Wind aus Taylors Richtung kam, konnte man seine Flüche und Verwünschungen hören, sein Gezeter über die Verweichlichung und das sanfte Gemüt mancher Leute und über jene, die unter dem Jolly Roger niemals den Befehl hätten führen dürfen, und schließlich über diejenigen, die Schimpf und Schande über das stolze Korps der Glücksritter brachten und seinen schlechten Ruf zerstörten, der so wertvoll war, weil man damit die meisten zu Tode erschrecken konnte.

Nicht viel später begann unsere eigene Mannschaft wieder zu murren. Ich verteidigte England, selbstverständlich, und erinnerte sie daran, daß wir unter England zu einem bescheidenen Vermögen gelangt waren und wie wenige sich mit einem derartigen Erfolg brüsten konnten. Sie sollten sich nur Taylor ansehen, wie er fluchte und schrie. Er sei neidisch, weiter nichts. Er wolle sich wohl unserer Beute bemächtigen, indem er sich zum Kapitän wählen ließ, denn was hatte Taylor sich schließlich selbst aneignen können, von einer Handvoll ärmlicher Küstensegler abgesehen. Für einige Zeit hielten sie an sich und wußten zu antworten, wenn Taylors Leute sie verspotteten, weil sie einen Weichling, der kein Blut sehen konnte, zum Kapitän gewählt hätten.

Es blieb beim Geplänkel, und wir hätten weitersegeln können, wäre nicht plötzlich Kapitän Mackra von der gekaperten *Cassandra* aufgetaucht. Er begehrte freies Geleit für sich und das, was von seiner Besatzung übriggeblieben war. Nachdem er achtzig unserer Männer erschlagen hatte, forderte er freies Geleit für sich und sein Schiff! Wäre England nicht gewesen, so hätte ich mich einem langsamen Tod für Mackra nicht widersetzt und hätte mich damit im Einklang mit den Wünschen der Mannschaft befunden.

Für Mackra war es ein Glück, daß England auf der *Cassandra* der erste war, an den er sich wandte. Taylor hatte eine Belohnung von zehntausend Silberdollar ausgelobt, die derjenige erhalten sollte, ob Glücksritter oder Eingeborener, der ihm Mackra tot oder lebendig lieferte. England hingegen empfing Mackra wenn auch widerwillig an Bord; der hatte augenscheinlich keine Ahnung davon, auf welche Weise die Glücksritter ihre Geschäfte zum Nutzen aller regelten. Mackra lebte im Glauben, England könne alles nach eigenem Gutdünken beschließen und sei Kapitän von Gottes Gnaden, genau wie er selbst.

»Bester Kapitän Mackra«, erklärte ihm England, »Ihr habt leider nicht verstanden, mit welchen Leuten Ihr es hier zu tun habt. Sie hassen Kapitäne, sogar die eigenen, und nur die rohesten nicht, Leute wie Taylor. Euch selbst verabscheuen sie ganz besonders, weil sie Euch für achtzig Tote verantwortlich machen.«

»Ich habe nur meine Pflicht getan«, sagte Kapitän Mackra heftig.

Ich, der als Vertreter der Mannschaft dabei saß, brach in Lachen aus.

»Für den Fall, daß Ihr hier überhaupt mit dem Leben davonkommt«, sagte ich, »möchte ich Euch einen guten Rat geben. Nehmt niemals wieder das Wort Pflicht in den Mund. Bei einhundertzwanzig Toten auf beiden Seiten und auf Eurem Gewissen wäre das unklug.«

»Auf meinem Gewissen!« rief Mackra empört. »Wer hat denn angegriffen? Hatte ich nicht das Recht und die Pflicht, mich zu verteidigen?«

»Nein«, sagte England.

»Aber man hätte uns geschlachtet bis zum letzten Mann«, wandte Mackra ein.

»Was wißt Ihr denn darüber?« fragte England, ganz wie es zu erwarten gewesen war. »Ich will Euch eines sagen, Kapitän, es gibt nur eine Pflicht, und die besteht darin, Leben zu erhalten. Und nur deshalb werde ich tun, was ich kann, damit Ihr mit Euren Männern weitersegeln könnt. Doch erwartet weder Barmherzigkeit noch Mitleid. Das habt Ihr ebensowenig verdient wie wir.«

Mackra sah England verständnislos an.

»Es wird nicht leicht sein«, fuhr England fort. »Ich werde tun, was ich kann, aber auch Ihr müßt das Eure dazu beitragen, Taylor zu besänftigen, wenn das möglich ist.«

»Und wie das?« fragte Mackra.

England breitete die Arme aus.

»Das«, sagte er, »weiß der Teufel! Aber fragt Silver hier! Niemand versteht sich besser auf rücksichtslose Rauhbeine als er.«

Mackra wandte sich zu mir.

»Das beste wäre«, so antwortete ich nach einigem Nachdenken, »man würde Euch Taylors Willkür ausliefern und Euch aufhängen oder vierteilen lassen. Womöglich würde ihn das besänftigen, und Eure Männer könnten freikommen. Eine Lösung ist das natürlich nicht. England würde sich dem widersetzen, und Ihr selbst hättet wahrscheinlich nicht den Mut dazu. Darum schlage ich vor, Ihr ladet Taylor hierher ein, füllt ihn mit Rum, drückt Euren Respekt und Eure Bewunderung für einen Teufelskerl von Kapitän aus und hofft das Beste. Mehr können wir nicht tun.«

Später an jenem Tag kam Taylor an Bord. Er war bei schlechtester Stimmung, schrie und fluchte, als man ihn an Bord hievte, denn mit seinen untauglichen Händen konnte er aus eigener Kraft nicht das Fallreep hinaufsteigen. Empfangen wurde er weder von England noch von mir, denn es reizte und demütigte Taylor, solchen, die seinem Befehl und seiner Raserei nicht unterstellt waren und denen er daher nicht mit dem Tod drohen konnte, seine Hilflosigkeit zu offenbaren.

»Wo beim Satan ist dieser Feigling von Mackra?« schrie er, sobald er mit beiden Beinen auf Deck stand. »Diesem Teufel schneide ich die Ohren ab!«

Was gleichwohl für die Galerie bestimmt war. Nicht einmal Taylor konnte glauben, daß Mackra hartstirnig genug sein könnte, um mit völlig leeren Händen zurückzukommen.

Mit einem Fußtritt öffnete er die Tür zur Kajüte und schrie so laut, daß es keinem entgehen konnte: »Zum Teufel, England, hast du diesem Aas noch nicht den Hals umgedreht?«

Trotzdem schlug er die Tür hinter sich zu, um Mackras Anliegen in Erfahrung zu bringen, ehe er seine Schritte erwog. Ich postierte mich vor einer Luke auf dem Achterdeck, um hören zu können, was vor sich ging.

Hinter seinen Kanonen war Mackra mutig gewesen, nun aber kroch er auf allen vieren und erging sich in Lobpreisungen des großen Taylor. Der selbst sagte nicht viel, trank nur ein Glas Rum nach dem anderen und wartete auf Mackras Anliegen. Von dem jedoch nie die Rede war. Zu guter Letzt verlor Taylor die Geduld.

»Raus mit der Sprache!« schrie er. »Was willst du?«

Und Mackra, der nichts begriffen hatte, gab zur Antwort, er benötige ein Schiff, um mit seinen Männern nach Hause zu kommen.

»So«, sagte Taylor süß, »und was bekommen wir dafür? Kann der Herr Kapitän uns in irgendeiner Weise abfinden?«

»Ihr habt doch schon mein Schiff bekommen, die *Cassandra,* und seine Fracht. Ist das nicht Entschädigung genug?«

»Bekommen!« schrie Taylor, mit einem Mal außer sich vor Zorn und Verachtung. »Bekommen! Wir haben es uns genommen, um den Preis von achtzig toten befahrenen Seeleuten. Wir haben hundertfach für diesen verfluchten Eimer bezahlt. Und Ihr glaubt, Ihr könnt Euch freies Geleit erkaufen, mit dem, was sich bereits in unserem Besitz befindet? Habt Ihr in Eurem Kapitänskopf denn keine Vernunft?«

Taylor stampfte auf den Boden, wie immer, wenn er wütend war, da er nicht auf den Tisch schlagen konnte.

England saß schweigend da. Dann aber hörte ich, wie Taylor aufstand und zur Tür ging.

»Mackra«, sagte er, »wenn du dir einbildest, wir sind dir etwas schuldig, so bist du im Irrtum. Meine Männer hassen dich als den Abschaum, der du bist, und jetzt mußt du in unserer eigenen Münze bezahlen.«

Er trat die Tür auf.

»Taylor«, sagte England plötzlich mit gebieterischer Stimme, »dieses eine Mal bin ich auf deiner Seite. Kapitän Mackra hat kein Mitleid verdient. Achtzig Tote hat er auf dem Gewissen. Aber du und ich sind auch keine besseren Menschen. Ich habe es schon einmal gesagt, aber du hast nicht zugehört. In dieser Bucht haben wir genug Blut gesehen. Und darum sage ich dir, Taylor, nur über meine Leiche legst du Hand an Mackra.«

Es wurde still, und ich hörte, wie Taylor zischte: »Dann eben über deine Leiche.«

Und dann rief Taylor: »Quartermeister, hierher!«

In seiner Raserei hatte Taylor vergessen, daß er sich nicht an Bord seines eigenen Schiffes befand. Ich jedoch betrat die Kajüte mit einer Miene, die jeden zu Tode erschreckt hätte.

»Wo ist Kapitän Mackra von der *Cassandra?*« brüllte ich.

Bei meinen Worten hellte sich Taylors Gesicht auf. Mackra schrumpfte zusammen und England sah mich an wie einen Wiedergänger. Ich zog den Säbel und stach ihn mit solcher Kraft in den Tisch, daß die Klinge schwang. Mackra leuchtete das Entsetzen aus den Augen, und nicht einmal Taylor blieb ganz gelassen. Er wußte, wozu ich imstande war, und muß angesichts meiner Erscheinung ein mit Entsetzen vermischtes Entzücken empfunden haben.

Ich trat einige Schritte auf Taylor zu, der seinerseits einen Schritt zurücktreten mußte. Dann jedoch füllte ich Rum in vier große Gläser und hob eines davon.

»Auf einen mutigen Kapitän!«

Unsicher sah Taylor mich an. Trotz allem begriff er, daß ich nicht ihn meinte.

»Es lebe der Kapitän, der von seinen eigenen Leuten im Stich gelassen wird«, fuhr ich fort, »und der sich dennoch gegen die dreifache Übermacht verteidigt. Das ist etwas anderes als Ihr, die Ihr nicht genug Mut habt, eine Mücke totzuschlagen, wenn nicht zehn Mann auf einen Mann des Feindes kommen!«

Lange sah ich zuerst England an, dann Taylor.

»Es lebe also Kapitän Mackra!« rief ich, die Hand am Säbel.

Zuerst nahm Taylor sein Glas, dann folgte England, langsamer, mit einem kaum merklichen Lächeln auf den Lippen. Sie stießen an.

»Möge er uns alle überleben!« sagte ich, als ich das Glas bis zum Grund geleert und es mit solcher Wucht abgesetzt hatte, daß es zersplitterte.

»Teufel!« sagte Taylor voller Bewunderung. Er hatte Sinn für einen Auftritt wie diesen.

Ja, auch so waren sie, diese grausamen Piratenkapitäne. Wie die Wetterfahnen. Brüllten, sie würden die halbe Welt ausrotten, und im nächsten Augenblick waren Lust, Glut und Begeisterung verflogen. Sie verloren alles Interesse und ließen Kapitäne und anderes Pack, von dem sie geschworen hatten, es solle sterben und höllische Qualen erleiden, am Leben. Nein, gute Totschläger sind sie niemals gewesen, welchen Anschein sie sich auch immer geben mochten, und hätten erbärmliche Henker abgegeben, die ihrer einzigartigen Kunst allzubald überdrüssig wurden. Doch so muß es kommen, wenn man nicht weiß, was man will oder wofür es gut sein soll. Wenn Ihr mich fragt, Herr Defoe, stehen Taylor, Flint und Low erbärmlich da im Vergleich zu Künstlern wie Cromwell oder dem heiligen Domingus. Laßt es Euch gesagt sein, Defoe, der Ihr solche Vergleiche nicht angestellt habt, und ihr alle, die nach Rache an solchen wie mir schreit.

Auf diese Weise gelang es mir, das Leben Edward Englands zu retten und das Kapitän Mackras obendrein, denn von nun an wollte Taylor es sich mit mir als dem Besten auf meinem Gebiet nicht mehr verderben. Mackra bekam die alte, zerschossene *Fancy* und konnte damit tun, was er wollte und konnte. Es gelang ihm, eine Nottakelage anzubringen und sich Proviant und Wasser zu beschaffen. So erreichte er Malabar. Dort durfte er allerlei Ehrenbezeigungen entgegennehmen, man ernannte ihn zum Gouverneur und stellte ihn an die Spitze eines Geschwaders, das die Aufgabe hatte, die Küste von Piraten zu säubern. Eines jedoch ist sicher, wäre ich ihm mit der *Walrus* jemals wieder begegnet, hätte ich nicht viel Federlesens gemacht und seinem reich dekorierten Leben ein Ende bereitet. Und wer weiß, ob das nicht sogar Edward England, mittlerweile im Himmel oder in der Hölle, wenn es sie gibt, einen dankbaren Gedanken wert gewesen wäre. Bei einem Gefecht auf Leben und Tod war ein Kapitän, den das Wohlergehen der Menschen kümmerte, nicht zu gebrauchen. Das sei lebensgefährlich, hieß es mit einem gewissen Recht, und England wurde schließlich in ein kleines Boot gesetzt, damit er, falls es ihm möglich war, Madagaskar erreichte, freilich ohne seinen Papagei. Den bekam ich auf den Hals.

Überflüssig zu sagen, daß Taylor zum Kapitän beider Schiffe gewählt wurde, der *Victory* und der *Cassandra*. Mich wählte man zum Quartermeister, und ich widersetzte mich Taylor stets dann, wenn die Besatzung Grund zur Klage hatte. Doch wie es der Brauch war, sorgte ich an seiner Statt auch für die Bestrafungen. Darum kam es auch hier, wie es kommen mußte, man fürchtete und achtete mich. Unbestechlich zu sein, das war mein Ruf, einen wie mich konnte man weder für Geld noch für irgend etwas sonst kaufen.

Mit Taylor fuhr ich ein halbes Jahr. Wir machten reiche Prisen und nun, da England fort war, waren wir so grausam wie wenige sonst. Reich wurde ich und viele andere mit mir, als wir den leibhaftigen Vizekönig von Goa aufbrachten und Lösegeld forderten. Infolgedessen war ich, als wir Madagaskar anliefen, fast vermögend und empfand keine sonderliche Neigung, das freie Leben fortzusetzen.

Ich wußte mir etwas anderes. Auf der Insel Sainte-Marie musterte ich mit Zustimmung des Rates ab und konnte darum einen Teil der Beute mitnehmen, obwohl die Gesellschaft nicht aufgelöst wurde. Zwar verstieß das gegen die Regeln, ich glaube jedoch, im stillen waren die meisten froh, daß sie mich loswurden, den einzigen Kopf, mit dem sie glänzen konnten. Ich ging zu Plantain bei Ranter Bay, wo England seine letzte Freistatt gefunden hatte, und sah ihn sterben. Sollte er sich gefreut haben über meine Anwesenheit, so ließ er sich das nicht anmerken. Vieles sprach dafür, daß ich sein böser Geist war und blieb, jener, der ihn ins Verderben gerissen hatte.

Ein rechtschaffener Kerl ist England zweifellos gewesen. Er beugte sich niemandem und gestand jedem zu, so zu leben, wie er es für gut und richtig hielt. Zu seinem eigenen Nachteil jedoch, so wahr ich John Silver heiße. Denn wenn einer einen qualvollen, unglücklichen Tod in schlimmen Gewissensqualen fand, dann Edward England. Zu niemandes Nutzen oder Freude.

30

Nun also habt Ihr sie erfahren, Herr Defoe, meine Geschichte von Edward England, mit Fleisch an den Knochen und nicht nur den Namen all der Schiffe, die von England und Taylor gemeinsam oder allein gekapert wurden. Denn eines müßt Ihr einräumen, daß Eure eigene Geschichte von Edward England zur dürftigsten Sorte gehört, ein lebloses Gerippe, dem niemand Glauben geschenkt hätte, wäre nicht Euer guter Name gewesen.

Ein ganzes, lebendiges Leben ist doch etwas Besonderes, findet Ihr nicht auch, Herr Defoe? Trotz allem muß ich mich fragen, welchen Sinn ein Schicksal wie das Edward Englands gehabt haben kann. Nutzt es überhaupt, mit einer so guten Natur ausgestattet zu sein wie England? Ihr, Herr Defoe, reibt Euch nun womöglich die Hände und denkt, ich stünde im Begriff, so wie England mein verbrecherisches, gottloses Leben zu bereuen, und läge nachts schlaflos vor Gewissensqual. Doch da verkennt Ihr mich. Ich bin weder so gut wie England noch so böse wie Taylor gewesen, mehr gibt es dazu nicht zu sagen. Sich den Rücken freizuhalten, worin meine Statuten bestanden, ist die eine Sache, aber zu fragen, was gut ist und was böse, ist eine andere. Wie schade, daß wir uns hierüber nicht unterhalten können, denn Ihr seid so still wie das Grab.

Auch hier auf meiner Klippe sind Schweigen und Stille eingekehrt, vielleicht läßt auch nur mein Gehör nach. Zumindest gibt es nicht mehr den Lärm und Radau von ehedem. Die meisten Schwarzen haben mich meinem Schicksal überlassen, was seine Richtigkeit hat. Es empört mich nicht mehr, wenn sie mich, bevor sie gehen, um meine Erlaubnis und meinen Segen bitten. Ein Leben zu schreiben, zehrt an den

Kräften. Ich töte mich selbst, um eine Erinnerungsleiche zum Leben zu erwecken. Was das angeht, bin ich geworden wie Ihr, Herr Defoe.

Stets seid Ihr außer Atem gewesen, wenn Ihr zu unseren Unterhaltungen in den »Angel Pub« gekommen seid. Mal ging es um das eine, mal um etwas anderes. Um einen Politiker, über dessen Ansichten Ihr Euch empören konntet, als stehe der Untergang der Welt bevor; um einen Gläubiger, der Euch auf den Fersen saß, einen Gegner, den Ihr zum Schweigen bringen wolltet; um einen Drucker, der in der Hölle braten sollte, weil er, um den eigenen Hals zu retten, verraten hatte, daß Ihr hinter einer unbequemen Streitschrift stecktet; um einen Kritiker, der Euch der Heuchelei bezichtigt oder nicht Verstand genug bewiesen hatte, Eure Schriften zu lesen. Immer hatte jemand Euer Blut in Wallung gebracht und Euch veranlaßt, wie eine rasende Furie gegen den Unverstand der Menschheit auszufallen.

Eines Tages saß ich im »Angel Pub« schon am Fenstertisch und sah zu, wie sich auf dem Exekutionsdock eine Dohle im Ohr eines Gehängten verbiß, was mich für die Dohle unendlich freute.

Nachdem Ihr schwerfällig am Tisch Platz genommen hattet, erkannte ich, daß Eure Augen blutunterlaufen waren und Eure Haut fast durchsichtig, als wäre Euch das Blut aus dem Körper entwichen. Eure rechte Hand schien wie im Krampf um einen Stift geschlossen. Ich bestellte zwei stattliche Gläser mit ehrlichem Zuckerrohrrum. Es hätte mich kaum erstaunt, wenn man tatsächlich das Vordringen der Flüssigkeit in Euren leeren Magen gehört hätte, leer, wie alles an Euch schien.

»Lieber Freund«, vernahm ich, als der Rum ein wenig Leben angefacht hatte. »Skribent zu sein ist eine Hölle. Die ganze Nacht hindurch habe ich geschrieben, seitauf, seitab. Ich habe mit der Pest gerungen, bin zu Moll Flanders gegangen, dem Obersten Jack habe ich das Stehlen beigebracht, und als sei das nicht genug, habe ich schließlich auf über vierhundert Seiten das Prinzip der guten christlichen Ehe bewiesen. Im vergangenen Jahr zwei Werke. Fast viertausend Seiten, dazu ein paar Artikel in der Woche. Könnt Ihr Euch jemanden vorstellen, der sich ein solches Leben wünscht? Ihr, Silver, konntet zumindest Handschuhe tragen. Aber seht Euch diese Hand an, geballt im Krampf. Seht mich an, ich bin völlig entleert, leer wie ein altes Rumfaß, würdet Ihr wohl sagen.«

»Und warum?« fragte ich. »Ihr bringt Euch ums Leben, wenn Ihr so weitermacht!«

»Sehr richtig«, lautete Eure Antwort. »Eben das tue ich. Ein ganzes Leben hindurch habe ich mit meiner Feder für das eine oder andere gekämpft, dafür und dagegen, mit allen Kniffen und Finten, erlaubten und unerlaubten. Ich bin der verlängerte Arm der Regierung gewesen, anfangs in gutem Glauben, später noch nicht einmal das. Meine Feder war ein Werkzeug, scharf und geschliffen, aber war ich auch der, der den Schaft hielt?«

Ihr ließt ein hohles Lachen ertönen.

»Wißt Ihr, Long, zwanzig Jahre lang gehörte dieser rechte Arm nicht mir. Könnt Ihr Euch vorstellen, daß man mich bezahlt hat, damit ich in Mists Afterpostille schreibe, Mist war der Erzfeind der Regierung. Ich habe Geld aus geheimen Kassen erhalten, um Mists Kritik an der Regierung maßvoll zu halten. Mein Leben, Herr Long, war eine einzige, unaufhörliche Verstellung, Betrug. Kurz, es hat nicht mir gehört. Darum schreibe ich jetzt über Crusoe, Moll Flanders, Singleton und die anderen, damit ich nicht ich selbst sein muß. Oder vielleicht, weil ich zum ersten Mal in meinem Leben ich selbst sein darf. Könnt Ihr das verstehen?«

»Nein.«

»Aber es ist so. Wenn ich über Moll Flanders schreibe, lebe ich wie noch niemals zuvor.«

»Wenn dem so ist, muß das ein verdammt anstrengendes

Leben sein«, sagte ich, »so, wie Ihr ausseht. Und wer ist eigentlich Moll Flanders, wenn ich mir die Frage erlauben darf?«

»Eine Hure.«

Jetzt war es an mir, in Lachen auszubrechen.

»Dann verstehe ich, warum Ihr ausseht wie die sieben Sorgen. Hättet Ihr Euch nicht ein leichteres Gewerbe und einen anderen Stand aussuchen können, Ihr hattet doch die Wahl? Einen wohlhabenden Adligen zum Beispiel, mit einem Gut und dieser glücklichen christlichen Ehe, über die Ihr schreibt.«

Aber nein, dies war offenbar nicht der Fall gewesen. Nur über die Verurteilten und Sündigen wolltet Ihr schreiben, um Eurer Kaste nicht untreu zu werden. Eines jedenfalls ist sicher, beneiden konnte ich Euch nicht um Euer Leben, und bestimmt habe ich Euch gefragt, ob Ihr mit dem Leben zufrieden seid.

»Um die Wahrheit zu sagen«, lautete Eure Antwort, »ich habe nicht die Zeit, um über diese Angelegenheit nachdenken zu können.«

Eines Tages jedoch erschient Ihr ausnahmsweise mit vor Erwartung und Zufriedenheit funkelnden Augen.

»Heute werdet Ihr es endlich zu sehen bekommen!«

»Zu sehen bekommen? Was?«

»Eine Hinrichtung selbstverständlich. Heute werden drei Piraten von Taylors Bande gehängt.«

»Wie ich sehe, freut Euch das«, sagte ich.

»Mehr als das, mein Freund. Ich bin überglücklich, für Euch und für mich. Ihr wolltet schließlich eine Hinrichtung miterleben, nicht wahr?«

»Das habe ich nicht gesagt. Das habt Ihr gesagt.«

Und genau so war es, aber Defoe hatte sich ausgerechnet, daß es anders sein sollte. Daß ich mich gefreut hätte für ihn, davon kann keine Rede sein. Obendrein gehörten sie zu Taylors Haufen, Seeleute, die ich gut kannte, weil ich ein halbes Jahr oder länger ihr Quartermeister gewesen war. Das aber wußte nicht einmal Defoe. Denn daß ich mit Taylor gesegelt war, wußten nicht viele.

»Und ob, guter Mann, und ob«, sagte Defoe. »Denn eine Hinrichtung ist stets interessant und lehrreich, darin sind wir wohl einer Meinung. Versteht mich nicht falsch. Ich mache mich nicht über die armen Teufel lustig, die da sterben müssen. Wie könnte ich? Aber in gewisser Hinsicht ist das Sterben doch der Höhepunkt des Lebens, ob es nun vorzeitig dazu kommt oder zur rechten Zeit, wenn es eine rechte Zeit gibt. Nicht der Höhepunkt des Glücks, keinesfalls, sondern jener Punkt, an welchem sich uns das eigene Leben im klarsten Licht darbietet und endgültig bestimmt werden muß, ob es das Leben wert gewesen ist. Gebt Ihr mir darin recht? Liegt nicht im Tod der Maßstab für das Leben?«

»Nein«, antwortete ich, »der Maßstab für das Leben ist das Todesurteil.«

»Was Ihr nicht sagt. Das Todesurteil, sagt Ihr? Wie soll man dann das Leben anderer messen können, das der meisten, die nie zum Tod verurteilt werden?«

Zu jener Zeit wußte ich auf diese Frage keine Antwort, was mich nicht weiter kümmerte.

Defoe schleppte mich auf das Exekutionsdock, wo sich bereits eine ausgelassene, erwartungsvolle Menschenmenge versammelt hatte. Defoe war nicht ungeschickt, er setzte zwei spitze Ellbogen ein und bahnte sich laut schimpfend seinen Weg, bis wir glücklich in der ersten Reihe standen, nur einige Klafter entfernt von den drei Galgen, wo der Henker dabei war, die Knoten zu überprüfen, die leicht und unbehindert laufen mußten. Ich sah nach links und nach rechts und war auf der Hut. Denn ich wußte, wie es sich mit Menschenansammlungen verhielt, da gab es nichts, worauf man sich verlassen konnte. Ein paar taktfeste Rufe, die Glut eines Aufwieglers, Angst oder Rum, und unvermittelt gingen sie durch wie ein Achterzug Pferde und rannten alles über den Haufen. Und in ihrer Mitte konnten sich allerlei trübe Elemente verbergen, Denunzianten, Staatsanwälte, Zolloffizianten, Menschen, die auf einen wie mich nur gewartet hatten.

Bald hörte man Trommeln. Die Konstabler schrien aus vollem Hals, worauf die Menge sich teilte und einen Karren mit den drei Verurteilten und einem Geistlichen passieren ließ, der Gebete murmelte. Zwei der drei Todeskandidaten ließen die Köpfe hängen, das konnte man von weitem erkennen. Der dritte hingegen stand aufrecht da und rief allen jungen Mädchen, die in der Nähe standen, Frechheiten zu. Wirklich und wahrhaftig, sie erröteten und schienen zu vergessen, daß dieser Mann sehr bald nicht mehr imstande sein würde, ihre geheimen Wünsche zu erfüllen. Auf der Männerseite klatschten manche in die Hände, sie applaudierten der Verwegenheit des Todeskandidaten, da sie annahmen, sie selbst würden es ihm gleichtun, wenn sie sich an seiner Stelle befänden.

»Seht Ihr den Unterschied?« fragte Defoe. »Wie ist so etwas möglich?«

Ich antwortete nicht und achtete kaum auf das, was er sagte. Ich konnte den Blick nicht lösen von diesen Männern, die es bald nicht mehr geben würde. Dabei hatte ich miterlebt, wie Kanonenkugeln und Holzsplitter andere Männer in Fleischfetzen verwandelten, ohne daß es mich sonderlich gerührt hätte! Aber das hier war etwas anderes. Hier konnte man nicht mehr hoffen oder um sein Leben kämpfen. Hier hatte man keine Wahl mehr, abgesehen von der Frage, ob man, straff oder krumm, einen bravourösen oder einen erschöpften Eindruck zu machen hoffte, als könnte das noch eine Rolle spielen. Ganz sicher legte Defoe Wert darauf, wie man sich hielt, und glaubte, dies sage etwas aus über das Leben. Womöglich verhielt es sich so, aber ich sah in der Haltung des Aufrechten nichts als Bluff und Narretei. Er hätte sein Maul halten sollen. Es war erbärmlich, mit dem Galgen zu spielen und sich einen billigen Effekt zu sichern, wenn es zu spät war. Nein, diese Männer hätten sich an die Menschenmenge richten und sie bitten müssen, ihr eigenes jämmerliches Leben aufs Rad zu flechten. Denn wenn ich im Schatten des Galgens etwas mit Bestimmtheit wußte, dann, daß mein eigenes Leben es wert war, und sei es nur, weil mir die Schlinge um den Nacken erspart geblieben war.

»Fühlt Ihr Euch nicht wohl?« fragte Defoe mich plötzlich und stieß mir seinen spitzen Ellbogen in die Seite.

»Mir geht es gut«, konnte ich mit Mühe sagen, »jedenfalls im Vergleich zu diesen armen Kerlen.«

»Ihr seid mir nicht gerade eine große Hilfe«, sagte er vorwurfsvoll. »Von einem erfahrenen Mann wie Euch hätte ich mehr erwartet.«

»Wie zum Beispiel was?«

»Zum Beispiel, daß Ihr ihnen ansehen könnt, zu welchem Piratentypus sie in den Tagen ihrer Blüte gehört haben, und daß Ihr Anzeichen dafür entdeckt habt, wie man leben muß, damit man dem Tod mit erhobenem Haupt entgegentreten kann. Ich hätte mir wirklich etwas mehr Beistand erhofft.«

Ich wollte ihn nicht enttäuschen und betrachtete die drei näher. Und dann, als sie herangekommen waren, erkannte ich sie. Ja, es handelte sich um drei von Taylors Männern, drei gewöhnliche Seeleute, die nie viel Wesens von sich gemacht oder gezeigt hatten, wozu sie fähig waren. Wie die meisten hatten sie sich uns auf See angeschlossen, als wir eine Prise gemacht hatten. Sie kamen mit ihrem Kapitän nicht aus, litten unter der schlechten Kost, mußten sich die Seele aus dem Leib schuften, hatten weder damals noch später auf etwas hoffen können, mit anderen Worten das übliche, mehr gab es über sie nicht zu sagen, soweit ich es beurteilen konnte. Nicht mehr hatten sie gewollt, als in ihrem elenden Leben ein wenig Linderung zu erfahren, und dafür sollten sie nun gehängt werden.

Man schob sie auf das Podest, jeder wurde vor seiner Leiter und seiner Schlinge aufgestellt. Und nun sah man, daß die Frechheit und die Manier des Aufrechten nur Blendwerk gewesen war. Beim Anblick der Schlinge verstummte er und war kein bißchen unerschrockener als die beiden anderen. Im Gegenteil, seine Beine begannen so zu zittern, daß er sich nur mit Mühe aufrecht halten konnte.

»Seht Ihr«, sagte ich zu Defoe und stieß mit dem Ellbogen zurück, »der einzige Unterschied bestand darin, daß er sich nicht vorstellen konnte, wie es sein würde. Er mußte es erst mit eigenen Augen sehen. Von der Sorte gibt es unter Piraten viele, schreibt Euch das in Euer kleines Buch.«

Im selben Augenblick begann die feierliche Verlesung des Urteils.

»Ihr, Thomas Roberts, John Cane und William Davison seid, jeder für sich, im Namen unseres verehrten Oberhaupts, Seiner Majestät König Georg von Großbritannien, zu dem Folgenden verurteilt worden: Weil Ihr Euch, in offener Verachtung und in Übertretung der Gesetze dieses Landes, denen Ihr Euch zu unterwerfen habt, mittels Statuten böswillig vereinigt und verbündet habt, zu dem Ziel, die Handelsverbindungen Seiner Majestät zur See zu stören und zu unterbinden, und in Westindien und an der afrikanischen Küste im Zusammenhang mit diesem Vorsatz Euch an zweiunddreißig Angriffen auf Schiffe beteiligt habt. Insbesondere werdet Ihr auf Grund der Zeugnisse ehrbarer und glaubwürdiger Untertanen dafür verurteilt, daß Ihr Verräter, Räuber, Piraten und Feinde der Menschheit gewesen seid.«

Keiner der Verurteilten schien etwas gehört zu haben. Sie standen mit hängenden Köpfen da, während der Exekutionsbefehl verlesen wurde.

»Ihr, Thomas Roberts, John Cane und William Davison, seid jeder für sich dazu verurteilt worden, dorthin überstellt zu werden, von wo Ihr gekommen, sodann zum Exekutionsort verbracht zu werden, um zwischen den Hochwasserzeiten am Halse aufgehängt zu werden, bis der Tod eintritt. Woraufhin jeder von Euch abgenommen wird und Eure Leichen an Ketten aufgehängt werden.«

Dies zu sehen und zu hören war ich gekommen und hatte mir anhören müssen, nicht mehr und nicht weniger, daß ich ein Feind der ganzen verfluchten Menschheit war! Durfte einer wie ich darüber räsonieren? Wenn man diese erbärmlichen armen Teufel, die kaum einer Fliege etwas angetan hatten, zum Tode verurteilte, welche Freude würde im Namen der Gerechtigkeit erst ausbrechen, wenn man einen wie mich ergriff. In den Verzeichnissen der Admiralität wurde ich nicht geführt, dies war gewiß, und Defoe würde das Maul halten, aber eine einzige Zeugenaussage von einem dieser Untertanen, die als ehrbar und glaubwürdig galten, reichte aus, um mich an den Galgen zu bringen. Welche Hilfe konnten mir da meine Handschuhe und meine unversehrten Hände sein?

»Es kommt noch mehr«, sagte Defoe unvermittelt.

Der Offiziant griff nach einer weiteren Urkunde.

»Ich verlese nunmehr eine Erklärung der Verurteilten. Wir, Thomas Roberts, John Cane und William Davison, bereuen tief und beklagen, daß wir Gott befleckt und unseren Eltern Ungehorsam bewiesen haben. Daß wir verdammt und geflucht und Gottes ehrbaren Namen geschändet haben. Wozu wir uns der Sünde der Unkeuschheit schuldig gemacht haben. Daß wir den Heiligen Geist herausgefordert und uns des Verbrechens der Seeräuberei und Piraterie und dabei auch des Mordes schuldig gemacht haben. Eine Sünde aber, die uns zu unseren Untaten mindestens so sehr verleitet hat wie die anderen, ist die Sünde der Trunksucht gewesen. Starke Getränke haben uns angeregt und stumpf gemacht zugleich, daß wir Verbrechen begingen, die uns nun bitterer erscheinen als der Tod. Wir würden wünschen, daß Schiffskapitäne mit ihren Männern nicht so grausam verfahren, wie dies bei vielen der Fall ist, denn es führte uns in Versuchung. Wir hoffen aufrichtig, die Sünden sühnen zu können, die unser Gewissen drücken. Alle Menschen, und insonderheit junge Menschen, warnen wir vor Sünden wie den genannten. Wir äußern den Wunsch, daß allen unser Beispiel zur Mahnung gereicht. Um Christi, unseres Erlösers willen, bitten wir um Vergebung, all unsere Hoffnung ruht in Seinen Händen. Wir wollen unsere brennende Schuld in seinem Blute reinigen. Wir sind uns bewußt des verhärteten Herzens in unserer Brust, das voller Bosheit ist. Wir blicken auf zu Gott, damit Er uns Barmherzigkeit erweist. Den Dienern Christi sind wir in Demut für unsere Bekehrung dankbar. Möge Gott ihre Freundlichkeit belohnen. Wir verzweifeln nicht, sondern hoffen, daß Gott, durch die Fürsorge Christi, Seinen eingeborenen Sohn, uns bei unserem Tode Barmherzigkeit erweist und uns aufnimmt in Sein Reich. Wir äußern den Wunsch, daß andere, insonderheit die zur See fahrenden, Gott nahekommen, wenn sie an diesem Tage sehen, was uns widerfahren ist.«

Die Stimme des Offizianten verhallte in der Grabesstille. Viele hatte dieser Unsinn beeindruckt. Da saßen sie, die Schwarzröcke, mit zufriedenem Grinsen. Ihr Gott aber machte nicht einen Finger krumm, um einem Seemann in Not zu helfen. Er stand auf seiten des Kapitäns, wenn er die Katze auf den Rücken der Seeleute niederpfeifen ließ, wenn er ihre Rationen kürzte, ihre Heuer zurückhielt, sie bei Sturm zwang, in die Takelage zu klettern, oder sie an Krankheiten sterben ließ, falls es eine Ersparnis für die Kasse des Reeders mit sich brachte. Und wer schickte denn die Stürme, die Schiffe untergehen ließen, wer peitschte Sturmböen so auf, daß die Teerjacken den Griff ihrer steifgefrorenen Hände an den Rahen lockerten und in See verschwanden?

Nun, nachdem man ihr Sündenbekenntnis verlesen hatte, sahen die Verurteilten auf. Und wieder begann der Offiziant zu kreischen.

»Möge Euch dies zur Mahnung gereichen!« rief er.

Nun konnte ich mich nicht mehr zurückhalten.

»Fahr zur Hölle!« brüllte ich mit meiner Quartermeisterstimme. »Gott pfeift auf Seeleute und das gewöhnliche Volk!«

Es war kein Laut zu hören. Aber ich und mit mir alle anderen konnten sehen, wie die drei zum Tode Verurteilten zusammenzuckten und zu sich kamen. Ich stand in der ersten Reihe, und mein Blick traf ihre Blicke. Und dann, ohne jede Vorwarnung, schrie Roberts, der trotz allem etwas taugte:

»Silver, John Silver. Rette uns vor dem Galgen!«

Es gab einen Tumult ohnegleichen, und das war ein Glück, denn sonst wäre es mit mir schon damals zu Ende gegangen. Es gelang mir, durch die Menschenmenge zu schlüpfen. Als ich mich in einiger Entfernung befand, ließ ich wieder meine Stimme ertönen.

»Flieht!« schrie ich. »Taylors Leute sind hier, um die Gefangenen zu befreien!«

Es kam zu einem noch größeren Durcheinander, was mir gestattete, dem Menschenstrom zu folgen und über den Fluß und in den »Angel Pub« zu gelangen. Und was mußte ich von dort aus sehen, während ich ein Glas in der Hand hielt? Herrn Defoe höchstpersönlich, eingekreist von Konstablern, als handle es sich um den leibhaftigen Taylor. Defoe, so schien mir, hatte einfach nicht daran gedacht, die Beine unter den Arm zu nehmen. Und das war schließlich nur gerecht. Er hatte mich verleugnet, als ich zu rufen begonnen hatte, und nun sollte er für die Folgen einstehen. Einen Augenblick lang, während er seine Erklärungen abgab, bekam er zu spüren, wie es war, wenn man für einen Feind der Menschheit gehalten wurde. Und vielleicht hat er so begriffen, daß der Pranger zu einem Vergleich mit dem Galgen nicht taugte.

Im übrigen hatte sich die Menschenmenge verlaufen, und irgendwelche Piraten von Taylors Kompanie ließen sich selbstverständlich nicht blicken, soweit das Auge reichte.

Zumindest hatte ich bewirkt, daß Thomas Roberts, John Cane und William Davison in Frieden sterben konnten, Ehre ihrem Angedenken, denn als die Schlinge sich zusammenzog, sah kein anderer zu als Daniel Defoe, den Kopf ein wenig gesenkt, trotz allem voller Angst vor dem Tod.

»Hands«, sagte ich zu dem Mann, der auf diesen Namen hörte, »das ist kein Leben. Ich nehme das erste beste Schiff zurück nach Westindien und suche mein Glück unter einem brauchbaren Kapitän. Willst du mich begleiten?«

Sein Gesicht ging auf wie die Sonne, um es in seinen Worten auszudrücken, und er lud mich auf ein Glas seines besten Rums ein, der abscheulich schmeckte.

So kam es, Herr Defoe, daß ich Euch und London verlassen habe, ein stinkendes Loch, wenn Ihr mich fragt. Zusammen mit Israel Hands, dem Schwarzbart ins Bein geschossen hatte, und der später von diesem Grünschnabel Jim Hawkins erbarmungslos dieser Erde verwiesen wurde.

Damals verließ ich Euch für immer, wie ich damals meinte, selbst wenn es Euch gelang, mir auf verschlungenen Wegen Euer Werk über Piraten zu senden, mit Unterschrift und Widmung: »Für Long John Silver, mit allen Wünschen für ein langes Leben.« Euer Versprechen, mich nicht beim Namen zu nennen, habt Ihr gehalten, und dafür danke ich Euch. Zu meiner Freude stellte ich aber fest, daß Ihr dennoch nicht darauf verzichtet habt, mich bei dem Auftritt zwischen England, Taylor und Mackra wenigstens zu erwähnen. »Ein Mann«, so schreibt Ihr, »mit wildem Backenbart und Holzbein, bewaffnet mit Pistolen, kam fluchend auf das Achterdeck und rief nach Kapitän Mackra.« So schreibt Ihr, und wir wollen darüber hinwegsehen, daß Ihr Euch nicht an die Wahrheit gehalten habt, denn wie Ihr wißt, ein Holzbein habe ich niemals gehabt! Dies, um bei der Wahrheit zu bleiben, was schließlich beabsichtigt war.

Defoe, hier verlasse ich Euch wieder, und ich glaube, es

ist dieses Mal für immer. Was mir vom Leben geblieben ist, taugt nicht für Eure Ohren. Es hat Euch Mühe bereitet, über die Grausamkeit der Piraten und über Blut und Tod zu schreiben. Wie Ihr gewiß begriffen habt, enthielt die Zeit mit Flint von beidem reichlich, und wer kann wissen, ob ich in der Lage bin, davon Genaues zu berichten. Schließlich habe ich nicht wie Ihr mitgezählt, wie viele Tote auf unser Konto gingen, wie viele Schiffe wir aufbrachten und versenkten, wieviel Beute wir machten und wie viele Seemeilen wir segelten und wohin.

Im Himmel werden wir uns nicht begegnen, Ihr und ich, nicht einmal dann, wenn es ihn gibt. Zumindest habt Ihr mir in meiner Einsamkeit für einige Zeit Gesellschaft geleistet, als ich einen brauchte, um mit ihm zu reden. Dafür bin ich dankbar, selbst wenn Euch keine andere Wahl blieb. Mit einem schließlich muß man reden können.

31

Immer häufiger gehen die Tage ineinander über, und der eine ist wie der andere. Ich erwache, stehe auf, frühstücke, schreibe, versuche mich zu erinnern, schreibe, strecke das Bein, spreche einige Worte mit jemandem, der sich zufällig in der Nähe befindet, was nicht oft der Fall zu sein scheint, schreibe, nehme mein Abendessen zu mir. Es wird dunkel, ich starre in die Dunkelheit, sehe nichts, höre Laute, erinnere mich wieder, ein Gesicht taucht auf, von dem mir nicht bekannt war, daß es in meinem Leben existierte, der Tonfall in der Stimme eines Menschen, doch welches Menschen? Der Duft von Land in der Morgendämmerung, welches Land? Ein Säbel, es ist meiner, der einem anderen einen Schnitt in die Brust verpaßt, und der Schrei, der sich anschließt, ein namenloser Pirat, jedenfalls nicht ich, im Rumrausch übergibt er sich und erstickt in seinem Erbrochenen, die Taschen voller Goldmünzen, ich selbst, zappelnd, als sich die Schlinge um meinen Hals strafft. Doch nein, Erinnerung kann das nicht sein, höchstens Furcht, noch lebe ich, auch wenn ich manchmal beginne, daran zu zweifeln. Nur die Mißgeburt meiner Gedanken, ich stiere weiter in die Dunkelheit, rufe nach jemandem, um die Stille zu verjagen, und vergesse die Furcht und meine Erinnerungen, doch selten ist jemand nahe genug, um mich zu hören. Ich verwünsche mich selbst, weil ich sie freigegeben habe, meine Eingeborenen, die mir nicht gehören. Auch ein Sklave kann die Stille mit Leben erfüllen. Doch auch so vergeht die Zeit, ich schlafe ein, träume, als sei ich wach, ein neuer Tag bricht an, aber woher will ich wissen, daß es nicht der gestrige Tag ist, oder der Tag davor?

Zum ersten Mal seit langem, glaube ich, kam Jack herein. Er schien erstaunt über meine Freude. Tatsächlich freute ich mich immer, ihn zu sehen. Ich mußte spüren, daß außer mir noch ein anderer am Leben war, nicht nur das Echo in mir selbst.

»Wo bist du in der letzten Zeit gewesen?« fragte ich ihn.

Verständnislos sah er mich an.

»Wo du gesteckt hast«, erklärte ich, »mit anderen Worten, wo du warst?«

»Ich verstehe die Sprache«, sagte Jack, »ich bin hier gewesen.«

»Hier?« wiederholte ich besorgt.

»Ja, wo soll ich denn gewesen sein?«

Ich habe gerufen, wollte ich sagen, beherrschte mich aber. Hatte ich mir nur eingebildet, ich hätte nach Jack oder überhaupt nach irgendwem gerufen? Hatte ich das geträumt?

»Manchmal bin ich unterwegs«, sagte Jack, »um Proviant und Vorräte zu besorgen.«

Ja, das ist begreiflich, dachte ich, ob bei vollem Verstand oder nicht, wir müssen essen, wenn wir leben wollen. Vielleicht hatte ich gerufen, wenn er gerade unterwegs war und Lebensmittel beschafft oder den Vorrat ergänzt hatte. Auch ging mir auf, daß er auf eigene Faust für die Mahlzeiten sorgte und mich gar nicht fragte, was wir benötigten oder wie es bezahlt werden sollte. War es denn recht, daß er mich um John Silvers willen bediente?

»Ich hoffe, daß die anderen dir zur Hand gehen«, sagte ich. »Gern würde ich mich selbst beteiligen, aber du weißt, wie es ist. Für einen wie mich ist es nicht mehr so leicht, wenn er im Wald herumlaufen und Jagd auf Ferkel machen soll.«

Was selbstverständlich gelogen war. Soweit ich mich erinnern konnte, hatte die Tatsache, daß ich nur ein Bein besaß, mich noch niemals daran gehindert, das Notwendige zu tun. Dennoch klang es nach der Wahrheit.

»Ich weiß«, sagte Jack.

»Was weißt du?«

»Du wirst alt, wie alle anderen auch.«

»Alt und vertrottelt. Und zu nicht mehr viel nütze, was?«

»Nein«, antwortete Jack als die ehrliche Seele, die er war.

»Warum bleibst du hier?« fragte ich. »Du hast die Freiheit zu gehen, wohin du willst. Warum machst du es nicht wie die anderen und gehst zu deinem Stamm zurück? Du bist mir nichts schuldig. Ich habe dich nicht freigekauft, damit du mich bedienst.«

»Das weiß ich.«

»Na also.«

»Mein Stamm kommt ohne mich aus.«

»Was willst du damit sagen? Komme ich etwa nicht allein zurecht, ich, der in seinem ganzen Leben nichts anderes getan hat? Ich kann immer noch auf meinem Bein herumhüpfen.«

»Es ist nicht das Bein«, antwortete Jack. »Es ist der Kopf.« Er deutete auf meine Papiere.

»Was, bei der glutheißen Hölle, geht dich das an?«

»Ich warte.«

»Worauf, wenn ich fragen darf?«

»Darauf, daß du fertig wirst.«

»Bist du gekommen, um mir das zu sagen? Daß ich verrückt bin, weil ich hier sitze und schreibe? Und daß ich vielleicht etwas anderes tun sollte? Habe ich dich um einen Rat gebeten? Wenn du sonst nichts willst, dann fahr zur Hölle, so wahr ich John Silver heiße!«

»Nein«, antwortete Jack ruhig, »ich bin wegen etwas anderem gekommen. Ein Schiff läuft in die Bucht ein.«

»Ein Schiff?« sagte ich und kam sofort auf andere Gedanken.

»Ja«, sagte Jack. »Sollen wir ihnen eine Lehre fürs Leben erteilen? Das wäre doch nach deinem Geschmack?«

»Sie ankern in Schußweite«, fügte er hinzu.

Hastig griff ich nach dem Tubus und ging hinüber zur Seeseite, wenn auch mit einiger Mühe. Nein, ich war nicht mehr so flink und geschmeidig zu Fuß. Wahrscheinlich wurde mein Bein müde, nachdem es ein halbes Leben lang die ganze Arbeit allein hatte verrichten müssen. Dagegen war nichts einzuwenden.

Ich setzte den Tubus an die Augen, und das erste, was in Sicht kam, war die Flagge der britischen Kriegsmarine, die sich träge im schwachen Wind bewegte. Doch auch englische Handelsschiffe besaßen das Recht, südlich des Äquators die Kriegsflagge zu führen. Man bildete sich ein, Piraten und anderer Abschaum ließen sich auf solche Weise täuschen, während wir uns doch besser als irgend jemand sonst darauf verstanden, Schiffe zu identifizieren und einzuschätzen!

Auf dem Schiff zählte ich zwölf Kanonenpforten an Steuerbord, alle geschlossen. An Deck sah ich einige gewöhnliche Seeleute, aber nicht die Spur eines Rotrocks. Dies war kein Schiff der Kriegsmarine und keine Strafexpedition, sondern lediglich eine unerwünschte Unterbrechung im Lauf der Zeit, ernst zwar, doch nicht mehr. Und plötzlich begann ich mich nach jemandem zu sehnen, mit dem ich hätte sprechen können, nach Worten aus einer anderen Himmelsrichtung, und vielleicht sogar nach Neuigkeiten. Niemand, fiel mir ein, niemand außer Jack wußte überhaupt, daß es mich gab.

»Das ist nur ein Handelsschiff«, sagte ich zu Jack. »Nichts, worüber man sich Sorgen machen müßte.«

Wieder richtete ich den Tubus auf das Schiff. Sie hatten Boote zu Wasser gebracht, die das Schiff zum Ankerplatz warpten, genau unterhalb unserer Kanonen, ohne daß sie dies geahnt hätten. Von Seeseite aus erschien mein Fort wie ein Teil der Klippe, auf der es errichtet worden war. Jack hatte recht. Wenn wir wollten, konnten wir diese Schute unverzüglich versenken. Sie legte sich am Anker zurecht und kehrte uns das Achterdeck zu, so daß ich den Namen lesen konnte, *Delight of Bristol.* Wie konnte man einem Schiff einen solchen Namen geben, dachte ich. Soweit ich mich erinnern konnte, war Bristol die Stadt, die einen wie mich am wenigsten anzog.

»Wir warten mit den Kanonen«, sagte ich zu Jack. »Vielleicht bringt sie Neuigkeiten.«

»Neuigkeiten?« fragte Jack.

»Sie kommt aus Bristol. Das ist meine Heimat, wenn ich je eine besessen habe.«

Aus Bristol, dachte ich. Jenem Ort, an dem sich nun Trelawney, Livesey, Hawkins und Gunn in Flints Schatz wälzten, vierspännig fuhren, ihre Perücken puderten und weiter keine Sorgen in diesem Leben hatten. Hier bot sich mir die Möglichkeit, zu erfahren, wie es auf der Welt stand. Hatte Trelawney Wort gehalten und mich vor Gericht gezerrt? Oder hatte er sein loses Mundwerk im Zaum halten können? Vermutlich nicht. Und was war ich in diesem Fall? Selbstverständlich gehaßt und gefürchtet, aber was noch? Glaubte man, daß ich noch am Leben war? Gab es Menschen, die nichts sehnlicher tun würden, als mir zu Ehren eine Strafexpedition auszusenden? Oder hatte man alles getan, um mich zu vergessen, so, als hätte es mich niemals gegeben? Es war nicht eben wenig, was ich so unvermittelt wissen wollte.

»Ich habe die Absicht, den Kapitän zum Essen einzuladen«, sagte ich zu Jack. »Kannst du das erledigen?«

Jack nickte, doch ohne größeren Eifer.

»Vielleicht können wir Waren von ihnen kaufen«, sagte ich, als brauchte ich eine Entschuldigung.

Und als brauchte ich Waren, angesichts der kurzen Zeit, die mir auf dieser Seite des Grabes noch verblieb! Bei meinem Aussehen, bei dem, was aus mir geworden war!

Bei meinem Aussehen, dachte ich plötzlich. Einen Spiegel wollte ich haben, mich selbst sehen! Zu mir selbst ohne Zögern und Zweifel sagen können, dies ist John Silver, so sieht er aus, und dies ist aus ihm geworden, und der Teufel möge alle Erinnerungen holen, die etwas anderes besagen!

Als Jack zurückkam, wartete ich schon am Tor auf ihn.

»Der Kapitän kommt«, teilte Jack mir mit. »Mit Freuden, wie er gesagt hat. Ich habe dich Smith genannt und gesagt, du seist Handelsmann.«

Das hatte ich tatsächlich vergessen! Womöglich war Leben in der Leiche, aber sie hatte alle Vorsicht über Bord gehen lassen.

»Gut gemacht!« sagte ich zu Jack, denn ich wußte, was hätte geschehen können, hätte ein Kapitän aus Bristol erfahren und in alle Winde gestreut, daß John Silver an diesem Ort residierte.

Wir hätten das Schiff versenken und die Besatzung bis zum letzten Mann töten müssen wie in der guten alten Zeit.

»Wie heißt der Kapitän?« fragte ich.

»Snelgrave«, sagte Jack.

»Snelgrave? Der lebt noch?«

Es schien so der Fall zu sein. Gut für ihn und für die Seeleute, die mit ihm segelten. Snelgrave war einer der wenigen Kapitäne, der den Piraten lebend hatte entkommen können. Seine Besatzung hatte für ihn gutgesagt. Sie hatten geschworen, daß er gegen sie niemals Gewalt gebraucht hatte und daß sie stets die vereinbarten Essensrationen und die im Kontrakt vereinbarte Ration Rum erhalten hätten. Davis, der mit mir und England und später als sein eigener Kapitän segelte, stand nicht im Ruf, bei der Zumessung berechtigter Strafen besondere Nachsicht zu üben. Snelgrave aber hatte er mit allen Ehren als Gast behandelt und ihm Schiff und Ladung angeboten, damit er unbeschadet nach Hause zurückkehren könne. Snelgrave hatte auf das höflichste abgelehnt. Er hatte Angst, und dies mit vollem Recht, daß ihm bei seiner Heimkunft niemand Glauben schenken, sondern daß man im Gegenteil annehmen werde, er habe mit den Piraten, die sein Schiff gekapert hatten, unehrenhafte Geschäfte gemacht. Davis war keineswegs dumm, er erkannte, daß Snelgrave recht hatte, und behandelte ihn weiter wie einen Gast, bis sich die Möglichkeit bot, ihn mit einer holländischen Brigg, die sich zufällig im Sierra-Leone-Fluß zeigte, nach Hause zu schicken. Nur Snelgrave zuliebe ließ Davis die Besatzung der Brigg und ihren Kapitän mit dem Schrecken davonkommen.

Und nun befand sich Snelgrave hier, leibhaftig, auf einem Schiff aus Bristol. Wenn irgendeiner von John Silver gehört hatte, dann er. Mit ein wenig List und Pfiffigkeit konnte ich von Snelgrave sicher in Erfahrung bringen, was ein alter Mann wie ich in diesen Tagen noch wert war, welchen Preis man auf meinen Kopf ausgesetzt hatte, wie sehr man mich tatsächlich verabscheute, haßte und verachtete, oder ob ich einfach vergessen war und vergeblich gelebt hatte.

Snelgrave bedankte sich bei Jack für die Freundlichkeit, als dieser ihn einzutreten bat. Snelgrave war allein, also ohne Furcht oder böse Ahnungen, und das war gut. Ohne jedes Zögern kam er mir mit ausgestreckter Hand entgegen.

»Es ist eine Freude für mich, Euch kennenzulernen«, sagte er herzlich und schien es so zu meinen.

»Ich bin nun fast anderthalb Jahre unterwegs gewesen«, fuhr er fort, »stets mit denselben Offizieren und derselben Mannschaft. Auf die Dauer ist das einseitig. Alle nur denkbaren Gesprächsthemen wurden Hunderte Male behandelt, und die Bücher in unserer Bibliothek kennen wir auswendig.«

Er lachte.

»Manchmal fragt man sich, von wem die Bücher für unsere Schiffsbibliotheken ausgewählt werden. Wir hatten eine vierbändige *Geschichte von Schottland*, und das war immerhin etwas, womit man sich die Zeit vertreiben konnte. Was aber haltet Ihr von *Anmerkungen über das Mineralwasser in Frankreich* als Unterhaltung für Seeleute auf großer Fahrt! Nicht verwunderlich, daß es einem mitunter langweilig wird. Ihr könnt Euch vorstellen, daß sie an Bord neidisch waren, als sie von Eurer Einladung erfuhren ... Herr Smith, so war doch Euer Name?«

»Richtig! Und auch ich freue mich, Euch kennenzulernen, Kapitän Snelgrave. Es ist mir eine Ehre.«

»Ach, wenn man es genau nimmt, ist Kapitän sein nichts Besonderes.«

Nun war es an mir, den Mund zu verziehen.

»Diese Ansicht vertretet Ihr bestimmt allein«, sagte ich. »Es gibt nicht viele Kapitäne, die Euch beipflichten würden. Ich habe tatsächlich nur von einem gehört, der Euch voll und ganz recht geben würde.«

»Ach, und wer mag das sein?«

»Ihr selbst, Sir.«

Snelgrave lachte herzlich, bis ihm aufging, daß sich meine Antwort auf verschiedene Weise verstehen ließ.

»Ihr wißt also, wer ich bin?« fragte er, offenbar ein wenig erstaunt.

»Ja, und bestimmt nicht ich allein.«

»Und woher?«

»Doch zumindest wegen Eurer *Berichte über den Sklavenhandel.* Ein ausgezeichnetes Werk. Ich muß jedoch gestehen, daß ich anfangs meine Zweifel hatte, ob Ihr die Wahrheit berichtet. Ich glaubte, daß es auf dieser Welt derart rechtschaffene Kapitäne nicht gibt. Dann aber erhielt ich aus sicheren Quellen die Bestätigung, daß es sich so verhielt.«

»Darf ich fragen, um welche Quelle es sich handelt?«

»Aber selbstverständlich. Die eine war Kapitän Johnson, derjenige, von dem die *Allgemeine Geschichte der Piraten* stammt.«

»Den habt Ihr kennengelernt?« unterbrach mich Snelgrave. »Ich weiß keinen, der das von sich behaupten kann. Wieviel würde ich darum geben, ihn persönlich kennenzulernen.«

»Johnson ist nicht sein wirklicher Name.«

»Das habe ich mir denken können. Und wer war die andere Quelle, die mich in so vorteilhaftem Licht dargestellt hat? Ihr müßt wissen, in London habe ich viel Widerstand erfahren, als mein Buch publiziert wurde. Die Seekapitäne waren der Ansicht, harte Maßnahmen seien das einzige, womit man eine Besatzung antreiben könne, und ich hätte sie persönlich verunglimpft und wollte ihnen ihre Berufsehre streitig machen. Und die Reeder waren der Ansicht, ich hätte in bezug auf Howell Davis und sein Angebot einer sicheren Heimfahrt gelogen. Sie bezeichneten das als pure Phantasie und verbreiteten, in Wirklichkeit hätte ich mich mit diesem berühmten Piraten höchst unredlich zusammengetan.«

Selbstverständlich lachte ich.

»Da kann man sehen. Die andere Quelle ist tatsächlich Howell Davis persönlich gewesen!«

Snelgrave wußte ganz offensichtlich nicht, was er glauben sollte.

»Als Handelsmann auf Madagaskar«, erklärte ich, »lassen sich gewisse Verbindungen zu sogenannten zweifelhaften Elementen, darunter auch die Glücksritter, nicht immer vermeiden. Schließlich haben sich viele von ihnen hier niedergelassen, wie Euch sicher bekannt sein dürfte.«

Snelgrave verzog keine Miene. Was für ein bemerkenswerter Mann, dieser Snelgrave, dachte ich, der das Wort Glücksritter hören konnte, ohne Galle zu speien.

»Ich habe mich gerade gefragt«, sagte Snelgrave, »wie Ihr in diese Wildnis gelangt seid. Es dürfte Orte geben, die sich für den Handel besser eignen als dieser.«

»Aber zweifellos«, antwortete ich vergnügt. »Andererseits war die Konkurrenz nicht so mörderisch wie andernorts. Doch nun habe ich mich zurückgezogen, um im Herbst meines Lebens ein wenig Ruhe und Frieden zu genießen. Wie Ihr seht, bin ich in die Jahre gekommen, und weiß Gott, ich habe mein Lebtag lang genug geschuftet, um das Notwendigste zum Leben und noch ein wenig mehr zusammenzukratzen.«

»Aber zu Ehre und Redlichkeit ist es ein weiter Weg, nicht wahr?« fragte Snelgrave.

»Das kommt darauf an, was Ihr unter Ehre und Redlichkeit versteht.«

»Ich habe vor allem an Waren und Vorräte gedacht, das zum Leben Notwendigste habt Ihr es genannt, und was womöglich darüber hinausgeht. Viele Schiffe können es nicht sein, die in diesen Tagen Ranter Bay anlaufen.«

»Das trifft zu. Es kann mitunter vorkommen, daß mir das eine oder andere fehlt. Dann aber taucht am Horizont ein Toppsegel auf, ein arabischer Kauffahrer oder ein Engländer wie Ihr, der mich mit dem Notwendigsten versieht.«

»Ich stehe gern zu Diensten«, erbot sich Snelgrave, »falls wir haben, was Ihr benötigt.«

»Wir wollen bei Tisch darüber sprechen. Ich vermute, es ist angerichtet.«

Ich wies ihm den Weg in den Speiseraum. Der Tisch war fürstlich gedeckt, mit allem verfügbaren Silber, Chinaporzellan und Kristall, wie stets, wenn wir Gäste hatten. Das war eine Methode, Neigungen und Gesinnung der Menschen in Erfahrung zu bringen.

»Ich sehe, daß Ihr keine Not leidet«, sagte Snelgrave herzlich. »So sollten meine Leute mich sehen. Sie würden grün vor Neid.«

»Wenn Ihr es wünscht«, sagte ich, »dann könnten wir ein Fest für die Mannschaft arrangieren. Ein richtiges Barbacoa mit geröstetem Reis und Ziege. Ich sorge für die Lebensmittel und Ihr für den Rum und das Bier.«

»Im Tausch wogegen?« fragte Snelgrave. »Schließlich habe ich mich gegenüber einem Reeder zu verantworten.«

»Oh, es würde Euch nichts kosten. Sagen wir die Bücher, die Ihr ohnehin auswendig kennt. Ich habe jedes Wort in meiner Bibliothek gelesen. Und wenn Ihr vielleicht einen Spiegel entbehren könntet.«

Snelgrave hob die buschigen Augenbrauen.

»Ja«, fuhr ich fort, »könnt Ihr Euch vorstellen, daß ich keinen Spiegel mehr besitze und kaum weiß, wie ich aussehe. Womöglich ist es ein reiner Glückstreffer, daß meine Erscheinung Euch nicht um den Verstand gebracht hat.«

»So schlimm ist es nicht«, antwortete Snelgrave diplomatisch. Ich lachte grimmig.

»Nein, aber schlimm genug, nehme ich an. Welch ein Glück für mich, daß Ihr es gewohnt seid, Seeleute um Euch zu haben. Die sehen auch nicht aus wie Kinder Gottes, wenn ich mich recht entsinne.«

»Das wohl nicht«, sagte Snelgrave mit einem vielsagenden Achselzucken. »Aber ich würde gern sehen, wie Kinder Gottes bei heulendem Sturm die Segel setzen, wenn der Regen so hart niedergeht, daß man die Augen schließen muß, um nicht blind zu werden für den Rest seines Lebens.«

»Richtig. Mit der einen Hand für sich und mit der anderen für den Katechismus wäre das Segelreffen allzu mühselig. Nun, was meint Ihr? Wollen wir ein Fest veranstalten?«

»Gern«, sagte Snelgrave nach kurzem Nachdenken. »Da ist freilich eine Schwierigkeit. Ich gebe der Mannschaft die vereinbarte Ration Proviant und Rum. Infolgedessen kann ich auf dieser Seite nichts einsparen. Und da sie aus diesem Grunde nicht sterben, verdiene ich daran auch nichts. Ihr wißt wahrscheinlich, wie es ist, ungefähr zwanzig Prozent kommen bei einer Ostindienreise ums Leben. Das ergibt ebenso hohe Einsparungen auf dem Verpflegungskonto. So rechnen viele meiner Kollegen. Und ist es nicht eigenartig? Die Kapitäne der Sklavenschiffe erhalten einen Bonus für jeden Sklaven, den sie auf der anderen Seite lebendig abliefern. An der Mannschaft hingegen verdient man, wenn unterwegs ein Teil verlorengeht.«

»Ja, ich weiß einiges darüber«, sagte ich. »Aber macht Euch keine Sorgen über die Buchführung. Es geht ganz einfach auf meine Kosten. Schließlich besitze ich so viel, daß es bis zu meinem Tode ausreicht, und darüber hinaus.«

Mich belebte die Vorstellung eines Festes mit reichlich Essen, Rum und gesunden Seeleuten, die wußten, wie man zu leben hatte, ohne daß einen ein Gedanke an das Morgen drückte. Snelgrave bediente sich mit gutem Appetit von dem, was ihm aufgetischt wurde. Sogar Froschschenkel, die die Eingeborenen als Nymphetten bezeichneten, verzehrte er gelassen. Der bloße Anblick des Hummers mit gepreßten Zitronen und grünem Pfeffer trieb ihm schon das Wasser in den Mund, und der Obstkorb, gefüllt mit allen nur möglichen Früchten, ausgenommen Erdbeeren, die auf Madagaskar nicht wachsen, ließ ihn vor Wollust fast den Kopf verlieren.

»Nein«, sagte er, »Not leidet Ihr jedenfalls nicht. Ich bezweifle, daß irgendwer, und wäre es in London und wäre es sogar der König persönlich, so gut speist wie Ihr.«

»Das Leben fern von Ehre und Redlichkeit hat seine Vorteile«, sagte ich und reichte ihm eine Pfeife, die er sich mit Wohlbehagen anzündete.

»Sagt mir«, fragte ich, als er richtig Glut hatte, »wie steht es in Bristol?«

»Ihr kennt Bristol?«

»Nach dem, was mir meine Mutter erzählt hat, bin ich dort geboren. Wieweit das der Wahrheit entspricht, kann ich nicht entscheiden. Doch ich bin dort aufgewachsen, ehe man mich nach Schottland auf die Schule schickte, und später bin ich zur See gefahren.«

»Und seid niemals mehr zurückgekehrt?«

Ich zögerte. Erzählte ich ihm, ich als Einbeiniger sei Wirt der guten Taverne »Spy-Glass« gewesen, würde das die gleiche Wirkung haben, als hätte ich ihm offen gesagt, wer ich war.

»Doch«, sagte ich infolgedessen nur, »ich bin in Geschäften dort gewesen und eine Zeitlang geblieben. Es muß zehn Jahre her sein.«

»Und Ihr habt Eure Eltern besucht, wie ich vermute?«

»Das könnte man so sagen«, sagte ich, da ich nichts Besseres wußte.

Daran hatte ich nicht gedacht. Wie natürlich es war, daß Snelgrave sich nach den Eltern erkundigte. So geschmeidig waren meine Gedanken nicht mehr. Es mußte an dieser Schreiberei liegen, darüber, wie alles gewesen war, und an all den Wahrheiten, seitauf, seitab, daß ich nicht mehr wußte, wie man sich in dieser Welt verhielt.

»Mein Vater hat früh die Flagge gestrichen«, sagte ich. »Und meine Mutter lag schon im Grab, als ich zurückkam.«

»Smith?« sagte Snelgrave. »Jemand mit diesem Namen ist mir in Bristol nicht bekannt. Das ist englisch, nicht wahr?«

»Ja, aber es ist möglich, daß mein Vater unter falschen Federn lebte. Soweit ich weiß, hat er sich mit Schmuggel in der Bristol Bay beschäftigt.«

»Zumindest das hat sich nicht geändert«, sagte Snelgrave lachend. »Den Schmugglern geht es so gut wie nie zuvor. Ich habe gehört, daß ihr Anteil am Handel in der Bucht fünfzehn Prozent beträgt. Man muß sie einfach bewundern.«

»Und die übrige Seefahrt?«

»Ist so, wie dies immer der Fall gewesen zu sein scheint. Im Handel und nach Anzahl der Schiffe wird Bristol nur noch von London übertroffen. Jemand hat mir erzählt, in Bristol könne man meist tausend Schiffe sehen, auf dem Fluß und im Hafen, und von fünfzigtausend Einwohnern seien zweitausend Seeleute. Das ist nicht wenig. Der Markt von Tolsey ist lebhafter denn je. Vielleicht ist Euch bekannt, daß Bristol sich auch zum englischen Zentrum für den Sklavenhandel entwickelt hat?«

»Nein, das habe ich nicht gewußt.«

»Doch, so ist es. Ein schmutziges Geschäft, wenn Ihr meine Meinung wissen wollt, aber einträglich. Einige der großen Gutsbesitzer haben diversifiziert, wie man dazu sagt, um das Risiko zu verteilen. Vom Vieh zu Sklaven. Chalkley, Massie und Redwood sind einige von denen, die in wenigen Jahren ein enormes Vermögen zusammengeschachert haben. Und dann natürlich Trelawney …«

»Trelawney!« unterbrach ich ihn mit einer Stimme, die ich nicht beherrschen konnte.

»Ja«, sagte Snelgrave, doch wenn er über meinen Ausbruch erstaunt war, ließ er sich zumindest nichts anmerken, »Ihr kennt ihn?«

»Ich hatte Geschäfte mit ihm«, sagte ich vorsichtig. »Und bin hereingelegt worden. Ja, nicht von ihm persönlich, dazu hat er den Kopf nicht. Aber einen Berater hatte er, der ihm beim Denken und beim Fällen von Entscheidungen half. Als Arzt hat er sich ausgegeben.«

»Livesey«, sagte Snelgrave und zog an seiner Pfeife.

»Ja, sehr richtig, Livesey! Er hatte einen Kopf, wage ich zu behaupten, auch wenn mich selbst die Natur nicht so reich bedacht hat, daß ich eines sicheren Urteils fähig wäre. Aber wer weiß, wäre Livesey nicht gewesen, dann säße ich womöglich im Parlament.«

»Und was hättet Ihr dort getan?« fragte er und überrumpelte mich wieder, denn was ich im Parlament zu suchen haben könnte, hatte ich niemals ernstlich geprüft. Es war einfach etwas, das ich an Bord der *Walrus* zu sagen pflegte, wenn die anderen sich über mich ärgerten, weil ich mein Prisengeld nicht auf die gleiche Weise vergeudete wie sie.

»Tja«, sagte ich, »ich hätte dafür sorgen können, daß Männer wie Trelawney und Livesey hinter Schloß und Riegel landeten, bis sie beglichen hätten, was sie mir schuldig sind. Sodann hätte ich den Seeleuten das Leben erträglich gemacht, so wie Ihr selbst es getan habt, jedoch überall, mit harten Strafen für die Kapitäne, die dieses Gesetz nicht befolgten. Und was weiter? Den Sklavenhandel abschaffen, die Kontraktarbeit, die Preßtruppen, die Katze, ich hätte alle Crimps aufgehängt und alle Piraten begnadigt. Abschaffung des Handelsmonopols auf See, die Navigationsakte eingeschlossen. Auflösung der Kompanien. Ihr seht, von allem etwas. Für einen wie mich, der nur nachdenkt, sehr viel.«

»Nach allem, was ich höre«, sagte Snelgrave und lächelte, »solltet Ihr kaum im Parlament sitzen. Einen wie Euch würde ich für das Seefahrtsministerium vorschlagen.«

»Ja, vielleicht. Aber nein, jetzt ist es für so etwas zu spät, und ich bin mit meinem Los zufrieden. Anfangs habe ich einige Nieten gezogen, doch später ging es besser. Abgesehen von Trelawney und Livesey natürlich. Aber sagt mir, woher haben Männer wie sie das Kapital, um sich am Sklavenhandel zu beteiligen?«

»Das habt Ihr nicht gehört?« fragte Snelgrave.

»Nein«, antwortete ich, »was hätte es zu hören gegeben?«

»Daß Trelawney nach Westindien gesegelt ist und Flints Piratenschatz gefunden hat, ein Vermögen ohnegleichen. Es soll größer sein als jenes, das Drake mit seiner *Golden Hind* nach Hause gebracht hat, so unvorstellbar das klingt. Drake hatte mehr als sechshunderttausend Pfund, mehr als das Staatsbudget Großbritanniens für ein ganzes Jahr, mitgebracht.«

»Das ist ...«, sagte ich und pfiff. »Was sagt Ihr da? Flints Schatz? Und größer als die Beute Drakes, der doch deswegen sogar geadelt wurde?«

»Ja, so ist es. Noch viele Monate später sprach man über nichts anderes. Ihr müßt wissen, Trelawney und die anderen hatten Glück, daß sie von dieser Expedition überhaupt lebend zurückgekommen sind. Einige aus Flints alter Besatzung hatten Wind von der Sache bekommen und musterten auf Trelawneys Schiff an. Flints früherer Quartermeister, ein gewisser Silver, John Silver, hat sich Trelawneys Vertrauen erschlichen, und zwar so weit, daß er diesem Silver mehr vertraute als seinem eigenen Kapitän.«

»Was mich nicht erstaunt!« schob ich ein, »wenn man bedenkt, wie die meisten Seekapitäne sich betragen, wenn Ihr verzeiht.«

»Ein bemerkenswerter Mensch scheint er zu sein, dieser Silver«, fuhr Snelgrave fort, »er bringt die Besten und die Schlimmsten dazu, nach seiner Pfeife zu tanzen. Trelawneys Männer mußten für seine Gutgläubigkeit und seine Habgier teuer bezahlen. Die meisten, die hinausgefahren waren, sahen England niemals wieder, es waren ehrliche Männer darunter und das womöglich in beiden Lagern.«

»Das klingt wie eine bedauerliche Geschichte«, sagte ich.

»Doch wenn ich Trelawney recht kenne, so ist er sicher der Meinung, für ein derartiges Vermögen sei er billig davongekommen. So ist er.«

»Damit habt Ihr leider recht. Unter Skrupeln leidet er nicht. Daß aber Livesey, der immerhin Arzt ist, sich zum Geschäft mit Sklaven hergibt!«

»Erstaunt mich nicht. Sind Feldschere bessere Menschen als andere, nur weil sie ab und zu ein Leben retten, übrigens gleich welches? Ohne Feldschere wäre der Sklavenhandel ein reines Verlustgeschäft.«

»Diese Frage scheint Euch sehr am Herzen zu liegen?«

»Immerhin bin ich auch zur See gefahren. Und Ihr wißt, wie es mit den Teerjacken ist. Für Ärzte haben sie niemals etwas übrig. Die Wetterfahnen der Kapitäne nennen sie sie, ich bitte um Vergebung.«

»Ich weiß«, sagte Snelgrave ernst. »Darum lasse ich meine Feldschere vor dem Mast schlafen. Ich will keine Gerüchte aufkommen lassen, daß ich mich mit Denunzianten umgebe.«

»Aber sagt mir, dieser Silver, was ist aus dem geworden?«

Ich sah Snelgrave gerade ins Gesicht, doch er wendete den Blick nicht ab und schielte auch nicht nach meinem Beinstumpf.

»Über ihn sind die phantastischsten Gerüchte und Geschichten im Umlauf. Er soll zusammen mit seinem Negerweib und seinem Papagei als König auf einer Insel in Westindien leben. Es heißt, er sei auf Flints Insel zurückgekehrt, in Begleitung eines jungen Advokaten, Jim Hawkins, der auf der ersten Expedition Schiffsjunge gewesen ist, um zu holen, was von dem Schatz übriggeblieben war. Einer, dem ich selbst begegnet bin, ein versoffener Seemann namens Gunn, hat behauptet, Silver befinde sich in Irland und lebe zusammen mit einer Frau aus seiner Jugend, die er niemals habe vergessen können. Ein Dritter behauptete, Silver habe einen anderen Namen angenommen, wie einst Avery, habe einen mit einem Holzbein versehenen Schuh und lebe verkleidet unter uns. Ein Vierter... Aber laßt mich hier schließen. Ich könnte die ganze Nacht lang so weitererzählen.«

»Das ist nicht wenig«, sagte ich und lachte, um meine Bewegung zu verbergen.

»Nein, und es wurde sogar gedruckt.«

»Gedruckt?«

»Ja, so ist es«, fuhr Snelgrave fort. »Aus John Silver und auch aus Flint sind Erzpiraten geworden. Sie sind in aller Munde, als habe es niemals andere Piraten gegeben. Kapitän Johnson würde sich bestimmt im Grab umdrehen, wenn er wüßte, daß die einzigen Piraten, über die er nie geschrieben hat, weiterleben.«

»Ja«, sagte ich und lachte wieder, doch dieses Mal vor Freude, »bestimmt würde er das, wenn ich ihn richtig kenne. Doch Ihr selbst, was haltet Ihr von diesem John Silver?«

Snelgrave sah sich im Zimmer um.

»Ja, wenn ich überhaupt etwas glauben muß«, sagte er, »dann möchte ich glauben, daß er sich an einen Ort wie diesen zurückgezogen hat.«

Ich hätte meinen Kopf darauf gewettet, daß Snelgrave das ohne jede Absicht sagte. Hatte er aber eine Ahnung, dann verbarg er sie so gut, daß sie meinem Scharfsinn entging.

»Aber wer weiß«, dachte Snelgrave laut, »vielleicht irren wir uns alle. Einer wie dieser John Silver scheint nicht denselben Gesetzen zu unterliegen, die uns gewöhnliche Sterbliche lenken. Daß es ihm gelungen ist, mit dem Leben und einem Teil von Flints Schatz unter dem Arm davonzukommen, ist der Beweis.«

»Und was sonst wird ihm unterstellt?« fragte ich.

»Erfundenes womöglich«, sagte Snelgrave. »Einiges von dem, was man über ihn erzählt, ist einfach unglaublich.«

Hierüber mußte ich ein weiteres Mal lachen. Snelgrave hob meine Stimmung, daran gab es keinen Zweifel.

»Vielleicht solltet Ihr die armen Kerle fragen, die Silver in die Quere gekommen sind, ob er eine Märchengestalt ist!«

»Ja, vielleicht. Und vielleicht sollte ich es auch besser wissen, schließlich habe ich Piraten aus Fleisch und Blut kennengelernt und weiß, was ihnen in ihrer Grausamkeit einfällt. Doch es ist seltsam, daß Silver sozusagen nicht existiert. Johnson hat in seinem Buch nichts über ihn berichtet. Und die Admiralität weiß ebenfalls nichts. Ich habe diese Angelegenheit selbst untersucht.«

»Was habt Ihr?«

»Die Angelegenheit untersucht. Versucht, dieses Mysterium John Silver zu lösen.«

Wahrlich, es war nicht leicht für mich, die Maske nicht fallen zu lassen, die Beherrschung nicht zu verlieren. Welches Recht hatte dieser Mann, sich für mich zu interessieren, die Angelegenheit zu untersuchen, wie er selbst es bezeichnete, als wäre ich nicht mehr als eine Großrahe?

»In welcher Absicht?« fragte ich. »Damit man ihn hängt?«

»Weit gefehlt«, protestierte Snelgrave. »Das habe ich nicht im Sinn. Nein, der Kerl fesselt mich. Ich wüßte gern, wer er eigentlich ist.«

»Dann haben wir etwas gemeinsam«, sagte ich unbedacht.

»Ihr auch?« fragte Snelgrave.

Jetzt, so dachte ich, jetzt kommt es, doch nichts geschah.

»Ja«, sagte ich, »nach allem, was Ihr erzählt habt, scheint er ein seltsamer Kerl zu sein. Außerdem haben mir gute Geschichten immer gefallen. Das lernt man vor dem Mast.«

»Dann habe ich sicher etwas an Bord, das Euch interessieren wird.«

Als er ging, war ich noch immer nicht klug aus ihm geworden, es ist jedoch möglich, daß auch er nicht wußte, was er mit mir anfangen sollte. Mit behutsamer Hand hatte ich das Gespräch aus den verräterischen Gewässern um John Silver gesteuert. Doch soviel war mir deutlich geworden, sollte ich auch nur meinen Fuß nach Bristol setzen, wartete dort der Galgen auf mich. Nicht wegen Trelawney. Soweit ich Snelgrave verstanden hatte, hatte er trotz allem Wort gehalten und mich nicht in Abwesenheit wegen Mordes und Meuterei angeklagt. Doch die Geschichte davon, wie es zugegangen war, als Flints Schatz gefunden wurde und in unrechte Hände geriet, schien weit verbreitet zu sein. Und daß ich auf freiem Fuß war, mit Sicherheit reich und vielleicht auch glücklich, mußte ein wunder Punkt für alle Rechtdenkenden sein. Hinsichtlich des Galgens, der mir drohte, hatte ich jedoch keinen Anlaß, die Zuversicht zu verlieren. Ich mochte ein wunder Punkt, ein Dorn im Auge sein, aber ich war am Leben. Ich existierte, das war unwiderlegbar, und ich existierte sogar in mehreren Ausgaben und war so weit vom Vergessen entfernt, wie einer aus meinem Korps es sich nur wünschen kann.

Am folgenden Tag besprach ich mit Jack das Fest. Es sollte sein wie in der guten alten Zeit, als man durch Fröhlichkeit erfuhr, was die Menschen taugten. Ich bat ihn, an nichts zu sparen, Snelgrave und seinen Teerjacken zuliebe. Um die Mittagszeit verließen wir unsere Festung mit Essen und Trinken für eine ganze Besatzung. Jack blieb an Land, um ein richtiges Barbacoa vorzubereiten. Denn wenn jemand in dieser Hinsicht keiner Instruktionen bedurfte, dann er, der in Westindien bei Piraten und Bukanier gelebt hatte. Ich selbst ruderte in der Jolle zur *Delight of Bristol*, rief sie an und wurde in einer Talje an Bord gehievt, als wäre ich zu alt, um mit meinem Bein eine Strickleiter hinaufzuklettern.

Snelgrave empfing mich mit offenen Armen, führte mich auf dem Schiff umher, stellte mich den Seeleuten vor, die mit vergnügtem Rufen antworteten, und brachte mich dann in die Achterkajüte, wo zum Essen gedeckt war. Sofort stellte Snelgrave mir die Frage, welche Bedarfsartikel uns fehlten, und ich nannte Pulver, Salz und Lampenöl, neben den anderen, über die wir gesprochen hatten, dem Spiegel und den Büchern. Snelgrave deutete auf ein in Sackleinen eingeschlagenes Päckchen und sagte, dies sei ein Geschenk von ihm persönlich. Dann rief er einen Schiffsjungen und bat ihn – denn das tat er tatsächlich, statt ihm einen Befehl zu erteilen, bat er ihn –, das Päckchen und die Waren in die Jolle zu bringen. Ich legte einen kleinen, mit Münzen gefüllten Beutel auf den Tisch.

»Als ehemaliger Handelsmann«, sagte ich, »verfolge ich die Preise und Kurse nicht mehr so genau. Hier sind zwanzig spanische Pistolen. Ist das genug?«

»Aber mehr als das. Das sind, im heutigen Wert, fast ebenso viele Pfund.«

»Dann behaltet die Differenz und verteilt sie unter der Besatzung.«

»Das ist äußerst großzügig«, sagte Snelgrave. »Und gutherzig.«

»Gutherzig?« antwortete ich. »Das glaube ich kaum. Ich tue nur, was ich für gut befinde, wenn es mir in den Sinn kommt. Das ist alles.«

»So habe ich es gemeint«, sagte Snelgrave.

Bei Tisch unterhielten wir uns über die Seefahrt, wie Seeleute es nun einmal tun, als könnten sie von der See nicht genug bekommen. Snelgrave berichtete von dem großen Betrugsskandal in der Südsee-Handelskompanie, wo Angestellte, hohe wie niedere, Tausende Pfund veruntreut hatten.

»Was die Verluste, die Piraten der Kompanie in zehn Jahren beigebracht haben, bei weitem überschreitet«, sagte Snelgrave.

»Und wie viele dieser Betrüger hat man gehängt?« fragte ich.

»Keinen einzigen«, antwortete Snelgrave. »Sie hatten ihre Beschützer. Einige kamen wegen ihrer Schulden nach Marshalsea, das ist alles.«

Später ruderten wir mit der Besatzung zum Strand. Jack und einige von Snelgraves Männern hatten Vorbereitungen getroffen, ganze Schweine wurden schon über einem Feuer aus getrocknetem Kot und Holzspänen gedreht, wie es sich gehörte. Es gab Rum und Bier, und sogar Frauen aus der Gegend hatte Jack aufgeboten, mochte diese Ehre auch weißen Männern zuteil werden. Und mit dem Schiffszimmermann hatte er doch tatsächlich einen langen Tisch und Bänke zusammengenagelt. Unter der Besatzung hörte man erwartungsvolles Stimmengemurmel. Snelgrave sah mich bewundernd an. Als alle am Tisch Platz genommen oder sich auf den feinkörnigen, sonnenheißen Sand geworfen hatten, in dem sie ihre schwieligen Teerjackenfüße vergruben, die vom barfüßigen Gehen über Decksplanken und Kardeele hart waren, machte ich mich bereit für das, was, wie ich mit aller wünschenswerten Sicherheit wußte, mein letzter Auftritt als Long John Silver, genannt Barbecue, sein würde, der ich gewesen war und bis zu meinem Tode bleiben würde, mochte geschehen was wollte.

»Männer«, rief ich so laut, wie mir das nur in den Tagen des Glanzes möglich gewesen war, »darf ich um Aufmerksamkeit für eine freundliche Seele bitten, die ein paar Worte sagen will.«

Das Gemurmel legte sich, Stille trat ein, jedoch nicht wie im Grab, denn dies war ein Fest.

»Nicht weit von hier«, so begann ich, »mit den Maßen des Ozeans gemessen, und die seid ihr als Hochwassersegler schließlich gewohnt, liegt die Insel Sainte-Marie oder Nosy Boraha, wie die Eingeborenen sie in ihrem Rotwelsch nennen. Ja, das gibt es, auch wenn ihr das nicht gewußt habt, und ich kann bezeugen, daß man darin ebensogut fluchen kann wie in irgendeiner anderen Sprache, auch wenn die Aussprache nicht leicht ist. Jack hier, mein Nachbar, trägt den Namen Andrianamboaniarivo, und eines sage ich euch, hätte ich Knochen in meiner Zunge, ich hätte sie mir damit schon gebrochen.«

Die meisten lachten.

»Genug damit«, fuhr ich fort. »Sainte-Marie ist, wir ihr vielleicht wißt und gehört habt, ein Nest der Piraten gewesen und ihr Zufluchtsort. Und, Männer, hätte man ihnen das nicht gönnen sollen, denn ein Paradies im Himmel werden sie mit aller Wahrscheinlichkeit niemals zu sehen bekommen haben. Und das mit gutem Grund. Ich möchte das Gesicht von Petrus sehen, wenn er das Himmelstor aufmacht und Schwarzbart, Roberts, Davis und Flint gegenübersteht, die Einlaß in das Himmelreich begehren. Ein Glück, daß er allmächtig ist, sonst hätte er weiß Gott die Hölle auf dem Hals, wenn ich diese vier Herren richtig kenne. Nein, die Piraten, die Glücksritter und wie immer man sie noch genannt haben mag, waren keine Kinder Gottes. Doch eines wußten sie, daß es nicht lohnt, sich im voraus Sorgen zu machen, die würden sich früh genug einstellen, wenn die Zeit gekommen war ...«

Man hörte zustimmendes Gemurmel.

»... und gab es ein Fest, so gab es ein Fest. Feiern, Amüsement, Singen, Spielen und Tanzen, das konnten sie, was immer man ihnen sonst nachsagt. Zwar sind wir keine Piraten, soviel ich weiß, aber warum sollten wir schlechter sein als Piraten, wenn es um ein Fest geht? Wie ihr seht, gibt es hier alles Nötige, Essen und Trinken, bis ihr erstickt und umfallt. Es sei euch ebenso gegönnt wie nur je den Piraten auf Sainte-Marie. Und wenn ich Snelgrave, dem Kapitän hier zu meiner Seite, glauben darf, so ist er niemals mit einer besseren Mannschaft gesegelt. Das mag der Teufel glauben, wenn ihr mich fragt, aber das ist seine Sache ...«

Es wurde dröhnend gelacht, und die Männer sahen sich gegenseitig mit kindlichem Stolz an. Wie wenig bedurfte es dazu!

»Eines aber ist sicher, und ich weiß, worüber ich rede, denn ich habe mittlerweile das meiste und die meisten in diesem Leben überlebt, daß ihr das verfluchte Glück habt, den besagten Snelgrave hier neben mir zum Kapitän zu haben. Wären alle gewesen wie er, was bekanntlich nicht der Fall ist, dann hätte keine Profession dieser Welt sich mit der der Hochwassersegler messen können. Habe ich nicht recht?«

Rufe und Schreie ertönten.

»Und darum schlage ich ein Hoch auf Kapitän Snelgrave vor!«

Ich hob mein Glas, und Hurrarufe von solcher Herzlichkeit ertönten, daß sie sogar ein Herz wie das meine zu rühren vermochten. Snelgrave selbst sah verlegen aus, wenn ich mich nicht irre, und tatsächlich wurde dieser erwachsene Mann rot.

»Und noch eines!« rief ich und brachte das Geschrei zum Verstummen. »Ich habe von den Glücksrittern auf Sainte-Marie gesprochen und will es noch einmal tun. Nicht, damit ihr ihnen nacheifert. Nein, die Zeit der Piraten ist vorbei, und glaubt mir, es ist gut so. Vielleicht ritten sie aus nach dem Glück, aber meist sind sie vom Pferd gestürzt und haben sich den Hals gebrochen. Und das ist nichts, worauf man es anlegen sollte, wenn ihr mich fragt. Mögen sie auf ihre Art glücklich gewesen sein, was nützt es ihnen heute? Und das trifft auf sie alle zu, ohne Ausnahme. Denn diese Regel gab es unter ihnen, daß keiner besser ist als ein anderer, im Leben und im Angesicht des Todes, Männer, und diese Regel gilt auch hier. Die Schwarzen, die ihr hier seht, sind keine Sklaven, und die Frauen sind keine Huren, sondern freie Männer und Frauen wie ihr selbst, und sie sollen danach behandelt werden. Trinkt und eßt und singt, wie ihr das verdient habt, denn wir sind hier dem Paradies auf Erden so nahe, wie ihr und ich ihm in einem ganzen Leben kommen können.«

Stille trat ein, denn den letzten Satz hatte ich mit gebührendem Ernst von mir gegeben, dann aber hörte man in der Menge eine Stimme, die ich nicht mehr vergesse:

»Lang lebe John Silver, John Silver, er lebe hoch!«

Und ehe ich mich noch versah, riefen die Männer und mit ihnen Kapitän Snelgrave von Herzen, denn das hörte sogar ich, daß ich tatsächlich so lange leben sollte, wie ich wollte und Lust hatte. Man hatte mich überrumpelt, aber unwidersprochen bleiben konnte das dennoch nicht.

»Ich danke für das Lebehoch«, rief ich, als ich wieder zu Wort kam, »auch wenn es nicht für mich bestimmt war. Mein Name ist John Smith, und wenn einer unter euch anderer Meinung ist, so mag er vortreten, damit wir das unverzüglich miteinander ausmachen.«

Dies wollte keiner, denn meine Stimme hatte einen anderen Klang angenommen.

»Es ist gut, Männer!« griff Kapitän Snelgrave mit seiner Kapitänsstimme ein, denn über diese verfügte er trotz allem. »Dies ist John Smith, ein ehrlicher Kaufmann, und darauf gebe ich euch mein Wort. Welchen Sinn hätte es denn, einem ein langes Leben zu wünschen, wenn er ein solches Unwesen getrieben hat, daß es ihn geradewegs an den Galgen bringen muß. Ich schlage ein Hoch vor auf John Smith, der außerdem Waren von uns gekauft hat, weshalb jeder von euch eine Gratifikation erhält, wenn wir Bristol erreichen.«

Und wieder ertönten die Hurrarufe, und dieser schreckliche Lärm setzte sich fort, als sie lachend und rufend am Tisch zulangten.

Müde und schwerfällig wie noch nie zuvor in meinem Leben ließ ich mich auf den Strand sinken, aber auch mit einer fremden, sonderbaren, nein, wunderbaren Wärme in der Brust. Sich vorzustellen, daß es Menschen gab, die im Vollbesitz ihrer Sinne und weder aus Todesangst noch weil sie zum Umfallen betrunken gewesen wären, John Silver ein langes Leben wünschten, genau das, was auch er sich von allem am meisten gewünscht hatte, solange er lebte. Natürlich sollte ich, so sagte ich zu mir selbst, nach dem Seemann suchen, der zu wissen glaubte, wer ich war, und ihm den Kopf abschlagen und die anderen zum Schweigen bringen. Doch ich muß gestehen, daß ich mich dazu nicht imstande sah. Meine Zeit war vorüber, trotz aller Wünsche für ein langes Leben. Und wer sollte sich die Mühe machen, ein spackes Wrack wie mich nach Hause und an den Galgen zu schaffen? Ich tat doch keiner Fliege mehr etwas zuleide.

Das Fest ging weiter, bemerkte ich, doch ohne mich. Ich trank einiges, wurde aber nicht betrunken, wie es meine Absicht gewesen war. Einer nach dem anderen kam zu mir und unterhielt sich freundlich mit mir, bedankte sich, doch ich weiß nicht, was ich darauf antwortete. Ich sah, wie eine Teerjacke auf dem Tisch tanzte, zwei andere würfelten, Snelgrave hatte sich in ein Gespräch mit Jack vertieft, ein Seemann hatte eine lachende Eingeborenenfrau auf dem Schoß, ein anderes schwarzweißes Paar verschwand, heimlich, wie sie sich einbildeten, im Gebüsch, ein armer Kerl übergab sich auf seine Füße, ein anderer warf seine Kleider auf den Strand und sich selbst ins Wasser. Es war, wie es zu sein hatte und wie es immer gewesen war. Jedenfalls war es die Erinnerung an ein Leben wie das meine wert.

In der Abenddämmerung verabschiedete ich mich von Kapitän Snelgrave, ich denke, mit aufrichtiger Freude, daß ich einen Menschen wie ihn kennengelernt hatte, und auch voll Trauer, weil ich nie mehr einem wie ihm oder seinesgleichen begegnen würde. Nur eine Frage hatte ich den ganzen Tag hindurch auf den Lippen gehabt, nämlich, ob ihm bekannt sei, wer ich war, und ob die Männer, als sie Hurra riefen und mir ein langes Leben wünschten, dies im vollen Bewußtsein dessen taten, daß ich ich war. Zumindest da war etwas, was zuletzt, wenn man den Strich zog und die Rechnung aufmachte, mich und diesen Tyrannen Wilkinson unterschied. Für ihn war ein Hoch der Mannschaft Hohn, Schande, Strafe. Für mich war das Hoch der Beweis dafür, daß ich gelebt hatte und das nicht einmal vergebens.

Ich humpelte hinauf in meine Behausung, saß eine Zeitlang da und betrachtete das Feuer und die Schatten, die es umgaben. Müde war ich an Körper und Seele, aber dennoch zufrieden. Viel gab es nun nicht mehr, für das es zu leben lohnte. Abschied hatte ich genommen, meine Erinnerung versiegte, und wie lange schien sie unerschöpflich gewesen zu sein. Ich sah, wie das Ende mit gemächlichen Schritten näherkam, und hieß es willkommen. Selbst den Punkt zu setzen, war mein einziger Wunsch, denn ich hatte gelebt bis zuletzt.

32

Vor zwei Tagen, in der Morgendämmerung, lichtete die *Delight of Bristol* den Anker, setzte Segel und glitt mit Kurs auf Ehre und Redlichkeit langsam aus der Ranter Bay. Im Tubus erkannte ich Männer in der Takelage und an Deck, die in meine Richtung winkten, ohne daß sie jemand darum bat. Auf dem Achterdeck stand Kapitän Snelgrave, der sich, als die Manöver ausgeführt waren und der Kurs anlag, umdrehte und zu mir und meiner Burg hinaufsah. Zugestanden, es konnte sich auch um Einbildung handeln, doch in diesem Augenblick wollte ich, daß die ganze Welt sich darauf einigen möchte, John Silver zu mögen, zu ihm aufzusehen und ihn als den guten, freien Kameraden zu respektieren, der er auch sein konnte in seinen besten Augenblicken, wenn es ihn überkam.

Dort segelt ein anständiger Mensch, dachte ich, als ich sah, wie das Schiff sich auf der offenen See in der Dünung wälzte. Ich blieb stehen, bis die Segel im Dunst vor dem Horizont verklungen waren, der nun wieder mir gehörte, ohne daß er mir Vergangenheit und Gegenwart hätte schenken können, zu schweigen von der Zukunft, wenn ich eine besaß. Nur ein Gedanke. Denn in meinem Inneren wußte ich oder glaubte ich zu wissen, daß dies das letzte gewesen war, was mir von den Wundern der Zivilisation vor Augen kam. Kapitän Snelgrave und seine Besatzung hatten mich, ohne daß sie es wußten, abgefiert zu meiner letzten Fahrt unter Segeln. John Silver würde abgerüstet und abgewrackt werden, für Zeit und Ewigkeit, anders verhielt es sich nicht. In meinem Leben habe ich dem Tod oft eine Nase gedreht, doch der Tag sollte kommen, an dem auch meine verschiedenen Begabungen nichts mehr verschlagen würden.

Hinter mir liegt der Spiegel und das Geschenk von Kapitän Snelgrave. Beides habe ich noch nicht berührt. Bald wird es dafür Zeit, und das kann in meinem beachtlichen Alter auch nicht anders sein. Ist etwas zu spät, so nimmt man es nicht wahr oder man nimmt Schaden.

Also saß ich hier in aller Ruhe, nach vollzogenem Abschied, wie ich mir einbildete, und sah Snelgraves Schiff und dessen vortreffliche Besatzung im Dunst meiner Kurzsichtigkeit verschwinden. Das ist es gewesen, dachte ich. Noch einige Worte zur Geschichte John Silvers und dann Punkt. Was konnte einer von meiner Sorte noch verlangen?

Wie dumm darf man sein? Warum sollte ich nun Ruhe und Frieden finden, da ich sie zuvor doch nie gefunden hatte?

Hätte ich es vermocht, so hätte ich mir wohl die Haare gerauft und hätte mich auf einen Pakt mit dem Teufel eingelassen, so wie Lewis, als er auf den Großmast kletterte, sich Haarbüschel ausriß und sie dem Teufel zu Ehren ins Meer warf, um Wind zu bekommen. Oder wie der alte Barde am Hangman's Point, der seine tausendjährigen Geschichten vergessen hatte und sich deshalb das Leben nahm.

Ich konnte mir die Haare aber nicht raufen, hatte ich doch nicht mehr sonderlich viele, wie ich als erstes feststellte, als ich mich im Spiegel betrachtete. Ich sah meine klägliche Physiognomie, eingesunken, triefäugig, gelblich: Das hat seine Ordnung, dachte ich. Ich hatte wahrlich nicht erwartet, viel mehr zu sehen als eine lebende Leiche, und war darum auch nicht enttäuscht. Auf diesem Konto stand nichts, über das ich jammern mußte.

Dann aber öffnete ich Snelgraves Geschenk, das mich nach seinen Worten so besonders interessieren würde. Interessieren! Mich doch eher fast um die Besinnung brachte! Denn was sah ich! Eine Schrift von Jim Hawkins' Hand, gedruckt, eingebunden und aller Wahrscheinlichkeit nach auch käuflich zu erwerben, jedem zugänglich, der in ihren Besitz gelangen und damit tun konnte, was er wollte. Da stand er, schwarz auf weiß, auf der Titelseite, der Name Jim Hawkins, der Name dessen, der mich daran gehindert hatte, meinen rechtmäßigen Anteil an Flints Schatz in Besitz zu nehmen, ein Schatz, der Flint nicht mehr zustand als irgendeinem anderen. »Die Schatzinsel« nannte Hawkins sein Werk, als habe es jemals eine Insel mit diesem Namen gegeben!

Mit den schlimmsten Ahnungen schlug ich das Buch auf. Und auf was stieß ich sofort, wenn nicht auf Flints verfluchte Karte, die fast mein Ende gewesen wäre und zum Tod so vieler anderer beigetragen hat. Und danach? Danach das Aas Billy Bones. Und danach? Danach Long John Silver, mit Zunamen und allem. Barbecue, seitauf, seitab. Ich las und las, las, wie ich noch nie in meinem Leben gelesen hatte, und eine Bewegung aller Sinne, über die ein Mensch verfügt, erschütterte mich. Hier gab es einen weiteren John Silver, und er war zweifellos am Leben. Noch ein John Silver, den man verabscheuen oder mögen konnte. Eine weitere Leiche, die man über Bord gehen lassen konnte.

Ich weiß nicht, wie viele Male ich das Buch las. Ich war gefesselt, gefesselt an Händen und Füßen, außerstande, noch vernünftig zu denken. Ich vergaß, daß ich es war, daß diese Worte meinem Mund entstammten, daß sich jemand mit meinem Leben zu schaffen gemacht hatte, ohne mich danach zu fragen. Ja, ich gestehe ein, daß ich beim geringsten Anlaß weinte und lachte, während ich die Worte bis zum letzten Tropfen aufsaugte. Schreiben und erzählen, daß man vergaß, wer man war und wo man sich befand, das konnte dieser Grünschnabel.

Dann aber, gezwungen, wieder ich selbst zu sein und mir ins ledrige Gesicht zu sehen, erwachte ich aus dem Wortrausch. Der Kater war die Ursache eines sonderbaren Geschmacks in meinem Mund. Mein Kopf dröhnte, daß ich weder ein noch aus wußte. Ja, ich hatte wahrlich erfahren, daß ich noch am Leben war.

Denn was hatte dieser verfluchte Hawkins sich herausgenommen? Er hatte mich nicht nur zur allgemeinen Betrachtung ausgehängt, mich mit einem üblen Leumund versehen und allgemeinem Gelächter preisgegeben. Er hatte mich nicht nur in einen Käfig gesetzt, so wie es die Dänen in Kopenhagen mit Piraten machen, um alle Seeleute, die auf die Sklavenroute sollen, in Angst und Schrecken zu versetzen. Nein, darüber hinaus hatte er die Schrift in Druck gegeben und damit ein vernichtendes Zeugnis abgegeben, das einen wie mich auf geradem Weg an den Galgen brachte.

Sollte Hawkins einfach nur ein Denunziant sein? Obwohl er und ich ein Abkommen getroffen hatten! Was sich auch, gänzlich der Wahrheit entsprechend, in seiner Schrift wiederfindet. »Aber denk daran, Jim«, sagte ich, »Gleiches mit Gleichem, dann rettest du Long John davor, daß er am Galgen baumeln muß.« Und Jim, und das wurde schriftlich für alle Ewigkeit festgehalten, antwortete, er werde tun, was in seiner Macht stand.

Ich habe meinen Teil der Übereinkunft tatsächlich eingehalten und habe ihm sein erbärmliches Leben gerettet. Er hingegen hat seinen Teil gebrochen. Ist das sein Dank?

Doch so leicht wird man mit John Silver nicht fertig, so wahr ich seinen Namen trage. Nach Bristol segeln und das Leben zurücknehmen, das ich damals gerettet hatte, das konnte ich nicht, auch hätte es keinen Sinn, ihn zum Schweigen zu bringen. Das Zeugnis war abgelegt und auf immer ins Protokoll eingetragen.

Das letzte Wort jedoch wird niemals gesprochen, soviel habe ich nun begriffen, auch wenn ich geglaubt hatte, hinter manches einen Punkt setzen zu können. Wenn es etwas gibt, auf das man niemals ein Akonto verlangen darf, dann ist es das eigene Ende. Jim Hawkins hielt die Augen offen, so viel ist sicher, aber das galt auch für John Silver. Er fürchtete keinen, er nicht, und mutig war er wie ein Löwe. Es ist wahr, es ist so, wie Jim Hawkins es aufgeschrieben hat. Nur vor einem hatte er Angst, vor dem Galgen, daran ist nicht zu rütteln, und es verhält sich so, wie es dort steht. Er hatte seine eigene Art, mit den Menschen zu sprechen und jedem gerecht zu werden, wie wahr. Er war kein Mann wie jeder, richtig auch dies, er ist zur Schule gegangen, und wenn er in der Stimmung war, konnte er reden wie ein Buch. Er wußte sich zu benehmen, er konnte ein Gentleman sein, wenn er wollte, und einzigartig in seiner Art, bis dahin alles richtig und zutreffend. Ein seltsamer Mann war er in jener Welt, die seine war, auch dagegen läßt sich nichts einwenden. Alles steht dort, wie es der Wahrheit entspricht, und Jim Hawkins hat nichts Unwahres geschrieben.

Aber vergeßt nicht, daß auch dies so wahr ist wie das Amen in der Kirche, daß einer, der John Silvers Kamerad ist und ihn verrät, das nicht auf derselben Welt tut wie der alte John. Und denkt daran, daß keiner, der sich ihm widersetzt, noch einen ruhigen Augenblick erlebt. Bin ich denn ein schlechterer Kerl als dieser Jim?

33

Bester Jim Hawkins! Ich weiß nicht, ob dieser Brief Dich je erreicht. Hingegen bin ich ziemlich sicher, daß Du Dir nicht die Mühe zu machen brauchst, eine Antwort zu verfassen, es sei denn, Du verfügst über Wege, Deinen Brief geradewegs in die Hölle zu befördern, wenn es sie denn gibt. Wahrscheinlich bin ich tot, wenn Du dies liest und womöglich erfahren hast, in welchem Winkel der Welt ich meine letzten vergnügten Tage verbrachte.

Doch jetzt lüge ich natürlich, wie es meine Gewohnheit war, wenn es mich ankam. Wenn ich indessen aufrichtig sein soll, sind meine letzten Tage nicht so vergnügt gewesen, und dies, Jim, ist Deine Schuld. Wie ich freilich zugebe, nicht nur die Deine. Auch ich bin für einen Teil dessen verantwortlich, was meinen Seelenfrieden beeinträchtigt. Doch ich muß Dir die Frage stellen, warum Du mich so bloßgestellt hast. Als hättest Du nicht begriffen, daß Deine Erzählung als Zeugenaussage gewertet wird, die mich direkt an den Galgen bringen kann. Ich habe Dir das Leben gerettet, solltest Du das vergessen haben, und Du hast versprochen, alles zu tun, was in Deiner Macht steht, um das meine zu retten. Ist es möglich, daß Du mich nicht nur an den Pranger stellen, sondern mich obendrein auch noch hängen lassen wolltest?

Doch nein, das kann ich trotz allem nicht glauben. Ich will nicht heucheln, anfangs, als ich Deine Schrift in der Hand hielt, habe ich das geglaubt, aber jetzt habe ich nachgedacht und lange darüber gegrübelt. Du warst in vieler Hinsicht ein Ehrenmann und hast mich verteidigt, und nicht nur, das wage ich zu behaupten, weil ich Dir das Leben gerettet habe. Nein, Jim, Du hast mich auch so, wie ich war, gut leiden können. Das scheint trotz allem in Deiner Schrift durch, auch wenn Du im selben Augenblick Todesängste vor mir ausstehst. Aber wem erging das anders. Du befindest Dich in guter Gesellschaft. Sogar Flint wurde unsicher, wenn ich zu sprechen begann.

Du hast mich also gemocht, darauf setze ich meinen Kopf, mag er auch nicht mehr so wertvoll sein wie damals. Wie aber kommt es dann, mein Freund, falls ich Dich so nennen darf, daß Du der ganzen Welt so gedankenlos auf die Nase schreibst, daß ich womöglich lebe und es mir mit meiner Negerin und meinem Papagei gutgehen lasse, und daß es keineswegs gesichert ist, daß ich hier auf Erden meine Strafe erhalte?

Die Menschheit, Jim, braucht einen John Silver, der so ist wie kein anderer. Wäre kein Preis auf meinen Kopf ausgesetzt, wüßte niemand, was es wert ist, am Leben zu sein.

Ja, Jim, so dumm bin ich auf meine alten Tage geworden, auch wenn ich Bescheidenheit noch nie auf meine Fahnen geschrieben habe, daß ich in vollem Ernst meine, der Welt entstünde ein spürbarer Verlust, wenn man mich hängte wie einen einfachen Banditen, woraufhin ich in Vergessenheit geriete. Männer wie mich hängt man nicht, damit sie ihre Strafe erhalten oder um andere abzuschrecken, vielmehr, damit man vergessen kann, daß sie ein Leben verbracht haben, das ebenso lebenswert war wie das vieler anderer. Macht man Männer wie mich zu Feinden der Menschheit, verurteilt sie zum Tode und hängt sie, dann nur deshalb, weil ihr sonst nicht wüßtet, was gut ist und was schlecht auf dieser Welt.

Jim, Du hörst, daß ich mir auf mein Ende zu einige Gedanken gemacht habe. Auch gibt es nicht mehr sonderlich viel zu unternehmen, wenn man mit einem Bein im Grabe steht, insbesondere dann, wenn man nicht mehr als eines hat und jeden Augenblick nach der falschen Seite kippen kann.

Doch Du bist noch immer ein junger Mann, und natürlich glaubst Du mit einem gewissen Recht, Dein Leben liege noch vor Dir. Warum solltest Du Dein künftiges Leben an einer unsäglichen Figur messen, auf deren Kopf obendrein ein Preis ausgesetzt ist?

Du behauptest, es seien Livesey und Trelawney gewesen, die Dich baten, Deine Erinnerungen aufzuzeichnen. Warum? frage ich. Weil es unvorteilhafte Gerüchte gab, ich und meinesgleichen hätten einigen eine lange Nase gezeigt? Oder nur, weil Trelawney getreu seiner Gewohnheit klingende Münze schlagen wollte aus etwas, das nicht ihm gehörte?

Eines solltest Du vielleicht bedenken, ich hatte auf Flints Schatz einen rechtmäßigen Anspruch, einen anderen als Gierhälse vom Schlag Trelawneys. Du hast selbstverständlich Deinen Anteil an diesem Schatz erhalten, und wahrscheinlich bist du heute ein vermögender Mann. Doch ich muß Dir sagen, Jim, daß Du nicht besser bist als irgendeiner aus Flints alter Kompanie. Du lebst auf ihren Leichen, erinnere Dich daran, wenn Du in der Kutsche fährst, deine Perücke puderst, den Schnupftabak aus einer Golddose nimmst und als gute Partie, die Du nun bist, die Aufmerksamkeit der Damen genießt. Für wieviel bist du gut? Zehntausend Pfund vielleicht, genug, damit Du in Deinem ganzen Leben nicht einen Finger mehr krumm machen mußt. Und darum beneide ich Dich, das kannst Du mir glauben, denn ich mußte immer hart arbeiten, damit ich mir zu guter Letzt einige Jahre als Tagedieb leisten konnte. Ich hatte nicht Dein Glück.

Du bemerkst, daß ich nicht mehr der Alte von früher bin, als alles Fahrt und Wind hieß und ich meine Toppsegel stets gesetzt hatte, nur nicht bei vollem Sturm, beim Ablegen oder bei Windstille.

Warum Du zu keinerlei Nutzen bei den Jahreszahlen gelogen hast, begreife ich nicht. Jede Teerjacke wußte doch Bescheid, wann die *Hispaniola* ablegte und wieder zurückkehrte. Auch die Karte ist nicht die echte, denn Flint, steht dort, soll sie 1754 an Bones übergeben haben. Hätte Flint in diesem Fall nicht noch dreißig Jahre lang weitergelebt? Nein, auch das kannst Du einem anderen erzählen. Flint ist ein Teufelskerl gewesen, er war aus zähem Holz, aber er ist nicht mehr als acht Jahre lang gesegelt, davon die letzten drei mit dem Unterzeichnenden.

Andererseits muß ich gestehen, daß Du mich stellenweise lebensecht wiedergibst, zum Beispiel, wie ich mit Dir an der Koppel hinter den anderen her zu jenem Ort gegangen bin, an dem Flint seinen Schatz vergraben hatte. Du hattest ein waches Auge, ich habe es immer gesagt. Du hast begriffen, daß meine Ehrenworte keinen Deut wert gewesen wären, hätten wir den Schatz gefunden. Niemals begriffen hast Du allerdings, aber Du warst ja auch nur ein Junge, daß ich mich ebensowenig um die Piraten gekümmert habe wie um euch andere. Du hast aus mir eine Wetterfahne gemacht, Jim, dabei hat es keinen gegeben, der so standfest und seinen Grundsätzen so treu gewesen ist wie ich. Der Schatz und John Silver zuerst, der Galgen zuletzt, so lauteten meine Statuten, und an sie habe ich mich gehalten, das kann ich geloben.

Doch ich bin nicht kleinlich. Du hast Leben in die alte Leiche gebracht, mag es sich auch nicht um die ganze Wahrheit handeln. Außerdem, aber wie hättest Du das ahnen sollen, bin ich selbst dabei, mein Leben aufzuschreiben, wie es war, die Wahrheit notabene, und keine Hirngespinste, warum, weiß ich nicht. Ich habe mir wohl eingebildet, es geschehe, damit ich bei Verstand bliebe, bis der Tod mich von allem scheidet. Was dumm war, denn wenn man sich von etwas fernhalten muß, um der gesunden Vernunft willen, dann ist es die Schreiberei.

Wahrscheinlich glaubst Du, ich wolle mich in Pose werfen und eine Rede zu meiner Verteidigung halten oder wolle behaupten, Du seist kein glaubwürdiger Zeuge. Doch wozu? So dumm bin ich nicht, daß ich nicht begreife, was in dieser Welt gutgeheißen und was schlechtgeheißen wird und auf welcher Seite ich selbst zu Hause bin. Gut und schlecht, das ist nur eine Erfindung der Menschen, ebenso wie richtig und falsch. Warum hätte ich mich um so etwas kümmern sollen, da ich doch mein Recht zu leben verwirkt haben soll?

Ja, ich weiß, was Du denkst. Schließlich hätte ich meine Schenke »Spy-Glass« in Bristol weiterbetreiben und mich im übrigen zurückhalten, einen rechtschaffenen Kaufmann abgeben können, wenn es denn solche gibt. Aber Du mußt wissen, daß ich einzig darum nach Bristol zurückgekehrt bin, um Flints und Bones' Karte an mich zu bringen, und indem ich das tat, setzte ich mein Leben aufs Spiel.

Als Flint starb, räumte Bones, dieser Teufel, das Feld. Das war seine Rache, weil wir anderen ihn behandelten, wie er es verdiente. Ein großes Maul, aber geizig, feige und kleinlich. Bestimmt bildete er sich ein, er könnte ein Schiff ausrüsten und den Schatz allein an sich bringen. Als hätte ihm dazu nicht jede Fähigkeit gefehlt. Rum, sonst nichts hatte er im Kopf, und dafür war reichlich Platz.

Doch man sagt, alles Schlechte habe auch seine guten Seiten. Bones büßte sein Hirn ein, bekam an seiner Stelle jedoch die Karte. Denn wer leistete Flint Gesellschaft, als er sich in Savannah zu Tode soff, wenn nicht Billy Bones. Wäre Flint noch im Vollbesitz seiner Sinne gewesen, wenn er das denn jemals gewesen ist, dann hätte er einer Memme wie Bones die Karte nicht gegeben. Flint erhielt seine Strafe, denn sobald Bones die Karte hatte, ließ er Flint im Stich, der in seinem Erbrochenen erstickte, Darby M'Graw hat ihn gefunden.

Ich erinnere mich daran, als wäre es gestern geschehen. Welch eine Aufregung! Wahrscheinlich traust Du nun Deinen Augen nicht, Jim, aber manche Gesichter waren tatsächlich tränenüberströmt, doch es war nicht Trauer in der landläufigen Bedeutung, sie verloren nur den Mut. Ihr ganzes Leben hatten sie niemals weiter als bis zum Horizont gesehen, achteraus hatten sie fast alles vergessen und wollten jedenfalls nichts davon wissen, im übrigen waren sie leer wie das Grab. Nun, mit Flints Tod sollten sie plötzlich selbst denken, Entscheidungen treffen und im Wirrwarr des Lebens einen Kurs vorgeben. Es schien, als habe der ganze Haufen die Höhenangst und den Gegenwind in den Segeln.

Sogar ich war erschüttert, ohne Flint war alles zu Ende. Er war der Letzte der Großen und obendrein der einzige, der mit dem Leben davongekommen war, bis er seinem Elend selbst ein Ende setzte. Ohne ihn waren wir machtlos. An Bord hatte man ihn gefürchtet und sogar gehaßt, doch auf seinem Feld war er unschlagbar. Er hatte sich Freiheiten auf Kosten der Mannschaft herausgenommen, hatte, wenn sich Frauen an Bord befanden, gegen alle Statuten verstoßen, hatte einen großen Teil unserer gemeinsamen Kasse vergraben, damit keiner weich wurde und sich zurückzog, von unseren Männern hatte er ein Dutzend oder mehr eigenhändig wegen Feigheit getötet – Flint aber war Flint, ein hervorragender Kapitän, der auf sein, mein und unser Wohl bedacht war und ein begnadeter Segler. Keiner, und wir hatten viele gute Seeleute an Bord, konnte ihm das Wasser reichen, wenn das Schiff in schwierigen Situationen geführt und manövriert werden mußte.

Und es dauerte noch ungefähr ein oder zwei Tage, Flint lag auf dem *lit de parade,* umgeben von einer rumgetränkten Totenwache, bis mir, als erstem, Flints Karte in den Sinn kam. Ich fledderte ihn vom Scheitel bis zu den Fußspitzen, jedoch ohne Erfolg. Wir stellten seine Kajüte auf den Kopf, später die gesamte *Walrus,* ohne die kleinste Zeichnung von Flints Hand zu finden. Erst danach fragte einer, Hands wahrscheinlich, nach Billy Bones, der schließlich bis zuletzt mit Flint gesoffen hatte. Und da entdeckten wir, daß Bones die Beine in die Hand genommen hatte und mit der Gig verschwunden war.

Durch die Reihen der Männer ging ein Wutschrei, und es

wurden zahlreiche Eide geschworen, daß sich unsere Gesellschaft erst auflösen dürfe, wenn Bones tot, die Karte wiedergefunden und der Schatz gehoben war. Man wählte mich zu einer Art Kapitän für einen Teil der Besatzung, und Du weißt, welchen ich meine. Ohne weitere Umschweife ließ man Flint nun, da es wieder neuen Lebensmut gab, über Bord gehen. Unter meiner Aufsicht wurde die Beute gerecht geteilt. Aus dem Holz der *Walrus* bauten wir vier kleinere Boote, die Schiffsreste verbrannten wir. Zu guter Letzt feierten wir ein Fest, wie wir es selten gefeiert hatten, bei dem alles Trinkbare und der Teil des Proviants, der in den kleineren Booten keinen Platz fand, vertilgt wurde. Es dauerte eine Woche, und selten habe ich eine Schar so elender Glücksritter gesehen, wie jene bleichen, fahlen Männer, die mit ihren Booten vom Land ablegten, von denen jedes einen anderen Kurs einschlug, ohne daß die Insassen sich noch einmal umsahen.

Und dies, Jim, ist die Geschichte. So ist es zugegangen, als die letzten Piraten und die schlimmsten von allen zum Glück aller vor Geld strotzenden Handelshäuser ins Grab sanken. Was aus den anderen drei Booten mit jeweils dreißig Mann geworden ist, weiß ich nicht. Manche wurden wahrscheinlich aufgebracht und gehängt, andere soffen sich zu Tode oder beendeten ihre Tage als lausige Bettler, das Übliche. Nicht so jene unter meinem Befehl. Wir nahmen Bones' Spur auf und erfuhren, daß er nach England zurückgekehrt war. Und hier hast Du die Erklärung, Jim, warum Du mir in Bristol begegnet bist. Ich bin keineswegs zurückgekehrt, um ein ehrbares Leben zu beginnen, wie man so sagt. Nur wegen meines Blutgelds bin ich zurückgekehrt. Unter ständiger Gefahr für das wenige, das ich an Leib und Leben noch besaß.

Und auch das will ich Dir sagen, ehe ich es vergesse, für einen, den Parlament und König als Feind der Menschheit bezeichnen und die Papisten als *Terrorista,* für den existiert kein zweiter Kurs. Will man als Mensch leben und dies mit einigem Sinn bis an sein Ende, kann man nur zwischen zwei Möglichkeiten wählen. Die eine besteht darin, daß man den Kurs beibehält, die andere, daß man sich hängen läßt. Falls man nicht für den Rest seiner Tage in ständiger Angst um sein Fell herumschleichen will, ohne einem einzigen Menschen zu vertrauen. Vielleicht sagst Du nun »Amnestie«. Manche Glücksritter haben sich amnestieren lassen. Gut, sage ich, aber was ist aus ihnen geworden? Die Majestät mag Amnestie und Gnade gewähren, aber tun das auch das gewöhnliche Volk und die Reichen?

1

Also schreibe ich mein Leben, und bestimmt, so antworte ich für Dich, erstaunt Dich das, denn Du weißt so gut wie andere, daß ich bei fast allem, was mit der Wahrheit zu tun hatte, durch die Finger gesehen habe. Glaubwürdigkeit war mein Geschäft, dank ihrer habe ich in dieser Welt etwas erreicht.

Im vergangenen Jahr, es mag länger oder auch weniger lang her sein, in meinem Alter nimmt man es mit der Zeit nicht so genau, habe ich also hier gesessen und versucht, schwarz auf weiß niederzuschreiben, was ich für die richtige Seite jenes Lebens halte, das meines zu sein scheint. Du kannst mir glauben, das ist harte Arbeit, nichts für Faulenzer oder Nichtstuer, aber das weißt Du, nachdem Du die »Schatzinsel« geschrieben hast!

Du wunderst Dich natürlich, warum ich mich auf diese Weise an Dich wende. Schreiben ist eine einsame Beschäftigung, einsamer, wie ich feststellen konnte, als leben. Also schreibe ich an Dich, und damit wirst Du Dich abfinden müssen.

Im übrigen bist Du nicht der erste, dem diese Ehre zuteil wird. Kannst Du Dir vorstellen, daß ich dem Schriftsteller Defoe mein halbes Leben erzählt habe? Natürlich hältst Du mich jetzt für verrückt, da er tot ist und begraben, aber einen mußte ich haben. Ich hätte an Dich denken sollen. Du lebst und hast Erfolg, wie ich hoffe, und Du kannst lesen. Infolgedessen habe ich mich entschlossen, an Dich zu schreiben, bis mein Saft versiegt und die Adern austrocknen. Interessieren müßte es Dich jedenfalls, denn zu erzählen bleibt von meinem Leben noch die Zeit mit Flint – neben dem, was Du die »Schatzinsel« genannt hast. Diesen Gefallen hast Du mir trotz allem getan, daß Du mir erspart hast, mich selbst zu erinnern und von diesem erbärmlichen Fehlschlag zu berichten, dessen Ursache meine Neigung zu einem Grünschnabel wie Dir war.

Im Jahr des Herrn 1723 muß es gewesen sein, als ich in Port Royal auf Jamaika an Land ging, mit meinem neuen Wissen darüber, wo der Platz für einen von meiner Sorte in diesem Leben ist, ein Wissen, das ich in London mit Defoes Hilfe erworben hatte. Bei mir hatte ich Israel Hands, nicht unbedingt einer, mit dem der Umgang sonderlich leichtfiel. Sobald wir Gravesend hinter uns gelassen hatten, fing er an zu saufen wie ein Loch, und erst bei seinem Tod hat er wieder damit aufgehört. Ein unangenehmer Teufel ist er gewesen, dieser Hands, und es gab Augenblicke, in denen ich mir wünschte, Schwarzbart hätte ein wenig höher gezielt. Keiner kann Dir jedenfalls vorwerfen, Jim, daß Du zu guter Letzt besser getroffen hast.

Natürlich höre ich jetzt, wie Du Deinen alten Schiffskameraden Silver fragst, warum er Abschaum wie Hands überhaupt mit sich herumgeschleppt hat.

Zu jener Zeit waren die Tage der Glücksritter bereits gezählt. Die meisten waren tot, und auf die anderen war Kopfgeld ausgesetzt. Die Spanier transportierten ihre Reichtümer in Konvois aus Hunderten von Schiffen, und die Glücksritter waren trotz allem keine Selbstmörder, mochte es ihnen auch mitunter gleichgültig sein, ob sie lebten oder starben. Zudem hatte man den Gouverneuren auf den Inseln Anteile am regulären Handel eingeräumt. Früher hatten sie Kaperbriefe ausgestellt, waren mit Prozenten an unserer Beute beteiligt worden, hatten Hurenhäuser und Schenken besessen und unsere Sache gegenüber König und Parlament vertreten. Als aber der Gewinn zurückging, erschien es lohnender, auf den normalen Handel zu setzen, wodurch wir Feinde bekamen, die weit schlimmer waren, als alle Kriegsschiffe und Kanonen es sein konnten. Ein ärgerer Feind als das, was sie zurückgehenden Profit und schlechte Prozente nennen, läßt sich nicht finden. Dagegen zu kämpfen, ist nicht anders, als pisse man gegen den Wind. Man bleibt nicht sauber, und anschließend stinkt man.

Soviel hatte ich also eingesehen, es war nichts Geringes, eine Mannschaft zusammenzubringen und einen Kapitän zu finden, der gegen alle Odds und gegen den Rest der Welt bereit war, sein Glück zu versuchen. Männer wie Hands, ohne Furcht und Skrupel, waren nötig, wenn ich mich eines Tages freikaufen wollte. Neunhundert Pfund hatte ich in England angelegt. Das war nicht wenig, und das Geld befand sich an sicherem Ort, bei einem Londoner Goldschmied, wie es üblich war, so daß ich an vielen Orten auf der Welt Wechsel ziehen konnte und bares Geld erhielt, was jedoch nicht ausreichte, um in Frieden zu leben. Wenigstens dreihundert Pfund im Jahr benötigte man zu jener Zeit, wollte man Rentenpapiere erwerben und leben wie ein Gentleman, ohne einen Finger krumm zu machen, falls man das ertrug. Es glaube doch keiner, daß Long John Silver zu seinem Vergnügen, oder weil er nichts Besseres gewußt hätte, so wie die meisten anderen, mit Flint gesegelt ist.

Flint ließ sich indessen nicht so leicht aufspüren, und zu jener Zeit hatte er noch keinen großen Namen. Ich erfuhr, daß ein Pirat auf den Antillen hauste wie in der guten alten Zeit. Wer er aber war und woher er kam, wußte keiner. Anfangs war es noch nicht einmal sicher, ob es sich überhaupt um einen Piraten handelte. Wie es schien, verschwanden Schiffe einfach im Nichts, ohne daß man dafür Wind und Wetter hätte verantwortlich machen können.

Doch dann fand man die Mannschaft einer amerikanischen Brigg, die tatsächlich von einem leibhaftigen Piraten angegriffen worden war. Aber kein Mitglied dieser Mannschaft hatte ihn gesehen oder hatte gehört, wie sein Name erwähnt wurde. Sobald sie die Flagge gestrichen hatten, waren sie mit dem Rücken zu den Piraten an der Reling aufgestellt worden. Manche waren auf die Knie gefallen und hatten Gott um

Gnade angefleht. Einige von ihnen hatte man über Bord geworfen, anderen waren die Augen verbunden worden, man hatte sie unter Deck getrieben und mit Proviant, Waffen und dem, was zum Überleben nötig war, auf einer Insel an Land gesetzt.

Zwei Monate später wiederholte sich die gleiche Geschichte, wenn auch mit dem Unterschied, daß man alle Offiziere einen Kopf kürzer gemacht hatte, weil sie, wie es hieß, befohlen hatten, Widerstand zu leisten, und damit das Leben friedlicher Seeleute gefährdet hätten. Schließlich trafen Nachrichten von den Spaniern ein, ein unbekannter Pirat habe drei ihrer Schiffe gekapert und verbrannt, wobei er nur das Leben der an Bord befindlichen Sklaven verschont habe.

Fest stand also, daß es in diesen Gewässern zumindest einen Piraten gab und daß es sich außerdem um eine kluge, entschlossene Mannschaft handelte, die um ihr Wohl besorgt war, wenn auch nicht um das anderer. Für das gewöhnliche Volk und die Behörden wurde dieser unbekannte Pirat zu einem Gespenst, furchteinflößend und doch nicht ganz wirklich, wie Gott und der Satan oder der Heilige Geist und die Engel, wenngleich ohne Priester, die die Leute mit Legenden, Schnurren und Geschwätz anstacheln konnten.

Aber wie sollte man mit diesem Spuk in Kontakt treten, diesem Schatten seiner selbst, diesem rätselhaften Piraten?

Ich erwarb einen alten Schiffsrumpf und machte zur Bedingung, daß dieser Kauf geheimgehalten werden müsse, da ich wertvolle Ladung in Aussicht hätte und befürchtete, Piraten könnten davon Kenntnis erhalten. Die Neuigkeit verbreitete sich mit der Eile eines Lauffeuers, genau wie ich angenommen hatte, und es ging so rasch, daß Hands, dem ich über die Angelegenheit kein Wort mitgeteilt hatte, bereits am nächsten Tag zu mir kam und mich fragte, ob es wahr sei, daß ich ein Schiff gekauft hätte.

»Wer hat dir das erzählt?« fragte ich empört.

»Außer mir weiß es niemand. Ich habe es im Vertrauen gehört und habe versprochen, den Mund zu halten. Obwohl ich wußte, daß du es mir erzählen würdest. Du verrätst doch nicht den alten Hands, habe ich gedacht.«

»Niemals im Leben«, sagte ich.

»Wann segeln wir?« fragte Hands. »Und wohin?«

»Morgen.«

Hands sah mich mit seinen blutunterlaufenen, wäßrigen Augen an.

»Und die Mannschaft? Waffen? Kanonen?«

»Wir segeln ohne.«

Hands schien überhaupt nichts zu verstehen, was bedeutet, daß er im großen und ganzen der alte blieb.

»Wir segeln nicht als Piraten«, sagte ich. »Wir segeln als Prise.«

Mehr konnte ich nicht tun. Früher oder später würde dieser gefürchtete, namenlose, nicht dingfest zu machende Pirat von mir hören und wissen, daß eine leichtere Beute sich nicht finden ließ. Sicherheitshalber verbreitete ich jedoch auch, ich hätte die Absicht, nach St. Thomas zu segeln, Ware zu laden und zurückzukommen.

St. Thomas, wirst Du jetzt sagen, war das nicht unklug? Doch, aber ich dachte, daß wer mich als halbnackten Wilden gekannt hatte, mich in protzigem Staat nicht erkennen würde. Schließlich hatten nur die Schwarzröcke den Vorzug genossen, mich näher zu studieren. Und ich hatte meine Gründe und Absichten, über die ich niemandem ein Wort sagte, zuallerletzt Hands.

Zehn Tage dauerte die Reise von Port Royal nach Charlotte Amalia, eine schnelle Überfahrt mit nur zwei Mann an Bord. Hands war ein tüchtiger Seemann, sobald er seinen Rausch ausgeschlafen hatte. Ohne Rum war er sogar ein guter Kamerad, er sang, trimmte, ging doppelte Wache und war vergnügt wie ein Kind, weil er wieder auf See war.

Während der ganzen Überfahrt sahen wir nichts, was auch

nur an ein Segel erinnert hätte, sondern liefen ungehindert nach Charlotte Amalia ein. Den Salut gegenüber dem Fort mußten wir mangels Kanonen mit unseren Musketen leisten. Was lächerlich klang, aber unverzüglich mit Schüssen beantwortet wurde, zwei weniger an der Zahl, als wir abgefeuert hatten. Nachdem ich auf der Reede vor Anker gegangen war, ruderte ich hinein, Hands ging an Bord Wache. Er sollte sich ständig in immer neuen, unterschiedlichen Monturen an Bord zeigen, so daß man an Land zu der Annahme verleitet würde, wir hätten eine volle Mannschaft an Bord.

Ich meldete mich beim wachhabenden Offizier des Forts und wurde unter dem Namen Johnson in das Wachbuch eingetragen, Ehre Defoes Angedenken. Ich bat um Audienz beim Gouverneur, wurde in meinen prunkvollen Kleidern eingelassen und bat höflich um die Genehmigung, Proviant aufzunehmen und meine Mannschaft zu ergänzen. Ich sei einiger Sklaven verlustig gegangen, sagte ich, und müsse sie ersetzen. Ob hierzu die Möglichkeit bestehe?

»Das hängt davon ab«, antwortete der Gouverneur. »Wir haben im Augenblick siebentausend Schwarze auf der Insel, aber das reicht bei der gegenwärtigen Zuckernachfrage bei weitem nicht aus. Die Plantagenbesitzer kaufen jede Ladung, die hereinkommt, bis zu den letzten Frauen und Kindern.«

»Aber ...?« unterbrach ich ihn.

»Es gibt immer welche, die nicht sehr brauchbar sind. Einmal die Kranken, dann aber auch die Ungehorsamen und Unruhigen, denen man keinen Gehorsam beibringen kann. Könnt Ihr Euch das vorstellen, Kapitän, vor einigen Jahren erhielten wir eine ganze Ladung solcher aufrührerischen Geister. Sie waren von einem Weißen aufgewiegelt worden, den man bis zu seinem Gerichtsprozeß wegen Meuterei auf dem Sklavendeck angekettet hatte. Etwas Derartiges haben wir noch nie erlebt. Anfangs waren sie gefügig wie die Lämmer, und dann plötzlich explodierte die ganze Insel. Es begann mit einem kleinen Aufstand auf der Plantage der Pfarrer, der wurde niedergeschlagen, ehe er sich weiter verbreiten konnte. Diese Teufel aber hatten weiter gedacht als wir, und gerade, als wir meinten, die Gefahr sei überstanden, und die Wachen verringerten, brach die Hölle richtig los. Hundert Weiße haben sie getötet, bis wir sie zur Räson bringen konnten. Hundert Frauen, Männer und Kinder haben sie in Stücke geschnitten und überall auf der Insel in Bäume gehängt.«

»Und wie viele sind auf ihrer Seite gefallen?« fragte ich entsetzt.

»Keiner, Kapitän«, sagte der Gouverneur und machte eine bedauernde Handbewegung. »Nicht ein einziger!«

»Wie?« sagte ich. »Wie ist das möglich?«

»Ganz sicher keiner«, sagte der Gouverneur. »Als wir loszogen und den Aufstand niederschlagen wollten, war alles wieder ruhig wie in einem Ententeich. Ein paar sind Maroon gelaufen in die Berge, und eben sie seien die Schuldigen gewesen, behaupteten die anderen. Wir nahmen fünf, folterten sie und erschlugen sie, ohne daß sie einen Laut von sich gegeben hätten. So etwas haben wir noch niemals erlebt.«

»Was hat das mit dieser Schiffsladung Sklaven zu tun?« fragte ich.

»Alle Weißen, die getötet wurden, hatten Sklaven aus dieser Ladung gekauft.«

»Und«, sagte ich säuerlich, »jetzt wollt Ihr mir die Aufwiegler und Aufrührer aufschwatzen? Das wollt Ihr doch?«

»Kapitän, Ihr dürft das nicht falsch verstehen! Ich wollte nur aufrichtig zu Euch sein. Im Prinzip gibt es auf St. Thomas keine Sklaven zu kaufen. Aber seit dem Aufruhr haben wir ständig einige von diesem Schiff hinter Schloß und Riegel. Gleichzeitig müssen wir die Plantagenbesitzer abfinden, die ihre Sklaven entbehren. Auf die Dauer wird das teuer. Besser wäre es, wir könnten sie weiterverkaufen und sie auf diese Weise verteilen. Wir wissen nicht, ob sie hinter dem Aufruhr stecken oder nicht. Es handelt sich lediglich um Vorsichtsmaßnahmen. Das schlimmste ist, daß die Plantagenbesitzer jeden einzelnen brauchen, und alle sind sie stark und gesund, und wären die Plantagenbesitzer nicht noch immer zu Tode erschrocken, hätten sie sie niemals hergegeben. Möchtet Ihr einen Blick auf sie werfen?«

»Das kann nicht schaden«, sagte ich widerwillig. »Aber ich möchte sie gern unter vier Augen inspizieren. Nach meiner Erfahrung verstellen sie sich häufig und legen sich Grillen zu, wenn Wächter und Amtspersonen in der Nähe sind.«

»Ja, gewiß«, sagte der Gouverneur, ohne im geringsten erstaunt zu sein.

»Und der Weiße?« fragte ich nebenbei. »Der sie aufgewiegelt hat. Habt Ihr ihn gefaßt?«

»John Silver«, spuckte der Gouverneur voller Abscheu und Zorn heraus. »Nein, dieser Satan ist geflohen, nachdem er zwei Pfarrer umgebracht hat. Zwei Männer der Kirche hat er getötet, vorsätzlich, obwohl sie ihn als Kontraktarbeiter angenommen hatten, was eine Gunst war, denn sonst hätte man ihn mit Sicherheit gehängt. Das kann ich Euch sagen, Kapitän, wenn ich ihn jemals faßte, ich würde ihn mit bloßen Händen erwürgen!«

Der Gouverneur beruhigte sich, führte mich zu den Zellen, erklärte zwei Soldaten der Wache die Situation und ließ mich eintreten.

Es dauerte eine Weile, bis ich mich an das Halbdunkel und den Gestank gewöhnt hatte. Dann konnte ich ein Dutzend Schwarze erkennen, die sich an einer der Längswände zusammengerollt hatten, so weit entfernt wie möglich von einem großen Koteimer. Keiner rührte ein Glied, als die Tür sich öffnete und ich eintrat. Sie hätten alle tot sein können, aber ich sah, daß mehrere Augen mich beobachteten.

»Gut«, sagte ich mit derselben Stimme und derselben Betonung, deren ich mich damals auf der *Sorgenfri* bedient hatte. »Ist hier irgendeiner, der begreift, was ich sage?«

Wie zu erwarten war, kam Leben und Bewegung in sie, und unvermittelt starrte mir Jack ins Gesicht.

»John«, sagte er leise, als der kluge Mann, der er war. »John Silver?«

»In eigener, hoher Person!«

»Gefangener?« fragte Jack.

»Nein«, antwortete ich und lachte, »im Gegenteil. Ich bin frei wie ein Vogel und besitze Geld. Ich möchte dich freikaufen, wenn du willst.«

»Wenn ich will?« wiederholte er.

Im nächsten Augenblick fiel mir jedoch auf, daß er zögerte.

»Die anderen hier sind Sakalava. Ich kann sie nicht verlassen.«

Ich dachte eine Zeitlang nach. Zwar hatte ich genug Geld, um sie alle zusammen kaufen zu können, aber eine ganze Leibwache? Andererseits war es nicht sicher, daß ich mit diesem unbekannten Piraten gemeinsame Sache machen würde. Ebensogut konnte ich gezwungen sein, auf eigene Rechnung zu fahren. »Topp«, sagte ich, »ich kaufe das ganze Pack, wenn du für sie bürgst.«

Jacks Gesicht hellte sich auf, und er versetzte mir einen freundlichen Faustschlag in den Bauch.

»Erinnerst du dich an die Frau?« fragte ich. »Die Butterworth die Rute abgebissen hat?«

Jack lächelte womöglich noch breiter.

»Sie ist auch hier«, sagte er, »in einer Zelle nebenan. Vor ihr haben sie mehr Angst als vor uns anderen zusammen.«

»Ist sie deine Frau?« fragte ich, einer plötzlichen Eingebung folgend.

»Sie ist niemandes Frau«, sagte Jack mit Stolz in der Stimme. »Sie gehört sich selbst. Und sie ist zur Hälfte Akwambo. Sie beugt sich vor keinem, wie die Sakalava.«

»Gut«, sagte ich, »dann kaufe ich auch sie frei.«

Jack schlug mir ein weiteres Mal mit breitem Grinsen in den Bauch.

»Ich gehe jetzt«, sagte ich zu Jack. »Heute oder morgen werdet ihr unter Bewachung zu meinem Schiff geführt. Erklär den anderen, daß ich jedem eigenhändig den Kopf abschlage, der auch nur mit einer Miene verrät, daß er weiß, wer ich bin. Und sag ihnen, falls sie das nicht schon begriffen haben, daß sie freie Männer sind, sobald sie den Fuß auf mein Schiff setzen. Ich bin kein Sklavenhändler.«

Ich klopfte an die Tür, wurde hinausgelassen und bat, die Frau sehen zu dürfen. Als die nächste Zellentür hinter mir zuschlug, war ich meiner nicht mehr so sicher, und noch weniger, als mir aufging, daß die Frau, die ich in Ermangelung eines besseren Namens Dolores nannte, sich allein in ihrer Zelle befand. Sie stand in der Mitte des Raums, als habe sie dort gestanden, seit man sie dorthin gebracht hatte, festgenagelt am Boden, den Rücken mir zugewandt. Bei meinen Schritten drehte sie sich nicht um, weshalb ich mich gezwungen sah, um sie herumzugehen. Sie sah aus, wie ich sie in Erinnerung hatte, hochmütig, unbeteiligt und verschlossen. Ich war jedoch sicher, daß sie ihre Augen weit aufriß, während wir dort standen. Ja, ich war sicher, daß sie sich an mich erinnerte.

»Verstehst du Englisch?« fragte ich vorsichtig.

Sie nickte, sagte aber nichts.

»Du weißt, wer ich bin«, sagte ich. »John Silver, der weiße Sklave von der *Sorgenfri*. Ich bin zurückgekommen, um Jack freizukaufen, zusammen mit seinen Sakalava. Ich möchte auch dich freikaufen. Ich brauche eine Frau wie dich. Aber ich will dich freikaufen, ohne dir Bedingungen zu stellen. Sobald wir an Bord sind, zerreiße ich dein Zertifikat. Wenn du meine Frau sein willst, dann ist das gut und schön. Willst du das nicht, dann ist mir auch das recht. Ich komme alleine aus und du auch, wie ich annehme. Wenn du aber willst, daß ich dich freikaufe, dann mußt du ja sagen, jetzt. Wenigstens ein Ja muß ich hören.«

Nachsichtig blickte sie mich an, dann aber sah ich ihre

Zähne, die Lippen teilten sich und sie gab ein klingendes, ungebrochenes Lachen von sich, wie ich es in dieser Art noch niemals gehört hatte, so sonderbar klar war es.

»Ja«, sagte sie dann deutlich, und dann sagte sie nichts mehr.

Ich konnte nicht den Blick von ihren blutgefüllten Lippen und ihren weißen Zähnen lösen, die Butterworth' Rute umschlossen hatten.

Eine Frau nach meinem Geschmack, das schien sicher, dachte ich und verließ sie, wie sie da stand, den Rücken der Tür zugekehrt, wie bei meinem Eintreten.

Ich ging zum Gouverneur zurück.

»Wißt Ihr«, sagte ich vertraulich, »falls ich einen guten Preis bekomme, kaufe ich die ganze Bande. Ein paar von ihnen kann man bestimmt zu Seeleuten machen. Mein Steuermann weiß, wie man mit störrischen Wilden umzugehen hat. Die anderen kann ich weiterverkaufen. Ich tue Euch einen Gefallen, was bei der Festsetzung des Preises Berücksichtigung finden sollte. Was meint Ihr dazu?«

Der Gouverneur erhob sich und vermittelte den Anschein, als habe man ihm eine große Last von den Schultern genommen.

»Auch die Frau?« fragte er.

»Ja«, sagte ich, »auch die Frau. Auf eigene Rechnung, falls Sie verstehen, was ich meine.«

»Natürlich, selbstverständlich«, haspelte er mit dem größten Wohlwollen der Welt.

Was er jedoch dachte, konnte man von weitem sehen, nämlich daß gerade diese Frau die letzte war, die er hätte haben wollen.

»Und der Preis?« fragte ich geschäftsmäßig.

»Siebzig Taler«, lautete seine Antwort. »Das ist angemessen und Ihr könnt beim Weiterverkauf ein gutes Stück Geld verdienen.«

»Topp!« sagte ich, ohne zu schachern.

»Kapitän«, sagte der Gouverneur, »darf ich Euch auf ein Glas einladen? Ihr erweist mir einen großen Dienst. Das werde ich Euch nicht vergessen. Auf St. Thomas werdet Ihr stets willkommen sein, wenn Ihr etwas benötigt.«

Er prostete mir zu und versprach, daß meine Sklaven noch vor Anbruch der Dämmerung auf mein Schiff gebracht würden. Die Bezahlung habe Zeit bis zum folgenden Tag. Selbstverständlich war die Versuchung groß, sie an Bord zu nehmen, ohne auch nur einen einzigen Taler für sie zu bezahlen, dann aber wären sie nach dem Gesetz nicht freigekauft gewesen. Also bestand ich auf der umgehenden Erledigung der amtlichen Angelegenheiten, zählte die vereinbarte Summe hin und erhielt die Zertifikate, die mit aller wünschenswerten Deutlichkeit belegten, daß ich der Besitzer von dreizehn Sklaven war, zwölf männlichen und einer Frau von selten gesehener Art.

Ich fuhr nicht sofort zum Schiff hinaus. Vorher setzte ich mich in eine Schenke und bestellte ein Glas *Kildevil.* Der Wirt machte natürlich große Augen, als ich, der Gentleman, ein Sklavengetränk bestellte, jedenfalls brachte man mir etwas, das entsetzlich schmeckte.

Ich dachte an die mißlungene Meuterei auf der *Sorgenfri,* an Scudamores Verrat und das Elend im Sklavendeck, Butterworth' verkürzte Rute, den *Scramble,* die Sklavin, die ausgepeitscht wurde, weil sie bei mir gelegen hatte, die kleinen, bösartigen Augen Pfarrer Holts und meinen Schuß, der die Welt von ihm befreit hatte. Ich war keiner, der an Erinnerungen litt, doch ich muß eingestehen, fröhlich waren sie nicht.

Ich ging ins Innere der Insel, bald konnte ich die Plantage der Pfarrer zwischen den Bäumen erkennen und schlich mich näher heran. Es war, wie man hatte befürchten können. Die steinerne Kirche stand noch, man hatte ein neues Wohnhaus errichtet. Im Gestrüpp bahnte ich mir einen Weg, bis die Zuckerrohrfelder sichtbar wurden. Auch dort keine Veränderung, und wenn, dann womöglich zum Schlechteren, denn die Priester hatten alles auf das Doppelte erweitert, den bestellten Boden und die Anzahl der Sklaven, und außerdem beschäftigten sie jetzt Bombas und einen weißen Aufseher. Mehr hatte ich also nicht erreicht. Die Geistlichen verließen sich nicht mehr darauf, daß ihr Gott ihnen Kraft genug gab und sie mit ihren Sklaven allein fertig wurden. Und welchen Gewinn hatte dies alles gebracht? Daß ich ihnen eine Lektion erteilt hatte und sie nicht mehr so dumm waren wie früher?

Von Charlotte Amalia ruderte ich hinüber zum Schiff, wo Hands sich in seinen protzigen Kleidern spreizte. Wie die meisten Glücksritter war Hands begeistert wie ein Kind, wenn er sich mit Halskrause, Federn am Hut, Messingknöpfen und was ihm noch in die Hände fiel, ausstaffieren konnte. Wie Pfauen wollten sie aussehen, wenn sich die Gelegenheit bot, sahen aber aus wie der Teufel, wie immer sie sich auch drehen und wenden mochten. Hands war keine Ausnahme, und obendrein sprach sein übriges Aussehen gegen ihn.

»Hands«, sagte ich, »du kannst deine Maskerade beenden, heute abend sind wir mehr. Ich habe noch zwölf Mann beschafft.«

Hands stieß ein vielsagendes Pfeifen aus.

»Wie hast du in diesem Winkel nur Leute anwerben können?« fragte er. »In solchen Zeiten wirklich nicht schlecht. Bei wem sind sie vorher gefahren? Taylor? Roberts? Kidd? Bei einem Großen?«

»Nichts von alledem. Landratten, alle zusammen.«

»Landratten!« schnaubte er verächtlich.

Und tat es, das sei ihm zugestanden, mit einem gewissen Recht, denn kein Glücksritter mit Selbstachtung nahm Landratten an Bord, wenn es sich vermeiden ließ. Gleichgültig, welche Referenzen sie haben mochten, ob sie Diebe, Räuber oder noch Schlimmeres gewesen waren, das hatte nichts damit zu tun. Leichter konnte man aus Teerjacken Piraten machen, als aus Landratten Seeleute.

Wenn Hands aber deswegen grollte, so war das nichts im Vergleich zu seiner Verstimmung, als er die Bootsladung sah, die unter gebührender Bewachung zu uns hinausgerudert wurde.

»Plantagennigger!« zischte er und spuckte aus. »John, was ist in dich gefahren? Was wollen wir mit denen? Die haben doch noch nie ein Schiff gesehen!«

»Und ob sie das haben«, sagte ich vergnügt. »Zwei Monate Sklavendeck, das ist kein Pappenstiel. Sie werden dich und deine guten Anzüge nicht beim ersten Luftzug vollkotzen. Es sind zähe Kerle, das kann ich bezeugen. Ich bin dabeigewesen, als man sie herübergeholt hat.«

Hands machte große Augen, und das wollte etwas heißen, denn sonst waren seine Augen nur Schlitze, wie Schießscharten.

»Außerdem«, sagte ich und wedelte mit den Zertifikaten, »gehören sie alle zusammen mir. Ich habe sie gekauft.«

Hands lächelte. Auf diese Sprache verstand er sich. Als aber die Gig des Gouverneurs längsseits ging und man die Gesichter erkennen konnte, veränderte sich sein Gesichtsausdruck.

»Eine Frau!« rief Hands, als habe er eine Klapperschlange gesehen.

»Ja«, sagte ich, »ich weiß, was du denkst, Frauen sind nur überflüssiges Pack, das unter Männern zu Zwist und Feindschaft führt und sie in Körper und Kopf schwach macht. Richtig oder falsch?«

»Richtig!« grunzte Hands. »An Bord haben Frauen nichts verloren.«

»Und warum, wenn ich fragen darf? Hast du jemals darüber nachgedacht?«

»Es ist nicht gut. Es gibt nur Eifersucht und Streitereien. Und wir müssen an anderes denken. Wenn Frauen in der

Nähe sind, werden Männer mürbe und schlapp. Sie können nicht mehr kämpfen und nicht mehr zusammenhalten.«

»Aber warum, Hands? Warte, ich kann es dir sagen. Weil die meisten Kerle an Bord Hurenböcke sind. Sobald sie ein Frauenzimmer sehen, haben sie nichts anderes im Kopf als Fotze. Und um an eine Fotze zu kommen, zieren sie sich, stolzieren wie Gockel, brüllen wie Löwen. Wie Tiere, Hands, und noch schlimmer. Pfui Teufel, sage ich, welche Weichlinge, die nicht mehr auf eigenen Beinen stehen können, nur weil sie einen Weiberrock sehen. Das ist das eine. Das zweite: Dies ist kein Piratenschiff, und hier an Bord machst du, was ich dir sage. Verstanden?«

Hands gab keine Antwort, sondern trottete grollend davon, das war seine Art.

»Kapitän Johnson, ahoi!« hörte man von der Gig, und bald hatten mir die Soldaten zwölf mit Brandzeichen versehene Sklaven und eine ebensolche Frau übergeben, alle für den Augenblick mein Eigentum.

Ich unterschrieb eine Quittung, daß ich die Ware in Empfang genommen hatte, ich machte die Honneurs und erhielt zwanzig Flaschen Rum aus dem Keller des Gouverneurs. Es war offensichtlich, daß dieser Mann nicht wußte, was er mir Gutes tun sollte.

Sobald die Soldaten unsere gebrechliche Strickleiter hinunterkletterten, erteilte ich Hands den Befehl, den Anker zu lichten, wenn nötig mit Hilfe der Schwarzen, und ein wenig Zeug zu setzen. Wir machten schon Fahrt, als das Boot längsseits abstieß, denn Hands beherrschte sein Geschäft. Ehe wir außer Hörweite kamen, drehte ich mich um, ja, ich konnte es ganz einfach nicht sein lassen, und schrie: »Einen Gruß an den Gouverneur und vielen Dank für sein Geschenk. Und sagt ihm, daß dieser Dank von John Silver kommt! John Silver, merkt euch den Namen!«

Das aber hatten sie schon getan, denn zwei Musketen fuhren in die Höhe. Die Kugeln pfiffen mir am Kopf vorbei, und im nächsten Augenblick waren wir außer Schußweite. Ich lachte aus vollem Hals. Dies ist doch trotz allem ein Leben, das diesen Namen wert ist, dachte ich.

Die einzige, die mitlachte, war Dolores, die Frau. Und niemand sonst verstand, warum es so unterhaltsam sein sollte, wenn man fast eine Kugel in die Stirn bekam, nicht einmal Hands, der doch in Gegenwart Defoes den Nagel auf den Kopf getroffen hatte, als er sagte, in den Krieg zu gehen sei sinnlos, wenn man dabei nicht sterben könne.

35

Die ganze Nacht segelten wir nach Süden, denn ich hatte Hands gesagt, er solle eine geschützte Bucht hinter den Korallenriffen auf der Luvseite suchen, wo keiner uns stören würde. Meist stand ich am Ruder, während Hands die Ehre hatte, zu loten, zu loggen und die Höhe des Polarsterns zu messen und den Kurs auf die Griffeltafel zu schreiben, die er vor unserer Abreise angebracht hatte. Er grollte noch immer, weil er Landratten und eine Frau an Bord dulden mußte, tat jedoch, was er zu tun hatte. Ich war dieses eine Mal völlig zufrieden mit mir und dem Stand der Dinge.

So häufig ist es letztlich in meinem langen Leben nicht vorgekommen, zieht man die Summe, daß ich in mir eine solche Seelenruhe empfand. Heute sehe ich ein, daß ich ein unruhiger Teufel war, vom Anfang bis zum Ende. Auch war ich meist nicht sonderlich vergnügt, wenn ich meinem Gedächtnis trauen kann.

Wie war es möglich, daß Dolores so ruhig und unberührt bleiben konnte? Sie blieb bei mir und leistete mir ein Leben lang Beistand, aber wie selten sprach sie mit mir! Es schien, als habe sie auf dieser Seite des Grabes bereits alles gesagt, was sie zu sagen hatte. Ich bestand nie darauf oder wirkte auf sie ein, daß sie den Mund aufmachen sollte, welchen Gewinn hätte ich davon haben können? Auf ihre Art war sie eine Frau, die die Männer keuscher werden ließ als Nonnen, ob sie das nun wollten oder nicht.

Ich entsinne mich, wie ich ihr die Neuigkeit mitteilte, man habe Scudamore am Cape Corso aufgehängt, nachdem ihn die Schwarzen an Bord seines Schiffes verraten hatten. Dolores stimmte ihr glockenreines, perlendes Lachen an, daß jedem, der es hörte, mitzuteilen vermochte, wie lebenswert das Leben war. Einen ganzen Tag lang lachte sie immer wieder, klatschte in die Hände und tanzte. Daß Scudamore sie mit seinen schmierigen Fingern ohne ihre Erlaubnis berührt hatte, hatte sie niemals vergessen.

Und wahrscheinlich war ich der einzige, der sie mit ihrer Zustimmung nehmen durfte. Und auch das nur ein einziges Mal, in der ersten Nacht auf der Insel, als Dankesbezeigung, nehme ich an. Später mußte ich mich damit begnügen, sie zu streicheln und gestreichelt zu werden, das jedoch überall. Sie war nicht prüde oder scheinheilig wie feine Leute, sagte aber, wenn ich sie ein Leben lang besitzen wollte, dann nur ohne Nachkommen. Ich willigte in ihre Bedingung ein, die einem wie mir natürlich erschien. Welches Gör hätte bei wachem Verstand auch einen Vater wie John Silver haben wollen? Und um das Weiterleben John Silvers kümmere ich mich jetzt an Ort und Stelle, schwarz auf weiß.

Also ließ ich Dolores ihren Willen, ohne zu murren. Und wahrscheinlich war ich der einzige in der Schar der Glücksritter, der sich an Land eine eigene, feste Frau hielt, sieht man von einigen ab, die sich auf Madagaskar niedergelassen haben. Andererseits hatten diese einen ganzen Harem.

»Du bist ein komischer Kerl!« sagte George Merry zu mir des öfteren, wenn ich dem Rat einen Gesichtspunkt oder auch zwei vorgetragen hatte und meine Worte Gesetz geworden waren.

Und mittlerweile weiß ich, daß dies nicht aus der Luft gegriffen war. Nicht einmal zu der bunten, farbenfrohen Schar der Glücksritter gehörte ich.

Hat Dolores sich deshalb an mich gehalten? Ich weiß keine Antwort. Gut, ich hatte sie freigekauft, aber ist das alles auf dieser Welt? Warum hatte sie eine Neigung zu einem wie mir? Warum durfte ich niemals erfahren, was sie dachte?

Ohne daß sie auch nur ein Wort gesagt hätte, verließen wir St. Thomas, wo sie vier Jahre lang auf den Zuckerrohrfeldern gearbeitet hatte. Jack und die anderen schliefen auf

Deck, direkt auf den Planken, woran ihre Körper sich gewöhnt hatten. Hands schimpfte und fluchte, wenn er loten und dabei darauf achten mußte, wohin er trat, doch er ließ sie in Frieden.

Nackt, wie Gott sie erschaffen hatte – wie es auch immer möglich sein soll, daß Gott einen Menschen wie sie und einen wie Butterworth zugleich schaffen konnte –, stand sie die ganze Nacht neben mir am Ruder. Mitunter berührte sie mich, um sich zu vergewissern, ob dies alles zutraf und ihre Zeit als Sklavin zu Ende war. Das Meeresleuchten war so stark, daß das Meer funkelte, als segelten wir hinaus ins Weltall. Und die Nacht war so warm, daß der kräftige Passatwind, der zwischen den Inseln ging, uns die Abkühlung gewährte, nach der wir uns sehnten. Für eine solche Nacht lebt man lange.

Unmittelbar nach dem Einsetzen der Morgendämmerung gingen wir zu Dolores' klingendem Gelächter vor Anker, es war der erste Laut, den sie seit St. Thomas von sich gab. Dies weckte die anderen und brachte selbst Hands dazu, daß er unbedacht den Mund verzog. Denen, die es haben wollten, gab Hands das Frühstück, Speck, Brot und ein Glas Rum aus den Beständen des Gouverneurs. Als alle satt und vergnügt waren, ergriff ich das Wort und sagte ihnen, wie es sich verhielt, daß ich sie ein für allemal freigekauft hatte, worauf ich ihnen die Zertifikate zeigte.

»Ich würde sie gerne in Stücke reißen«, sagte ich, »doch so einfach ist es nicht, wenn man auf dieser Welt frei werden will. Denn wer würde euch an Land glauben, daß ihr freie Männer seid? Entsprungene Sklaven und Lügenhälse würde man euch nennen, bei euren Brandzeichen. Wenn ihr frei werden wollt, müßt ihr euch also damit abfinden, daß ihr mich nach Jamaika begleitet. Dort kann ich Papiere beschaffen, die aus euch wieder Menschen machen. Ohne Papiere und Zertifikate, müßt ihr wissen, ist man stets verdächtig. Dies ist das eine. Das zweite ist, welches Leben ihr fortan auf dieser Seite des Atlantiks führen werdet. Fragt ihr mich, dann ist es fast wie zuvor, Plantagenarbeiter, Hausneger, Packesel im Hafen, wenn auch bei kargem Lohn und ohne Peitsche. Bleibt ihr hier, müßt ihr für den Rest eures Lebens als freie Männer auf den Knien rutschen.«

Ich verstummte.

»Und wie lautet dein Vorschlag?« fragte Jack, der begriffen zu haben schien, daß ich etwas in der Hinterhand hatte.

»Wir segeln nach Jamaika und machen euch zu freien Menschen. Das ist das erste. Dann biete ich euch bis auf weiteres einen Platz auf diesem Schiff an. Hands und ich haben die Absicht, uns einem Glücksritter anzuschließen, der seit einiger Zeit in dieser Gegend sein Unwesen treibt. In seiner Gesellschaft können wir alle vermögende Männer werden und uns für den Rest unserer Tage Freiheit kaufen, denn so verfährt man unter freien Männern. Und schließlich verspreche ich auf Ehre und Gewissen, selbst wenn ich nicht sonderlich viel von diesen Dingen besitze, daß ich euch in Madagaskar an Land setze, sobald wir dorthin kommen, und dies wird früher oder später der Fall sein.«

Aus verständlichen Gründen strahlten die Neger wie die Sonne.

»Wir haben nicht vergessen, was du an Bord jenes Schiffes damals für uns getan hast«, sagte Jack auch im Namen der anderen. »Und jetzt hast du uns wieder zu Menschen gemacht. Die Sakalava werden immer deine Brüder sein.«

»Es gibt keinen Anlaß, das alles so feierlich auszudrücken. Hingehen und nehmen, so lautet mein Kurs.«

Ich schielte nach Dolores.

»John Silver«, sagte sie plötzlich, »warum hast du uns freigekauft?«

»Warum?«

Mehr sagte Dolores nicht. Sie wartete.

»Damit ich jemanden zur Hand habe, falls es sich eines Tages als nötig erweisen sollte«, sagte ich mit einer gewissen

Mühe und versuchte wirklich, die Wahrheit zu sagen, mochte ich auch über diese Angelegenheit nicht nachgedacht haben.

Die Frau lächelte.

»Nicht aus Mitleid?« fragte sie. »Nicht, weil dir diese armen Teufel von Sklaven leid getan haben?«

»Soweit ich weiß, nicht!« antwortete ich.

»Gut!« sagte sie, nicht mehr.

Aber ich verstand durchaus nicht, was sie meinte, mochte es auch an den Worten und der Sprache nichts auszusetzen geben. Sie sprach Englisch wie eine Engländerin, mit Verlaub gesagt, und hatte infolgedessen alles verstanden, was ich bis dahin gesagt hatte, sogar schon am ersten Tag, als man sie auf der *Sorgenfri* an Bord hievte.

Gegen Mittag lichteten wir Anker, und sobald wir die offene See erreicht hatten, kam Hands zu mir und ging zum Angriff über.

»Bist du toll geworden, John? Du vergeudest ein kleines Vermögen! Gibst sie frei! Welchen Sinn soll das haben! Und obendrein die Frau! Bist du so närrisch zu glauben, die Piraten, nach denen wir suchen, würden sie an Bord nehmen? Ja, ich weiß, bei Anne Read und Mary Bonnet war es so, auch ich habe all die Geschichten gehört, aber die sind weiß gewesen und haben sich aufgeführt wie richtige Männer. Das waren keine normalen Frauenzimmer. Von dir hätte ich so etwas nie gedacht, der doch Quartermeister gewesen ist bei England und bei Taylor. Denk an deinen Ruf, Silver. Ehrliche Leute wie ich würden dich auslachen, wenn du mit einer Frau herumziehst.«

Ich ließ ihn eine Weile gewähren und sich warm reden. Mein Schweigen heizte ihn an, und schließlich schrie er mir Dummheiten und Schmähungen offen ins Gesicht. Dann hatte ich genug. Auch die Schwarzen hatten es gehört, und Jack stand schon bereit, um einzugreifen. Ich nickte ihm zu, und im Handumdrehen steckte Hands wie in einem Schraubstock zwischen drei Schwarzen. Ich zurrte das Ruder fest, zog mein Messer und fuhr Hands mit der Spitze leicht über den Hals, dann brachte ich ihn dazu, sein großes Maul aufzumachen, indem ich die Schneide an seine Lippen legte.

»Hands«, sagte ich und lächelte, »ich gehe nicht herum und sage dir, was du zu denken und zu tun hast. Und ebenso kann es dir, beim Teufel, gleichgültig sein, was ich mit meinem Leben, meinem Geld und meinem guten Ruf mache. Hast du verstanden?«

Seine aufgerissenen, verdrehten, erschrockenen Augen rollten in ihren Höhlen. Nicken konnte er nicht, wenn er nicht Gefahr laufen wollte, daß ich ihm das Maul aufschlitzte und es noch größer machte.

»Und noch eines. Jetzt begreifst du vielleicht, warum es gut sein kann, wenn man Neger zur Hand hat.«

Hands, der es mir gern recht machen wollte, versuchte trotzdem zu nicken, dieser Idiot, und hätte ich den Druck des Messers nicht ein wenig verringert, wäre es fraglich gewesen, ob er künftig noch in der Lage gewesen wäre, auch nur ein Wort von sich zu geben. So aber brachte die Schneide ihm nur zwei Schrammen in den Mundwinkeln bei.

»Ich habe es nicht böse gemeint«, sagte Hands und sabberte Blut.

Ich nickte Jack zu, der Hands freigab.

»Es war um deinetwillen!« blubberte er.

»Ich weiß, alter Freund, ich weiß«, sagte ich. »Aber künftig weißt du, wie man sich mit John Silver gutstellt.«

Das hatte er begriffen und vergaß es niemals, außer wenn er sich besinnungslos betrunken hatte. Aber weder vorher noch nachher verstand er sich auf Menschen. Zu glauben, er könne, umgeben von dreizehn Sklaven, die ich gerade freigekauft hatte, Streit anfangen! Wie dumm darf man eigentlich sein? Und dankbar war er obendrein, weil ich ihm nicht einfach die Kehle durchgeschnitten hatte. Er hatte völlig vergessen, daß ich ihn für die Navigation zurück nach Port Royal brauchte. Also war er mir verbunden, wie auch die anderen, doch es war schön, daß einem für eine Zeitlang seine Dummheiten erspart blieben, denn noch Wochen später konnte er kaum den Mund aufmachen.

Wir liefen Port Royal an, ohne auf Piraten oder irgend jemanden sonst gestoßen zu sein. Ich legte meinen feinsten Staat an, nahm Verbindung zum Gouverneur auf und machte zu seinem und zum Erstaunen aller anderen die Sklaven zu freien Männern.

»Darf ich mir die Frage erlauben, welche Überlegung hinter diesem Vorgang steckt?« fragte der Gouverneur. »Ihr versteht sicher, daß dies kein gutes Beispiel für die anderen Sklaven auf unserer Insel ist.«

»Sir, das verstehe ich sehr gut«, antwortete ich gesittet. »Doch es verhält sich so, daß ich sie auf See einsetzen will. Seeleute an Bord muß man bestrafen können, wenn man Ordnung halten will. Ihr wißt, wie sie sind, unwillig, faul, hartstirnig, starrhalsig. Man muß sie zähmen wie widerspenstige Pferde. Aber Weiße vor Sklaven abzustrafen, das geht nicht gut. Das ist eine Einladung zur Meuterei. Mein Gedanke ist einfach, aber wirkungsvoll. Ich mache die Sklaven zu freien Seeleuten und kann sie alle gleich behandeln.«

Der Gouverneur strahlte.

»Das ist womöglich keine üble Idee«, sagte er. »Ein guter Gedanke, Kapitän Johnson, und den Versuch wert.«

»Nicht wahr?« gab ich zur Antwort und erhielt Papiere darüber, daß meine Sklaven das volle Recht besaßen, ein ebenso elendes Leben zu verbringen wie alle anderen.

Ich kleidete die Schwarzen als Seeleute ein. Hands erhielt den Auftrag, mit Jacks Hilfe die Bestände aufzufüllen. Außerdem sollten der Schiffsrumpf gereinigt, das Schiff gestrichen und die Schwarzen als Seeleute angelernt werden. Dies alles überließ ich den Händen Hands, mit Verlaub, denn mit seinen verletzten Mundwinkeln konnte er lange nicht fluchen, sondern mußte sich mit Deuten und Zeigen begnügen.

Erst dann nahm ich mich der Frau an. Ich beschaffte ihr etwas, mit dem sie ihre Blöße bedecken konnte, denn sie war splitternackt gewesen, seit sie an Bord gekommen war. Dann nahm ich sie mit in die Schenke, wo ich das beste Essen und die vorzüglichsten Getränke bestellte, die sich aufbieten ließen. Sie hatte nichts dagegen einzuwenden, aber die ganze Zeit hatte sie einen anzüglichen Ausdruck im Gesicht, als wollte sie damit unterstreichen, daß ich sie nicht an der Nase herumführen konnte. Und das, obwohl ich in der Richtung nicht die geringste Absicht hatte! Doch sie war sich selbst genug, und eine solche Schale zu durchdringen ist höllisch schwer, wer weiß das besser als ich.

Kann man sich vorstellen, daß ich meine Worte verlegen und ungeordnet hervorstammelte und nicht wußte, wohin mich wenden? Und das schlimmste von allem war, daß sie mir offen ins Gesicht lachte!

Für mich war das alles andere als lustig, übel nahm ich es dennoch nicht. Stockend, doch ohne Umschweife erklärte ich meine Geschichte und was ich mir gedacht hatte, daß sie nämlich meine Frau an Land werden, sich um meine Geschäfte kümmern und mein fester Punkt hier auf Erden sein sollte.

»Die meisten von meiner Sorte«, sagte ich, »haben so etwas nicht und machen sich darüber auch keine Gedanken. Ihr Morgen ist ihnen gleichgültig und ihr Gestern haben sie vergessen. Sie lassen sich treiben wie ruderlose Schiffe auf dem Ozean. Ich aber habe Angst um mein Fell und werde sie haben, bis ich sterbe, und dies nicht mit einer Schlinge um den Hals oder weil ich in meinem Erbrochenen ersticke. Darum könnte ich eine wie dich brauchen, eine, die man nicht für alles Gold auf dieser Welt kaufen kann.«

Ausnahmsweise sah sie mich einmal ernst an.

»Keine Forderungen und Bedingungen«, fuhr ich fort, »nicht einmal, daß du in der Zeit, in der ich an Land bin, das Bett mit mir teilst. Dankbarkeit, weil ich dich freigekauft habe, ist unnötig. Du regelst meine und deine Angelegenheiten, wie du es für richtig hältst.«

Und jetzt öffnete sie die vollen Lippen für die längste Ausführung, die ich von ihr zu hören bekam, solange sie lebte.

»Ja«, sagte sie, »du, John Silver, bist einer von denen, die eine wie mich brauchen, auch wenn du meist allein zurechtkommst, wie ich auch. Hierin hast du recht. Ich bin unter Sklaven auf der einen Seite und Marineoffizieren und ihren Soldaten auf der anderen aufgewachsen. Ich weiß mehr über euch Weiße, als ihr selbst jemals verstehen werdet. Ich weiß, daß du nicht bist wie die anderen. Du bist wie ich, auch wenn du nicht meinen Stolz besitzt. Du gibst mir nach, weil du mich brauchst und mich haben willst, aber einer wie du sollte sich vor der Liebe hüten. Sie macht dich nicht glücklich, und du erträgst sie nicht. Frei sein ist das einzige, was für dich zählt. Ja, ich will gern deine Frau sein, aber sehen, wie du dich vor mir beugst, das will ich nicht. Das wäre dein Tod, und was wäre damit gewonnen?«

War ich zuvor verzagt gewesen, so war ich jetzt stumm. Als sie sah, wie vor den Kopf gestoßen und hilflos ich war, lachte sie so, wie nur sie das konnte.

»Es gibt keinen Anlaß, das so feierlich auszudrücken!« sagte sie mit den gleichen Worten, die ich gegenüber Jack und den anderen angewandt hatte. »Du bist erstaunt über das, was ich gesagt habe, oder auch nur darüber, daß ich nachgedacht habe und reden kann. Ist es nicht so? Aber so seltsam ist das nicht. Ich bin von meinem Vater, einem weißen Oberst in der Armee, in die Schule geschickt worden, wurde getauft und erfüllt mit eurem himmlischen Gott und der Wahrheit des Lebens. Ich habe in den feinsten Häusern der Kolonien gedient. Man hat mich mit dem schönsten und geschmeidigsten Körper ausgestattet, und ich war das Ziel der wildesten Begierden und Lüste, auch der meines Vaters. Meine Mutter hat mich das Wichtigste gelehrt, den Stolz, und niemals zu vergessen, daß ich als Sklavin gebrandmarkt wurde und daß dieses Zeichen sich weder wegschneiden noch auf andere Art verbergen läßt. Eines Tages, als mein Vater mich nahm, stach ich ein Messer in ihn. Die Folge war, daß man mich als Sklavin verkaufte, an einen anderen Ort, denn keiner hat es gewagt, mich zu berühren, und nicht einmal, mir die Schlinge um den Hals zu legen. Du siehst, John Silver, es gibt nichts, um das ich dich beneiden müßte. Soviel aber habe ich begriffen nach allem, was ich von den Sklaven auf der *Sorgenfri* zu hören bekam, was ich auf der Auktion in Charlotte Amalia gesehen habe und erzählt bekam vom Aufruhr in der Plantage, daß, wenn ich mich einmal an einen halten soll, der mir Achtung schenkt und mir meinen Frieden läßt, es John Silver ist.«

Dies sagte Dolores zu mir, ganz so, als sei es eine Deklaration, und die längste, die ich jemals in meinem Leben zu hören bekam. Eine einsilbige Schönheit ist sie gewesen. Nur das Notwendigste habe ich von ihr zu hören bekommen.

Neunzehn Jahre lang ist Dolores bei mir geblieben, dann ist sie ohne ein Wort gestorben, und darüber kann sogar ich weinen. Ich habe versucht, statt dessen zu lachen, wie nur sie es konnte, doch es bleibt mir im Hals stecken. Mitunter habe ich mich gefragt, ob ich so lange Zeit überlebt und meinen Pelz gerettet hätte, wäre sie nicht gewesen. Als Feind der Menschheit braucht man einen Ort, an dem man Zuflucht sucht, und einen Menschen, dem man vertraut, und am Ende vielleicht nicht, damit man überlebt, sondern damit man nicht toll wird, denn schließlich ist auch das eine Art Tod. Ich habe es gesehen, als Flints Kompanie sich auflöste, habe es zu anderen Gelegenheiten erlebt und von Hunderten Gelegenheiten gehört, wenn Piraten vor dem Galgen und vor Verfolgungen die Flucht ergriffen. Mit leeren Händen und unschlüssig wie elternlose Kinder standen sie da, taumelnd und verwirrt wie Hühner, und nirgends konnten sie sich fortan sicher fühlen. Lieber rannten sie dem Tod entgegen und wurden ihre eigenen Henker, als sich jagen und verfolgen zu lassen. Alles ist besser, als völlig einsam zu sein auf Erden und zugleich Freiwild für jeden.

Als würde ich auf meine alten Tage weinerlich. Mit John Silver geht es bergab, es ist nicht anders. Über sich selbst zu schreiben ist ein einziger langer Aderlaß, das hat mich zu einem blutarmen Kerl gemacht, ich will es nicht verschweigen. Die eine Hoffnung habe ich, daß jener andere John Silver, derjenige, den ich auf das Papier gebannt habe, einen Teil mitbekommen hat von der glühenden Lust zu leben, die mich einst erfüllte. Doch ist auch das nicht sicher, und darum erscheint dieses ganze Unterfangen sinnlos. Denn wie soll ich wissen, daß er lebt, da ich doch kaum auf meinem eigenen Bein stehen kann?

Wie viele Glücksritter sind doch den Weg alles Irdischen gegangen, weil sie nicht die Geduld hatten, zu warten? Auf alles mußten sie ein Akonto nehmen, auf Leben und Tod wie auf alles andere. Und hier sitze ich und mache mir Sorgen darüber, ob es mir gelingen wird, den Punkt hinter ein Leben zu setzen, das nicht anders verlaufen ist, als man gemeinhin sagt, ehe mein eigenes abgelaufen ist.

Wahrhaftig, welch ein Glück, daß Dolores mich nicht sieht. Sie hätte mir ins Gesicht gelacht.

Ehe wir loszogen, um Flint aufzuspüren, richtete ich Dolores standesgemäß in Port Royal ein, und um keinen Verdacht zu wecken, kaufte ich eine Schenke. Darüber gab es zwei Räume, in denen Dolores sich mit Erleichterung niederließ, auch wenn sie dies mit keiner Miene verriet. Bei weitem kein so rastloser Geist wie ich, mußte sie sich auch nicht ständig umsehen.

Nirgends, nicht einmal in Port Royal, konnte ich mich mittlerweile sicher fühlen. Port Royal war wie vor dem großen Erdbeben, wenn man dem Glauben schenken will, was darüber berichtet wurde, und beherbergte zweitausend

Mitglieder des namhaftesten Gesindels dieser Welt, ein Gewimmel von freien und unfreien Sklaven, Schmugglern, Handelsleuten auf allen Stufen der Ehrbarkeit, von Stauern, Trinkern, Bettlern, entlassenen Soldaten und anderem verrückten Volk.

Gleichwohl war diese Stadt nicht mehr so, wie ihr Ruf es besagte, ein Zufluchtsort, gefährlich wie die Pest, heiß wie die Hölle und sündig wie der Teufel. In der guten alten Zeit hatte es viele Schlupfwinkel wie Port Royal für Männer wie mich gegeben. Dem hatte man ein Ende bereitet. Port Royal schwappte über von den Hinterlassenschaften der Kolonien, Männern, die unter die Amnestie gefallen waren oder sich in einem so kläglichen Zustand befanden, daß es noch nicht einmal die Mühe lohnte, sie zu hängen, denn eine Strafe wäre es kaum noch gewesen. Hinzu kam, daß Taylor nach Westindien gesegelt war, und jedes Mitglied seiner alten Besatzung, das sich noch am Leben befand, würde mich mit Freuden denunzieren, um sich eine Summe Geld zu verdienen.

Damit jedoch nicht genug. Mitten zwischen den Punschschenken, den Bordellen, den heruntergekommenen Handelsbuden, den Schuppen und den wenigen standesgemäßen Steinhäusern hatte die Admiralität einen ihrer Gerichtshöfe errichtet, der für mich und meinesgleichen nichts anderes darstellte als das Tor zur Hölle. Über diesem Tor hing ein Schild mit der Aufschrift *Nichts als die Wahrheit.* Was jedoch war die Wahrheit dieser Rechtsverdreher? Denunziation, Klatsch, Gerüchte, üble Nachrede – dies war die sogenannte Wahrheit. Und folgte man den Buchstaben des Gesetzes, so reichte notabene eine lumpige Zeugenaussage aus, um einen wie mich schuldig zu sprechen. Nur für Verrat verlangte man mehr. Nein, mit ihrer Glaubwürdigkeit, nicht mit der Wahrheit regeln die Menschen an Land ihre Geschäfte. Und mangelte es einem an Glaubwürdigkeit, so beschloß man seine Tage in Ketten auf Gallows Point, dem neuangelegten Galgenhügel von Port Royal.

Auch für mich bedeutete es eine Erleichterung, als wir schließlich ablegten, nachdem alles zu meiner Zufriedenheit geregelt war. Dolores in sicherer Behausung, ich in unsicherer, anders wollte ich es nicht haben. Denn was bedeutete es, an Bord hin und wieder sein Leben zu riskieren, wenn man sonst tagein, tagaus im Angesicht des Galgens lebte und seines Fells nicht sicher war. Mein ganzes Leben hindurch hatte ich, soweit ich sehen und beurteilen kann, niemals einen ruhigen Augenblick. Immer fragte ich mich, ob meine Hände unversehrt waren und ob ich den Rücken frei hatte oder nicht.

36

Allem Anschein nach war Flint ein leibhaftiger Mensch, so mußte meine Antwort lauten, als die *Walrus* sich ohne Vorwarnung an einem stillen, feuchten Tag in der Morgendämmerung hinter dem Heck unserer unbedeutenden Brigg auftürmte, noch ehe die Sonne den Dunst weggebrannt hatte. Die ganze Nacht hindurch waren unsere Segel schlaff gewesen, und das einzige Geräusch während meiner Wache war das Schnarchen der Besatzung, ab und zu ein Knirschen in den Kloben und das Tropfen des Taus aus Segeltuch und Rahen.

Dennoch lag es da, das Schiff Flints, wie eine Geistererscheinung, mit der schwarzen Flagge am Heck. Die Flagge hatte man mit einem Riegelholz gespannt, damit sie auch bei Flaute sichtbar blieb. Sogar daran hatte Flint als gewissenhafter Kapitän gedacht. Aber wie hatte er uns in Dunkelheit und Dunst gefunden? Und wie war es ihm möglich gewesen, uns ohne einen Windhauch in den Segeln einzuholen?

Langsam, wie von Geisterhand geführt, legte sich das Schiff längsseits neben uns, mit geöffneten Kanonenpforten. Ich sah, wie sorglos die Männer an der Reling standen, als wären sie die Besatzung eines friedlichen Handelsschiffes. Sie waren ihrer Sache und ihrer Übermacht so sicher, daß sie es sich leisten konnten, Besatzungsmitglieder untätig zusehen zu lassen, und vielleicht schliefen sogar noch manche von ihnen, einen so ruhigen, friedvollen Eindruck bot ihr Deck.

Ich war gespannt, diesen namenlosen Piraten, der bereits einen so großen Ruf genoß, endlich zu Gesicht zu bekommen. Im selben Augenblick, als alle Kanonen seines Schiffes feuerten, trat er auf das Achterdeck. Ich sah, wie er nickte, und sofort befanden sich einige flinke Männer in der Takelage und holten die Toppsegel ein, so daß das Schiff neben uns liegen blieb. Da begriff ich, daß es sich bei Flint zumindest um keine übernatürliche Erscheinung handelte und daß er durchaus von dieser Welt war, denn er hatte mit seinen Toppsegeln den Wind in größerer Höhe eingefangen, während wir mit unseren kürzeren Masten in der Flaute lagen. In der Tat kam ein schwacher Wind zuweilen in der Nähe der Wasseroberfläche zum Erliegen, während er weiter oben federleicht weiterwehte. Jedenfalls war er ein Seemann von Teufels Gnaden, dieser Kapitän.

Ein Nicken seinerseits, und der Preischuß wurde abgefeuert. Er hatte einen geschickten Kanonier, der uns den Bugspriet so abschoß, daß die Fock mit einem Knall herunterfiel. Anschließend beugte Flint sich über die Reling und bat höflich, die Flagge zu streichen.

»Mit dem größten Vergnügen!« schrie ich zurück, während es an Bord unseres Schiffes gleichzeitig zu einem heftigen Durcheinander kam, denn ich hatte keinen Gedanken daran verschwendet, die anderen zu wecken.

»Keine Gefahr!« rief ich ihnen zu, während ich die Flagge einholte. »Wir haben gefunden, wonach wir gesucht haben.«

Überall gab es fröhliche Mienen, und am fröhlichsten war Israel Hands, dem in den vier Wochen, die wir zwischen den Inseln gekreuzt waren, nicht ein einziges Glas mit einem starken Getränk zugestanden worden war und auch nicht viel Unterhaltung, und Israel Hands liebte Geselligkeit.

»Vom Meer! Vom Meer!« schrie er, die Losung der Glücksritter. »Beim Satan, bringt endlich ein Boot zu Wasser, oder sollen wir den ganzen Tag darauf warten, daß man uns entert!«

Hierüber waren die grausamen Piraten durchaus erstaunt und sahen einander an, als wüßten sie nicht, was sie davon zu halten hätten. Sie waren es nicht gewohnt, daß es bei ihrem Anblick zu Freudenausbrüchen kam.

Flint verzog angesichts unserer freudigen Begrüßung keine Miene, traf aber Vorkehrungen zu seiner Sicherheit, wie ich mit Befriedigung feststellen konnte. Die Entermannschaft, die er uns an Bord schickte, war bis an die Zähne bewaffnet und ging kein unnötiges Risiko ein, obschon auch sie nicht wirklich auf der Hut war.

»Ich würde mich gern mit eurem Kapitän unterhalten«, sagte ich, als sie an Bord geklettert waren und sich überzeugt hatten, daß wir tatsächlich nur vierzehn Unbewaffnete an Bord hatten, »falls sich das machen läßt?« fügte ich höflich hinzu.

»Es läßt sich nicht machen«, sagte irgendeiner, als sei dies sein letztes Wort.

»Ich bin Long John Silver«, sagte ich, »Quartermeister bei England und Taylor. Dieser häßliche Teufel da drüben ist Israel Hands, früher Steuermann bei Teach. Die anderen sind meine Leibwache, im übrigen freie Männer. Und wir sind seit einem Monat in dieser Wanne herumgesegelt, um uns von euch kapern zu lassen. Seid also bitte so freundlich und führt mich zu eurem Kapitän!«

»Wie sollen wir wissen, daß du die Wahrheit sagst?« fragte einer.

»Die Wahrheit sagst!« bellte ich, daß er zusammenzuckte. »Soll ich vielleicht Papiere vorlegen? Und daß ich mit England und Taylor gesegelt bin? Ich biete euch ein Schiff und vierzehn Mann an, und ihr redet von Wahrheit. Habe ich vielleicht wissen wollen, wer ihr seid?«

Einige von ihnen lachten laut.

»Was ist so lustig?« fragte ich.

»Daß einer wie du etwas von solchen wie uns verlangt«, antwortete ein dritter. »Falls ihr es nicht gemerkt habt, ihr liegt unter achtzehn unserer Kanonen.«

»Ihr wollt mir drohen?« brüllte ich, mit der Betonung auf »mir«.

»Nenn es, wie du willst«, sagte derjenige, der zuletzt gesprochen hatte, und zuckte mit den Schultern. »Hier bestimmen wir, und du tust, was wir befehlen.«

»Ach, so verhält sich das«, antwortete ich honigsüß.

Ich machte einige Schritte auf den Großmäuligen und einen seiner Kumpane zu, der mit höhnischem Grinsen neben ihm stand. Der Großmäulige legte die Hand an den Säbel, aber das blieb das einzige. Daß es Dinge auf dieser Welt gab, die über seine Kanonen hinausgingen, kam ihm nicht in den Sinn, ehe es dazu zu spät war. Ich schlug den beiden die Schädel krachend aneinander, und meine Hände hätten denen des alten Kapitäns Barlow den Rang streitig gemacht.

Zwei habe ich mit den bloßen Händen erschlagen, nicht vier, wie Hands prahlte und wie es in Deinem Buch steht, Jim. Wie hätte das gehen sollen, ein Mann, der vier Schädel zugleich gegeneinander schlug? Zwei Schädel aber reichten aus, daß sich der Ton änderte. Es wurde still wie im Grab.

»Keiner«, brüllte ich, »keiner, das merkt euch, wird John Silver sagen, was er zu tun und zu lassen hat.«

Die übrigen Piraten standen wie festgewachsen auf Deck. Wahrscheinlich hatten sie in nüchternem Zustand noch niemals einen veritablen Tollkopf gesehen. Unsicher und besorgt sahen sie einander an, und keiner von ihnen wagte, den ersten Schritt zu tun. Unvorbereitet waren sie in ihren Köpfen, denn wer von ihnen hatte sich vorgestellt, daß sie an diesem stillen, lauen, dunstigen Morgen sterben könnten, weil sie eine erbärmliche kleine Brigg, die über keinerlei Bewaffnung verfügte, in ihren Besitz bringen wollten. Doch so war es immer. Die Glücksritter lebten, als könnten sie am nächsten Tag tot sein, sich aber vorzustellen, daß sie so gut an diesem wie am nächsten Tag sterben konnten, vermochten sie nicht. Wurden sie überrumpelt, sprangen sie über Bord, ohne daran zu denken, daß sie das Schwimmen nicht gelernt hatten. Sie gaben auf, strichen die Flagge, vergaßen, daß nur der Galgen noch auf sie wartete. Sie flohen in den Dschungel und dachten nicht daran, daß sie weder über Waffen noch über Wasser verfügten, um ihr teures Leben zu retten.

Flints Mannschaft war indessen aus besserem Holz als die meisten anderen. Als ich mich beruhigt hatte, sah ich die ersten Anzeichen von Entschlossenheit und erkannte, daß ich mit meiner halsbrecherischen, kopflosen Aktion mein Leben und das der anderen aufs Spiel gesetzt hatte.

»Mein Angebot bleibt bestehen«, sagte ich entgegenkommend. »Zwei Kreaturen weniger ist wohlfeil, wenn man dafür vierzehn ausgezeichnete Männer bekommt, darunter zwei, die dieses Gewerbe gründlich erlernt haben.«

Ich hatte aber kaum ausgesprochen, als ich hinter mir einen Schrei hörte, einen Schuß und eine Kugel, die in der Reling einschlug. Ich drehte mich um. Auf Deck lag ein weiterer toter Pirat mit gebrochenem Genick. Jack hatte eingegriffen.

»Nun gut«, sagte ich, »auch drei gegen vierzehn ist noch nicht so schlecht. Wollen wir uns aber nicht besser auf den Weg machen, bevor es zu einem Blutbad kommt?«

Im selben Augenblick tönte Flints Posaunenstimme über das Wasser.

»Noch einer, und ich versenke euer verfluchtes Wrack mit Mann und Maus!« schrie er, fuchsteufelswild wie stets, wenn Seeleute zu Tode kamen, und gestikulierte heftig mit dem Fernrohr.

Daran, daß er es ernst meinte, konnte kein Zweifel herrschen.

»Setzt euch in Bewegung und bringt das Pack herüber!« schrie er seinen Männern zu, und deren Gesichter nahmen wieder ihre natürliche Farbe an, als sie die Stimme ihres Kapitäns hörten, selbständiger waren sie nicht. Ich, Hands und Jack wurden unverzüglich hinübergerudert, um auf das Achterdeck geschoben und Auge in Auge jenem Piraten gegenübergestellt zu werden, der noch immer keinen Namen hatte.

Bei uns hatten wir einen Seemann, der alles tat, um uns in

Angst und Schrecken zu versetzen. Er gab uns das Versprechen, daß es weit schlimmer war, in der Hölle zu schmoren, als sich der Wut ihres Kapitäns auszusetzen. Er wünschte uns gute Überfahrt und hoffte, daß er selbst einer der Ausgesuchten sein werde, die das Vergnügen hatten, das Leben aus uns herauszukitzeln. Ich solle nur nicht glauben, daß es mir gestattet werde, gute Männer so einfach zu erschlagen.

Ich ließ ihn gewähren und merkte ihn mir, was allerdings eine vergebliche Mühe war. Denn als wir auf das Achterdeck und in Hörweite des Kapitäns kamen, gab dieser schadenfrohe Seemann seine letzten Worte von sich: »Kapitän Flint wird euch bei lebendigem Leibe die Haut abziehen!« sagte er.

Für einen Augenblick glaubte ich, daß er keineswegs übertrieb, denn sobald er es ausgesprochen hatte, stieß dieser endlich mit einem Namen versehene Flint ein abgründiges Gebrüll aus, zog den Säbel und stürzte auf uns zu. Jack warf sich ihm entgegen, um diesen Hieb statt meiner entgegenzunehmen, was unnötig war. Der Säbel traf Flints eigenen Seemann und setzte seinen Erdentagen auf der Stelle ein Ende.

»Dieser verdammte Lump«, schrie Flint und versetzte dem schlaffen Körper einen Fußtritt, während andere Seeleute bestürzt hinzueilten.

Mittlerweile kam es an Deck zu einer kleineren Volksversammlung. Flint blinzelte einige Male, fuhr sich mit der Hand über die Stirn und vermittelte den Eindruck, als wäre er aus einem schlechten Traum erwacht. Zuerst sah er hinab auf die Leiche, und dann auf zu den anderen.

»Es tut mir leid«, sagte er mit trauriger Stimme, die, nach allem zu schließen, aufrichtig klang, »aber wie oft muß ich noch erklären, daß in Gegenwart von Fremden keine Namen genannt werden! Sollte es so schwer sein, das in eure dicken Schädel zu bekommen, daß dieses Schiff und seine Mannschaft namenlos sein müssen, wenn wir überleben wollen? Wie viele muß ich noch erschlagen, damit wir verflucht noch mal nicht aufgebracht werden, nur weil ein paar von euch nicht das Maul halten können? Und jetzt könnt ihr zur Hölle fahren, aber sorgt dafür, daß die Prise entladen wird, und versenkt das Wrack da drüben!«

Die Mannschaft zerstreute sich in alle Winde, als hätte sie jemand mit der Peitsche auseinandergejagt.

»Und nun meine Herren«, sagte Flint und wandte sich an uns, »wer zur Hölle seid ihr eigentlich? Meine Männer zu erschlagen, nachdem ihr die Flagge gestrichen habt!«

Ich sagte, wer wir waren, was wir wollten, und warum. Ich erklärte auch, daß die zwölf Schwarzen für mich ihr Leben opfern würden, ganz freiwillig, nur damit er nicht auf den Gedanken käme, mich loszuwerden und dann die anderen anzuheuern.

»John Silver«, sagte Flint nachdenklich. »Von Euch habe ich gehört. Eine etwas unangenehme Bekanntschaft, wie mir scheint.«

»Was ganz davon abhängt, wie man auftritt, Sir. Ich kann auch ein guter Schiffskamerad sein. Dafür gibt es Zeugen.«

»Und wie«, so fragte Flint, »muß man sich verhalten, um dieser Seite der Angelegenheit in den Vordergrund zu verhelfen?«

»Indem man sich keine Freiheiten zu meinem Nachteil herausnimmt. Insbesondere nicht hinter meinem Rücken.«

»Wie die beiden, die Ihr erschlagen habt?«

»Etwas in der Art.«

»Es ist gut, Silver. Willkommen an Bord.«

»Falls der Rat zustimmt«, fügte ich hinzu.

»Natürlich, ja«, sagte Flint, »das hatte ich vergessen. Als Quartermeister seid Ihr ein Mann der Mannschaft und vertretet sie gegenüber Gott, Teufel und allen Kapitänen dieser Welt.«

»Nicht gegen Gott, Sir. Er und ich, wir stehen nicht auf gutem Fuß.«

»Ich verstehe!« sagte Flint und grinste.

Flint lachte selten. Es lag ihm nicht. Im Grunde war er ein melancholischer Mann.

»Euretwegen will ich den Rat zusammenrufen. Es ist ja immer ganz vergnüglich, wenn man seine Meinung äußern darf. Eines aber merkt Euch, Silver. Ich habe meine eigenen Prinzipien und Statuten. Und daran ändert sich nur über meine Leiche etwas, nur damit Ihr es wißt.«

»Und welche Prinzipien sind das, Sir, wenn ich fragen darf?«

»Daß keiner die Sicherheit und die Kampfkraft dieses Schiffs aufs Spiel setzt. Daß wir nicht aus Hochmut und Dummheit die gleichen Fehler machen wie fast alle anderen Kompanien. Wir sind die letzten, Silver, und wir müssen verdammt noch mal in gutem Zustand und am Leben bleiben, wenn wir die Kaufleute, Reeder und Kapitäne auf dieser Erde in Schach halten wollen. Dem Handel auf See für immer ein Ende zu bereiten, so heißt mein Ziel, und dem Mißbrauch guter Seeleute Einhalt zu gebieten, Silver, dafür bin ich hier.«

»Und Beute?« fragte ich. »Prisen, Geld, Gold?«

»Auch das. Das ist der Unterleib des Handels. Dort wirken Tritte am meisten.«

Flint sah mich starr an, um zu ermitteln, welchen Eindruck seine Worte gemacht hatten. Ich ließ mir nichts anmerken, aber ich hatte kaum erwartet, daß es sich bei Flint um einen Mann mit Prinzipien handelte. Es hatte andere gegeben, die scheinbar für die gute Sache auf Anteil segelten, und ich spreche jetzt nicht von Kapitän Misson, der eine pure Erfindung war und dem Wunschdenken Defoes entsprungen ist. Roberts und Davis jedoch hatten wirklich geglaubt, sie hätten das Recht und Gott auf ihrer Seite. Wenn Roberts sich an Gouverneure und an die Mannschaft wandte, berief er sich auf höhere Prinzipien. Er opponierte gegen die Unfreiheit an Land und zur See und hatte sogar die Stirn, einen Pfarrer an Bord nehmen zu wollen, wurde in dieser Frage aber vernünftigerweise vom Rat überstimmt. Flint war kein Denker wie Roberts oder Davis. Wenn man mich fragt, dachte Flint kaum, er war ein Enthusiast. Ihm ins Gewissen zu reden, war eine vergebliche Mühe. Nein, auf Flint konnte man spielen wie auf einem Musikinstrument, wenn man etwas bei ihm erreichen wollte, leicht war das aber nicht, denn er war übellaunig und ebenso wechselhaft wie Wind und Wetter. Es fiel schwer, sich vorzustellen, daß er, dieser blutdürstige Teufel, etwas Gutes wollte, Ziel und Sinn kannte und für die Seeleute eintrat.

Was mich anging, so war dies alles in Ordnung.

»Ich bin Euer Mann«, sagte ich zu ihm.

Viel mehr blieb nicht zu sagen. Wir bekamen unsere Kisten und zurrten sie neben den anderen in einer freien Ecke auf dem Unterdeck fest. Überall wimmelte es von Leuten, was bei einhundertdreißig Mann an Bord nicht eben erstaunlich war. Ein Drittel von ihnen lag noch immer schlafend in den Hängematten. Mehr konnten nicht zur selben Zeit schlafen, denn hierfür gab es keinen Platz.

Menschen überall, wie gesagt, in jedem Winkel. Männer, die Würfel spielten, spleißten oder nähten, über der Reling hingen und auf den Horizont starrten, die sangen und pfiffen, schnitzten, an altem, hartem Käse herumschnibbelten, an Elfenbein, ja sogar an versteinertem Ochsenfleisch. Andere erzählten Geschichten, räumten zum hundertsten Mal ihre Kisten auf, spielten mit Schiffshunden und Katzen, jagten Kakerlaken, lasen sich Läuse ab. Einige schliefen, teerten, malten, während einige wenige trotz allem das Schiff segelten, die Schoten bedienten, navigierten und im Ausguck standen. Andere pflegten ihre Waffen, traten gegeneinander im Armdrücken und im Schießen an, hatten Kombüsendienst und rührten in den Töpfen. Und dazu all jene, die meisten, die gar nichts taten, so als hätten sie niemals irgend etwas getan und hätten auch nicht die Absicht, es noch jemals zu tun.

Fast hatte ich vergessen, wie schwer es war, sich an diese Menschenmenge zu gewöhnen, die sich überall drängte. Es muß uns zugute gehalten werden, daß wir verstanden, einander in Ruhe zu lassen, denn letztlich hatten wir doch angeheuert, um in die Hölle zu segeln, und von dort waren wir meist auch gekommen.

Ich erkundigte mich bei einem nach Wachen und Stationen.

»Ach«, sagte er, »im Gefecht haben wir unsere Stationen, das ist klar. Aber im übrigen wechseln wir uns nur in der Kombüse ab, denn dort will schließlich keiner sein. Und dann natürlich beim Schlafen. Alles andere wird von denen besorgt, die zufällig an Deck sind.«

»Das reicht?« fragte ich, denn ich erinnerte mich an die vielen Tagediebe auf der *Fancy,* die niemals einen Finger krumm machten und dazu auch kaum in der Lage waren.

»Es sind alles erstklassige Seeleute. Sie wissen, worauf es ankommt. Das wirst du sehen, wenn es irgendwann ernst wird. Eine Freude für das Auge, das kann ich dir sagen. Man sollte es nicht glauben, wenn man sieht, wie faul sie an Deck herumliegen.«

Er lachte und war stolz darauf, daß er dazu gehörte. Und er hatte die Wahrheit gesagt, denn niemals habe ich ein so gut gesegeltes Schiff gesehen wie die *Walrus* und auch keine Besatzung, die ihr Schiff vor Freude zum Singen brachte. Doch es war gut, wenn man sich in den Pausen die Zeit mit nahezu nichts vertrieb. Meist lagen wir nur wartend da, trieben träge in einem abgelegenen Winkel des großen Ozeans, in dem ein Handelsschiff ohne Eskorte auftauchen mochte. Der Müßiggang schien ebenso kostbar zu sein wie alles Gold der Welt. Mit dem Gold verbrannten sie sich die Finger, wenn sie es bekamen, die freie Zeit aber achteten sie und vergeudeten sie niemals. Um Kombüsendienst oder andere Unannehmlichkeiten wurde nicht gewürfelt, denn alle fürchteten zu verlieren.

Ich trieb mich an diesem ganzen ersten Morgen auf Deck herum, während unser altes Schiff entladen und versenkt wurde. Ich wollte sehen und lernen, Stimmungen aufnehmen, mich nach Laune und Fähigkeit erkundigen. Ich erfuhr, daß wir mehrere Künstler an Bord hatten, einen Feldscher mit Diplom, drei Zimmerleute, darunter zwei Schotten und einen Finnen, alle aus Waldländern stammend und deshalb in ihrem Handwerk die besten, wie allgemein bekannt, vier Musikanten, deren Aufgabe es war, unseren Mut anzuspornen und uns in der Schwermut zu trösten. Zwei Lotsen, einen für die Antillen, den anderen für die Westküste Afrikas.

Die Seeleute waren alle gegerbt, nach Haut und Erfahrung. Nur eine Handvoll von ihnen segelte zum ersten Mal auf Anteil. Flint wollte nur solche haben, denen der Galgen drohte. Glaubte man ihm, so waren sie die einzigen, auf die er sich verlassen konnte. Was vieles für sich haben mochte, hätte Flint nicht das wichtigste vergessen, daß es die meisten eben nicht kümmerte, ob sie lebten oder starben. Die Schlinge mochten sie um den Hals tragen, waren darum aber nicht wie ich. Im Gegenteil.

Eine fähige Mannschaft jedoch war es, mit einem Kapitän, der es verstand, trotz allem etwas Leben in sie hineinzubringen, damit solche wie er und ich bekamen, was sie wollten. Und bei alldem besaßen sie ihren Stolz auf dieses Handwerk. Daß sie vor jedem Beliebigen die Flagge streichen sollten, verletzte sie in ihrer Ehre.

Erstaunt war ich darum, als ich entdeckte, daß Flint ein halbes Dutzend Indianer von der Mosquitoküste angeheuert hatte. Aus Haß gegen die Spanier hatten diese Indianer sich mit den Bukanier zusammengetan und waren seitdem mit uns gesegelt. Als einzige an Land wurden sie unsere Freunde, und die jungen Männer des Stammes wurden zu uns geschickt, um einige Jahre Dienst zu tun. Zum einen, um den Spaniern mitzuspielen, wie ihre Alten sagten, zum anderen, damit sie erfuhren, wie es aussah in der Welt. Das sei immer gut, sagten die Alten, denn junge Männer müßten ihre Neugierde stillen, um Ruhe in den Balg zu bekommen. Weshalb sie also für einige Jahre mit uns Glücksrittern segelten, kämpften und ihr Leben einsetzten wie wir anderen, um dann zurückzukehren zu ihrem Stamm. Mit auf den Weg bekamen sie Werkzeuge aus Eisen, denn einen Anteil an der Beute wollten sie nicht. Ja, sie lachten nur über unsere wilde Jagd nach Gold und Silber in allen Formen und Gestalten.

Warum aber wurden sie unsere Verbündeten? Wie konnten Männer wie sie etwas übrig haben für solche wie Flint und andere von demselben Schrot und Korn? Wenn man mich fragt, nur aus einem einzigen Grund – sie wußten etwas von Leben und Tod.

Einmal im Jahr opferten die Indianer einen lebendigen Menschen, einen Gefangenen, den man zu diesem Zweck ausgesucht hatte. Während eines ganzen Jahres, bevor die Opferung stattfand, wurden dem Auserwählten alle Wünsche erfüllt, auch die geringsten, von der Freiheit abgesehen. Er hatte Leute, die ihm den ganzen Tag aufwarteten, er wurde in die kostbarsten Kleider gehüllt, er erhielt die beste, saftigste Nahrung, er mußte keinen Finger krumm machen und lebte mit aller Bequemlichkeit und in allem Luxus, die der Stamm aufbieten konnte. Seine Behandlung entsprach der eines Halbgottes, wenn man in seine Nähe kam, fiel man in die Knie und kroch im Schmutz vor ihm. War das Jahr vorüber, wurde er lebendig auf einem Scheiterhaufen verbrannt und betrauert wie ein enger Freund oder ein Verwandter, der gestorben war.

Was aber hatte dies mit Leuten wie uns zu tun? Vielleicht weiß ich es nicht so genau. Aber ich denke daran, wie es ist, wenn man solche wie uns hängt, damit ihr anderen eure Seelenruhe habt. Man verhöhnt, bespuckt und verachtet uns. Wir werden behandelt wie Läuse, Ratten, Kakerlaken. Wir werden gehängt wie Abschaum und Tagediebe. Nein, ihr wißt nicht, wie man Leben beendet, denn ihr schert euch eigentlich nicht um das Leben. Heiden, Sklaven, Juden, Hexen, Verbrechern, Piraten, Indianern, Feinden aller Rassen, Bettlern und sogar Seeleuten raubt ihr mit leichter Hand das Leben. Die Indianer jedoch wußten, daß man ein Leben nicht einfach beenden kann. Mitunter habe ich gedacht, daß wir Glücksritter den Sklaven glichen, die die Indianer einmal im Jahr opferten, nur, daß wir uns freiwillig anboten, mit Vorsatz, und ohne auf das geringste Verständnis für unsere Bereitwilligkeit zu stoßen.

Später, als ich Flint besser kannte, fragte ich ihn, warum er die Indianer an Bord genommen hatte.

»Sie wachen über mein Leben«, antwortete er, und mehr konnte ich von ihm nicht erfahren.

Doch ich glaubte zu begreifen, daß man Flint in dieser Frage nicht beim Wort nehmen konnte. Er gehörte zu jenen, die sterben mußten, damit das Leben einen Sinn hatte, er war der Sklave, der geopfert wurde. Aus diesem einzigen Grund waren die Indianer seine Freunde. Sie wußten, wie man einen Menschen opferte, wenn die Not es forderte.

Während ich in Gedanken versunken war, alle Zeit der Welt hatte, um zuzusehen, tauchte Pew vor mir auf, dieser alte Taschenspieler. »Guten Tag, Herr Silver!« sagte er respektvoll, denn ich gehörte zu denen, die ihn stets behandelt hatten, wie er es verdiente. Wie einen Hund. »Schön Euch zu sehen. Immer ein Vergnügen. Und werdet Ihr wieder Quartermeister sein? Einen Besseren für diesen Posten gibt es nicht, das ist meine Meinung. Ich habe doch gesehen, wie Ihr Hipps und Lewis mit bloßen Händen umgebracht habt.«

Er lachte, und wenn er genug Mut gehabt hätte, hätte er mir auf den Rücken geklopft.

»Das ist unser alter Silver, habe ich gesagt. Einen wie den gibt es kein zweites Mal, mit Ausnahme von Flint vielleicht. Mit Silver und Flint, so habe ich gesagt, können wir gegen die ganze Welt antreten. Habe ich nicht recht, Herr Silver?«

»Hängt ganz davon ab«, antwortete ich, »mit wie vielen feigen Kreaturen von deiner Sorte wir uns herumplagen müssen.«

»Sicher, sicher«, sagte Pew und zog sich mit einer untertänigen Verbeugung zurück.

So war er, dachte ich, und auch mit ihm mußte ich leben. Er war einer der Niederträchtigsten, doch auch er hatte ein Wort mitzureden, nur so konnten wir Frieden halten.

Ich ging zum Bugspriet und kletterte ins Netz. Dort und im Krähennest befanden sich die wenigen Plätze, an denen man mit seinen Gedanken allein war. Ich legte mich hin und lauschte auf die Bugwelle, die Laute der Takelage und die undeutlichen Stimmen auf Deck. Alles würde gut werden, dachte ich, wenn ich mich erst an das Gewimmel und Gedränge gewöhnt hatte. Endlich Ruhe, niemand trieb mich an. Die Zeit vergehen zu lassen, zumeist mit kleinen Beschäftigungen, manchmal mit großen, so angenehm wie möglich, und dabei reich zu werden, das war wahrlich nicht das Schlechteste. Und an Land hatte ich Dolores.

Ich schlief ein und wurde von Flints Posaunenstimme geweckt.

»Alle Mann an Deck!« rief er. »Alle Mann zum Rat!«

Es gab ein Durcheinander und ein Gerede ohnegleichen, denn das geschah nicht so oft. Eifrig rief man nach den Schläfern im Unterdeck, erwartungsvolles Murmeln verbreitete sich. Wenn Flint den Rat zusammenrief, mußte etwas im Gange sein, dachten sie. Ich kletterte hinunter auf das Deck und landete schräg hinter Flint. Als habe er Augen im Nacken, drehte er sich um und nickte mir zu. Vor uns stand die bunteste Versammlung, die ich jemals gesehen hatte.

»Männer«, schrie Flint, »die meisten haben wahrscheinlich bemerkt, daß wir Verstärkung bekommen haben. Dies hier ist John Silver, Quartermeister bei England und Taylor, der sich uns mit dreizehn Mann angeschlossen hat. Bestimmt ist er einigen von euch bekannt. Hat jemand Einwände? Sollen wir Silver und seine Kompanie aufnehmen?«

»Aufnehmen! Aufnehmen!« schrien einige.

»Er hat Hipps und Lewis wegen ihrer Unverschämtheit erschlagen«, sagte Flint trocken.

»Da ist kein Schaden entstanden?«

Das war Pew und einige stimmten ihm zu.

»Silver ist unser Mann!« schrie Pew und es gab noch mehr Beifall.

Doch während der Lärm sich legte, verschaffte sich eine unverkennbare Stimme Gehör.

»Meiner nicht«, schrie Deval, wer sonst, mit seiner schrillen Stimme. »John Silver hat sich Taylor und dem Rat widersetzt und hat England und Kapitän Mackra das Leben gerettet.«

Einc erwartungsvolle Stille trat ein. Alle wußten, daß Deval eine ernste Beschuldigung vorgebracht hatte, eine von jenen, deretwegen es unter Glücksrittern um Leben oder Tod gehen konnte. Flint drehte sich um. Er wollte sehen, wie ich mich aus der Schlinge herauswand. Das amüsierte ihn, diesen Teufel!

Und Deval, die Laus, bildete sich ein, nun endlich bekäme er seine Rache. Was hatte er hier verloren? Von Taylor zu seinem rechten Arm gemacht, war Deval mit ihm zurück nach Westindien gegangen, hatte eine Zeitlang von seiner Beute gelebt und hatte danach in einem unbeobachteten Augenblick auf der *Walrus* angemustert. Wahrscheinlich in der Hoffnung, Flint werde ihn ebenso schätzen wie Taylor. Wenn es aber einen gab, der keine Hilfestellung brauchte, um andere halbtot zu schlagen, so war es Flint. Eines jedenfalls schien sicher, dachte ich, während ich vor der erwartungsvollen Mannschaft der *Walrus* stand – war ich Edward Englands böser Geist gewesen, so war Deval der meine.

»Kapitän Mackra mag, was mich angeht, in der Hölle

schmoren«, sagte ich. »Aber, um der Wahrheit willen, und wenn sie auch von einem Lumpen wie Deval hier stammt, ich habe England das Leben gerettet. Und würde es notabene wieder tun. England ist ein ehrlicher Kerl gewesen und ein guter Kapitän. Unter ihm haben wir sechsundzwanzig Schiffe gekapert, und er hat sich niemals in die Beschlüsse des Rates eingemischt. Er hat sich für zu gut gehalten, um sich die Manieren der Kapitäne von Gottes Gnaden zuzulegen, so wie viele andere hochmütige Großmäuler, die navigieren können und die wir, weil wir keine besseren haben, auf unseren Schiffen wählen.«

Aus dem Augenwinkel sah ich, wie Flints Lächeln erstarrte, wenn auch nur für einen kurzen Augenblick. So dumm war er nicht, daß er nicht begriffen hätte, daß es nur den Regeln entsprach, wenn man sich der Mittel bediente, die einem zur Verfügung standen.

»Es entspricht der Wahrheit«, fuhr ich fort, »ich habe mich Taylor widersetzt, nicht nur einmal, sondern hundertmal. Er ist ein feiger, berechnender Teufel gewesen, der in seinem Leben keinen einzigen richtigen Handschlag getan hat.«

Manche lachten, denn alle wußten, daß es mit Taylors Händen nicht gut bestellt war.

»Taylor«, rief ich, »hätte für einen Shilling jeden verraten. Wie viele haben ihren Anteil bekommen, als Taylor zurückgesegelt ist nach Westindien, um sich freies Geleit zu erkaufen? Wie viele? Taylor war nur darauf aus, die eigene Haut zu retten, solche wie ihr waren ihm völlig gleichgültig. Und was glaubt ihr, wen er zu seinem Büttel gemacht hat? Wen hat Taylor zu seinem schmutzigen Handlanger gemacht, und dies ist das richtige Wort dafür, wer hat Taylor die Füße geleckt, damit ihm die Schulter geklopft wurde? Wer, wenn nicht unser vortrefflicher Kamerad Deval, der für ein wenig Freundlichkeit alles tut, auch wenn sie von einem wie Taylor kommt. Was kaum erstaunlich ist, sage ich. Seine Mutter war eine Hure, die nichts mehr von ihm wissen wollte. Für Geld hat sie ihn verkauft, an einen Hurenbock namens Dunn, mit dem sie ein Gör hatte. Und Deval glaubt, man habe ihn um seiner selbst willen angenommen! Das ist die Wahrheit, und jetzt könnt ihr in dieser Angelegenheit beschließen, was ihr wollt, meine Herren!«

»Das ist nicht wahr!« schrie Deval, gelb vor Galle und Zorn, Demütigung und Scham.

»Das zu beurteilen, kommt dir verdammt noch mal nicht zu«, antwortete ich ihm. »Das ist Sache das Rats. Wenn du privat mit mir abrechnen willst, jederzeit, aber du willst mich bei den anderen anschwärzen, und ich habe das Recht, zu antworten.«

»So ist es!« schrie einer.

Und dann erzählte ich die Geschichte Devals, und ehe ich auch nur die Hälfte erzählt hatte, war er, begleitet von Hohn und Schimpfworten der Mannschaft, unter Deck verschwunden. Ich sah Flint in die Augen, ohne die mindeste Regung zu zeigen, und er antwortete mit einem anerkennenden Blick.

»Ist John Silver angenommen?« fragte er.

Jubelgeschrei ertönte. Wenn ich es nicht bereits wußte, so erfuhr ich nun, wie wichtig es ist, daß man Geschichten erzählt, die es verdienen, geglaubt zu werden, mochte ich auch dieses Mal die Wahrheit gesagt haben.

Das mußt Du lernen, Jim, doch nach dem zu urteilen, was Du über mich geschrieben hast, weißt Du es bereits. An Bord der *Walrus* hatten wir einen Schiffsjungen. John glaubte mir aufs Wort und hielt alles, was ich sagte, für wahr. Er hing an mir, genau wie Du, wegen meines Mundwerks. Denn das ist das Höchste, Jim, merk Dir auch das, mit den Menschen zu sprechen, damit es nicht so verflucht einsam ist auf dieser Welt, wenn die Endabrechnung bevorsteht.

37

Die Erinnerung an meinen ersten Tag auf der *Walrus* und deren Schilderung hatten mich plötzlich in eine vortreffliche Laune versetzt. Ich hatte vergessen, wie das ist, wenn die Seele Rückenwind hat, und habe alles gesetzt, was die alte Schute tragen kann. Ja, es schien, als sei ich nach dem Abschied von Snelgrave wiederauferstanden aus dem Grab.

Noch zappelt die Leiche also. Den einen Tag tot, den nächsten lebendig. Ich aß wie ein Rudel Wölfe zu Mittag, das Essen wurde ganz so serviert, als sei alles wie früher. Jack aß mit mir zusammen, und ich glaube, er freute sich für mich. Ich fragte ihn, was er tagsüber unternahm. Ich wisse sehr wohl, so sagte ich, daß ich eine traurige Figur abgehe, bald aber sei ich fertig, und dann werde er sehen, wozu der Alte noch fähig sei.

»Was machst du mit deiner Zeit?« fragte ich.

»Nichts«, antwortete er. »Ich bereite das Essen für uns beide vor, das ist wohl alles.«

»Ich weiß«, antwortete ich. »Ich mag es nicht, wenn du mich bedienst. Aber bald habe ich mein letztes Wort gesagt, und dann gehen wir wieder auf die Jagd.«

»Das ist nicht nötig«, antwortete Jack.

»Nicht nötig?«

»Nein. Wir bekommen jeden Tag Proviant, Brot, Früchte und Fleisch. Ich hole sie unten in der Ebene.«

»Das ist gut«, sagte ich. »Mein Geld soll nicht herumliegen und verfaulen.«

»Das kostet nichts.«

»Das kostet nichts?«

»Nein. Es ist ein Geschenk. An John Silver.«

»Woher kommt denn plötzlich diese Freigebigkeit? Warte,

ich weiß. Sie haben Mitleid mit mir. Oder nicht? Sie glauben, John Silver sei in seelischer Not. Sie glauben, ich bin verrückt geworden. Oder nicht?«

»Ich weiß nicht«, sagte Jack.

»Du weißt es nicht? Hörst du nicht, was über mich geredet wird?«

»Nein, ich habe nichts gehört.«

»Sprichst du nicht mit deinem Volk?«

»Es ist nicht mein Volk. Ich spreche nicht ihre Sprache.«

»Und deine? Deine Sakalava?«

»Die sind zurückgegangen nach Hause. Nur ich bin noch hier.«

Ich muß gestehen, daß mich dies unangenehm berührte, auch wenn es meine Laune nicht niederdrücken konnte. Seit dem Fest für Snelgraves Mannschaft hatte Jack also kein Wort sagen können. Und wann war die *Delight of Bristol* ausgelaufen? Vor einer Woche? Vor zweien? Vor einem Monat? Vor zwei Monaten? Und ich hatte die Stirn gehabt, Jack zu fragen, was er mit seiner Zeit anfing.

»Wenn ich fertig bin ...«, sagte ich.

»Ich weiß«, unterbrach mich Jack, »dann jagen wir Schweine und machen Barbacoa.«

»Ja, wie früher. Als wir alle Zeit der Welt hatten.«

»Haben wir die nicht auch jetzt?«

»Du weißt, was ich meine. Wenn man nicht daran denkt, daß eines Tages ein Punkt gesetzt wird. Wir sind recht gut gewesen, oder?«

Jack nickte.

»Erinnerst du dich an den ersten Tag auf der *Walrus?* Ich vergesse ihn niemals.«

»Warum?« fragte Jack.

Ich sah ihn an, und plötzlich fiel mir auf, daß er und seine Stammesbrüder in meinen Erinnerungen nicht vorkommen. Von jenem Augenblick an, als ich meine Füße auf das Deck der *Walrus* gesetzt hatte, hatte ich sie vergessen.

»Was habt ihr an jenem Tag gemacht?« fragte ich ihn.

»Wir haben zwei andere Sakalava getroffen. Ehemalige Sklaven wie wir. Wir haben beieinander gesessen.«

»Beieinander gesessen?«

»Ja. Und wir haben gewartet, daß wir hierher zurückkommen. Nach Madagaskar.«

»Ihr habt gewartet?«

»Ja«, sagte Jack, »an Bord haben wir gewartet.«

»Aber du und ich, wir sind doch drei Jahre lang mit Flint gesegelt.«

»Ja. Es hat Zeiten gegeben, da dachten wir, wir würden nie mehr zurückkommen. Aber du hattest versprochen, wir würden an Land gesetzt, wenn wir hierherkommen.«

Jack war keiner, der die Wahrheit verdrehte, aber dies war schwer zu verdauen. Die erste Zeit mit Flint war die beste meines Lebens gewesen, und Jack hatte nur darauf gewartet, daß sie vorüberging. Und ich hatte über alte Erinnerungen mit ihm sprechen wollen! Welche Erinnerungen hat man, wenn man nur auf seinem Hintern sitzt und wartet?

»Ich habe geglaubt, an Bord sei es euch gut gegangen?«

»Es war besser als auf der Plantage. Aber wir sind anders als du.«

»Nein«, unterbrach ich ihn und stieß trotz allem ein Lachen aus, »das habe ich schon begriffen, daß es nicht viele gibt wie mich.«

»Ich meine die Sakalava und die Glücksritter. Wir haben ein Land, und wir sind ein Volk. Den Teufel hat euch das gekümmert, wie du manchmal sagst.«

»Warum seid ihr nicht gegangen, wenn es so höllisch war?«

»Es war nicht die Hölle. Es war nichts.«

»Nichts?«

»Nein.«

»Und die Freiheit? Und alle Zeit der Welt? Keine Sorgen haben, die Tage vergehen lassen, keine Eile. Reich werden und tun können, was man will, wenn es vorbei ist?«

»Es hatte keine Seele. Seele kann man nicht ganz alleine haben. Dann ist man nichts.«

»Wir sind nicht alleine an Bord gewesen. Wir waren einhundertdreißig Mann.«

»Aber nicht zusammen. Wir Sakalava haben für uns gekämpft. Ihr habt für euch gekämpft. Wie viele sind in dieser Zeit gestorben? Wie hießen sie? Woher kamen sie? Wohin wollten sie? Das war gleichgültig, hast du immer gesagt. Wer starb, war am nächsten Tag vergessen. Sie sind für eine gute Sache gestorben, hast du immer gesagt. Deine Sache! Nein, ihr seid allein gewesen und niemals zusammen.«

»Ich habe nie begriffen, was ihr mit Seele meint«, sagte ich.

»Nein«, antwortete Jack.

»Und trotzdem hast du uns Brüder in guten und in schlechten Zeiten genannt.«

»Ja. Wir sind Brüder. Du brauchst mich nicht. Ich komme ohne dich aus. Aber wir brauchen einander.«

»Das hat Dolores immer gesagt.«

Inmitten meiner vortrefflichen Stimmung hatte ich ein sonderbares Gefühl in der Brust.

»Wenn ich fertig bin«, sagte ich zu Jack, »mußt du mir erklären, was Seele ist.«

»Ja«, antwortete Jack.

»Wenn ich den letzten Punkt gesetzt habe, veranstalten wir ein Fest«, sagte ich. »Wir laden alle ein, die noch am Leben sind und die jemals ihren Fuß auf die *Walrus* gesetzt haben. Feiern können wir jedenfalls, da mußt du mir recht geben. Da sind wir zusammen gewesen, sag was du willst.«

»Ja, das konntet ihr gut und sogar zusammen. Da hattet ihr Seele. Aber wie viele konnten sich am nächsten Morgen noch daran erinnern?«

Nun mußte ich lachen, denn damit hatte er recht. Auch Jack lachte, also erinnerte er sich doch ein wenig an die Jahre mit Flint.

Alle drei Jahre zogen an mir vorüber. Ich sah jede Prise und das Gesicht jedes Mannes, ob tot oder lebendig. Ich sah Sainte-Marie, nicht weit entfernt von hier, wo wir uns sammelten, um ungestraft die Früchte unseres kurzen Lebens zu genießen, Lachen zu hören und Schreie voll Schmerz und Lust, unsere und die anderer. Ich nahm alle tausend Gerüche des Schiffs und der Inseln in Luv wahr, ich lauschte allen Liedern und Geschichten, die mal vom einen, mal vom anderen angestimmt wurden, und sah mich ganze Nächte im Ausguck, ins All gehängt. Ich bewunderte das Seemannshandwerk, wenn wir in einen Sturm ritten oder klar Schiff machten. Ich lachte über alle Maskeraden und Betrügereien, mit denen wir gutgläubige Kaufleute hinters Licht führten, ich hörte mich abrechnen mit Krakeelern, die mit mir stritten, wenn ich Flint zwang, meinen Wünschen oder denen des Rats nachzugeben, und ich freute mich, einhundertdreißig zum Rat Versammelte zu sehen, all die Worte zu hören, die glutvoll gewechselt wurden, ehe wir zur Entscheidung kamen. Ich sehnte mich zurück nach den Stunden, als wir eine Prise mit Edelsteinen in der Ladung gemacht hatten und ich sie ausgelassen durch meine Finger rinnen ließ, nach Augenblicken, wenn ich wieder im Netz lag und die Zeit vergehen ließ.

»Teufel, wie lang ist ein Leben!« rief ich und packte Jacks Arm.

Ohne ihn finden zu können. Und mir ging auf, daß ich die ganze Zeit über die Augen geschlossen hatte. Als ich sie wieder öffnete, war ich allein. Jack war seiner Wege gegangen. Dagegen ließ sich nichts einwenden. Auch ich wäre es leid gewesen, einem zuzuhören, der nur mit sich selbst sprach. Jack kam am besten ohne mich zurecht. Anders war es nicht. Der einzige, der mich zum Leben benötigte, war Long John Silver, und bald konnte wahrscheinlich auch er auf seinem eigenen Bein stehen.

38

Ja, Jim, ich vergesse Dich, so wie ich Defoe vergaß, und daß ich mit ihm sprach. Es ist nicht so leicht, alles im Kopf zu behalten, wenn man mein ehrwürdiges Alter erreicht hat.

Ich wollte Dir von Flint erzählen, weil ich glaubte, daß es einen wie Dich interessieren könnte.

Dann sprach ich mit Jack und entdeckte, daß ich ein ganzes Leben damit zubringen konnte, von meiner Zeit mit Flint zu erzählen, selbst wenn er mir nicht zuhörte. Danach war ich leer und hohl. Es ist nicht amüsant, Geschichten zu erzählen und dann zu entdecken, daß einem niemand zuhört.

Und außerdem ... Du weißt, daß ich nicht furchtsam bin. Ein Löwe ist nichts gegen John Silver, hieß es immer, und das war recht und richtig so. War ich nicht der einzige, der den Kopf nicht verlor, als Ben Gunn uns mit Flints Geist erschrecken wollte? Nein, vor Flint hatte ich niemals Angst, denn er fiel seinen Leuten niemals vorsätzlich in den Rücken. Geradeheraus war seine Losung. Dennoch. Gestern nacht spukte Flint durch meinen Traum. Er zeigte sich so, wie er gegen Ende aussah, als er sich fast totgesoffen hatte und ihm aufgegangen war, daß wie viele Schiffe er auch aufbrachte, wie viele Kapitäne von Gottes Gnaden er auch erschlug und wieviel Beute er machte, er weder den Handel beeinträchtigen noch die Welt in Furcht versetzen konnte. In unseren Gewässern waren die Warenpreise durch unser Zutun auf das Doppelte gestiegen, das war alles. Flint konnte schließlich nicht alleine die Welt überwachen. Wir waren und blieben ein giftig summender Moskito, der zustach, worauf es einen Tag lang juckte. Die Handelsschiffe segelten unter immer stärkerer Eskorte, und solange er noch bei Verstand war, weigerte Flint sich hartnäckig, alles auf eine Karte zu setzen.

Die *Walrus* mit Mann und Maus für eine einzige Prise zu riskieren, hatte keinen Sinn.

Manche versuchten, ihn auf bessere Gedanken zu bringen, und mahnten, wir sollten uns mit dem Reichtum zufriedengeben, den wir angesammelt hatten, und die Kompanie auflösen. Schließlich sehe er selbst, wie wenig Schaden er anrichten könne.

Worte wie diese machten Flint rasend, und einige mußten deswegen die Flagge streichen. Auch deshalb segelte er dann zur »Schatzinsel«, wie Du sie nennst, und vergrub den Schatz. Denn so dumm waren Glücksritter sonst nicht, daß sie ihr teuer verdientes Gold vergruben. Nein, soweit ich weiß, war es nur Kidd, von Flint abgesehen, der zum Spaten griff, und Kidd hatte wie Flint seine Gründe dafür.

Dunkler und verrückter wurde er jedenfalls, je mehr Zeit verging. Zum Schluß konnte wahrscheinlich nur noch ich ihm ins Gewissen reden und ihn in Schach halten, ich und Darby M'Graw, der für Flints Rum zu sorgen hatte.

»Alle wollen mich umbringen!« mochte Flint brüllen, wenn ich seine Kajüte betrat. »Die verfluchten Lumpen. Umbringen wollen sie mich, aufgeben, sich wegwerfen an Huren und ein feines Leben an Land. Nur über meine Leiche. Silver, denk daran. Wir kämpfen bis zum äußersten. Wir ruinieren alle Pfeffersäcke. Hast du gehört, Silver!«

»So, wie Ihr schreit und brüllt, Kapitän, hört man Euch wahrscheinlich bis nach London.«

»Das ist gut!« faselte er. »Ich sorge verdammt noch mal dafür, daß sie wissen, daß sie leben.«

Er zwinkerte mir zu mit seinen wäßrigen Augen, rotgesprenkelt waren sie wie faulige Tomaten. Seine Narbe von der Schatzinsel leuchtete weiß in seinem gelbsüchtigen, aufgedunsenen Gesicht. Mit der einen Hand hielt er krampfhaft den Säbel, als seien Säbel und Hand eines.

Und in dieser Gestalt erschien er mir im Traum, bewaffnet bis an die Zähne. Ich saß am Tisch und schrieb. Flint stand hinter mir und schaute mir über die Schulter. Und dann lachte er. Er lachte voller Hohn, dieser Teufel, daß es nur so bebte. In seinen Augen leuchtete die Schadenfreude. Ich hielt mir die Ohren zu, um nichts mehr hören zu müssen, und schloß die Augen, um nichts mehr sehen zu müssen, doch es schien, als hätte ich weder Hände noch Augenlider. Und als Flint sah, wie ich schrumpfte und mich vor ihm fürchtete, wuchs sein Hohngelächter so riesig an, daß er schließlich nur noch ein einziger großer Mund war.

Mir war nicht wohl zumute, zugegeben, und ich fragte mich, wie ich ihn loswerden sollte. Würde ich denn vor einem wie Flint zu Kreuze kriechen, fragte ich mich selbst. War ich nicht schließlich ein besserer Kerl als er, auf verschiedene Weise? Warum sollte ich nachgeben? Laß ihn dort stehen und höhnisch lachen! Schert mich denn, was er von einem Leben wie dem meinen hält?

Ich griff nach der Feder, tauchte sie ins Tintenfaß, setzte sie auf das Papier und schrieb die ersten Worte meiner Erzählung über besagten Flint. Als Flint aber seinen Namen auf dem Papier sah, verstummte er jäh und stieß dann ein tobsüchtiges Gebrüll aus, das selbst den Teufel um den Verstand gebracht hätte, wenn er denn Verstand hat. Dann riß Flint seinen blutbeschmierten Säbel aus der Scheide und holte aus.

»Namenlos!« brüllte er. »Namenlos! Keiner legt Hand an meinen Namen.«

Und der Säbel fuhr herab.

Ich erwachte, bedeckt mit kaltem Schweiß, zitternd wie ein Säufer. Sich mit dem toten Flint herumzuschlagen, war weit schwieriger als mit dem lebenden. Ich war mein Leben lang auf mein Fell bedacht, aber nie hatte mich ein solcher Schrecken erfüllt wie jetzt, als ich dachte, es sei zu Ende. Wieder und wieder sah ich, wie Flints Klinge durch die Luft pfiff. Wach, wie ich war, wartete ich darauf, daß seine scharfe Schneide mir ins Nackenfleisch ging.

Doch nichts geschah. Dann ging mir auf, daß Flint nicht auf

mich aus war, und daß sein Säbel keineswegs auf meinen Nacken zielte. Es war der andere John Silver, dem er den Kopf abschlagen wollte. Der auf dem Papier, schwarz auf weiß, der von uns beiden, der sagen konnte, er hatte gelebt, ihm wollte Flint für alle Zukunft den Garaus machen.

Amüsant war es nicht, nun noch über Flint zu schreiben. Jedesmal, wenn ich nach der Feder griff, sah ich den Säbel vor meinen Augen. Mit dem Hohngelächter ließ es sich nach und nach leben, aber der Säbel und danach das Vergessen, diese Vorstellung blieb unerträglich.

Trotzdem habe ich geschrieben und ebendies erzählt, und fand auch den Mut zu sagen, daß ich meine besten Jahre bei Flint hatte. Anfangs segelten wir in Westindien, auf der Dreiecksroute. Und im dritten Jahr war es wohl, als wir Madagaskar anliefen. Wie versprochen, setzte ich Jack mit seinen Sakalava an Land ab, zu Flints und der anderen Verbitterung, denn Flints Gesetz auf der *Walrus* lautete, daß keiner gehen dürfe, bevor die Kompanie nicht aufgelöst wurde. Aber niemand wagte es, sich mir zu widersetzen, nicht einmal Flint, und noch weniger kleinliches Volk wie George Merry, Dick Andersson oder der kriecherische Ben Gunn. Jack und die anderen nahmen einen Teil meiner Beute mit und ließen sich auf der Klippe bei Ranter Bay nieder, glücklich wie die Kinder. Dort, sagten sie, würden sie auf mich warten.

Auf der Rückfahrt nach Westindien unternahm ich etwas gegen Deval. Ich war seine schrägen, haßerfüllten Blicke leid und hatte beschlossen, ihn zum Schweigen zu bringen, wenn es nötig sein sollte, für immer. Am selben Tag, an dem Barbados in Sicht kam, war das Maß voll. Aus Israel Hands inzwischen verheiltem, aber kaum kleiner gewordenem Maul hatte Deval wie alle anderen die Geschichte meiner freigekauften Sklaven und meiner Frau an Land erfahren. Ich hing über der Reling und dachte wirklich an Dolores, als ich hörte, wie Deval mit seiner schrillen Stimme einen Shanty anstimmte:

Ich hatt' mal 'ne Irin, die war faul und fett,
da nahm ich 'ne Schwarze, die ist besser im Bett.

Ehe ich noch etwas unternehmen konnte, fiel die ganze Mannschaft ein, ausgelassen, weil sie Land gesichtet hatte, und brüllte wieder und wieder die beiden Zeilen, daß die Möwen verstummten. Ich drehte mich um, und da stand Deval und glotzte mich mit dem blödesten Grinsen an, das man sich vorstellen kann. Als er mich aber sah, war das Grinsen in seinem Gesicht wie weggewischt.

Zuerst machte ich dem Lied mit einem grauenhaften Gebrüll ein Ende, dann packte ich Deval am Genick und drückte zu, bis er halbtot war. Zuletzt lockerte ich meine Umklammerung und sagte ihm in Gegenwart aller, welch elende Laus und Kakerlake er sei. Und in meinem Enthusiasmus erzählte ich auch noch, welch ein Dreck sein Held Dunn war, und daß er versucht hatte, mich umzubringen, und daß ich ihn getötet hatte, wie er es verdiente.

»Er war verrückt«, schrie ich und sagte zu guter Letzt die Wahrheit. »Warum sollte er sonst einen Schwachkopf wie dich mit sich herumgeschleppt haben?«

Deval wurde leichenblaß, und vielleicht hätte ich sehen können, was in ihm vorging, hätte nicht der Ausguck im selben Augenblick gerufen: »Segel in Sicht!« Dann kam alles, wie es bekannt ist, wir machten die Prise, die aus der *Rose* bestand, ich büßte mein Bein ein, Deval ebenfalls, und ich erhielt einen neuen Namen, Barbecue, der sich auch mit der Hacke nicht mehr hätte entfernen lassen.

Wohl ein Jahr fuhren wir noch in Westindien, bis Flint sich in Savannah totsoff. In diesem Jahr verlor Flint den Verstand und erwarb sich seinen Ruf des grausamsten, blutigsten Piraten, der jemals die Meere heimgesucht hatte. Er warf alle Vorsicht über Bord, und wäre ich nicht gewesen, wären wir alle mit Mann und Maus umgekommen. Sollte ich zulassen, daß einer wie Flint mit seinem kranken, rumgetränkten Hirn uns ins Verderben stürzte? Ich sorgte dafür, daß die *Walrus* so wie früher bei jedem Angriff ihr Äußeres veränderte. Ich achtete darauf, daß die Mannschaft an Land den Mund hielt. Ich sorgte dafür, daß wir weiterhin geisterhaft aus dem Nichts auftauchten und wieder verschwanden und nichts als Angst und Furcht zurückließen, und ich hielt Flint in Schach, wenn er sich auf Schiffe stürzen wollte, die uns in der Bewaffnung überlegen waren. Ja, wenn man nachzählt, muß ich in jenem Jahr viele hundert Menschenleben, mein eigenes inbegriffen, vor dem Tod bewahrt haben.

Wir blieben bis nach Flints Tod das namenlose, schreckeinflößende Gerücht, und so gut hielten wir unsere Unternehmungen verborgen, daß keiner über feste Beweise für unsere Existenz verfügte. Ich wagte es, nach Bristol zurückzukehren und mir »Spy-Glass« zu verschaffen, um Billy Bones und diese verfluchte Karte in die Hände zu bekommen, und ich schickte nach Dolores. Für einige Zeit waren wir ebenso respektable Leute wie viele andere in Bristol.

Manchmal hatte ich Mitleid mit Flint, der sich wirklich einbildete, er könne elenden Seeleuten das Leben retten und ihr Dasein verbessern.

In einer lauen, sternklaren Nacht irgendwo im Atlantik, als wir wartend stillagen und die *Walrus* sanft in einer mächtigen Dünung schaukelte, rief Flint mich zu sich. Er saß am einzigen Tisch in seiner Kajüte. Die Öllampe, dieselbe, die heute in meiner Schreibkammer hängt, warf eigentümliche Schatten auf sein verwüstetes Gesicht.

»Setzt Euch, Silver!« sagte er. »Leistet mir Gesellschaft bei einem Glas Rum!«

Ich nahm ihm gegenüber Platz, und mit ruhiger Hand füllte er zwei große Gläser bis zum Rand.

»Ihr seid der einzige an Bord dieses Schiffes, mit dem man etwas anfangen kann. Mich selbst inbegriffen.«

Er verstummte, als wollte er damit unterstreichen, was er gesagt hatte.

»Warum habt Ihr Euch niemals zum Kapitän gemacht?« fragte er.

»Damit ich den Rücken frei habe«, antwortete ich.

»Habe ich den Rücken denn nicht frei? Was ist mit meinem Rücken nicht in Ordnung?«

»Euch kann man absetzen. Niemand kann John Silver absetzen.«

Lange glotzte Flint mich an. Er versuchte herauszufinden, ob ich ihm mit seiner Absetzung gedroht hatte.

»Silver«, sagte er nach einer Weile, »aus Euch wird man niemals klug.«

»Nein«, antwortete ich und grinste. »Denn das wäre schlimmer als der Tod.«

Flint stierte in sein Rumglas, als wäre es eine Kristallkugel.

»Es ist richtig, Silver«, sagte er. »Es ist, wie ich gesagt habe. Ihr seid der einzige, mit dem man etwas anfangen kann. Ihr seid fähig zu urteilen. Sagt mir, Silver, stehe ich im Begriff, den Verstand zu verlieren? Antwortet ehrlich! Ihr wißt, daß ich Euch niemals ein Haar krümmen würde.«

»Ich weiß nicht«, antwortete ich als die aufrichtige Seele, die ich sein konnte. »Ich weiß nicht, wieviel Ihr zu verlieren habt. Manchmal aber hat es den Anschein, als wäre es Euer Ziel, uns alle ums Leben zu bringen und Euch selbst zuerst.«

»Ich weiß«, sagte Flint mit heiserer Stimme und nahm einen ordentlichen Schluck Rum. »Ich weiß. Ich habe geglaubt, ich wüßte, was ich in diesem Leben will. So viele Lumpen wie möglich umbringen. Sie von dieser Erde entfernen. Alle toten Seeleute rächen. Das waren meine Ziele. Jetzt aber bin ich so weit, daß ich denke, wir sind nur Fliegendreck, ganz gleich, was wir tun. Ich bin der gefürchtete Pirat Flint, und wenn ich am Leben bleiben will, darf ich das noch nicht einmal laut sagen. Namenlos bin ich geworden, und das sind wir alle. Wir zählen nicht. Wißt Ihr, aber wahrscheinlich wißt Ihr das, Ihr seid ein gebildeter, belesener Kerl, der verfluchte Cromwell schickte zehntausend irische und schottische Strafgefangene nach Barbados. Nicht einer von ihnen hat überlebt. Wer erinnert sich noch an sie, an jeden einzelnen von ihnen und daran, was sie dachten und wollten? Sie sind fort, wie Dunst. Wißt Ihr, was mir ein alter Bukanier erzählt hat? Die Spanier hatten einen Trupp Soldaten losgeschickt, die ein paar Indianer ausrotten sollten. Einer der Soldaten drückte einen Indianer mit seiner Lanze gegen einen Baum. Der Indianer hatte nur ein Messer und war so gut wie tot. Was aber tut er? Er wirft sich nach vorn und läßt sich von der Lanze durchbohren, so daß er selbst das Messer in den Spanier jagen kann. Beide sind gestorben. Oder nehmt die Mönche, die L'Olonnais gezwungen hatte, Leitern an die Mauern von Cartagena zu stellen. Er bildete sich ein, die Spanier würden ihre eigenen Priester nicht erschießen. Aber Gott und den Spaniern waren diese elenden Mönche ganz gleichgültig, wie sehr sie auch um ihr Leben bettelten. Sie wurden niedergeschossen, bis zur letzten Kutte. Wen kümmert das, Silver? Ein paar Mönche, ein spanischer Soldat, ein Indianer oder zehntausend Strafgefangene mehr oder weniger, das spielt keine Rolle. Und was glaubt Ihr, wie viele Seeleute sterben? Ein paar tausend auf englischen Kielen, jedes Jahr. Und was haben sie davon? Nichts, noch nicht einmal eine anständige Beerdigung. Fliegendreck sind wir, Silver, wir zählen nicht. Es gibt keinen Grund, daß wir auf dieser Welt bleiben. Ein einziger Mensch ist entbehrlich, Silver. Völlig entbehrlich.«

»Nicht auf der *Walrus*«, antwortete ich. »Kein Schiff hatte einen besseren Kapitän.«

»Die *Walrus* ist mir ganz und gar gleichgültig«, schrie er auf. »Ein Sarg, etwas anderes ist sie nicht, mit einer Ansammlung von Sybariten an Bord, die nur an ihr eigenes Bestes denken.«

Er leerte sein Glas.

»Ihr seid ein guter Mann, Silver«, sagte er und wischte sich den Mund ab. »Wie haltet Ihr das aus? Was hält Euch in Gang? Einer wie Ihr zerbricht sich doch nicht den Kopf, wozu das alles dient?«

»Nein«, sagte ich.

»Warum nicht? Warum ertränkt Ihr Euch nicht in Rum wie die anderen? Warum grübelt Ihr nicht?«

»Das weiß der Teufel«, antwortete ich, trotz allem lachend, »vielleicht würde ich dann verrückt.«

Flint glotzte mich verständnislos an.

»So wie Ihr«, fügte ich der Ordnung halber hinzu.

Dann stand ich auf und ging. Einen Monat später war Flint tot. Vergessen ist er wohl nicht, und vielleicht war das Größte, was er in seinem Leben erreicht hat, daß er sich Nachruhm erwarb. So wie ich selbst. Denn damit hatte er wahrscheinlich trotz allem recht, ein Leben, das nach dem Tod nicht auf die eine oder andere Weise weiterlebt, auf dem Papier oder im Volksmund, ist Fliegendreck. Oder verdunsteter Tau.

39

An jenem Morgen, wie an so vielen anderen, verblaßte das Nachtdunkel unmerklich ins Grau, während im Osten die Sonne aufflammte wie Feuer. Fast unmerklich vollzieht sich hier auf Madagaskar der Wechsel zwischen Hell und Dunkel. Abend- oder Morgendämmerung brechen herein wie Blitze aus einer abgefeuerten Kanone. In Bristol ging, soweit ich mich erinnere, die Sonne so langsam über der See unter, daß sie auch für immer am Horizont hätte hängen bleiben können. Hier dagegen sprudelt plötzlich das Licht und scheint noch den kleinsten Winkel zu füllen, und die einzige Erinnerung an die Dunkelheit sind die scharf gezeichneten Schatten.

Vor mir lag im grellen Licht das braune Papier, nackt, unbeschrieben, verführerisch wie Elisas von der Sonne überfluteter Körper, unwiderstehlich wie Dolores' unbestechliche Augen, offen für alle Geschichten und jedes Leben. Es galt nur zu wählen und zu verwerfen.

Aber jetzt ist der halbe Vormittag vergangen und noch immer liegt da das Papier. Mir ist aufgefallen, daß ich nichts mehr aufzuzeichnen habe, das einigen Wert zu haben scheint. John Silvers Leben ist fertig. Wie weggeblasen ist der Reiz, es aufzuschreiben. Weg ist diese Narretei, am Ende der Reise ein Logbuch schreiben zu wollen. Ich bin leer wie eine ausgetrunkene Rumflasche.

Aber ich klage nicht. Die Leichen, und darunter John Silver selbst, habe ich über Bord geworfen. Weder mit ihm noch mit irgendeinem anderen muß ich mich noch herumschlagen. Nicht einmal Flint wird noch spuken, das weiß ich sicher. Nun haben sie Frieden vor meiner Aufdringlichkeit und können auf den Beinen stehen, die ihnen geblieben sind.

Tage sind vergangen. Welch eine Leere! Und worauf warte ich? Auf den Tod? Von allem ist dies das schlimmste, das Warten auf nichts. Es ist schmachvoll, doch wäre es nicht das beste, man würde durch den ganzen Dreck, durch mich, durch John Silver, einen Strich ziehen, ein Totenkopfzeichen ins Logbuch eintragen, die tote Rechnung beenden. Für sündig habe ich es stets gehalten, wenn man Hand an sich selbst legt und nicht wagt, das einzige Leben, das man hat, auch zu leben. Ist das Leben aber ohnehin zu Ende, und ein verrotteter Rumpf das einzige, was bleibt, mit rissigen Masten und Rahen, die nicht mehr imstande sind, Segel zu tragen ... Und wen kümmert es, daß ich verstoßen habe gegen mich selbst und meine Statuten, wenn ich tot bin. Zumindest nicht mich, und bin ich in diesem Fall nicht der nächste Angehörige?

Einige Tage sind vergangen. Wochen? Monate? Ich bin nach wie vor am Leben. Heute ging ich zum ersten Mal, seit ich fertig bin, in meine Schreibkammer. Dort lag es, das Leben John Silvers, wie es gewesen ist. Ich nahm es in die Hand, blätterte darin, und jäh durchfuhr mich eine eigentümliche Bewegung. Empfindlichkeit, Stolz, Scham, Ungewißheit, Erstaunen, Abscheu, alles miteinander vermengt. Hatte ich mir das nicht anders vorgestellt? John Silver sollte hier liegen und verfaulen wie ich?

Und dann dachte ich wieder an Dich, Jim, und an meine Vorsätze. Daß John Silver nicht in Verruf kommen, daß er unwiderlegt bleiben, daß er das letzte Wort haben sollte, wie er es auf seine Fahnen geschrieben hatte, oder zumindest ein Wort mitreden durfte und die Menschen erfuhren, daß auch er eine Art Mensch war, einsam und sein eigener Herr, der sich seinen verfluchten Rücken freihalten mußte, aber dennoch eine Art Mensch. Und, Jim, es rührte mich zu Tränen. Das, sagte ich zu mir selbst, bin ich John Silver zumindest schuldig, nach allem, was er mir geschenkt hat, ihm die Möglichkeit für ein Leben nach dem Tod zu geben. Sollte auch er, wie so viele andere in unserem Korps, vergeblich gelebt haben? Er war kein Fliegendreck. Nicht verdunster Tau.

Infolgedessen gedenke ich noch für einige Zeit am Leben zu bleiben, bis ein Schiff einläuft, das John Silver zu dir bringen kann. Du bist verantwortlich für ihn, Jim. Ich habe Dir vertraut. Ich habe keinen anderen, dem ich ihn anvertrauen könnte. Ich habe eine Note an Dich geschrieben, die Dir erklärt, was Du in Händen hältst. Lang lebe John Silver!

40

Also war es zu früh, John Silver ein langes Leben zu wünschen. Ihm das Leben nehmen zu wollen, ist, mit Verlaub, eine schlechte Idee. Auf den Tod darf man niemals ein Akonto erheben, nicht einmal auf den eigenen, und das, Jim, habe ich ein Leben lang vertreten.

Ich habe mich festgekrallt an dem bißchen Leben, das um dieser Seiten willen wiederauferstanden ist, Seiten, die nun auf meinem Tisch herumliegen und davon erzählen, wie es gewesen ist, Long John Silver zu sein, Barbecue genannt von seinen Freunden, wenn er welche hatte, und auch von seinen Feinden, die zahlreich waren. Schluß mit Narretei und Hirngespinsten. Schluß mit Dunst und Bluff. Zum ersten Mal offene Karten. Nur die Wahrheit, seitauf, seitab, ohne Hintergedanken und Finten. Wie es war, nichts sonst. Das sollte entstehen, nicht, um mich noch für einige Zeit bei Vernunft und Sinnen zu halten, wie ich geglaubt hatte, sondern nur, damit ich am Leben blieb. Denn so war es, was immer ich darüber denke.

Und wenn ich jetzt die Lagerfeuer unterhalb der Klippen sehe, die Rufe und die Schreie der Soldaten höre, die gekommen sind, um mich zu holen, lebendig, nicht tot, dann eben zählt dieses Leben. Ich selbst werde mich verteidigen bis zum letzten Blutstropfen, wenn sie meinen Bedingungen nicht zustimmen. Manche wird es das Leben kosten unter jenen, denen man befohlen hat, Hand an mein Leben zu legen. Geben und nehmen, das war mein Kurs, und weder für mich noch für sie habe ich Bedauern.

Jack habe ich schließlich weggeschickt. Leicht ist es nicht gewesen, bis ich ihn loshatte, den letzten von allen. Er bestand darauf, mir, der ich davon nichts wissen wollte, sein

Leben zu schenken. Wie sinnlos! Was sollte mir sein Leben nützen, wenn wir beide tot wären, brüllte ich ihm mit meiner erprobten Stimme zu. Mindestens hundert Mann waren an Bord der Fregatte, die in Ranter Bay vor Anker ging, dazu Marinesoldaten und sechsunddreißig Kanonen, die an Land umgesetzt werden konnten. Mochte auch die Hälfte der Mannschaft beim Sturm auf die Klippe ums Leben kommen und vielleicht noch mehr, wenn wir zu zweit waren. Das Ende wäre dasselbe: der Tod für uns beide, Jack und mich.

Jack begann davon zu sprechen, er wolle Verstärkung holen und eine Streitmacht der Eingeborenen zusammenziehen, die den Engländern in den Rücken fallen konnte.

»Es sind Marinesoldaten«, sagte ich. »Das gibt ein Blutbad.«

Ich wußte sehr wohl, was geschehen würde, wenn einhundert Schwarze, davon einige wenige mit Musketen und ein paar Pistolen, die übrigen mit Bogen und Speeren, vielen Dutzend gut gedrillter Marinesoldaten und der doppelten Zahl kampferprobter Seeleute gegenüberstehen würden. Jack aber schien nicht zuzuhören, sosehr ich ihn auch anschrie, und wie ich meine Worte auch wählte.

»Bist du taub?« schrie ich.

»Ich bleibe«, sagte er.

»Den Teufel wirst du tun!« rief ich und riß die beiden Pistolen an mich, die auf dem Tisch lagen. »Wenn du nicht von hier verschwindest, erschieße ich dich auf der Stelle. Dann bekommst du, was du dir wünschst!«

»Bitte!« sagte dieser Teufel gelassen und mit einem Lächeln. Was mich so rasend machte, daß ich mir die Pistolen an den eigenen Kopf setzte. Das wirkte immerhin, und der Teufel mag wissen, ob ich es in der Erregung nicht ernst meinte. Jetzt war die Reihe an mir, zu lächeln.

»Du siehst«, sagte ich freundlich, »es gibt nichts zu tun. Du weißt ebensogut wie ich, daß ich meine, was ich sage. Wir können ebensogut als Freunde scheiden.«

»Gut«, sagte Jack niedergeschlagen. »Du und ich, wir sind Brüder, oder nicht?«

»Wie du willst, Jack. Wir sind Brüder, aber ich setze meinen Kopf, daß wir in diesem Fall alle beide Bastarde sind, jeder auf seine Weise. Und sieh nicht so traurig drein. Mit mir geht es ohnehin zu Ende, das weißt du. Der Rumpf ist durchgefault und der Kapitän ist altersschwach. So steht es. Und auch du bist nicht mehr blutjung, wenn auch stark und gesund. Du hast noch einige gute Jahre vor dir. Geh zurück zu deinem Stamm, tu was du willst, aber geh weg von hier!«

Ich wollte ihn wirklich los sein, denn er sah mich an, als verehrte er mich über alles. Auch Tränen standen ihm in den Augen. Er trat einen Schritt vor, umarmte mich und sagte, ich hätte stets Unsinn geredet. Ich befreite mich aus der Umklammerung und schob ihn hinaus. Er ging ins Waffenlager und kam mit einem Säbel und drei Pistolen zurück. Er warf mir einen Blick zu, den ich lange nicht vergessen werde, oder erst in ein oder in zwei Tagen, wenn ich tot bin, dann drehte er sich um und verschwand lautlos, wie es seine Gewohnheit war.

Aber wer hatte zum Schluß das Nachsehen, wenn nicht ich? Jack ging direkt hinunter in das Lager der Soldaten, feuerte seine drei Schuß ab und schlug wild mit dem Säbel um sich, bis er von einer Kugel gefällt wurde. Vierzehn Mann nahm er mit in den Tod, worüber ich am folgenden Tag aufs genaueste von einem untadeligen Offizier unterrichtet wurde, der unter einer weißen Flagge zu mir heraufgekommen war, um mir sein schmutziges Anliegen vorzutragen.

»Ist das einer von Euren Männern gewesen?« fragte der Offizier mit einem unlustigen Gesichtsausdruck.

»Ja«, sagte ich, denn ich hatte keineswegs die Absicht, Jack auf dieser Seite des Grabes zu verleugnen. »Aber er hat durchaus nicht meine Befehle befolgt. Ich habe ihn weggeschickt, damit er nicht unnötig den Tod findet. Ich bin nicht so dumm, daß mir nicht bekannt wäre, in welcher Absicht Ihr hier seid!«

»Wir haben Befehl, einen gewissen Long John Silver, genannt Barbecue, nach Bristol zu bringen, wo er wegen Verbrechen gegen die Menschheit vor Gericht gestellt werden wird. Handelt es sich bei dieser Person um Euch?«

»Guter Mann«, sagte ich und lachte, daß mir die Tränen herunterliefen. »Ihr kommt mit einer Fregatte und mit mehreren hundert Mann aus England nach Ranter Bay und stoßt auf einen Einbeinigen in den besten Jahren, und dann fragt Ihr, um wen es sich handelt!«

»Ich muß meiner Sache sicher sein.«

»Sicher sein?«

»Sicher sein, daß es sich um die richtige Person handelt.«

»Ja, das ist klar«, sagte ich und lachte wieder, zur offensichtlichen Verwirrung des Offiziers. »Wie würde es aussehen, wenn Ihr bei Trelawney und seinem Anhang mit einem armen Teufel auftaucht, der mit der Angelegenheit nichts zu schaffen hat!«

»Trelawney?« sagte der Offizier heftig. »Er ist Euch bekannt?«

»Ja«, sagte ich, »wir haben eine Reise zusammen unternommen. Ich habe für ihn gekocht, wenn ich mich recht entsinne.«

»Dann seid Ihr also ...?«

»Long John Silver, Barbecue. Richtig, Kapitän, oder was Ihr seid. Das bin ich, nicht mehr und nicht weniger, zu Euren Diensten, Sir, wenn Ihr versteht.«

Er sah mich an, nicht ohne Blicke in die Umgebung zu werfen.

»Ich habe Befehl ...«

»Ja, das habe ich schon gehört. Aber wie, das würde ich doch gern wissen. Ihr wollt mich lebend haben, wie ich sehe. Nur das kommt für die Herren in Bristol in Frage.«

Der Offizier mußte nicken.

»Das ist nicht so einfach, wie Ihr vielleicht angenommen habt«, sagte ich zu ihm. »Ihr könnt mich nicht erschießen, falls mich eine Kugel überhaupt treffen kann. Ihr könnt meine Klippe nicht bombardieren, denn das Dach könnte mir auf den Kopf fallen. Ihr könnt nur alle zusammen auf einmal angerannt kommen, so daß die, die ich nicht erschießen kann, mich übermannen können. Ist das die Sache wert? Es wird ein Blutbad geben, mein Herr. Mit dieser Messingkanone, die sich niemals überhitzt, könnte ich leicht fünfzig Mann den Tod bereiten, ehe ihr überhaupt bei mir angekommen seid. Ist es das wirklich wert, frage ich Euch?«

»Ich habe meine Befehle«, sagte der Offizier unnachgiebig.

»Habt Ihr nichts anderes zu sagen? Versucht einmal, auf eigene Faust nachzudenken!«

Aber der Offizier war verschlossen wie eine Muschel. Was stimmte nicht mit ihm, so fragte ich mich. Dann begriff ich. Er hatte Angst, war wie von Sinnen. Daran war nichts Besonderes, wenn man darüber nachdachte. Er hatte natürlich Greuelgeschichten über meine Person gehört, die eine schlimmer als die andere, und jetzt bildete er sich ein, in den Büschen läge eine ganze Kompanie blutdürstiger Piraten. Er rechnete damit, jeden Augenblick eine Kugel in den Rücken zu bekommen. Auch Jacks Berserkerwut hatte das ihre getan.

»Ich bin allein«, sagte ich.

»Allein?«

Ungläubig sah er mich an.

»Ja«, sagte ich, »allein wie Gott im Himmel. Die Besatzung und die Ratten haben das Schiff verlassen, und nur mich gibt es noch.«

»Nur ...«, sagte der Offizier, und gleichzeitig nahm sein Gesicht wieder Farbe an.

»Nur ich, ja«, unterbrach ich ihn. »Ich weiß, was Ihr denkt. Daß es in diesem Fall doch keine Kunst sein kann, mich festzusetzen. Einer gegen einhundertfünfzig, das kann doch keine große Sache sein, sagt Ihr. Nicht so rasch, mein Herr. Bedenkt, daß Ihr mich lebend fassen sollt und daß ich mit dieser Kanone dort ebensogut umgehen kann wie jeder Kanonier der Königlichen Flotte, und sogar besser. Fünfzig Mann von Euch, so lautet mein Angebot. Und auch dann könnt Ihr nicht sicher sein, daß Ihr mich lebend bekommt. Ich könnte mir eine Kugel in die Stirn schießen. Meint Ihr denn, ich wäre dazu nicht imstande? Ich sehe, Ihr zweifelt. Dann solltet Ihr Euch darüber im klaren sein, daß ich ein alter Mann bin, ein sinkendes Schiff. Bildet Ihr Euch ein, ich ließe mich in Eisen schlagen und würde sechs Monate unter Deck verbringen, nur damit man mich vor einen Richter stellt und anschließend hängt wie einen Hund?«

Der Offizier machte einen unschlüssigen Eindruck. Nicht, daß er noch Angst hatte, aber er dachte nun doch nach.

»So lautet mein Angebot«, schloß ich. »Ich schlachte fünfzig Eurer rotbackigen Marinesoldaten und überlasse mich selbst selig meinem Ende, tot, eine Leiche, die man niemals lange genug konservieren könnte, um sie zur allgemeinen Betrachtung in Bristol aufzuhängen. Was meint Ihr?«

»Was wollt Ihr denn?« fragte er widerwillig und hitzig, wenn auch nicht uninteressiert.

»Geschäfte machen!« sagte ich.

»Ich bin nicht käuflich«, lautete die Antwort.

»Das habe ich mir denken können. Ich vermute, Ihr habt eine stattliche Summe Geld bekommen, weil Ihr diesen Auftrag übernommen habt. Und daß man Euch mit Eurer Unbestechlichkeit vor allem darum ausgesucht hat, weil Ihr mit mir zu tun haben würdet. Nein, ich habe Euch nicht kaufen wollen. Ich erkenne einen Mann mit Prinzipien, wenn ich einen sehe, so wahr ich John Silver heiße. Kommt mit ins Haus, ich will Euch etwas zeigen! Ihr braucht keine Angst zu haben, ich bin allein und habe nicht die Absicht, Euch in den Rücken zu fallen. Wie ich gesagt habe, habt Ihr durch eine Vereinbarung mit mir alles zu gewinnen und nichts zu verlieren. Lebend nehmt Ihr mich nicht mit zurück, das ist sicher. Ich kann Euch aber etwas anbieten, das mindestens ebenso wertvoll ist, sogar wertvoller als das bißchen Leben, das noch in mir ist.«

Er zögerte noch immer, kam aber trotzdem mit ins Haus. Er riß die Augen auf, als er meine Reichtümer sah, und besonders die Edelsteine, die lose über mein Schreibpult verstreut lagen. Zufällig fiel ein Sonnenstrahl genau auf den Tisch und brachte die Steine zum Funkeln. Nichts ist zu vergleichen mit dem tiefen, funkelnden, zitternden Widerschein edler Steine.

»Ihr bereut es doch nicht?« fragte ich.

Der Offizier schüttelte den Kopf.

»Falls wir übereinkommen«, fuhr ich fort, »dann dürft Ihr gerne mitnehmen, was hiervon nach meinem Tod übrig ist. Es ist mir gleich.«

Ich bemerkte die Lüsternheit, die in seinen Augen aufleuchtete.

»Aber hier«, sagte ich und deutete auf den Papierstapel, der sich auf meinem Tisch türmte, »dies hier wollte ich Euch zeigen.«

Er sah mich verständnislos an, als wäre ich nicht ganz richtig im Kopf. Gesprächig war er nicht gerade, dieser pflichtgetreue Diener Seiner Majestät. Wenn er nicht einfach befürchtete, er könnte all den Versuchungen und widerstrebenden Wünschen zum Opfer fallen.

»Diese Blätter«, erklärte ich, bestimmt nicht ohne einigen Stolz, denn eine Art Hölle war es dennoch gewesen, sie zu verfertigen, »enthalten das Leben, das meines gewesen ist, die wahre Geschichte von Long John Silver, genannt Barbecue. Macht keinen so erstaunten Eindruck! Ich kann schreiben und lesen. Wie glaubt Ihr, hätte ich sonst in all meinen Tagen die Leute hereinlegen können? Selbstverständlich habt Ihr die Schrift des jungen Hawkins gelesen, um zu erfahren, welches Monster, einen, den man den Feind der Menschheit nennt, Ihr nach Hause bringen sollt?«

Es war kristallklar, daß der Offizier nicht mehr ein noch aus wußte, nicken konnte er aber doch.

»Ich setze Euch in Erstaunen, nicht wahr? Ich bin nicht der, den vorzufinden Ihr erwartet habt. Nun gut! Das ist zu guter Letzt, wenn der Schlußstrich gezogen wird, nicht so sonderbar. Der John Silver, um dessentwillen Ihr gekommen seid, liegt dort auf dem Tisch. So ist es, auch wenn es Euch unglaublich erscheint. Zwar läßt er sich nicht an einen Galgen hängen wie ich, alles andere aber kann man mit ihm machen. Man kann ihn vor Gericht stellen und verurteilen, nicht zum Tode, aber zum Vergessen, und diese Strafe ist doch so gut wie jede andere. Ihn biete ich Euch an statt meiner – keine schlechte Beute, wenn Ihr mich fragt. Ihr bekommt ein ganzes Leben, von Anfang bis Ende, mit all meinen Übel- und Wohltaten, schwarz auf weiß, ohne Entschuldigungen und Ausflüchte, so wie es gewesen ist.«

»Was?« fragte der Offizier heftig.

»Leben«, sagte ich, »Fleisch und Blut, statt ein altes, spackes Wrack wie mich. Ich bin bereit, es Euch zu übergeben. Trelawney und seinesgleichen wollen Long John Silver lebend. Bitte sehr! sage ich. Dort liegt er, für die Ewigkeit, wenn Ihr so wollt. Ich möchte, daß Ihr ihn mitnehmt, ihn dem jungen Jim Hawkins zu lesen gebt und ihm die Entscheidung über John Silvers weitere Schicksale und Abenteuer überlaßt. Hawkins hat schließlich seinen Strohhalm schon aus dem Haufen gezogen. Eine Quittung aber, daß Ihr das Leben John Silvers empfangen habt, die möchte ich haben. Sie soll ins Logbuch eingetragen und von Euch und mir bezeugt werden. Im Gegenzug verspreche ich Euch, nicht fünfzig oder mehr von Euren Marinesoldaten mit ins Grab zu nehmen. Das ist ein großzügiges Angebot.«

»Das kann ich nicht«, wandte der Offizier ein, störrisch wie ein Maultier, dumm wie ein Kalb, blind wie ein Huhn.

»Begreift Ihr denn nicht?« brüllte ich ihn an. »Mich kriegt Ihr nicht lebendig nach Bristol, was auch geschehen mag. Das ist das erste.«

»Ihr müßt schlafen und essen«, sagte der Offizier selbstsicher. »Ihr könnt nicht in alle Ewigkeit aushalten.«

»Das hatte ich verflucht noch mal auch nicht vor. Kommt, ich zeige Euch etwas Interessantes!«

Ich hinkte auf den Hof, im Schlepptau den Offizier.

»Seht!« sagte ich und zeigte auf eine Lunte, die aus einem Rohr in der Erde aufragte. »Als Soldat solltet Ihr wissen, wie eine Lunte aussieht. Die hier führt geradewegs in einen Pulverkeller, der bestimmt hundertmal mehr Pulver enthält, als Ihr auf Eurer Fregatte habt. Und soviel Verstand habt Ihr wohl, daß Ihr Euch vorstellen könnt, was geschieht, wenn ich sie zünde. Die ganze Klippe, auf der wir stehen, wird in die Luft gesprengt.«

Um zu zeigen, daß es mir ernst war, hielt ich einen brennenden Kienspan einen Zoll vor die Lunte. Dem Offizier trat der Schweiß auf die standhafte Stirn.

»Das habe ich mir gedacht«, sagte ich, zündete die Lunte an, ließ sie einen Zoll oder zwei herunterbrennen und löschte sie wieder.

Der Offizier war starr wie ein Stock, abgesehen von seinen zitternden Knien, wogegen er zu meiner Freude nichts tun konnte.

»Ihr müßt Euch nicht schämen«, sagte ich. »Ihr seid nicht der erste, der Schwierigkeiten hat mit John Silver. Aber Ihr könnt Euch glücklich schätzen, daß Ihr noch am Leben seid. Und wenn Ihr Eure Karten richtig ausspielt, könnt Ihr mit unversehrter Ehre wieder nach Hause zurückkehren. Und, mein Herr, das war nicht vielen vergönnt, die es mit mir zu tun bekommen haben. Was meint Ihr dazu?«

Er schien ein oder zwei Mal nach Luft zu schnappen.

»Ich muß mit dem Kapitän des Schiffes sprechen«, konnte er schließlich mit Mühe sagen.

»Gut so!« sagte ich und klopfte ihm kameradschaftlich auf den Rücken. »Der Kapitän muß Euch ja das Logbuch ausleihen. Und vergeßt nicht, ihm zu sagen, daß alles, was sich hier oben befindet, frei ist zur allgemeinen Verfügung, wenn ich tot bin und begraben. Ihr habt den Tag über Zeit, tätet aber gut daran, wenn Ihr mir spätestens eine Stunde vor Sonnenuntergang Eure Antwort übergeben würdet. Wenn ich fünfzig Mann erschießen soll, dann würde ich am liebsten sehen, was ich tue. Und noch eines. Ihr habt vielleicht bemerkt, daß nur ein schmaler Pfad hier heraufführt. Erklärt Eurem Kapitän, daß ein einziger Schuß meines Zwölfpfünders ausreicht, um einem halben Dutzend oder mehr den Tod zu bereiten, und daß ich laden kann, ehe die nächste Reihe auftaucht. Bittet ihn zu bedenken, ob er guten Gewissens ein Dutzend seiner Männer auswählen kann, von denen er mit Sicherheit weiß, daß sie ihr Recht auf Leben verwirkt haben, wenn sie auch nur den Versuch machen, mich zu ergreifen.«

Der Marineoffizier machte wortlos kehrt und ging seiner Wege, vor Erstaunen gelähmt, wie man vermuten durfte, wenn er seine Vernunft denn überhaupt unter Kontrolle hatte. Das Risiko bestand, daß er vor Schreck so starr und in seinem Stolz so verletzt war, daß er völlig zu denken aufhören würde. Bis dahin hatte er es nicht weit.

Doch es sollte nicht länger als zwei Stunden dauern, da kam er zurück, winkte mit seiner weißen Flagge und hatte das Logbuch unter dem Arm. Noch immer gab er kein Wort von sich. Die Flagge vor einem wie mir streichen zu müssen, kränkte ihn natürlich, bei allem, was ihm in diesem Leben heilig gewesen war. Ich schlug das Logbuch auf und schrieb: »Habe an Bord genommen *Long John Silver. Der abenteuerliche Bericht über mein freies Leben und meinen Lebenswandel als Glücksritter und Feind der Menschheit,* was nach Bristol überführt und Jim Hawkins, Esquire, übergeben werden soll.« Der Offizier unterschrieb, und ich bezeugte seine Unterschrift mit meinen zierlichsten Krakeln.

»Morgen«, sagte ich, »könnt Ihr heraufkommen und die Papiere holen, das Ende eingeschlossen. Ich muß noch ein paar Worte hinzufügen.«

Der Offizier schlug das Logbuch zu.

»Glaubt jetzt nur nicht«, schloß ich, »Ihr könntet mich in der Nacht überraschen. Die Kanone ist geladen, ich lasse Fackeln brennen, und mein Gehör ist tadellos. Und vergeßt nicht die Lunte!«

Nach seinem Aussehen zu schließen, war dieses Risiko indessen gering.

»Nehmt Euch zusammen!« sagte ich zu ihm. »John Silver, tot oder lebendig, ist in diesem Leben nicht alles.«

Damit war ich wieder allein und setzte mich hin, um meine Geschichte zu beenden. Ich bin der einzige, der übrig ist. Daß es auf diese Weise enden würde, hätte ich schon längst begreifen müssen. Ein offenes Logbuch war mein Leben, aber habe ich jemals in ihm gelesen, ehe zu spät war?

Einsam also, bis der Tod mich scheidet. Das ist wohl der Preis, so vermute ich, den man auf dieser Welt bezahlen muß, wenn man sich den Rücken freihalten will. War es teuer oder billig, fragt Ihr? Soll man lachen oder weinen? Darüber trauern, während ich noch am Leben war, das gab es bei mir nicht. Und zudem dürfte es reichlich spät sein, um abzurechnen und Gericht zu halten. Man könnte sich womöglich fragen, ob auf dieser Welt, wie sie nun einmal aussieht, Freiheit und Einsamkeit nicht immer Hand in Hand gehen, wenn man Mensch sein will.

Nicht etwa, daß ich darunter litt. Es gelang mir zum Schluß, sozusagen ehe ich mich versah, zu leben. Das aber habe ich dennoch begriffen, daß Einsamkeit die einzige Sünde auf dieser Welt ist und die einzige wirkliche Strafe für solche wie mich. Das, und vielleicht nur das, ist schlimmer als der Tod. Aber bereuen? Nein. Und bereuen vor wem? Niemals habe ich jemandem etwas versprochen, auch mir selbst nicht. Bis der Tod uns schied. Niemals bin ich mit dem Rest der Menschheit eine Verbindung eingegangen, und ich wurde wirklich zu ihrem Feind. Ja, nicht einmal mir selbst war ich verbunden. Wie man sieht, überlebte ich dennoch unbeschadet, und wem habe ich dafür zu danken, wenn nicht mir selbst? Daß Gott seine allmächtigen Finger mit im Spiel hatte, hieße doch, zuviel zu hoffen. Sollte ich mir aber auf dieser Seite des Grabes etwas wünschen, so wollte ich dennoch aufgenommen werden in den Himmel. Sich die Mienen aller Rechtgläubigen und aller Kapitäne von Gottes Gnaden vorzustellen, wenn ich auftauchte!

Gelebt habe ich, so wahr ich John Silver heiße, genannt Long, genannt Barbecue, auch wenn das nicht genug war und vielleicht nichts war, womit man sonderlich prahlen kann. Andererseits habe ich mein Bestes getan, um mich selbst zu überleben. Gewiß nicht so, wie es beabsichtigt war, doch ich hatte schließlich keine Ahnung, was über ein Leben wie das meine geschrieben werden würde. Morgen kommt ein prinzipientreuer Offizier und holt diesen John Silver. Wie wird das Leben Silvers künftig sein, falls er eines hat? Um die Wahrheit zu sagen, ist mir das auf der anderen Seite gleichgültig. Daß er aber zum Vorbild von Marinesoldaten, Priestern und Seekapitänen werden soll, ist wirklich zuviel verlangt.

Was bleibt zu sagen? Von Anfang bis Ende habe ich mein Bestes getan. Ich bin ich gewesen, wie ich war, und damit genug. Die Schlinge trug ich um den Hals, aber den Rücken hielt ich mir frei. Wenn ihr mich fragt.

Der Admiralität zu Händen

Sir,
Ich fasse diesen Brief in aller Eile ab, um Euch vom Ausgang der Expedition zu unterrichten, mit deren Leitung ich beauftragt war, und die die Arretierung des Piraten John Silver zum Ziel hatte, weiter seine Überführung nach England zum Zwecke seiner rechtmäßigen Bestrafung. Der offizielle Bericht folgt in einigen Tagen, wenn das Schiff in London festmacht.

Leider sehe ich mich zu der Mitteilung genötigt, daß eine Heimführung besagten Silvers lebend nicht möglich war. Jedoch sehe ich mich zu dem erfreulichen Bescheid in der Lage, daß er mit absoluter Gewißheit tot und die Welt somit von einem der ärgsten Feinde der Menschheit befreit ist. Dies gibt mir allen Anlaß zu der Annahme, daß hiermit die Piraterie für eine überschaubare Zeit ausgerottet ist. Ohne einen John Silver, der Seeleute verleitet, Glücksritter zu werden, wie sie es nennen, dürfte es leichter sein, diesen Aderlaß aufzuhalten.

Ehe John Silver starb, übergab er mir persönlich ein Manuskript, das nach meiner Beurteilung einen vollständigen Bericht über sein schändliches Leben enthält. Er bat mich, diesen Bericht Jim Hawkins Esq. zu übergeben, welcher, wie Ihr Euch womöglich erinnert, uns die Augen öffnete, daß eine Möglichkeit zur Auffindung und Abstrafung Silvers besteht. Selbstverständlich deutete ich Hawkins an, daß er nicht frei über Silvers Bericht disponieren könne, sondern die Admiralität zu konsultieren habe. In dies willigte er ein. Da ich auf der Rückreise den Bericht gelesen habe, erlaube ich mir ohne jeden Anspruch die Anregung, daß er nicht ohne eine erhebliche Redaktion veröffentlicht werden sollte.

Ganz sicher eignet er sich ausgezeichnet zum abschreckenden Beispiel für unsere Jugend, enthält jedoch auch einige für die Nation gravierende Abschnitte, unter anderen die peinliche Geschichte über Gouverneur Warrender auf Fort Charles in Kinsale und die Verstöße von Seekapitänen gegen das Reglement und in ihrem Verhalten gegenüber weiblichen Sklaven. Hinzu kommt das irritierende Faktum, daß John Silver nicht das geringste Zeichen von Reue an den Tag legt. Im Gegenteil scheint er hervorzuheben, sein Leben sei für einen wie ihn das rechte und richtige gewesen. Außerdem beendete er seine Tage als wohlhabender Mann, verschanzt in einer Festung, umgeben von Sklaven, die er freigekauft hatte. Was selbstverständlich keine gesunde Lektüre sein kann, zumal Silver betont, er habe ein freies und kein verbrecherisches Leben gelebt. Tief zu beklagen bleibt nur, daß wir uns außerstande sahen, ihn zu bestrafen, wie er es verdiente, und ihn tot zur allgemeinen Betrachtung an Ketten zu hängen.

Indes meinte ich keine andere Wahl zu haben. Wir wurden mitten in der Nacht von einem gutbewaffneten Trupp seiner Piraten überrascht und verloren vierzehn Mann, ehe es uns gelang, sie mit großem Mut zurückzutreiben. Silver macht in seiner Schrift geltend, der Angriff sei das Werk eines einzigen Mannes gewesen, doch was sonst soll man von einem Lügner und Betrüger wie ihm erwarten? Obendrein drohte Silver mit dem Tod von ungefähr fünfzig unserer Marinesoldaten und, sobald wir die Festung stürmten, mit seinem Selbstmord. Darüber, daß er es ernst meinte und dazu vollkommen in der Lage war, kann kein Zweifel herrschen. Während unserer Verhandlungen entzündete er sogar eine Lunte zu seinem Pulverlager und löschte sie erst im letzten Augenblick. Daß meine Beurteilung der Situation und der Gemütsverfassung Silvers zutreffend war, wurde später mit aller wünschenswerten Deutlichkeit bestätigt. Nachdem ich seinen Bericht entgegengenommen und mich mit den Soldaten wiedervereint hatte, war eine heftige Explosion zu hören. Silver hatte sich selbst und die Klippe, auf der er sich verschanzt hatte, in die Luft gesprengt. Zwei unserer Leute starben durch herabfallende Felsblöcke, einige andere wurden leichter verwundet. Bedauerlicherweise wurde vom Diebesgut, das Silver während eines ganzen Lebens sammeln konnte, nur sehr wenig aufgefunden, es reicht vermutlich kaum aus, die Ausgaben der Expedition zu decken. Der Profit, den uns Friedensrichter Trelawney in Aussicht stellte, blieb also aus. Der Brief, den Silver Jim Hawkins zustellen ließ, ist beigefügt. Schon daraus geht mit aller wünschenswerten Klarheit hervor, daß Silvers Bericht mit jeder nur denkbaren Diskretion behandelt und womöglich entsprechend den Bestimmungen über die Sicherheit des Königreiches für geheim erklärt werden sollte.

Mit Freundlichen und Respektvollen Grüßen

Kapitän Cunningham

Jim Hawkins zu Händen!

Jim,
ich übergebe Dir diese Seiten. Es handelt sich bei ihnen sozusagen um mein Logbuch. Auf meine alten Tage vertrieb ich mir die Zeit mit der Erinnerung, wie alte Leute es tun, und schrieb nieder, wie es war, John Silver zu sein. Und wenn ich vor meinem Tod einen Wunsch habe, Jim, dann den, daß Du diese Seiten liest. Ich weiß, daß ich in Augen wie Deinen kein Kind Gottes gewesen bin, aber ich war ein Mensch und guter Schiffskamerad. Ich habe Dir das Leben gerettet. Ich verlange nicht, daß Du mir meines rettest, wie es auf diesen Blättern niedergeschrieben steht. Aber ich bitte Dich, nimm John Silver nicht das einzige Leben,

das er besaß. Eines Tages wird es vielleicht einen geben, der weiß, daß er tatsächlich gelebt hat, und daß er trotz allem eine Art Mensch gewesen ist. Dann hat er zumindest nicht vergeblich gelebt, so wie viele andere, zu niemandes Nutzen.

John Silver

Postscriptum

Jedes literarische Werk ist zu einem Teil Eigentum seines Verfassers, zu einem anderen, erheblichen Teil besteht es aus fremden Federn. Ich möchte darum den folgenden Personen für ihren geschätzten, wenn auch unfreiwilligen Beistand danken. Ohne sie wäre dieses Buch reine Fiktion geblieben:

Lügenhälse: Daniel Defoe, Robert Louis Stevenson, Sven Delblanc, Gabriel García Márquez, William Golding, Albert Camus, René Char, Dostojewskij, R. F. Delderfield, John Goldsmith, Patrick O'Brian, Tobias Smollett, C. M. Bennett, Henry Fielding, Machiavelli, der Heilige Geist.

Die es mit der Wahrheit halten: Kapitän Johnson (alias Daniel Defoe), Exquemelin, Thorkild Hansen, Michel Le Bris, Marcus Rediker, Gérard A. Jaeger, Gilles Lapouge, David Mitchell, William Dampier, Kåre Lauring, James Sutherland, Yves Kergof, Janne Flyghed, Thomas Anderberg, Erland Holmström.

Diejenigen, die nach wie vor eher nicht glauben wollen, daß die Wirklichkeit die Phantasie bisweilen übertrifft, sind vielleicht daran interessiert zu erfahren, daß das Folgende mit der Wahrheit übereinzustimmen scheint: Edward Englands Schicksal, Fräulein Warrenders tragische Eheschließung und Ende, die *Matelotage* der Bukanier und das Teilen der Ehefrauen, das von Blindheit geschlagene Schiff *Rôdeur,* die Sklavenwirtschaft der protestantischen Pfarrer auf der Insel St. Thomas, Defoes Lügen, Betrügereien und seine Piratengeschichte, die fixierte Melancholie der Schwarzen, der

Mundöffner des Feldschers, Taylors verkrüppelte Hände, die Indianer von der Mosquitoküste, die mit den Glücksrittern segelten, Richter Jeffries im »Angel Pub«, die Tyrannei der Kapitäne von Gottes Gnaden (Snelgrave ausgenommen), der frischgetaufte Sklave mit abgehauenen Händen und Füßen, der an die Mission schrieb und für seine Erlösung dankte, der schlimme, rasche Tod der Kapitäne Ricket und Skinner an Bord der *Fancy,* Roger Ball, der versuchte, sich in die Luft zu sprengen, der Schutz der Frauen an Bord von Piratenschiffen, Aufstieg und Fall des Kapitäns Mackra, Matthews Strafexpedition, um Plantain nach Hause und an den Galgen zu bringen, die Reaktionen der Kapitäne auf Snelgraves Buch über den Sklavenhandel, der Stolz der Sakalava, die Buchauswahl in Snelgraves Schiffsbibliothek, das Spiel Schwarzbarts mit seinen Pistolen auf Kosten Israel Hands, der spanische Soldat und der Indianer, die sich gegenseitig erstachen, Wildschweine, die Aprikosen fraßen und hierdurch wohlschmeckendes Fleisch erhielten, Silvers Tunnel durch Old Head of Kinsale, die Insel Sainte-Marie als kurzfristiges Paradies der Sklaven, etc. etc.

Ein besonderer Dank gilt den Piraten Thomas Roberts, John Cane und William Davison, deren Sündenbekenntnis angesichts ihrer bevorstehenden Hinrichtung ungekürzt wiedergegeben wurde, falls Daniel Defoe in seiner *Allgemeinen Geschichte der Piraten* dem Original treu geblieben ist.

Ein Dank schließlich allen Teerjacken. Die Hölle ihres Lebens überschreitet alle Vernunft. Ohne sie hätten dieses Buch und John Silver niemals das Licht der Welt erblickt.

Björn Larsson

An Bord *S/Y Rustica, Camariñas, 20. Juli 1994*

Björn Larsson · Der Keltische Ring

Roman · 352 Seiten · Aus dem Schwedischen von Jörg Scherzer

In der klassischen Manier des Abenteuerromans beginnt alles mit einem geheimnisvollen Manuskript, einem Logbuch, in dem von einer keltischen Verschwörung die Rede ist. Ulf und sein Freund Torben segeln nach Schottland, um dem auf den Grund zu gehen.

»Ich weiß, daß ich diesen Roman immer wieder lesen werde, weil er so herrlich halsbrecherisch zwischen Fiktion und Wirklichkeit wechselt. Hier hätte selbst der große Borges die Ohren gespitzt!«
Svenska Dagbladet über »Long John Silver«

Fred D'Aguiar · Futter für die Geister

Roman · 288 Seiten · Deutsch von Brigitte Walitzek

In dem Mikrokosmos des Schiffes *Zong* beschwört Fred D'Aguiar ein poetisches, präzises und grausames Bild der Sklaverei. Vom Kurs abgekommen, ohne ausreichendes Trinkwasser, bei abnehmenden Vorräten beschließt der Kapitän, die kranken Sklaven bei lebendigem Leib über Bord zu werfen. Auch Frauen und Kinder sollen dieser »Säuberung« zum Opfer fallen. Eine getaufte Sklavin versucht, diesen Plan zu durchkreuzen.

»Eine erstaunliche und eindrückliche künstlerische Vergangenheitsbeschwörung. D'Aguiar ist ein geborener Erzähler.«
Frankfurter Rundschau über »Die Längste Erinnerung«

BERLIN VERLAG

MARK CHILDRESS

»Childress ist ein begnadeter Fabulierer mit Umblättergarantie, ein wunderbarer Geschichtenspinner mit einem großen Herz für seine Figuren.«

stern

42308

42310

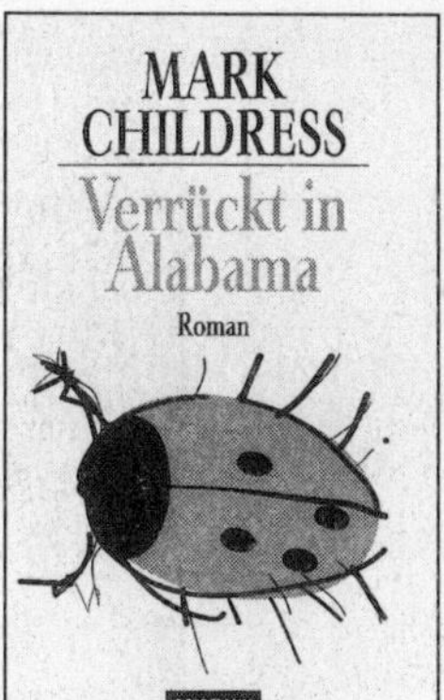

43207

GOLDMANN